我的地理人生:涉足山区·致力政区·钟情社区

刘君德　著

东南大学出版社
SOUTHEAST UNIVERSITY PRESS
南京·2017

内容提要

本书是一部学术型传纪体著作。全书记录了作者从事山区、政区、社区研究的地理人生，介绍了服务于社会实践的大量实证研究案例和作者“以问题为导向”、以“整体性、系统性、区域性”及多学科交叉融合为特色，在实践中提出了“行政区经济”“行政区—社区体系”理论思想，努力探索中国人文—经济地理学发展之路。本书内容丰实，纪实有序、有据，有许多作者的真实感悟和师生互动交流。

本书适合地理学、政治(行政)学、社会学、经济学、历史学、管理学及相关专业研究者、教师及学生，政府部门工作者及对该领域有兴趣的社会人员参考阅读。

图书在版编目(CIP)数据

我的地理人生：涉足山区·致力政区·钟情社区 / 刘君德著. —南京：东南大学出版社，2017.10

ISBN 978-7-5641-7448-4

Ⅰ. ①我… Ⅱ. ①刘… Ⅲ. ①纪实文学—作品集—中国—当代 Ⅳ. ①I25

中国版本图书馆 CIP 数据核字(2017)第 255044 号

书　　名：我的地理人生：涉足山区·致力政区·钟情社区

著　　者：刘君德

责任编辑：孙惠玉　徐步政　　　邮箱：894456253@qq.com

出版发行：东南大学出版社　　　社址：南京市四牌楼 2 号(210096)

网　　址：http://www.seupress.com

出 版 人：江建中

印　　刷：南京新世纪联盟印务有限公司　　　排版：南京布克文化发展有限公司

开　　本：787 mm×1092 mm　1/16　　　印张：22　　字数：550 千

版 印 次：2017 年 10 月第 1 版　　　2017 年 10 月第 1 次印刷

书　　号：ISBN 978-7-5641-7448-4　　　定价：69.00 元

经　　销：全国各地新华书店　　　发行热线：025-83790519　83791830

前言

我的一生离不开“地理”，与“地理”结下了不解之缘。我想何止是我，其实整个人类都离不开“地理”，因为地理是地球表面各种复杂现象——自然现象和“社会、经济、政治、文化、生物、生态等与生存、生活、生产空间相互关联的现象”——的“综合”，一个相互联系、不可分割的“综合体”，一个人与地之间的内在关系发展之理。人类离开了地理环境就无法生存，人的一生时时刻刻无不在与“地理”打交道。

不过，我与“地理”有着一种特殊的渊源，这除了生活空间、学习空间、工作空间、交往空间等之外，与我的专业性质、工作职业、兴趣和追求有关。我的一生，从孩童记忆开始，就不知不觉与“地理”结缘了，直到青年求学于华东师范大学地理专业，从此热爱上了“地理”。走上工作岗位后从事了一辈子的地理专业工作，我喜爱它，实践它，用我的地理认知尽责、尽力服务于社会，服务于国家，在地理服务实践中发展地理。

我的生命与地理相伴 80 载，我运用地理知识为社会、为国家服务了 56 年！

我们这一代的人生处于政治大变革的时代，先后经历了民国时期→中华人民共和国成立后的毛泽东时代→邓小平的改革开放时代→十八大后的习近平“中国梦”时代。政治变革的风风雨雨占据了我们这代人许多大好时光，铸造了我们这代人的思想灵魂和性格，它渗透、占领着包括地理科学在内的人文社科的一切领域，乃至对自然科学领域产生巨大影响。

中国的自然—人文社会科学无不打上政治变革的烙印！

中国的人文—经济地理学正是在政治大变革过程中演进发展的，因此，我的地理人生发展演变必须，也应该与经历不同时代的政治、经济、社会因素联系起来进行思考。

本书记录了我的地理人生。在收集整理资料、回顾人生、电脑写作过程中，力求将我一生发生的事件与“地理空间”挂起钩来，让读者，尤其是青年学生、热爱地理的后辈们了解在中国国情下，在处于政治大变革时期，一位大学地理学老师真实的地理人生故事。

本书是一部自传，但不是一般的自传，我试图将经历的地理专业服务于国家—社会的过程与不同时期的时代变革、国家发展背景相融合，与专业的演进与创新相交融，与自身的感悟、认知相关联。读者从中可以发现一位新中国人文—经济地理学者的“与时俱进”及与世界各国人文地理科学发展的不同，相信这将有助于总结中国人文—经济地理学发展的过程、特点和特有的演进规律。因而，这是一部学术思想性的“自传”。本书希望突破常规，用我的科研学术人生轨迹、自传纪实的体例和方法探索中国政治—经济—社会不同时期的“地理问题”和“地理任务”及与人文—经济地理学发展的逻辑关联。

本书希望学生辈、子孙辈，以及有兴趣的广大读者通过了解我的地理人生故事，看到生长于这个特殊历史时期的知识分子、地理科学教育工作者，在其所经历的政治大变革中是如何克服各种困难，坚持自己喜爱的专业方向，并顺应时代潮流，不断为推进中国人文—经济地理学科学发展而不懈努力的。期望后代人，乃至国外同行了解中国人文—经济地理学者成长、发展过程的艰辛，也许正是中国国情和这种艰辛过程造就了中国特色人文—经济地理学的创新发展。

本书大致以地理人生演进的时序与专业研究方向的序列分为5编25章：

第一编：初入地理门。包括4章，为初入地理门的学生时期和留校后初期的地理工作时期。从我的故乡——地理特征明显的泰兴谈起，我在这里度过了孩童→初中求学阶段，有着值得怀念、浓浓的家乡情结；此后离开家乡，进入扬州师范学校，入了师范之门；考入名校名系——华东师范大学地理系，从此走进地理教育大门。这段20多年的光阴，经历了中国政治变革的不同时段，在生活、学习过程中有许多值得回味、留念和难忘的故事。扬州师范学校的班主任让我入了大学之门；华东师范大学地理系的名师教育和巨大的感染力，让我爱上地理，走上地理之路。我刚走上社会、走进地理工作的初期，幸运过，也曾经有过挫折。改革开放迎来了我新的地理人生。

第二编：涉足山区。包括5章，为地理人生的重点之一。在新时代，我幸运地被委派担任中国科学院"中国亚热带东部丘陵山区综合科学考察队"第三分队的队长，开启了大区域、大规模的山区考察的地理人生新阶段。山区实践与研究，一干就是五六年。本编记录了皖南山区、浙西山区和福建省闽江上游——建溪流域考察的过程，大量生动的故事，团队的丰硕成果和真知灼见。山区考察是我大尺度国土空间地理综合能力的测试与提升，使我在实践中认知什么是地理，地理该怎么做才能为国家、为社会多做贡献；我们在考察中发现大量"地理问题"，时刻体验到地理工作的社会价值，也品尝到地理工作者的乐趣。山区考察使我终身受益。

第三编：致力政区。包括6章。南方山区考察发现的行政区划问题，激发了我对中国行政区划研究的极大兴趣，驱使我长期致力于这一领域的研究。读者可以从本编中全面了解我是怎样通过承担大量各种类型的项目研究，在为国家和地方政府的服务过程中，逐步形成行政区划改革的系列思路、设想，乃至具体方案的过程。我选择了具有代表性的案例进行了分类解剖。解决地理实践问题需要理论指导，而理论来自于实践。我在实践中发现了中国特有的行政区经济现象，和我的一批博士生以及博士后共同切磋，形成了比较成熟的行政区经济的理论思想，进而创建了政区地理学新学科。中国行政区划的理论与实证研究是我地理人生的"黄金时代"。

第四编：钟情社区。包括4章，也是本书的重点之一。社区，首先是人生的起始与归属，我在居住、生活、工作、学术研究中与社区结下不解之缘；同时，社区也是我政区研究的延伸。在中国国情下，从"自治"角度很难说清楚基层政区(街道办事处)与社区内涵的本质性分界，至少现状如此。于是，社区研究成为我政区研究深化的必然。我在深入研究两者的关系之后，形成了中国大城市纵向的"行政区—社区"体系思想。这是一个与传统政治学、社会学不同的理论思想。我利用各种途径传播这一思想，试图建立中国特色的"社区地理"新学科。可贵的是我直接参与了社区维权活动，读者可以从这些活动中了解我的另一个侧面——人格个性和现代社会中做人的真诚。

第五编：余论·感悟。共6章。我的学术研究涉猎多个领域，这是地理学的根基和我的个性使然。一些重要的派生研究成果(如地名、建设兵团、农场、工具书编纂等)以及与我的地理人生相关的重要问题(如学科建设、学术交流、师生交流等)难以在涉足山区、致力政区、钟情社区三编中安排的内容，在本编中进行了介绍。最后，我对地理人生时空的轨迹进行了简略的归纳，畅谈了人生的"感悟"，试图从时代与个人两个重要的视角，悟出在中国，在这个特殊的时代地理人生成长、发展演进的必然性与偶然性。期望对于当代的地理学系及相关专业的学生、年轻的地理学教学科研人员，以及政治学、行政学、经济学、社会学、规划学、历史学等各类学科，乃至社会公众广大读者有一种新视角的思考。

本书写作源于2015年，当时，由我主编、东南大学出版社出版的“十二五”国家重点图书规划项目《当代中国城市—区域权力·空间·制度》研究丛书(20分册)即将全部按计划完成。我思考，在该丛书完成后还能做些什么？年近80的我，加上老伴体弱，没有精力、不再可能投入比较“重要”的“大事”了，自然而然地想到了写写回忆之类的东西，留给后辈和我的一批学生及家人，于是便开始了筹划。在一批学生、一些同事、家人和出版社的大力支持与鼓动之下决定写一本自传。经过深思熟虑，以自传体的方式撰写我的地理学术人生，最后定下了本书书名。

本书的写作大致分为三个阶段。第一个阶段，收集整理资料。我花了两个月回顾人生经历，构思初步思路与提纲，明确要写成怎样的一本书？给谁看？同时花费大量时间翻箱倒柜，找出历史资料——文件、论文、发言稿、讲稿、报告、野外记录本、信件、照片等，最为珍贵的是当时的一些日记。尽管断断续续，很不全面，有缺失，但非常重要。好在我的住房空间比较大，平时不喜欢扔东西，我的与人生有关，甚至被老伴称之为“垃圾”的东西基本被保留了下来。紧接着，对大量资料进行整理，按照年份分类优选，整理归类。经过细致阅读材料，分析、比较、回忆，为编制年谱打下基础。第二个阶段，编制年谱。将比较重要的材料输入电脑，前后花了三个月。这一阶段的工作十分辛苦，每天要趴在电脑桌前工作五六个小时，有时更长。我的视力快速衰退，先后配了多副眼镜，耳朵听力下降，但一鼓作气，终于完成电脑输入，还翻拍了许多照片。最重要的是根据历史资料编制完成了长达8万字、我的地理人生“事件年谱”，为全书按照历史脉络确立结构框架、内容书写提供了准确的依据。第三个阶段是写作。先是围绕地理人生主题，以“山区”“政区”“社区”为核心，拟写书稿提纲，对提纲结构、标题进行反复修改，期间与出版社进行了沟通，在基本确定之后，开始写作。由于年岁高、打字速度慢，完成这部50多万字的写作需要耗费大量时辰和精力，还要反复修改，突出重点，力求学术思想与自传的融合，不时还要穿插一些相关、有意义的故事情节，增强可读性；还要整理附录，绘制相关地图，配好照片。这对于我来说，实在是难度不小。但经过努力，终于完成了写作，并顺利出版，我感到十分欣慰。

我的人生成长首先是家庭和学校。在家庭中，影响最大的是我的父母、祖父，他们的滴水养育之恩我铭记在心；乡村私塾→小学→初中→师范→大学教育，我的老师们给了我知识的源泉与力量、做人的教诲和楷模、关爱和宽容，给了我做人的根基和踏上社会、服务社会的能力，我永远感谢他们、怀念他们。

我所取得的山区、政区、社区三个领域的点滴成就，得益于许许多多政府部门、科研单位的信任和大力支持，主要是民政部区划地名司、民政部基层政权和社区建设司、上海市民政局、江苏省民政厅、海南省民政厅、广东省住房和城乡建设厅以及许多城市的规划建设部门，中国科学院、原上海经济区规划办公室等，在不同时期都曾给予我积极的支持和帮助。我由衷地感谢这些单位和这些单位的许多领导。

我有机会与来自中国香港、中国台湾以及美国、英国、加拿大、日本、澳大利亚等海内外许多著名高校的专家、学者、朋友交往，交流学术，开展课题合作。海内外同行们给予我在访问期间的照顾、帮助，赠予资料文献，使我扩大眼界，了解并参与前沿性的学术探讨，我受益匪浅。真诚地感谢他们，祝福他们。

中国地理学会的老前辈吴传均院士、陆大道院士、胡序威先生等，以及许多政治学、社会学、哲学等名家所给予的支持与鼓励，是我有勇气在人文—经济地理学科领域开拓创新的重要动力，他们也是我的学习榜样，我要永远感谢他们。

我的母校——华东师范大学，是我走进地理、踏上社会、从事一辈子地理工作的根基所在，是我融入的“单位社会与社区”。我70%以上的人生是在“校园和新村社区”里度过的。几十年中，我得到许多书记、校长及科研部门、研究生院等的支持、鼓励，我深深地感谢他们，感谢帮助过我的“师大人”。感谢华东师范大学城市发展研究院院长曾刚教授，他曾经是资源与环境科学学院的院长，尽管自身的工作繁忙，但持续关心我，尤其是退休之后，每年的关照、慰问从没有间断。在此，表示深深谢意。

还要感谢我的一批学生们，在读期间，他们参与了许多项目，付出了艰辛的劳动，同时在教学互动中、项目研究中结下了深厚的师生友谊。特别感动的是我退休之后一直关心我，并保持着亲密联系，一些担任政府高位行政领导的学生毫无架子，对我及老伴始终如一地关怀、照顾、倾力帮助，让我们保持着晚年的身心愉悦，安心“自传”写作。他们的鼓励、支持，让我们感动，难以忘怀！

本书从筹划至写作出版的过程中，要真诚地感谢与我长期合作、给我巨大支持，并已经成为相互信任的好朋友——东南大学出版社优秀资深策划编辑徐步政，及其助手——热情于学术型传记体著作的出版推进和体例创新的青年编辑孙惠玉。我们三人曾经一起多次讨论书稿事宜，尤其对提纲及内容、重点，乃至篇章结构、大小标题等，多次反复推敲，使之更加完善，更加符合读者的阅读习惯和需求。对于他们的真诚支持，我深为感动，深深感谢！

特别要感谢的是我大学时代的地图测绘老师——黄永砥教授，他已经88岁高龄，身体康健，思维敏捷。当他在2017年初得知我写这本自传体的书时，立即表示了为本书设计封面的意愿，我非常高兴，立即与好友蒋长瑜教授一起登门拜访，送给他一份本书的前言和详细目录。他在认真阅读了本书大纲之后，利用一周时间精心设计了多个封面让我选用，最后选用了我最满意的设计方案。这让我十分感动，感激之情难以言表。

在本书酝酿、形成提纲、初稿整理的过程中，得到了陈占彪、马祖琦等的帮助。本书中的附图由田敏敏、熊竞协助绘制。

刘君德

目录

第二编　涉足山区(1978—1989年)

第三编 致力政区(1990—2015年)

第四编 钟情社区(1999—2015年)

第一编　初入地理门(1959 年前)

第一章　故乡:泰兴

我退休之后,常常会勾起对故乡的回忆。浓郁的故乡情结,对于我们这代经过风风雨雨的人来说,特别的醇。故乡的人、故乡的事,甚至幼童时的某些细节仍记忆犹新。1937 年 4 月我出生在江苏省泰兴县(今泰兴市)宣堡镇郭寨村一个“半农民”家庭,之所以自称为“半农民”,是因为我的家庭除了务农外,在我年幼时我父亲还在外面做些生意,家庭经济在郭寨村的刘氏家族中算是相对富足的。泰兴,我的故乡,是我的“人生地理”的根基所在,在那里有我的故乡情结。迈入暮年,更思念我的故乡(图 1-1 至图 1-3)。图 1-4 为我与村支书的合影。

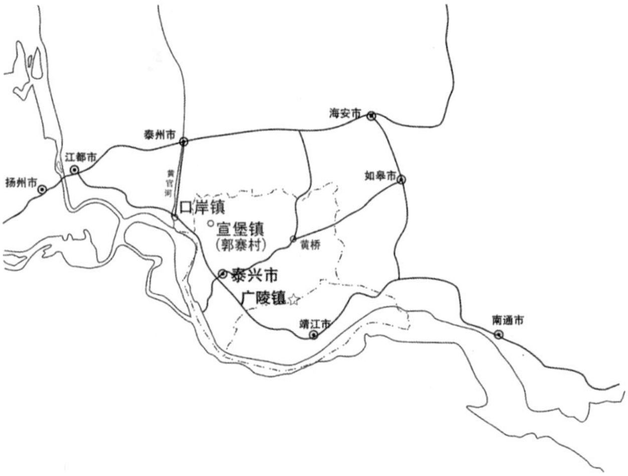

图 1-1

图 1-2

图 1-3

图 1-4

第一节　地理扫描

[东经 120 度]　故乡泰兴,是位处江苏省苏中地区、长江岸边北侧的一个比较有名而又

具有个性的县级市。泰兴，区位优势明显，水陆交通便捷，经济比较发达[①]。

泰兴在江苏省中部、长江下游的北岸，北纬 31 度 58 分—32 度 23 分，东经 119 度 54 分—120 度 21 分，属于北亚热带季风气候。奇妙的是泰兴的经度正好在 120 度左右，即北京正点时间。学过地理的人都知道，幅员辽阔的中国疆土，从西到东跨越东五、东六、东七、东八、东九五个时区，中华人民共和国成立之后，全国统一采用首都北京所在的东八时区作为标准时间，简称北京时间；然而，北京的地理经度为 116 度 21 分，所以北京时间和北京地方平太阳时要相差约 14.5 分钟；反观泰兴，东经 120 度正好穿过城区，泰兴比北京正点时间还要正点。仔细查看中华人民共和国地图上的东经 120 度，从北向南穿过北京正点时间的城市为数聊聊，只有山东省的胶州、江苏省的泰兴和浙江省的永康三个县级市。泰兴是江苏省唯一的北京正点时间城市。大约三四年之前的一个夏天，我和老伴回泰兴，在亲友陪同下看泰兴的新城，发现在市政府办公大楼对面的银杏公园内立了东经 120 度线的穿越标志，这成为泰兴新城的重要地理标志(图 1-5)。

图 1-5

[长江天然堤上的一颗明珠] 从自然地理性状来看，我的出生地泰兴宣堡镇位处长江北岸的天然堤上，是长江三角洲平原的组成部分。在一望无边的大平原上，宣堡镇的微地貌可算是相对较高的地区，是个典型的长江天然堤高沙土土壤分布区域，由于地势较高，怕旱不怕水，天不下雨，各家都会忙着挑水抗旱，与历史上苏北地区以里下河为中心的低洼地区年年受灾、难民逃荒的情景相比，我的家乡算得上风调雨顺了，受天灾的几率并不多，可以说是一个富庶之乡。小时候常常见到里下河地区因淮河泛滥的灾民来此逃荒、要饭，我家也多次住过难民。在我的记忆中，尚未看见或听说过我们村因发大水闹过饥荒、逃难的事。

[史上政区隶属多变的上等县] 泰兴置县始于五代南唐昪元元年(937 年)，县名为随泰州兴起之意，其归属随扬州、泰州政区的变更而变化。初为泰州管辖。北宋徽宗宣和四年(1122 年)改属扬州。南宋绍兴初，又属泰州；绍兴五年(1135 年)，仍改属扬州；绍兴十年(1140 年)又属泰州；绍兴十二年(1142 年)又改属扬州。元代，泰兴升为上等县，属扬州路总管府。明代又属扬州府。清雍正二年(1724 年)改属通州。民国三年(1914 年)属苏常道，民国十六年(1927 年)直属江苏省，民国二十二年(1933 年)属泰州行政督察区，民国二十三年(1934 年)改属扬州行政督察区。1949 年全县解放，属泰州行政区。1953 年属扬州行政公署。1983 年属扬州市。1992 年经国务院批准撤县设泰兴市，由江苏省直辖、扬州市代管。1996 年 8 月由新设的地级泰州市代管。2013 年与昆山、新沂同为省直辖县级市。可见，泰兴是江苏省政区归属多变的县市之一。有趣的是，泰州地区的县级干部被提拔为副厅前，一般都会被安排去泰兴任职数年后再提拔，可见其地位不同于一般县。我常常和亲友们一起闲聊，说起自己的家乡泰兴都有一种自豪感，难怪在 20 世纪中期泰州恢复地级市建制时，将泰兴划归泰州管辖，一些干部很不情愿，甚至设置重重障碍。

泰兴的县治有过变更，始建县时，县治设于济川镇；后因塌江，于北宋太祖乾德二年(964 年)，县治由济川镇移至口岸以西的柴墟，并在其四周垒土为城。南宋绍兴初年(1131 年)，县治迁延龄村(今泰兴镇)。是亦为今市治。

泰兴水陆交通发达,长江岸线长达25.2千米,水运优势独具特色,江阴、泰州两座大桥将其与发达的苏南紧密相连,是锡常泰(指无锡、常州、泰州)经济圈的重要节点城市,素有“银杏之乡”“教育之乡”“建筑之乡”等美誉,为国务院最早批准的沿海开放城市之一和长江走廊上的一座新兴滨江工贸城市。

[人口高密度的长寿之乡] 就市域面积而论,泰兴不算大。1997年,泰州升格,在“三泰”② 地区区划调整中,江苏省政府批准将原属于泰兴的口岸、刁铺、田河、许庄、永安洲5个乡镇划归泰州市高港区,泰兴面积缩小。今泰兴全市总面积为1 170平方千米,但却是江苏省的人口大县(市)之一,2012年底全市总人口为120万人,人口密度为1 026人/平方千米,是长江三角洲,也是江苏省人口密度最高的县市之一。

泰兴是个劳力输出县市。在农耕时代,土地是农民的生活和生产资料,泰兴没有山,水面狭小,又是高亢沙土地区,土地的生存空间有限。所以,自明清时代以来,就有不少家乡人外出上海、苏南经商或从事手工业,以贴补家用。在我的记忆中,20世纪五六十年代,我们村几十户人家,至少有三分之一的农家都有人在沪经商、从事手工业或建筑业。

泰兴还是一个长寿之乡。90岁以上老人在总人口中的比例远高于江苏省和全国平均水平。究其原因,主要有两个方面:一是水土环境;二是与之紧密关联的饮食结构和生活习惯。

[享誉海内外的名产特色] 一方水土养一方人,泰兴亚热带北缘的气候和位处长江天然堤的特殊自然地理环境,养育了具有独特地域文化个性特征的泰兴人,在语言和饮食文化方面表现十分突出。泰兴人走南闯北,一开口说家乡话,立刻可以准确判断此人是泰兴人。小时候,泰兴猪、花生油、高粱酒是泰兴的三大特产,享誉大江南北。如今,临江生长的“长江三鲜”、千年古镇黄桥出产的“黄桥烧饼”、家乡宣堡的馄饨等,都是外乡人去泰兴旅游爱吃的食品。最能代表泰兴餐饮意境的要数粯子粥。这是用旱田种植的富含多种微量元素的元麦、大麦以及玉米粉熬制而成,几乎成为泰兴人每天必不可少的早餐当家食粥。面疙瘩、摊烧饼、荞麦扁团等特色餐饮已经搬进四五星级宾馆,深受顾客欢迎。

第二节　村上印象

郭寨村属于有千年历史的古镇——宣堡,历来为兵家必争之地。早在1130年,宋代英雄岳飞抗金,部下有位姓宣的大将在此安营扎寨,宣堡由此得名。宣堡人勤劳致富、淳朴善良、勇敢坚强,在中国革命的史册上写下了光辉的篇章。闻名中外的“黄桥决战”,苏中七战七捷的首仗,第一枪就是从宣堡打响的。

宣堡镇是江苏省人口最为密集的地区之一。村上的人们为了生存,也为了改善家庭生活,中华人民共和国成立前就有外出在上海打工、学手艺、做小生意的习惯。大多集中在上海,比如做缝纫、木匠、瓦匠、铁匠、开小店做小生意等,在上海的长宁区、曹家渡等就有不少手工业者、商户来自于本村,我在华东师范大学读书时与他们多有交往。

[生命井] 沙土地区地势相对高亢,地下水较深,对没有自来水的非河网地区的农民来说,吃水是个大问题,解决的办法就是挖井取地下水。我们村上有一口老井,供郭东、郭西两个生产队100多户人家饮用。那时候,每家都有一个大水缸,村上人家必做的事就是隔两三

天就要拿上一副长竹吊桶(20 世纪 70 年代将竹竿改为绳索),用扁担挑上一副空木桶去井边挑水回家,来往多次把家里的水缸挑满。这是一个重体力活,井水离井口有两层楼高,打满水不仅费力,而且要有技巧,我小时候也挑过,一个来回就吃不消了(图 1-6)。

图 1-6

老井是什么时候开挖的,我不得而知,但从井口一二十处被磨损的深槽推算恐怕至少有百年历史了。这口井是村民社会交往的重要场所,大家每天在这里碰面,寒暄交谈,问长问短,十分亲切,有些老人打水很吃力,总会有年轻力壮的人帮上一把。20 世纪 80 年代,农村用上自来水了,老井失去功能,前些年回乡想看看这口老井,很遗憾,已经不知去向。我心想,要是保留下来多好啊,因为它是郭寨村社会生活文化史的见证啊!

[**母亲河**] 在我家的后园,有一条河,称之为“铡刀汪”,它形似一把铡草的大刀东西向横亘在密集的农居、银杏树林之中,东高西低,西边有一座小桥,涓涓细水终年流淌,河水清晰。这条河为四周数百户的乡亲们提供淘米、洗衣之类的“服务”,遇上旱情,可以提水上岸浇灌屋前屋后的菜园。村上订有乡规民约,不准向河中扔垃圾,每年都要放养家鱼,逢年过节拦网抓鱼,家家户户都会分到几条大鱼。儿时,我常常用一个竹制网筛在桥下等鱼摸虾,较大的自己吃,小虾给猫吃;后来河中养鱼了,就不能再捕了。这条河是村上的母亲河,上百年来村民们都会自觉维护、保护水质,它和人工井一样都是郭寨村民的“生命水”(图 1-7)。

图 1-7

但是,从 20 世纪 80 年代开始,这条河渐渐失去了它原有的清净,活水变成了死水,鱼虾不见了,有人倒垃圾了,疏于管理了……这几年我每次回乡都要去看看这条曾经的生命河,遗憾的是它已经不再清澈!

应该说,家乡的外表环境整治得很好,道路通畅,被片片银杏树群落包围的民居整洁安静,还规划建设了大片树苗、水塘,以及农家乐等,十分诱人。如今的郭寨村成了江苏省省级文明村、先进村、绿化村、生态村,但乡亲们最担忧和关注的是母亲河“铡刀汪”何日才能彻底变清?!在本书写作完成后,我得知,村委会和上级政府已经采取措施治理。

[**农耕时代:旱作→旱改水**] 大自然给予的高亢一沙土地理环境,决定了我的家乡虽然处于北亚热带湿润地区,但千百年来种植的庄稼大都是旱作,夏秋季节种植黍子、稷子、高粱、玉米、荞麦、山芋、花生、黄豆等,冬春季节生长小麦、元麦、大麦、蚕豆,年种两熟,很珍惜土地!可以说家家户户都养猪,家境较好的人家有一头毛驴,耕地、运输、磨面粉等农活都少不了它。我的祖辈开过碾坊,左邻右舍都会来我家碾原粮,把麦子加工成面粉,也可以把黄豆加水碾磨成豆浆等等。

我的孩童时期是在吃杂粮、粗粮的“粗茶淡饭”中成长发育的,元麦、大麦、玉米、小米、山芋等是我们的主要食粮,花生、黄豆是我们的主要营养品,鱼虾不多,猪肉是主要的荤食品。母亲经常会为儿女们做些好吃的,摊烧饼、荞麦扁团、茄子饼等,偶尔也会煮小米饭,去镇上买点肉或鱼虾、豆腐等，算是改善伙食。儿时喜爱的饮食和习惯一直保留到现在。我每次回乡，家人都要熬粯子粥，临走还要带上一袋元麦粉回上海慢慢吃。

在中华人民共和国成立初期，地方政府大力推广“旱改水”，大搞农田水利建设，泰兴积极响应国家号召，投入人力、物力大兴水利，规定每年每家每户都要出劳力去挑河（人工开挖河道），不去挑河的要出钱，我家属于后者，有时候要花钱雇请人工去挑河。挑河的主要目的是兴修水利，推广种植水稻、提高单产，因此要开挖河道，联通江河，引长江水灌溉农田。泰兴是人口大县，劳力多，几年时间，全县就实现河道网格化，水稻得以大面积推广种植。为此，泰兴受到国务院的表彰，至今，在泰兴市博物馆里还收藏着这块国务院的奖状。

其实，当时对于“旱改水”在专家和百姓之中有不少反对声音。许多老农认为，泰兴东部、南部是长江天然堤的高沙土区域，不适合种植水稻，而且引水灌溉之后，会使土壤板结，破坏土壤的“团粒结构”，导致肥力下降，不利于长远的农业发展。我生长在农村，懂得一些农业知识，也可以说是一个反对者。

20 世纪 60 年代的“旱改水”运动，彻底打破了宣堡地区的传统农业结构和耕作方式，乃至农民的饮食结构。旱作消失了，传统的名特优产品——猪油酒也因失去就地生产的原料（花生和高粱、品种猪）不见了，70 年代家家户户开始吃大米饭了。家乡的土地自然性状和作物结构人为地“自上而下”行政性的“变革”，是好、是坏？在我的脑海里至今仍然是个问号。

进入华东师范大学地理系读书时，我的老师程潞教授在讲授农业地理时，我还对家乡特殊地理环境下的农业结构做过思考，老师曾建议我写成论文，可惜我当时不敢下笔。

我感觉家乡的传统农业结构是先民们根据当地的自然地理和人文地理环境，经过千百年农业经营经验的积累传承下来的，在今天看来，仍有重要的生态意义。一是农业结构和耕作方式符合当地的水土环境，二是种植品种的多样化和耕作的科学化（如花生地的轮作），三是较高的土地利用率和精耕细作，保持了农作物的持续高产丰收。这种结构和方式对于一个人均耕地不足一亩（1 亩≈666.7 平方米）、无山无水面、人多地少的特殊农业地区来说，不应该轻易打破，今天看来，更具有一种典型的农耕生态—文化意义。

［银杏情结］ 很多人都知道泰兴的白果（银杏）全国有名，年产量占全国的三分之一，远销世界。而其中最有名的所谓大拇指白果（1999 年昆明世博会指定为唯一享有永久性冠名权的“无公害白果”），就主要出产在宣堡。

郭寨村的银杏树木密布，村上人家家家户户都有好几棵大银杏树，如今小的二三十年，大的上百年。对于百姓来说，种植银杏树一是为了收获白果，二是看重银杏树木材质的价值，一棵树龄四五十年的银杏树市价在数万元。小时候，我们都把银杏树当做“摇钱树”。春天“打花”，经过精心抚育，盼望秋天多结果、结大果、求卖一个好价钱。那时候，许多农家靠它赚一年的家庭零用呢。记得最贵的时候，收购价格达到 10 多元，甚至 20 多元一斤！种植银杏树是我们村上实实在在的家庭副业。近年来，随着银杏树的大量增加，白果价格下跌，银杏树在家庭收入中已经不那么重要了。不过，银杏树的生态、景观功能越来越被大家所认知，舍不得把它卖掉。春

图 1-8

秋两季,还是有不少游客专程前往观赏银杏树(图 1-8)。

泰兴人和银杏有一种说不清的缘分。现代科技把银杏的利用诠释到极致:树干可以加工成很好的雕版或者砧木,叶子能提炼出黄酮加工成心脑血管药品,银杏(白果)可以煲汤或入药,就连外皮亦可以做成生物农药。高杆的银杏树是造林绿化的极佳选择,低矮的还可以培育成盆景。

我自幼在银杏树下长大,与银杏有一种特殊的情结。家里的屋前屋后、自留田里都栽植有多棵银杏树,虽然从 10 岁时就离开家乡,但始终惦记着家里的那几棵银杏树,每次回乡都要仔细看看那几棵银杏树,尤其是开春发芽、秋风吹落银杏树叶时,景色十分迷人,我会不由自主地拿起相机照上几张相片带回上海。大概 10 年之前,我在一次散步到真如镇附近一个花鸟市场时看到一盆嫁接的银杏树盆景,十分喜爱,花了 60 多元买回家,放在我的住所——华师大三村的一栋 16 楼的阳台上,一直精心养护,如果出差在外,都会关照老伴不要忘了浇水(图 1-9);遗憾的是自 2007 年开始我搬到市中心静安区的达安城居住,疏于管理,炎热的夏天多日未浇水,这盆我喜爱的银杏树盆景不幸旱死,很是心疼。至今我仍保存着这个银杏树花盆。2014 年我的学生们建议我加入微信群,要起一个微信名,我迅速想到家乡的银杏树,就叫做"白果先生"吧。我想这也许就是我的"银杏"情结吧。图 1-10 为我的小家庭成员,图 1-11 为六兄弟姐妹等人在老屋前的合影。

图 1-9

图 1-10

图 1-11

注释

① 许多学者研究县(市)域经济都讲究以全国的经济排名来评价其经济实力,泰兴市在全国县市级经济排名中一般居 50—60 位,是个中等发达的县级市。——作者。

② "三泰"是原泰州、泰兴和泰县(今姜堰区)三个县市的通称。

第二章　求学：私塾→师范（1955 年前）

读书求学，上到大学，在城市找到合适的工作，是我们那个时代农村人的一种梦想。我的孩童至青少年时期正处于从兵荒马乱进入中华人民共和国成立时期，我在动荡中完成了小学教育，在中华人民共和国成立期间进入初中，在大兴农村教育的背景下走进师范门，伴随着时代的脉搏，一步步朝前走去，没有骄人的学习成绩，但很努力。也许就是在这平淡的学习生活中为上大学打好了基础，铺好了路。

第一节　私塾→初中

［乡村私塾→口岸小学］　20 世纪 40 年代，乡村的孩童想读书一般都进本村的私塾，我 6 岁开始在本村东头的一个张姓私塾读书，从家中走路到那边大约 10 分钟。私塾老师是一位干练、严厉而谦和、通晓四书五经的好老师，大人们都称他“大隆先生”[①]。我们主要是学习《三字经》《论语》《孟子》之类的古书，教室是家中的客厅，放有几张方桌，每张桌子坐三四位学生，各人入学日期不同，年龄不同，天资有别，内容进度各异，可谓因人施教。那时候，私塾老师都备有一把不足一公分（1 公分＝1 厘米）厚的木质尺子，如果背不出来，就会被打手心。我也曾经被打过。家长们“望子成龙”，大多是支持这种惩罚的。在私塾老师之中，大隆先生算是开明的。在教授古书的同时，也教一些算术、珠算。在兵荒马乱的年代，时读时停，常常受到干扰，加上年龄小，往往心不在焉，读书效果欠佳，我在私塾三年多基本读完《论语》之后，就离开了私塾，转入位于宣堡镇西部数千米、口岸镇上一所有名的小学读书，插班四年级，开始了正规的小学教育。私塾的学习，给了我一定的语文基础，懂得了一些孔孟之道。因为年龄太小，儿时所学的《论语》如今已经背诵不出了。

20 世纪 40 年代中期，口岸镇小学不多，我插班四年级就读的是位处镇北面通往龙窝口、设立在白马庙里一所规模较大的小学，亦称之为白马庙小学。小学留给我的印象有两点，一是环境很好，庙前有一棵大银杏树，夏天我们都喜欢在树荫下避荫玩耍；二是学校离口岸镇很近。这是一个相当规模、繁华的老镇。我有空就会去镇上溜达。那石板路、拱桥、小河、小吃店，甚至钱庄，至今仍留在我的记忆里。

［孩童时期的动荡生活］　1937 年，是我的出生年，正是日军发动卢沟桥事件、大举侵略中国、全民抗战开始之年。当年 8 月日军进攻上海，将战火蔓延到长江流域，泰兴于年底沦陷。直到 1945 年日本投降，八年光景，我的家乡一直遭受日伪揉虐，而由于泰兴地处苏中沿江核心地带，为日伪势力的边缘，也是新四军与日寇、伪军及国民党抗争的重要战略要地，有一段时期，宣堡地区的广大乡民要面对日伪扫荡、新四军和国民党军队与之争夺的“拉锯式”局面，乡村干部也要饰演“双面人”角色，白天应对日伪、国民党，夜晚则是共产党。因而这段时期是家乡百姓遭受磨难最多、最为痛苦的时期。百姓惶恐不安，常常逃来逃去，生活十分艰辛，读书时断时续。记得有一次日本人来了，我和比我大一岁的堂兄逃亡西乡；另一次，我和姐姐从乡下去龙窝口父亲处，半路上远远见到荷枪实弹的日本兵，十分害怕，赶紧跑往邻

近村庄躲避。

1940 年 1 月，日军海军陆战队从七圩港和天星桥登陆，进入泰兴城，国民党一枪未发，弃城撤退。苏北特委指示，以宣堡为中心，搞好两泰边区(泰兴、泰县)工作，争取让泰兴城的青年参加抗日救亡活动。此前(1939 年夏)江苏省泰兴中学也搬到宣堡东侧的封家堡、樊家堡，宣堡地区以泰兴中学为中心成了地下党、新四军频繁活动的地区，许多学生走上了革命道路。

[一所历史悠久的初中] 1949 年 7 月从口岸小学毕业后，我考上了口岸镇上唯一一所初中——江苏省泰兴柴墟初级中学(今江苏省口岸中学)。这所私立初中创办于 1926 年 10 月，历史悠久；坐落在口岸镇一所著名的庙宇——岳王庙[2]。中华人民共和国成立初期，口岸镇隶属泰州市，对柴墟初级中学进行了改造，新建了教学大楼。学校曾经改名为泰兴临江初级中学，后改名为口岸初级中学，1996 年被确认为江苏省重点高级中学，2001 年 4 月被评为国家级示范性高中，2005 年 9 月经教育部批准开始承办内地新疆高中班。2006 年 10 月 26 日，我应邀从常州(项目调研)赶回母校参加了建校 80 周年校庆盛会(图 2-1)。

图 2-1

[古庙内的学习生活] 初中阶段古庙内的学习生活留下的记忆不多。但家乡解放了，我非常兴奋，学校的政治气氛很浓，班级的活跃分子几乎都加入了少先队，年长的入了共青团。我在班级表现得相当积极，当上了带两条红杠杠的中队干部。我对数理化不是特别感兴趣，喜欢语文、地理、历史课，当时思想十分幼稚、单纯，受政治宣传影响，认为选学英语的学生都是政治思想表现不太好的人，因此也加入了拒学英语的行列之中，为此还受到了父亲的批评。1952 年，我从私立临江中学(由柴墟初级中学更名而来，后又更名为泰州市口岸初级中学，并转为公立)毕业。

第二节　师范学校

初中后期(1951 年—1952 年 7 月)，正当开展“三反”“五反”、私营工商业改造政治运动，我的父亲受到短暂审查，虽无大事，但经营的小木行被关闭，家中经济条件恶化，初中毕业后，班主任根据我的家庭情况把我分配到扬州师范学校。

[一所革命传统学校] 扬州师范学校是一所具有光荣革命传统的学校，她的前身是新四军创办(1942—1945 年)的乡村师范学校，是专为江苏省苏中、苏北地区及其邻省(皖中、皖北、鲁南等)广大乡村输送小学教员的一所革命老学校。听第一任校长在开学典礼大会上说，乡村师范学校的学生一边读书，一边还要随时准备打仗。学校没有固定的校舍，甚至教室，每个人都备有一张小板凳，一个讲义夹，很多时候坐在小板凳上上课，许多教员都是新四军中有文化的干部。

中华人民共和国成立后以乡村师范学校为基础，在扬州组建了扬州师范学校。学校位处扬州有名的皮市街，由两座大庙组成。图 2-2 为皮市街一角。生源来自扬州地区各县市，我们这一届就有六个班。校长非常年轻，很瘦弱，但精干、老练，作起报告来精神抖擞，滔滔

图 2-2

不绝，眼中有神，声音洪亮，给我们这批师范学生留下了深刻印象。

［一批年轻的教师］ 在《江苏省扬州师范学校第九届毕业生通讯录》上，列出了扬州师范学校的教师和毕业班学生的全部名单。1955 年上半年全校共有 67 位教职员工，我弄不明白的是，最高领导只有两位副校长，排第一位的是 25 岁的唐椿(男，盐城人)，第二位是辛夷(女，上海人)；教导主任年纪较长，为 48 岁的朱一帆(男，靖江人)；有 1 位副教导主任、2 位副总务主任；有 9 位语文教师、6 位数学教师、3 位化学教师、3 位生物教师、2 位地理教师，奇怪的是物理教师只有 1 位，而文科教师却不少——政治 4 位、历史 4 位、教育学 5 位、图画 3 位、体育 2 位，1 位音乐教师，总共 43 位教师。在这 43 位教师和 6 位领导之中，年龄在 30 岁以下的有 20 位，30—40 岁的有 16 位，40—50 岁的有 8 位，50 岁以上的有 3 位，可见，大多是青年教师。

［面向基层教师的职业教育］ 中华人民共和国成立初期，急需大量爱国的专业人才，师范和工科院校首当其冲，但绝大多数学生都喜欢读工科，将来当工程师；教师职业在社会上的地位不高，但国家却十分重视兴办中等师范学校，因为小学缺少大量合格的师资。那时候，读师范学校的人，大多是家境不太好、愿意回老家工作、希望早些拿工资的人。我是其中之一。

与初中时代相比，师范学校的课程更多、更为丰富多彩了，这是因为小学教育要求学生全面发展，教师必须是“全能”的多面手。

扬州师范学校的师范教育具有几个特点：一是注重政治思想和政治品德的教育，要求学生毕业后做一位中华人民共和国合格的教师；二是忠诚教育事业的教育，要求每个学生毕业后都要认真从事教育事业；三是作为小学骨干教师的全面素质教育，文理科、主副科都很重视；四是重视教师的教育学教育，教育学的师资力量很强；五是文科占据重要地位，配备的师资力量较强；六是音乐、图画课技能的培养要求较高。

三年学习生活之中，我在班级里的成绩算不上拔尖，但各科成绩都较好，注重全面发展(图 2-3)，较喜爱语文、教育、心理与生物、地理、音乐、图画。一年级我的一篇作文在全校大会上受到过表扬。我的图画时常被老师选挂在教室里。音乐老师是上海一所著名大学(华东师范大学)音乐系毕业的，他总是戴着一副黑眼镜，原因是他一只眼睛不好。他上起课来，声音洪亮、音色厚重，很吸引学生，老师说我的音色不错，对音乐节奏比较敏感，我就喜欢上了音乐。1953 年举行扬州市大中学生音乐比赛，我有幸入选合唱团参加比赛。

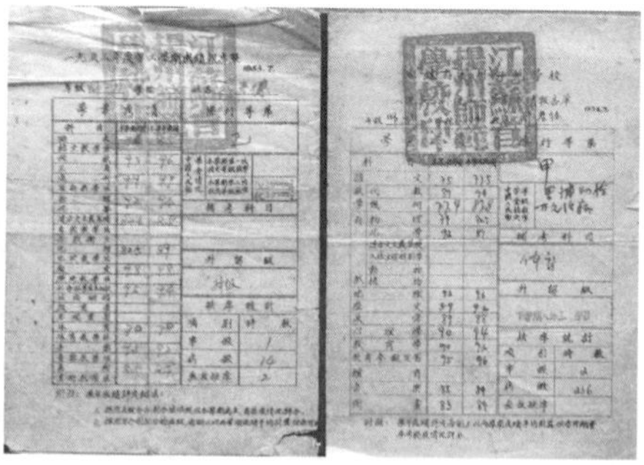

图 2-3

我的身体素质较差，不爱锻炼，体育技能是我的弱项。我的成绩报告单显示，二年级请病假达 236 学时，成绩略有下降。今天看来，三年的扬州师范学校教育，给我的不仅是作为一位小学教师所必须的全面、扎实的知识基础，更为重要的是使我喜欢上了教师这个职业，懂得了应该怎样做一位中华人民共和国合格的教师，懂得了做人的政治—道德基础。我在这里加入了共青团。

[难忘恩师情：张沛庆] 在扬州师范学校的三年，给我留下印象最深、永难忘怀的是我的班主任张沛庆老师。他是一位生物老师，教我们时大约30岁，在当时的任课老师之中算是比较年长、有教学经验的了。

他，身材较高，生过肺结核，比较瘦弱，目中有神；

他，一口扬州方言，讲话亲切和蔼；

他，上课认真，思路清晰，没有一句废话；

他，真诚待人，关爱每一位学生；

他，从不发脾气，总是苦口婆心、谆谆诱导；

他，使我走上终身教育事业之路。

那是1955年上半年——临毕业之年，国家为加快发展高等学校，针对当年高中生源不足的情况，决定从应届师范生中选送一批参加高考。我有幸被选上了，但不幸的是在不久的体格检查中发现我患有胸膜炎，这在当时可以说是一种严重疾病了，完全可以换人；而我当时的家境不太好，回家休养恐怕难以在短时间内康复，更不可能参加高考。

正当我惶恐、担忧、惆怅之时，班主任张沛庆老师（下文简称张老师）在学校同意下做出三项决定：一是让我住在医务室治疗恢复；二是保留我参加高考的资格；三是增补预备名额，以防我因身体原因不能参加高考而浪费名额。我没有想到张老师对我如此厚爱。

就这样，我在扬州师范学校的医务室渡过了难忘的两个月时光，一边治疗休养，一边复习迎考。特别令我感动的是，当时家庭经济条件不好，父母亲虽然倾力送些好吃的、我爱吃的东西来，但住宿、医药费难以负担，学校给免了。住校医务室期间，张老师三天两头来看我，特别关照医务室要好好治疗，好让我及早康复。我记得，有好几次张老师送来新鲜猪肝、番茄之类让食堂为我开小灶。就这样，我的身体恢复较快，在高考前走出医务室，顺利参加了高考。

在我的记忆之中，这段经历始终铭记在心中。

张老师给了我大学人生。在计划经济年代，没有张老师，也许我不可能走进大学校门，很可能在本县乡村做一位小学老师，然后成家立业。

有时，我在想为什么张老师对我如此厚爱？我算不上班级里的最拔尖人才，也不是班级干部。这个问题我没有问过张老师，张老师也没有对我说过。细细分析，恐怕有两个原因，一是张老师看中的可能是我的全面发展、为人品格和求学欲望。他在我一年级的“成绩报告单”上是这样写的：“学习上很用功，各科成绩平均发展，生活上遵守纪律，性格温和，做事仔细，负责一定工作时能（有）热情和魄力。”二年级的成绩报告单上写着：“本学期来，即虽身体较差，学习上还是认真的，个性沉静纯洁，并能虚心接受意见。”[③] 二是张老师年轻时也生过肺结核，身体较差，但认真求学读书，可能是他体验到身体欠佳学生求学之欲望，是一种“同病相怜”、对学生的一种同情心吧。

张沛庆老师的音容笑貌常常在我脑海中浮现，在我的人生经历中这是一段抹不去的历史。

我在华东师范大学地理系毕业留校工作后，曾携夫人专程去扬州，寻找母校——位处皮市街的扬州师范学校和我的恩师，哪知道皮市街已经大变样，原本 3 米宽的花岗岩条石街不见了，马路拓宽了，连两座大庙也消失了。只得失望而归。

原来，早在 1968 年扬州师范学校就改为扬州市第五中学了，今为扬州市田家炳实验中学。

后来，通过亲友打听，班主任张老师早已调入扬州师范学院生物系(科)任教，他帮我找到了老师的住处。我和夫人专门登门拜访，张老师见到我很开心。他虽然年迈、瘦弱，但精神很好。在交谈中，他对我开展的南通地区野外调查很感兴趣，而且说，生物与地理很多地方相通，也需要带领学生进行野外实习。拜访结束，我将一本关于经济地理野外调查方法的书送给了张老师，他很高兴。

这之后不久，张老师因年迈体衰离开了人间。

[选送高考:走上地理人生之路] 1955 年临近高考时，张老师考虑到我的身体状况，加上复习迎考时间仓促，建议我报考教育系，我报考了江苏省师范院校的教育系。无奈，1955 年的江苏省高师教育系方向为幼儿教育系，主要招收女生，我的材料只好留在省招生办。参加高考的同届同学都已经被录取，独缺我"去向不明"，在扬州师范学校的毕业通讯录上(图 2-4)，只有我的名字下面留下了空白。

图 2-4

大约隔了半个月，正当我在郭寨村家中等待消息时，扬州师范学校教务处派了一位教务处的老工友专程从扬州赴乡下[那时候乡下不通公路，要徒步几十里(1 里＝500 米)的路程]送达华东师范大学的录取通知书。

我被华东师范大学地理系录取了，这一消息迅速传遍全村。郭寨村出了一位大学生，而且是全国重点大学啊!

顿时我激动的心情难以言表，左邻右舍、亲友的祝福声，祖父、父母的高兴劲儿，深深印刻在我的脑海之中。

深深感谢母校扬州师范学校，感谢那位送达录取通知书的老同志，感谢我的好班主任张老师！当然，最值得感谢的是华东师范大学，她让我进入大学地理之门，开启了我的大学梦！图 2-5 为扬州市瘦西湖一景。

(a)

(b)

图 2-5

注释

① 在郭寨这个大村庄中，提起大隆先生无人不晓，他算得上是村庄中的高级知识分子了，我们这个年纪的读书人大多就读于他的门下。先生身材不高，为人师表，夏天也穿着一身长衫大褂，天热一身汗水，扇子总是不离手。我读书时先生 30 多岁，为人和蔼，但十分严厉，讲课中气十足，声音洪亮，学生也是摇头晃脑地高声朗读、背诵，他要求我们聚精会神、认真听讲。后来，随着乡村正规教育的发展，大隆先生被调往一所初中任教语文，再后来当了总务主任直至退休。大隆先生给了我启蒙文化教育、做人的道德教育，我怀念他。

② 如今只剩下“岳王庙”的名字还存留在老一辈人的心间。前几年，为挖掘和传承学校深厚的文化底蕴，在新建的教学楼前建起了一座纪念岳飞的“鹏举园”。

③ 一年级各科学习成绩：语文 85 分，代数 96 分，几何 97 分，物理 94 分，达尔文主义基础 85 分，地理 89 分，历史 98 分，社会科学基本知识 94 分，体育 70 分，音乐 92 分，美术 84 分。二年级各科学习成绩：语文 77.5 分，代数 94 分，几何 83.8 分，物理 80.5 分，化学 89 分，地理 86 分，历史 92 分，政（治）常（识）88 分，心理学 94 分，教育学 92 分，教育参观实习 96 分，音乐 84 分，图画 84 分，补考科目为体育。二年级病假 236 学时。在申请人民助学金核定等级数字一栏内写了“曾补助 10 万元治病”。由于身体原因，二年级的成绩略有下降。

第三章　大学:学习地理(1955—1959 年)

上大学圆了我的人生初梦;入名校名系,令我兴奋不已,我的地理人生是从这里开始的(图 3-1、图 3-2)。什么是地理?地理有什么奥妙?地理能做什么?在突出政治的计划经济时代,地理学怎么做?聚集在华东师范大学地理系的中华人民共和国一批优秀的地理学家、导师们给了我们这代地理学子最好的地理教育,出色地回答了上述问题,他们是我地理人生的引路人。我的体验是:政治+名师的地理教育造就和奠定也规制了我的地理人生。

图 3-1

图 3-2

第一节　丽娃河伴我成长

[初入大学门]　1955 年 9 月初,我扛着行李、怀着激动而好奇的心情走入大上海的名校——华东师范大学。在跨入中山北路校门的那一刻,我就被校园的"大"和"美"深深地吸引了。在地理系接待处登记完毕后,一位大高个子、戴眼镜、说扬州话的高年级同学热情地帮我扛着行李,径直走到地理馆,一路边看边聊。没有想到大学这么大,从大门口走到地理馆要穿过两条河,走过两座桥;没有想到华东师范大学这么美,看看这河、这桥、这树,这一幢幢很有特色的办公楼。入校首日,华东师范大学的"大"和"美"深深地吸引了我(图 3-3、图 3-4)。

图 3-3

图 3-4

办完所有入学手续之后，我很荣幸，地理系系主任、著名地理学家李春芬教授(下文简称李先生)亲自和我进行了“新生入学”谈话。李先生神采奕奕、绰绰而谈，他向我介绍了地理系的情况，使我初步了解地理系是华东师范大学乃至全国的名系。李先生和蔼亲切，目中有神，说话响亮有力、抑扬顿挫，而留给我的第一印象是李先生的家乡——苏中兴化口音，顿时觉得十分亲切。谈话时的情景至今仍刻印在我的脑海之中。不久，我就知道了华东师范大水地理系是中华人民共和国首批创建的地理系之一[①]，是全国名系、大系。进入地理系如同进入一个新的大家庭，开始新的学习生活，也渐渐消除了大学的神秘感。

后来，我被委任为二班班长。入学不久，我就打了入党申请报告，由于表现比较优秀，很快成为班级里首批入党培养对象。1956 年 10 月，我被批准加入中国共产党，成为预备党员。在那政治第一的年代，作为共产党员，处处、事事带头，吃苦在先，享乐在后是天经地义的。入党是一个非常神圣而光荣的大事，班级同学也会刮目相看。

图 3-5

不过后来，由于当时身体欠佳、神经衰弱，我便主动要求不再担任班长，我的班长任期持续了一年半光景。记得进入大学二年级，耳疾引起的“美尼尔斯综合症”逐渐加重，以至于想申请休学(未获批准)。说来好笑，上体育课时，我被划入体弱班，成为重点关照对象之一。图 3-5 为体育课上进行篮球比赛的体弱男生与女生。

就师资力量来说，我们这一届同学是幸运的。新组建的华东师范大学地理系的教师都来自浙江大学、南京大学等著名的高校，他们都相继为我们亲自授过课。老一辈地理学家一丝不苟、认真教学的情景，以身作则、言教身教的敬业精神和高尚的师德让我难以忘怀，终身受益。

1957 年春夏，全国开展了以大鸣、大放、大字报、大辩论形式的群众性的整风—反右政治运动。一大批有才能的知识分子，包括一些青年被打成右派。地理系有两位老师被划为右派，我们班级也被抓出两位所谓的右派。

我不能理解的是，这些与我们一起学习和生活的老师与同学，怎么就突然变成存心反对、攻击中国共产党的右派了呢？作为一位新入党的党员，我的表现在当时被看成一种右倾。更为严重的是，我在一张“救救教育事业”(物理系部分师生贴出，要求提高教师待遇和地位)的大字报上糊里糊涂地签了名。这在当时犯下了大错，为此被延长一年预备期。1958 年 2 月 16 日，我写了申请转正报告，后终于得以转正。

[传统的地理教学] 我们所接受的师范地理教育课程设置(表 3-1)，可以归纳为五大块：一是地学基础与工具科目(地球概论、测量与地图学)；二是部门自然地理科目(地貌学、地质学、气象气候学、水文学、土壤地理学、植物地理学)；三是经济地理学科目(经济地理学导论或概论)；四是区域地理学科目(中国自然地理、中国经济地理、外国自然地理、世界经济地理)；五是地理教学法。除专业课之外，政治类课程设有哲学、政治经济学、中国革命史，教育类课程设有教育学、心理学等。

表 3-1　部分专业课程设置表

课程	任课教师	年级	野外实习
地球概论	金祖孟、陈自悟	一	—
气象气候学	周淑贞、陈自悟	一	校内气象站
地质学	苗迪青、王自恂	一、二	苏州、杭州、南京
测量与地图学	吴泗璋、黄永砥	一	上海、杭州等
地貌学	严钦尚、郭蓄民、潘明友、梅安新	二	南京、庐山
水文学	陈吉余、王中远	二	庐山、昆山
土壤地理学	郑家祥、肖德桢	三	庐山
植物地理学	莎芭琳娜、王和生	三	庐山
各州自然地理	李春芬、胡焕庸、严正元	三、四	—
中国自然地理	刘象天、叶粟如、陈永文	三	庐山
世界经济地理	钱今昔、金兆华、田松庆、周之桐	三、四	—
中国经济地理	严重敏、程潞、杨万钟、邵清宇	三、四	杭嘉湖、淮南煤矿等
地理教学法	褚绍堂	四	—
教育实习	—	四	松江区第三中学
教育学、心理学	—	三	—

回顾我四年的师范传统地理教育，有这样几个特点：一是围绕培养目标（各省师范院校地理教师）设置课程。二是重视区域地理课程的教学。针对当时各省市地方师范院校师资的需要，以及地理系学生中中国地理、世界地理知识的不足，加强区域地理教学是必要和合理的。三是偏重部门自然地理，相对忽视经济地理。尤其缺少部门经济地理学的教学，这是与综合性大学地理系的一个明显区别。四是教学方式单一，缺少启发式教学。五是重视野外实习，注重理论联系实际，几乎每年的暑期都要安排野外实习。

［野外实习的故事］　野外实习是培养地理专业人才的重要环节。地理是研究地球表面各种自然和经济、社会、政治、文化，乃至生态等各种现象及其内在的复杂关系之道理，地理工作者是在与地球打交道。对地理现象—规律之认识来源于地理实践，全国各大高校地理系都十分重视安排地理学课程的野外实习。有幸的是，许多名师以及一批年轻有为的教师带领我们实习。印象最深的是一年级的杭州地质实习，二年级的长江三角洲前缘地下水调查、杭嘉湖地区经济地理实习，以及三年级的淮南煤矿经济地理调查。

杭州地质实习是在 1956 年的暑期，我们第一次由老师带队赴杭州市进行系统的地质学科野外实习（图 3-6、图 3-7）。第一次与山接触，认识山区的地质奥秘，既兴奋，也好奇。实习历时两周。同学们在老师的带领下冒着杭州的炎热，汗流浃背，聆听老师的现场讲解，揭开杭州地区山体形成的一个个奥秘。那时候，大家身背一个帆布背包，外加一把榔头、一只罗盘、一本野外笔记本、一个铝合金饭盒和一只水壶。上山带着馒头，加点酱菜就是一顿不错的午餐。因为天热，水壶的水常常提早喝空！

我对野外实习特别有兴趣，总是认真记录老师现场讲解的内容。至今仍保留着长达15页的“杭州地区野外实习报告”（图3-8），可谓内容丰富，还配有手绘的杭州实习地区简明图以及多幅铅笔素描图。老师给出的评语是，“此篇报告质量最高，可酌量留作成绩”（8月5日）。

图3-6

图3-7

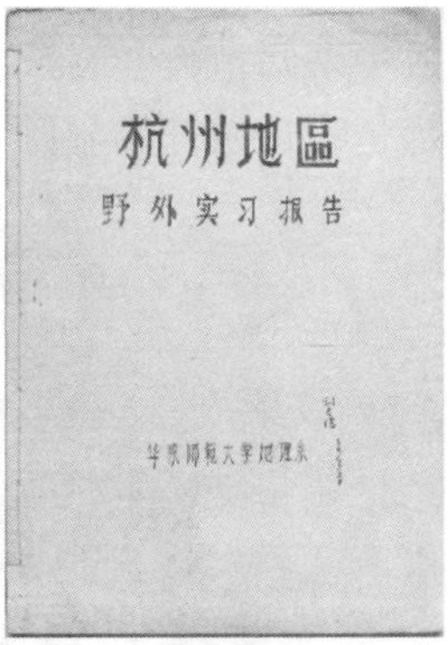

图3-8

继杭州的地质实习之后，系里又先后安排我们去苏州（地质）、南京（地质地貌）、苏南昆山（水文实习—地下水普查）、杭嘉湖（经济地理）、庐山（地质地貌、土壤、植被等综合性实习）等地的实习活动。每次实习，同学们的兴致都很高，加深了对课堂知识的理解，提高了野外观察—认知能力，还有机会欣赏祖国的名山大川。

野外实习和现场教学活动大大激发了我对地理专业的浓厚兴趣。在高年级阶段，我开始思考毕业之后适合做什么。当时，系组织人事部门对每一位学生掌有绝对的控制权，个人必须服从组织的计划安排；但专业兴趣和未来方向可以自由选择。两次重要的经济地理实习，使我对经济地理产生了感情。我的身体素质不太适合地质地貌类的专业工作，经济地理专业方向成了我的自然选择。

第二节 知名教授的熏陶

［幸运的“59”届］ 无论是我们的前辈教师们，还是我们后面毕业的学生辈，对地理系历届毕业生都有一个不约而同的评价——“‘59’届蛮厉害的”，其中或许有些恭维的成分。从事实来看，我们这一届留校的人较多，接老一辈班的人较多，挑大梁的人较多。究其原因，可能有以下两个因素：

首先是政治因素。我们“59”届（图3-9）总共有学生60名，但自愿填报地理系的，可谓屈指可数。长期以来，中学教育对地理学存在偏见。在“学好数理化，走遍天下都不怕”的背景下，地理学少有人问津。就连华东师范大学的名系——地理系，真正填写地理系志愿的人也很少，不得不从非志愿生中挑选进入地理系。一些所谓家庭出身不好的学生被迫进入地理系。不过，他们的数理化功底反而较好，中学基础知识扎实，能力更强，为日后崭露头角奠定了基础。

其次是教师因素。从师资因素来看，“59”届是幸运的。中华人民共和国最优秀的地理学家有不少聚集在华东师范大学地理系②，因此我们就有机会接受了许多知名教授的系统专业教育。

［李春芬教授的严谨、自律与器重③］ 李先生是华东师范大学地理系的创始奠基人，华东师范大学地理系成为全国公认的一流学科，李先生功不可没。从1952年起，直至1996年仙逝，李先生在华东师范大学地理系、西欧北美地理研究所工作长达44年，我从1955年进入华东师范大学，接受李先生的教育、教诲有41年。无论是在做学问，或是做人方面李先生都是我最敬仰的导师，他的言传身教至今使我终生难忘（图3-10）。

图 3-9

图 3-10

一是在新生入学教育时，李先生的那种对地理科学的自信感、那种带有苏中地区浓浓乡音的亲切感，都深深刻印在我的脑海之中。因此，我一进华东师范大学地理系就充满了对地理科学的自信，对地理科学教育事业美好未来的憧憬，同时也感受到了李先生对我的关怀。

二是直接感受李先生在讲授"各州自然地理"课程时流露出的激情、严谨和一丝不苟的认真精神。李先生讲课的精辟、精彩是我们同班同学所公认的。李先生的课既有高度，更有深度，尤其是讲授南美洲地理环境结构内容时，以亚马孙河水系为纲，纲举目张的严密逻辑思路，层层剖析、引人入胜的讲授技巧，都使我难以忘却，终身受益。李先生几乎凝聚毕生精力，对南、北美洲自然地理长期孜孜不倦地进行深入研究。其论著《南美洲地理环境的结构》（1962年科学出版社出版）和《北美洲地理环境的结构》（1990年高等教育出版社出版），被公认为世界区域地理学的杰作。李先生在长期的区域地理研究和教学中总结出的"地理环境结构的整体性和差异性"④理论思想和观点，对于我工作后从事区域地理的教学和科研工作有很重要的启示和帮助。

三是李先生地理系主任的交班期望。1959年8月，我从地理系毕业后留校工作，经历各种政治运动，尤其是"文化大革命"的洗礼，与地理系的广大师生在磨难中奋进，直到粉碎"四人帮"，迎来改革开放的新生。这段时间，我担任过教工团支部书记、学生政治辅导员，下乡参加社会主义教育运动，下放市郊奉贤"五七"干校劳动，参加过嘉定县的"小四清"和马陆劳动，还参加过崇明县汲浜公社潋西大队为期半年的"大四清"运动。1980年3月，我被任命为地理系副系主任，协助李先生分管地理系科研工作，这是我第一次担任系里的行政工作，直到1982年10月李春芬先生退居二线，我又被任命为代系主任，直至1984年。图3-11、图3-12为与李先生共同接待香港中文大学教务长杨汝万教授。

当时我还是一位讲师，就挑起全国，乃至世界著名的地理系工作的重担，这是校党委、校领导对我的能力和人品的信任，也是由于李先生对我的有力支持、有意识的培养和考验。

(a)

(b)

图 3-11

这里我还要说的是我对李先生的一种愧疚感。李先生对我的器重、美好的期望:接好他的大棒,努力把地理系办成国家一流、国际上有重要影响力的地理学科学教育基地。遗憾的是,这个愿望没有在我手中继续下去。1984 年,我选择了南方山区综合科学考察队,担任第三分队队长职务。如今看来,这是我地理人生中一件不可弥补、终身遗憾的事情。如果我没有辞去地理系领导职务转战南方山区综合科学考察,也许我的地理人生的后续就要改写。

图 3-12

四是李先生创建了全国首批,也是唯一的区域地理学博士学位点。李先生是国务院学位委员会委员。1981 年,国务院学位委员会首次会议在北京召开,李先生任地学学科组副组长、地理学科组负责人。我作为地学学科组的秘书随同李先生赴教育部参加了博士点的评审会。记得当时的地学学科组阵容庞大,包括地质、地理、水文、气象、海洋等学科,集中了几十位全国顶级专家,是学科组中人员最多的。这么多地学的专家聚集在一起,讨论、投票确定全国高校的博士学位点布局。会议开了 10 天左右,鉴于当时地学学科组的地质专家占居半数,经常会"把持"和"控制"会场,在会议后半段,我作为地学学科组的秘书,向当时的国务院学位委员会负责人提出建议,希望将地学学科组分为两个组开展活动,理由有两点:一则人数过多,难以让每位专家畅所欲言;二则由于地学学科组内的学科结构复杂,人数不平衡,难免会出现地质学科垄断的现象。我的建议得到了采纳。不久,地学学科组被分为地学学科一组和地学学科二组。这一体制一直延续到现在,两个地学学科组相安无事,均能够顺利开展工作。

经认真讨论、投票,地理学博士点设置分为自然地理、人文地理、区域地理三大块(几年之后,区域地理博士点与人文地理合并为人文地理学博士点)。全国唯一的区域地理学博士点设在华东师范大学,李先生是全国唯一的区域地理学科领路人。华东师范大学成为国务院学位委员会全国首批设立研究生院的单位之一。1991 年,我被国务院学位委员会批准为区域地理学博士生导师。我深知，这绝对离不开李先生的关怀与提携。后来，李先生还曾经招收了一位博士后，确定为中外农业地理比较方向，李先生希望我能配合、参与指导，因此我有机会再次聆听了李先生的教诲，感受到他治学的严谨。

记得李先生在申请国家计划委员会的博士后基金项目(题目为“美国农业空间结构的战后变化与我国农业商品基地的选建”)时，我起草了一份提纲，交由李先生审阅，李先生逐字逐句地进行了修改⑤。我珍藏了李先生修改的提纲。

另一件事是李先生参加了我的第一位博士生舒庆的博士论文答辩，答辩中有个别老师基于地理学的旧观念提出质疑，李先生发表了不同意见，并表明“这才是真正的具有创新思想的博士论文”。李先生的观点亦得到了其他知名教授的认同，当时的一幕深深刻印在我的脑海之中，也为李先生在关键时刻实事求是的态度和严谨的学风及勇气所折服。

[胡焕庸教授的渊博、区划与影响] 胡焕庸教授(下文简称胡先生)(图 3-13)，是一位“全能”的著名地理学家、地理教育家，通晓自然地理和人文—经济地理学，以及中外区域地理。他的地理专业知识之渊博，用“无人堪比”来形容并不为过。他一生著书立说，成果极为丰富。

图 3-13

早在 20 世纪 30 年代，胡先生就关注并潜心研究中国人口地理问题，耗费巨大精力，精心收集中国人口数据，绘制了中国第一张人口密度图，敏锐发现了一条东北—西南的直线——瑷珲(今爱辉)—腾冲线，发表后引起世人瞩目，被称为“胡焕庸线”，影响极其深远。2015 年 6 月 3 日，我应陕西省民政厅的邀请，赴西安为西部 10 省区民政厅领导干部作讲座——“区域分割→合作治理：基于‘一带一路’经济带的中国西部地区政区体制改革与发展”，还运用了“胡焕庸线”讲解西部省区的区情，强调一带一路的开发—治理必须从西部地区区情出发，尊重西部地区的自然和经济规律。至今，我还珍藏着胡先生亲笔签名的一篇晚期大作《中国人口八大区域》(打印稿)。

图 3-14

1992 年的某一天，胡先生托人送来一本他亲自签名的一本杂志——《中国科技史料》(1991 年第 12 卷第 1 期，总第 50 期)(图 3-14)，翻开杂志，在《人物》栏目中看到了胡先生的《治学经历述略》，这篇文章使我全面了解了胡先生的治学经历。胡先生一生在地学取得的辉煌成就深深感染和激励着我。

我与胡先生虽不在一个教研室、研究所，亲自受教于他的机会并不多，但是胡先生在行政区划领域的丰硕研究成果深深影响着我。胡先生是中国近现代研究行政区划的鼻祖之一。1990 年 5 月，中国行政区划研究中心成立之后，在民政部的支持下，张文范司长和我策划，由我和校图书馆郑麦教授主编区划中心首项奠基性工程——《中国行政区划文献目录》，其中记载着早期胡先生等中国近代中国一批文人、名人的行政区划论著成果，特别是关于中国省制问题的研究。国民政府委托胡先生研究、勾画的“中国省制”60 个分省方案，至今仍被称为“胡氏分省方案”并被广为流传。

胡先生积极支持中国行政区划研究中心的组建。我清楚地记得，在中国行政区划研究中心挂牌仪式上，胡先生作为中心首席顾问发言，他说：区划中心成立一则以喜，一则以惧,“喜的是中国在今天开展的这一项伟大的研究工作,惧的是这项工作非常艰巨”,我要尽我所能参加这项工作[6]。我们不会忘记胡先生对推进中国行政区划研究所做出的巨大贡献。

[周淑贞教授的风度、敬业与关爱] 我对周淑贞教授(下文简称周先生)的第一印象是人很胖,很有风度。她是给我们开启地理专业教学最早的老师之一,也是我和老伴最尊敬的老师之一。她的学术成就,苦口婆心教书育人的敬业精神,为人真诚、关爱学生等高尚的品格,乃至于讲课的风度都给我们留下了深刻印象(图 3-15)。

图 3-15

周先生是国内外著名的气象气候学家,出版了许多专著、教材,发表了大量学术论文,积极参加了许多国际学术会议,在区域气候,尤其是城市气候领域不断攀登高峰,做出了突出贡献,为世界同行所公认。

周先生教授的气象气候学,是地理系一门相对较难的专业基础课程。她给大家上课非常认真,不轻易言笑,声音洪亮,口齿清晰,一口南京话。如果是在夏天,她有时会穿旗袍,手上拿一把扇子。上课时她总是拿着一扎卡片,时不时看看卡片上的提纲,讲课一环扣一环,没有多余的话,讲到重点之处会提高嗓门,反复几遍,使我们加深印象。下课后,学生会围上讲台请教周先生一些难点问题,她总是耐心解释,直到我们全部弄懂。

为了使课堂的理论知识与实践结合,培养气象观测的实践能力,在地理馆后面建造了一个气象观测站,我和班级的许多同学积极报名,成立气象观测小组,轮流观测和记录数据。

“文化大革命”结束后不久,高校恢复招生。我担任地理系首届工农兵大学生“外国地理排”的排长。为了加强师生所谓的国际政治教育,1972 年的初夏,选择徐汇区的一家产品出口外销的工厂——上海绒毯三厂开展现场教学活动,教师、学员与工人们打成一片,参加劳动,开展文体活动。当时,周先生担任气象气候课教学,她不辞辛劳,每次上课来回奔波于华师大二村与绒毯三厂之间,从不间断。

说来巧合,我和老伴刚结婚时,学校分配了华师大二村一间不足 9 平方米的房间,就住在周先生对面的一幢三层楼上。从窗口望下去,正对周先生的家。1995 年上半年,我们搬至华师大一村 431 号,想不到对门又是周先生的家,这也许是一种缘分吧。周先生晚年就居住在这里,她很少外出,整天在家专心写作《城市气候学》。一次去周先生家,看到她伏案疾书、桌上一大堆书的一幕。

令我难忘的是 1994 年下半年的某一天,周先生敲我家门亲自送来她的新著《城市气候学》,那一刻,我深受感动。这部著作凝聚着周先生的多年辛劳,代表着一种为科学教育事业做出贡献的精神力量,这股有形与无形的精神力量始终激励着我!

令我和老伴难忘的是 1960 年 8 月的结婚日,上海遭遇台风袭击,校园和小区遍地积水,周先生和王文瀚教授夫妇,还有我所在的经济地理教研室全体老师,包括严重敏教授、程潞教授等,都趟着大水参加了我们的婚礼,让我们十分感动和深深感激!

让我欣慰的是,“文化大革命”时造反派一帮人去周先生家抄家,被我发现,随即跟到周先生家。我找了个理由说“这一家已经抄过了”,及时阻止了对周先生一家可能造成的伤害,避免了可能发生的浩劫! 2015 年 10 月,我和老伴参加周先生百年诞辰、铜像揭牌仪式暨学术讨论会,遇见她的子女,包括专程从美国赶回来的周先生的女儿王医生,谈起这件事仍记忆犹新(图 3-16)。

[陈吉余教授的胆识、实践与创新] 陈吉余教授(下文简称陈先生)(图 3-17)是我敬佩的老师之一,从学生时代到工作时期,乃至退休之后一直对我非常关心、关注和支持,对我感染最深的是他在学术发展中的胆识、实践成就和创新精神。

图 3-16

图 3-17

陈先生是华东师范大学地理学系老一辈教授中的佼佼者,是我校开拓进取、专研学问、成就斐然的楷模。1999 年,他获得"中国工程院院士"称号,他对河口学学科和河口海岸工程领域的突出贡献为学人和政府部门所公认。

学生时代,陈先生为我们讲授水文学,大学二年级暑期,他领衔组织的一次长江三角洲大规模地下水普查让我记忆深刻。这是一项涉及弄清上海及长江三角洲地区地下水源状况,未来上海地区地下水补给的重大基础性、前瞻性课题,十分重要。在导师的精心设计和组织安排下,我们有幸参与了这次实践。普查的主要工作任务是在上海外围的长江三角洲相关县市采集水样并测试,包括河水、湖水、井水等不同的水源。由于范围较大,时间上要求同步进行,我们班级的同学被分成若干小组,分片包干,限时完成。普查的地区主要是昆山、太仓,基本在小船上工作,每条船安排 3—5 个人,有的分工用一只铅桶从河里、湖里、井里提水,有的负责用化学试剂现场进行化学实验,测试 pH 值(氢离子浓度指数)等指标,有的负责记录。每间隔一段时间就要进行一次,一天 24 小时不能间断,无论晴雨、白天黑夜都住在船上。这次地下水普查活动,时间不长,但记忆深刻。

我最敬佩陈先生的胆识和对宏大目标孜孜不倦的追求和奋斗精神,以及在这种精神激励下,经过数十年的艰苦努力所取得的国内外公认的科学成果。

图 3-18

陈先生是个工作狂,90 多岁时,白发苍苍,仍工作不止,讲起话来思路清晰。2013 年,在李春芬先生百年华诞纪念暨学术思想研讨会上,90 多岁高龄的他,还在百余人参会的大会上作了慷慨激昂、厚重、发自于内心的发言。事后得知,长长的发言稿是陈先生亲笔写的!陈先生对恩师李春芬先生的敬重,显现了他高尚的师德和高贵的品德,是后辈们学习的楷模(图 3-18)。

1996 年,我与陈先生等人合作申请、开展了上海市人民政府发展研究中心的一个重大决策咨询项目——"'两港'[⑦]建设与大浦东地区产业布局关系研究",该项目由陈先生挂帅、牵头,由我具体负责,成功获批[⑧]。因此,我和陈先生有过近半年的交流讨论和接触。在陈先生主持下,经过多次充分讨论,实地调研,分工写作,完成了研究报告。这次项目合作的一个主要收获是将人文—经济地理与自然地理、港口工程紧密结合,多学科、多视角研究了"两港"建设与大浦东地区产业布局的关系。三个层面的空间划分得到了高层及专家的认同,提出的产业布局设想也符合实际,增强了项目的决策咨询指导性。

[严重敏教授的引路、慈祥与包容] 严重敏教授(下文简称严先生)(图 3-19)是我的恩师,是我进入经济地理学领域的主要引路人。她在经济地理学理论与区域及城市地理学领域的成就为同行所公认,她的学术思想、高尚的道德人品影响和感染了我的地理人生;她的慈祥和包容,以及对我及夫人的关爱和支持,让我终生难忘。

图 3-19

严先生教授我们经济地理学,她上课认真,和蔼可亲。严先生早在年轻时就积极投身革命事业。1936 年春,不足 16 岁的她参加宁波市的"北平一二·九"抗日示威游行。严先生很早便加入了中国共产党,从国立中央大学地理系毕业后,又曾留学瑞士苏黎世大学,在研究生部攻读人文地理专业。

我在学生时期的经济地理学课程主要是在严先生亲自授课下完成的。她教过我们经济地理学概论、中国经济地理、工业技术经济等课程。这些课程,奠定了我大学时期的经济地理学理论知识和研究方法的基础。

严先生长期担任经济地理学教研室主任,除了系统传授经济地理、人文地理(城市地理)知识之外,还十分重视野外实习。

第一次是杭嘉湖地区的经济地理实习调查。杭嘉湖地区与苏锡常同为全国闻名的鱼米之乡,拥有独特、规则有序的桑基鱼塘土地利用结构格局,风光秀丽、人文荟萃、人居环境优美。在严先生的带领下,我认真实习,基本了解并初步掌握了经济地理的工作方法。经过这次实习,我对经济地理学产生了浓厚兴趣,为以后的研究活动打下基础。工作之后我曾经先后两次去杭嘉湖:一是带领工农兵大学生和部分教师去杭嘉湖边考察实习,同时进行军训,当时我任"排长";二是改革开放之后的 20 世纪 80 年代,我接受湖州地区的委托,带领部分地理系师生开展湖州地区的国土资源调查,都与严先生打下的基础有一定关系。

第二次是 1958 年暑假的淮南煤矿调查实习,在严先生的带领下,在淮南煤矿,我们座谈、收集资料、下田家庵矿井(淮南市中心城区)、考察淮河等等,从经济地理视角对淮南市这个全国著名、华东地区最大的煤矿城市进行全面调查,收获很大。在专业上,通过调查,感性地认识到矿产资源与城镇发展的关系,淮南煤矿在国家能源经济布局中,尤其是在华东地区经济发展中的重要地位,以及矿业城市的地理特性,如组团式的空间分布,职业结构与产业结构的单一性,以及这种单一结构带来的社会结构特点和问题;在政治思想上,这也是一种有形教育。时隔近 60 年,回想起来,至今在我的记忆中有两件事难以忘怀:一是下到矿井深处的感受。淮南煤矿是一座老矿,我们进入地下数百米的矿井深处,现场观摩矿工的采煤过程。有的地方矿道的坡度高达 80 度,需借助绳索攀爬,矿工的艰辛可想而知。二是深夜发洪水紧急转移的经历。我们在安徽省蚌埠市沱河集进行考察时,有一天晚上睡到半夜,突然被村官的敲锣声和喊叫声惊醒:"淮河发大水啦!"我们亲眼目睹了乡民们一场抗洪的战斗,情景感人!每每回想起那时的情境,不由感叹为什么毛泽东主席早在 1951 年 5 月 15 日就下达"一定要把淮河修好"⑨的指令,这可关系到淮河流域数千万人的生命安全和赖以生存的淮河大地农作物生产的安全啊!如今,淮河一马平川,美丽富饶,现代化农业跃上新台阶,淮北大地人民幸福安康。每当我乘坐京沪高铁北上南下路过蚌埠,跨越淮河,就会时不时联想到 58 年前淮河抗洪的情景。

1959 年夏,我如愿以偿,毕业留校分配在经济地理教研室。直接在严先生的领导下从事教学和研究工作。基于经济地理教学内容中工业地理学的重要性，以及教研室该领域人才的缺乏，严先生果断决定我的主攻方向是工业地理学。为了加强这一领域的专业基础理论，不久就将我送至北京大学经济地理教研室进修工业地理学，师从北京大学著名教授魏心镇（下文简称魏先生）。在北京大学的几个月，除系统听课外，针对当时国内经济地理专业没有工业地理学教材的实际情况，魏先生要我参与一起编写教材。经过 2—3 个月的努力，终于完成中国高校经济地理专业使用的《工业地理学》教材初稿，我承担了其中近二分之一的内容，这为我回校为本科生、硕士生，以及各类培训班学员讲授工业地理学奠定了重要基础。20 世纪 90 年代，严先生和我合作招收的首届硕士生周克瑜、杨长勇就是工业地理学方向。

留校工作之后，我一直跟随严先生从事经济地理的教学和研究工作。1983 年，我和孙大文、卢奇达跟随严先生去苏锡（苏州、无锡）地区开展小城镇的调查研究，那是严先生承担的国家建设部的一项科研任务，也是我工作之后首次接触城市地理的课题实践。苏锡地区小城镇数量多、规模大，是中国江南水乡的一大特色，其形成和发展有其特定的自然地理环境和经济地理环境，以及人文历史因素。本次调研着重研究这一地区小城镇形成发展的机制，特别是与江南农业发展的关系。

由于调研时间较紧，需要收集并掌握每个城镇的第一手资料。我们四个人分成两组分赴数十个城镇调研、收集资料。严先生和孙大文、卢奇达两人为一组，我一个人承担了苏锡地区南片的几十个城镇调研任务。由于当时的江南水网地区公路交通十分不便，而水运交通发达，小火轮通达每个城镇。为了赶时间，我带着一大把学校介绍信独自一人乘坐"噼噼啪啪"的小火轮穿行于各个城镇之间进行调研，收集历史和现状的资料，访问老居民，了解城镇的发展史，观察甚至随手绘制每个城镇的空间分布格局，同时感受小城镇的风土人情与产业特色。还记得，那时候开船的时间往往在夜间，为了在规定的时间内完成调研任务，许多情况下，夜间乘船，睡在船上，白天在镇上收集资料、调研，马不停蹄，平均每个镇只有一天多时间。就这样紧张地工作了 20 多天，提前完成了调研任务，受到了严先生的赞扬。

考察之后，我们对收集的大量资料进行了整理分析，最后由严先生执笔完成了研究报告，并在《地理学报》发表了一篇颇有影响的学术论文——《试论苏锡地区农业发展与中小城镇的关系》。我为这篇论文整理编绘了草图。这次调研对我经济地理独立工作能力的提高起到了很大作用。

严先生是大家公认的城市地理学最早的开拓者，这与她早期留学瑞士德语区的苏黎世大学，经常与德国学者交流有关。德国号称"经济地理学区位论的故乡"，杜能、韦伯、克里斯泰勒的区位论都发源于此。遗憾的是，我没有继续跟随严先生在城市地理领域发展，一个客观的因素是我担任了地理系的行政工作，之后又转战南方山区，而后又专注于行政区划和社区的研究，开拓发展了人文地理的新方向，但始终没有离开城市的研究，只是多了一个新视角。

凡是与严先生有过接触交往、受过她教诲的人都会感觉到严先生的谦和善良，待人的真诚和包容。我和夫人从学生时代就受到严先生的关爱，她总是像慈母般善待学生。1960 年 8 月结婚时，严先生带领经济地理教研室全体教师参加了我们在华师大二村 89 号举办的简朴婚礼，还送来礼物。这也是严先生退休之后，我们每年春节都坚持慰问她的重要原因。在严先生 80 高寿时，在河口所会议室举办了隆重的仪式和恳谈会，俞立中校长到场主持会议。

专程赶来的北京大学周一星教授的一席发言，道出了许多地理学者的心声。我和夫人送给严先生一个大红包，表达了我们的感恩之心（图 3-20）。

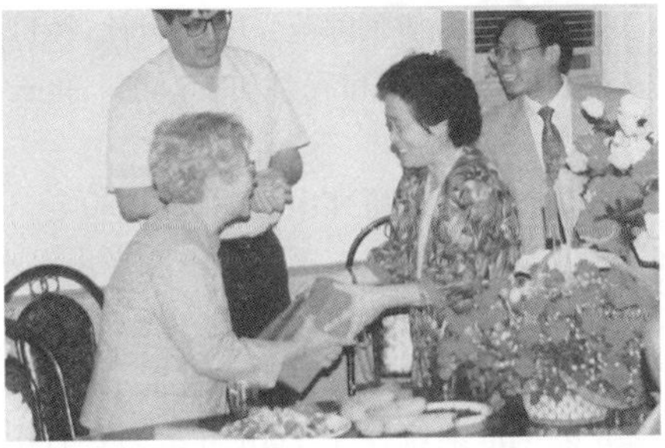

图 3-20

我的地理人生既决定于计划经济时代的"分配定终身"的制度，同时也深受大学时代老一辈地理学家的影响和熏陶。第一，他们使我逐渐热爱上地理学，了解了地理学是什么。第二，从老一辈地理学家身上，学到或者感悟到一位地理工作者怎样在国家经济社会建设中充分发挥作用，比如胡焕庸线至今仍然在国内外具有影响力，李春芬先生在《人民日报》发表的《拉丁美洲国家为保卫本国海洋资源而斗争》[⑩]在为国际政治斗争服务中的巨大影响力，陈吉余先生的浦东国际机场选址建议对上海空港建设的巨大贡献，周淑贞先生的城市气候"热岛效应"研究等，都为我们树立了榜样。我坚信，在中国这样一个发展中的大国，处在万业待兴的大好时代，地理学大有可为，学科的独特性完全能够在国家政治经济社会生活中发挥巨大作用，只要坚持不懈地努力，认定的目标终能实现！第三是一种潜移默化的"地理学家精神"。在上述我的导师们的专业素养、敬业态度和人格魅力中，我感悟到蕴藏着的一种内在的精神力量，我试图把这种精神力量提升为地理学家精神。什么是地理学家精神？我认为是不同的地理学家个体之间存在着的一种共性的，与地理为伴的高专业素质和对从事的地理科学教育事业的高度责任感及奉献精神，勇于追求地理科学专业顶峰的创新精神，踏踏实实服务于国家建设和人类社会的实践精神。这种精神同样存在于我们这一代乃至于下一代地理学子之中。

对于我来说，之所以走上地理人生之路，一半是计划经济时期"计划"与政策导向的产物，另一半离不开老一辈地理学家的引领。这种引领既来自于地理专业知识，尤其是野外实践勾引起的对地理科学的兴趣，更是一种地理学家精神的感染。

注释

① 1951 年 7 月，教育部批准在华东师范大学设立地理系，1952 年全国高校院系调整，浙江大学地理系并入，李春芬教授任地理系主任。华东师范大学为教育部首批（1981 年 12 月）博士和硕士学位授予单位，地理系自然地理学和区域地理学两个方向招收博士生和硕士生，李春芬教授为区域地理学专业导师。

② 如区域地理学家李春芬，世界知名地理学家胡焕庸，地貌学家严钦尚，气象气候学家周淑贞，河口水文学家陈吉余（今中国工程院院士），地球概论教授金祖孟，经济地理学教授程潞、严重敏等，都是国内首屈一指的著名教授。

③ 李春芬教授 1912 年出生于江苏省苏中地区的兴化市白驹镇（今属大丰市）。1937 年毕业于国立中央大学地理系，留校任教。1939 年考取中英庚款第七届公费留学生，次年到加拿大多伦多大学研究生院学习，是加拿大首位地理学博士获得者，为中国早期回国的留学博士之一，曾主持浙江大学地理系和浙江师范专科学校地理科工作。1952 年创建华东师范大学地理系，先后任系主任、副校长、校学术委员会副主任、校学位委员会副主任，及西欧北美地理研究所所长等职，兼任中国地理学会副理事长及世界地理专业委员会主任、地理教育工作委员会主任、自然地理专业委员会副主任、上海地理学会理事长、国务院学位委员会首届学科评议组成员、地理学科组负责人等。在国内外享有盛誉。——《师魂：华东师范大学老一辈名师》第 153—160 页，华东师范大学出版社 2011 年 9 月出版。

④ 蒋长瑜《人生楷模，治学良师——怀念华东师大地理系的缔造者李春芬教授》，载《师魂：华东师范大学老

一辈名师》，华东师范大学出版社，2011 年 9 月，第 157 页。

⑤ 蒋长瑜、刘卫东和我参加了讨论。蒋长瑜花费较大精力参与了项目的全过程，完成了全部文字，并出版专著。

⑥ 中国行政区划研究中心简报，1990 年 6 月 1 日。

⑦ “两港”指上海浦东国际空港和洋山深水港。——作者。

⑧ 组长为陈吉余，副组长为刘君德（常务）、罗祖德、梅安新，成员有胡辉、宁越敏、吴永兴、徐长乐、王德忠等。

⑨ 毛泽东主席曾在一年中四次批示“治淮”，并于 1951 年在授予治淮委员会等单位的锦旗上题词——“一定要把淮河修好”。2007 年 8 月 2 日由科学教育分类达人甄善继认证。

⑩ 参见李春芬的《拉丁美洲国家为保卫本国海洋资源而斗争》一文，《人民日报》，1973 年 1 月 4 日。

第四章　留校：地理工作（1959—1978 年）

1959 年，我大学毕业了，开始了地理工作的人生。这是一个以地理科学知识与技能服务于国家和社会、服务于地理教育事业的人生，也是一个大转折的人生。如果按地理工作的时段，可以大致划分为动荡→开放的地理教学教育和创新地理研究两大时期。留校之后初期，在近 20 年中经历“动荡”和“改革”两个截然不同的政治时代背景，地理工作发生了哪些巨变？我在这段地理人生中有哪些感受？在本章中都有涉及（图 4-1）。

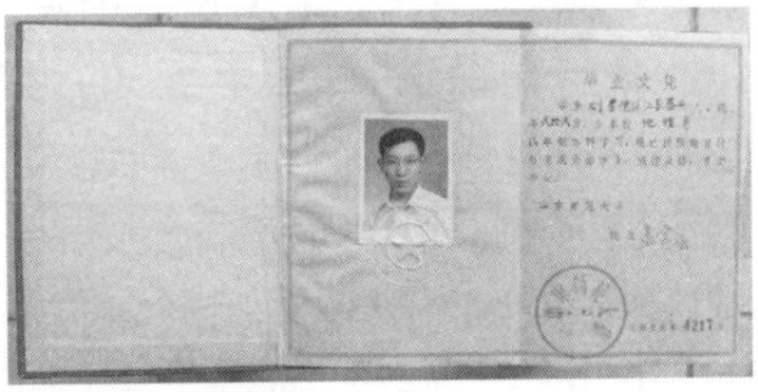

图 4-1

第一节　动荡时期：政治化的地理

［“红”与“专”的年代］　留校之后，我被分配至经济地理教研室，从事专业教学工作，同时兼职政治辅导员和教工团支部书记。之后不久，由于教研室业务工作需要，我回到了经济地理教研室，担任严重敏先生（下文简称严先生）的助教，确定为工业地理学方向。

在那个时代，高等学校年轻教师都要制定“红”与“专”的师资培养计划，并指定专人联系、指导。我由经济地理教研室主任严先生直接指导，主要培养方式除跟班听课、看书之外，还可以选送到国内名校、名专业、名导师门下进修。当时，国内高校经济地理实力最强的是中国人民大学和北京大学的地理系以及中国科学院的地理研究所。两所大学的经济地理学术思想和风格迥然不同，号称两大学派。其中北京大学学派主要是吸收西方经济地理学思想，学术思想活跃，注重数理分析；中国人民大学学派则基本照搬苏联的马克思、列宁—斯大林的经济地理理论思想。我们经济地理教研室的专业教师，都曾经到中国人民大学进修过。

当时，北京大学、南京大学、中山大学等综合性大学地理系都开办五年制经济地理专业。后来，教育部考虑到华东师范大学经济地理专业教师的实力，批准其创办五年制经济地理专业。我就是在这一背景下，被派往北京大学经济地理专业进修“工业地理学”的。不过好景不长，在“师范”帽子下，该专业又被迫取消，原先开设工业地理学课程的设想也随之夭折。在随后的地理教育改革中，针对培养中学地理师资的需要，中国地理成为地理系的主干课程，组建了中国地理教研室，我被任命为该教研室副组长，承担中国经济地理教学任务。再后来，西欧北美地理研究所从地理系析出，我又跟随严先生转入研究所。

［政治化的地理学］　“文化大革命”之前，是个政治化的地理时代。在我的经历和体验中，政治化的地理学表现在以下许多方面：

◆消失的人文地理学。由于人文地理学的政治性、社会性和人文性，人文地理——这个地理学的重要分支学科，与其他政治、社会学科一同被视为“禁区”，乃至近乎消失。“文化大革命”期间，虽然城市地理、人口地理等学科得到了一定发展，但一些著名的人文地理学家受到严重冲击，一些课程被取消。与之相比，经济地理学的需求则较为旺盛。

◆**经济地理学理论的困惑。**经济地理学是地理学的重要分支，“文化大革命”之前的中国经济地理学一边倒地照搬苏联。当时苏联的经济地理学理论思想存在两大派别，一派是巴朗斯基的所谓马克思、列宁主义的“生产配置”经济地理理论，另一派是以莎乌什金为首的所谓“生产力配置”学派理论。前者以中国人民大学经济地理专业为领头羊，后者则集中于北京大学地理系经济地理学专业。中苏关系破裂后，经济地理学的理论思想主要是伴随着毛泽东思想的学习深化和政治运动而展开的。

◆**一篇经过“保密审查”的论文。**我在完成严先生主持的苏锡地区小城镇调研之后，根据调研资料内容撰写了一篇论文，这是我工作以后的首篇学术论文——《关于苏锡地区工业生产配置的几个问题》。1965年5月文章写好后，通过了中国地理学会经济地理专业委员会的评审，经中国地理学会推荐，准备在一份经济地理的内部杂志上发表。但在那个年代，经济地理的论文要经过繁琐的保密审查才能发表。

为此，华东师范大学专函江苏省工业厅，进行保密审查[图4-2(a)]。

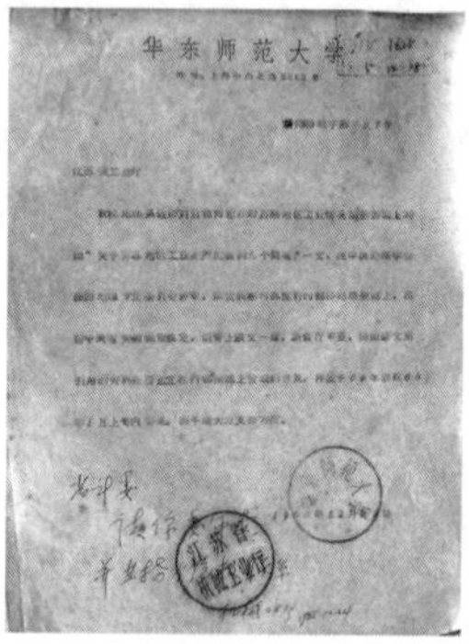
华东师范大学

(a)

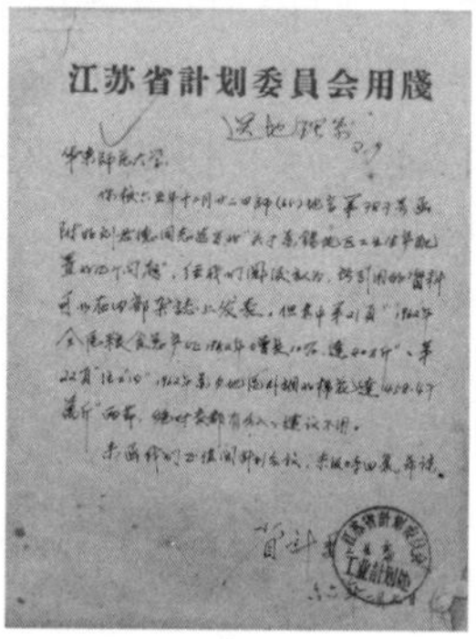
江苏省計划委員会用牋

(b)

图4-2

信函是这样写的：

江苏省工业厅：我校地理系教师刘君德同志在对苏锡地区情况调查基础上写出《关于苏锡地区工业生产配置的几个问题》一文，经中国地理学会经济地理专业委员会评审，拟发表在内部发行的经济地理杂志上，根据中央有关的保密规定，现寄上该文一篇，请贵厅审查，提出该文所引用的资料是否适宜在内部杂志上发表的意见，并望于1965年年底或1966年1月上旬内寄来。请予以大力支持为荷。

华东师范大学(盖章)1965年12月22日

这封信函寄到江苏省工业厅，1965年12月24日转发江苏省计划委员会。江苏省计划委员会转发工业计划处。直至1966年2月7日，华东师范大学地理系才收到江苏省计划委员会工业计划处的回复[图4-2(b)]。

回复内容如下：

华东师范大学：你校(一九)六五年十二月二十二日师〔65〕地字第787号函附的刘君德同志选写的《关于苏锡地区工业生产配置的几个问题》，经我们阅后认为，所引用的资料可以在内部杂志上发表。但其中第21页“1962年全区粮食总产比1952年增长10%，达40万斤”、第22页“注2”内“1962年苏锡地区外调的棉花458.47万斤”两节，绝对数有出入，建议不用。来函我们正直开计划会议，未及时回复，希谅。

省计委工业处(章)(一九)六六年二月七日

这封迟到的函件，当时算是效率比较高的了，但对于我来讲却失去了发表的机会。因为1966年“文化大革命”开始了，《经济地理》(内刊)被迫停刊。

需要说明的是，这篇论文是在实地调查基础上写出来的，在当时还是有一定价值的。特别是根据第一手资料手工绘制的几幅地图(抗日战争前夕苏锡地区主要工业分布示意图、1962年苏锡地区主要工业分布示意图、苏锡地区纺织工业生产联系示意图)，对于后人研究苏锡常乃至于苏南地区的产业布局仍有一些参考价值(图4-3、图4-4)。

◆**政治化的地理著作。**“文化大革命”期间，大批知识青年下乡、下厂劳动，接受工人农民教育。中共中央宣传部、国家出版局组织高校教师为知青编写科普读物和自学丛书。华

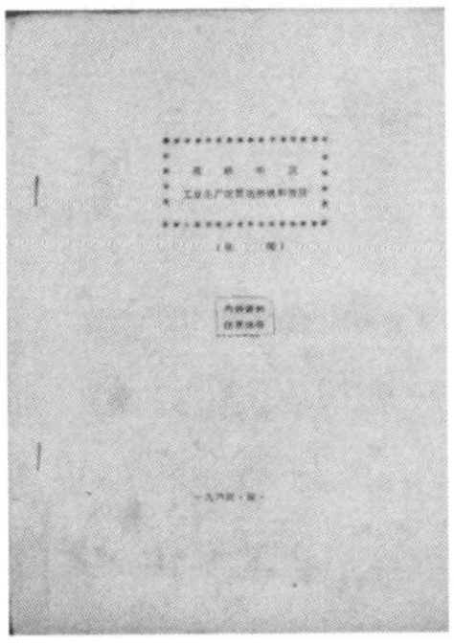

图 4-3

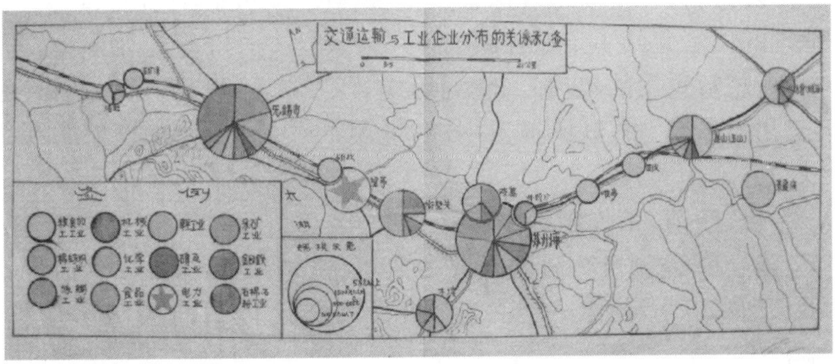

图 4-4

东师范大学地理系接受了上海人民出版社的任务，由我和陈永文等人负责编写中国地理书刊，统一冠名为《青年自学丛书》之《简明中国地理》，这可以说是“文化大革命”以来首部中国地理著作（图 4-5）。时间紧、要求高，在书中不仅要向广大青年传授中国地理知识，而且要突出政治，即中华人民共和国成立以来在毛泽东主席的领导下，中华人民共和国经济建设的成就和相关方针政策、思想，特别需要突出“农业学大寨”“工业学大庆”的思想内容。经过加班加点，我们完成了贯穿毛泽东思想、突出政治的地理著作写作任务，1974 年由上海人民出版社顺利出版[①]。这本书总计 20 多万字，印刷量多达2 000 万册。在当时强调集体主义思想、反对突出个人和名利思想的氛围下，图书出版往往以“编写组”的名义冠名。

《简明中国地理》出版，算是我们完成了一项重要而光荣的任务。时隔三年多（1977 年）的某一天，我突然收到从日本寄来的一个印刷包裹，打开后发现是五本日文著作——《中国的自然与产业》，其内容全文翻译自《简明中国地理》，由日本龙溪书店出版发行（图 4-6）。

如今，再翻开《简明中国地理》，无论是自然地理还是经济地理，尤其是经济地理部分，都有不少陈旧老化的知识。尽管如此，这本书仍具有一定的时代意义。在“文化大革命”时代，它向广大知识青年宣讲了地理知识，同时也代表了那个特殊年代地理研究、地理知识传授与普及的一个真实情况的展示。

“文化大革命”之后，根据社会对中级地理读物的需求，上海人民出版社又要求我们在保留《简明中国地理》风格和同等容量的基础上，对内容进行修改、充实，删除一些政治性内容，重新出版新的中国地理著作，冠名《新编中国地理》（图 4-7），我和陈永文同志共同署名[②]。

图 4-5

图 4-6

图 4-7

该书发行后，在中学地理课程受重视程度不够的年代，对宣传中国地理知识，尤其是对喜爱地理的读者起到了拾遗补缺的作用。

［短暂重用的年代］ 重温历史，没有人怀疑“文化大革命”是一场浩劫、一场灾难。在“文化大革命”中，我既被重用过（我领导的中国地理教研室曾经是校先进典型），也被打压和批判过。

◆“四清”工作组副组长。 1965 年 4 月，中央开始农村“四清”（初期的清工分、清账目、清仓库、清财物，后期发展为清思想、清政治、清组织、清经济）运动，11 月我被派往崇明参加“四清”工作队，担任崇明县汲浜公社潋西大队工作组副组长，组长是一位海军军官。

“四清”的主要任务是清查大队领导是否存在经济问题，在经济上清不清。我已经记不清这场运动是如何结束的。在我的日记上清楚地写着：“1966 年 7 月回校参加‘文化大革命’，在运动初期，经济地理教研室的同志都参加了‘心向党’的群众组织”，因为是保守派，很快于年底垮台。1968 年上半年红卫兵进驻经济地理教研室。不久，我被派往内蒙古、宁夏、青海等地进行“外调”（审查某位教授的所谓历史问题）。

◆上海市中学教材“改革”。 1969 年 6 月至 1970 年 4 月，我被抽调至上海市教育局教材组，负责编写中学《农业基础知识》教材，任组长，配合所谓的教改（高中取消地理课）。当时受“地理无用论”思想的影响，参与编写《农业基础知识》，突出农业学大寨。记得在《农业基础知识》教材之中“塞了”不少与农业相关的政治与地理内容，标榜所谓的创新改革。

◆恢复招生：为政治、为生产服务。 1970 年 5 月，我被调回系里，筹备恢复大学招生工作，紧接着招收工农兵大学生。地理专业被分成两个专业：农田水利和外国地理。我被任命为“外国地理”排排长，讲授“中国地理”课程。“排长”的职责主要负责管理专业、制订教学计划、安排教师上课，同时也要安排学生生活事宜。当时学员知识基础参差不齐，统一教学十分困难。为了让学生比较快地掌握地理专业知识，增加实践活动，多开展现场教学是一个较为有效的途径。在两年时间内，我先后带领学员开展教育革命实践活动，先后考察了浙江长兴、余姚以及上海绒毯三厂。

◆四明山区实践。 “中国地理”是地理系的一门主干课程之一，在“文化大革命”之前，课时多达 300 多学时。工农兵学员的学制只有短短两年，因此中国地理的教学学时被压缩将近三分之二。中国自然地理与中国经济地理的总共学时只有 100 课时，还要不要野外实习，引发了争论。经过师生共同讨论，决定安排两周的区域地理野外调查实践活动。为了突出政治，将专业与革命传统教育相结合，我们选择了浙江省老革命根据地——四明山区至杭州湾的 75 千米长、3 千米宽的小区域作为野外实践区域。1972 年，我撰写了一份野外实践活动报告，根据当时对大岚—梁弄的立体空间地带分异进行总结，还绘制了相关图表和立体剖面图（表 4-1）。

在我的学生时代，老师带领我们进行野外实习基本功的训练，不仅给了我地理研究的野外技能，而且对深刻认识、把握和形象描述、刻画不同地区的乡情、地情、山情的地理要素的内在关联性大有裨益。我认为，这也是地理学家的基本“素养”之一。然而，我不得不指出，所谓的现代地理学教学，把这些看似传统、实质有益的东西给丢了！一个没有经过野外工作磨炼的学者能成为称职的地理学家吗？

表 4-1　浙江省余姚县大岚—梁弄的立体空间地带分异表

项目	大岚	草额岭—白水冲	白水冲—梁弄
地形	高、平，准平原	高、陡、V 谷，瀑布、泥石流、节理多	缓丘、低平，冲积扇、河漫滩多
气候	温和、凉爽、日照较好，但多雨、多雾，生长季短于梁弄 1—2 个节气，日温差大	温暖、多雨，生长季短于梁弄 1 个节气，垂直差异明显，日照较差	暖热、多雨，生长季较长，无垂直差异
土壤	山地酸性红黄壤，微酸性水稻土，土层较厚	山地酸性黄棕壤，沟谷冷水田	缓丘黄红壤，无石灰质水稻土
农业	山顶缓坡茶粮区：水旱并重，茶粮间作，农林牧综合发展	沟谷陡坡竹粮区：粮竹兼顾，单双季兼种，少量冷水田	河谷盆地稻茶果区：双季连作稻，单产水平高，少量茶竹果

资料来源：摘自现场教学总结报告，1972 年 8 月。

◆中国地理教研组：校先进。1972 年 7—8 月，中国地理教研组（下文简称"中地组"）恢复，我被委任为教研组副组长，后任组长，直至 1976 年 10 月。1973 年新春，我被卡车碰撞后骨折，1—3 月在家休息，但仍坚持编写教材、备课。1973 年 6 月，根据农业部组织各省市调查编写"农业地理"的要求，我和李天任同志去江西省联系荒地开发利用项目，随后经校党委同意，于 7 月 20 日至 8 月 20 日和李天任同志一起去东北大兴安岭、北大荒学习中国科学院荒地考察方法、经验。同年 8 月，时任地理系负责人在全校大会发言，介绍"中地组""抓革命，促生产"的工作经验。"中地组"受到全校表扬，成为校先进单位，大家都受宠若惊。

［灾难降临，"中地组""复辟"了］　形而上学、两面派、翻烧饼，这些词语常常被人们作为形容词而广泛利用，却很少听说同一个单位、同样的人，由同一个上级党委在一个月之内忽然把这个单位由"先进"打成"复辟"的，但这件事却实实在在发生在我主持的"中地组"身上。那是在"四人帮"横行霸道的"批林批孔"（1974—1975 年）[③]→"反击右倾翻案风"（1975—1977 年）[④]时期。1973 年 8 月，刚被校党委表扬的"中地组"，在不到 2 个月的时间里，就莫名其妙地被定性为"复辟组"！我作为教研组组长，厄运降临。在"中地组"10 多位教师中有 4 位教师被折磨批判，"中地组"广大教师的身心受到了严重伤害！学校的教学、科研等工作又一次受到严重冲击。冲击的背景是"刘丽华事件"[⑤]和"诬邓窗口"[⑥]。

记得当时，就连为了开展江西省的荒地资源调查项目，去东北大兴安岭现场学习中国科学院地理研究所正在进行的荒地资源考察方法、经验的我和李天任同志，回来后也被某些人责问是否企图"偷越国境"?！真是欲加之罪，何患无辞！其实我们俩只是到了黑河，并未去边境漠河。

"中地组"遭受迫害事件涉及 12 位教师，他们被划分为几个等级，最严重的有 2 人，我还算幸运，被划为二类边缘[⑦]。上海的"四人帮"爪牙拿"中地组"事件到处煽风点火，一时间，党内外、校内外、上海的新闻媒体《文汇报》《解放日报》，连续炮轰、声势浩大地批判"中地组"。

从此，华东师范大学地理系"中地组"闻名于全国高校和地理界。后来，这场轰轰烈烈的"批邓（小平）""批周公（恩来总理）"政治运动，终于趋于平息。

◆银川会议发言稿的风波。值得一提的是 1974 年 10 月，中国地理学会在宁夏回族自治区首府银川召开"农业地理编写"经验交流会，大会安排我发言，介绍开展《江西农业地理》调查编写工作的情况与经验体会。会议进行中，大会主席团突然接到学校党委来电，说"中地组"翻案了，要求大会收回我的发言稿，弄得会议主持者莫名其妙，只得尊重学校要求收回了我的发言稿。原来是罗毅来华东师范大学了解情况，发现"中地组"这样的"复辟组"怎么能够在全国大会发言、介绍经验？这是明显的反攻倒算，典型的翻案嘛！一时间，校园内的马路上到处都是"打倒中地组"、反击"右倾翻案风"等大字标语！全校针对"中地组"的大字报再次铺天盖地。

随后，"中地组"被撤销，教研组原来16人的教师队伍减少至4人。

这段时间是我最消沉、最灰心失望、失落感最强的时期。时不时病休在家，担忧党和国家的命运、地理科学的前途。内心充满了恐惧和对"四人帮"的愤恨。

［风波之后］ 在"批林批孔"这场风波之后，我又回到了经过整编的中国地理教研室(即原教研组)，并且官复原职，担任教研室主任。直至"四人帮"倒台的两年之中，有两件有意义的业务活动。一是1975年3月中旬，由中国科学院综合考察委员会在兰州召开"中国科学院治沙研究工作交流会"，会议长达10天，是一次中国大西北干旱地区改造利用高水平研究成果的展示交流研讨会。与一般的学术研讨会不同的是，一批在治沙第一线的科学工作者和当地群众结合的治沙成果与经验介绍登上了最高学术讲台。我也被这批长期工作在治沙第一线的科学工作者的艰辛劳动和吃苦耐劳的精神深深感染。我认为，有两点传统地理学的好作风不能丢。一是深入现场长期观察、实验研究，把握自然规律的地理科学精神；二是长期与人民群众打成一片的艰苦奋斗精神。这两种精神是现代地理学工作者所不可或缺的。

二是1975年七八月份，中国外文出版发行事业局找上门来，要求我们在上海人民出版社出版的《简明中国地理》的基础上，改编、修改充实，出版一本外文版中国地理著作，向国外发行。在系领导的支持下，我和陈永文同志(下文简称老陈)承担了这项重要任务。因时间紧迫，为了更好地完成编写任务，需要对中国国情有一个深刻的理性和感性认识。为此我和老陈决定去北京，一方面与出版社深入交换意见，明确意图，把握要求；另一方面，前往中国科学院、高校地理系、国家相关部门广泛听取意见，调查访问，收集资料，力求使新书能够反映中国地理建设的最新成就。于是，我和老陈开始了长达两个半月的调查、访问、收集资料，可以称得上是一次紧张、极有意义的中国地理和国情之旅。其大体上划分为两个阶段。

第一阶段的地点在北京，时间是1975年9月22日—10月底，主要任务是听取中国外文出版发行事业局及科研单位、高校地理系对书稿框架的意见、建议，收集相关资料。先后访问了北京市教材组、中国科学院地理研究所、北京师范学院(今首都师范大学)地理系、北京大学地理系、北京师范大学地理系、中国农业科学院、中国地质科学院地质力学研究所、北京经济学院人口所、商务印书馆、《地理知识》编辑部、地图出版社等科研院所。此外还有13个国务院所属的部委。我们收集大量资料，把握重要方针政策和基本观点，同时考察参观了相关展馆，拜访了许多著名地理学家和作家、名人，为书稿修改、充实打下基础。

第二阶段，中国外文出版发行事业局为我们提供了考察调研的专项经费。为此，从1975年11月3日—30日，赴大寨、经吴堡西渡黄河，去延安、西安，翻过秦岭—大巴山区，到达成都—都江堰，然后东行，经过重庆，穿三峡，至宜昌，经武汉，去长沙，最后回到上海，考察、访问持续了近一个月时间，见示意图图 4-8。在许多访问参观点，以及路程中有许多值得回味的生动故事，它在我的地理人生中留下了非常深刻的印象。

回到学校后，我与老陈随即分工合作，于 1976 年上半年完成了《简明中国地理》修改稿（外文版），本人承担的经济地理部分内容，很快由出版社送中央有关部门审查。正当我们等待出版的喜讯之际，突然接到出版社方面的电话，这本书因故不出版了，我们顿时心凉了一大截，并预感一场大事件将要发生！

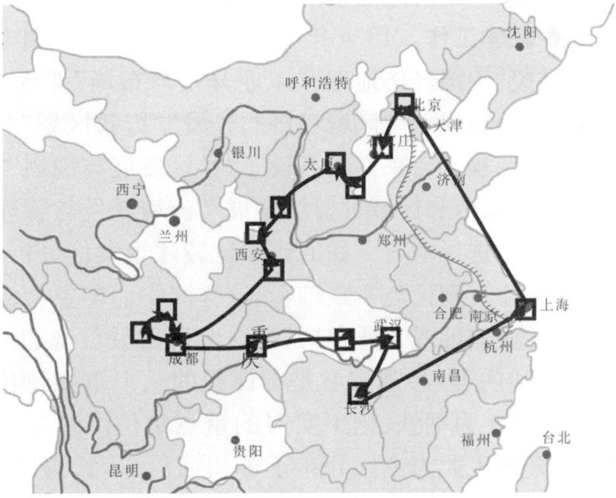

图 4-8

第二节　改革开放：专业学术之路

［“四人帮”倒台：大礼堂的控诉］　1976 年 10 月，中国发生了一场惊天动地的大事件：“四人帮”被粉碎——这是一个极得民心、振奋人心的事件。我兴奋至极，彻夜难眠，一种难以言表、发自内心的兴奋。不久全校召开愤怒声讨“四人帮”大会。我代表“中地组”在全校大会上愤怒声讨“四人帮”迫害“中地组”的滔天罪行[8]。记得那天我最后一个发言，已经是五六点钟，校大礼堂座无虚席，走廊里站满师生。我的发言表达了全校师生对“四人帮”的愤怒，控诉发言结束后，大礼堂人群报以发自于内心的热烈掌声！许多人站在那里不走。

随后，我又在郊区的五七干校和上海师范学院（今上海师范大学）、上海体育学院的批判“四人帮”大会上发言控诉，都引起了强烈反响。不过，“中地组”事件就这样结束了。随着时间的推移，这一事件被逐步淡忘而成为历史。

时隔 40 多年，如今回忆起这段经历仍不寒而栗。这在我的人生中算是一场噩梦吧。好在它比较短暂。1978 年，中共十一届三中全会之后，彻底否定了“文化大革命”，邓小平改革开放的路线让广大知识分子获得新生，我有一种“第二次解放”的感觉。那时我正当中年，为党和国家做贡献，发展和创新地理学逐渐成为我脑海中深思的课题。

在写完以上文字的时候，偶然打开电脑看凤凰网新闻，无意中看到纪实栏目中一则《胡耀邦复出时遭谁“泼冷水”主动取消发言》的新闻，引起了我的兴趣，随即打开凤凰视频人物皇牌大放送，观看《胡耀邦影像记忆》，开头的三句话引起了我的深思。这三句话是“停止批邓，人心大顺；冤狱一理，人心大喜；生产狠狠抓，人心乐开花”。1976 年，胡耀邦刚复出，10 月 10 日对叶选宁说：我以为当前有三大事特别重要。接着他说了上述三句话，并要叶选宁转告叶剑英和华国锋。在粉碎“四人帮”之后，他一针见血地指出了当时中国社会的症结所在，开出了三大药方。我想所谓的“中地组”迫害事件，如果没有后来党中央的英明决策，没有肃清“两个凡是”的流毒，我们这些人乃至于许多知识分子恐怕没有那么快、那么早地获得新生！

［人文—经济地理学的全面复兴］

◆**教学工作。**1976 年下半年，我开始编写《中国经济地理》教材，并为地理专业毕业班学生讲授“中国经济地理”“工业开发与布局”课程。1986 年，我晋升为教授，为硕士生开设“国土整治与规划”“区域经济与开发”“行政区划”“人力资源管理”“发展经济学”“山区开发治理”等课程。后来又新开设了“社区发展与规划”“行政区经济”“中国行政区划的理论与实践”“中国城市和区域可持续发展”“流域开发与管理”等课程或专题讲座，为不同方向的博士生、硕士生选择学习。我的讲课比较注重案例分析，尤其是将大量科研项目内容融入讲课内容之中，注重理论与实践结合，这样同学们印象会比较深刻。

“工业地理或工业布局”是我留校之后负责的一门主要也是比较熟练的教学内容，参观实习是本课程的一个重要特色，其中上海宝钢、金山石化被作为钢铁、化工实习的重点单位。普陀区是上海的老工业基地，以轻纺工业为主。分布于苏州河沿岸，长寿路北、苏州河南侧的许多国棉大厂都是我们实习的重点单位。我与这些大型企业保持良好的关系，有时我邀请他们作报告，作为教学内容的重要补充。1981—1983 年，我应聘为上海财经学院（今上海财经大学）“中国生产力布局”课程兼职教师，连续多年为基建财务专业讲授“生产力布局”课程，并为该专业编写了《生产（力）布局概论》教材（图 4-9）。

图 4-9

◆**为中学地理教育出力。**早期的华东师范大学是教育部定位的为全国高等师范院校和重点中学培养师资的重点大学，地理系也不例外。我留校之后的经历中，涉及培养师资和参与中学地理教育活动的事项主要有以下几个方面：一是“文化大革命”期间推进中学地理教育改革，于 1969 年 5 月—1970 年 4 月，被抽调上海市教育局教材编写组，任初中《地理》和高中《农业基础知识》教材组组长，编写出版了中学用的《地理》《农业基础知识》《工业基础知识》教材。在“突出政治”“抓革命，促生产”的方针指引下，教材之中除了增加“农业学大寨”“工业学大庆”的政治内容之外，还加进了有关农业和工业布局的内容，这算是中学地理教材教学革命以及地理学与生产实际的结合吧！

“文化大革命”之后，华东师范大学地理系举办过多次全国性中学地理教师进修班、高级研修班，常常邀我为培训班讲课或作报告。此外，我还经常为地理系主办的中学地理刊物《地理教学》拟写重要稿件，传播“工业布局与环保”“国土规划”“行政区划”等专业知识。我还为中国地理教学研究会作了题为“地理学与四化建设”的学术报告，至今还保留有题为《论中国教育的发展观与空间观》的手稿。在任系行政工作时期，还组织教师参与上海市的地理高考阅卷工作等。

◆**科研与学术演进。**从主持的第一个项目——江西农业地理的 1978 年算起，至 2015 年的 30 多年的学术生涯中，我先后主持过 63 项不同性质、不同级别、不同规模的项目。大体可以分为三类：一类是区域宏观战略性的面上大项目，包括农业地理和自然与经济紧密结合的综合性山区考察；第二类是行政区划领域的理论创新研究，以及应用性为主的有关调整、规划、改革及专题论证的项目；第三类是社区的理论与实证性的研究项目。其中，行政区划类项目占绝大多数，其次是社区领域。

从纵向来看，随着时间的推移，研究的领域从大区域、宏观性、综合性山区开发整治转向中国区域经济发展中体制性问题的权力空间领域的行政区划，进而转入微观的社会—政治空间的社区领域研究。这三类项目的转化有其深刻的时代背景和内在的逻辑关联。第一类项目——山区，是大空间的战略性研究，着重于区域总体战略和专题性战略研究；第二类项目——政区，是在大空间(大区域)研究过程中，发现其背后隐藏的区域性行政区划体制(一个称之为看不见的“空间投影”)问题；第三类项目——社区，是一个微观的社会空间领域，它与基层行政区划及行政体制有紧密的空间关联性，也可以说是行政区划研究深化的结果。如果说从大区域性战略研究(农业地理、南方山区综合科学考察)转向行政区划研究是一种带有偶然性的关联的话，那么从行政区划延伸至社区研究则存在着一定的必然性。

◆一批论著问世。我们这一代人的著作许多是合作编著。这主要基于两方面的原因。一是在计划经济时期，国家提倡集体主义精神，鼓励学术领头人能够带领大家，尤其是年轻人成长，因而有关教材的编写和著作的出版大多是集体行为。二是基于个人繁忙的行政或管理工作，每天忙忙碌碌，应对各种各样的会议，没有很多的时间安心下来专心致志从事大部头的写作。

◆培养高层次人才。首先是对地理专业的本科人才的培养，之后在 20 世纪 90 年代重点转向硕士生、博士生以及博士后行政区划、社区高层次人才的培养，直至我在 2006 年退休。自 1991 年我被国务院批准“博士生导师”资格以来，共有 25 人获得硕士学位，有 33 人获得博士学位，有 8 位博士后顺利出站。早期，还和严重敏教授、程潞教授联合培养过工业地理、国土开发与整治方向的硕士生。向社会输送了一批工业地理、国土规划、区域开发、人才开发(与叶忠海教授联合培养)、行政区划、地名、城市治理、社区发展等方向的高层次人才。

◆值得一提的国土培训班。自 20 世纪 80 年代初开始，中国地理界及相关的经济学界的研究机构、高校地理系师生，掀起了一股“国土经济”和“国土规划”热潮。许多大学地理系举办“国土规划专业”，如火如荼地开展国土规划工作，各地的国土规划培训班十分热门。

华东师范大学地理系在国家计划委员会国土计划司的支持下，从 1981 年起开办国土干部培训班，连续举办了 10 多期，培养了数百名国土规划与管理干部，广泛分布于全国各省市区的国土管理部门及地区国土部门(图 4-10)。他们大多成为国家国土整治领域的首批规划建设与管理者。其中我主要讲授“工业布局”，并编写相关教材；为地理系的本科生开设了“国土整治与规划”课程；组织教师编写了《国土开发与整治》专辑 1—8 辑，约 300 万字；1983 年，为配合长江三角洲经济区规划工作，我带领地理系部分教师和高年级学生积极开展了浙江省湖州地区的国土资源调查；程潞教授和我联合招收了经济地理学“国土整治与规划”方向 4 位硕士生；1986 年，我参加了“全国国土综合规划”评审工作，被委任为大会秘书长。

图 4-10

[“双肩挑”干部] 1980年3月，我被任命为地理系副系主任，分管科研和研究生工作；1982年为代系主任，直至1984年我辞去系主任职务，转而专心致力于中国科学院南方山区综合科学考察队第三分队队长。说来好笑，我在任职地理系副系主任→代系主任期间还是一位讲师，却领导着号称全国最大的地理系。从我的体验来看，系主任工作实际上是一个苦差事，没完没了地开会，处理系里大大小小的事务。

以下摘录自我任职副系主任时的一段工作日记中记录的要件(1980年5月至8月初)：

5月20日，召开系科研工作座谈会，主题内容：农业自然资源，农业区划研究。

5月25日，系主任工作会议，讨论留校名单，研究生教学计划，科技情报集刊稿源等问题。

5月28日，上海市科研工作交流会，地点：上海交通大学。会上，上海交通大学、同济大学、上海工业大学等介绍经验。

6月初，欢送李春芬主任赴美国阿克伦大学访问。李先生临行前对系里的工作提出几点意见：一是搞好规划，努力培养高校基础课的教师，包括进修教师；科研要扬长避短，不要贪多，注重特色；要抓好师资队伍培养，这是关键，包括专业基础和外语水平的提高。二是要踏踏实实抓好系里的各项工作，老年教师要大力培养年轻教师，大胆提拔年轻人才；要做好教师的思想政治工作，做到又“红”又“专”，十年树木，百年树人。教育部长蒋南翔说过：“若干年后，我们的教师队伍要在世界上是最有战斗力的。”

6月4日，校教学经验交流会，政教系介绍经验。刘佛年校长讲话中指出，我们的教育教学受苏联影响较大，门类多，课时多，分量重，学生灌输式学习，脑子不活；美国的教育也有好的，他们喜欢提问题，选修课多，兴趣广，知识面宽。我们的教学计划学时要适当控制，留一点时间搞讨论，搞习题；要注意培养学生的自学能力和独立工作能力，教师要把握重点和难点，启发学生思维，把这一点作为衡量教学好差的标准之一，还要注意改进考试方法。

6月17日，校学术委员、系主任工作会议。刘佛年校长主持，讨论师范大学应该办成怎样的学校？历史系系主任吴泽教授介绍系发展规划。会后我组织专业骨干教师讨论地理系发展规划。

6月25日，上海市农业委员会关于农业资源与农业区划工作会议，地质、水利、环保、农业、财政、市农科院、测绘等部门参加。检查落实农业资源和农业区划工作进展情况。

7月2日，香港大学地理系主任薛凤旋博士来访，并作“工业地理”学术报告。

7月3日，系工作会议：总支书记陈启正、陈吉余先生、程潞先生等参加会议。主要内容：安排暑期加班项目，落实加班人员。涉及上海宝钢环境评价、上海农业区划、上海地貌区划、上海水资源水利区划、上海气候资源与气候区划、长江口与山西遥感项目、金山区城市规划、土壤普查与区划、中学地理教材与教学法等，共计31人。

7月7日，高考阅卷工作会议：带领由华东师范大学、复旦大学、上海财经学院、上海师范学院、上海教育学院等以及部分中学教师共135位教师参加上海市历史、地理阅卷工作。

7月25日，校系主任会议。传达教育部关于制定高校学科发展规划的精神，从战略上重视人才培养，抓好重点学科的博士点建设，重视培养国家建设中急需的人才，要注重“四化”建设中的实际问题能力的培养，校内外联合推进重点学科建设，如环境科学、能源、人口、经济规划政策等。注重中青年人才的培养等。29日再次召开系主任会议，传达国务院科级干部局的文件，要求积极争取国外科技专家回国工作。

8月2日，程潞教授传达万里副总理关于开展综合农业区划工作的精神。要总结30年农业发展的经验教训，从组织领导、财政、专业研究队伍等方面落实。

在我短暂的系行政工作期间，先后有三位总支书记与我搭档，他们是陈启正、罗一华、马鼎山同志，他们都是我的好搭档。特别是陈启正同志，正直谦和，能力很强，思路清晰，敢于负责，尊重长者，工作有序，给我许多帮助。回忆这段短暂的时光，内心充满对她的敬意和感激。

◆赶赴西藏宣传招生。1982年暑假，为了进一步加快发展西藏的教育事业，教育部要求全国所有的重点大学，包括清华大学、北京大学在内，派人赴西藏宣传招生。为此我被学校选派赴西藏，动员高中生报考重点大学，与我的助手张亚群同行。到达拉萨贡嘎国际机场的当天晚上，在我的老同学吴评理(20 世纪 70 年代援藏干部、自治区党校教师)家吃饭，与时任西藏自治区第三把手的热地副书记一起用晚餐。不到两个小时，热地同志发现我脸色不好，说我有高原反应了，随即叫司机拿来两袋氧气，要我先休息几天再去工作，并通知自治区教育厅同志到招待所介绍西藏教育情况，安排去林芝中学参观访问(图 4-11、图 4-12)。

图 4-11

在拉萨呆了 3—5 天，高原反应消失后，赶赴林芝展开工作，参观访问八一中学、八一毛纺厂，与当地领导、学校教师座谈，宣传内地的大学，了解中学生的文化程度、与内地的落差及其原因。还与华东师范大学地理系校友顾笃庆见面，一起爬山，享受了林芝美好的山河丛林风光。图 4-13 为在 5 300 米的公路养护站用餐，图 4-14 为在林芝与顾笃庆合影。

图 4-12

图 4-13

图 4-14

作为一位热爱地理专业的大学教师和系主任(代理)，西藏之行让我亲身体验到我国疆土之辽阔，地形地貌之复杂多样，自然地理条件和人文地理环境与内地的极大差异，以及这种差异对我的身体造成的某种不适应性和感受。这种真实感受在内地、在学校、在课堂、在书本上是体验不到的。

此次调查，我们深感西藏文化教育之落后，深感加速发展西藏教育事业之必要和紧迫，深感肩负责任之重大。回到学校后，我认真向校长作了详细汇报，提出了建议。其中一条是，西藏中学生文化水平低的一个重要原因是严重缺乏合格的中学教师，而在短期内又无法大面积解决这一矛盾，因而建议选送西藏中学生赴内地中学学习，或在沿海城市兴办藏族中学，或在中学设立藏族班等措施，从根本上加快发展西藏教育事业，加速培养西藏的紧缺人才。可喜的是，几年之后，在包括上海在内的许多省市区，都兴办了藏族学校或藏族班。

[转战南方山区] 1983 年前后，正值胡耀邦、赵紫阳当政时期，在全国大力推进国土整治工作，国家计划委员会、中国科学院综合考察委员会决定组织考察队对南方丘陵山区国土状况进行全面的考察。我校地理系有幸获邀参与组建考察队，学校领导和科研部门也十分重视与支持这一国家级的重大项目。同年 3 月，校科研处要求我筹备组建南方山区综合科

学考察队事宜；7 月 23 日—29 日，在北京，国家计划委员会—中国科学院综合考察委员会召开了“南方山区综合科学考察工作预备会议”，正式组建南方山区综合科学考察队及各分队；9 月 12 日，校科研处处长薛天祥主持召开了南方山区工作会议，袁运开校长亲自出席，作重要讲话，并确定了分队的学术顾问，即严钦尚、程潞、严重敏教授，还有生物系的两位教授；9 月 14 日，中国科学院南方山区综合科学考察队第三分队宣布正式成立，由地理系、生物系和环境科学研究所的 40 位教师组成，我被正式任命为队长，李天任、冯志坚为副队长；10 月 3 日，召开了成立大会，顾问严钦尚教授讲话强调：“高校唯一的出路就是组织起来”，国土整治是地理学的一块王牌，单纯的理论研究没有出路，要发挥学科特长，加强学科之间的联系，合作攻克难题。

我很庆幸，有机会参与南方山区综合科学考察，从此开启了地理人生的黄金时代。

注释

① 引自上海师范大学《简明中国地理》编写组：《简明中国地理》，上海人民出版社，1974 年。

② 引自刘君德、陈永文编：《新编中国地理》，上海人民出版社，1986 年。

③ “批林批孔”运动是 1974 年 1 月 18 日至 6 月，在“文化大革命”中发起的一次以批判林彪、孔丘为主题的政治运动。它是“文化大革命”的产物。江青等人还制造了河南省“马振抚公社中学事件”，把一个女学生因未答完考卷而自杀作为“批林批孔”运动中所谓修正主义教育路线复辟、回潮的典型，对广大教师和教育工作者展开批判。1974 年 6 月 18 日，国家计划委员会向中央政治局汇报：上半年工业生产“不少地区有所下降。主要问题是煤炭和铁路运输情况不好，钢铁、化肥等一些军工产品也欠账较多，对整个国民经济和战备影响较大”。同年 7 月，中共中央发出《关于抓革命、促生产的通知》。“批林批孔”运动结束。

④ “反击右倾翻案风”运动是 1975 年 11 月 3 日清华大学党委传达毛泽东对刘冰来信的批示开始的。它是在“四人帮”煽动下发动的一场错误运动。邓小平为扭转“文化大革命”以来的混乱局面的努力被全盘否定，全国刚刚趋于稳定的形势再度陷入混乱。在毛泽东去世，“文化大革命”结束后，直至 1977 年 7 月邓小平复职后，“反击右倾翻案风”运动方告结束。

⑤ 1970 年 6 月 27 日，中共中央批转《北京大学、清华大学关于招生（试点）的请示报告》，确定“工农兵学员”的任务是“上大学、管大学、用毛泽东思想改造大学”。上海市革命委员会根据上述精神，决定在几所大学试点招生，其中包括上海师范大学（当时由华东师范大学、上海师范学院和上海教育学院、上海体育学院等合并而成）。1973 年 11 月 21 日，《文汇报》《解放日报》以《一种值得注意的倾向》为题，发表上海师范大学工农兵学员刘丽华的谈话记录。刘丽华是我校首届工农兵学员，1973 年“毕业”离校前夕，就学校教学、考试、毕业分配等问题，向上海市革命委员会文教组提出看法。上海市革命委员会副主任徐景贤得知消息后，认为“抓到了问题”，便写了批语：要求“革命师生员工认真讨论”。紧接着，《文汇报》《解放日报》按照上海市革命委员会主任张春桥的意见，发表经徐景贤修改的所谓《刘丽华谈话记录》。从而掀起一场以批判“智育第一”为中心、持续 3 个月的大讨论。半个月内，全市 1 万余人到上海师范大学观看批判大字报。——摘自《上海通志》第四十五卷专记第一章“文化大革命”纪略第五节。

⑥ 1975 年 1 月 5 日，邓小平任中央军委副主席兼中国人民解放军总参谋长，在周恩来病重期间主持中央日常工作，着手对全国各方面进行全面整顿。全国经济工作逐步趋向好转。邓小平的全面整顿，遭到“四人帮”的反对。1975 年 11 月，中共中央召开打招呼会议，在全国发动“反击右倾翻案风”运动，开始批判邓小平。同年 11 月，中共中央打招呼会议刚结束，马天水、徐景贤、王秀珍确定复旦大学、上海师范大学作为“反击右倾翻案风”运动的两个“窗口”，连夜张贴大字报，组织全市参观学习和串联。马天水、徐景贤、王秀珍多次到学校布置，将邓小平“安定团结，把国民经济搞上去”和全面整顿诬陷为“右倾翻案风”，整理、汇编邓小平及中央领导人的材料，广为散发。其间，复旦大学、上海师范大学约散发材料

51万份，接待参观和串联人数164万人。姚文元对《解放日报》记者采写的关于上海师范大学“反击右倾翻案风”报道加工修改，以《风雷滚滚旌旗奋》为题，在1976年1月21日《人民日报》头版头条发表。时任上海市委书记的徐景贤说，上海师范大学在批邓反击右倾翻案风中立下“汗马功劳”。——摘自《上海通志》第四十五卷专记第1章“文革大革命”纪略第五节。

⑦ 本小节内容摘自刘君德的日记，1985年元月15日上午，地理系党总支召开全系党员大会，宣读地理系的“文革大事记”。

⑧ “中地组”迫害事件受害最深的李天任、黄锡霖、高伟生及金鼎馨等人，在“四人帮”倒台后，我们一起写批判稿，共同批揭上海“四人帮”爪牙的累累罪行。大会批判发言稿是由我们共同完成的。

第二编　涉足山区(1978—1989年)

第五章 山区考察前奏和准备

进入20世纪80年代，地理工作者有机会大量参与“地理实践”。山区考察是我“地理实践”的第一站，也是我地理人生辉煌时代的开始。本章介绍了山区考察任务的来龙去脉、考察的基础及其准备，这是我们得以顺利完成考察任务的重要前提。

第一节 山区考察来龙去脉

[国土整治热与山区考察] 中国是个多山国家，山区丘陵的面积占据陆地的三分之一。充分开发利用、科学开发利用山区资源，治理和管理好山区是关系国家经济发展、人民生活水平提升和国土生态保护与安全的大事，也是推进经济社会平衡发展、缩小地区差别的极其重要的战略性举措。20世纪80年代初期，中央十分重视国土工作。1981年，中央书记处做出了搞好我国国土整治的决定。南方山区大规模考察工作正是在上述背景下展开的。

在我国东部，人们往往关注平原、沟谷、大江大河以及河口三角洲和滨海地区。随着人口的增长，人均耕地资源越来越少，人口增殖对土地的压力越来越大；山丘地区土地利用所引发的资源浪费、水土流失、土层侵蚀、生态环境恶化等问题日趋严重。有鉴于此，国家计划委员会、中国科学院把目光焦点转移至东部亚热带丘陵山区①。

[地理学与山区考察] 地理学是一门研究人与地相互关系发展与演进规律的综合性、基础性科学。山区国土空间的开发、利用、整治是地理科学的核心内容之一，它涉及自然资源与环境的自然地理空间演变规律，人类对区域资源开发利用的人文地理空间演进规律的理论与实践问题。这一宏大的综合性内容，正是地理科学充分展示其综合性、战略性优势的阵地，地理工作者理所当然应成为山区考察的主力军。

在国家计划委员会国土局的大力支持下，在中国科学院、国家计划委员会自然资源综合考察委员会的领导下，于1980年成立了南方山区综合科学考察队，开展了长达10年之久的大规模科学考察。

1983年，为了加强南方山区科考工作，针对面广量大的实际情况，决定扩大科考队伍，分别由中国科学院—国家计划委员会自然资源综合考察委员会、河南省科学院、华东师范大学、中国科学院广州分院牵头组建了一、二、三、四四个考察分队②。按照国家计划委员会国土局的要求，在南方山区综合科学考察内容中以突出国土整治为重点。

[三分队为何选择华东师范大学?] 为什么南方山区综合科学考察初期只有一所高校参加，并负责三个区片(皖南山区、浙西山区和闽江上游山区)？部分原因可能是，当时的华东师范大学系地理实力雄厚，名教授多，专业齐全，生物系也是国内名系，有许多著名学者。而且，华东师范大学地处我国亚热带丘陵山区的东缘，对南方丘陵山区的情况了解较多，有研究基础。另一个可能的原因是，与我的同事李天任同志早期参与了总队的部分考察与筹备工作有关，他的地理工作能力和表现得到了总队的认可。

[考察前奏] 巧合的是，在南方山区综合科学考察之前，时任地理系代系主任的我，已

经在中央关于“搞好国土整治工作”的感召下，开展了与山区考察实践相关的重要课题：一是直接参与并负责了中国科学院《江西农业地理》的考察与编写；二是带领全系师生对浙江省湖州地区的国土资源进行了全面调查。这两项工作对于即将开展的南方山区综合科学考察来说，可以说是一次“练兵”。

第二节　前奏之一：《江西农业地理》考察与编写

［国家的重要任务］　20 世纪 60 年代的中国，经历了“大跃进”和三年自然灾害，如何推进在“大锅饭”制度下农业的发展，尤其是调动农民的积极性，增加粮食生产，已成为当时中央政府谋划的大事之一。而大寨人凭借实干苦干精神，保持了粮食连续 10 年增长。1963 年毛泽东发布了“工业学大庆，农业学大寨，全国学人民解放军”的指示。1964 年，全国开展了轰轰烈烈的“农业学大寨”运动。大寨一度成为中国政治版图上的重要地标[③]。从此，为农业服务、学大寨精神成为当时中国所有与农业“搭界”的学科领域必须强调和突出的指导思想。地理学科是为农业服务的基础性、战略性学科，自然受到重视。一时间，中国的许多大学地理系纷纷开设“农业地理”课程，在其所在的省市开展相关的区划、规划工作。

正是在这一背景下，中国科学院地理研究所在农业部的支持下，于 1973 年联合全国许多高校开展了《中国农业地理》编写工作。这是一部密切结合农业生产的基础性科学论著，工程浩大，包括《中国农业地理》(总论)和各省农业地理。1980 年，华东师范大学地理系承担了《上海农业地理》和《江西农业地理》的编写任务。程潞教授负责《上海农业地理》的调查编写工作，《江西农业地理》的任务则由我负责担当。

这是我校地理系首次与中国科学院地理研究所开展的大型合作项目，任务重，要求高。《江西农业地理》编写面广量大，缺少基础性资料的积累，需要从野外调查做起。我们在江西省科学技术委员会和农业委员会的大力支持下开展了规模较大、时间较长的野外调查工作。

［走遍江西山山水水］　我在接受《江西农业地理》编写任务之后，利用系行政工作的权力便利，迅速调集地理系的人马，组织调查研究队伍，甚至动员了上海师范学院地理系、上海教育学院地理系及部分中学骨干地理教师参与。

江西，这片中国的红色土地，是个多山的南方大省，面积为 16.66 万平方千米，“六山一水两分田”是江西省地理轮廓的生动写照。江西省内资源十分丰富，为华东地区土地、矿产、植被资源最为丰富，开发利用潜力最大，但经济相对落后的省份。在交通不发达的年代，调查组克服各种困难，依托当地政府的支持，走遍全省 80 多个县市的山山水水，认真考察，从地理科学角度一路思索江西农业的问题，问题产生的原因，农业生产布局的特点与潜力，如何科学划分农业区，怎样因地制宜地推进省域农业的发展等重大问题。最终求得科学答案。

1977 年 9 月—1978 年 6 月，我们先后四次奔赴江西调查，1978 年 7—10 月完成了《江西农业地理》初稿后，两次去江西征求修改意见，1979 年 9 月通过审查上报省委。我们全面分析评价了江西省的农业自然资源发展条件、基本特点、不利因素，并指出了发展方向；按照农业自然、经济发展条件的相似性和发展潜力及其差异性，将全省农业区域划分为五个区[④]；综合分析了各农业区的特点、发展潜力，并针对存在问题提出了各区的发展方向和途径。

［第一次调查例举：吉安东固的考察日记］　我翻开当年的野外记录，一篇日记进入眼

球，它真实记录了考察途中的观感：

时间、路线：11月12日的清晨从吉安出发，乘坐考察车经永丰至东固，下午三时许抵达东固饭店。

沿途观察印象：

——丘陵岗地与小盆地交错的地形地貌。

——在河谷盆地是江西省粮仓，双季稻、单季稻兼有，稍高处的旱地，后作有不少荞麦、晚大豆、红薯等；冬闲田比重较大，种植绿肥的并不多，未见有小麦。多为稻—稻—油（菜）三季、早中稻—油（菜）双季。

——山丘基本为松杉杂木林覆盖，水土保持相对较好。

思考：双季稻的生长并不好，是否适宜？沿途目视小河边有些地方土质灰白，沙性较重，土壤结构肥力较差，冬季的绿肥可以改良。

——东固是江西革命根据地，大家参观了第二次反围剿展览会，毛主席、朱德亲自领导了此次斗争，当地80%的青壮年都投入革命。由于大批本土的百姓跟随红军，加上国民党的围剿，东固地区人口大减。据了解，历史上东固地区有2万多人，人口比较密集，历经数十年，如今（1977年）尚不足万人，其中东固垦殖场1 000多名职工，连家属3 000人，全人民公社只有2 000多名劳力，连家属5 000多人。劳动力紧张，外来人口不少。

巧遇垦殖场二把手的弟弟，闲聊中了解不少情况。东固垦殖场是1958年"大跃进"时自力更生艰苦创建起来的，目前已经基本实现自给，农林牧副渔工综合发展，生产汽车配件，产品销路较广。场内职工对干部有意见，集中在吃喝风气；林业生产有点盲目性，只顾砍伐、不顾更新，垦殖场、学校、公社、生产队，甚至外来临时户都可以砍树，这就"青黄不接"了！

东固是个盆地，海拔较高，约250米，原来种植单季中稻，现推广双季稻，田里仍有一些晚稻未收割，长得并不好。——应该尊重自然规律，恢复种植单季稻！

第二天：离开东固，乘车经罗坊→白河→白水→乌江→吉水，返回到吉安。司机闹情绪，原本3个多小时的路程足足开了6个半小时；由于晚点，没有赶上去万安的班车。

一路上，我一边观察，时不时与同坐的一位在吉安市建筑队工作的同志聊天，了解到不少情况。

——我问他，吉水县与永丰县的农业生产为什么这么差？

他说：一是由于恩江两岸无大堤、洪涝灾害严重、水利建设差造成的。恩江河谷连提水工程都没有，无法灌溉，完全靠天吃饭；二是土壤质地差，为黄红壤，结构不好，易板结，要"放火烧山"堆肥改土，产量不高；老表⑤没有养猪的习惯，人较懒，不重视施有机肥，多利用山上的杂肥。恩江两岸的乌江公社100个工分只拿2—3分钱，好的地方可以拿一角多，实在比较差；农业机械化水平很差，为数很少的50匹、27匹的机子大多不是用在耕田作业，而是运输木头、砖瓦，找外块啊！

——我在思考，这么多山地丘陵岗地怎么开发利用？

① 水稻田的面积不宜扩大。充分利用现有的耕地，主攻单产；缓丘地可以搞多种经营，大力造林，松树、杉树都可种植。

② 大力发展油茶。恢复"粮油之乡"建设思路，油茶是很好的食用油树种，只要科学种植，对山区水土影响不大；过去，这里的茶油曾经作为上品进宫，现在本地人都吃不上茶油了，发展油茶生产可增加收入，改善人们的生活。

③ 发展果园生产。我们在乌江两侧附近的岗地上曾经发现一片生长良好的果园，询问老乡后得知，这是中华人民共和国成立后新辟的一个果园，种植桃梨等，生长不错，但为什么不大力推广种植呢!?

④ 充分利用山上的杂肥资源，改造山区冷水田。山区的冷水田地高日照少，运用山上丰富的杂肥资源，结合油茶、果种植，可以有效改良冷水田，提高产量。

⑤ 减少冬闲田，提高土地利用率。当地的习惯是冬季休闲，先耕一遍，再耙一下，然后把水放进来，就完事了。据说是为了来年减少虫害。又说是耕地较多、粮食充足的缘故。但相较于我的老家——江浙一带，冬季这么多土地资源的闲置实在是一种浪费。我以为，在推进农业机械化、现代化进程中，要适度提高土地的复种指数，这是科学、可行的，关键是改变观念，改变种植习惯，冬季的油菜，乃至小麦、大麦、蚕豆等

都可以种植。

⑥ 注意继承发扬当地的种植经验。如吉水县赣江西侧的黄麻种植历史较久，实行稻麻轮作，有利于改良土壤，黄麻喜高温多雨，河边的沙壤土很适宜种植，应积极推广。目前本地的黄麻加工厂只是初加工，全部运送至南昌进行精加工，能否在本地适度延伸加工链还需研究。另外，永丰县河谷盆地，双季稻—油(菜)三季生产；山区谷地的早中稻—晚大豆、荞麦—绿肥的种植经验等，都应该认真总结、推广。

⑦ 要大力发展地方工业。江西的农村要富，还得靠发展工业。吉安市作为地区行署驻地，只有24家工厂，不仅规模小，数量也太少。比较有名的有井冈山无线电厂、吉安樟脑提炼加工厂(全国唯一)、造纸厂、棉纺厂、制糖厂等，要发挥地区资源优势、成本优势，应扩大规模，因地制宜开办新厂，大力提升工业在三次产业中的比重(图5-1、图5-2)。

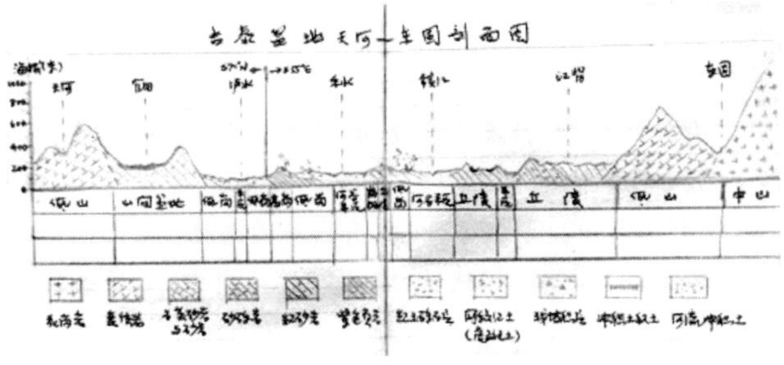

图5-1

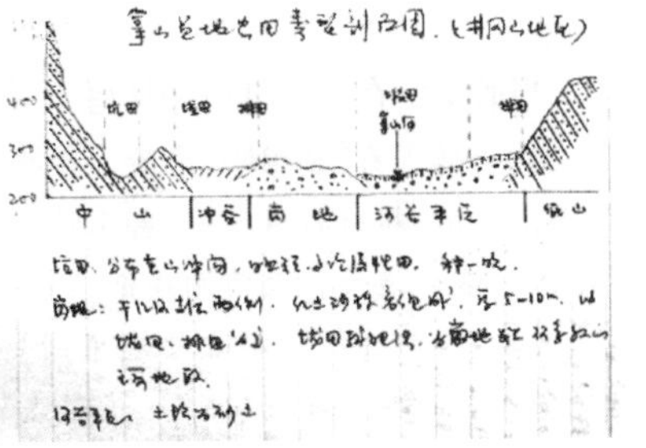

图5-2

[第二次调查例举之一：兴国“亡国”、宁都“迁都”] 1978年4月，第二次赴江西调查，重点是赣南地区的兴国、瑞金和崇义县。记得程潞先生在讲授中国农业地理课时，讲到江西省严重的水土流失对农业生产带来的巨大影响时，曾经形象地比喻“兴国要亡国”“宁都要迁都”的生动话语。当我们来到兴国县考察时，我特别留意这一现象。1978年4月14日，我在日记中记下了兴国县水电局王局长介绍的一段话以及相关情况和我的思考：

“兴国县位处赣江上游支流——平江、泷江及五星河三条水系上游，属于赣州市管辖，全县面积为3 274平方千米，其中山区占74%，丘陵+平原占26%，东、西、北三面群山重叠，地形向南倾斜，多为花岗岩、变质岩，80%是花岗岩。水土流失十分严重，全县流失面积达1 200平方千米，严重流失面积为334平方千米。河床泥沙淤积严重，县城附近淤积的泥沙高达7米以上，平江上游汇合处有的高达12米。枯水期的河床流量只有3秒/立方米，而洪水位时却高达2 730秒/立方米，水位差极大，易旱易涝，但水能利用潜力较大。”

一位水土保持工作的同志补充介绍了相关情况：“全县有3万亩耕地变成沙地，40万亩耕地严重水土流失，100万亩耕地受害”，“全县有水土保持专业队伍450人，其中国有专业队员37人”，“通过炸山、挖客土、植树等工程措施与生物措施相结合的办法科学治山”，“一亩田要炸掉300—500方(1方=1立方米)石头，花费400位劳动力。长岗乡1977年炸了600亩，花了29 000元”。他说：“我1961年来兴国时，还看到过小船，现在早没有了。在县城附近建渡槽打桩，深达23米！泥沙淤积十分严重”，“现在山变矮了，尤其是花岗岩地区，土层都被冲走了。龙口公社1966年建的塘背水库96万库容，现只剩下三分之一，很快将失效”。

难怪我们在兴国看到的山很多都是光秃秃的，如果在飞机上空俯瞰真是“张牙舞爪，头破血流”啊！15日上午赶往位处平江岸边县城看看大桥，它几乎已快成为一座旱桥了，在附近一个位处河边的城岗公社的城岗大队看到一处“地上河”，便随手画了一个素描剖面图。兴国的考察，验证了程潞先生说的“兴国亡国”“宁都迁都”的形象比喻(图5-3)。眼见为实啊！

是什么原因导致兴国、宁都等县如此严重的水土流失？这是地理学者必须回答的问题。简而言之，从自然因素来看，主要与下垫面的组成物（岩性）、气候因素有关。就兴国、宁都而论，首先，其地面组成物全部为花岗岩和红色岩系（包括页岩、砂岩、砂页岩及砂砾岩）裸露地区，在遭受强烈风化的作用下，岩石变成疏松物质，这就为水土流失提供了物质基础；其次，降水为水土流失提供了动力，兴国县暴雨雨日多，强度大，加上地形地貌因素，地表侵蚀严重。但应该指出的是，人为的、经济的因素对水土流失起着主导作用。据资料记载，这里历史上曾经山清水秀、森林茂密，伴随人口增加、经济开发，特别是不尊重自然—生态规律的大规模砍伐森林，水土流失不断加剧，逐渐使之成为光山秃岭、草木不生的溜沙岗（火爆土），难怪乎兴国要“亡国”，宁都要“迁都”！

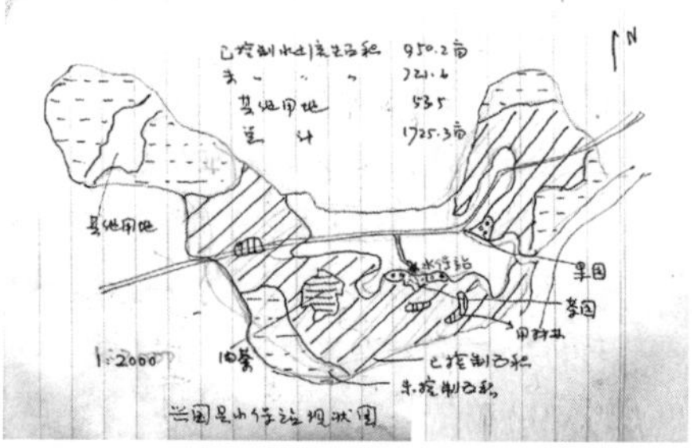

图 5-3

当晚，我在工作日记中写下了以下感悟：

其一，兴国有“亡国”之危险。根据是：水土流失有加剧之势，河流已经变为“地上河”，极易引起山洪冲刷，遇上大水，耕地打桩难保，甚至连县城都难保。河流两岸被逼将堤坝不断加高，走黄河之路，是一种消极防御。这又迫使在大河两岸低洼耕地，再建排灌水利工程，因而进入一个没有出路的恶性循环！

其二，当前要解决群众的烧柴问题。可以搞沼气发酵池，种植胡枝子，就地取材花岗岩、变质岩，适当支援一些管道材料即可。

其三，关于发展小水电与水土保持的关系，眼前应当集中财力、物力、人力抓水土保持。

其四，解决水土流失问题，宜采取生物措施与工程措施相结合，但要以生物措施为主。注意根据水土流失的不同程度采取不同的措施。

其五，要兼顾眼前利益与长远利益的关系。

1978 年 4 月 15 日的下午，我们走访了兴国县水土保持站站长，这个 1963 年建立的水土保持站有 36 位职工，其中干部 7 人，技术员 4 人，大部分是知青。有 1 725 亩山，27 亩农田。他们顶住“四人帮”时期的破坏干扰，坚持以生物措施为主的科学实验，改造荒山，将光山变油山，提高土地利用率，取得成效的经验[⑥]给我们留下深刻印象，也看到江西大片红壤荒山改造的希望。

[第二次调查例举之二：红色根据地瑞金的调研] 日记上是这样写的：

4 月 17 日至 19 日，我们赴红色根据地——瑞金调研。县林业局、农业局、水利局、商业局、水产养殖所等单位向我们详细介绍了情况，三天考察时间很紧，我更关注的是县里重点单位和典型事迹，以及作为红色根据地现实的情况，期望赴现场考察。根据我们的要求，县领导确定了重点考察县的典型，并做了具体的考察路线安排。18 日的路线：官山[用早餐，考察养萍（红花草）示范点]→日东水库、日东垦殖场（种植双季稻典型）→红军烈士纪念塔、红军检阅台、第一次全国工农代表大会（1931 年 11 月 7—20 日）→沙子岗（苗圃）→县水产养殖所（园田化，鱼种场鱼苗繁殖，据介绍，波阳地区的鱼苗居然全由瑞金供应，岂非怪事?）。19 日的路线：关山林场→大柏地林场（万亩用材林基地）→毛主席旧居（1931 年 9 月至 1933 年 4 月）、第二次全国工农代表大会（1934 年 1 月 21 日—2 月 1 日，693 位代表选举新的中央委员会，毛泽东当选主席）→谢坊公社（养猪典型）→武阳公社（科学种田，毛泽东主席在此开动员大会）。调查组一行结束了两天紧张的考察行程，于 20 日上午 8 点 15 分离开瑞金前往下一站赣州。

[第三次调查例举：庐山与九江] 第三次去江西调查是 1977 年的 12 月份，重点是庐山和九江地区。我在日记中记了以下情况：

在庐山，重点是了解山上风景林保护以及茶叶、蔬菜、副食品的生产供应问题。印象比较深的是庐山林场，它始建于宣统年间（1911 年），为全国最早的人工林风景场之一，最早为广东一位官商在山下开办，以种植油茶为主，后扩大到山上，种植云杉、茶叶。高山云雾茶历史悠久，主要分布于 1 300 米的汉阳峰一带，那里是山地气候，土质好，生长旺，面积大，产量多。茶叶的种植规模逐渐扩大，1958 年为 3 727 亩，产茶叶 600 多斤，至 1977 年扩展到 7 387 亩，产量为 15.5 万斤，集中分布于山顶、庐山植物园和山下的庐山农场。

山上的蔬菜、副食品供应是个重要的问题，长期依靠九江、德安、湖口等地供应，但一到夏季、旅游旺季，上山的人多了就供应不上。其中有三分之一依靠市场解决，由于交通不便，多肩挑上山，数量有限。庐山副食品公司为解决这一问题也很烦恼。一是价格波动大，市场不稳定；二是种菜成本高，亏损大，没有积极性；三是山上生长期短，不适合种菜；四是政策不到位，种子、肥料等也存在一定问题。庐山副食品公司年年亏损。1974—1977 年每年都要亏损一两万元。

在九江，重点是调查棉花与粮食的合理结构，以及山下(九江)与山上(庐山)的农业关系问题。九江地区位处江西省北端、长江北侧，气候温暖，旱田较多，适合棉花栽培；九江是长江中上游较早开放的重要口岸城市，水陆交通发达，轻纺工业基础较好，历来是江西棉花的主产区。"文化大革命"之前棉花种植面积在 15 万亩左右，集中分布于彭泽、湖口和九江三县。1978 年棉花种植面积增加到 58 万亩，产原棉 67 万担(1 担＝50 千克)。主要问题是粮食生产不能满足区内需要，棉粮结构不尽合理。1972 年以后每年需调进 2.4 亿斤粮食，这也影响了猪的发展规模，农民收入不高，为此，"人无粮，猪无糠，牛无草，社员收入在减少"，"老表们"有意见。解决的办法是调整棉粮结构，压缩棉花种植面积，省里计划 62 万亩，执行不了，可以调整到 50 万亩，增加粮食和大豆、芝麻、苎麻、甘蔗等经济作物面积；棉花种植要适当集中，合理布局，提高单产和质量。

第四次去江西是 1978 年的 5 月份。集中对省域中心——赣中地区进行调查，涉及江西省会城市所属的两个郊县：南昌县、新建县。重点了解大城市郊区的农副产品基地建设及供应等问题。在 20 世纪 90 年代，这个问题是十分重要的，涉及大城市百姓生活供应保障问题，同时也关系到农业地理区域类型的科学合理划分问题。由于位处江西省的行政中心，提供资料方便，调查工作进展非常顺利。

[编写报告的故事] 《江西农业地理》的后期写作阶段，主要由我和李天任同志(下文简称老李)负责完成。那时候江西的条件十分艰苦，科研经费也十分有限，我们只能住进江西师范学院的一个招待所内的双人间写报告。房间内只有一张桌子、两张凳子，没有空调和暖气。我和老李在这样的招待所内整理资料、通稿和写作长达好几个月。有人会问，为何不回校写？主要有两个原因：一是提高效率，在那里没有干扰，专心整理资料写作；二是可随时获取写作的资料，及时与江西省有关部门沟通解决疑难问题。

一整个夏天我们都是在一个狭小的招待所房间内度过的。那时候的南昌，号称为全国四大火炉(武汉、长沙、南昌、杭州)之一，夏季 38 摄氏度以上的高温几乎是家常便饭，为了按时完成任务，不得不打赤膊趴在桌上，甚至床边坚持写作。这样的写作和生活环境往往是连续一个暑假。最难忘的是一个冬天在南昌写作，同样住进这样的招待所内。南昌的冬季特别寒冷，招待所每个房间都配备了木炭火盆。为了防止二氧化碳中毒，在睡觉之前必须把火熄灭。一天，也许我们晚上加班困了，也许是用水灭火不彻底，第二天清晨起床，我们二人躺在床上突然浑身乏力，头脑昏沉，讲不出话，知道二氧化碳中毒了！我已经难以动弹，好在老李身体素质较好，勉强爬起，看到身旁桌上的一个蓝墨水瓶，用力甩向窗口，打破玻璃，惊动了周围房客，我们才终于得救！每每想起这件事，我都不寒而栗。

[专著出版] 1982 年，江西人民出版社出版了我们的《江西农业地理》专著⑦。成果获中国科学院一等奖(系列成果之一)(图 5-4、图 5-5)。

图 5-4

图 5-5

《江西农业地理》最大的特点是，不是为了编书而编书，而是遵照“地理学更好地为‘农业学大寨’服务”的指导思想，通过大量实地调研，摸清省域空间农业资源，深入了解农业发展中的问题，为江西省因地制宜发展农业生产出谋划策。它是一部理论与实践紧密结合、以应用性为主的农业地理著作，出版后受到江西省有关部门及中国科学院地理研究所吴传均教授的好评。农业区划方案得到江西省委、省政府和省科学技术委员会的高度认同并采纳。

后来有一次我去南昌，在返沪的火车上，途经上饶站，上来一位青年小伙坐在我身旁。开车后不久，那位小伙从包里拿出一本《江西农业地理》，我顿时喜出望外，和他聊了起来。原来他用在农业部门工作，去外地出差。他说这是一本全面论述江西省农业分区划片的书，对他很有帮助。我听了感到非常欣慰。

第三节　前奏之二：湖州国土资源考察

[为何选择湖州?]　1982 年，在我主管地理系行政工作之始，正值中央号召开展国土整治工作。不久，我代表地理系参加了由中国国土经济研究会和中国地理学会在南京召开的全国国土经济学术讨论会，这是我国首次开展大规模的国土问题学术讨论会，让我对开展国土工作的重要意义有了更深的理解。回系之后，在与系总支商量、听取系里部分教师的意见之后，决定开展湖州地区的国土资源调查。

为何选择湖州？主要基于两个方面的因素：一是地方政府的需求。湖州地区行署在推进国土工作中，希望大学地理系帮他们摸清区域内的国土资源情况，为合理规划开发利用资源和整治国土提供基础性分析。二是系内的一位离休干部、地质学老师何越教是湖州人，通过他的牵线搭桥，地区领导非常认同华东师范大学地理系的实力，形成共识，签下了协议。

[全系出动的考察]　1983 年元月中旬，我主持召开了全系教职工大会，布置开展湖州市及吴兴、长兴、德清、安吉四县的国土资源调查工作，我和总支书记陈启正同志带领部分教师和高年级学生 40 余人，于当月 21 日前往湖州，听取各委、办、局的全面介绍并收集资料。同年 5 月上旬集中一周多时间对长兴、德清、菱湖等地进行考察。我在考察中发现作为湖州地区特色和优势的丝绸行业，存在着原料、销售、外贸、环境污染与技术人才的矛盾，需要重点研究解决。当年 12 月完成了“湖州地区国土开发与整治考察报告”。这是一次地理系行政与党总支密切配合下成功的考察。通过考察锻炼了队伍，提升了综合科学考察协调工作的能力，也扩大了地理系的影响。考察中发生了两则有趣的故事值得回味(图 5-6 至图 5-8)。

图 5-6

图 5-7

图 5-8

[登"界岭"远眺三省] 位处苏浙皖三省边界有一座山岭叫"界岭"，其主峰位处江苏宜兴，属天目山余脉。早在革命战争年代，为新四军革命根据地。山下林木葱郁，一天上午，我和老搭档陈永文同志(下文简称老陈)穿过树林，登上了300多米的山顶，十分兴奋。山顶上有一张石凳，三省界碑明晰，我屁股坐在江苏，一只脚踏在浙江，另一只脚踩在安徽。放眼望去，左边的浙江长兴一片林竹，绿色葱郁，景色诱人；而右侧安徽的宣城广德则是一片荒山秃岭的茅草地，零星地分布着"老头"马尾松；回头看江苏宜兴，木竹采伐虽甚多，但比起安徽的景观要好得多。同样的山，不同的省界，形如国界，生态环境天壤之别，我和老陈感慨万千。后来在南方山区综合科学考察中常常在脑海中浮现着这一幕，思考这一现象，欲解开这个谜。1987年在赣州召开的上海经济区山区开发治理会议上我用大量事实回答了这个问题，三个省份"界岭"景观的空间迥异，完全是人为因素造成的。它直观地说明，浙江一侧的基层政府与民众重视山林保护；江苏一侧的地方政府与民众进行了适度的开发利用；而安徽一侧则是百姓无序大规模砍伐木竹，资源枯竭，生态恶化。

[与老陈的一次迷路] 就在这次长兴县的考察中，我们二人(我和老陈)徒步走进山区考察，在返回过程中迷路了，当时天空灰暗，没有大路，连小路也看不清楚，身边没有罗盘仪，只顾朝低处走去。由于中午没有吃饭，肚子很饿，腿也走不动了，但还是要加快速度，要赶在完全天黑之前找到村庄。当时虽然两人同行，但心中还是有点紧张。我们坚持朝低处走，大约走了2—3个小时，发现一片番薯地，不远处看见一处冒着烟的草棚，十分高兴，肚子实在太饿，向老乡说明了情况，讨了两个生山芋充饥。在那里休息了一个晚上，第二天一早按照老乡的指点终于走回住处。这次迷路应该是一次考察事故。教训是：为什么不带地图？为什么不带罗盘仪？为什么不带些食品和水？这些可是地理工作者野外工作的常识啊。

第四节 山区考察准备

[组队与工作计划] 南方山区综合科学考察是一项综合性、地域性很强，多部门参与的大型科学考察工作，涉及部门多，组织工作比较复杂。在校领导重视、科研处亲自组织协调下，明确此项任务由地理系挂帅，地理系、生物系和环境科学研究所联合组队，抽调人马组成多学科参与、老中青结合的精悍队伍。初期队员为40人，除地质地貌、气候、水文、土地、动植物、生态环境专业的教师之外，还包括经济地理、城市、能源、交通、人口、旅游等专业的教师参加。1983年3月，我被任命为分队队长⑧。紧接着，我们制订了一个严密的、操作性强

的工作计划。由于不设专职考察队员编制，教师们都有教学任务，因此考察队野外工作尽量安排在暑假和寒假。

［**物质装备**］ 山区考察需要一定的装备，而高等学校地理系的教学科研设备十分有限，如此大规模、长时间的考察所需的物质条件必须要由中国科学院综合考察委员会提供支持。经与总队协商，中国科学院综合考察委员会将专项考察经费和一批装备划拨给学校设备处，还专门从西南调拨了两辆吉普车。为此，我们成为学校设备处的一个“大户”，参与的教师们都非常兴奋。一时间，考察队成为地理系、生物系等系教师十分向往和羡慕的去处，很多人都渴望参加。

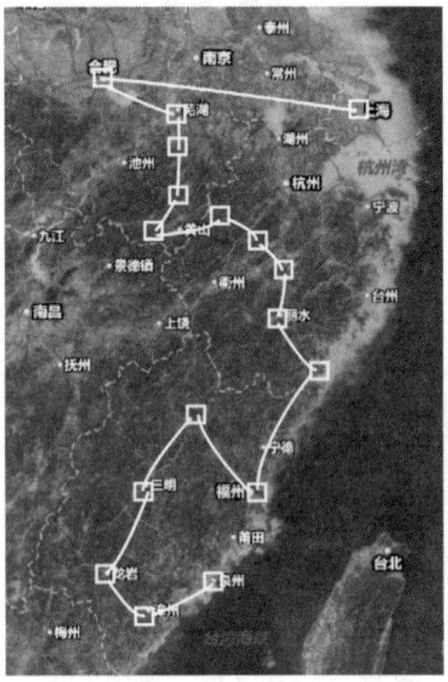

图 5-9

［**预查与落实**］ 1983 年 7 月，中国科学院南方山区综合科学考察队正式组建后，即对皖南、浙西和闽江上游进行了预查，历时一个多月。在预查基础上确定了考察区域的具体范围与重点内容，并和三个省的计划部门进行了沟通汇报，取得了共识与支持，落实了考察工作计划。1984 年正式开始长达五年的大规模考察工作（图 5-9）。在我收藏的一份“业务工作情况汇报”中记录了 1986—1987 年两年的工作情况。这两年中有 70%的精力从事南方山区综合科学考察，野外考察达 270 天，20%从事教学工作，另有 10%的精力从事《中华人民共和国地名词典 · 上海市》的编纂工作。可见，南方山区综合科学考察是这两年业务工作的重头戏。

［**深渡试点**］ 在大规模考察之前需要通过试点练兵，统一考察内容与方法。我们选择了安徽省歙县深渡区进行试点。

为何选择深渡？深渡位处新安江上游，为以低山中高丘为主的半山区，小气候独特，土地类型多样，有小溪汇聚，航运便捷，人口密集，俗称“七山一水一分田，一分道路和庄园”；深渡为歙县史上名镇，明清时代，皖南徽商的茶木竹土特产山货多由此外运，城镇繁华，但随着近代徽商的衰落，中华人民共和国成立后新安江水库建设对航运的影响，特别是大跃进、大炼钢铁和“文化大革命”时期，山林的破坏十分严重，水土流失加剧，人地矛盾尖锐，经济衰败。无论是从山区考察的主要任务——资源开发利用与整治的要求，还是从振兴山区的经济角度来看，选择深渡作为试点都十分理想；另一个重要因素是地方政府的重视和推荐。

试点的目的任务：一是进一步明确考察的重点内容，包括综合及专题考察的内容与重点；二是统一调查要求，制定考察规范（大纲），以及收集资料的要求；三是掌握方法，包括资料、图件的收集，听取地方政府的汇报、座谈，现场考察等，特别强调现场考察的重要性；四是科学组织队伍。通过试点，掌握并处理好与地方政府及各委、办、局的关系的方法。试点工作是一次认识的统一、内容的统一、方法的统一，对于长期从事教学工作、相对缺少野外工作经验的教师来说也是一次重要的练兵。

◆**试点获得成功。**1984 年 4 月 4 日，考察队抵达深渡区（下辖多个乡），分成地质、地貌、气候与水文、土地、植物、动物、环保、经济、政策等 10 个专业组进行深入调查，19 日结束外业，21 日向歙县县委、县政府汇报了考察情况和考察中发现的问题与建议，提交了试点成果（初稿）。在听取意见之后，经过修改，于同年 10 月提交了“安徽歙县深渡丘陵山区开发、整治与经济振兴问题考察研究报告集”，包括一份综合研究报告、九份专题研究报告[⑨]。还在现场填绘了 1/25000 的地貌图和土地利用图。

试点成功后，自 1983 年下半年至 1987 年暑假，我和老李、老冯（冯志坚）带队分赴安徽省皖南山区 16 个县市，浙江省西部山区 9 个县市和福建省闽江上游的建溪流域 6 个县市进行了全方位的科学考察，历时 5 年，于 1988 年全部结束，圆满完成了科学考察任务。这是我地理人生中的一件大事。图 5-10 为与总队队长席承藩研究员（中）合影。

图 5-10

注释

① 从省区角度来看，东部地区的亚热带地区一般地跨 9 个省区，北起桐柏—大别山系，南跨南岭南北（不包括长江中下游平原及珠江三角洲），总面积约为 100 万平方千米，其中 70%以上是丘陵山区。

② 后期又增设了第五分队，由广西师范学院地理系负责。

③ 作者在与陈永文合作承担国家外文出版社《简明中国地理》编写任务时，曾经专程赴大寨进行考察学习，大寨虎头山一片片绿色梯田、一排排村落农户的景象至今在脑海中浮现。遗憾的是没有留下一张照片。

④ 五大农业区域：赣东北鄱阳湖平原粮棉油水产农业区，赣西丘陵山地粮林油茶农林区，赣东丘陵山地粮茶林果农林区，赣中吉泰盆地粮油果农业区，赣南山地丘陵林粮蔗果林农区。

⑤ 老表是江西人对同省老乡的称呼，带有一定的亲昵性。

⑥ 如以油茶套种绿肥，种胡枝子改良土壤，以山养山的经验，在当地推广效果较好，受到群众欢迎。

⑦ 陆心贤、华熙成参加了定稿工作。

⑧ 副队长由李天任、冯志坚担任，黄仰松任办公室主任。严钦尚、程潞、严重敏为考察队分队顾问；参加考察的基本队员有陈永文、华熙成、佘奕昌、周乃晟、郭成涛、何越教、朱积安、祝龙彪、张务栋、盛和林、周秀佳、朱履熹、黄仰松、吴生发、张秀宝、姚关琥、方觉曙、余国培、谷人旭、周克瑜、张亚群、丁金宏、王平等。

⑨ 参与深渡试点的和编写综合报告、专题报告的有刘君德、李天任、冯志坚、黄仰松、陈永文、方觉曙、钱宗麟、钱济丰、王振弟、张洪祥、佘奕昌、周乃晟、张超、张秀宝、郭淑麟、郑家祥、祝龙彪、徐申等。

第六章　山区考察实践地区之一:皖南山区

皖南山区考察是我第一次真刀真枪带领大队伍开展的多学科综合考察,与其他几个分队同时进行有一种无形的竞争压力。我们能否在完成繁重的教学任务的同时,较好地胜任这一国家级的科考重任?身上的担子沉甸甸的。对于分队“指挥者”来说是一次考验。在前期实践和深渡试点经验的积累、校系的全力支持下,全队上下团结一致,共同努力,终于按期、顺利、高质量地完成了考察任务。

第一节　概述

[三分队考察的重点区域]　皖南山区位处安徽省长江以南,东、南、西与苏浙赣三省交界,在行政区划上包括黄山市全部所属三区四县,池州市全部所属一区三县,宣城市的宣州区和宁国市及其所属广德、泾县、旌德和绩溪,共 17 个县市(区);土地面积为 29 276 平方千米,20 世纪中期人口近 500 万人,分别占全省的 1/5 多和约 1/10,人口密度为每平方千米约 170 人。皖南山区资源多样、物产丰富,明清时代商品经济发达,以经营茶叶为主的徽商足遍天下,有所谓无徽不成镇之说。近代,由于地理区位、历史因素及某些人为因素,皖南山区的经济发展逐渐落伍,经济重心逐渐转移至江浙沪的沿江、傍海的大城市地区,成为上海经济区内经济水平较低的区域之一。考察认为,人口的快速增加、耕地面积的减少、人地矛盾突出、交通不太方便、人才大量流失、能源资源浪费、生态环境恶化是皖南山区逐渐落伍的主要原因。

基于皖南山区的上述突出问题,以及皖南与浙西、赣东北山区的连片性研究之需要,加上安徽省国土部门的要求,使之确定为三分队考察的重点区域。

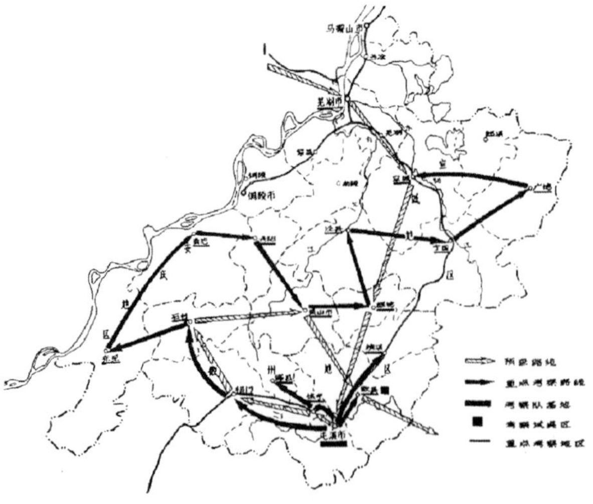

图 6-1

[考察路线图]　皖南山区的大规模考察始于 1984 年 10 月中旬,1985 年 1 月中旬结束,大致的考察日程和路线安排如下(图 6-1):10 月 15 日—31 日,徽州地区;11 月 1 日—10 日,石台、东至;11 月 11 日—20 日,宣城地区各县市;11 月 21 日—30 日,旌德、黄山、歙县。共计一个半月。1984 年 12 月初回到上海,进行内部整理资料的工作。为确保上述计划的落实,实行专题组组长负责制,同时,在考察队成立了临时党支部。

[考察重点]　摸清皖南山区国土资源及开发利用现状,找出问题所在,

提出国土开发战略性意见建议等，是考察队必须重点回答的问题。根据皖南山区的实际情况，我们把调查的重点放在区域旅游资源、山区植被资源开发利用、水土流失治理与生态保护，以及后期发现的行政区划体制问题上。

皖南山区的旅游资源极为丰富，是少有的世界级风景旅游区。旅游业理所当然成为皖南山区开发的战略性产业，这也是三分队 1984 年考察报告的重要结论之一。调查之后，我们认为要解决皖南山区的两大问题，一是水体流失的治理问题，二是包括行政区划在内的体制问题，后者是重点突破之道。

第二节　考察拾零

皖南山区的考察（图 6-2、图 6-3）总体上十分顺利，各地主要领导都十分重视，亲自介绍情况，提供所需要的资料，带领赴现场考察。在考察过程中也遇到一些问题，主要是个别县市出于自身狭隘的本位观念，缺少大局、全局思想，希望通过考察队平台抬高自己在区域中的地位。对于一个科学考察队自身来说，坚持实事求是、尊重科学的基本原则十分重要。从 1984 年的 10 月中旬算起，至 1985 年的年初，大约两个半月时间完成了皖南山区的考察任务。在考察与汇报过程中发生的点滴故事有趣而重要，过程中蕴含着一些独到的认知。

图 6-2

(a)　(b)　(c)

图 6-3

［发现池州行政区划问题，上书中央］　遵照中国科学院综合考察委员会领导的要求，考察队对工作地区的某些重大的、典型的、迫待解决的问题，必要时可组织专题直接迅速上报。1984 年的年底，考察队按计划抵达安徽省贵池县开展考察工作。贵池县领导认真接待了考察队，提供了考察队所需要的大量资料。在一起吃饭时，一位县领导说出了这样几句话引起了我的关注。他说：我们欢迎中国科学院考察队来贵池考察，尽可能按照考察队的提纲提供所需要的情况和资料，但对于贵池县来说，当前最关心的问题不在你们的提纲之列。我立即追问：什么是你们最关心的问题？他说是行政区划体制问题。这令我大吃一惊，行政区划会有什么问题？说实话，这是我第一次听到地方政府的官员说行政区划存在问题。

按照我们的考察任务与计划安排,也完全可以不将贵池县的行政区划问题纳入考察范围。但地方领导提出了这个问题说明问题的严重性和紧迫性。我经过认真思考及与李天任、冯志坚两位副队长商量后,决定对这个问题进行深入调查。

为此,商议决定大部队按原计划开展工作,李天任同志带队,我留下冯志坚和金鼎馨同志进行再调查。

经过深入细致的调查,我们发现贵池县由于行政区划的不合理变更(撤销池州地区,将贵池县划归长江北岸的安庆市管辖),使该县的经济社会发展、城市规划、建设、管理存在“严重危机”,县内人心不稳,县领导的担忧是有根据的。

我深刻认识到,阻碍贵池县经济发展的最大问题是行政区划,作为考察队三分队负责人,有责任向有关部门,乃至中央及时反映这一问题。

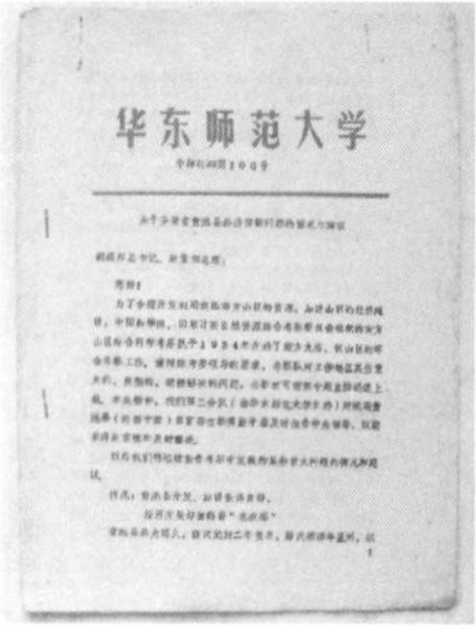
华东师范大学

图 6-4

在结束了现场考察之后,我们赶写了《关于安徽省贵池县经济体制问题的情况与建议》[1](华师科〔84〕第 106 号)的报告(图 6-4),于 1984 年年底(12 月 16 日)以考察队名义上书胡耀邦总书记和赵紫阳总理,同时抄送给中共安徽省委第一书记、安徽省省长、安徽省计划委员会、安徽省安庆地区行署、国家计划委员会国土局、中国科学院综合考察委员会南方山区综合科学考察队、中共安徽省贵池县委员会、安徽省贵池县人民政府。

令我意想不到的是,时隔 7 天,我就收到华东师范大学党委转来的安徽省委的批复信函[2]。贵池县的行政区划问题引起了高层领导的关注。1985 年 1 月 7 日,安徽省黄璜书记批示:请郁昭同志阅后转体改办研究,争取改为市。同年 1 月 10 日,王郁昭省长批示:报告写的不错。有些问题现在就能够解决。

这,给了我极大的惊喜,一块石头也终于落地!也是对我的激励。此后我开始持续关注行政区划问题,激发了兴趣,这是我深入研究中国行政区划问题的起因与起点。

[歙县水土流失为什么这么严重?] 在深渡试点过程中,我们发现这里的水土流失非常严重(图 6-5)。在随后的大队伍考察中我们发现,不仅是歙县,可以说在整个皖南山区水土流失都很严重。这是为什么?在考察报告中,我是这样分析的:“皖南山区的水土流失面积达 700 万亩,占土地面积的 16%,其中严重流失面积占 15%”,“长期以来,由于某些政策失误,对山区实行掠夺式开发利用,加上管理不善,没有一套科学法规,使资源浪费,大量树木被砍伐,引发水土流失,生态失衡,灾害加剧”[3]。综合来看水土流失问题,涉及自然地理和人文地理两个方面,而不尊重自然规律、经济规律的人为因素是导致皖南山区水土流失特别严重的主要因素。这表现在:大规模过度采伐森林资源,人口的增加,粮食的短缺,被迫上山开荒,陡坡种地,“大跃进”中以木材作为燃料大炼钢铁,盲目发展茶园、果蔬等经济作物,等等。

图 6-5

[仅有一家肉店的小黄山市(今黄山区)] 今日之黄山区是黄山市的前身,而原黄山市

则由太平县撤县设市而来。1984年下半年，我曾经专门考察过太平县，当时，它是一个典型的山区小县，我花了不到半个小时，就把这个只有一条东西向街道的县城走遍了。街上行人熙熙攘攘，我已经记不清这个县城总共有多少商店，但非常清楚地记得，这个县城只有一家肉店！因此，我称它是一个山区小县。可是，就这么一个山区小县，却要求改县设市。当时我很难以理解！记得在屯溪的一次汇报会上，我为此与当时该县（市）的一位领导发生争执。我当面责问他：什么是"市"？设市需要什么样的标准，你们够吗？一时间闹得很不愉快！

我认为，撤县设市是一件非常严肃的事情，起码非农业人口、非农产业要积聚到一定规模才能称之为"市"，国家民政部制定有明确的标准，必须严格标准，按标准设市，科学设市；如果一个县城只有一家肉店的规模，把它改设为市岂不是天大的笑话吗？尽管作为风景旅游区的太平县改设市，对于太平县本身来说会带来发展和繁荣，但它的弊端也显而易见。其一，它是靠行政力量扶植起来的市，而非城市"自然平滑"发展的结果；其二，改县设市，相对提高了行政权力，周边的县会有意见，有可能导致区域内市县矛盾加剧，不利于统筹协调发展，并可能引发重复建设，造成资源的浪费。

［烂在路上的猕猴桃］ 石台和东至是位处皖南西南边缘的两个古老的县，与贵池同属秋浦河流域，在历史上和计划经济时期，商品出入、调拨都经由贵池港进出，与贵池的经济联系十分密切，建县以来一直归属池州管辖。然而20世纪80年代初撤销池州地区、贵池划归安庆之后，石台、东至被迫划给了徽州地区。在考察队来到这两个县进行考察时，当地政府、百姓都对这一行政区域的划分颇有微词。他们讲了一个真实的故事：两个边远山区县盛产山林特产，猕猴桃是特产之一。山上生长的野生猕猴桃比较珍贵，大多运往附近城市销售或罐头厂加工。传统的销售地主要在区域中心贵池，在池州地区撤销、两个县划入徽州之后，猕猴桃也被要求运往屯溪罐头厂（早期全国四大罐头厂之一）加工。然而，猕猴桃是个极易腐烂的名贵水果，石台、东至距离屯溪有200千米的山路，夏天运往屯溪，不到一半路程猕猴桃就开始腐烂，给两县山农经济带来很大损失，为此，山民们怨声载道。可见，区划调整并非拍脑袋的儿戏，一定要尊重科学，一定要听取基层干部群众的意见④。

［黄山地名的混乱］ 早在40年前，皖南山区的行政区划体制做重大变更时，我们就对新的区划体制有过议论。当时认为，这一体制从总体上来看，顺应了全国地级政区改革的大趋势，新调整的政区空间格局基本上符合皖南山区自然地理（小流域）和经济人文地理的现实状态，以及历史上政区空间演进的规律。但也存在着明显缺陷，主要是黄山地名的混乱，徽州古老地名的降格，在社会上产生负面影响。区划调整之后，在皖南出现了三个黄山，即地级黄山市、黄山区（太平县演进而来），以及黄山风景区管理局。事过数十年，人们对这一地区的地名更改，特别是多头黄山、徽州消失（降格）仍然耿耿于怀。几十年之前（20世纪90年代），我曾经遇见一位芜湖地区的干部，他对我说了一个自身经历的笑话：一次他去安徽省在黄山市（驻地屯溪）召开的一次会议，买票时不小心，没有特别说明到哪个黄山——大黄山（屯溪）、黄山区（甘棠镇）或是黄山风景区管理局？结果他坐到了黄山风景区管理局，真是哭笑不得！

政区地名标示了一个地方的地域文化，是一个政区历史的传承，社会已经广泛认同，怎能随意更改？何况改一个地名花上几千万元是一笔不小的开支。克服和消除地名更名中的长官人为因素，尊重地名文化规律，尊重社情民意是一个必须把握的重要原则。

［**山沟沟里的上海人**］ 皖南山区是上海“小三线”建设的后方基地。我身边至今还保留有一份《上海后方基地企事业分布名录》和《上海后方基地工厂企事业基本情况资料》(1984年8月),汇总如表6-1所示。

表6-1 上海小三线企事业单位分布

分布地点	数量(家)	行业	位置
宁国	10	水泥、发电、机械、材料、通讯、医院、车队等	分布于7个公社
泾县	3	发电、电讯设备、运输	分布于2个公社
旌德	13	机械、零配件、材料、电讯电器、轴承	分布于5个公社
绩溪	12	机械、锻压、器材、模具、材料、印刷、医院、供电	分布于6个公社
歙县	4	机械、汽修、农场、干校	分布于2个公社
屯溪	4	机械、器材、材料、后方基地管理局	分布于1个公社和市区
休宁	2	材料、金属	分布于2个公社
黟县	1	电光厂	分布于1个公社
祁门	3	医疗设备、电器器材	分布于县城
东至	8	化工(5)、机修、水厂、医院	分布于4个公社和县城
贵池	9	电厂、钢厂、机械、电机、医院、仓库	分布于4个公社
合计	69	机械、电器、化工等	分布分散

资料来源:作者根据“小三线”统计资料整理。

由表6-1可见,在20世纪80年代,皖南山区的11个县分散分布有数十家三线企事业单位,留下了“文化大革命”时期企业“山、散、洞”的政治痕迹。在我们调查时,许多上海人仍留在皖南山沟沟里,在那里成家立业,为地方的经济发展做贡献。改革开放之后,这些企业大部分撤回上海或上海邻近市县,江苏省昆山县就集聚了大量三线回搬的企业,这成为昆山经济起飞的重要基础。

第三节 考察成果

［**成果汇报**］ 皖南山区考察结束之后,1985年10月28日—31日在屯溪召开了“皖南山区综合科学考察成果汇报评议会”(图6-6至图6-8)。来自考察总队和各分队的负责人,安徽省计划委员会、皖南地区专员、各县市领导及有关专家,华东师范大学副校长、科研处长,及分队顾问严钦尚教授、程潞教授、严重敏教授、钱今昔教授等,共50多人参加了会议。他们听取了我的总汇报和各专题的汇报后进行了充分讨论,参观考察了歙县深渡乡的水土流失状况。专家们高度评价了考察成果,一致认为,“报告内容切合皖南实

图6-6

际”,“成果很细、很实”,“具有重大意义”,“设定的皖南山区战略方向目标非常明确,步骤可行”。

图 6-7

图 6-8

来自安徽省的许多领导、代表在参观考察深渡乡的水土流失状况后感触尤深,纷纷说“想不到皖南山区的水土流失这么严重”,“我们在安徽工作多年头第一次知道这里的水土保持情况”,并表示“要下大力气治理水土流失,做好国土整治规划工作”。

报告所涉及的池州地区行政区划问题改革的观点,相关地、县纷纷表示赞同。贵池县代表说:“报告涉及干部群众经常议论的重大问题——区划与管理体制,也是贵池当前经济中最突出的问题,提出的方案对指导贵池工作有现实意义。”东至县代表说:“报告大胆提出了行政区划改革问题,设想很符合现实情况,有法律依据。”安庆地区的代表说:“关于行政区划问题,还是恢复贵池地区为妥。”

汇报会议取得圆满成功,扩大了三分队、华东师范大学在安徽省及总队和各分队中的影响。

[成果鉴定] “皖南山区国土整治与开发治理研究”考察报告,得到了以著名地理学家、地貌学家严钦尚教授为首的评审专家的充分肯定和高度评价,以及安徽省政府相关部门(计委等)的赞赏。由于是整个南方山区综合科学考察队中的第一个成果鉴定,三分队的成果和工作经验为其他分队提供了经验(图 6-9)。

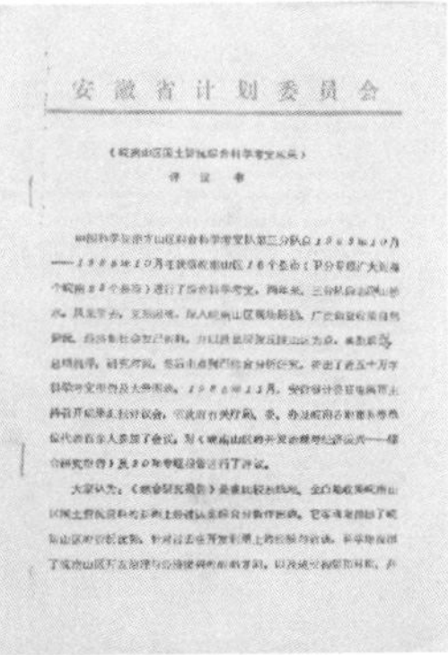

安徽省计划委员会

图 6-9

《皖南山区国土资源综合科学考察成果》评议书

中国科学院南方山区综合科学考察队第三分队自 1983 年 10 月—1985 年 10 月在我省皖南山区 16 个县市(部分专题扩大到整个皖南 23 个县市)进行了综合科学考察。两年来,三分队同志跋山涉水,风来雨去,克服困难,深入皖南山区现场踏勘,广泛调查收集自然经济和社会发展资料,并以歙县深渡丘陵山区为点,典型解剖,总结规律,研究对策,然后由点到面综合分析研究,提出了近 50 万字科学考察报告及大量图表。1985 年 11 月安徽省计划委员会在屯溪市主持召开成果汇报评议会,省政府有关厅、局、委、办及皖南各地市县等单位代表百余人参加了会议,对《皖南山区开发治理与经济振兴——综合研究报告》(下文简称《综合研究报告》)及 20 项专题报告进行了评议。

大会认为,《综合研究报告》是在比较系统地、全面地收集皖南山区国土资源资料的基础上认真综合分析做出的。它客观地指出了皖南山区的资源优势,针对过去在开发利用上的经验与教训,科学地提出了皖南山区开发治理与经济振兴的战略方向,以及建设构想和对策,并因地制宜地对皖南山区开发治理与经济建设提出了分区设想,内容十分丰实。因此,是一份很有价值的综合科学成果。其他分项专题报告也都是在占有详细材料的基础上做出的,亦很有科学价值。

大家认为,《综合研究报告》等提出的皖南山区开发治理与经济振兴的指导思想、战略目标、实施步骤及许多建设构想、对策的意见,为编制有关地区国民经济长远规划提供了科学依据,为我省即将开始编制的全省国土规划打下了基础,对皖南山区国土资源综合开发利用,振兴皖南山区经济、改善山区生态环境,进而对建设我省长江经济带有重要理论与实践意义。考察队提出的建议(如贵池县行政区划体制问题等)得到了省有关领导的肯定。有些山区(如歙县深渡区),采纳了考察队的意见,在短期内已取得一定的经济效益。

会议建议,对某些专业报告要做进一步修改、充实,使之更加完善。

一九八六年四月三十日(安徽省计划委员会盖章)

[**成果出版**] 评审鉴定之后,我们根据专家的建议,进一步修改、完善了专题研究报告。1987年7月,华东师范大学出版社出版了《安徽省南部丘陵山区国土开发与整治研究》专著(图6-10)。

[**成果特色**] 皖南山区考察成果最重要的贡献是针对考察中发现的问题,有针对性地提出了开发治理与经济振兴的方向性、战略性设想,分区治理的建议为安徽省国土规划的编制打下基础,对推动长江流域经济带的发展有参考价值;我们在考察中发现的贵池地区的行政区划体制问题,所提出的建议被国家重视、安徽省采纳,在南方山区综合科学考察中是个重要创举,充分展示了三分队的人文地理优势(图6-11)。

图 6-10

图 6-11

注释

① 该报告由刘君德、金鼎馨、冯志坚执笔。

② 遗憾的是,这份重要的批示文件在向一位当时的系领导(后任副校长)汇报后,被他拿走了,并不慎丢失。为此,我十分后悔。

③ 引自刘君德、李天任、冯志坚主编,中国科学院南方山区综合科学考察队第三分队编:《安徽省南部丘陵山区国土开发与整治研究》,华东师范大学出版社,1987,第10页。

④ 1988年8月,贵池撤县设市,实行市管县体制,石台、东至复归池州地区管辖;2000年6月25日,地区改设池州市,贵池市改设贵池区。

第七章　山区考察实践地区之二:浙西山区

浙西山区是距离大城市、特大城市较近,南方山区之中相对比较富裕的山区。选择这样的山区进行重点考察同样具有典型意义,有利于总结山区开发建设经验,为南方的其他山区提供经验借鉴;同时,浙西山区是我国首座大型电站——新安江水电站的建成区域,其对钱塘江中下游带来的正面效应十分明显,然而对于上游山区来说则是一个巨大的负面冲击。如何全面认识水电站建设的得与失,电站建设对库区的原住民到底影响到什么程度,怎样才能让这些原住民在水电站建设中收益,是三分队考察的一个重要任务。

第一节　概述

[与皖南山区的不同]　浙西山区系指杭嘉湖平原以西、金衢盆地以北、浙江西部的山地丘陵区域,西邻皖南山区和赣东北山区,北连江苏宁镇山脉。位处浙皖边境的天目山地,是浙西最大的主体山脉。整个地域呈北—南长条状形态,南北长约 150 千米,东西宽约 110 千米。其在行政区划上,由北向南包括湖州市属的长兴、安吉,杭州市属的临安、富阳、桐庐、建德、淳安,衢州市属的开花、常山,共计 9 个山区县。其土地总面积为 2 万平方千米,人口为 386.7 万人(1985 年),区内山地丘陵面积约占土地总面积的 82%,水力、建材、煤炭等矿产和茶、竹、林木资源比较丰富,是浙江省主要能源、茶林等生产基地之一,也是皖浙赣山区中经济环境、收入较好的山区①。

浙西山区在自然和人文地理、文化历史等方面与皖南山区(也包括一部分的赣东北山区)有较大的相似性,有些县,如淳安,在历史上曾经归属徽州,民国元年(1912 年)划归浙江省。而由于皖浙赣山区分别由三省管辖,长期的行政分割、地方保护与封锁,加上交通和经济联系方向的变更,在省内向心力的长期作用下,产生了因人文因素导致的山区区域的空间分异。这种分异既表现在经济社会人文方面,又对自然环境产生深刻影响。浙江省是长江三角洲、上海经济区的重要组成部分,经济比较发达,安徽皖南山区位处长江中游南侧,两个山区的差异表现在功能定位、景观形态、资源开发利用、经济结构与水平,及生态环境治理的方向、重点等方方面面。此外,还存在区域内部的南北差异,但并不明显。

[考察过程]　1984 年终,在完成皖南山区考察任务之后,立即转战浙西山区。首先是对杭州市的调研,重点考察其所属的淳安县,很快完成了淳安县的考察报告。1985 年 1 月 10 日向淳安县四套班子汇报了考察成果。1985 年完成了浙西山区考察报告。

[考察重点]　与皖南山区的不同之处在于,水力资源开发利用和水电站建设对山区经济社会发展的影响成为本区域调查的重中之重,淳安县自然成为浙西山区考察之重点;同时,将总队要求的各分队山区(小流域)开发试点任务落实在本区域的开化县。

第二节 考察拾零

[早先的淳安:富足、纯朴] 淳安县历史悠久,在新石器时代就有人类活动,春秋属吴、越,战国属楚,秦时为歙县辖地。民国元年(1912 年),淳安县划归浙江省。1949 年,淳安、遂安两县改隶属第四行政督察区。中华人民共和国成立后,两县的专署归属调整频繁。1958 年 10 月,两县合并为淳安县。1963 年,淳安县划归杭州市。

淳安县位处杭州市域西境边缘,与安徽休宁、歙县毗连(图7-1)。其面积为 4 427 平方千米,是浙江省面积最大的县。其中千岛湖湖区面积为 573 平方千米。根据第六次全国人口普查数据:淳安县总人口为 453 683 人。

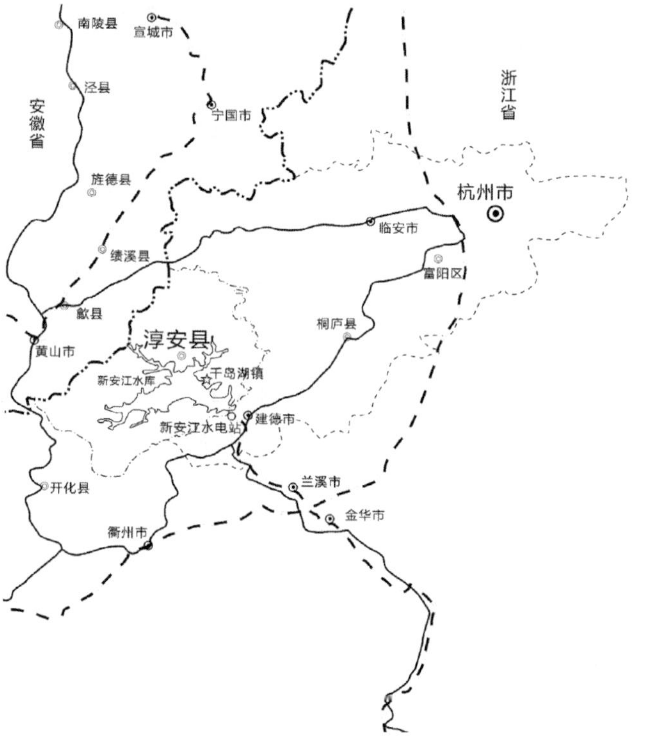

图 7-1

淳安县属浙西山地丘陵区,四面多山,中间由低山、丘陵、小型盆地、谷地和水库组成。最高点为千里岗山脉主峰磨心尖,海拔 1 523 米。淳安县自然与人文资源十分丰富,曾有"锦山秀水、文献名邦"之誉。新安江流经县境,沿水路两侧集镇、港口密集,商业繁荣。淳安县人民勤劳朴实,经济比较发达。在新安江水电站建成之前,淳安县是浙西山区的甲等县、富裕县;建成后却变成了地地道道的贫困县,经济社会发展倒退、徘徊。这很令人费解。

[水库建设:淳安穷了] 1957 年 4 月,新安江水电站动工兴建;1959 年 9 月 21 日,封孔蓄水。水电站的建成蓄水为下游的长江三角洲广大城乡,尤其是上海、杭州等城市带来福音,水利灌溉、防洪、发电等综合经济社会效益十分明显。但许多人并不知道,对上游水库淹没区带来的却是巨大的负面影响。我,作为一名地理工作者,一开始也不了解这一情况。

1984 年的 11 月下旬,考察队开进了淳安,听取了县委、县府各部门的情况介绍,介绍中隐约感觉到水电站的建设对淳安人民带来的巨大影响。在跟地方干部熟悉之后,官员们纷纷向我们提供了真情,说了真话。

淳安人为建设新安江水库做出了巨大牺牲,水电站建设产生了极大的后遗症。水库建成,淹没境内海拔 108 米以下县域最好的耕地、平地、居住地、建筑物——2 座县城(淳安排岭、遂安)、8 个镇(其中 3 个古镇)、39 个乡、1 377 个自然村、255 家企业、270 268 间房屋、307 838 亩耕地全被淹没。水库开闸放水,一瞬间,村庄、良田、工厂、学校,淹没线下所有的生产生活资料均化为乌有。那种感觉、那种心情，只有淳安人才能感受到、体验到！全县289 951 人离别故土，移往浙、赣、皖各地重建家园②。近 30 万人要搬迁，谈何容易？1958年，那是在党的利益、国家利益高于一切的"大跃进"的年代，干部、共产党员带头移民。水库建成后，淳安县成了一个地地道道的贫困县。

更为严重的是，由于种种原因（例如，与移民安置地的土地及利益纠纷、生活习性差异、社群环境变化、经济社会发展水平差异等），大批移民（访谈中得知有近 10 万移民倒流）又回到淳安，移民群众"怨声载道"！淳安县委书记说：为了淳安百姓，我每年都要跑杭州，跑北京"上访"，年年都要受到上级批评，我成了一名"讨饭书记"啊！

图 7-2

眼前的事实，深深震惊了全体考察队队员。我，沉静在深入思考之中。我们决定进一步深入调查，直接听取乡民，尤其是回流移民的意见，倾听他们的诉求（图 7-2）。

［库边调查：我流泪了］ 1984 年 12 月，考察队再次深入淳安县多个乡镇进行调研，与居民，包括回流的居民、船民进行座谈。在淳安县政府的支持下，考察队深入乡村，在湖边，在山丘，在有限的田野，甚至在船上与船民、渔民，抓紧一切机会访问、座谈。位于淳安县城西部，"杭州—千岛湖—黄山"黄金水运线上的鸠坑乡、严家乡、宋村乡，山区的云岭乡，以及浪洞乡、百亩畈乡、枫树岭乡，都留下了考察队的足迹。回流移民是访谈的重点对象。座谈中，乡民们向我们提供了大量第一手情况，大家都直接感受到水库建设对当地民众带来的忧愁。

不少移民说：我们响应国家号召，顾全大局，移民搬迁至江西吉安地区，当地给我们的是最差的地，我们硬是靠自己的双手在两年之内创建成为江西全省农业学大寨先进生产队，但我们的乡亲、乡情在淳安，我们与当地语言不通，生活不习惯，难以与当地居民融合，矛盾加剧。说到底，在江西，我们是外乡人！无奈还是决定回到自己的故乡——淳安，那里是我们祖祖辈辈生活的地方，是养育我们的家啊！但回到淳安，地没了、房没了，只有靠自己勤劳的双手在水库岸边搭建草屋，开荒种地，下湖捕鱼，维持最基本的生活。然而，上山开荒种地破坏了森林生态，导致水土流失，影响水库的寿命，政府要管；下湖捕鱼，千岛湖湖面是国家的，水上派出所要抓。淳安已经让我们无处落脚容生，我们怎么办？

图 7-3

我在乡亲们诉说过程中控制不住流泪了！这是我考察中首次也是唯一一次流泪！在座谈会上，我的心情十分复杂，一方面安慰乡亲，相信政府会帮助他们解决问题；另一方面陷入深思之中，深深同情和敬重那位自称为"讨饭书记"的领导。作为一个国家级的考察队，我们能为淳安县的乡亲们做些什么？唯一可做的是将淳安的实情写出来，为淳安鸣不平，呼吁解决这个当务之急、多年未解决的难题（图 7-3、图 7-4）。

(a)　　　　(b)

图 7-4

[铿锵有力的报告:为淳安鸣不平] 1984 年 12 月底回到上海后,我们加紧写考察报告,赶在春节前完成,并赴淳安县向县四套班子汇报。1985 年 1 月 10 日,我向县四套班子做了时长一天的详实汇报。这次汇报是我动感情的一场报告,是为淳安鸣不平、"打动人心"的报告。报告内容真实,在指出新安江水库建设对国家、对下游做出巨大贡献的同时,强调水电站的建设是淳安乡亲做出巨大牺牲换来的事实! 淳安县之所以由一个原本富足的山区县变为一个贫困县,人为主观的政策因素是根本的。与此同时,我在报告中指出,淳安面对新的态势、新的优势、新的格局,发展战略要做重大调整。

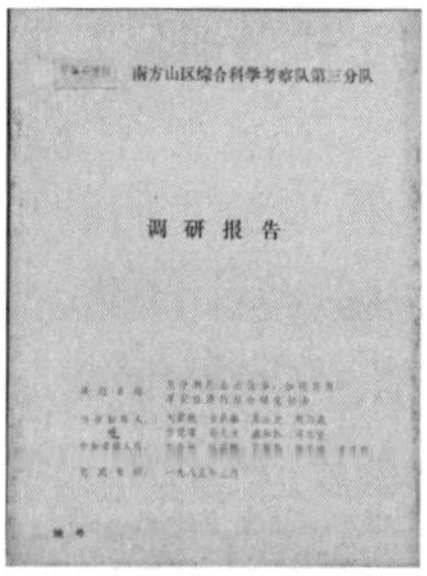

南方山区综合科学考察队第三分队

调 研 报 告

图 7-5

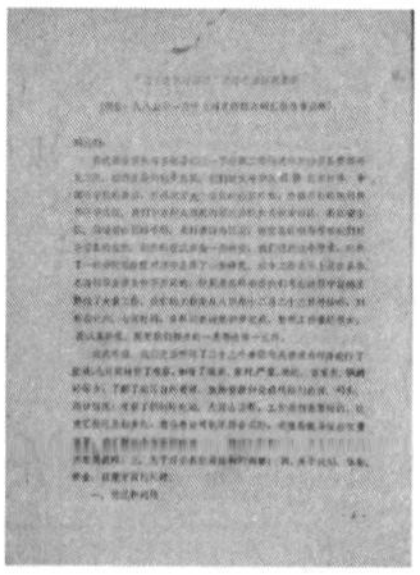

图 7-6

当我隔了 10 天左右再次前往淳安,在汽车上,偶然听到坐在我身旁的两位旅客在议论说,最近县里在向全乡广播中国科学院南方山区综合科学考察队队长的报告,组织大家学习这个报告。我非常激动。我的报告说到淳安干部群众的心坎里了,切中要害了。后来才知道,在我作报告之后,淳安县政府根据录音稿整理成书面材料下发至全县各乡镇组织学习(图 7-5、图 7-6)。

至今我仍保留着这份报告的录音稿。1985 年 9 月,浙江省淳安县科学技术委员会作出《关于"充分利用山水优势,加速发展淳安经济的综合研究报告"的评价》书面意见。

[呼吁新淳安:调整战略] 如何根据淳安县的新情况,制定新的发展战略? 我在考察报告中回答了这个问题。

第一,考察队认为,要认识新淳安的新优势。新优势是什么? 除了水电资源之外,仍是山水、人文资源。占浙江省淡水面积近三分之一的库区(千岛湖)和上千个林木苍翠的湖中岛,以及它们与周围山岳的自然融合,是浙江省独一无二,也是全国少有的锦山秀水,犹如一幅天然画卷,是淳安旅游业发展的极好基础;淳安是徽派文化和江南文化的融合地,李白、刘长卿、朱熹、海瑞等古代名人都与淳安结下了不解之缘,加上水下古城的开发将是淳安潜在的独特资源,以及作为杭州市唯一的革命老区,等等,文化旅游是其一大优势;淳安是浙江省的农业大县,尤其是千岛湖形成的独特的小气候,有众多品质优良的农特产品有待开发,诸如茶叶、蚕桑，以及潜力巨大的有机渔业资源，等等。被誉为天然氧吧的千岛湖，空气清新，是发展环保型科技产业、生态有机食品和生态人居的首选之地。

第二，考察队认为，要充分、科学开发利用上述资源优势，有序发展相关产业。这是制定新淳安发展战略的基础和出发点。考察报告详细分析论述了淳安产业发展的方向和措施，同时根据淳安县境内自然环境的地域差异，提出了因地制宜、科学布局产业的建议。

第三，考察队认为，水电站建设后，处于库区内的淳安县，要树立大局意识。要更加重视生态建设，保护山林，禁止开荒；更加重视保护环境，在发展产业中，绝不能让千岛湖水质受到丝毫污染。

第四，考察队认为，当前淳安县最重要的问题是如何在上级政府（直至中央政府）的帮助下处理好三方面事务。一是解决迫在眉睫的由于移民回流引起的经济社会问题、治安问题，妥善安置失地农民，以促进社会的安定团结；二是尽快把群众组织起来，努力发展生产，包括兴办适宜在淳安发展的二三产业；三是通过培训，提高劳力的素质和技能，加大富余劳力的输出等。

［思考：水电站建设的得与失］ 在淳安县考察调查之后，我深深思考着山区水电站建设的得与失。我们通常更多地强调水电站建设的"得"，而相对忽略或低估水电站建设对原住民带来的巨大负面影响，对水电站建设可能产生的后遗症——如流域生态问题以及移民回流问题的估计严重不足。淳安的案例告诫规划专家和决策者，要特别重视解决水电站建设对当地经济、社会、生态环境所带来的巨大负面影响，切实采取有效措施，安置好库区的原住民，让他们在水库建设中得益，在水电站建设中致富。这是我经过淳安县调查后的真实感悟，也应该是决策者吸取的经验教训。

第三节　考察成果

［成果汇报与验收］ 1987 年 8 月底，浙江省科学技术委员会在富阳召开了"浙西山区综合科学考察成果汇报评议会"，省科学技术委员会、计划委员会及来自省内外的专家出席，我在会上作了综合报告，通过了专家评议（图 7-7、图 7-8）。专家组成员有严钦尚、金庆明、方宪章、马裕祥等省内外的一批专家。会议认为，"综合报告提出的浙西山区国土开发整治的构想和发展战略、方向、目标、重点等，具有重要参考价值"，"关于淳安的规划设想、对策的建议，得到了当地政府的重视和采纳，并初见成效"[3]。

图 7-7

图 7-8

［成果出版］ 1989年9月，华东师范大学出版社出版了《浙江省西部丘陵山区国土开发与整治研究》专著（图7-9）。

［成果特色］ 浙西山区考察成果有两个特色：一是在淳安县的调查中，发现新安江水电站建设对这个原本富足的山区县的经济社会发展所带来的严重影响，对此进行了深入、细致、全面的分析，破解了淳安县由富变穷的本质，对新淳安提出了调整战略的中肯建议，并取得初步成效；二是推进了开化县的山区试点工作，由李天任同志负责起草的《南方山区开化县科学试验计划草案》[4]得以实施（图7-10）。

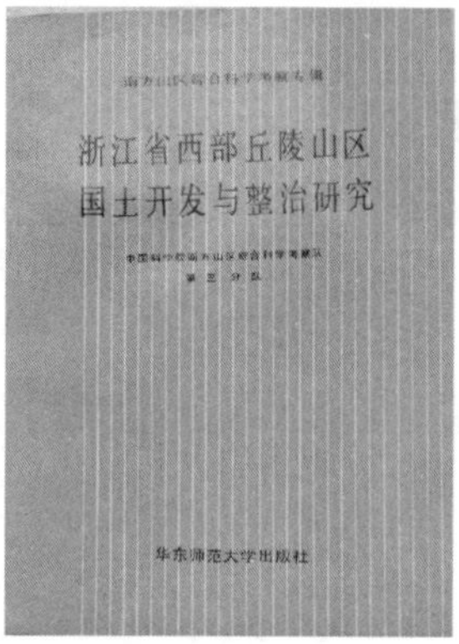

图7-9

图7-10

注释

① 20世纪90年代初，浙西山区的人均工农业产值为1 124元，而同期的皖南山区只有393元，相当于浙西的三分之一；即使与浙江省其他山区相比，浙西山区也要高得多：当时浙东山区为891元，浙南山区为601元。——本书作者根据《浙江省西部丘陵山区国土开发与整治研究》中表1“安徽省南部丘陵山区国土开发与整治研究”第2-3页资料整合而成。

② 引自博雅地名网（www.tcmap.com.cn），网址：http://www.tcmap.com.cn/zhejiangsheng/chunan.html.

③ 引自刘君德、李天任、冯志坚主编，中国科学院南方山区综合科学考察队第三分队编：《浙江省西部丘陵山区国土开发与整治研究》，华东师范大学出版社，1989，第289页。

④ 试点内容主要有：开化县资源开发和环境治理规划及经济发展优化模式，小区综合开发治理试验，水土流失治理对策和技术措施试验，产业开发系列试验等。国家计划委员会国土局、省、地区分别提供了经费。5年为期，1991年完成。

第八章　山区考察实践地区之三:闽江上游

水系,如同人的经络,串联着流域内一座座山岗、丘陵、平川,无数的城市、集镇、村落,以水系为骨架和网络,形成了完整的流域型自然地理单元和经济地理单元。考察队对位处亚热带中部、福建省闽江上游建溪流域的考察,是区别于皖南、浙西的一种"非行政区"的山区综合科学考察。怎样处理好流域区与行政区的复杂关系,是本次考察的重点内容之一。考察中还就发现的相关重要问题及时向上级反映,并得到妥善解决。

第一节　概述

[战略地位重要的区域]　建溪流域位处亚热带中部、福建省西北,与江西省接壤,是闽江上游三大支流(建溪、沙溪、富屯溪)中面积最大、人口密度相对较低的流域。本次考察范围在行政区域上包括建阳地区(今南平市域)所属的建阳、建瓯、浦城、崇安、松溪、政和六县和南平市的两个乡,面积约为1.7万平方千米,人口为178万人(1985年)。区域内山丘面积比重为91%,自然条件比较优越,光热水土、矿产、水力、旅游、名特资源丰沛,开发程度较低,被称之为福建省的"绿色金库"和重要"粮仓",是我国南方山区不可多得的宝地。

建溪流域地理区位重要,鹰厦铁路穿越其间,在台海局势紧张时期,这里是福建省的战略后方。改革开放后,在福建省空间战略大调整中,闽西北如何定位,流域区与行政区如何协调,资源如何开发利用,成为考察队关注的重要问题。在考察中,我还发现了水口电站建设所导致的尤溪县尤溪口火车站设站问题。

[考察过程]　闽江流域的考察先后分两个阶段进行,1986年8—9月为第一阶段,11月中旬至次年元月为第二阶段。考察队先后听取福建省计划委员会、国土规划办公室、闽江流域规划开发管理办公室、气象局、林业厅、水电厅、农业区划办公室、农业厅的介绍、座谈;走遍了建阳地区的10个县市,以及邻近的三明市所属的将乐、沙县、尤溪等县市。1987年12月,进行了专题性补充调查。

[考察特点]　与皖南山区和浙西山区考察显著不同的是,首先是以流域为空间对象的综合考察。水系流域连接着山脉,流域内在地形地貌和气候的相互作用下,发育着特定的植被、土壤,是一个完整的自然地理单元,也是一个独立的经济区域、社会区域和文化单元,拥有比较完整的城镇体系。从国土开发利用与保护来看,以流域为单元确定考察范围,更适合于大区域的整体性、战略性规划,对区域国土开发整治具有独特意义。

其次,与皖南、浙西相比,闽江上游的国土开发整治与经济建设发展中的各种矛盾(特别是行政区划体制问题)更为突出,更为复杂,问题更多。为此,强化专题性研究显得十分重要。

第二节　考察拾零

[地图上的发现]　1986年的下半年,福建省计划委员会的一位中国人民大学硕士毕业

的副主任陪同考察队前往闽江上游做初步勘察。途中，我拿着一本福建省地图，发现闽江上游流域区与现行行政区的不吻合状态，随即询问这位副主任这一地区是否存在行政区划矛盾？他顿时一惊，反问我：你来过？我告诉他：没有，没有考察过闽江上游。他又问：你怎么知道这个情况？我说：是看福建省地图发现后推测的。然后，我就讲了一个地区要注意观察自然流域与行政区的关系，可以通过地图比较分析来判断这个问题。接着，又讲了流域区与行政区的不吻合对区域经济发展可能带来的不利影响。这位学经济学出身的领导对我的发现和观点大加赞赏，后来经过考察队的深入调查，证明我的判断是准确的。

这件事也告知青年朋友和广大读者，“地图”作为一个野外考察或旅游中必备的工具，多看地图，多地图比较，多加思考，可以让人们从中发现和思考许多有趣的现象和问题。

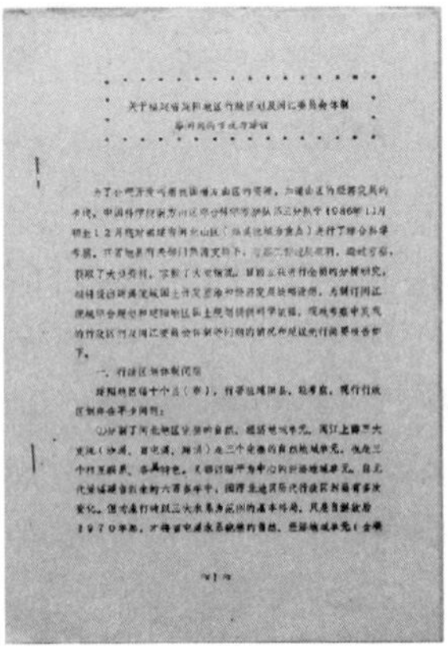

图 8-1

[流域区与行政区、经济区的不协调] 考察队在考察中就闽江上游流域区与行政区的关系及其对经济发展的影响做了认真调查，涉及考察范围之外的三明市所属的将乐、尤溪、沙县三个县。调查结果表明，在闽江上游，三条支流（建溪、沙溪、富屯溪）分别属于三个行政区，存在着与自然区不吻合的问题，影响了经济区域的科学规划、建设与管理，以及环境生态的整体性综合整治。1987 年元月 15 日，我与老李（李天任）、老冯（冯志坚）一起向福建省计划委员会、闽江委员会汇报了相关情况和考察队的意见。福建省计划委员会副主任希望我将有关体制的几个突出问题写成书面材料，单报省长。不久，一份《关于福建省建阳地区行政区划及闽江委员会体制等问题的情况与建议》的报告，呈送给福建省委、省政府领导参考。以下是当时的报告摘要（图 8-1）：

——关于行政区划体制问题。建阳地区所属 10 个县（市），行署驻建阳，行政区划存在以下问题：①分割了闽北地区完整的自然、经济地域单元。闽江上游三大支流（沙溪、富屯溪、建溪）是三个完整的自然地理单元，也是三个相互联系、各具特色，又都以南平为中心的经济地域单元。自元代置福建省以来的 600 多年中，闽西北地区历代行政区划虽有多次变更，但均未打破以三大水系为范围的基本格局。只是新中国成立后自 1970 年起，才将富屯溪水系一分为二分拆为建阳和三明两个行政区，人为造成了自然—经济地理区域的行政分割。②割断了历史上形成的自然经济联系和合理的商品流向。将乐、建宁、泰宁、尤溪与南平、邵武相近，与建阳地区联系密切，而囿于分属两个地市，商品调拨、运输迂回曲折，交通不便，影响山区经济流通。③不便于行政管理，加重了行政开支。现有建阳地区行署驻地，虽为地区几何中心，但交通不便，不方便行政管理。

为此建议：按照方便管理、有利发展、尊重历史、中心辐射和尽可能实行行政区与自然流域区、经济区相一致的原则，调整改革闽西北地区的行政区划。

——关于部分县要求设市问题。调查区域内的建阳、建瓯、崇安、蒲城、沙县等都规划要求改设县级市。考察队建议近期优先将崇安县与武夷山风景区、武夷山自然保护区三者合一设立武夷山市，有利于风景名胜区的统一规划、建设、保护和管理，发展以旅游业为中心的区域经济，也有利于对外开放，加快老区发展。其余各县近期尚不具备设市条件，以后视条件设市。

此后，建阳地区行政区划进行了改革，主要是撤销地区，设立地级南平市，辖域未变；行政中心搬迁至南平市；撤销崇安县，设立了武夷山市，后又陆续将建阳、建瓯等地撤县设市。这些调整应该说是合理的、及时的，但并没有从根本上解决流域区与两个分割的行政区之间的矛盾。时过 20 多年，今天看来，当时的观点依然是科学合理的。但从现实情况来看调整并不可行。因为其一，两市合并范围和规模太大，难以推行“市管县”体制。其二，三明市已经成为这一区域的经济中心城市、闽西综合交通枢纽和物流中心、一座新兴的工业城市、先进制造业和钢铁、化工生产基地，其所辖的梅列、三元两个中心城区人口已超过小城市的规模(20万人)；境内的交通网络业已形成，区内经济联系紧密，基本形成相对独立的域内城镇体系格局，独立建制一个地级市符合条件。

[建溪流域行政中心：南平？建阳？] 闽江上游现实的行政区划问题主要集中在建溪流域，包括两个方面：一是行政区域内的行政中心选择，南平还是建阳？二是地名更名的争议，地区(地级市)名要不要更名为武夷山？

无论从地理位置，还是人口、经济规模来看，南平都是闽江上游最重要的城市，一般也应该是这一区域最为重要的行政中心，在改革开放之后的“行政区经济”运行显性化时期，区域经济中心与行政中心高度一致。但闽西北的行政中心究竟是南平还是建阳，是一个长期争论的问题，连地方政府也难以决策。

翻阅历史文献，发现历史上延平府(今南平市延平区)曾延续千余年，但现代以来，南平的行政地位和辖域范围变动频繁①，尤其是与建阳之间几次搬迁、变换，极大地影响了这一地区行政区划体制的稳定性，造成土地、资金、人力资源的极大浪费，也引发大量的区域(南平—建阳—武夷山之间)经济、社会矛盾。

早在1986年，三分队在建阳地区做调查时，就发现这一地区所存在的行政中心选址问题，但主要是对被称为南平地区的行政中心为何不设在南平产生疑惑。从当时对行政区划的认知来看，建阳是一个商品粮基地的农业县，经济基础薄弱，连设置县级市的标准都未达到。其虽然地处地区的几何中心，但交通不发达，尤其是不通水路。而南平市地处闽中谷地的最低处，三条山脉(武夷山脉、鹫峰山脉、戴云山脉)、三条溪河(沙溪、富屯溪、建溪)会集于此，历来是闽江上游水系最重要的交通枢纽，加上通达铁路、公路，水陆交通便捷，为商贾聚集的经济中心、人口最多的中心城市，经济规模与水平在全地区，甚至于闽江上游都是首屈一指的。人为降低南平的行政地位，不仅对南平，而且对地区经济发展也不利。当时我们主张南平应该作为地区的行政中心，虽然地处南隅，但总体上作为地区行政中心的条件比较优越。随后，考察队去南平进行了认真考察，考察结果令人失望，南平的市中心区(延平)都是山丘地形，平地空间十分狭小，人口高度密集，当时有句顺口溜：“三明天不明”“南平地不平”。三明市由于是以钢铁化工为主的城市，天空中整天浓烟滚滚，污染十分严重，难得有明朗的天；“南平地不平”形象地描述了南平城区的地形地貌特征，市域空间人称“八山、一田、半水、半村庄”。南平市区周边山峦重叠，地势不平，难寻一片平地，两三层的楼房挤满了街道，城市空间拓展十分困难，如作为行政中心规划建设，需要开山炸石，工程浩大，建设成本很高。在这种情况下，对行政中心的选择问题也就难下定论，这是当时在《关于福建省建阳地区行政区划及闽江委员会体制等问题的情况与建议》报告之中没有涉及南平与建阳行政中心选择问题的重要原因。理想的途径是借鉴国外的市场经济模式，弱化行政区直接干预经济的功能，实现行政中心与经济中心分设与互补，即行政中心设在建阳，经济中心在南平，也可以将部分管理经济的行政部门设在南平。但事实是，在中国国情下，这种模式难以推行和奏效。

2014年5月，国务院批复同意南平市行政区划调整方案。根据该批复，撤销建阳市，设立南平市建阳区，以原建阳市的行政区域为建阳区的行政区域，建阳区政府驻潭城街道人民路28号。南平市政府驻地由南平市八一路439号迁至南平市建阳区南林大街36号②。这个批复，实际上是在南平市推行了“一市两区”的新模式，即南平市域的空间范围和地名(包括通名和专名)不变，保留延平区，将建阳市改设区，行政中心驻地建阳(图 8-2)。

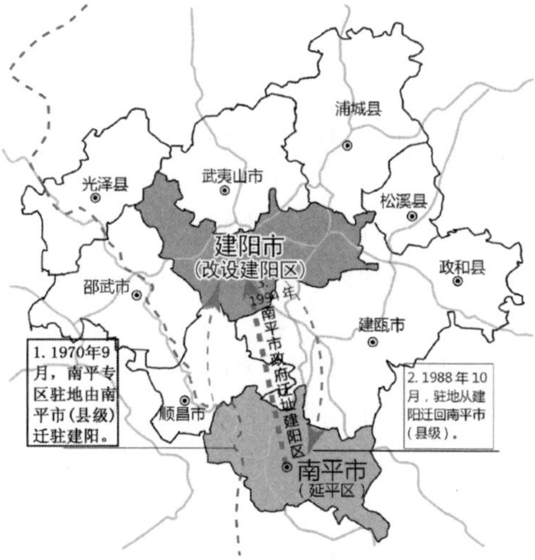

图 8-2

应该说，2014 年国务院批准的南平市行政区划体制改革方案，是一个立足于推进以武夷山市、建阳市为核心区的海西绿色腹地的福建省全局和长远战略，是基于南平市与建阳市的空间现状不得已而为之的方案，是在下一盘大棋。但方案公布后，引起轩然大波，迅即遭到建阳市和武夷山市的强烈阻击，各方利益冲突与矛盾激化，纷纷质疑：“武夷山市本有高铁、机场，现在武夷新区却要重新再建”，“这是在重复建设”；1949 年后，南平市已经搬过两次。“前几次已经越搬越穷，惨痛教训还在，为何又重蹈覆辙？”[③]工作似乎处于一种骑虎难下的尴尬局面。尽管如此，新的调整方案仍在实施。2015 年 3 月，建阳撤市设区正式挂牌，南平市政府驻地将由延平区迁至建阳区的武夷新区。

我赞同这样的说法和观点：南平之所以成为州府所在地，是因为交通的缘故。两条最大的支流在南平市区汇合，从此称为闽江。它也是铁路枢纽之一，但是时过境迁，高铁将通达武夷山。闽西北的交通大格局已在改变，随之而来的人流、物流，以及城镇体系也将发生改变，迁府乃大势所趋。随着时间的推移，这场风波也将慢慢平息。

南平—建阳地区是国内少有的行政区划调整中出现折腾的地区，损失巨大。这有其复杂的背景与过程及其客观原因，我们要重视对客观背景和“规律”的认识和研究。

我以为，要从历史、自然、经济规律、规划建设布局决策多个角度去总结和研究导致闽西北(南平地区)行政区划调整过程中“折腾”和“尴尬”的原因。第一，从地级层面来看，区划调整没有尊重历史，这在一定程度上违背了政区演进的历史规律，特别是府制时期的稳定性。这与中华人民共和国成立后福建位处台海前线，空间布局战略的大调整有关。三明的崛起，打破了府制时期区划格局的稳定性。第二，正由于打破了历史时期稳定的政区空间格局，也就必然导致闽江上游原本三条支流的流域区与行政区相吻合状态的分割，从而为后来的区划调整埋下隐患，增加难度。要知道，在一个省内，山区的行政区划格局与自然流域区相吻合是一种定律，违背这种定律的区划迟早要出问题，安徽省贵池就是一例。第三，改革开放之后，地区行署实体化，推行市管县体制，地级“市”政府在辖区内进行全局性规划布局，统筹县(市)域发展，以求本区域内经济的快速增长、行政中心经济实力的壮大。在行政区经济运行规律的作用下，这种统筹带有行政强制性，而非尊重经济规律和城市空间发展规律，人为地向不具备经济基础的行政中心集聚资源和能量，南平市区划调整中的矛盾无可避免。第四，国家大项目的规划建设布局(如铁路线走向及设站点、水电站建设对中下游港口、车站设点等)对地方生产力空间格局，乃至行政区划格局产生的巨大影响，也是南平地区区划调整中出现矛盾的一个重要外部因素，至少增加了区划调整的难度。

以上四个要素交叉影响着南平地区的区划格局，是导致南平区划调整中极为敏感、复杂的理论原因和环境背景因素。

解决南平区划问题的原则性出路有三条：一是尊重规律，从南平的现实出发，谋划新的思路；二是从省域大战略全局出发，构思闽西北的区划调整思路；三是深化行政—经济体制改革，转变政府职能，真正实现“社会主义的‘市场决定性作用’”，淡化“行政区经济”的负面影响，在南平试行行政中心与经济中心的适度分离。

南平区划调整的案例提醒我们，区划调整、行政中心搬迁要慎之又慎！一定要在深入调查的基础上，全面地、历史地、科学地，并在兼顾各方（市县）利益的基础上，提出相对可行、代价最小的区划调整变更的可行方案。

［为尤溪口设站奔波］ 1987 年 12 月，在基本完成建阳地区考察之后，根据在调查中所发现的涉及周边区域的重大问题，其中最重要的是水口电站建设、莱福线改造对福建省中部一个大县——尤溪带来的巨大影响，我决定抽出时间去尤溪县调查。

◆事由。尤溪（图 8-3）——中国“千年古县”，位处福建省几何中心，为三明市辖县，是福建省山区第一大县，境内中低山地和丘陵占总面积的 93%；矿产、水能、森林资源丰富，被称为“闽中明珠”；20 世纪 80 年代为全国 25 个重点林业县之一，全国 100 个农村电气化试点县之一，也是福建省重点商品粮基地县之一；全县出口、进口的绝大部分物资，如木材、毛竹、粮食等，都要通过该县北缘面积岸边的尤溪口转黄龙岗火车站转运，时货物吞吐量约为 60 万吨，上下旅客 10 万人次。中华人民共和国成立后，在外（洋）福（州）铁路开始修建后，该县干部群众从 1956 年起，经过长达 20 年的奔走呼吁，1976 年获准在尤溪口闽江北岸增设尤溪口站（今黄龙岗站），1980 年交付使用。尤溪口站的设立对该县的经济发展起了很大作用。“六五”期间成为该县经济自中华人民共和国成立以来发展最快的时期。

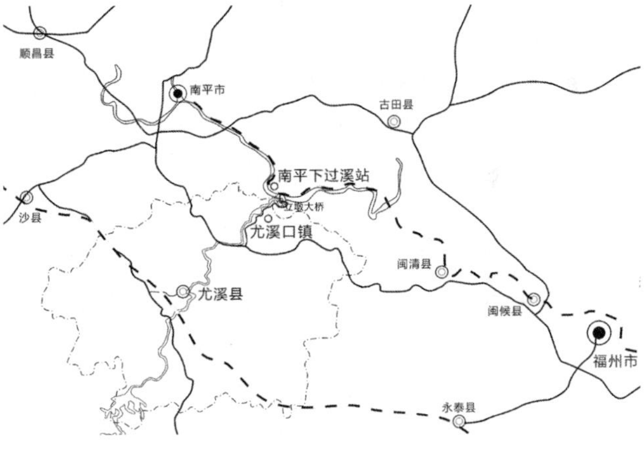

图 8-3

然而，由于闽江水电站的兴建，外福铁路西芹至大箬段，长约 114.8 千米的铁路线需要改建。围绕这一工程（太平—莪洋段 32 千米），铁道部第四勘察设计院和第二勘察设计院（下文简称二院）存在两个截然不同的设计方案。最后，铁道部采纳了二院的“北岸方案”，该方案取消了尤溪口这一全县唯一的进出口车站，从而引发尤溪县干部群众的极大关注和强烈不满。这个关系到尤溪县 30 多万人经济发展命脉的唯一火车站的问题立即进入考察队的视线。

◆访问林新应副县长。我已经记不得访问尤溪的确切日期，但清楚地记得，时任副县长的林新应同志在一座朴素、老式房屋的县政府热情接待了我，详细向我介绍了有关情况和县里的意见以及民众的诉求，提供了相关资料，恳切期望考察队能够向有关部门呼吁，帮助尤溪县解决尤溪口设站问题。

当时在尤溪县政府门前有一棵参天大树，旁边竖立了一座雕像，我问县领导这座雕像是谁？回答是“国民党的一位师长，名叫卢兴邦”。我顿时觉得很好奇，为什么国民党的一位师长的塑像还保留着？县里的同志随即讲起了卢兴邦与尤溪口的故事。

◆卢兴邦与尤溪口的故事。尤溪口位处闽江与其支流尤溪交汇口的北岸，原属南平县管辖，为二三十户人家的江边小村落。民国时期，尤溪口为过往船只的停泊点和行人的歇脚点，后闽江汽船航运兴起，在此设站，地方军阀卢兴邦设立厘金局，有专班轮船往返尤溪口与福州，尤溪县出入货物多在此转驳吞吐，这里成为一个小码头，遂有尤溪口之名。由于其地位日显重要，在政治地理上同尤溪县的关系日益密切。尤溪人民乃于 1946 年向国民党中央政府行政院申请批准将该处方圆约 20 平方千米的地域划为尤溪县辖④，尤溪口因而得名。卢兴邦为家乡群众做了一件有益的事，成为尤溪县家喻户晓的人物，也是塑像得以保留的缘故。1957 年，闽江北岸的外(洋)福(州)铁路修通；1959 年，尤溪县城至尤溪口的公路通车，客货运轮船往返南平与福州，尤溪口便成为本县水陆交通枢纽，商贸繁荣，经济发展，曾有“小香港”的美称。1972 年 5 月，经福建省政府批准划设尤溪口镇。这个“袖珍”小镇，如今是尤溪县乃至三明市通往闽江的唯一口岸。因水口电站建设要淹没尤溪口，全县上下数十万人民自然极为关注。

◆莱福线改造走向之争。在计划经济时代，福建省的铁路建设、改造归铁道部第四勘察设计院(下文简称四院)负责。早在 1977 年，四院就编制了外福铁路西芹至大箬段长约 114.8 千米的铁路改建方案，提出将太平至大箬段 32 千米改为南岸行驶，并在尤溪口设立尤溪车站。1982 年，铁道部经过论证批准了“南岸方案”，正当四院进行改建定测，完成线路、轨道、桥梁、隧道、站场等主体工程施工设计和修正概算，及施工设计图纸时，上海铁路局根据二院提出的改善方案向铁道部要求变更太平至大箬段的设计方案，其中太平至莪洋段 32 千米被改为“北岸方案”，据此可节省投资 1 亿元，缩短工期一年，铁道部同意了变更方案。然而，两个设计院的两个截然不同的方案，涉及尤溪县唯一车站的去留，事关数十万人发展的大计，理应周密谋划，谨慎决策，决不能以牺牲尤溪县发展的代价换取或迎合节约 1 亿元投资的好处。这是我在考察之后得出的鲜明观点。

◆走访四院。尽管 1985 年 9 月 16 日铁道部已经同意了二院的变更方案，但我依然决定立即前往位处武汉的四院了解情况和真相。四院领导和工程技术人员给我提供了一些“内幕”，申述了“南岸方案”的理由；对二院的“北岸方案”提出了许多疑义，指出“变更的设计方案与施工概算都未按正常程序办理，为此该院曾多次向上级有关部门提出意见，但遗憾的是均未予以受理⑤。

当时我心中很不是滋味。改革开放七八年了，市场经济在推进，两家设计院竞争是好事，但应该公开、公平、透明、说理，让主管部门科学拍板定论。更让人气愤的是，这个引起尤溪县广大干部群众高度关注和不安的问题，在先后多次(1985 年的 8 月 30 日、12 月 3 日、12 月 20 日和 1986 年的 10 月 10 日)向福建省政府和铁道部强烈要求外福线改线之后保留或新设置尤溪站的问题始终未获解决。

◆上书紫阳，李鹏批示。对于尤溪县的合理要求，福建省政府的态度曾经十分明确，有关领导也多次表示，尤溪必须有一个火车站的要求是合理的。然而，尤溪县领导多次跑北京、上海、福州，并未得到采纳，仅福州铁路分局 1986 年 7 月 21 日给了尤溪县人大常委会一个极其简单的答复。这引起了尤溪县广大干部群众的不满。在这样的情况下，我作为南方山区综合科学考察队三分队的负责人，心情十分沉重，回到学校后，在校领导的支持下，立即将有关情况写成报告——《关于闽江口水口电站配套工程外福铁路线太平至莪洋段尤溪设站问题的情况反映》(下文简称《情况反映》)(图 8-4),于 1987 年元月 25 日,上书国务院总理。《情况反映》强调了三点。

1.“南岸方案”具有明显的优点。一是南岸资源丰富,人口较密集,城镇较多,长远的社会经济效益较好;二是施工比北岸安全;三是不影响现行铁路运营;四是协调了地方矛盾,各地支持。而“北岸方案”虽然可能会节省一些投资,但却增加了地方的负担,为满足尤溪县物资运输、人员交通往来的需要,必须兴建闽江公路桥、延长公路线及建码头等设施,为此地方政府要投资 1 000 多万元,每年地方需增加短途运费及倒装费一二百万元,在施工条件及现有铁路线的运行条件方面更不如“南岸方案”好。“南岸方案”可以做到“投资不突破,工期不推迟,运输有增长,安全有保证,地方能支持”。

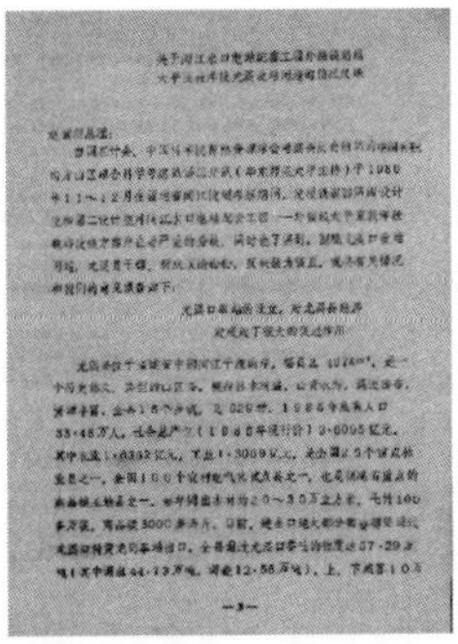

图 8-4

2. 尤溪口必须要设一个火车站。其一,尤溪口是尤溪县的交通咽喉,火车站的设立关系全县经济的振兴和 2000 年规划目标的实现;同时也有利于闽江与尤溪内河水运、公路和铁路运输的互相连接,发挥运输的最大效益。其二,尤溪口原本就设有车站。其三,有利于尤溪河水系山区资源的开发利用。其四,对邻近的大田、永泰县域经济发展有利。其五,有利于调动基层干部工作的积极性,促进安定团结。

3. 二院提出的在下过溪设站(作为尤溪站)方案存在难以克服的缺陷。一是远离尤溪口,增加了地方政府负担,长期效益受损;二是下过溪属于南平市,两个行政区域协调难度大;三是下过溪在尤溪口上游,在水口电站建成之前,难以解决尤溪现有的大量木材等物资运输问题。

报告指出,“鉴于外福线工程已经上马建设,有关各方对现有方案的巨大分歧,为使该项国家重点工程项目顺利进行,充分发挥投资效益,建议召开有关部门和市县代表参加的协调会议,再次深入论证,就如何解决尤溪设站问题取得共识,确定一个比较完善、各方都能接受的方案。”

这封《情况反映》同时抄报至国家计划委员会国土局、投资局、交通局、铁道部、水电部、中国科学院;并抄送至福建省省长、副省长,省政府,省计划委员会、建设委员会、经济和信息化委员会,闽江委员会,三明市政府,尤溪县政府。

信函寄出后我如释重负,觉得又做了一件有意义、应该做、值得做的“大事”。

事隔一个多月,从福建尤溪传来消息,我们的《情况反映》有了下文。李鹏副总理做了批示,大意是,有关水口电站配套工程外福线太平至莪洋段尤溪设站问题的方案,专家有不同看法,建议再召开一次论证协调会加以解决。

◆**不太理想的结局。**因为我们的《情况反映》,1987 年 3 月 9 日至 13 日,国家计划委员会副主任、水电部副部长、铁道部基建总局局长等在福建为水口电站建设召开了一次协调会暨专家论证会,会后给我寄来一份关于再一次论证的结论。我清楚地记得,写信的同志显得有点不耐烦,语气很不谦虚,只是强调“再次论证会的结果依然决定采用‘北岸方案’”。1987 年 5 月 4 日,二院外福线中段总体设计负责人给我写来一封信函:

关于外福线铁路改建工程与尤溪县要求设站问题的汇报

中国科学院南方山区综合科学考察队第三分队于一九八七年一月二十五日向国务院赵紫阳总理报告《关于闽江水口电站配套工程外福铁路线太平至莪洋段尤溪设站问题的情况反映》已批转到我福州铁路分局,现将该段南北岸线路方案的比选以及尤溪县要求设站问题一并据实汇报如下:

一、采用北线方案的概况

二、南北岸方案主要选线特点简介

三、关于尤溪县要求设站的问题

这封信函没有公章，没有针对我们反映的问题回复，而是介绍了事件的经过和结论性意见。但在信函中承认：由于《情况反映》，“（一九八七年）三月九日至十三日在福州召开了一委两部一省会议（水电站协调会），在会议中专门安排了让尤溪县陈述要求设一个火车站的意见，这与你们反映是分不开的”。

令我不满的是，专函信件没有详细解释我们在《情况反映》中提出的对“北岸方案”的责疑，也没有正面回答如何解决尤溪设站的问题。最重要的是新的论证会为什么不让《情况反映》的专家参加论证会?！铁道部，被地方官员称为“铁老大”一点不假，这样的“条条权力专制”在改革开放之后不久的中国还相当严重。

这件事让我经受了一次真刀真枪的考验，作为一位地理科学工作者在国家和地方经济建设中是大有可为的，要主动关注、积极参与国家和地方政府经济建设重大问题的思考，一切从人民的利益出发。一旦发现问题，要在深入调查研究的基础上大胆发表自己的看法，及时向上级反映情况、提出建议，党和国家领导人还是很愿意听取专家的真知灼见的，关键是要用心。

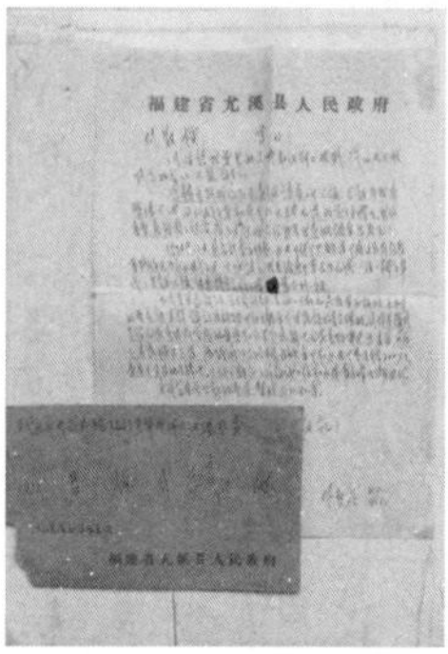
图 8-5

◆副县长的信。令我欣慰的是 1987 年 4 月上旬，我收到了尤溪县副县长林新应同志的来信（图 8-5），告知我 3 月召开的协调会虽然仍采用“北岸方案”，但基本解决了尤溪县长期诉求的设站、建桥的资金问题。

刘教授：您好！

二月份给我来的文件和信都已收到，前几天又收到了您寄来的信，太感谢了！

您亲自到我们山区县做调查，听汇报，专题为我县整理文件向上级领导和有关部门反映尤溪的实际情况，我们县委、县政府很受感动，欢迎您今后再来我县做调查，出点子。

3 月 9 日至 13 日，国家计划委员会副主任、水电部副部长、铁道部基建总局局长等到福建，为水口电站开了一次协调会，我县派县长等去为尤溪“一站一桥”之事作了专题汇报，结果该会议纪要写了以下一段话：

“尤溪县要求设站、建桥问题：会议听取尤溪县要求设站、建桥的意见，经过讨论认为，铁路部门已经在下过溪设站是合理的，同时考虑到今后尤溪县经济发展的需要和历史原因，解决尤溪县物资进出通道，可在下过溪附近建造一座跨闽江公路大桥，由铁道部、水电部各支持 200 万元，其余部分由地方解决。建桥工期应与外福线工程和水库蓄水情况同步进行。”

林新应　1987 年 4 月 3 日

［闽江体制论证］　应福建省计划委员会的要求，我们对闽江委员会体制问题进行了专题调查和论证，提交了相关报告。报告指出，行政区划及行政体制的分割，影响了闽江流域内统一的开发治理、规划建设，建议加强部、省共管，推进全流域上下游统筹规划、合理布局，发挥最大的效益。报告肯定了闽江委员会于 1986 年 10 月提出的《关于闽江委员会改为部、省共管体制的报告》（闽江规委〔1986〕019 号）的指导思想和分析结论。报告还积极推荐美国田纳西综合开发、统一管理的经验：建立既具有企业经营职能，又拥有行政权力的流域管理机构，确保全流域综合规划的实施。

若干年之后（2014 年），福建省委、省政府颁布了《福建省闽江流域管理条例（征求意见稿）》[⑥]，并决定在全省范围内推广河长制，强调完善工作机制，健全流域生态补偿机制，探索市场化的污染治理机制，建立流域监测预警和应急机制、定期会议会商机制，健全考核评议制度；切实履职到位，责任落实到人，增强部门合力，形成河长牵头、部门协作、分级管理、齐抓共管的工作格局。努力实现“水清、河畅、岸绿、生态”的目标。我们20多年前提出的理念得到推进运用。

第三节　主要成果

［成果评议］　1987年8月底，建阳地区行署在崇安县召开了“建溪流域开发治理和经济发展战略研讨会”，来自华东水利水电设计院、福建省闽江委员会、福建省国土办等单位，及建阳地区各部门的领导、专家30余人参加了会议。会议在听取了李天任等同志的成果汇报后，认为考察队的报告“符合建溪流域实际”，“提出的指导思想、战略目标、基本途径、生产力总体布局、资源的开发利用、产业发展战略构想”等，“不仅对建溪流域的开发整治，而且对建阳地区经济发展都具有长期的指导意义”。

［成果出版］　李天任同志（下文简称老李）对治理成果进行了系统整理，由老李主编的《福建省建溪流域国土开发与整治研究》专著于1989年出版（图8-6）。

［成果特色］　闽江上游流域考察着眼于流域，落实于行政区，体现了流域综合考察的特色；另外一个巨大收获是考察队不拘泥于考察范围的条条框框，突破了空间范围，发现了上游水电开发对中游地区产生的负面影响，进而关注这一重大问题，并展开调查研究，及时向中央政府反映，得到较好的解决，为地方发展做出贡献。

图8-6

注释

① 中华人民共和国成立后，以1956年年底（或1957年年初）为分界线，之前，南平作为地区级行政中心管辖范围不断扩大，1957年达20个县市，此后逐步减少，1970年划出尤溪、沙县、将乐、泰宁、建宁给三明地区之后，辖10个县左右。南平作为地区行政中心曾几次搬家。1971年改设建阳地区，专员公署迁往建阳，南平市属建阳地区行政公署管辖；1988年年底，地区行政公署迁回南平，1989年1月1日挂牌办公，复名南平地区行政公署，南平市属南平地区行政公署管辖。1995年，撤消南平地区设地级南平市，原南平市改为延平区。2014年，撤销建阳市，设立南平市建阳区。2014年5月27日，国务院批复同意南平市行政区划调整，南平市政府驻地由南平市延平区迁至建阳区。

②《国务院批复同意南平市行政区划调整方案》，新华网福建频道2014年5月27日。

③ 综合2014年5—6月新华网福建频道、大闽网报道。——作者

④ 一说为国民党师长卢兴邦用武力从南平县“夺”来的。——访问尤溪县时介绍。据资料，尤溪县土地总面积为3 411平方千米，总人口为33万余人，是福建省典型的山区大县，木竹、水力资源十分丰富，1985年，尤溪口的货物吞吐量达57.8万吨

⑤ 1986年6月3日、7月25日，四院原总工程师、副总工程师等对四院与二院的技术方案进行了比较，两次给李鹏副总理、宋平主任写信反映情况，均无下文。同年9月，呈书中央纪律检查委员会，进一步反映情况，亦无结果。

⑥ 2014年11月6日，福建省委、省政府颁布了《福建省闽江流域管理条例（征求意见稿）》，强调“闽江流域实行流域管理与行政区域管理相结合、统一管理与分级管理相结合的管理体制”。规定“省人民政府对闽江流域水资源利用、污染防治、防汛抗洪、河道管理、生态建设和保护负总责；设区市县（市、区）人民政府对本行政区域内的水资源利用、污染防治、防汛抗洪、河道管理、生态建设和保护负责”。——引自 http://www.fujian.gov.cn.

第九章　山区考察的项目延伸·影响力及收获

摆脱山区贫困，振兴山区经济的根本在人才、在教育。我在完成山区大尺度空间考察之后，又与人才学专家联手开展了国家自然科学基金课题“中国东南部丘陵山区人才开发与教育改革综合研究”，取得可喜成果。作为一位地理科学教育工作者，连续七八年的山区考察，大幅度提升了我的“地理能力”，这是在校园内、书本上无法获得的。同时，在学术界和社会上产生一定影响，这种影响（收获）对我来说终身受益。山区考察工作的结束，意味着我“地理人生”新阶段的开始。

第一节　山区考察的延伸：人才与教育研究

［研究缘起］　多年的山区考察实践，让我深深感受到山区经济落后的一个关键性因素是缺人才、缺智力和科学管理，而根本在于经济和教育发展滞后。于是，在结束考察工作之后，1988年，我申报了国家自然科学基金项目“中国东南部丘陵山区人才开发与教育改革综合研究”，目的是通过研究探求山区贫困的根本原因及其解决之道。这是一项跨地理学、人才学、教育学的项目，我必须寻找合作伙伴。我的老朋友、地理系毕业、国内著名的人才学专家——华东师范大学成人教育学院叶忠海教授是最佳合作伙伴（图9-1）。我们商定，在两个方面开展合作，一是联合招收人才地理（人才开发与区域研究）方向的硕士生[①]，二是开展课题研究。

图9-1

在基金项目获得批准后，我们决定与福建省人事局合作开展此项目的调查研究，随后立即着手筹划、安排落实研究计划。1989年11月15日至12月，赴福建省福州、崇安、南平、漳州、南靖等山区县市的人事组织部门（这是以往山区考察中被忽略的部门）进行详细调研，获取大量第一手资料，尤其是人才、教育方面的情况、问题及规划资料。1991年9月，按期完成了10多万字的研究报告——“我国东南沿海丘陵山区人才开发与教育改革综合研究——以福建省山区为例”[②]。此后在开拓人才地理学新领域做了不少努力。1990年8月，IGU（国际地理联合会）亚太区域地理大会在北京隆重召开，我们向大会提交了《中国人才开发的空间研究》论文，入选大会交流，反响积极；两人共同署名的论文发表于华东师范大学学报。

［一次高校与政府的跨学科合作］　本次课题研究是一次地理科学工作者与人才学专家和教育、人事部门合作开展的国家自然科学基金项目，项目参与者结构特殊，研究内容和传统的区域地理学有较大区别，可以说这是我国首次开展的区域人才开发和教育改革的综合性研究项目，是一项具有明显综合性、区域性和系统性的跨学科特点的研究成果。所谓综合性是指从社会经济、自然与人文地理环境等多维度对山区人才开发和教育改革进行综合性、整体性研究；所谓区域性是把山区人才开发和教育改革置于山区的总体开发过程之中，并围

绕山区的经济开发这一中心问题展开研究，将特定对象——区域(福建山区)划分为不同类型，以因地制宜地推进人才开发与教育改革；所谓系统性就是视地区人才开发和教育改革为一项复杂的社会系统工程，将人才的预测、规划、教育培训、选用配置、使用调控等环节一体化于区域人才开发过程之中(图 9-2)。

[一项开拓性的研究成果] 本项研究成果对福建省这个沿海型山区人才开发与教育改革的客观背景、地理与经济条件进行科学评价，对福建省山区人才开发与教育改革的现状及其问题进行深入分析，在此基础上，提出山区人才开发和教育发展的战略构想、方向目标、战略重点、战略步骤和战略布局，进而提出相关的对策与途径，最后针对山区人才开发、教育发展客观条件与需求的差异性科学划分了若干不同类型的山区人才开发区域，提出了各分区的开发战略要点(图 9-3)。

图 9-2

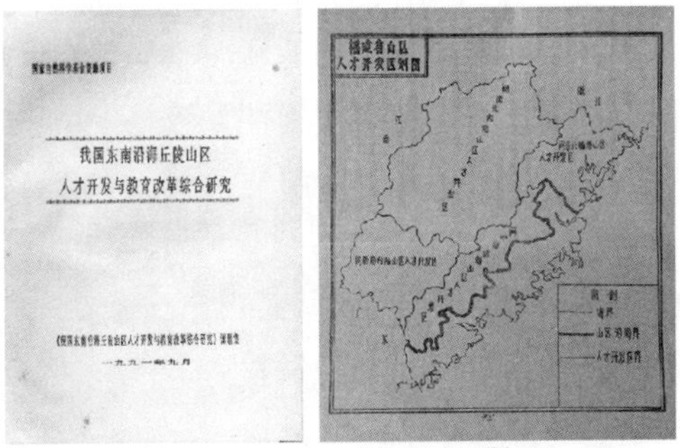

(a) (b)

图 9-3

在报告的福建省山区人才开发区域分异研究部分指出：

“区域人才开发的本质，就是根据区域经济发展特点，围绕其发展方向的主题，立足于区内人才资源现状基础，本着发挥区域优势、扬长避短的指导思想，而制定的区域人才开发方向、重点及其采取的相应对策。”福建省山区人才开发区域的划分“以经济因素的分区为主导，综合考虑山区的自然条件，兼顾山区人才现状分异，以及人才开发方向的一致性作为划分山区人才开发区的基本原则”。

全省的山区人才开发划分为两个大类四个亚区。

两大类型为内陆山区人才开发区和近海山区人才开发区。前者分为闽西南内陆山区人才开发区和闽西北内陆山区人才开发区，后者划分为闽东北临海山区人才开发区和闽东南近海山区人才开发区。研究分析，无论是从资源及其开发利用的经济结构、开发开放程度、经济水平，人才资源、水平与构成，以及人才当量密度(万人拥有的大学本科生人数)均显示有较大差异。与一般沿海省市截然不同的一个人才分布规律是内陆山区的人才集聚程度远高于沿海山区，人才集聚度差距达一倍[③]！出现这种奇特的空间分布情况与中华人民共和国成立后位处沿海前线的福建省的经济空间战略有极大关联，即考虑到台海政治—军事长期对峙的形势，中央政府不投资建设福建沿海，转而重点发展山区的空间战略有关。

研究报告分别对四个不同类型的山区人才开发区域的人才开发与教育发展战略进行了论述。

[山区人才如何开发，教育如何发展？] 报告认为，从战略思想上要树立山区人才开发和教育发展的全局和整体观、经济观、地域观，以及适当的超前观；要根据省域山区经济发展的阶段性，人才现状及问题，未来山区发展的目标、重点，科学确定人才—教育发展的目标，即提高师资队伍素质，提高普及教育程度，提高中等教育中实用对路的职业技术教育比例，从整体上提高山区人才的质量；要立足山区，强化自身人才造就机能，依托沿海城市，有重点

地引进短缺人才，优化山区人才专业结构和地域结构，逐步形成适应山区需求的人才队伍。

报告提出了在福建西部建设五个各具特色的人才集聚区和两条人才密集带。

五个人才集聚区：

——以南平为中心的农业、林业、轻纺工业人才集聚区；

——以三明、永安为中心的林业、化工、冶金、建材业人才集聚区；

——以邵武为中心的闽西北种植业、林业、旅游业人才集聚区；

——以龙岩为中心的闽西南农业、原材料工业人才集聚区；

——以赛江流域为轴心的海水养殖加工、食品业人才集聚区。

两条人才密集带：南平—邵武、南平—三明—永安—龙岩人才密集带。

通过人才在编流动和智力流动，上述五个集聚区和两个密集带的人才势能得以扩散辐射，带动山区人才开发。

——关于山区教育布局，报告提出了以下设想：

以现有的教育发展为基础，根据山区人才开发的需要，因地制宜，设置具有本山区特色的、直接为山区经济服务、不同专业的职业中学。在每个山区中心城市办好一所上规模的职业高中，在每个县城办一所职业高中和各类职业技校，建设县、乡、村三级农村技术教育网；加快普及初中教育，办好地区级教育学院、教师进修学院，建设地、县、乡三级教师进修网。

图 9-4

此后由于我致力于行政区划研究，人才地理方向由叶忠海教授延续和发展。人才地理是我开拓的一个重要的新兴领域，时间虽然不长，但对促进新兴跨学科的发展意义深远（图9-4）。

第二节　山区考察的影响力

［赣州会议的亮相］　上海经济区于1987年12月15日—19日在江西省赣州市组织召开"上海经济区丘陵山区综合开发治理交流会"，这是一次高规格的政府部门工作会议④。我向大会提交了《合理开发利用区域国土资源，振兴皖南山区》《浙西山区国土开发与经济振兴战略问题研究》和《山区开发与经济振兴若干问题研究》三篇文章，并于12月18日赶往赣州参加最后一天的会议（图9-5）。

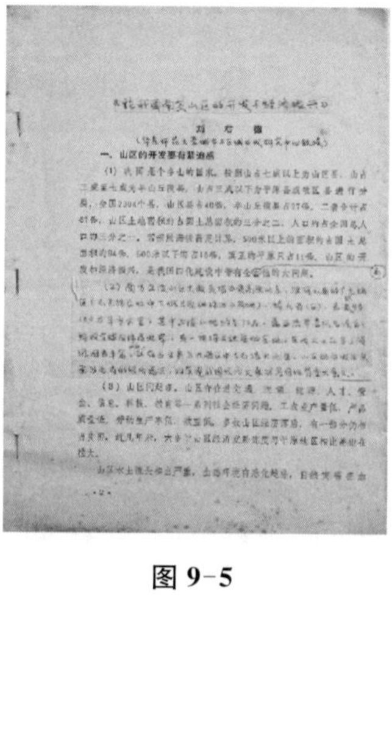

图 9-5

大会安排我最后一个发言，发言题目为"上海经济区山区开发与经济振兴若干问题的看法和建议"。原本规定发言时间20分钟，但我一口气讲了40分钟。

正当我还在台上收拾讲稿时，不少与会代表走近讲台朝我微笑，我心里七上八下。其中一位个子不高的领导走上台来，此时一位同志对着我说："您知道他是谁吗？"我回答："不知道。"他立刻说："这是国务院农村发展研究中心主任朱厚泽同志啊！"我顿时大吃一惊，原来是中央政府的一位大领导，连忙招呼。此时,朱厚泽同志一把抓住我的手,说了两句我终生难忘的话。第一句话:“您小子胆子够大的!”紧接着说了第二句:“我赞成您的观点,山区为什么贫困,人为因素是主要的。”涌上台来的同志报以热烈掌声。那时我的心情无比激动,兴奋之情难以言表。

我在大会报告中阐述了如下主要观点(摘录):

第一部分:山区的地位及山区经济的独特性。报告指出中国是一个多山的国家,山区的开发与经济振兴是社会主义经济建设中带有全局性的大问题;同时概略将中国的山区划分为五类,即北部季风区山区、西北干旱区山区、青藏高寒区山区、东南季风区山区和西南季风区山区。在上海经济区内的五省一市(江苏、浙江、福建、安徽、江西和上海)内,共有135个山区县(市),半山丘陵县(市)121个,合计256个,占上海经济区县(市)总数的66%,绝大多数属于东部亚热带丘陵山区。上海经济区山区县(市)的自然条件和地理区位条件优越,山海相连,资源丰富,商品经济相对活跃,有条件以快于我国其他山区县(市)的速度振兴经济。

报告强调指出各类各级不同的山区大多是一个完整的自然—经济地域单元,在自然资源、生产条件、经济布局结构等方面具有独特性,如土地利用结构、地理环境的垂直梯度变化与经济布局结构、资源的丰度与经济结构等都有较大差异。山区经济的独特性表现在“山广人稀,分布分散”,结构的多样性,产品生产的周期性,空间布局的立体—圈层性以及差异性等方面。要充分认识山区的自然与经济规律,科学合理地开发利用山区资源、发展山区经济。

第二部分:山区经济落后的原因。根据我们多年在皖南、浙西、闽北山区考察的调查认知,强调了以下几点:一是认为“山区经济落后有其客观存在的自然和社会经济及历史原因,也有人为主观的因素”。二是强调“不可忽视人为主观因素对山区经济发展的影响。特别是指导思想上的战略性失误,如违背山区客观规律,强制推行‘以粮为纲,上山开荒’‘大炼钢铁,盲目砍树’等导致的山区坡耕地大量增加,水土流失严重,生态失去平衡,自然灾害加剧,经济节节衰退”。我在会上列举了试点的皖南歙县深渡区,怎么由一个历史上富庶的山乡演变为一个人口、土地、资源、生产矛盾尖锐、贫困落后的山区,引起与会者共鸣。三是指出政策上的偏差,是导致山区经济长期落后的重要人为因素。比如价格政策、税收政策、资源开发政策、投资政策、人才政策、干部政策等方面都有表现。以资源开发角度为例,山林资源是山区最宝贵的财富,长期以来,被大量砍伐后调出,产地获利甚微,乃至亏本。浙江丽水地区在中华人民共和国成立后全地区向国家投售1 000万立方米的木材,每立方米亏本50元,总计5亿元[5];不少项目投资在山区,收益在山外。如水电、矿产、森林、公路等投资在山区,效益却在山外的城镇,尤其是水库建设——富了下游城乡、穷了库区山村。

报告列举了淳安由富变穷的案例。据我们对县供销社、商业局、物资局的调查,新安江大坝建成后的25年,累计增加的运费和在途利息达2 539万元,严重影响了该县的经济发展,财政收入下降,闭塞的交通还给引进项目、人才增添了难度,影响了社会事业的发展。至1983年,新安江发电的收益累计已经达到21.2亿元,相当于电站投资的五倍,然而,为电站付出巨大代价的淳安县却未能享受电能的优惠(直至1984年在相关部门呼吁下才临时增加供电1 000万度)!全县缺电1 194万度,占需电量的13.3%。淳安县逐渐沦落为杭州市郊区一个最贫困的县。特别是库区移民回流所引起的人口、土地、山林资源开发,水土流失问题以及库区水面收益分配等问题,成为淳安县较长时期社会不安定的隐患。

为此,我们的研究结论:**人为的主观因素是导致山区经济发展缓慢、生态环境恶化的主要因素[6]!**

第三部分:振兴山区经济的指导思想与原则。在指导思想上,首先要从全局观点充分认识山区的地位和作用。东部亚热带山区是沿海经济发达地区的重要依托和资源供给地,是大经济区网络系统的组成部分,无论是在河网系统上、经济上、自然生态上都是与下游、与城市、与滨海的一个不可分割的整体。山区的发展关系着地区发展的全局。其次要从整体来看山区的经济效益。一方面,平川地区较好的经济效益包含着山区的贡献在内;另一方面,山区也有经济效益好的产品和部门,尤其是产自山区的特色产品。要从政治社会意义高度认识经济振兴。中国近代史上,山区人民为国家做出过巨大贡献和牺牲,不能再让山区百姓生活受苦，尽快实现经济的相对均衡发展、人民生活的共同富裕是党和政府努力实现的重要目标。

为了加速振兴山区经济，应该坚持山区与平川结合，上下游结合，经济、社会与生态效益结合，开发与治理结合，长短结合的原则，从山区的实际情况出发统筹发展山区经济。

第四部分：开发、振兴山区经济的主要对策。针对山区自然—经济发展条件的特殊性，提出了“转变观念，开拓思路”“因地制宜，突破口起步”“发展交通，搞活流通”“智力开发，科技进山”“加强山区自我生长点——城镇建设”“政策优宽，加强管理”六个方面的对策与措施，我的发言得到与会者的广泛认同。

我想，正是这一实事求是、科学论证的结论，才引起了大会和国务院农村发展研究中心领导以及各省分管领导的反响、共鸣与认同。1989 年 1 月，由上海经济区规划办公室整理的《关于上海经济区丘陵山区综合开发治理看法和建议》，吸收了我的许多观点⑦。

我没有预料到大会对我的发言产生如此强烈的反响。这一方面表明，中央政府和地方政府十分关注中国的山区发展问题，寻求解决山区问题之道；另一方面，山区为什么贫困是一个长期未解的课题。在一般领导和专家（包括我们自己）眼里都认为是山区条件差、交通不便、教育文化水平低等客观原因造成的；大规模深入持久的调查发现，实际情况并非如此。

我的发言引起了会议组织单位——上海经济区和江西省的高度关注。1988 年 1 月，江西省科学技术委员会“山江湖”办公室的简报首篇刊登了我的发言。1988 年 4 月 30 日，时任江西省科学技术委员会副主任的唐楚生同志给我来信说：“您在赣州的报告实在太好了，有理论，有实践，观点非常新颖，对我们来说是一个很大的促进。李昌同志、石山同志、朱厚泽同志以及我们省里的一些专家对您的评价都非常高”，“希望您能到江西来对山江湖进行一次深入细致的考察”。

[上海经济区的评价] 1988 年 4 月 20 日，国务院上海经济区规划办公室科技组在给学校领导的一封信中说：“一九八七年底我们组织‘上海经济区丘陵山区综合开发治理交流会’时，邀请了南方山区（综合科学）考察队的专家出席了会议，刘君德同志是我们特邀的专家之一。他向大会提交了三篇报告，并作了题为‘上海经济区山区开发与经济振兴若干问题的看法与建议’的大会发言。由于发言内容有数据、有分析，条理清晰，观点明确，引起与会代表的广泛兴趣和反响，也引起与会的国务院农村发展研究中心、江西省以及我办的有关领导的重视，许多看法和建议已被采纳作为会议向中央有关部门及上海经济区各省市的建议内容。”（图 9-6）

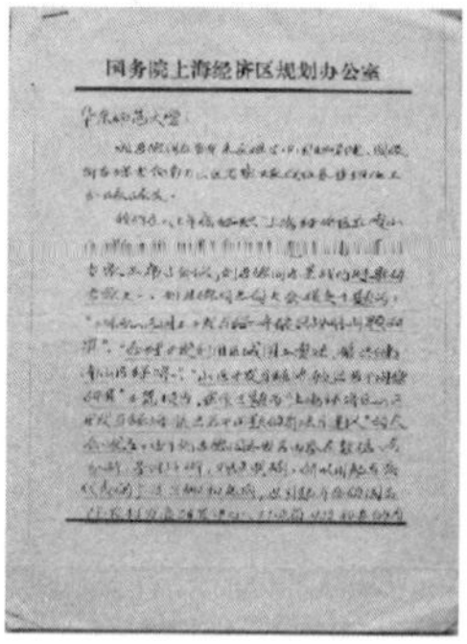

(a)

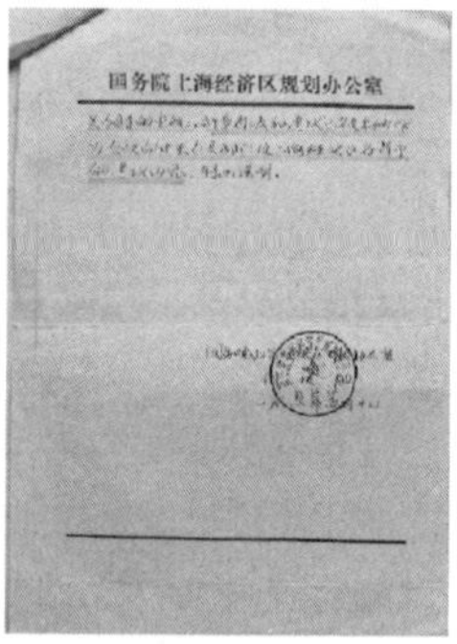

(b)

图 9-6

[总队的评价] 1988 年 5 月，考察总队给学校写了一封信，对我的工作给予了评价。

中国科学院南方山区综合科学考察队对我的评价
——刘君德同志在我队工作情况介绍

华东师范大学：

贵校刘君德副教授是我队队委成员、学术委员会委员、第三分队队长。几年来，刘君德同志克服了教学及其他任务多、体质弱等实际困难，认真负责带领分队同志在皖南、浙西、闽北山区进行扎扎实实的科学考察工作，出色地完成了重点考察地区的考察研究任务。他深入广大山区，实地调查研究，广泛收集资料，总结规律，研究对策，工作认真，一丝不苟，并亲自在皖南、浙西两次成果汇报评议会上作全面汇报，受到与会代表、有关领导和专家们的一致好评。对各分队影响较大，起了重要推动作用。某些问题(如皖南行政区划调整、福建省外福线改线尤溪设站等问题)及时向中央和国务院领导作了书面报告，受到有关部门的重视。

1987年12月，国务院上海经济区规划办在江西省召开了“上海经济区丘陵山区综合开发治理交流会”，刘君德同志作为特约专家之一参加了会议，向大会提交了《山区开发与经济振兴若干问题研究》等三篇论文，被推为大会发言。他根据近几年大量的实地考察，以丰富的内容、生动的事例，全面阐述了山区开发与经济振兴中的若干规律性问题，深刻地揭示了山区贫困落后的主观原因，提出了山区开发治理的原则与对策。观点明确，论据充分，引起与会领导、专家和各省市代表(包括国务院农村发展研究中心、中国科学院、有关省市、东北经济区等)的普遍重视。上海经济区规划办采纳了刘君德同志报告中的一些建议，作为会议向中央有关部门及上海经济区各省市的建议内容……

刘君德同志还是我队亚热带东部丘陵山区工业课题组副组长，这项工作正在进行之中，相信校、所领导一定会继续支持他善始善终完成这项任务。

对于贵校的支持深表谢意。

中国科学院南方山区综合科学考察队(章)

1988年5月7日

[《解放日报》的报道] 1989年10月10日的《解放日报》报道了我对山区研究的部分情况。《他为山区建设倾注心血——记华东师大刘君德教授》(图9-7)这篇报道列举了皖南贵池、福建尤溪的案例。

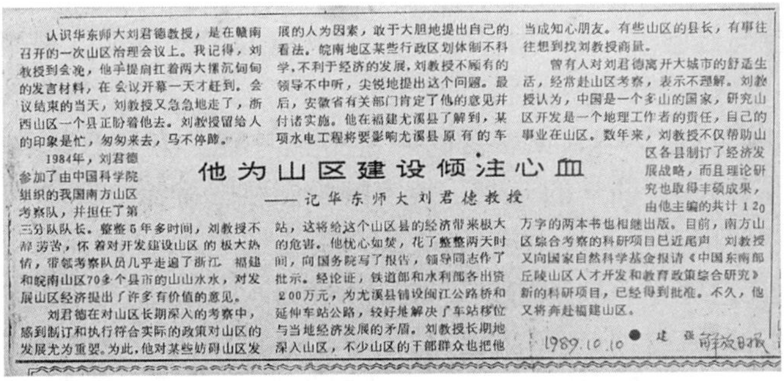

他为山区建设倾注心血

——记华东师大刘君德教授

认识华东师大刘君德教授，是在赣南召开的一次山区治理会议上。我记得，刘教授到会晚，他手提肩扛着两大摞沉甸甸的发言材料，在会议开幕一天才赶到。会议结束的当天，刘教授又急急地走了，浙西山区一个县正盼着他去。刘教授留给人的印象是忙，匆匆来去，马不停蹄。

1984年，刘君德参加了由中国科学院组织的我国南方山区考察队，并担任了第三分队队长。整整5年多时间，刘教授不辞劳苦，怀着对开发建设山区的极大热情，带领考察队员几乎走遍了浙江、福建和皖南山区70多个县市的山山水水，对发展山区经济提出了许多有价值的意见。

刘君德在对山区长期深入的考察中，感到制订和执行符合实际的政策对山区的发展尤为重要。为此，他对某些妨碍山区发展的人为因素，敢于大胆地提出自己的看法。皖南地区某些行政区划体制不科学，不利于经济的发展，刘教授不顾有的领导不中听，尖锐地提出这个问题。最后，安徽省有关部门肯定了他的意见并付诸实施。他在福建尤溪县了解到，某项水电工程将要影响尤溪县原有的车站，这将给这个山区县的经济带来极大的危害。他忧心如焚，花了整整两天时间，向国务院写了报告，领导同志作了批示。经论证，铁道部和水利部各出资200万元，为尤溪县铺设闽江公路桥和延伸车站公路，较好地解决了车站移位与当地经济发展的矛盾。刘教授长期地深入山区，不少山区的干部群众也把他当成知心朋友。有些山区的县长，有事往往想到找刘教授商量。

曾有人对刘君德离开大城市的舒适生活，经常赴山区考察，表示不理解。刘教授认为，中国是一个多山的国家，研究山区开发是一个地理工作者的责任，自己的事业在山区。数年来，刘教授不仅帮助山区各县制订了经济发展战略，而且理论研究也取得丰硕成果，由他主编的共计120万字的两本书也相继出版。目前，南方山区综合考察的科研项目已近尾声，刘教授又向国家自然科学基金报请《中国东南部丘陵山区人才开发和教育政策综合研究》新的科研项目，已经得到批准。不久，他又将奔赴福建山区。

● 建

1989.10.10 解放日报

图 9-7

第三节 山区考察的收获

[国土整治战略研究系列成果]

◆专著与论文。包括后期总队延续的汇总专题性研究工作在内，三分队的工作历时5年(1983—1987年)，考察成果累累，出版和参与出版的专著达数十本。由我主编、华东师范大学出版社出版的有两本专著，即《安徽省南部丘陵山区国土开发与整治研究》(1987年)、《浙江省西部丘陵山区国土开发与整治研究》(1989年)。比较重要的论文有：《试论山区的开发治理与经济振兴——以上海经济区为例》(图9-8)，刊载于《华东师范大学学报(自然科学版)》1989年第3期；《关于商品粮基地若干问题的探讨(以江西省为例)》，刊载于《经济地理》创刊号(1981 年)；《遵循客观规律，提高区域综合考察报告的科学性》(方法论论文)，收录于《中国亚热带东部丘陵山区综合科学考察方法研究》(全文万余字)第 11-18 页，科学出版社 1989 年出版(图 9-9)。

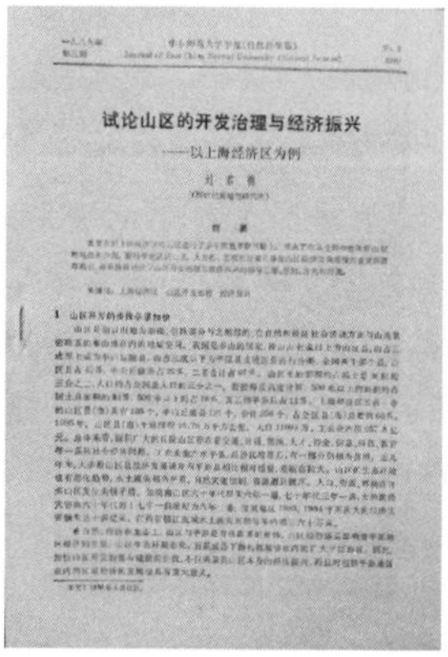

试论山区的开发治理与经济振兴

——以上海经济区为例

图 9-8

(a)

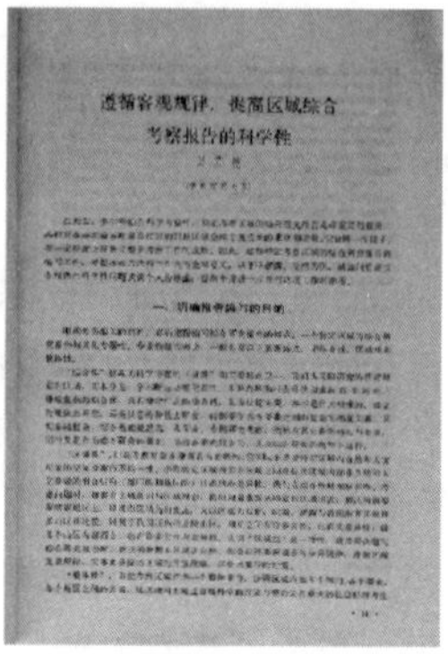

遵循客观规律，提高区域综合考察报告的科学性

(b)

图 9-9

［一批人才成长］ 五年的山区考察，在实践中培养了一批人才，不同学科的专业老师受到实践能力的锻炼与提升，而这种能力又会影响一批学生；大批研究生参与了野外考察实践，在实际工作中得到锻炼，掌握了多学科交叉结合的综合性调查基本技能。参与南方山区综合科学考察的许多教师都成为业务骨干，不少人晋升为教授、副教授。我作为三分队的队长感到十分欣慰。

［三分队的特色与经验］ 与中国科学院部门组建的考察分队比较，第三分队考察工作与成果具有以下特色和主要经验：

◆**一个重要的特色：自然与人文融合的综合科学考察。**三分队与其他分队一个显著的不同特点是队伍的结构和分队长的专业。传统的中国科学院综合科学考察委员会下属的考察队，基本是由自然地理专业人员组成，人文地理专业往往被排除在外。反观三分队，从一开始组队就重视人文地理专业教师的介入，并确定由我主队。这样，从制定计划、目标定位、专题设定、人员落实、调研提纲、资料收集、现场考察等等方面，都真正体现了考察的综合性、队伍的多学科性，实现了区域自然和人文的高度融合。尤其是在战略研究、山区与行政区划体制关系研究等方面显示了优势，考察成果受到政府有关部门的肯定。

◆**三条突出的经验：坚持以问题为导向；坚持深入现场；坚持综合分析。**三分队在安徽省皖南山区、浙江省浙西山区和建溪流域考察中做到了这三个“坚持”，这是顺利完成考察任务、取得重要成果的宝贵经验。

第一，以问题为导向，有利于明确考察的重点，抓住山区开发整治中的关键问题开展调查，使重点问题研究得以深化，从而提高了考察的深度和质量；第二，在考察过程中，十分强调深入现场，千方百计挤出时间赶第一线调查，不仅有利于核实地方政府介绍情况中的真伪，而且使考察队员身临其境，有利于寻找问题背后的本质性答案；三是将综合分析贯穿在整个研究过程之中，强调自然与人文的融合、客观与主观的结合、近期与远期的契合，同一重大问题多学科的介入，有利于比较准确地提出大区域开发整治中的战略设想，提出具有针对性、可实施的政策与措施，使研究成果更具有实践价值。

南方山区综合科学考察是一项多学科结合、多部门参与的大型综合科学考察，任务繁重，涉及面广，要求较高。作为高校组建的考察队，在人力、装备，尤其是时间精力（参与考察队的教师都承担着相当繁重的教学任务）方面要远逊于中国科学院组建的分队，加上缺乏组织与考察工作经验，对所在考察区域的基本情况知之不多，可以说，承担这一重大任务，需要一定的魄力和勇气。为此，我辞去了地理系的行政工作，专心致志组织开展南方山区综合科学考察。我在大规模、持续的考察实践中，深刻认识了中国国情，提高了对中国政治、经济、社会、文化、生态问题的综合性分析能力，提高了作为地理工作者应该具备的在现场考察中对问题的综合识别能力，这对于我的后续地理人生致力于政区—社区的研究大有裨益。在以后的 20 年工作中，在各类科研项目、政府咨询服务、各类学术研讨中，能够从容应对。

［大尺度国土空间地理综合能力的测试与提升］ 南方山区综合科学考察涉及三个省，无论从地理学、空间经济学还是行政区划角度来看都是一个大尺度的空间实践。老一辈著名的地理学家们都有较强的大区域综合分析能力，这个能力表现在对大区域空间自然—经济—社会现象的认知，对大区域地理问题敏锐地发现，以及针对发现的问题，比较全面、深入地把握自然规律、经济规律和社会规律，进行理性分析，进而提出大区域空间治理、发展的方向性意见。在我们这一代地理科学工作学者中，尤其是在大学工作的地理教师之中，能有机会参与国家重大项目的为数不多，我是幸运儿。在与同伴们的共同努力下，我们交出了满意的答卷。

高兴的是，中国亚热带丘陵山区综合科学考察成果，1991 年喜获中国科学院科技进步一等奖，此后又获得国家科技进步三等奖。它不是某个人的功劳，而是对多学科、长时间集体合作成果的肯定。

［持续影响例举：安徽生态省建设规划评审会］ 山区考察的持续得益表现在后来参加许多重要会议活动的即席发言。我的学生曾经说："刘老师，你最精彩的部分之一是各种会议上的即席发言。"我想想，这有一定道理。

自 2002 年至 2010 年，应国家环保部及省市级政府的邀请，我参加了多个省、地、县级生态建设规划的专家评审，诸如"山东生态省建设规划纲要"（2002 年），"安徽省生态建设总体规划纲要"论证会（2003 年），两次昆明（2001 年、2008 年）、两次上海浦东（2008 年、2010 年）的生态建设规划评审论证，厦门市生态规划评审（2008 年），上海市闵行区（2004 年）、青浦区（2008 年）和崇明生态岛（2010 年）以及安吉生态县建设规划（2008 年）评审会等活动。这促使我关注可持续发展和环境保护问题，促使我思考环境保护与治理和我研究行政区划的关系。

好在我有 5—6 年南方山区国土开发整治工作的经验和对山区环境保护与治理的许多感性认识。所以，每次与国内顶级生态院士、专家及领导干部坐在一起开评审会时，并没有感到胆怯，而是胸有成竹地在会上发言。我的发言往往多了两个视角：一是区域人文—经济地理的视角；二是行政区划体制的视角。这两个视角使我的发言具有新意，为地方政府领导和生态专家所认同和赞赏。

之所以出现上海浦东新区、云南昆明市两次参会的情况，是因为第一次评审，规划没有得到包括我在内的专家的认同，或存在某些缺陷需要修改。如 2008 年 9 月中旬，应上海市环保局邀请，由我主持浦东生态城区建设规划的评审会，参加会议的有上海市原环保总局领导、中国工程院院士，同济大学、复旦大学、华东师范大学、上海市环境科学研究院、上海市环境监测中心等多位著名专家。专家们都认为规划文本需要修改完善，修改后再进行评审，课题组在认真修改后，于 2010 年 9 月通过了评审。

我的发言影响最大的要数“安徽省生态建设总体规划纲要”论证会。

2003 年 10 月 13 日，应安徽省人民政府和国家环保总局的邀请，参加在人民大会堂安徽厅举行的“安徽省生态建设总体规划纲要”论证会(图 9-10)，国家环保总局局长解振华、副局长祝光耀、省委书记王太华、省长王金山、副省长田唯谦等出席会议。我在会议上有准备的发言得到了中共安徽省委、省政府领导的肯定和许多院士的认可。会后，《安徽日报》详细报道了会议情况，并根据录音整理，重点刊登了我的发言[⑧]。

图 9-10

回忆这次发言之所以能够点到问题的要害，为领导、专家所认可，还是得益于 20 世纪 80 年代初在皖南山区的考察，得益于对安徽省省情的深刻认识与把握。

［向政区研究转型］ 山区考察的经历是我地理人生中难忘的阶段，作为一位地理科学与教育工作者来说是个十分重要、难得的经历，使我终身受益。我深刻感受到地理科学在国家经济建设中大有可为。我的经历和体会在后续的行政区划和社区建设研究中同样受益；尤其是行政区划研究的缘起就来自于南方山区综合科学考察，如今我可以说，没有南方山区，很可能就没有我后来迅速投入行政区划的研究，并创建中国第一个，也是至今唯一的行政区划研究中心，也就没有行政区划的系列研究成果和培养一批行政区划与社区专业的高层次人才。我的人生很可能就要改写了。

注释

① 我与叶忠海教授合招的 4 位硕士生，通过联合培养，顺利取得硕士学位，毕业后分别在上海、福建、北京和广东的人事、组织、企业和高校从事组织、人事和教学工作。

② 本课题组组长为刘君德，副组长为潘潮玄(中国人才研究会副理事长兼秘书长、福建省人事局副局长)、叶忠海、应雅、黄威义，主要成员为周克瑜、黄明达、郭羽、廖庆聪、罗秀风、文亚青等。

③ 我们根据《福建省 1987 年人才数据信息库资料汇编》的资料计算，闽西南、闽西北与闽东南、闽东北四个人才开发区的人才当量密度分别为 58.02、61.00、30.92 和 36.69(本科生/万人)——引自山区人才开发与教育改革研究课题组:《福建省山区人才开发区域分异研究》，1990 年 9 月，第 12 页。

④ 出席会议的除上海经济区规划办公室、江西省政府、地区及委、厅、局的部分领导，以及部分山区县和实验区的领导外，中共中央顾问委员会李昌、国务院农村发展研究中心副主任朱厚泽及顾问石山、中国科学院院长李振声、东北经济区规划办公室王晶潮等也参加了会议。南方山区综合科学考察队的专家被邀请参加会议，我是被特邀的专家之一。会议正式代表有 105 人。会议由中共江西省委顾问委员会主任兼国务院上海经济区规划办公室顾问赵增益、江西省副省长黄璜和国务院上海经济区办公室秘书长韦明主持。中国新闻社、新华通讯社江西分社、《解放日报》和《江西日报》等 10 多家新闻媒体参加会议。

⑤ 20 世纪 80 年代资料。——作者

⑥ 摘录自刘君德:《山区开发与经济振兴若干问题研究》(上海经济区山区开发治理会议论文之一)，1987 年 12 月，第 1-9 页。

⑦ 1988 年 1 月 11 日，我收到上海经济区规划办公室科技处胡永畅同志的来信。信中说:“我们整理了《开发和建议》(征求意见稿)，主要是参考你的意见，不知妥否？现寄上请参阅，修改。”

⑧ 详见 2003 年 10 月 27 日安徽在线—安徽日报，http://www.sina.com.cn.

第三编　致力政区(1990—2015年)

第十章　政区研究总览

我国是世界上行政区划内容最丰富的国家，但长期以来，由于种种原因，行政区划作为一门学科很难进入学术殿堂。改革开放以来，在城市化推进和区域经济发展中，区划体制的矛盾越来越突出，亟须科学工作者介入研究和突破。我从20世纪80年代中期涉足山区考察发现行政区经济问题以来，以安徽贵池县经济体制问题的情况与建议上书时任中央领导为重要标志，在国家民政部领导的大力支持下，创建了全国首个也是迄今为止唯一的中国行政区划研究中心，开启了行政区划研究的新时代。这也是我地理人生的黄金时代（图10-1、图10-2）。

图 10-1

图 10-2

第一节　我为什么研究“政区”?

［**背景：农村改革转向城市，区划体制面临大变革时代**］　中国的行政区划演进内容极其丰富且复杂。然而，在改革开放之前，这一重要领域长期处于被禁锢的状态。无论是地理学、历史学，甚或经济学、政治学、管理学都少有问津。究其原因，政府部门认为这是一项内部的重大行政决策工作，无关学术研究；学术界则都把它看作一个禁区，碰不得。以至于中华人民共和国成立以来的二三十年都没有引起学术界的关注，也鲜有成果问世。有的只是史学界关于中国行政区划变迁过程、方志式的研究论证，不同历史时期行政区划地图的编制。其中最重要的成果是复旦大学历史地理研究所谭其骧先生主编、众多学者参与编制、地图出版社出版的《中国历史地图集》（1—8册）。可以说，这是一项工程浩大的行政区划文化工程，具有重要意义。然而，有关行政区划现实问题的讨论，几乎是一片空白[①]。

1979年，邓小平指出，政治学、法学、社会学以及世界政治的研究，我们过去多年忽视了，现在需要赶快补课。从此，行政区划的研究才“开禁”，并逐步受到重视。伴随着我国改革开放的深入、经济的高速发展，行政区划的现实矛盾越来越突出，改革的呼声十分强烈。在这样的背景下，1988年，国家领导人明确指出，“对行政区划这个大问题，民政部要从战略上去考虑”。至此，我国行政区划的研究终于迎来春天，进入了一个欣欣向荣的发展阶段。

在长期山区考察的过程中，我开始发现，我国确实存在着行政区划体制矛盾，而这种矛盾与当时中国转型期的经济体制改革和城乡发展改革重点转移有着密切联系。从经济体制的角度来看，改革开放之后，全力推行以经济建设为重心的战略，调整中央与地方的关系，放权于地方政府，极大地调动了地方政府发展经济的积极性，地方政府开始认识到行政区划体制与区域经济发展、城市规划建设有着极其重要的关联，作为权力空间投影的行政区划(地域空间大小、行政等级地位等)是其重要的空间政治资源，因而予以高度关注；从城乡改革发展重点转型的角度来看，中国改革的重心由农村转向城市。在城市，推行怎样的行政体制，成为事关城市—区域共同发展和城乡关系的大问题。中国选择了“撤县设市”“市管县”的道路。

[**动力：贵池的意外发现**] 当初，在南方山区综合科学考察的任务中，贵池的行政区划调研是考察队计划之外的工作。而这一意外的调研以上书胡耀邦、赵紫阳的报告《关于安徽省贵池县经济体制问题的情况与建议》[②]为标志。我们在报告中反映了贵池县的实际情况，分析了囿于行政体制和管理方面的问题，许多优势在内耗中被抵消，使经济发展受阻，遂上书中央提出了两点建议。

一是贵池县撤县设市；二是恢复池州地区，下辖贵池市和青阳、石台、东至三县。待条件成熟时，推行市管县体制。针对贵池县存在的“三国四方七十三家房客”的现状，成立一个具有统筹职能的权威机构，加强领导，统筹规划建设与管理。

令人振奋的是，我们写给中央领导的信函很快有了回复。不足 10 天，华东师范大学党委就转来了有关领导的批示，肯定了我们所反映的情况和提出的建议。不久，安徽省组织多个单位赴贵池调查，证实了我们反映情况的真实性。

1986 年 11 月，我们在福建省闽江流域考察时，又发现同样性质的问题，遂写了“关于福建省建阳地区行政区划及闽江委员会体制等问题的情况与建议”，分别向相关部门反映，都得到积极回应。

[**志向：开拓人文地理学的新兴领域**] 这两件典型案例给了我莫大鼓舞。从这个时候开始，我真正觉得中国作为一个大国，行政区划是国家的一项大政，非常重要。但问题不少，需要打破“禁区”、开创研究，地理学在这个领域大有可为！从此，我下决心开拓这个地理学的“处女地”，这也改变了我后半生的专业方向，开拓了一个新领域。

十分可喜的是，在我们的研究报告提出之后的 1987 年、1988 年，安徽省皖南地区的行政区划进行了大调整。1988 年，皖南西部实现区划归一统——贵池撤县设市，恢复池州地区，辖贵池市和石台、东至、青阳三县；1987 年，皖南南部，撤销小黄山市，设立黄山地级市，辖三区(屯溪、黄山、徽州)四县(歙县、休宁、黟县、祁门)；皖南东部，分芜湖地区为芜湖市和宣城地区，芜湖市辖六区、三县(芜湖、繁昌、南陵)，宣城地区辖一市(宣州市)六县(郎溪、广德、泾县、旌德、宁国、绩溪)。

但也正是从 20 世纪 80 年代中期开始直到当下，30 多年的光景中，以 90 年代初创建“中国行政区划研究中心”(下文简称“中心”)为标志，先后组织“中心”的师生积极投入行政区划理论与重大实践问题的研究，承担了数十项国家和地方政府的行政区划研究项目，发表和出版了大量论著，培养了这个领域的高层次新兴人才，在国内外产生积极影响。这可谓是我地理人生的“黄金时代”。

第二节 创建“中国行政区划研究中心”

行政区划是国家和地方的一项大政，也是一个专业性、政治性很强的领域，有必要建立一个官方认可的组织机构来推进行政区划研究工作。从我介入行政区划研究起，就意识到和思考着这个问题，盼望着在适当时候成立相应的行政区划专门的研究机构。

[民政部推进行政区划战略研究] 曾任兰州大学校长的崔乃夫担任民政部部长后，十分重视开展民政领域的理论与实践研究。1989 年春，根据国务院的指示，民政部着手筹备设市预测与规划工作，与中国科学院合作启动山东省的试点，这标志着我国行政区划战略研究被提上议事日程。与此同时，时任区划地名司司长的张文范，走访了北京、南京、上海许多名校和科研单位，了解开展行政区划研究的基础及相关情况，考虑区划研究机构的布局。1989 年的上半年，张文范司长来到华东师范大学调查，地理系的某一位前领导介绍说："地理系没有人研究行政区划。"民政部初次调研，未打招呼遇冷，调查组随即转向复旦大学了解情况。此事我当时全然不知情。时隔不久，上海市民政局的一位负责区划工作的处长告诉了我上述情况。当时，我在西欧北美地理研究所（下文简称西欧北美所），感到十分不解。因为我们的老师、著名地理学家胡焕庸先生，早在中华人民共和国成立前的 20 世纪 40 年代就被"国民政府行政院"委托开展了中国省制改革方案的翔实研究，提出了著名的《省制问题设计委员会设计报告书》（内部刊印）（1940 年）及《缩小省区草案》（1945 年），至今影响深远，怎么说没有人研究呢？现在，我也在研究啊！而且已经在考察实践中发现了中国行政区划的许多现实问题，西欧北美所也有人研究国外的城市制度，包括行政区划方面的体制问题。

[主动对接民政部] 针对上述情况，我组织人员利用一个暑假的时间，加班加点，连写了五篇论文[③]，赶送北京。民政部领导看到论文非常高兴，说华东师范大学有人研究行政区划。此后，情况发生转变。我们随即抓住机遇，做了许多准备工作，主动对接民政部。

[昆山会议，闪耀亮相] 1989 年 12 月 5 日，民政部主持的全国首届"中国行政区划学术研讨会暨中国行政区划研究会成立大会"在江苏省昆山市召开（下文简称昆山会议）。地理学家胡焕庸教授、我和丁金宏应邀参加了会议。胡焕庸老先生被推举为首届中国行政区划研究会的第一顾问，并提交了《我国行政区划的过去、现在和未来》的论文，在大会作学术报告。我组织的上述五篇论文也向大会提交，并作为会议副秘书长作了发言。昆山会议展示了我校在行政区划领域研究的基础和实力，获得民政部及多单位的赞赏。

昆山会议后，我抓住这一机遇，邀请区划地名司司长张文范一行再次来校考察，项立嵩副校长接待，全面介绍了华东师范大学地理系的有关情况，参观了地理系、图书馆、西欧北美所、人口所等单位，专访了胡焕庸先生，并与有关人员进行座谈。张文范司长说他们对华东师范大学了解太少了，华东师范大学以地学为主的力量相当强，图书资料、设备条件较好，建议我们向民政部报告、提出设想。为此，我们于 1989 年 12 月中旬，起草了一份长达 7 500 字的《关于华东师范大学开展行政区划战略研究的基本情况和初步设想》的报告，详细介绍了华东师范大学在行政区划领域研究的基础、研究条件与研究方向，提出了筹备成立行政区划研究机构的设想。

[向部长汇报，拍板定案] 1989 年的 12 月下旬，我和汤建中同志赴京向民政部部长汇报；期间，两次向袁运开校长报告。同年 12 月 25 日，崔乃夫部长、张德江常务副部长先后热情地接见了我们。崔乃夫部长非常随和、亲切地询问了胡焕庸、李春芬教授的情况，接着指出，中国行政区划欠账多，缺少研究，要加强，希望与华东师范大学共同合作研究。时任常务副部长的张德江接见了我们，提出了要求。他说："我赞成搞研究中心，赞成在华东师范大学搞，民办官助，由软到硬，先从外国搞起；经费来自课题，适当资助。"

回到学校，我们立即起草了《关于在我校建立"中国行政区划研究中心"的请示》，并在附件中就成立“中心”的宗旨、组织、任务、经费问题提出了初步设想。1990 年元月 9 日，学校以沪华师科〔90〕第 002 号文报送民政部(图 10-3)。1990 年 3 月 23 日，民政部以民行函〔1990〕50 号文复函，同意在华东师范大学建立“中国行政区划研究中心”(图 10-4)。学校委任我为“中心”主任[④]。遂于 5 月底召开了隆重的成立大会。相关文本见下：

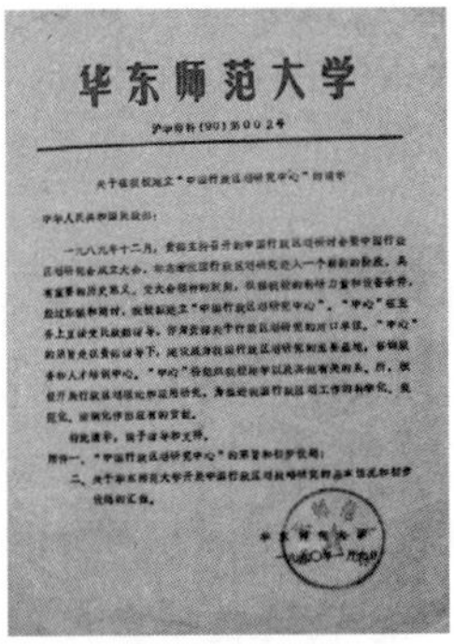
华东师范大学
沪华师科〔90〕第002号

图 10-3

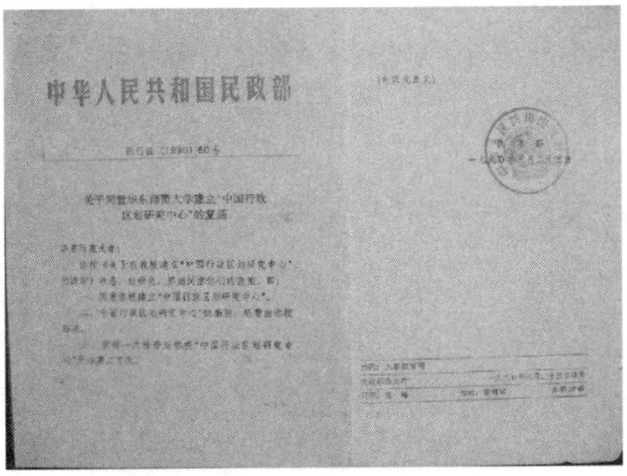
中华人民共和国民政部
民行函〔1990〕50号

图 10-4

关于在我校建立“中国行政区划研究中心”的请示
沪华师科〔90〕第 002 号

中华人民共和国民政部：

一九八九年十二月，贵部主持召开的中国行政区划研讨会暨中国行政区划研究会成立大会，标志着我国行政区划研究进入一个崭新的阶段，具有重要的历史意义。受大会精神的鼓舞，根据我校的科研力量和设备条件，经过酝酿和商讨，我校拟建立“中国行政区划研究中心”。“中心”在业务上直接受民政部指导，作为贵部关于行政区划研究的对口单位，“中心”的宗旨是在贵部指导下，建设成为我国行政区划研究的主要基地，咨询服务和人才培训中心。“中心”将组织我校地学以及其他有关的系、所，积极开展行政区划理论和应用研究，为推进我国行政区划工作的科学化、规范化、法制化做出应有的贡献。

特此请示，请予指导和支持。

附件一、“中国行政区划研究中心”的宗旨和初步设想；

附件二、关于华东师范大学开展中国行政区划战略研究的基本情况和初步设想的汇报。

华东师范大学(章)

一九九〇年一月九日

关于同意华东师范大学建立“中国行政区划研究中心”的复函
民行函〔1990〕50 号

华东师范大学：

你校《关于在我校建立“中国行政区划研究中心”的请示》收悉。经研究，原则同意你们的意见。即：

一、同意你校建立“中国行政区划研究中心”。

二、“中国行政区划研究中心”的编制、经费由你校解决。

三、我部一次性资助你校“中国行政区划研究中心”开办费二万元。

中华人民共和国民政部(章)

一九九〇年三月二十三日

[成立大会隆重举行]　1990 年 5 月 30 日，一个春光明媚的日子，在华东师范大学小礼

堂，来自民政部的区划地名司司长张文范、上海市政府办公厅副秘书长胡正昌、上海市民政局副局长钱关林、上海市地名管理办公室主任陈征琳、江苏省民政厅民政处处长夏如山等政府部门领导，复旦大学谭其骧教授等外校著名专家，以及我校袁运开校长，老一辈地理学家胡焕庸教授、李春芬教授等欢聚一堂，隆重举行了中国行政区划研究中心揭牌仪式[5]。

会上，袁运开校长在致开幕词中指出，“中心”的成立将“充分发挥我校综合性、多学科的优势，组织有关系所和相关学科，积极开展行政区划的理论和应用研究，为建立具有中国特色的行政区划科学体系做出应有贡献”。张文范司长在贺词中说：“昆山会议后，华东师范大学积极申请和筹建‘中国行政区划研究中心’，经民政部 1990 年 3 月 23 日民行函〔1990〕50 号文批复同意，中国行政区划研究中心正式成立，至此我国行政区划的战略研究进入了一个新阶段，对促进我国行政区划工作的科学化、规范化、法制化建设具有重要意义。”谭其骧教授热情洋溢地说：“民政部批准华东师范大学来办这个中心是很合适的，因为华东师范大学的确具备了行政区划研究的有关系科”，行政区划研究“必须要慎重地走实际管理部门与有关学术单位广泛合作的道路”。时年已九旬高龄的地理界老前辈胡焕庸教授对“自己在岁暮之年还能参加这么一个重大的活动感到一则以喜，一则以惧”，“喜的是，中国在今天开展的这一项伟大的研究工作，惧的是这项工作非常艰巨”，“我希望还能继续工作三年五年或者十年八年，愿意和大家一起完成一些任务”。最后，分管上海市民政工作的上海市政府副秘书长胡正昌作了指导性发言。他结合上海实际，提出了两点意见：一是希望为上海解决一些行政区划难题，“在理论与实践相结合的基础上解决问题”；二是建议“中心”与上海几个部门建立“热线联系”，“搞一些比较大的、长远的课题”，“一类是上海同中央的关系，再一类就是市内的一系列问题”，“希望理论研究部门与实际工作部门紧密地结合起来”。参加成立大会的各单位代表共 70 多人[6]。

第三节　项目实践推进政区研究

［基础工程，文献整理］　由于中国的行政区划研究长期处于“禁区”状态，相关文献研究的基础十分薄弱。“中心”成立之后，夯实研究基础成为一项首要任务。在民政部区划地名司的直接关怀、支持下，立即着手开展一项重要基础性工作——《中国行政区划文献目录》（下文简称《文献目录》）的编撰。1990 年 6 月 7 日，校科研处主持召开中国行政区划研究中心同志与校内地理系、历史系、西欧北美所、古籍所、史学史所、图书馆等有关单位负责人会议，合力支持、促进“中心”工作，首战抓好“文献目录”的编撰（图 10-5）。

(a)　(b)

图 10-5

当年盛夏，“中心”的师生与校图书馆郑麦等七位同志冒着闷热、酷暑，历时两个月，从浩繁的典籍、史料中沙里淘金，去伪存真，筛选近万条条目，编撰成册，写出初稿，赶在民政部在山东蓬莱召开的“第一次行政区划工作会议”之前打印，发给来自全国各省市的代表，广泛征求意见后，经补充修订，由华东师范大学出版社于 1991 年出版。《文献目录》收录了中国近代有关行政区划的著作、论文等资料条目近万条，约 50 万字。此为我国首本《中国行政区划文献目录》，是行政区划研究的一项奠基工程。1992 年年底，又协助中国行政区划研究会，收集整理 20 世纪 30—40 年代至中华人民共和国成立初期国内一批著名学者研究中国省制问题的重要成果，由区划地名司张文范司长（“中心”兼职教授）主编出版[⑦]。

［项目一览］ 自 1990 年至 2000 年的 10 年间，沿着设定的三大目标任务（行政区划的理论与应用研究、咨询服务、高层次人才培养）开拓发展，在学校领导、民政部的业务指导下，在中心成员（包括一批优秀的博士后、博士生、硕士生）的共同努力下，克服人员少、无独立建制、享受资源少的情况下，攻坚克难，取得重大进展。这 10 年是克服困难的 10 年，硕果累累的 10 年。

据不完全统计，1990—2014 年，“中心”承担的各类科研项目达 200 项，其中直接的行政区划项目达百余项。这些项目除来源于国家自然科学基金、国家社会科学基金、教育部社会科学和博士点基金、上海市社会科学基金等之外，更多的来源于民政部及省（市、区）、地方政府的行政区划调整改革论证咨询项目。其中由我主持承担的基金项目有：国家自然科学基金——“我国国民经济分级调控空间组织模式可行性方案研究”（1998—2000 年）等两项；国家社会科学基金、教育部社会科学基金、上海市社会科学基金 11 项（见附录三表一）；为民政部和地方政府完成的行政区划及社区建设决策咨询项目达 41 项，重要的有“江苏省苏锡常地区行政区划战略研究”（1990—1992 年）、“江苏省‘三泰’地区行政区划研究”（1991—1992 年）、“海南省设市预测与规划”（1993 年）、“上海市行政区划战略研究”（1999 年）、“浦东新区建置镇行政区划调整规划”（2000 年）、“洋山深水港管理与营运体制研究”（2001 年）、“城市化进程中的行政区划体制改革与创新研究”（2003 年）、“新浦东新格局行政体制改革设想”（2009 年）、“基于‘五位一体’空间的常州市城域（城区）行政区划调整与改革研究”（2013 年）、“基于新型城镇化的广东省行政区划战略研究”（2013 年）等。获主管部门和省市政府的肯定，发挥了决策咨询服务作用。此外，还参与中美、中加等合作项目。2012 年开始与澳大利亚悉尼科技大学中国问题研究中心合作的项目——“中国权力地理：城市扩张和行政体系”获得澳大利亚国家自然科学基金资助，于 2015 年顺利完成结题（图 10-6）。

图 10-6

注释

① 我们曾经查阅 1949—1978 年的文献资料，相关的行政区划研究文章极少，只是在《史学汇刊》《四川大学

学报》《北京师范学院学报》《天津师范学院学报》等发现有少量关于行政区划研究的文章。

② 副队长冯志坚参与了贵池的考察，金鼎馨参与了后期专题报告的部分文字工作。

③ 五篇论文是：刘君德《关于我国行政区划体制问题的初步探讨》；洪建新《我国重划省区的历史回顾》《我国市制的发展与现今市制的探讨》；黄明达《试论市镇制度》；刘君德、程玉申、陈忠祥、王民《安徽省皖南行政区划体制的调查》。上述论文收录于张文范主编：《中国行政区划研究》，中国社会出版社，1991 年。

④ 汤建中、金鼎馨和汪宇明曾先后任“中心”副主任，胡焕庸、谭其骧、李春芬、吴传均、张文范为“中心”学术顾问，胡序威、靳润成、张明亮、靳尔刚、戴均良等先后被聘为兼职教授(研究员)。

⑤ 出席“中心”成立大会的有华东师范大学科研处，各处室，地理系、经济系、历史系、政治系、河口所、人口所、西欧北美所、苏东所、古籍所、史学史所、图书馆、学报编辑部、出版社等，以及复旦大学史地研究所等。袁运开校长致开幕词，我报告了“中心”成立筹备经过，民政部、江苏省民政厅致祝词，大会发言的有谭其骧、胡焕庸、李春芬、严重敏、桂遵义、王松等。

⑥ “经呈报中华人民共和国民政部批准，‘中国行政区划研究中心’在华东师范大学成立。”载中国行政区划研究中心简报(编号 1)(1990 年 6 月 1 日)。《中国社会报》(1990 年 6 月 29 日第 2 版)以“加强战略研究人才培训提上议事日程　科研培训一体化　中国行政区划研究中心在沪成立”为标题作了报道。

⑦ 引自张文范主编、刘君德等副主编：《中国省制》，中国大百科全书出版社，1995 年。

第十一章 行政区经济:区划理论的重大突破

行政区划作为一门科学,必须有自身的理论,并以科学的理论指导区划改革实践,这是我从事行政区划事业一开始就追求的一个目标。从我发现行政区经济"现象"到提出行政区经济"理论",这是一个从现象到本质、实践到理论、量变到质变的过程。行政区经济理论自提出以来,在学术界和实践层面、从国内到国外,都产生了较大影响,我认为,行政区经济理论对深化我国行政区划研究具有重要意义。

第一节 行政区经济理论的形成与发展

[理论思想产生的背景] 行政区经济理论思想的形成,举其荦荦大端,主要有三大背景:一是转型期中央与地方分权改革,即从计划经济的中央高度集权逐渐向市场经济的地方放权不断开展,这也是行政区经济理论中所说的由纵向运行系统向横向运行系统转变的关键。二是地方政府发展经济的积极性。由于中央向地方不断放权,极大地刺激了地方政府、企业发展经济的积极性,地方政府的财政收入明显增加,企业自主经营的能力不断提高,加之经济指挥棒的权威性引导,使中央与地方、地方与地方之间条块间的竞争增强,矛盾也同时加剧。三是在长期的山区考察、诸多的项目实践中对行政区划问题的认识越来越深入,尤其在诸如皖南山区考察、海南省设市规划、苏锡常地区等大项目研究中,对我国独特的行政区经济现象及其规律有了更加理性的思考。

[从"行政—经济区"到"行政区经济"] 1990—1991 年,我国开展大规模国土整治工作,各大高校地理学界全面投入这项任务。华东师范大学地理系除了承担国土规划项目之外,还受国家计划委员会国土规划司委托,连续举办了 10 期全国性国土规划干部培训班。此间,我多次被安徽省计划委员会邀请,主持召开全省性、地区性、跨区域的国土规划和区域规划评审会。根据多年在安徽省、浙江省、福建省等地考察的经验、体会与发现,指出了中国转型期行政区划体制因素对国土开发、城市—区域经济发展的强烈影响,并提出"行政—经济区"类型的概念,它对应于"非行政—经济区"类型。当时认为,"这种'行政—经济区'对推动我国社会主义生产力的发展起着主导作用。正是这种'行政—经济区',在地方分权体制下使各级地方经济发展追求'大而全'或'小而全',导致区域经济封闭性特点,从而对整体经济的发展带来消极影响"①。经过一段时间的思考,"行政—经济区"逐步演变为"行政区经济"理论思想。

1992 年 7 月,民政部在广东省番禺市召开了"全国经济特区和沿海对外开放地带行政区划研讨会"。在本次会议即席发言过程中,我提出了"行政区经济"的理论概念。我认为,改革开放以来,中国区域经济的发展表现为"行政区经济"运行状态,随着我国政治经济体制改革的推进,行政区域政府的直接经济功能将逐渐淡化,具有中国特色的市场经济将取代行政区域经济。我的观点一时引起不少同志的好奇,并展开热烈讨论,许多出席会议的同志默认了我的观点。

回到学校，我在给博士生、硕士生讲授“区域经济”课程时，结合我在皖南、浙西、福建山区考察调研的实践，多次讲到中国行政区划的问题，提出了“行政区经济”的理论思想。

1993年，我与我的首位博士生舒庆同志合作，在《经济地理》杂志发表了《论行政区划、行政管理体制与区域经济发展战略》论文，首次比较系统地对行政区经济结构特征和淡化行政区的直接经济功能等问题进行了论述。

图 11-1

［首篇博士论文的系统梳理与全面论述］ 应当指出的是，我的首位博士生舒庆同志在完善和系统化“行政区经济”理论中做出了突出贡献。我将他的博士论文选题确定为《中国行政区经济与行政区划研究》，这是一个前所未有、具有挑战性的选题。舒庆同志克服困难，完成了具有开拓性的论文。正如在他的博士论文出版后记[2]中所言，在20世纪的90年代初期，“中国行政区经济可谓区域经济学之‘谜’，同时，也是中国众多经济之‘谜’在空间上的折射和缩影，揭开这个‘谜’底，必须借助多学科的知识，从特有的角度审视、剖析、研究。我深知自己功力之不足，也曾一度畏惧，甚至退缩，但最后强烈的责任感驱使我战胜困难，完成了这一论著”（图 11-1）。

舒庆在他的博士论文中对行政区经济的概念及其奇特的区域经济现象，行政区经济的结构、特征及其形成的内在机理、运行过程，中国行政区经济发展的客观物质基础及其作用和区域差异，行政区经济运行下的体制等做了较全面、深入而简练的研究。可以说，这是中国首部系统论述行政区经济、具有区域经济理论原创性的专著。

［首部《中国行政区划的理论与实践》著作问世］ 1996年，我国首部行政区划理论与实践紧密结合的原创性专著——《中国行政区划的理论与实践》[3]由华东师范大学出版社出版，这是在中国行政区划研究中心成立后，在大量行政区划调查实践的基础上，经过提炼加工、理论升华写成的一本专著，首届行政区划方向的博士生、硕士生和博士后参与了写作。该著作将行政区划现实问题与理论结合、与历史结合、与国外相参照。该著作出版后，立即受到了国内外广大读者的关注，对中国行政区划现实问题的实证研究与行政区经济理论研究的推进具有重要意义。该书至今仍被国内外一些著名大学的地理学、政治学等专业列为研究生、博士生的必读专业参考书，在美国及我国的香港、台湾地区一些大学广为流传。1998年，该书获上海市哲学社会科学优秀成果著作二等奖（图 11-2）。

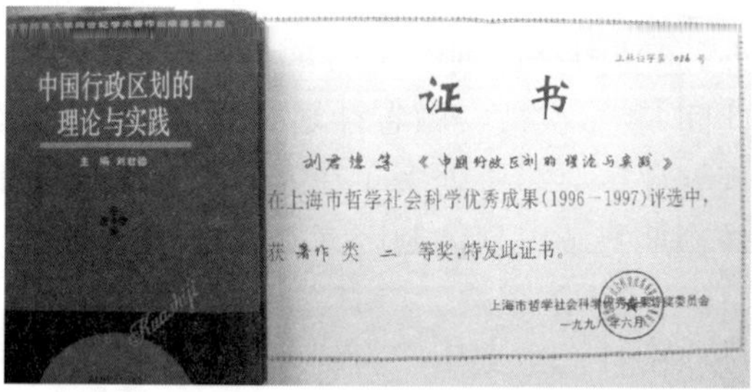

图 11-2

［首项国家社会科学基金项目］ 1993年，我首次向国家社会科学基金申报了“市场经济条件下中国行政区与经济区关系研究”，获得立项[4]。如果说苏锡常研究（后面将有专门介绍）的主要专注点是都市区行政区划改革的战略性研究，着重于行政区划改革的实践性，那么社会科学基金项目则侧重于行政区与经济区关系理论的较深入探讨。在我与周克瑜同志的共同努力下，项目于1995年准时结题。苏锡常、长三角地区研究的实证基础使项目成果的理论结合实践的分析论述具有相当的说服力。成果顺利通过验收，周克瑜的博士论文

也被推荐由复旦大学出版社出版⑤(图 11-3)。

(a)　　(b)

图 11-3

该项目的贡献主要在于,在行政区经济运行时期(负面作用)对行政区与经济区关系的矛盾现象进行了梳理,指出在四个方面构成严重制约:一是行政区经济的自成体系对经济区合理生产布局的制约;二是行政区经济的产业同构对经济区产业扩散及区域经济一体化进程的制约;三是行政区经济的地区封锁与地区垄断对经济区生产要素合理流动的制约;四是行政区经济的地方保护主义对经济区共同市场发育的制约。

针对行政区经济运行存在的负面影响,提出了协调行政区与经济区关系的思路。第一,按照市场经济规律和发展的要求转变政府职能,同时加强配套培育市场机制与调控机制;第二,重构区域经济政策模式,完善与规范区域经济政策体系;第三,建立跨行政区的经济区管理机构,赋予必要的决策—调控权;第四,合理划分经济区,科学布局生产力。项目报告强调了中国国情下政府介入经济区的重要性,它应该担当行政区与经济区磨合剂的功能。

项目报告还以长江三角洲为例进行了实证研究,提出了长江三角洲地区行政区与经济区关系整合的思路。1996 年 4 月,由多学科著名专家组成的评审组,对本项目进行了评审,给予了高度评价,认为"项目研究成功地运用了政治学、经济学、地理学、管理学、历史学等多学科理论与方法,对这一重大问题率先进行了跨学科、开拓性的综合研究,在学术研究上达到了相当的理论深度。同时,该项研究成果对于当前我国中央与地方政府在制定有关体制改革方案和区域经济发展、进一步规范行为等方面具有重要的决策咨询价值"。

[“十二五”国家重点图书出版规划项目]　20 世纪 90 年代中期以来,中国行政区划研究中心的教师与一批博士生、博士后,在行政区划及其相关领域先后整理出版了 20 部专著(参见附录二),发表了一批论文,在社会上产生积极影响。此后多年,又有一批由我指导的博士生通过论文答辩,多位博士后顺利出站,其中有些成果尚未出版。同时,国内一些学者主动与我联系,他们也在开展行政区划、行政区经济理论的研究,并取得成果,希望出版。更为重要的是,21 世纪以来,中国经济发生深刻变化,体制改革向纵深推进,行政区划和行政区经济理论亟须充实新的内容,注入新的活力,探求新的思路与发展方向,向读者传播新的理论思想,指导中国行政区划改革实践。我与部分同志及东南大学出版社城市工作室资深编辑多次商议,决定出版《当代中国城市—区域:权力·空间·制度研究丛书》。图 11-4 为该丛书作者参加泰州工作会议时的留影。经过三年的思考、策划与运作,这套丛书终于面世。2010 年,东南大学出版社向国家出版总署申报“十二五”国家重点图书出版项目,经专

家评审获得批准。

(a)　　(b)

图 11-4

［概念、理论的新认知］ 行政区经济理论提出以来，随着中国政治（行政）—经济体制改革的渐进式推进，尤其是经济市场化的发展，中国“行政区经济”的外部环境、内部机制都相应改变。以党的十八大召开为重要标志，中国经济进入新常态阶段，在新的背景下，行政区经济理论需要回顾和总结，更需要适应新的形势，从新的高度进行深化研究。

◆为何要拓展行政区经济理论？ 行政区经济概念和理论思想诞生于我国改革开放后的经济社会转型初期，当时由于行政区划对区域经济的“空间约束”所引发的区域发展矛盾的大量凸显，而表现为强有力的“刚性约束”特质，如今时过 20 多年，我国的区域经济格局发生重大变动，市场力量逐渐在资源配置中起基础作用，原有那种行政区划对区域经济的刚性约束效应尽管依然相当突出，但逐步趋于弱化。适时修正和完善行政区经济概念的内涵，使之能够更好地解释当前区域经济发展的实际，进而保持其旺盛的生命力和时代特征。同时，这也是作为科学工作者所应秉持的严谨态度。

◆新的认知。 所谓行政区经济，是指在中国特色的政治—经济制度背景下，由于行政区划对于区域经济发展的“空间约束”而形成的一种特殊的区域经济现象和区域经济运行规律。行政区经济的本质内涵表现为“权力空间”与“市场空间”的博弈过程，随着地方政府治理理念和行动逻辑的转变，中国行政区经济的运行将从 20 世纪 80—90 年代的“刚性约束”向未来的“柔性治理”迈进。从本质上来看，“行政区经济”新认知的核心就是“权力”＋“空间”理念的叠加，是在与“市场力”相互制约、博弈（封闭与开放、竞争与合作）的过程与综合。从地方政府的“权力”要素来看，主要指地方政府治理经济的能力，包括权力的等级、地方政府的谋划能力、制度的创新力，以及领导干部的协调与执行力等。从（政区）“空间”的要素来看，主要指辖区空间的经济承载能力，包括所辖地域的自然力（地理区位与自然环境）、生产潜力（空间规模及其资源禀赋，包括人文资源的禀赋）、空间经济实力与集聚—辐射力，以及“五位一体”空间的协调力⑥等。市场力则包括市场配置资源的能力与竞争力（封闭与开放的博弈）。以上三类因素相互交织、叠加，在博弈过程中不断发育，形成具有阶段特征、不同类型和地域特色的行政区经济新格局。

我们可以用以下公式简要表述行政区经济的发展力：

（权力＋空间）×市场力（封闭力与开放力）＝行政区经济发展力

其中，权力＋空间是地方生产力发展的制度环境与客观基础。发展需求、地方利益驱动是经济发展的原动力。市场力是经济发展的驱动力：封闭的市场力和开放的市场力相对应，是个变量，不同环境下的市场力存在较大差异；同一（均质）类型地区的市场封闭力与开放力的差别反映经济发展力的差异；发展力与市场封闭力呈反比例关系，受市场封闭力制约，而与开放的市场力呈正比例关系。

开放的市场力是改革的正能量，是市场配置资源能力与区域之间竞争力的重要标志。这种正能量取决于以下方面：政府职能的转变，市场体制、机制的发育，相关政策与服务能力；政府在保护产权、保障公平竞争、提供公共服务、加强社会治理、促进可持续发展等方面的有效作为；条块部门的相关制度与政策及服务；横向伙伴、合作组织、计划与推行等。此外，市场力的开放程度还取决于企业的自主权与竞争力。相对于开放的市场力，市场封闭力主要表现为政府对市场的不合理干预与封锁、行业与地区的垄断等等。总之，发展力不仅取决于包括土地、劳动力、资本、技术、人才等在内的要素市场的发育程度，也取决于市场力的开放与封闭程度。

从权力·空间·制度视角对行政区经济理论展开新的探索，具有重要的理论与实践意义和国际意义。首先，这有助于挖掘行政区经济理论的本质内涵，使其具有更强的理论指导意义；其次，这有利于认识新时期行政区经济理论发展的阶段特征，以及行政区经济正负能量转换的体制、机制问题，从而更加明确行政区经济的未来走向。随着社会主义市场经济体制“决定性作用”的充分发挥，行政区经济运行将更加趋于成熟。行政区划对区域经济发展的“刚性约束”将朝着“柔性治理”的方向演进，这既是中国地方经济发展的大趋势，也是行政区划体制改革的大方向。

[警惕地方政府权力空间变异产生的破坏力] 关于行政区经济的理论有一个基本的特征，就是它的两面性。我在多种场合、多时间段强调过行政区经济的这一重要特征。对于个别学者的误判没有必要做过多解读。从行政区经济运行发展的阶段性特征来看，总体上呈现正能量逐渐加强、消极影响正在弱化的格局，但各地表现不一、程度不同。

当然，改革开放以来，由于权力空间变异所产生的破坏力一直存在，人们对于这种破坏力的影响和危害认识不足。行政区经济可能产生的破坏力主要表现在两个方面。一是地方政府在辖区范围内违背自然和经济发展规律，不从实际情况出发，不研究市场，好大喜功，盲目攀比，盲目上项目，搞重复建设，搞虚假政绩，给国家和地方造成严重的经济损失。这方面的例子和教训实在不少。另一个重要方面是政区空间（行政区划）的滥用。20 世纪 80—90 年代曾经出现过“县改市”热、“升格”热、乱改名等现象。在国家暂停设市、升格之后，许多大中城市又出现盲目的市县改设区热，美其名曰适应城市化发展、开发区建设的需要。这种由于滥用区划体制造成的危害影响更大，更为久远。对于地方政府这种将行政区划调整改革作为简单的政策工具的权力空间变异现象我们必须高度警惕，予以制止。

第二节　行政区经济理论的实践效果与重大意义

[行政区经济理论的学术影响力] 行政区经济理论思想发表后，引起学界和一些政府部门的反响，并广为传播，普遍认同，涉及区域经济、人文—经济地理、城市地理、城市规划、公共行政等学科和规划部门的专家学者，有相当多的相关专业的研究生、博士生积极引用，参与讨论。一些高校将我们的著作列为硕士、博士的必读参考书；并引起中国香港、台湾地区以及美国、韩国、澳大利亚一些高校（如阿克伦大学、华盛顿大学、悉尼科技大学等）的关

注。政府的一些经济部门领导也关注、引用行政区经济理论[⑦]。

21世纪初,时任国家计划委员会副主任的汪洋在国务院发展研究中心举办的“中国发展高层论坛”(2002年)的年会上,就我国存在市场分割的原因发表了重要讲话。他说,从财税体制来看,现行财税体制在一定程度上仍具有强化“行政区经济”、激励市场分割行为的利益驱动功能[⑧]。

尽管我们的研究成果较少在海外以英文形式系统发表和出版[⑨],但由于其理论的原创性和对中国转型期区域经济现象的解释力,越来越多地被海外学者所重视、讨论和引用。随着海外学者的引用和推介,“中国行政区划与行政区经济”理论思想在海外学界的影响日渐扩散[⑩]。

值得一提的是,“中国行政区划与行政区经济”的理论思想还以学术交流、研讨以及国际合作等方式对海外的中国研究产生影响[⑪]。

[实践效果] 行政区经济理论提出以及大量研究成果、论著发表、出版问世之后,引起国内同行、非同行,特别是行政学、区域经济学、城乡规划学、人文—经济地理学理论与实践工作者的关注。许多学者运用这一理论研究分析区域经济问题,诠释中国转型期出现的特殊区域经济现象,开展相关机制体制的深入研究。但如何运用行政区经济的正面效应,发挥行政区经济理论思想的正能量,仍不多见。我的第一位博士、与我合作原创思想的舒庆同志,在从环保部调任河南郑州市,先后任职荥阳、巩义市委书记,继任中共河南省新乡市委书记[⑫],开始了行政区经济理论正能量的实践,取得重要收获。

2015年9月下旬,舒庆在参加中国行政区划研究中心与澳大利亚悉尼科技大学合作举办的“中国行政区经济和行政区划国际论坛”的座谈会上(图11-5),即席发表了以下感言,从一个侧面可以看出行政区经济理论的实践效果。以下这段文字是根据舒庆发言录音整理的:

刘君德教授“行政区经济”思想之我见[⑬]

我于1991年到1994年期间,在刘君德教授(下文简称刘老师)指导下,攻读区域经济地理学博士学位,当时定的专业方向是行政区划与区域经济。在短短三年时间里,刘老师教会了我怎么思维、怎么做学问和怎么做人。跟着刘老师的三年,刘老师的师德师行、做学问的精神和渊博的知识,以及师母吴老师在背后的关心和支持,给我未来的成长打下了深深的烙印。我有很多见过刘老师、读过刘老师著作的好朋友都会觉得我的身上有着刘老师给我留下的烙印,我对此评价印象非常深刻。

图11-5

下面我主要讲两个问题,各有三点:

(一)行政区划和行政区经济研究,是传承,是创新,也是包容。

1. 面向问题

刘老师从事的行政区划和行政区经济研究,里面蕴含着治学和做人、做学问的精神。从历史来看,我们这个学科点是从李春芬先生(下文简称李先生)那继承下来的。很多人会问,李先生从事区域自然地理和外国自然地理研究,曾经写过南美洲和北美洲自然地理著作。在刘老师的博士生里面,听过李先生上课的,可能我是唯一的一位。李先生参加博士论文答辩的,我可能也是唯一的一位。

而刘老师所研究的行政区经济和行政区划问题，与李先生国外自然地理研究的关系到底怎样，他们的交汇点在哪里，我一直在思考这个问题，后来我找到了答案。李先生作为区域自然地理、外国自然地理的学者，他提出了"面向问题"的研究思路，这是所有研究的核心，而刘老师关于行政区经济研究的精髓也是"面向问题"。这是他们的研究之所以能够走在中国和世界巅峰的一个关键。

行政区划问题是当时刘老师在担任中国科学院南方亚热带丘陵山区综合科学考察队第三分队队长时发现的。他们有勇气给中央领导写信，如实反映安徽贵池县的行政区划问题。后来，我跟着刘老师和周克瑜老师开始重点关注行政区划问题。可以说，我们关于行政区划方面的研究，始于"面向问题"。"面向问题、解决问题"成了我们地理学科最大的一个传承点和精髓。这也符合我们总书记提出来的要求，即"问题导向"，这是第一点。

2. 创新

第二点是创新。地理学是研究空间结构、空间演变和空间关系的学科，需要探寻空间规律，这是我们的特长，也是我们的专业。而刘老师恰恰在"认识问题"的基础上，带着我尝试分析问题背后的机理，分析行政区经济的空间关系和演变规律是如何演化的，以及它的历史在哪里，它的体系在哪里，经济运行又在哪里，等等一系列疑问。后来我看过几个学弟学妹的论文，很多也是在研究机理性的东西。而这种研究是对地理学的重大突破，而且是一个非常大的突破，这需要钻研精神。

3. 包容

第三点是包容。光有精神还不行，要突破还需要勇气，需要知识，需要我们用最开放的态度包容一切。这一点鲜活地反映在刘老师的品格当中，他做人、做老师、做我们的教育者，他是包容的。到现在刘老师都会玩电脑，说实在的，我不知道与他同年代的人当中有多少会玩电脑，这证明了刘老师的包容。

本来地理学就是一个综合性、交叉性、边缘性的学科，而刘老师在他的研究中很好地将地理学知识汇聚起来，把血液给它打进去，把血脉给它打进去，让一个空间上的地理学有了生命，让空间问题研究有了生命。

（二）怎么看待行政区经济

过去我一直带着这个问题在探索，我之前从事了 16 年的环保工作，我发现把环保的问题上升为综合性的问题，就是经济运行的外部表现形式。

江河流域中的行政区经济的问题一直在困扰着我，一直在我脑海里打转转。我博士毕业到了环保部以后，当时我写的第一篇文章是给曲格平同志写的，曲格平是世界级环保专家，我给他写的内容是流域当中怎么突破行政区经济，怎么样去搞流域的综合治理。曲老（即曲格平）当时已是全国人大环资委的主任了，他就批了四个字——"很好，赞成"。后来，16 年以后，我到了河南，5 年时间里我做了两个县级市的市委书记，又做过一个地级市的市长，现在做地委书记。除了在理论方面进行思考，我在实践中也一直在琢磨。我认为可以从三个方面来看待行政区经济。

1. 两面性

第一点是要辩证看待其两面性。中国经济之所以发展得这么快，30 年我们发生了翻天覆地的变化。如果没有行政区经济，没有政府和企业双重运行主体，是不可能实现这个伟大成就的。当然，任何事情都有它的两面性。如果处理不好，就会产生内耗。内耗大了，就会牺牲它的效率。所以说要两面看，千万不要只看一面。

2. 发展性

第二点是发展。我国 30 年的经济发展历程当中，有短缺经济，也有过剩经济。无论经济格局怎么变，行政区经济现象一直存在，可以说万变不离其宗。只是在特定的经济形势之下，政府在区域经济发展所表现出来的空间组织形式有所不同而已。诸侯经济时期，可能更多的是抢市场。再到后来，大家又不顾自身条件，一窝蜂地往上冲，出现产业结构的雷同。但是，自从中国加入 WTO（世界贸易组织）以后，市场体制占据的作用越来越强以后，实际上行政区经济当中很多过去的东西在慢慢地淡化。随着新的区域经济形态开始出现，行政区经济也呈现与时俱进的态势。

3. 实践性

第三点就是实践。从实践上看，行政区经济用好了，那将是不得了的。这是一个因势利导的问题，怎么样用好地方政府参与区域经济这个"势"，"行政区经济"思想将大有作为。比如说，现在中央在搞京津冀协同发展，实际上就是要突破行政区划的束缚，实现区域经济一体化发展。

我也一直在实践中思考、探索这个问题。到了荥阳以后，我在调研当中发现，当地第三产业所占的比重相当相当低。后来我们用行政区经济的眼光来看待这个问题。荥阳毗邻郑州主城区，在这样的情况下任何人买点好东西、吃个好饭都不会到荥阳，怎么会有第三产业？但是，荥阳处于郑州的近郊区，是郑州的后花园，唯一出路也只能是发展第三产业。后来我和我的班子就以"行政区经济"理论为指导，就怎么样与郑州协同发展进行思考，提出了荥阳要在为郑州提供专业化服务中壮大自身的设想。当然，第三产业我们不可能全部做，也做不了那么多，但是我们可以做一些为郑州乃至整个河南服务的第三产业，只做几个就能起来。如今，我的后任已经有两任了，他们做得非常好。我离开荥阳时，当地的财政收入是16.5亿元。今天我一问他们，2014年已经达到26亿元。没有第三产业的快速发展，怎么会取得这样大的进步呢？

后来我到了巩义。巩义就正好处在郑州和洛阳之间的衰落地带。我们从行政区经济的视角，将巩义市定位为区域性的经济中心，它是完全向郑州和洛阳开放的区域经济中心。河南省赋予了巩义直管县的地位，将它从郑州脱离出来。可以说，只要给它松绑，把它的"婆婆"减少了，给它更大的自主权，它就会实现迅速发展。

我到新乡后，还是和我们班子一起研究新乡的发展思路。新乡是一个在河南排到第三到第五位的城市，虽然经济实力很强，但第三产业发展严重滞后。新乡距离郑州很近，和郑州只隔着一条黄河。黄河的阻隔，使之并不能够成为一个完整的经济形态。面对如此经济空间格局，我们又提出新乡要与郑州融合发展、协同发展，也就是说在产业上怎么和郑州互动。

河南省委、省政府专门到新乡开现场会，讨论新乡与郑州的互动，怎么样把郑州大城市外溢的东西进行重新组合，在改造中提升新乡的经济实力。值得一提的是，新乡有个太行山。太行山有1 180多平方千米，拥有丰富的自然地理地貌和人文景观。著名世界史学家刘新成曾经这样评价过新乡："千里太行，魂在新乡。"要突破行政区经济，就必须找出自己的区域特色。新乡的特色是什么？是休闲、旅游、文化、体育，再加上农业，实行融合式发展，我把它们概括为"大健康"。给新乡贴上了"大健康"这么一个特色牌子，就能够让它在行政区经济中凸显出来。目前我们正在大力推进新乡"大健康"战略，更好地为郑州大都市区服务，为河南服务，为中原经济区乃至更大范围服务。

总之，我作为一个实践者，已经有21年不再去专门探索理论问题了，但是仍然认为理论在指导实践中还是很有用的，只有好的理论它在实践中才是最有用的。所以说，刘老师引领我们搞的"行政区经济"是个好东西，我们应该好好地珍惜它。我作为实践者，在工作中会去努力地实践它，因为这个方向太好了。你们理论工作者如果还在继承着刘老师的事业一步一步走下去的话，也恳请你们把这个大旗好好地扛下去。谢谢！

［**重要意义**］ 行政区经济本身是一个全新的概念和理论命题，它是在中国特殊时期、特殊环境下，在实践中发现区域经济运行的大量特殊表现，经过分析研究、思考提炼总结出的具有中国特色的区域经济运行规律的一个重要的理论问题。它的重要意义首先是理论的突破，即与传统的区域经济学、区域地理学相比，十分注重蕴藏在区域问题现象背后的本质性解析，即运行机制的研究，始终依据中国国情，围绕地方政府、企业、市场及国家宏观调控这几个方面之间的关联性进行历史的、运行过程的、空间差异的分析，以求准确地回答"为什么"。显然，与传统的区域经济学、区域地理学理论相比较，是一个重要突破。它应该是中国区域人文—经济地理学，乃至中国区域政治—经济学的一个重要创新。"行政区经济"从特殊现象的发现与提炼，到概念的表述、深层次机理分析等独树一帜，发现了前人没有发现的现象，提出了前人没有提出过的新概念、新的理论思想，诠释了前人没有诠释的区域问题，非常难能可贵，为中国地理界（尤其是人文—经济地理）、经济理论界（尤其是区域经

济理论研究)、政治学界(尤其是区域政治学)努力探索中国自己的区域科学理论(尤其是区域政治—经济地理科学及区域政治—经济学理论)树立了榜样,开拓了新的思路,其理论价值不可低估。

至于行政区经济理论的实践价值那就不言而喻了。因为行政区经济理论的产生本来就源自于实践,脱离实际的理论是没有生命力的。首先,运用行政区经济理论可以最好地诠释中国的区域经济现象。其次,运用行政区经济理论可以指导行政区划的科学调整与改革。在中国政治—经济体制下,行政区划的“刚性约束”始终影响着中国区域经济的发展,只是不同时期、不同地区、不同阶段的表现形式不同而已,这已经成为许多专家的共识。如是,人们明白了,为什么改革开放以来凸显行政区划的重要性,为什么中国的行政区划调整如此频繁,为什么地方政府都十分关注行政区划问题。那是因为,地方政府的权力空间(行政区划)所表现的两个重要方面——地域空间大小与行政等级高低(事实上还应该包括行政中心,乃至政区专名和通名这些要素)在区域发展和竞争中的重要作用。那么,什么样的行政区划(空间适度规模和层级)才是科学合理的,怎样通过科学合理地调整行政区划、改革行政区划体制才能推进区域经济的有序发展、科学发展,未来中国区域经济运行的方向和科学的行政区划体制格局如何构建等,这些都需要研究,需要运用行政区经济理论来科学分析、解剖和思考,通过有序的改革推进,最终形成最佳的政区空间层级、规模结构体系,这是我们从实践上努力的目标。

第三节　行政区经济理论与实践的思想传播

[华东师范大学的首场大型学术演讲]　2004 年 10 月 31 日,《解放日报》全文发表了题为《转型期行政区经济透视——刘君德教授在华东师范大学的演讲》。

2004 年 10 月中旬,正值华东师范大学建校 54 周年之际,学校社科处要我作一次学术报告。这是我被批准为“校终身教授”后的首场大型学术报告,当认真准备。我把多年来我们研究的精华——中国行政区经济的理论与实践的成果与体验,经过整理浓缩搬上了会堂。两个多小时的演讲,收到出其不意的效果,引起听众的广泛共鸣,以及一些不同学科学者对行政区划体制以及理论问题的关注。时隔不久,同年 10 月 31 日的《解放日报》思想者栏目全文发表了我的演讲(图 11-6)。

(a)　(b)　(c)

图 11-6

这篇文章传播了我的学术思想，也进一步扩大了中国行政区划研究中心在国内的影响。

时隔10多年，中国的经济社会发展、城市规划建设取得举世瞩目的巨大成就，政府与社会及市场的关系进一步理顺，中国特色社会主义经济发展理论思想的研究与实践逐步深入，有大量行政区划和与行政区经济相关的理论新成果问世；但看看当时的演讲稿，我觉得基本的理论思想和观点依然成立，我在报告中提出的五点设想[14]仍然具有重要的理论与实践价值。

[民政部区划地名司杭州培训班的报告] 为进一步提升省级行政区划管理人员对新型城镇化建设目标任务和总体要求的认识，增强优化行政区划设置的业务能力，2014年10月21日至23日，民政部在浙江省杭州市举办“贯彻新型城镇化要求　优化行政区划设置专题培训班”。我被大会邀请作专题讲座，题目为“中国行政区经济的实践与理论——兼谈行政区划改革问题”。主题内容包括三个方面：一是“在中国，行政区划为什么这么重要”；二是“行政区经济理论的缘起与发展”；三是“行政区经济运行下的中国行政区划改革”。此次报告充实了新的案例。提出了若干新的观点，如城市发展的不同阶段，需要行政区划体制相对应；现阶段行政区划的“刚性约束”的特质决定了“空间调整”是解决区域分割问题的重要，甚至是主要途径；行政区经济的权力性、发展性、两面性、阶段性特征。根据新的形势，提出了行政区经济理论概念模式的新表述：权力＋空间＝生产力（当然，权力＋空间的滥用也会产生破坏力）；释放行政区经济的正能量是地方政府的第一要务；坚持科学发展/可持续发展，遵循规律、规则，提高地方政府的执行力，推进行政区经济协同发展/均衡发展，优化地方政治生态等，是释放行政区经济正能量的重要法宝；行政区经济将沿着三个发展阶段运行，第一阶段为行政区经济的发展阶段（权力＋空间＝生产力），第二阶段为行政区经济的转型阶段（权力＋市场＋空间＝生产力），第三阶段为行政区经济的成熟阶段（市场＋权力＋空间＝发展力）等。报告指出，中国的行政区经济现象将长期存在，权力＋市场＋空间是中国经济持久发展的力量，但行政区经济性质将发生质的变异：一是从封闭走向开放，二是从权力经济走向社会主义市场经济性质。“行政区经济”还从五个方面阐述了行政区经济理论的重要意义，即诠释和指导中国经济发展的理论与实践意义，改革行政区划体制的理论支撑与实践指导意义，中国经济发展模式的补充意义，推进新兴交叉学科发展的学科、学术意义，以及行政区经济的国际影响与国际意义。

由于此次培训班学员都是各省（区、直辖市）分管行政区划的领导干部，专家的报告、讲座在全国各省区具有相当的影响力。民政部区划地名司司长柳拯在培训班上作专题发言（图11-7）。

图11-7

[西部10省区民政工作干部报告] 2015年5月中旬，我突然接到一个从西安打来的电话，陕西省民政厅邀请我去西安，为参加西部十省区市民政会议的干部作一个报告，时间在当年6月初。当时我犹豫了一下，因为当年5月底至6月初我已经决定去新疆喀什参加一个决策咨询会议，我是上海市援疆指挥部推荐的咨询专家之一。在经过思考之后，最后还是答应去西安。这个会议更重要，邀请更恳切，影响更大。后来才知道为何邀请我去。原

来，2014 年民政部在杭州举办干部培训班时，陕西省民政厅一位领导参加培训，听过我的报告，感觉很好，于是决定这次会议邀请我去，我十分感激。在半个多月里，我全力以赴，积极思考，加紧准备。但讲什么呢？

我长期在东部工作，对西部了解不深，区划不太熟悉，感性认知不足。讲东部吗？没有针对性，对于听者没有直接的收获。想来想去还是应该讲讲西部的问题。从何着手？“一带一路”、西部区划改革、行政区经济与西部发展都是选项。几经变更，最后选定的题目是“刚性约束→合作治理：基于行政区经济理论的中国西部省区政区的改革与发展”。回顾那段时间，我每天沉浸于这个主题的思考之中，与老伴的话也少了，一有空就盯着书房墙壁上的那张《中华人民共和国地图》进行空间思考，一有灵感，赶紧用彩色笔在上面涂涂圈圈，画画箭头，甚至将比例尺量算的城市空间距离也写在上面。就这样，终于完成了演示稿的制作，从起初的 150 多张最后精简到 104 张。我胸有成竹地踏上了去西安的征程[15]。

陕西省民政厅区划地名处的几位同志的热情接待、周到安排，使我一到西安就得以全身心地做最后的准备，反复修改 PPT，熟悉内容。2015 年 6 月 2 日下午，原本安排我作 2 个小时的报告，我一口气讲了 4 个半小时（中间休息了 10 多分钟），直到傍晚 6 点半，超出安排时间的一倍！尤其是后半段涉及西部的问题、西部的区划，对 10 个省区市行政区划的一一点评，大家全神贯注，认真听讲、记录，不时拿出手机拍摄图片，报告进入高潮。这场报告我没有预料到要讲 4 个半小时，没有预料到听讲的干部那么认真、那么感兴趣，没有预料到大家反响那么强烈。在我工作生涯中，作过无数次报告，这一次是时间最长的，也是效果最好的一次（图 11-8）。我十分高兴，终于圆满完成了此次报告，我的努力没有白费，值！令我十分感动的是陕西省民政厅区划处进行了全部录像、录音，做成光盘后送到我的手中。它成为我永久珍藏的纪念品。当得知 3 个月后，将在华东师范大学举行的中国行政区经济与行政区划国际学术研讨会我要作主题学术演讲的消息之后，他们又赶制了 80 个光盘专程送达会议，让每位与会专家都分享了我的报告。西安报告之后，我有机会再次去延安、铜川等地领略了西北黄土地风光，感受到了陕北大地新的生机与革命根据地——延安的新颜（图 11-9、图 11-10）。

图 11-8

图 11-9

图 11-10

2014 年 10 月 27 日，民政部区划地名司的网页作了如下报道：西部十省区市平安边界建设联席会议在西安召开。会议特别邀请中国行政区划研究中心主任、华东师范大学博士生导师刘君德教授作了"'刚性约束→合作治理'：基于行政区经济理论的中国西部省区政区的改革与发展"报告，系统讲授了政区经济的理论基础，从历史地理、人文地理和城市群建设多方面分析了西部地区行政区划与"一带一路"倡议的关系，提出了改革的思考，受到了与会代表的热烈欢迎。

我对西部区情做了如下概括：西部地区是地缘政治—经济战略位置极为重要的区域；疆域辽阔、自然资源丰富、人口分布不均的多民族区域；自然区和经济区被行政区分割的复杂区域；生态功能突出、修复难度较大的区域；发展相对滞后，内部差异十分显著的区域。

我认为，用创新的合作模式，共建"丝绸之路经济带"，实现区域大合作，要实现"五通"（政策沟通、道路联通、贸易畅通、货币流通、民心相通）；要突出生态功能，巧做特色文章，顺应国内外市场需求，因地制宜推进差异化、规模化、节水型产业发展，注重质量提升，形成布局合理、高效、分工—合作的西部产业体系；要打破省界分割，统筹建设具有西部特色、省区特点的区域城镇体系；重点建设一两个大区域中心城市，也要注重中小城市的发展，形成科学的建制城市体系，因地制宜创新城镇模式。

在行政区划体制方面，强调服从于国家政区制度的结构安排，改革不适应的政区体制，创新符合西部区情的政区结构体系与形态，建设符合西部区情、具有特色的政区体系。为新时期·新常态下的西部发展提供良好的空间·制度环境。从西部地区的特殊区情来看，政区改革中特别要注意自然地理环境和民族文化、历史因素的影响。提出了区划改革总体性框架：聚焦"一路一带"，聚焦大都市区、大市镇，聚焦国家级新区、经济区，聚焦边境口岸城市；整体设计，因地制宜，尊重规律，有序推进政区改革；增设中央直辖市，重点关注和建设西安和新疆的喀什；在基层创新、夯实行政区—社区等。最后对西部各省区的政区改革进行了点评。

［地图上的新发现］ 我在作学术演讲中喜爱运用地图，面对地图进行思索，这也许是一种地理职业病吧！前面提到的在福建闽江流域考察时，预先从几张地图上发现行政区与自然经济区关系的矛盾就是一个例子。西安的讲座是另一个例子。在准备过程中，我在书房里盯着看《中华人民共和国地图》中的大西北，联想"胡焕庸"线苦苦思索，终于发现了一个有趣的现象与规律。从西安起，沿着丝绸之路经济带，直到新疆的喀什，沿着交通干道大概几千千米的直线距离，集聚分布着大西北几乎所有的城市，绝大部分的产业和人口。由东向西，这些城市分别是西安→兰州→酒泉与玉门→乌鲁木齐→喀什。有趣的是，看看这些大城市之间的距离，发现它们之间很有规则的间隔着，而且越向西部，间隔的距离越长。我拿起米尺丈量，西安至兰州大概是 500 千米，兰州至酒泉是 600 千米，酒泉至乌鲁木齐、乌鲁木齐至喀什都是 1 000 千米。我发现了这一现象和规律，即在这条丝绸之路经济带上，由东向西，大城市分布的间隔距离越来越长。我随即思考原因是什么？这是地理环境起着决定性的作用。干旱，人类赖以生存的供水环境决定了人口—城市的基础容量，人类选择相对优越的地理区位集聚产业和人口，形成大大小小的城市；交通线路将这些城市串联了起来，形成城市经济带。这是千百年来人类在与西部地区特殊的自然地理环境进行抗争、塑造加工形成的一个城市—经济带。我想，今日之"西部大开发""一带一路"建设，都应该认识和遵循

这一客观规律。这条城市经济带，它应该有两个龙头和两大基地。起点的龙头和根基是西安，终点的龙头或门户则是喀什，兰州和乌鲁木齐是经济带中间的两大支撑基地。从行政区划体制来看，要通过设置直辖市来强化西安，通过提升喀什的行政地位，整合喀什地区的行政资源，强化边疆龙头。这个地图上的发现，也许是我这次赴西安讲座的最兴奋之点和意外的收获吧(图 11-11 至图 11-13)。

图 11-11

图 11-12

图 11-13

注释

① 专文《关于我国行政区划体制问题的初步探讨》，载中国行政区划研究会编《中国行政区划研究》，中国社会出版社，1991 年，第 45-49 页。

② 引自舒庆:《中国行政区经济与行政区划研究》，中国环境科学出版社，1995 年，第 257 页。

③ 引自刘君德主编、周克瑜副主编:《中国行政区划的理论与实践》，华东师范大学出版社，1996 年。

④ 时任上海师范大学校长的王邦佐教授还专门用毛笔从北京给我发来贺信。至今我还珍藏着这封信。

⑤ 引自周克瑜:《走向市场经济:中国行政区与经济区的关系及其整合》，复旦大学出版社，1999 年。

⑥ 所谓“五位一体”是我依据中共十八届三中全会通过的《中共中央关于全面深化改革若干重大问题的决定》中确立的“加快发展社会主义市场经济、民主政治、先进文化、和谐社会、生态文明”的要求，在政区与跨政区空间关系的全面落实与协调的归纳和总结。——本书作者。

⑦ 详见刘君德:《关于中国行政区经济理论的核心要义与新的认知:兼论行政区划改革》，载刘君德、林拓主编《中国行政区经济与行政区划:理论与实践》，东南大学出版社，2015 年，第 6-7 页。

⑧ 年会的主题是“作为 WTO 成员的中国”，中外与会者对我国加入之后所面临的现实课题和发展前景发表了看法。本书作者转引自上海福卡经济预测研究所编《经济预测》——媒体精选版周刊，2002-04-12，第 4 期。

⑨ 香港中文大学(2000 年)、香港浸会大学(2007 年)、香港大学(2008 年)召开的国际学术研讨会上先后发表了我们的论文。如 Junde Liu ，“Regional cooperation in China's administrative region economy: Its links with Pan-Pearl River delta development”，in Anthony G. O. Yeh, Jiang Xu, ed. China's Pan-Pearl River Delta Regional Cooperation and Development(Hong Kong: Hong Kong University Press, 2011)。

⑩ 如2004年Katsuhiro Sasuga(胜弘流石)在Microregionalism and Governance in East Asia(《东亚的微区域与治理》)一书引用了周克瑜的《走向市场经济:中国行政区与经济区的关系及其整合》。2004年Jianfa Shen(沈建法)在Reorganizing the urban space in China(《中国的城市空间重组》)一文中,引用了《制度与创新——中国城市制度的发展与改革新论》(刘君德、汪宇明,2000年),分析中国转型时期的城市内部空间结构重组。2008年Chung Yang(杨春)和Haifeng Liao(廖海峰)在Yue-man Yeung(杨汝万)和Jianfa Shen(沈建法)主编的The Pan-Pearl River Delta: An Emerging Regional Economy in a Globalizing China(《珠江三角洲:全球化中国的新兴区域经济》)一书Urban and regional development(城市和区域气候)章节中,引用了《中国转型期凸现的"行政区经济"现象分析》(刘君德,2004年)以及《一种奇异的区域经济现象——行政区经济》(舒庆、刘君德,1994年)来探讨和分析珠江三角洲的城市与区域发展。2009年Yun Chen(陈云)的Transition and Development in China: Towards Shared Growth(《中国的转型与发展:超想共享的增长》)也引用了《理论与实践》的相关研究来分析中国的转型与发展。2010年You-tien Hsing(邢幼田)的重要学术著作The Great Urban Transformation: Politics of Land and Property in China(《伟大的城市转型:中国的土地和财产政治》)一书引用了《中国转型期凸现的"行政区经济"现象分析》(刘君德,2004年)。2013年Rongxing Guo(郭荣星)在Understanding Chinese Economy(《理解中国经济》)中引用了《理论与实践》中关于"行政区经济"的理论分析来讨论中国经济。

⑪ 香港大学叶嘉安教授、林初昇教授,香港中文大学杨汝万教授、沈建法教授,香港浸会大学邓永成教授,台湾政治大学王振寰教授,台湾大学简旭伸副教授,加拿大维多利亚大学安德鲁·马顿(Andrew Marton)教授,悉尼科技大学卡罗琳·卡地亚(Carolyn Cartier)教授等对"行政区划与行政区经济"的理论思想给予高度评价,多次邀请我赴中国香港、台湾地区等地进行学术交流与研讨,并在田野调查、翻译出版学术成果、开展跨国研究项目等方面展开多样化的合作。2011年,悉尼科技大学中国研究中心Carolyn Cartier教授、华东师范大学中国行政区划研究中心刘君德教授、胡德博士、香港大学地理系林初昇教授、悉尼大学中国研究中心陈明璐博士等组成的合作研究团队获得澳大利亚研究理事会(ARC)研究基金资助,开展了"权力地理:中国的城市扩张与行政区划体系"的跨国合作研究。

⑫ 2017年任河南省副省长、公安厅厅长。

⑬ 由上海财经大学公共经济与管理学院马祖琦副教授根据录音整理。——本书作者。

⑭ 五点设想是:一是要充分认识行政区划的本质内涵。行政区划是国家内部的地域性分权现象,是国家公共权力的区域配置,调整行政区划意味着"公共权力"在地区之间的再分配。"公共权力"成为城市和区域发展最重要的"资源"。行政区等级越高,权力积聚越多,地方发展经济的动力就越强,就越有利于城市和区域发展。这就是中国转型期区域发展中凸显的"行政区"效应。但伴随着政府职能的转变,市场经济体制的确立,行政区应回归到它的主体功能——地方政治与社会管理功能。二是指出要正确估计行政区划在地区发展中的作用:不可低估,也不要高估。当前在对待行政区划改革的问题上存在着忽视和夸大行政区划的作用这两种偏向。三是在明确中国行政区划改革大方向的基础上搞好行政区划规划。改革的基本方向和思路是减少层次、规模适中、创新制度、改革通名、明确功能。四是把握近期改革的重点,即规范、理顺城市行政区划体制,条件成熟时改革省制。五是修订和完善行政区划法规,在法律框架内积极、稳妥、因地制宜、有序地推进中国行政区划改革。——摘自2004年10月31日《解放日报》《转型期行政区经济透视——刘君德教授在华东师范大学的演讲》。

⑮ 我的学生马祖琦(上海财经大学公共经济与管理学院副教授)陪同我去西安,帮我做了不少演示图的应急准备。

第十二章 实践成果之一：省级政区研究（海南与广东）

省级政区作为我国地域型的高层政区类型，在我国行政区划体系中占有极为重要且具有根本性的地位，是我研究中国行政区划首先关注的重大问题；在现实的省制下，主要是研究省域内部的区划体制问题。我的实践成果之一是海南省和广东省。这两个省省情各异，任务与方法不同，重点研究的内容也有所区别。读者可以从这两个省的研究成果中体验这种差异，了解这两个省区划体制改革推进中的关键而有趣的问题，进一步思考不同省域政区改革研究的规律性思路与方法。

第一节 省级政区总览

［中国省制的问题］ 关于省制的问题，自清末康有为、梁启超、章太炎以来，已有不少专家学者做过许多讨论。总体来看，我国的省制问题主要有以下几点：①省区幅员偏大，层级较多，所辖县（市）级的幅度过大；②全国各省之间的面积、人口、经济总量过于悬殊；③有的省级行政区界限划分基于当时的背景，出现犬牙交错，破坏自然—经济地理单元完整性的弊端；④省制改革没有与我国快速城市化进程中的城市型政区体制改革结合起来，存在一定程度的虚假城市化现象；⑤“市领导县”体制弊端日益显现，增加了省级政区的层级；⑥省级政区内政区体系以及通名的混乱等。

在这里我要特别强调的是，省制作为高层地域型政区类型，在省级政区之下的县市、乡镇层面形成了“变味”的地域型政区。众所周知，地域型政区原本是指中国具有悠久历史传统，从农业社会传承下来的，政区空间广大，非农产业土地利用空间占有极小比重，辖区内的产业和就业以非二三产业为主的行政管理地域空间的政区。也就是说，行政区划的性质和空间特质有别于城市型政区。省制（自治区）、县制（自治县）、乡制（自治乡），以及其相应的派出机构——地区行署、区公所等等，是中国比较重要、颇具影响力、为社会大众认同的政区制度。然而，自从20世纪80年代改革开放之后，传统的地域型政区的内涵在悄悄变化，特别是县制和乡制。在地域型政区，非农产业迅猛发展，非农人口迅速增加，城市化水平迅速提高。几乎所有的地域型政区除了空间广大、空间范围未变之外，实际上都已经“变味”“变性”。这种“变味”“变性”，是中国经济高速发展的结果，是产业结构转换、农民进城打工的结果，是城镇化迅猛推进的结果，主体上是高速“发展”的必然，是一种客观规律。虽然“变味”“变性”，但仍然保持了地域型政区的格局，尤其是具有悠久历史文化的政区通名，即“省”“县”“乡”。

这里我想说的是地域型政区一种人为的“变味”“变性”。那就是从20世纪90年代开始的大规模撤县设市、大规模推行市管县的人为的制度，引发的地域型政区的“变味”与“变性”。撤县设市使一个原本地域型政区的“县”一夜之间变成了“市”，“县”消失了，“市”冒出了，在中国版图上少了一个县，多了一个市，政区统计中多了一个市，少了一个县，城市化水平就提高了？我赞同一些专家的说法，中国城市化水平被高估了，我也在多个学术报告中指出，要防止和杜绝假性城市化、行政城市化、区划城市化的歪风！当然，这不能全怪“区划”，统计的精确、细化没有跟上也是一个重要因素。但也不能否认城市制度本身存在的弊端。改一个政区的通名要慎之又慎！老祖宗留给我们的地域型政区的通名必须加以保护！这是许多专家学者，也包括相当多的政府官员多年来共同的呼声！由此，我为中国地域型政区的未来担忧！

[我介入的研究成果] 针对这些问题，学术界进行了深入研究，从各个方面提出了一系列看法，并且意见逐步集中到有必要改革和调整现行的省级行政区划，以达到减少层级、提高效率的目标，即分省减层的思路上来，并提出了不少分省方案和建议。但考虑我国面积广大、人口众多、行政管理任务量大、民族复杂、区域差异明显等实际情况，各种方案建议与我国省制实际还存在不小差距，且高层政区变动更关系到我国行政区划的整体格局、法律制度、区域文化、风俗习惯、归属认同等因素，必须从战略高度加以认真研究，形成长远的调整规划和调整战略，不可不动，不可盲动，着眼长远，水到渠成。

我自20世纪80年代末以来的研究中，综合考虑一定的面积和人口规模、自然地理状况(包括资源的分布与开发利用、保护及环保)，依托经济实力较强的大中城市、交通网络条件、历史状况和民族分布等因素，比较赞同把全国划分为60个左右省级行政区的方案[①]。

[省制改革的未来] 中国的省制自元朝以来已经运行600多年，基本稳定，百姓认同，尽管还存在过大、过小、犬牙交错、省界纠纷、划分不太合理等问题，但总体上是平稳的。在我主编的《当代中国城市—区域：权力、空间、制度研究丛书》之中，华林甫、贺曲夫的专著《中国省制演进与未来》全面系统地对中国省制的来历、演变过程，以及未来发展做了详细论述，该书中有不少观点我是认同的，特别是“省制宜划小”，但省制改革“没有时间表”的观点，既表达了一种科学的观点，又从中国国情和实际情况出发，对省区划小这样一个重大、严肃、敏感的问题做了实事求是的解读。但我想要说的是以下两点：

◆**省制改革与层级改革的关系。**很明显，两者密切关联，不可分割。对于多数省区来说，没有省制改革的前提，就难以推进层级改革，因为层级是与管理幅度紧密相关的。多大管理幅度为好？科技的进步，信息化的发展，给传统的克里斯塔勒原理带来一定冲击，管理幅度可以也应该扩大。也就是说，一个省可以管理更多的县市。但幅度是讲究最大效益和效率的，是有限的。特大型省区直管县市是不可行，也是不科学的。因此，从行政区划的层级改革来看，要具体省区具体分析。有些省区必须适当划小。从全国来说，不能一刀切，成熟一个改革一个，将省制改革与层级改革统筹考虑、决策。

◆**省制改革与中央直辖市推进的关系。**我一直主张中国要适度增设中央直辖市，比如前面提到的西安，就应该提升为中央直辖市，对于推进丝绸之路经济带的发展很有必要，而且时机很好。西安也具备条件升格。中国还可以在华南、华中、东北提升几个中央直辖市。这不仅是大区域发展中龙头城市强化建设的需要，也是区域政治建设的需要。同时升格中央直辖市，也会推进省制的改革。我的观点是在某些省区可以将省制改革与设置中央直辖市通盘考虑。

[关于省直管县] 省直管县体制是相对于市管县体制而言，由“省—市—县”三级管理模式改革成“省—市”和“省—县”二级管理模式。我国省直管县体制改革的类型主要有三种：一是浙江省的财政和县(市)党政正职领导省直管县；二是湖北省的财政领域省直管县；三是海南省的简政放权、财政行政省直管县。省直管县体制改革是为克服原来的“市管县”所导致的“市刮县”、层级过多的问题而设计的，也是发展县域经济、改善县域民生、理顺行政

管理、适应我国城乡发展失调、推进城乡一体化发展需要而展开的。

目前，省直管县体制改革还在不断完善之中，我认为，只有理顺省、地、县三级政府的权力关系，并配套相应的体制机制、政策措施才能有效推进。同时，省直管县体制改革将使区域利益格局和权力空间结构发生变化，从而面临以地级市为主的障碍；如果强县扩权、强镇扩权以及扩权强县等方面处理失当，将导致县域之间的恶性竞争和利益失衡，导致新的行政区经济负面影响的发生。另外，一旦省直管县体制改革成熟与普遍推开，则意味着省级政区幅度扩大，这为进一步减少层次、深入推进我国行政体制改革提供了重要条件，从而也为缩小省区奠定了扎实的现实基础。

第二节　海南省设市预测与规划和行政区划调整规划

海南省是中国行政区划研究中心成立之后重点研究的省份之一，从20世纪80年代中期至21世纪前的前10年，有将近20年时间没有从我们的研究视野间断过。我跑遍了海南省的市县，海南几乎所有的区划问题我们都参与研究过，并得到采纳与实施。其中，最为重要、影响最大、被采纳与实施的为："海南省设市预测与规划"（1993年）、"海南省行政区划调整规划"（2003年）、"大海口地区市县利益冲突与行政区划调整研究"（1993年）以及"关于海南省调整海口市行政区划方案的论证报告"（2002年）（图12-1）。

图 12-1

［设市预测与规划］　根据《国务院批转民政部关于调整设市标准和市领导县条件报告的通知》（国发〔1986〕46号）"关于认真总结设市经验、搞好规划、合理布局、有计划有步骤地发展中小城市的精神"，国家民政部从1990年起，开展设市发展预测与规划工作（民行函〔1990〕29号文《关于转发〈山东省设市发展预测与规划提纲〉的通知》）。根据这一精神和民政部的安排，中国行政区划研究中心承担了海南省的设市发展预测与规划工作（图12-2）。这是中华人民共和国成立以来首次开展的大规模设市预测与规划工作，涉及面之广、收集资料之深、分析研究之综合前所未有[2]。

(a)　　(b)

图 12-2

1993 年 4—10 月，我主持完成了“海南省设市预测与规划”项目。同年 9 月底，向民政厅汇报；同时对大海口地区的行政区划体制进行了初步调研。同年 10 月中旬，向海南省政府汇报“海南省设市预测与规划”成果。期间，我和舒庆再次考察了海口、琼山和澄迈，听取有关方面意见，形成“大海口地区行政区划体制新探索——‘海南省设市预测与规划专题报告之十二’提交海南省委、省政府参考。专题报告主张积极推行市—市并列的“分治”体制，主张琼山设市，两市在竞合中双赢发展。这得到当时的海南省委、省政府的高度赞赏，被采纳，从而解决了这一地区长期存在的区划调整纷争。国务院于 1993 年年底批准琼山设市(图 12-3、图 12-4)。

图 12-3

(a) (b)

图 12-4

首次大规模开展的全国各省区设市预测与规划有两个普遍的特点：一是首次采用定量方法对建制市进行规划，这在中国城市建制史上应该说是一个创举，是方法论的一个突破。关于设市预测方法可以有多种选择[③]，基于海南省的实际情况，我们选择了按照新的设市标准进行量化预测，对全省 17 个县(市)的设市条件进行了综合评价与排序，并对设市的宏观调控、省域城市体系及其经济区进行了分析研究。二是该项成果基本奠定了海南省建制市格局基础与框架，对海南省的建制市发展具有长远的指导意义。规划认为，海口、三亚、通什(今五指山)为海南北、中、南三个区域性中心城市，儋州、琼海、东方、文昌、万宁等近期应该适时撤县设市。

1996 年 2 月，在海口召开评审“海南省设市预测与规划”会议。吴传钧、胡序威、夏宗玕、魏心镇、崔功豪、张秉忱、瞿宁淑、邬翊光、马清裕等教授、专家参加评审，认为“海南省设市预测与规划”达到全国同类项目的领先水平。张文范司长给予了充分肯定，并提出要研究解决海口地区的区划体制问题。

[行政区划调整的规划编制] 2003 年 5 月，民政部下文给各省、直辖市、自治区，要求编制省级行政区划调整规划，中国行政区划研究中心承担了上海市和海南省的编制任务。民政部下发文件还对规划的内容、目的和要求做了具体部署。值得注意的是，与此前设市预测规划的不同点在于：一是将地级市和镇纳入建制市体系规划之中，实际上是一个省级建制市体系规划；二是在成果提供的文本技术上做了统一要求，强调简明扼要、图纸的规范统一。就海南省来说，本次规划中一个极其重要的内容就是将西沙群岛、南沙群岛、中沙群岛纳入，

建议设市。

2004年3月5日，我赴海南[④]。海南省民政厅要求通过规划，进一步强化省域南北两头(海口、三亚)，做大城市，带动发展。并转达了海南省委领导的意见：希望把儋州搞上去，解决儋州与洋浦的关系，农垦问题也要解决。要求加强儋州、琼海的专题论证。

2004年4月11日，开始项目调研。首日，海南省分管农业、民政、国土资源等的副省长江泽林接见并提出要求，他指出，海南省的空间战略是"南北带动、两翼推进"，促进海南城乡协调发展；中部是生态源头，着重保护；进一步强调发展儋州、琼海的重要意义。同年4月下旬完成了调研。2005年完成规划报告，通过验收。本次规划的贡献主要是，在原有设市预测与规划的基础上，进一步强化了海南省北、南、西、东、中建制市的空间格局，重点加强了西、东两翼升格地级市的论证，突出了三沙建市的必要性和紧迫性。

[关于海口与琼山的"分"与"合"] 海南省省会海口市与琼山市原是两个"同城双府"的城市，即使是海口人，也很难找出这两个城市的分界线，属于典型的行政分治型都市区。在这个都市区，围绕是"分"还是"合"长期存在争论，一度不可开交，连海南省委、省政府高层也曾经分为"两派"。1993年和2002年，我先后两次应邀前往海口与琼山。两次论证的相反结论居然都被海南省委、省政府采纳，都获得国务院批准实施，说来实在有趣。

◆第一次的"分治"论证。1993年，我们调查[⑤]的结果主张两府分治、合作共赢的"分治"方案，海南省政府职能部门做好两市发展中方方面面的矛盾协调工作，一时间两市的经济社会都获得长足发展。

为何主张"分治"？具备何种条件？"分治"是中国历史上，也是国外许多发达国家成熟的区划体制模式，有许多优点。一是海南省推进市场经济体制力度较大，环境较好。为两市"分治"创造了良好的外部条件。受国际跨界城市(多中心大都市区)管理模式(分治)的启示，尝试在开放前沿的海南省省会——海口都市区试行市—市并列体制具备条件。二是琼山县正处于经济发展的大好势头，保留其独立建制有利于充分调动琼山的积极性，形成竞争机制，对海南全省发展有利。三是海南是中国唯一省直管县市区的省份，省政府有条件协调海口—琼山关系，通过制定相关政策措施，推进两市合作，共谋发展。四是保持地方政府及机构的稳定性(图12-5)。

图 12-5

◆第二次的"合治"论证。分治发展中的矛盾增多，且愈演愈烈。为此，2002年7月，我第二次被邀请前往调查论证[⑥]，在深入听取方方面面意见的基础上，根据新情况、新问题，提出了新的论证报告。对海口—琼山城乡合治→城乡分治→市—市并列的演变发展规律进行了理性分析，根据中国国情和海南省省情以及省会城市海口市的规划建设要求，得出新的结论：走向新的城乡合治；建议两市合并，并提出了具体的合并划界方案。很快方案又被海南省委、省政府采纳。不到3个月，即2002年的10月，国务院正式批复海口市区划调整的新方案，琼山改设为区，重新划分了区界。

时隔10年，为何又主张"合治"？在第二次调研中，我们详细梳理了海口与琼山的关系及其演进过程，海口地区经历了三个发展阶段，即明朝之前的琼山县“合治”阶段→明初逐渐走向“分治”，海口地位越加重要，至民国五年（1926年）海口从琼山县析出设市（县级），1931年海口又降格为“镇”，复属琼山县。此后，海口凭借其优越的港口地理区位迅速发展壮大，1950年恢复建制市，且为地级，实际上海口已经成为海南岛的经济中心；1958年，琼山县一度并入海口市，虽时间很短（1959年琼山县又复置），但足见海口之迅速发展，地位之迅速提升。1988年，海南建省，海口成为省会城市，确立了其海南省首位城市的地位；1994年，琼山设市，形成大海口地区的“市—市并列”格局。课题组在认真听取两个市的干部群众方方面面的意见之后，发现与10年之前大不一样，主张“合治”的呼声高涨。我们在广泛听取意见、深入分析之后，做出了新的结论：顺应新的情况和未来海南省城市体系空间战略和省会城市海口功能定位的空间需求，以及从根本上解决两市并列愈演愈烈的现实矛盾⑦，需要适时合并两市，推行新的“城乡合治”模式。论证报告做了以下分析：

① 两市合并、调整市辖区是我国城市现代化进程的总体需要和海南省城市化建设特殊需要的必然。

② 海口市与琼山市“一城两府、同城分治”的现行分割的行政区划体制，带来了诸多难以克服的矛盾。从行政体制来看，增加了行政管理成本，影响了行政效率提高，弱化了经济辐射功能。

③ 海口市与琼山市行政区划与行政管理体制上的分割，不但对落实国务院1996年关于海口市城市总体规划的基本目标造成障碍，而且在城市基础设施建设、城市总体规划、市政基本建设和自然资源利用等方面都造成了极为不利的消极后果，严重制约了海口市与琼山市共同构建“大海口”系统、完整的城镇体系的建设步伐。

④ 与全国各大省会城市和中心城市相比，海口作为海南省的省会城市，其优越的区位优势和相对弱小的经济实力之间形成了很大落差。而过于狭小的空间，是制约海口发展的主要因素之一。

一般认为，“天下大势，分久必合，合久必分”是对一些历史现象的一种归纳和描述。究其中道理，不外乎是一个“利”字，“分”与“合”各有其利弊。从行政区划体制来看，当“分”的利大，一般会选择“分治”，反之亦然。据此，海口与琼山的体制从“合”到“分”再到“合”似乎是一种必然。改革开放以来，根据我国的国情和体制特点的变化，舍弃了传统的“切块”设市制度，大规模推行了城乡合治的“市管县”“撤县设市”模式，实践表明，这种体制“利大于弊”，是中国特色成功的城市政区体制模式。

海口与琼山两个建制市“分治”与“合治”这个有趣的故事说明，在中国行政区经济运行时期，两个城市呈“同城双府”格局，采取国外普遍的跨行政区合作治理模式难以成功，大都市区多中心的行政格局、行政区划“刚性约束”的特质决定了“市—市合并”是解决问题的主要途径。

◆一个小插曲 在调研中，我们发现海南省前些年将全省的乡都批准设镇，并进行乡镇合并，对此情况我提出了疑问。我在考察途中接受《人民日报》记者电话采访时，曾经就三亚乡镇合并规模过大给群众婚姻登记带来不便问题做过反映。《人民日报》刊登后，引起了海南省政府高层领导的重视，及时进行了纠正。省厅领导后来做出了评价，认为乡改设镇总体上是好的，原则是以富带贫，但也存在问题，他列举了海口市的大致坡镇和三亚市的例子。三亚市将原13个乡镇合并为5个乡镇，面积太大，一个镇管800平方千米管不过来，群众办事不方便。如婚姻登记站少了，从山上赶到海边登记一天时间来不及。乡镇合并后设立的派出机构——管理站(2—3 人)代理乡镇行使服务职能，不能撤。学校合并也要实事求是，涉及民族政策要继续保留。

[三亚市与三沙市] 1994 年，受海南省民政厅委托，对省辖三亚市的市辖区设置模式进行了研究。这是中国行政区划研究中心成立之后的第一项关于市辖区的研究，我们非常重视这项研究。当时，三亚市区划体制的现状是，全市设 2 个管理区(河东与河西)、1 个办事处、13 个乡镇、5 个国有农场(县级)。主要问题是，两个管理区非一级政府，管理权限不到位，难以对区内的公共基础设施进行规划建设，环境管理、社会治安等都不到位，脏乱差现象比较严重，居民和游客意见较大。课题组经过调查，认为实化区级政区很有必要，特别是三亚市作为海南特区的开放城市需要尽快解决这个问题。从三亚市发展的前景和其重要的地位与影响来看，设区数量宜适当增加至 4 个，即河东区、河西区、崖州区和海棠湾区。课题组对具体的设区方案(包括每个区的范围、区政府驻地、名称、面积和人口，以及各区的功能定位)进行了详细分析论证。应该说，此次论证是科学合理的。但由于一些因素，这个方案一直未能实施(图 12-6、图 12-7)。

图 12-6

图 12-7

2004 年为行政区划规划项目，当我们于 4 月中旬去三亚市调研时，市领导及发展和改革局、旅游局等部门又一次提出了设区的问题，指出 1987 年中国城市规划设计研究院海南分院给三亚市的定位是“高科、旅游、热带滨海风景城市，1995 年修编，增加了‘海南南部中心城市’，1999 年总体规划修编定位为‘国际性热带海滨旅游城市’”。现有的两个管理区力不从心、“不伦不类”，希望尽快解决这个长期未解决的问题。为此，我们在海南省行政区划规划中将三亚设区问题纳入了规划。可喜的是 2014 年 2 月，国务院批复三亚市撤六镇新设四区，分别为吉阳区、天涯区、海棠区、崖州区。2015 年 1 月 2 日，三亚市“撤镇设区”新设立的四个区——天涯区、海棠区、吉阳区和崖州区正式挂牌成立。我们 1994 年的论证方案终于实施。

1993 年，我们在开展“海南省设市预测与规划”项目时，基于项目的特定对象是县，未涉及海洋部分的行政建制问题，因而未能将中国的南海诸岛及其海域纳入设市规划范畴，但当时课题组曾经对东沙群岛、西沙群岛办事处进行过调研。

海南省西沙群岛、南沙群岛、中沙群岛办事处是海南省人民政府的派出机构，于 1959 年 3 月设立，为县级编制，与中共海南省委员会的派出机构“中国共产党海南省西沙群岛、南沙群岛、中沙群岛工作委员会”合署办公，驻西沙永兴岛，负责行使西沙群岛、南沙群岛、中沙群岛及其边临海域的主权与管辖权⑧。在西沙群岛、南沙群岛、中沙群岛办事处下分西沙群岛、中沙群岛、南沙群岛三个乡级行政区。

2004 年 4 月，“海南省行政区划规划”课题组再次访问了三沙办事处、党工委，谭主任详细介绍了相关情况与经过。决定将设置三沙市纳入规划之中。

2012 年 6 月，国务院批准撤销西沙群岛、南沙群岛、中沙群岛办事处，设立地级三沙市，管辖西沙群岛、中沙群岛、南沙群岛的岛礁及其海域。三沙市人民政府驻西沙群岛的永兴岛。

三沙市是中国地理位置最南、总面积最大(含海域面积)、陆地面积最小，且人口最少的地级市。西沙群岛、南沙群岛、中沙群岛包括 260 多个岛、礁、沙、滩，散布在南海上，东西相距 900 千米，南北长达 1 800 千米，岛屿面积为 13 平方千米，海域面积 200 多万平方千米，接近全国陆地面积(960 万平方千米)的 1/4；位于西沙群岛的永兴岛是西沙群岛、南沙群岛、中沙群岛最大的岛屿，面积约为 2.13 平方千米，属热带海洋性气候。

三沙市是全国继浙江省舟山市之后第二个以群岛设市的地级行政区。从此，中国领土最南端的地级市将不再是三亚市，而是同属海南省的三沙市。截至 2013 年 12 月，三沙市常住人口为 1 443 人，流动人口为 2 000 余人，主要居住在永兴岛、石岛、金银岛、深航岛、中建岛和东岛上。

设立三沙地级市具有重大的政治、军事和经济意义。三沙市的设置，体现了中国政府在南海地区的行政存在、军事存在、法律存在、经济存在，是行政管辖权的强化和提升，是维护我国主权和领土完整的有力举措。

[洋浦与儋州] 此次规划十分重视儋州—洋浦、琼海—博鳌两个地区的区划体制问题。2003 年 4 月 14 日，儋州市赵书记、邱市长介绍情况中，反映了在行政体制方面存在的问题：条块分割、条条分割，县级市的行政协调能力不足；不利于对外交通建设，北部湾地区的外贸配额受限制，建议升格为地级市。同年 4 月 15 日，课题组在洋浦开发区调研，规划局夏局长介绍了情况。洋浦为国家级开发区，有 31 平方千米、4 万常住人口，2003 年经济总量达到 7.2 亿元，可支配财政收入 1.2 亿元，全部上交中央财政，通过划拨返还洋浦，引进投资 105 亿元，其中基础设施 65 亿元，区内的配套完善；洋浦是远离大城市的开发区，由外商[熊谷组(香港)有限公司]承建开发，实行保税政策、封闭式管理、一级政权。管委会是海南省派出机构，自成体系，自我管理。洋浦开发区是邓小平留下的政治遗产，其优势在于位处中东—中国海上主航道上的深水码头(30 万吨级)和北部湾海域周边丰富的油气资源，是国内唯一的北部湾油气田资源开发基地、中国最有特色的临港工业基地之一，发展前景广阔，将规划建设为新型海湾城市。夏局长也谈到洋浦既存的开发区体制不顺问题，尤其是对社会管理不伦不类，与儋州存在的行政分割更为严重，需要着眼大局、着眼长远，精心设计，统筹兼顾，创新符合儋州—洋浦实际、具有可操作性的改革方案。

我们在规划报告中接受了省—地领导共同的观点：合并儋州、洋浦，升格儋州市。从历史上来看，儋州府曾经管辖 2—10 个县，为西部区域政治—经济—文化中心城市、海南的文化发源地之一(苏东坡在此办学，有 8 种语言，形成杂交文化，是中国狮子之乡)。从现实来看，经济、人口集聚能力较强，居民素质较高；1986—1988 年，日本国际协力事业团专家所做的“海南省区域规划”也认为那大是与海口、三亚，以及加积是同一等级的经济中心城市，其分值计算结果为“那大将超过三亚”。要提高到战略上认识儋州的重要地位。儋州是西部的中心城市，也是西部的“控制中心”(通讯、电力、垃圾)，还有中国热带农业科学院。理顺儋州和洋浦的体制关系，将有利于整合资源、推进海南西部地区的发展，有利于社会事业的发展(由于地理地质环境因素，洋浦不适合居住)，减少和避免大而全、小而全；从全省整体战略布局来看，西部必须有一个中心城市。

［博鳌与琼海］ 2003 年 4 月 19 日，课题组抵达琼海。在召开的座谈会上，地方政府同样要求设地级市，博鳌是个非常重要的因素。正如当地主要领导说：博鳌狂想＋琼海人的实干精神→中等规模及相应等级的海南东岸中心城市。为此，提供了大量资料及相关论证。提出的“三色文化(红、绿、蓝)”的概念与发展思路，颇有新意，弘扬了地方特色，符合地方实际。我们认为，从海南全省城市体系的空间格局和设市布局来看，琼海应该发展成为东部中心城市。琼海升格为地级市，可以为具有世界影响力的国家级博鳌论坛提供更好的服务。

第三节　基于新型城镇化规划的广东省行政区划调整战略研究

［最急迫、最用心做的一个项目］ 2013 年，中国城市规划设计研究院深圳分院(以下简称深圳分院)邀请我承担广东省新型城镇化项目中的一个关于行政区划调整与体制改革的专题研究。这是一个关于省级行政区划课题的全面、应用性研究项目，既要具有前瞻性，也要具有可操作性，难度很大。对于我本人以及中国行政区划研究中心都是一个巨大的挑战，它将检验我们成果的水平和研究能力。我爽快地答应了下来，并表示尽力做好这项专题研究。

这项研究的背景是党的十八大报告提出的“优化行政层级和行政区划设置，有条件的地方可探索省直接管理县(市)改革，深化乡镇行政体制改革”。中共十八届三中全会通过的《中共中央关于全面深化改革若干重大问题的决定》这一历史性文件中有两处直接涉及行政区划改革：一是第 16 条“优化政府组织结构”部分，再次强调“优化行政区划设置，有条件的地方探索推进省直接管理县(市)体制改革”。二是第 23 条“完善城镇化健康发展体制机制”部分，明确指出“完善设市标准，严格审批程序，对具备行政区划调整条件的县可有序改市。对吸纳人口多、经济实力强的镇，可赋予同人口和经济规模相适应的管理权。建立和完善跨区域城市发展协调机制”。中央的报告和决定为我国相当长时期内的行政区划体制改革指明了方向，具有深远的战略引领意义。国家“十二五”规划中也明确提出了逐步健全和完善设置科学、布局合理、功能完善、集约高效、与城镇化进程和国家区域发展战略以及综合配套改革相适应的行政区划体制的要求。上述背景为广东省推进新型城镇化提供了新的历史机遇和强大动力。

作为我国改革开放的先行地，广东省已经成为我国重要的经济中心区域和参与全球化竞争的前沿阵地和战略空间。但近年来高速发展后，全省亦面临新的情况、新的困惑和潜在危机。广东省位处中国改革开放前沿，有必要、有条件率先在行政区划和行政体制改革方面进行实践，探索新路。广东省域现实区划体制的不合理和分割矛盾，加上省内地理空间巨大差异对经济、社会、文化、生态建设和城镇化发展的不同要求，亟顺因地制宜构思一个符合广东省省情的行政区划和行政管理体制。

广东省基于新型城镇化的行政区划研究，主要包括以下四个层面的内容：一是广东省行政区划的层级—幅度体系构建与总体空间布局方案；二是珠江三角洲地区行政区划结构体系安排及调整改革框架；三是深圳特区行政区—社区体制创新；四是广东省建制镇政区类型划分及行政体制改革路径。落实任务之后，围绕上述内容迅速收集资料，深圳分院提供了不少规划资料，我在熟悉资料、研究资料的基础上着手构思思路，形成研究框架。同时积极组织少而精的人力，邀请苏州科技大学的研究人员共同参与。可以说，这是我承担所有课题之中最急迫、最复杂、要求最高的一个项目。不到 20 天时间，要求在深圳分院进行课题思路和基本观点的交流，时间紧，要求高，人手少，加上广东省没有研究的基础，必须全力以赴。

[广东省政区急迫解决的三大问题] 省级行政区划战略研究项目从何处下手？首先必须认真分析省情，把握省情的个性，与行政区划体制相关的发展中的问题，研究行政区划演进的历史脉络及与经济社会发展、城市化及城镇体系格局形成发展的关联与规律。然后弄准行政区划体制存在的问题，对这些问题进行分析归类，深入挖掘、分析区划问题背后的本质性的东西，进而进行理论认知；在此基础上，围绕研究的重点问题，依据国家相关法律法规，构思行政区划调整改革的总体框架，再根据不同问题、不同层次、不同类型的区划问题设计针对性思路与方向性意见和建议。在设计具体方案性思路中注意吸收历史的、国内的以及国际的经验与精华，为我所用。

◆广东省省情。关于广东省的省情，我们做了以下归纳：一是中国南疆，政治、经济地理位置极为重要；二是与港澳为邻，改革开放的排头兵；三是海陆资源丰富、开发强度大的大省；四是人口密集，文化和人文环境独特的侨乡；五是市场发育，南北差异显著的经济强省。这五个方面是广东省的省情基础。还应该在此基础上对广东省的发展进行高屋建瓴的剖析。我们提出了以下几点看法：第一，开放创新是广东省发展的灵魂；第二，转型发展是广东省发展的主旋律；第三，珠江三角洲是广东发展的空间引擎；第四，区域协调是广东省发展的重大挑战；第五，小城镇是广东省发展的基石。这五点是依据党的十八大精神和广东省省情做出的具有重大战略眼光的剖析。广东省省情的概括和发展的剖析，是推进广东省新型城镇化发展和行政区划调整改革的基本出发点和重要依据。

◆区划评估。我们在梳理了广东省行政区划的历史演进过程之后，归纳了以下三条规律：第一，政区数量呈现倒 U 形增减变化特点，明清以来县级政区相对稳定，中华人民共和国成立后政区调整受政治经济形势和城市化发展的影响明显；第二，历史时期的政区层级多为三级制，也有二级制、四级制，它与集权政体和经济、社会的稳定程度有关，当代政区层级有增多趋势；第三，政区空间单元与地理、政治、经济、文化环境紧密相关，水上交通运输和海外华侨华人对广东政区体系格局的形成起重要作用。现实中广东省行政区划具有政区类型的多样性、复杂性、城市型性质政区的主导性、同级政区规模结构的差异性、政区等级结构体系的多层性、政区空间分布密度的非均衡性等特点。图 12-8 为广东省行政区划体系构成现状图。

总体上看，广东省经济快速发展、城市化快速推进，行政区划与行政体制发挥了积极作用。

然而，广东省需要进一步规划和调整行政区划格局，改革不适应、不合理的行政体制。比如，广东省分别在 1983 年、1988 年、1991 年、1994 年分期全盘推行了“市管县”体制，使得政区层级由三级转化为四级，管理层级增加、管理幅度减少产生了许多弊端，由此增设了大量机构，扩充了行政人员，必然大大提高了行政运行成本。与全国同类省份相比，由于地级市过多，广东省行政成本偏高的情况更为严重。又如，大规模一刀切的“县改市”“乡改镇”这种“建制城市化”模式在一定程度上影响了城市品质，使土地的非农化失控。规划失序，城市低密度、低质量的空间扩张等，在广东省相当严重。这不仅严重影响了城市化的质量和效益，而且由于“重工轻农”“重城轻乡”，不少城市长期忽视农业的发展，在珠江三角洲许多地方出现了土地严重污染和荒芜现象。再如，由于地级市数量偏多，管理幅度偏小，分布欠平衡，“行政区经济”的负面影响加剧。2011 年，广东省每个地级市平均管辖 5.76 个县级市，同期全国平均为 8.6 个。珠江三角洲的地级市密集度更高。地级市过多过密，阻隔了资源要素的流动，加剧了区域分割，各类规划建设布局难以统筹协调。地级市分布过于集中，使发达地区发展空间不足，而欠发达地区发展项目难求，加剧了区域发展的不平衡。

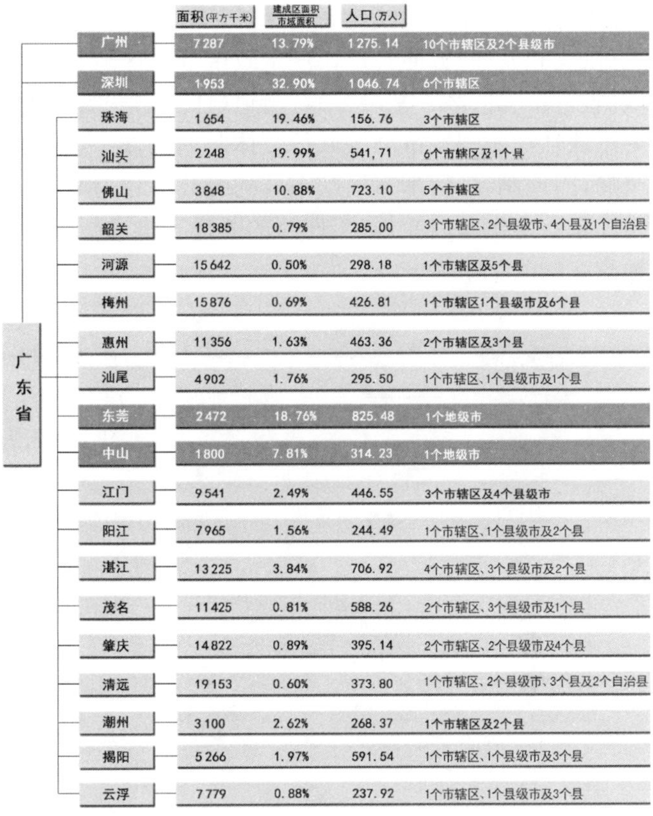

注释：广州、深圳为副省级市，东莞、中山为不辖区市，其余为省直辖市。

图 12-8

从更深层次来看，行政区划调整由于未能与行政体制改革结合，使改革的效果大打折扣。政区空间格局的调整并非万能，必须与行政体制改革紧密结合才能收到良好的效果；从更长远来看，改革行政体制具有更重要的意义。我们认为，处于改革开放前沿的广东省最具备行政体制改革的环境，有必要和可能将两者有机结合起来。尤其是在珠江三角洲城市集聚区，推进行政区划与行政体制紧密结合的改革，从体制机制上释放改革的正能量，将会对经济社会发展起到极大的促进作用。除以上问题之外，还存在诸如“市县同城”、县包围市，空间形态不规则，行政区分割传统经济区、流域区（如潮汕揭地区）等不合理的区划现象，都需要在统筹研究与科学规划基础上解决。

通过分析和总结广东省政区体制改革的过程，得出广东省政区需要急迫解决的三大结论性认识：一是，广东省推行的市管县（市）体制的弊端越来越明显；二是，广东省传统的镇级区划体制越来越不适应，矛盾越来越突出；三是，珠江三角洲城市群创新区域行政、理顺内部区划与政体结构的要求越来越迫切。

［解决之道一：省域政区改革的逻辑思路］ 如何破解广东省的行政区划体制？我在深圳交流会上作了如下发言：“广东省政区调整改革走自上而下顶层设计之路。”改革的逻辑思路是：“以理论为指导，以法规为依据，以改革为核心，以问题为导向，以经验为借鉴，以服务

于广东省推进新型城镇化为目标，以珠江三角洲为重点，立足长远，面对现实，设计一个理念先进，有利发展，方便管理，‘法定政区’与‘区域行政’有机结合，可持续、相对稳定的广东省域‘省→市、县、区→基层乡镇、街道（社区）’三级层次的政区垂直结构和空间组织结构体系，突出珠江三角洲城市群区域行政体制的创新。”这段话得到肯定，被写入总报告之中。总揽全局，因地制宜、科学布局广东省的行政区划，强化调整与改革的力度，释放区划改革红利，是广东省走出发展瓶颈、实现新的跃迁和推进新型城镇化发展的一项迫在眉睫、具有重大深远意义的改革举措。

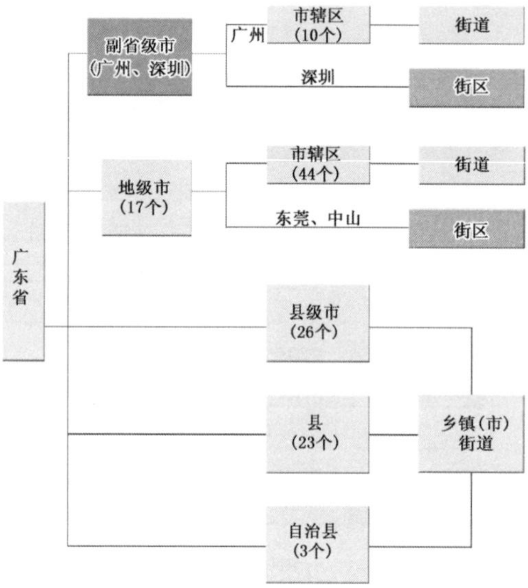

图 12-9

依据广东省新型城镇化战略规划目标要求，针对广东省行政区划体制存在的问题，构建和设计科学合理、扁平化的政区结构体系。图 12-9 为广东省政区垂直结构改革指引。

——层级简化：改“市管县”为“省管市县”，由四级制→三级制转变。

——中间虚化：在省与县市之间恢复省派出机构→设立粤中、粤东、粤西、粤北四大“行署”，主要功能为规划、协调市县之间的矛盾，重点是跨界基础设施建设和环境保护等公共设施建设与管理服务。

——政区优化：实现广东省政区空间与经济、社会、生态、文化、政治“五位一体”空间的优化和有机整合。彻底解决市县同城问题，撤销同城化的市郊县，如梅州、河源等。通过合并与撤销，适当减少地级市。

——沿海与山区差异化：加快推进和实施广东省沿海和山区的统筹，建立有利于缩小地区差距、实现城乡一体化的科学的政区制度。

——“区域行政”制度化：积极推进跨界区域治理体制改革实验，促进区域统筹协调发展。根据珠江三角洲规划建设和发展的需要，设计城市群→大都市区治理体制结构方案，理顺珠江三角洲区域板块之间的政区空间关系。

——基层政区改革强化：积极推行强镇升格、试行县下辖市制度。

通过以上途径，达到以下要求：其一，确保广东省发展与规划布局全局利益的最优；其二，促进政区层级—幅度的科学合理；其三，力求政区发展空间资源的相对均衡；其四，调整不合理的政区空间形态，使之优化；其五，节约行政资源，提高行政效率。

[解决之道二：与珠江三角洲规划协同的政区新体制谋划] 改革开放之后，珠江三角洲经济高速发展，区划体制改革相对滞后，在“行政区经济”利益的驱使下，带来整个区域经济发展、城市规划建设管理的复杂矛盾，急需认真梳理，深化包括行政区划在内的行政体制改革，以确保广东省和国家区域战略的顺利推进、实施。图 12-10 为广东省珠江三角洲政区体系现状。

◆为何要“调”与“改”？ 珠江三角洲地处我国改革开放前沿的核心区域，在全国改革开放大局中具有极其重要的战略地位。在国家功能区规划中属于“优化开发区”。全地区由珠江沿岸的广州、深圳、佛山、珠海、东莞、中山、惠州(部分)、江门、肇庆(部分)9个城市组成，土地面积约占广东省国土面积的30.5%，年末常住人口占广东省的53.75%，城市化率达83%以上，达到中等发达国家水平(美国为82.4%，英国为79.6%)；国内生产总值(GDP)约占全省GDP的近80%。这里，人口和产业高度集聚，经济发达，城镇化水平较高，是我国三大城镇群密集地区之一。进入新的时期，面临新的挑战，发展的政策和体制优势正在减弱，产业层次较低，土地空间效益不高，环境污染严重，创新能力不足，竞争力下降，改革难度加大，形势严峻。其中一个重要原因就是行政区划体制不顺。

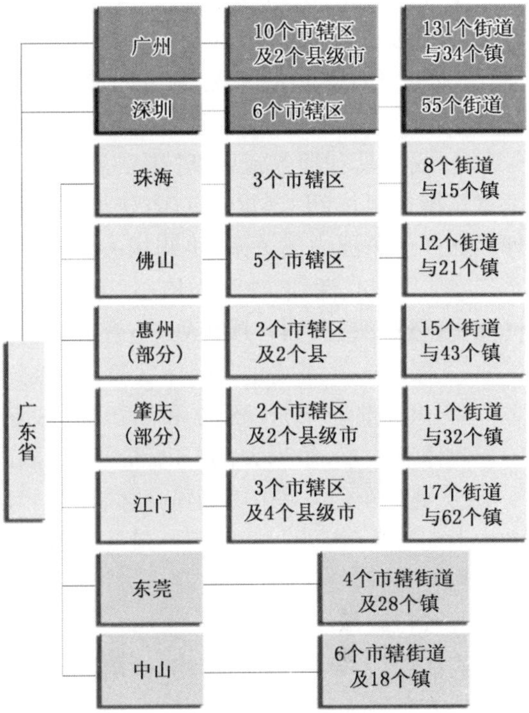

图 12-10

珠江三角洲城市群涉及9个大城市，内部行政区划体制十分复杂，有省会城市、特区城市、副省级市、设区的地级市和不设区的地级市、区、县级市、县等，以及大量的超大型镇、大型街道，等级繁多，交叉分布，又被珠江三角洲河网所分割，在“行政区经济”运行下，长期存在一体化发展的阻力，传统的行政区划体制完全不适应建设珠江三角洲世界级城市群的需要，虽有“珠江三角洲经济区现代化建设协调领导小组”和“珠江三角洲城镇群规划管理办公室”等合作组织，但推进的力度不足，运行效果不佳。建设国际级特大城市群，迫切需要创新行政体制。

◆**调整改革的路径与目标。**借鉴海内外经验(旧金山大都市区、东京都及我国台湾地区)，协调“行政市”与“区域行政”的关系，探索创新珠江三角洲区域“双层”管理新模式。实现行政区划的调整优化与行政体制改革的深化相结合；推进建制市政区改革与推进“区域行政”组织有机结合；推进先进的跨界组织治理理念和经验，加快转变政府职能。实现管理高效有序和低成本运行以及空间优化，最终从现实政区的“刚性约束”走向未来的“柔性治理”。

◆**组织体制改革的重点。**构建以深圳、珠海特区为改革龙头和核心，层级扁平简明、协同有序、科学合理的珠江三角洲“区域行政”空间结构体系，吸取国内外区域行政管理的先进理念，进一步深化行政体制改革，转变政府职能，建立高效的公共服务政府，为贯彻实施《珠江三角洲地区改革发展规划纲要》的目标——打造世界级的大都市区(圈)提供先进的行政区划体制环境，并成为全国特大型城市群行政区划体制改革的样板。

什么是“区域行政”？这是《中华人民共和国宪法》《中华人民共和国地方各级人民代表大会和地方各级人民政府组织法》未明确规定，但具有某种特殊行政职能的非行政建制组织。它不是法律意义的行政区，但具有某些行政权力的跨行政区的区域性组织，其概念内涵来源于海外，如美国旧金山湾区政府，我国台湾地区也有类似的组织，如“南部服务中心”。海外的这类组织的基本理念是“区域治理”，而在我国现阶段，更多的是强调代表上级政府机关行使“区域行政协调”功能，具有较强的“行政权力”，讲究“区域行政”的级别。我认为，随着行政区划趋于稳定化，这类“区域行政”组织将会有更多、更广泛、类型更加多样化的发展[⑨]。对于珠江三角洲来说，建立行之有效的“区域行政”组织十分必要和迫切。具体内容包括：

① 成立具有常务副省级权限的珠江三角洲城市群管委会或规划建设领导小组，由常务副省长担任组长，下设办公室（省建设厅的常设机构），全面统筹、贯彻实施珠江三角洲规划，理顺珠江三角洲内部关系，协调相关事务。

② 以广州、深圳、珠海为核心，分别成立广佛肇、深莞惠、珠中江三大都市圈城市联盟，贯彻实施珠江三角洲各项规划，整合、协同都市圈内部事务。

③ 探索广佛同城化共同体实验。

④ 积极推进深圳以建立和创新“市→街区→社区”一级政府、三级管理体系结构为核心的行政体制改革，争当大都市内部政区体制改革先行区。

⑤ 解决东莞发展中突出的政区体制矛盾：近期的“市→区→街道”两级政府、三级管理逐步走向“市→街区→社区”制，最终实现实体性“行政市”纵向结构与非实体性“区域行政”组织相互契合、交叉融合，具有南方沿海开放前沿特色的珠江三角洲完整的、运行有序的城市—区域行政组织体系。

实体性“行政市”纵向结构：所谓实体性“行政市”是《中华人民共和国宪法》《中华人民共和国地方各级人民代表大会和地方各级人民政府组织法》规定的行政建制，即直辖市、地级市和县级市及建制镇，即在珠江三角洲形成省→市（地级市、县级市）→市镇、街区→社区纵向管理结构体系。其中“街区”是从规划概念演绎而来，从行政性意义来讲，是介于“街道”和“区”之间的行政组织，也可以把它称为“小区制”，非一级政府，为市的派出机关，不设人大、政协，不设一级财政，注重社会管理。“行政市”的管理结构要区分两类情况：一是“两级政府、四级管理”体制，即省→地级市→街区（派出机构）→社区（自治体）；二是“三级政府、四级管理”体制，即省→地、县级市→区、镇（市、乡）→社区。

非实体性“区域行政”组织：它是中国行政体制改革的重要方向，是一个具有巨大生命力的组织形式。在珠江三角洲，城市群组建由常务副省长负责、发展和改革委员会与建设厅共同牵头、相关部门参与的“珠三角城市群规划发展协同发展组织（管委会、领导小组办公室等）”是十分必要和迫切的，其主要任务是领导、统筹、协调珠江三角洲规划发展问题。可以现有的珠江三角洲地区各类合作组织为基础，进一步重组、强化和完善，形成不同层次的“区域行政”组织系统。包括城市群规划建设发展委员会→都市圈（区）城市联盟→同城共同体等不同层次、不

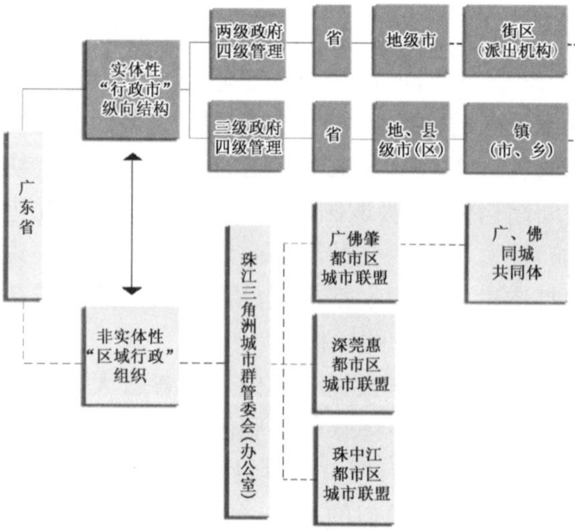

图 12-11

同类型的跨区域、跨部门合作组织，形成一个复杂有序的纵向跨区域组织系统和横向空间组织结构系统。图 12-11 为广东省珠江三角洲政区改革指引框图。

[解决之道三:“超级镇”行政区划体制改革] 广东省还存在着由于基层政区改革严重滞后，而导致产业和外来人口大量集聚、社会管理矛盾突出的问题。位处我国改革开放前沿的广东，最早接受港澳的直接辐射，最早涌入大批台商、港商，也是外来民工集聚度最高的区域。这既是广东省经济活力所在，也是社会矛盾突出的重要原因，它带来了广东，尤其是珠江三角洲经济的快速发展、社会的繁荣、城镇化率的迅速提高、城镇规模的快速扩张；但同时也给基层城市(县、县级市)、建制乡镇和街道，乃至于村居社区的管理带来前所未有的压力。传统的乡镇行政区划与行政体制(权力、职责、编制、财力、管理水平等)已经远远不适应实际管理的需要，尤其是不设区的地级市(东莞等)“人大衫小”的矛盾十分突出，城不像城、镇不像镇、村不像村。基层行政资源严重不足，制约政府行政管理能力，导致管理失控。试问，在当今行政等级严密的传统集权制中国，一个基层乡镇级政府怎能管好一个数十万人口的“城市”?

表 12-1 是一份东莞市超级镇数据。

表 12-1　东莞市超级镇数据

名称	面积(平方千米)	户籍人口(万人)	外来人口(万人)	GDP(亿元)
虎门	178.50	12.80	50.00	285.20
小榄	75.40	16.09	16.00	178.00
长安	97.87	4.00	60.00	237.10
大沥	125.77	26.28	35.00	362.80
后街	126.15	9.70	29.00	198.14
北锆	92.00	11.00	19.00	288.00
新塘	251.51	22.00	50.00	350.00
塘厦	128.00	4.40	34.00	171.40
常平	108.00	7.10	40.00	169.10
狮山	256.09	16.18	22.00	369.00

怎么办？随着城镇化的不断推进，城市制度的改革重点将由撤县设市逐步转向大镇、强镇升格设市和试行县下辖市，此外，广东、浙江和江苏等省具备条件可率先推进镇升格为市和县下辖市。

◆**少数超级镇升格为市。**研究报告中提出了以下注意之点。

——要坚持国家设市标准。

——要从严掌握，把确实符合条件的少数“巨型镇”升格为市。

——要注意处理好与所在县(市)的空间关系及其他利益关系。县(市)行政驻地镇一般不升格为市，即不在行政中心推行“切块设市”模式，防止出现新的分割。

——优先升级大型交通枢纽镇、开发区镇和县市域双(多)中心的综合性大镇和强镇。

研究认为，基于东莞为地级市建制的情况，将建制镇进行合并组合改设区(街区)更为合理。

◆**试行"县辖市"。**与世界发达国家的建制市相比，中国大陆的建制市数量总体上看并不算多，尤其是从20世纪90年代末以来，建制市出现逐渐减少的怪现象。这与城镇化率逐年提高的现状极不相称。其重要原因之一是建制市模式的单一和不合理。整县改市并非是中国唯一最佳的设市模式，试行"县下辖市"是一条可行之路。有人担忧这样会增加编制，我认为这是一个误解。第一，县下辖市与县级市不同，其等级基本不变，不需要增加许多编制(少数升为副县级市可适当充实)；第二，推进省直管县(市)之后，可以大量节约地级市的编制充实至基层。

广东省完全具备推行"镇级市"的客观条件，并较早推进了强镇事权的改革：2010年，广东省就在大量调查基础上，制定和发布了《广东省关于简政强镇事权改革的指导意见》，对全省城镇进行了分类，针对不同规模的建制镇，明确机构设置和编制，加强城镇管理。广东省已经积累了经验。

为此，我们建议广东省积极试行"镇级市"，向国家争取改革实验权。在国家未实施"镇级市"制度之前，应按照中共十六届三中全会《中共中央关于完善社会主义市场经济体制若干问题的决定》中明确规定的"对吸纳人口多、经济实力强的镇，可赋予同人口和经济规模相适应的管理权"以及《广东省关于简政强镇事权改革的指导意见》，继续积极推进强镇、大镇的行政体制改革，创造新的经验(图12-12、图12-13)。

图12-12

图12-13

注：刘君德调研期间在深圳莲花山公园(2013年8月1日上午9时)。

[深圳区划体制改革新路] 我一直长期思考并感到困惑的一个问题是，我们的行政区划改革多重于地域空间的扩大，重于表面规划形态，而没有涉及深层次的行政体制改革的问题。尽管在我们做的许多重要课题中都反复强调这个问题的重要性。中国必须突破这个问题，何处突破？我首先想到了深圳。

深圳是邓小平亲自推进的改革开放城市，改革意识强，与港澳毗邻、联系密切，市场的力量、社会的力量比内地城市强得多，吸收海外先进的经验要快得多，推进改革的条件更加成熟。深圳行政体制改革的重点主要涉及行政等级、政府职能转变和社会—政治体制改革三个相互关联的核心问题。

① 关于行政等级。在深圳市逐步淡化(区—街级)行政等级，积极推行扁平化区划改革。

② 关于转变城市政府职能。减少政府的行政干预，真正让市场的力量在经济建设、发展中起决定性作用。

③ 关于社会体制和基层政治体制改革。充分发挥蕴藏在百姓中的巨大潜能，大力发展和规范社会组织，在党的领导下，切实推进社区自治。探索基层民主政治建设的途径。

深圳改革的精髓是寻找市与"区"两级政府集权与分权的结合点，遵循大都市行政管理发展规律，科学分配"行政资源"，推进实体"区"制向虚体"街区"制转变。"街区"是市的派出机构，不设一级财政，主要履行社会管理的职能。"街区"也可以理解为大城市的基层"行政社区"，在"街区"之下为自治性质的社区。

——市域内部的政区图式：市→街区（半行政体）→社区（自治体）。

——市域外部的"区域行政"治理图式：以广州、深圳唱主角的珠江三角洲城市群管委会→以深圳为主体的深莞惠都市区合作联盟。

——要科学确定市管"街区"的适度规模：寻找幅度规模与空间规模的最佳平衡、协调，不宜过大，也不宜过小；因地制宜，宜大则大，宜小则小。

注释

① 参见刘君德、靳润成、周克瑜编著：《中国政区地理》，科学出版社，1999/2007 年，第 173-181 页。

② 各省市动员了以大学地理系为主的力量，参与调查与研究，民政部组织中国科学院地理研究所先行在山东省进行了试点，统一了提纲和定量分析方法要求。1990 年 7 月，在山东省蓬莱县召开了山东试点成果论证评议会。同年 12 月 4 日—7 日又在蓬莱召开了全国行政区划工作暨学术研讨会，张德江副部长、区划地名司领导出席会议并讲话，各省市区民政厅、山东省各地市民政局及专家 120 余人参会。我和金鼎馨赴山东蓬莱出席，向大会提交了六篇论文。

③ 参见刘君德主编、周克瑜副主编：《中国行政区划的理论与实践》，华东师范大学出版社，1996 年，第 326-331 页。

④ 袁中金、史卫东等参加了本课题研究。

⑤ 舒庆博士随同参加了调查论证，并主要执笔。

⑥ 陈占彪博士后一同前往调查论证，并主要执笔。

⑦ 参见贺广华：《各行其'市'不是市》，《人民日报》，2001 年 10 月 22 日。

⑧ "西沙群岛、南沙群岛、中沙群岛办事处"于 1959 年 3 月 24 日在西沙群岛的永兴岛上成立，隶属于广东省。1969 年 3 月 4 日更名为"广东省西、南、中沙群岛革命委员会"。1981 年 10 月 22 日再次恢复为"广东省西沙群岛、南沙群岛、中沙群岛办事处"的县级办事机构。1984 年 10 月 1 日海南行政区成立后由行政区人民政府接管。1988 年 4 月 13 日海南省成立，西沙群岛、南沙群岛、中沙群岛办事处也随之划归海南省管辖。1988 年 9 月 19 日正式更名为"海南省西沙群岛、南沙群岛、中沙群岛办事处"。根据海南省机构编制委员会《关于西南中沙行政体制调整方案的通知》（琼编〔2008〕93 号）精神，西沙群岛、南沙群岛、中沙群岛办事处下设：纪律检查委员会、组织部、宣传部、群工部、编制办公室、社会发展局、财税局、海洋渔业局、国土环保建设规划局、旅游局、人力资源社会保障局、公安局、文化广电出版体育局、教育科技与卫生局、监察局等。——资料来源：百度百科"三沙市人民政府"，http://baike.baidu.com.

⑨ 我在承担上海市信息化课题时，曾经提出过跨界（江浙沪）区域合作的多种类型模式："实体化合作与非实体性合作结合""全面合作与非全面性合作结合""政府推动与非政府组织联动结合"。摘自《上海信息化服务长江三角洲合作发展研究》文本（2002 年）第 3-4 页。

第十三章　实践成果之二：直辖市政区研究（上海的实证）

直辖市作为城市型高层政区的主要类型之一，在我国行政区划体系中占有独特地位。中国行政区划研究中心位处上海，理应对上海的行政区划体制改革多做研究和贡献。我和我的团队从20世纪90年代初就介入上海市的政区研究，先后将近25年，从规划到实施，从总体到专题，从高层到基层，从城域到郊域，从区划到体制，全面系统、深入地进行了研究，取得了大量成果。上海的系列研究是对中国直辖市政区体制的一个样本的深入解剖，是对直辖市政区演进规律的认知。

第一节　直辖市研究总览

中国行政区划研究中心地处上海，上海自然成为中央直辖市制度研究的样本。在上海市民政局的支持下，我们几乎每年都有大小不等的行政区划或社区研究项目，涉及规划、宏观战略、个案论证等，不同层级、市区和郊区、街道和乡镇，甚至于居委会的适度规模，较多的是对浦东新区的研究成果。多年来，我们为上海直辖市内部行政区划调整和体制改革提供了大量可借鉴、参考的建议（图13-1）。

图 13-1

［两项重要的研究课题］　总体来看，在上海做的多项课题中，最重要的是按照国家要求完成的两个项目：一是“上海市行政区划战略研究”（1997—1999年）；二是“上海市行政区划规划”（2003—2004年）。

1997年11月开始，“上海市行政区划战略研究”开始调研，由于是我国中央直辖市行政区划体制改革的首项研究项目，民政部十分重视，国内的许多著名专家也高度关注。不久，该项目即升格为民政部与上海市民政局共同推进的研究项目，题目改为“创建国际化大都市的行政区划思考——以上海市为例”。随后开展了包括静安、闸北、长宁、闵行、徐汇、浦东新区、黄浦、杨浦、金山等区的民政部门，以及街道、乡镇层级的调研，听取方方面面的意见。调研中课题组发现了区和街道层次在功能定位、规划建设与改造、社区居民管理等方面的大量问题，从战略上进行思考，并构思上海行政区划调整改革未来的发展走势，许多新的设想都在调研过程中与基层干部展开过讨论。1999年10月，完成了这项重要课题。当年11月，在北京通过由民政部主持，中国科学院吴传均院士等专家组对《创建国际化大都市的行政区划思考——以上海市为例》课题的评审，给予很高评价。专家认为，“本研究报告的创新之处在于：一是比较系统地总结了国外相关研究成果，结合中国国情，运用定量分析的方法对我国创建国际化大都市的条件进行了科学分析和预测；二是以上海市为例，首次提出了我国大城市行政区划体系结构模式、空间结构模式及郊区与城镇体系规划相适应的政区新模式；三是对上海市创建国际化大都市的行政区划模式进行了系统分析，提出了一整套改革的思路与可供参考的改革方案。”评委一致认为，这是“一项具有重要理论与实践意义的开拓性研究成果”“填补了国内大都市行政区划体制研究领域的空白”。2000 年 3 月 26 日，民政部办公厅提供了“创建国际化大都市的行政区划思考——以上海市为例”决策咨询研究课题的采纳证明①（图 13-2）。

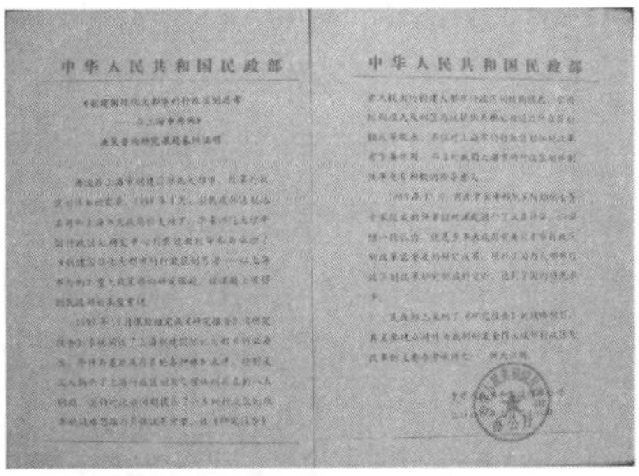
中华人民共和国民政部

中华人民共和国民政部

图 13-2

小插曲：关于大都市内部行政区划体制，是我及部分学生多年精心研究的成果，特别是关于中心城区行政体制及区划体制的设想是前人没有研究与探讨的新的原创性观点。当时并未发表。然而，时隔不久，发现一位同志擅自将核心观点独自署名发表。我很无奈，征得杂志方和相关部门领导的同意，我署名在《中国方域》重新发表了题为《我国特大城市内部行政区划体制改革的思考：一篇未发表的研究报告》文章②。

2003 年 8 月起，参与上海市民政局编制“上海市行政区划调整规划”研究，重点内容涵盖：上海中心城区的层次结构、区街体制模式、街镇适度规模；郊区的区街体制模式与规模，浦东新区调整规划，崇明县区划改革，以及农场属地化、开发区行政体制等内容。随后开展了一个多月的相关调查，在黄浦区、郊区（农业委员会）、街镇、开发区、浦东新区、崇明县等召开若干座谈会，听取在基层工作、有见解的干部以及专家的意见（图 13-3）。图 13-4 为与上海市民政局同志一起在黄山研讨课题报告。由于有“大都市区划战略研究”很好的基础，尤其是形成的基本观点，课题组于 2003 年 10 月就完成了文稿，由民政局上报上海市委市政府。2004 年 6 月，根据民政局反馈的意见进行了适当修改，提交了简要文本成果。

图 13-3

图 13-4

以上两项课题的研究为以后的各项相关课题的深化研究打下了坚实基础，提供了上海直辖市政区调整改革的总体框架。同时，在研究中，与民政部门（包括民政部区划地名司）形成了许多关于上海大都市行政区划调整改革的观点及方案的共识。

［一篇直辖市制度的论文］ 2006 年，我在《江汉论坛》发表了一篇题为《中国直辖市制度辨析与思考》③的文章，引起学界和政府部门的关注，《新华文摘》于当年进行了全文转载。这是我对中国直辖市研究的一篇有影响的论文。该论文对我国直辖市制度的形成、演进，现

有直辖市的类型进行了科学划分，剖析了现有直辖市制度的利弊，提出了我的独到观点，即构建中央直辖市、省(区)辖市和县辖市三个层次的直辖市制度体系。发展和规范中央直辖市，改革中央直辖市内部政区体制，调整并规范“省辖市”等级，以及积极试行“县下辖市”新制度。

对于中央直辖市内部的区划改革，强调了在城域(建成区)推行“小区制”，强化两头(市和街区)，虚化中间(区)，构建两实一虚、三级管理的行政区—社区垂直结构体系。街区是直辖市的基层政府，着重于社会管理；在郊域，建立与郊区城镇体系规划相适应的大郊区政区新模式，允许郊区设市，条件成熟时，中央直辖市的通名更改为“都”。这些观点是在系统研究上海直辖市的过程中逐步积累形成的。

[一本中央直辖市专著] 2012年，我和我的学生马祖琦、熊竞合著的《中央直辖市政区空间组织与制度模式探析：理论构架、比较分析及实证研究》[④]一书是我国迄今为止有关直辖市政区体制研究方面的第一本专著，也是一本全面阐述有关直辖市行政体制与空间组织相互演进且兼具理念范式与实证研究相结合的著作，达52万字(图13-5)。该专著对中国四大直辖市的发展过程均有较详细地介绍；对上海的行政建制和区划演变、未来总体设想，以及许多重要问题(尤其是大浦东的区划问题)进行了专题性研究论证；比较完整地回答了中央直辖市内部行政区划体制改革的系列问题；重点回答了“城域怎么办”“郊域怎么办”“大浦东怎么办”三大问题。

图13-5

[重点与关键：上海政区体制改革在路上] 客观来讲，对上海市行政区划发展改革的评判，是一个十分重要但难以回答的问题：其一，上海的区划体制变革效果需要经过历史的检验，目前还很难下结论。其二，区划调整变动涉及各方利益关系，在某种程度上也涉及政府与社会、官与民的不同立场、不同视角，因而产生的敏感性，人们不便公开讨论。其三，区划调整仍然存在着“神秘感”，为何调整，是怎么进行论证的，理由有哪些？不公开透明，关心区划调整的人往往也可能道听途说，信息不够准确，难以评论。

应该充分肯定的是，从总体来看，改革开放以来，中央政府积极推进“以经济建设为中心”的方针，将“发展”作为地方政府的第一要务，行政区划作为上层建筑，理应适应经济发展的需要，从这个意义上来讲，包括上海在内的行政区划适时调整是必要的，方向是正确的，也取得了积极效果；作为一个大城市，伴随经济的快速发展，城市规划建设管理、旧城改造的需要，以及区划调整的目标是明确的，总体上也是合理的[⑤]。区划调整为发展经济创造了良好的空间体制环境。在上海，最明显的案例是浦东新区的政区调整改革(可见本章后文)。

但从区划的形态、人文(文化和社会视角)角度、综合观点、区划调整的本质性内涵，以及未来大趋势等方面分析发现，上海中心城区的政区调整改革还存在不少问题。

——空间形态上的不规则。不仅是大小不一，而且几何形态变异，部分城区的政区其东西南北的距离相差过远，不便于管理。比如新近调整的新静安区。

——过多地考虑经济等因素，忽略政区文化和社会历史因素。方案比选的全面科学论证不足，在某种程度上带有一定的随意性或长官意志。

——在调整改革中缺少对区划本质性内涵的认知，将行政区划调整作为简单的政策工具使用，头痛医头，脚痛医脚，隐藏在区划背后的“权力空间”利益关系在理论上认识不清。

——对大城市行政区划历史演进经验的深入研究和提炼总结不够，对传统区划体制模式的优点传承不够,同时也缺少对发达国家特大城市区划格局的经验借鉴。

——对直辖市未来的区划体制方向,包括层级结构、规模结构缺少深入研究和论证,如何实现区划空间与规划空间、经济空间、文化—社会空间、生态空间的协调,如何将现实的区划问题、调整改革方案与未来区划改革的方向对接,以防止反复,力求稳定等重要问题的关注和重视不够。

第二节　中心城区怎么办?

[政区层级与规模:精简与适度]　改革开放以来,上海的市区和郊域经历过几次大规模的街道和乡镇合并,规模越来越大。这种合并虽然显现了许多优点,比如减少了行政区划个数,节约了行政人员,有利于在较大空间统筹规划建设和发展经济,在郊区也有利于重点小城镇的建设等,但其弊端也显而易见。最重要的是给社会发展、方便群众办事带来影响,并造成了被合并镇经济的相对衰落,而这种衰落并非自然形成,是人为的结果。在运行多年之后,基层政区的适度规模问题自然提上议事日程。

上海市的基层政区——镇、街道办事处的规模以多大为好?这是一个比较重要的命题,从理论上来讲它涉及一个特大城市政区的层级与幅度的科学关系,从基层政区(街道)的基本功能——为城市居民提供优质高效的社区建设与服务和方便居民来看,适度规模研究是个十分重要的应用性课题。2009 年南汇并入,"大浦东"形成,川沙镇变"新市镇",与其他建制镇相比,升格半级,也引发议论,甚至引起了市领导的关注。2013 年,上海市民政局和市发展研究中心都向我们提出了这项研究课题,并希望尽快完成。

早在 2000 年,我们就受上海市民政局和南汇县的委托,承担、完成了"南汇县乡镇区划调整论证"研究,对上海郊县乡镇区划调整有了基本深入的感性认知。同年,应浦东新区管委会社会发展局的要求对"浦东新区建置镇行政区划调整规划"进行了研究与论证,被新区管委会采纳;这一年,上海市民政局对卢湾区瑞金二路街道进行试点,研究与调整社区居委会的合理规模,我们进行了认真的调研论证,采取定性与定量相结合的方法,提出了中心城区居委会适度规模与调整的方案,被采纳,并作为全市居委会调整的主要依据。2004 年,上海民政局委托开展了"推进社区网格化建设的新型基层行政社区规模研究:上海新型基层行政社区最佳范围的界分论证"课题。此项研究,全面系统地梳理了上海市中心城区街道的面积与人口规模空间分布特征,街道的空间形态与办事处驻地状况,经过调查访问、实际观察,分析了上海街道规模存在的两大问题,即"过大"与"过小"的矛盾,由于推行"撤二建一"的整建制合并模式带来了许多街道办事处驻地的不规则"偏离"现象。

以上多个项目的研究,为 2013 年上海市政府发展研究中心和民政局的"适度规模"课题打下了坚实基础。一两个月之内,我们根据新情况和新问题,经过认真研究分析,强化了量化研究,得出新的适度规模的观点。

——基层政府的适度规模要兼顾大与小的关系,平衡大与小的矛盾。总的思路:因地制宜,宜大则大,宜小则小;要有利于发展,方便管理。

——顺应城镇规模发展需要设置与"规模"、功能相匹配的管理机构,城镇管理发展的一条重要规律是从乡村管理向城镇管理转变,从小城镇管理向小城市管理转变,兼顾特色市镇的形成发展。

——科学划分建制镇规模类型,转型期的特大型"镇"需要特殊的体制构架。乡镇发展分化是客观规律，科学划分建制镇类型：按照规模大小、功能特色、地理区位对建制镇进行分类，是分类管理的一项重要基础性工作。

——大市镇管理需要匹配的体制构架，包括等级划分和机构设置，这是中国现阶段城镇化发展绕不过的“坎”。

——淡化市镇的行政等级是世界潮流，也是中国改革的大方向。但基于中国国情，这要在外部环境和内部政治体制改革成熟的阶段尚可实现，需要相当长一段时间。

——“管理幅度”是基层“适度规模”的重要指标，必须遵循“层级—幅度”规律，对“规模”进行综合评判，基层政区规模改革需要在顶层总体设计的框架下整体把握。

借鉴广东省按照乡镇辖区常住人口、土地面积、财政一般预算收入三项指标计算综合指数，重新确定乡镇分类标准的经验，上海市的建制镇可以划分为一般乡镇(30)、较大镇(63)和特大镇(16)三类。要顺应城镇发展规律，按照分片、分类、分级的方法，因地制宜，分类设计。可划分为六类建制镇，即经济与人口集聚的大镇、强镇，大型居住社区镇，开发区镇，农业比重较大的镇，以及交通枢纽镇，重点文化保护镇。对于少数特殊的大镇、强镇，应按照小城市架构进行管理。

◆夏日高温下的徒步街区考察。2004 年的适度规模课题文稿是当年的暑期我独立写成的，因为学生们都放假回家了，而 9 月份必须完成交稿。好在当年 6 月下旬，在上海市民政局已经召开过一次街道社区规模调研会，在区划处陶处长的主持下，许多有代表性的街道都作了发言，发表了很好的意见，使我对“适度规模”的基本思路和重要观点已经心中有数。这年的暑假，我放下所有的工作，全身心投入该项课题的研究。记得 2004 年的 7—8 月是个炎热的夏季，在《推进社区网格化建设的新型基层行政社区规模研究：上海新型基层行政社区最佳范围的界分论证》(初稿)完成之后，为了验证关于街道层面“适度规模”的观点，我决定选择不同的街道类型进行徒步调查，实际体验街道社区规模的科学性与可行性。除了去过人民广场街道、瑞金路街道、殷行街道、曹家渡街道、红梅街道、潍坊街道等调研、了解了不同类型街道的大致情况之外，我又从街道的几何形态角度，选择了普陀区的曹杨新村街道和静安区的江宁路街道进行实地考察。曹杨新村街道是中华人民共和国成立后建设的以工人为主的大型居住社区，规模较大，形态规则，设施完备，居民有很强的认同感，行政中心设置在街道的几何中心位置，非常合理；而静安区的江宁路街道，由两个原街道合并而成，行政中心设置在原江宁路街道，偏离新江宁路街道的几何中心。后者有可能给街道的社区管理和服务、居民的办事带来不便，马路上人烟稀少。

◆一次激情的发言。2013 年，适度规模课题的一个重要背景是，多年来上海在近郊规划建设了 40 多个大型居住区，数十万名市区拆迁居民迁入这些新规划的大型居住社区，原有传统的镇建制和管理体制及规模已经不适应社区服务的要求，居民意见不少。为此，我曾访问调查过位处闵行区的浦江镇——从静安区拆迁安置的一个大型居住社区，居民们反响十分强烈。

我在上海市规划局一层次座谈会上，真诚、激动地向参会的领导和部分著名专家发表了肺腑之言，指出上海在拆迁、郊区安置中存在的许多问题，今日市中心城区之高楼大厦林立、繁荣豪华，在一定程度上是大批拆迁市民们顾全大局、做出“牺牲”换来的。这些世世代代居住在中心城区的原住民缺少对郊区的社会认同，他们没有归属感，加上居住区的交通、医疗卫生服务等基础设施的不足，新入住的居民们颇有微词，意见不少。我的直觉告诉我，这些意见上级领导是很难直接听到的。同时指出，大量新住民的涌入，为基层政府增加了极大压力，浦江镇面积为102.5平方千米，常住人口为31.4万人（2015年），51个社区居委会、55个村委会，是一个地地道道的小“城市”，试问一个镇长怎么管得了一个“城市”，而且是一群城市社会的居民啊？！我的发言打开了话盒子，引起了在座专家、领导的共鸣。

［模式之路："中区制"向"小区制"过渡］ 上海及中国所有的大城市，其中心城区的行政区划格局都是由传统的“老城区”和“新城区”这两类性质不同的“区”构成的。老城区的“区”由城市建成区“切块”而成，基本是城市居民从事非农产业工作；新城区的“区”由其郊县改设区而成，包含有大量乡镇、农村、农民，以及农业生产功能，是完全独立的行政实体。“新城区”包围着“老城区”。从行政区划的性质、功能和未来区划调整改革的走向来看，两类的行政区在政区层级和空间规模及其功能上应该采取两种不同的模式。

我们的研究认为，在中心城区，从长远来看，随着政治经济体制改革的深化，政府与市场关系的逐步规范，中国特色市场经济体制的建立，城市规划空间与建设改造的相对稳定，应该积极推行新型的“小区制”模式。

在“上海市行政区划规划”文本中，在分析了上海行政区划历史的经验、借鉴了国外大都市区行政区划模式的基础上，依据国家行政区划体制改革的大方向（减少层级、规范幅度、合理规模等）和相关法律法规、上海当前的实际情况、上海建设国际大都市的要求及其空间布局态势（城区的结构优化、郊域的重点发展）、城市体系规划结构，提出了中心城区（外环线以内）大、中、小三个方案。规划认为，大、中、小三个方案各有其优缺点。我们给出的建议是：“在我国‘行政区经济’运行、职能转变尚未到位、政府的经济功能难以弱化的情况下，即近期和中期，为加速上海的国际化大都市建设，从大上海城市的整体协调发展和有利于减少政区之间的利益摩擦和冲突考虑，推行‘中区制’更具现实性。但从长远来看，即随着政府职能的转变、行政分割现象的弱化，未来上海市中心城区的政区模式可以向小区制过渡。”[6] 小区制的特出优点是规模适中，层级减少，形成一级半政府（市政府—街区派出机构）＋社区、三个层级的“扁平式”管理结构，政府更贴近居民，有利于及时回应居民的呼声，方便管理，加强基层政权建设，实现社会稳定。

［改革的核心：重新定义两级政府、三级管理］ 20世纪90年代中期以来，上海在城区积极推行了“两级政府、三级管理”体制，以后又延伸为“两级政府、三级管理、四级网络”。“两级政府、三级管理”体制是在上海处于大规模城市建设、改造，经济高速增长的背景下推行的，这一体制改革的实质是市级政府对区、街两级政府权力的大规模下放，由此，在上海城区，市、区、街三级政府权力空间发生重大位移。这种位移，对上海的城市规划、建设、管理，以及上海市区的经济发展格局产生重大影响。早在2003年上海市哲学社会科学规划办公室内部简报发表了我拟写的《上海“两级政府、三级管理”体制利弊分析与新的思考——兼谈上海城区行政区划体制改革问题》研究专文；此后，在“上海市行政区划规划”和一些专项课题研究，以及向两任市委书记汇报行政体制改革设想中，都对上海的“两级政府、三级管理”体制进行了分析评价，提出了改革的设想。主要内容归纳如下：

审视20多年来“两级政府、三级管理”体制的推行，其积极意义在于：

——区、街两级基层政府的管理职能扩大，管理力度加强，在三级“强势政府”（“街道”实际上已经成为一级准政府）管理下，上海保持了经济快速发展和社会稳定，在应对突发事件中显示了这一体制的优越性。

——区级政府城市规划、建设、管理的权力加大，加快了中心城区基础设施建设、旧城改造、社区建设的步伐，城市环境、市容市貌大为改观，国内、国际的影响力提升。

——大大调动了区、街两级政府的积极性，区、街经济高速增长，拉动和确保了上海经济连续多年的两位数增长。

——推进了上海社会建设、文化建设，基层社会管理的力度加大，文明城区、文明社区建设（特别是社区硬件设施）投入大、有成效，城区居民的生活质量有较大提高。

“两级政府、三级管理”体制存在的弊端：

——弊端之一：实行“两级政府、三级管理”行政体制后，区、街两级行政机构行政人员增加，政府开支增多，行政成本大大提高。

——弊端之二：规划、财政权力下放后，各区规划建设自成体系，大拆大建盛行，高层建筑无序发展，城市形态紊乱，一些具有保护价值的街坊、古建筑消失；断头路增多，协调困难。如闵行某开发区建设堵住了松江的公路交通；连接长宁、普陀两区的古北路桥工程建设一段时间受阻；苏州河沿岸风貌失调等。

——弊端之三：“行政区经济”运行的负面影响凸显。各区各自为政，片面追求局部经济增长，全局观念淡漠，导致市级经济统筹能力下降，同级政府之间盲目竞争（争土地、争项目、争资金、争人才）、相互攀比，地区分割、形象工程现象加剧，浪费了市区极其有限、不可再生的土地资源，也助长了不正之风，甚至产生腐败。

——弊端之四：区、街两级经济发展不平衡加剧，经济实力强的区越来越好，原有经济基础较差的区力不从心，“上只角”“下只角”的现象难以消除，市级公共财政统筹能力弱化，街道—居委会两级社区建设的资金筹集与投入不平衡，各区、街解决“民生问题”的能力相差过大，导致同为城区，社区居民的生活质量差距拉大，难以公平分享上海改革开放带来的经济、社会发展的成果；公务员收入的地区差距也随之拉大，浦东远高于浦西，闵行远高于他区。

——弊端之五：出于各区、街自身的利益，跨域的城市规划建设改造的矛盾和区域经济社会发展、环境治理、公共管理的协调难度加大。如历史上形成、曾经多次纳入规划的曹家渡商圈，在市级权力下放后，受制于静安、普陀、长宁三个行政区的分割，难以形成共识，导致曹家渡传统商圈的衰落。

——弊端之六：在“两级政府、三级管理”强势体制运行下，区、街两级政府管理职能错位与越位现象严重，抑制了社会的发育，居民的自治意识、社会公共事务、公益事业的参与意识明显不足。社会资源及其能量难以得到有效释放，管理成本增加，也直接影响社会体制、政治体制改革的推进，还助长了公务员脱离群众的官僚主义作风，使基层政府官员与百姓的距离越来越大。

特别是目前的街道办事处“政经合一”和“政社合一”的状况，使其职能混乱，重点不明。街道办事处往往把追求经济发展速度摆在首位，其基本功能发生严重错位，直接影响社区建设与管理，影响基层社会的稳定。前不久，某区一个著名的街道办事处就在《新民晚报》上刊登公告，招聘3名招商引资专门人才，难道街道办事处最缺的是招商引资人才吗？改革开放到今天，上海出现这种现象值得反思。

“两级政府、三级管理”体制新的思考：

——“两级政府、三级管理”体制的内涵需要重新定位，三级管理的权限需要重新分配。

——“两级政府、三级管理”的行政区划结构格局需要重新构架，三级管理的空间规模需要科学调整。依据减少层次、合理幅度、适度规模的原则，调整、改革城区的行政区划体制结构。

——要从根本上转变政府职能，改革政府，建设“以人为本”、廉洁、高效的公共服务型政府。加强市级政府职能部门的统筹、调控功能，提高调控能力，建设和谐城市。

我先后于2004年6月与2010年9月两次向上海市委书记汇报了“两级政府、三级管理”体制如何深化，未来上海作为中央直辖市，其内部的区划体制应该向什么方向推进，为什么，又怎样推进等内容。两次汇报的内容，其基本思路相同，反映了市委领导对这些问题的关注，也是我长期对上海行政区划体制问题研究的基本观点（图13-6）。

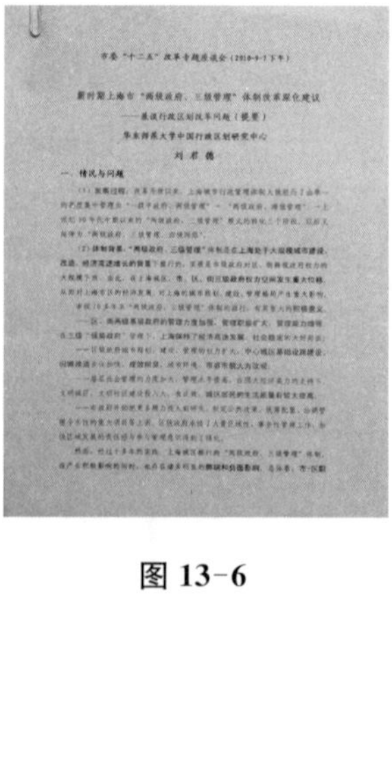
市委“十二五”改革专题座谈会（2010-9-7下午）

新时期上海市“两级政府、三级管理”体制改革深化建议

——县级行政区划改革问题（提要）

华东师范大学中国行政区划研究中心

刘君德

一、情况与问题

图 13-6

第三节　郊域怎么办?

[方向:延续“大区制”]　上海的郊域应延续现有“大区制”模式。郊域的“区”由“县”演进而来,在性质与功能上明显有别于中心城区。如果说,市区改革趋势要“合理收权”,如经济财权、规划权上收等,那么在郊域则应该“合理放权”;在市区实行“单一性”城区管理,较多地强调中心城区的整体性,那么在郊域,则应是独立的“全能型”综合性的城乡一体化管理,比照地级市的体制框架推进包括行政区划在内的行政体制改革,即形成两级半政府(市、区)+市镇(自治)的三级管理体制。从现实情况来看,“新城”和“大市镇”是改革的重点。

应该指出,上海作为特大型国际化大都市,中心城区外围空间范围较大,无论是经济发展水平、经济结构,还是城市化程度以及人文—社会状况都存在着时空的差异,总体上呈现以核心层为中心、向外扩展的圈层式空间结构特征。从时间上来看,郊域各区县经历了“三农”发展→“工业化”发展→城镇化发展三个阶段。由于各区县受中心城区辐射与影响程度和功能分工的不同,经济发展水平、结构等也存在空间分异,政区空间结构表现为近郊(闵行、宝山)→中郊→远郊三个层次、同心圆状的特点。在政区规划中应该适当加以区分。在近郊,逐步将建制镇改设为街道办事处;在中郊,实行街与镇共存的体制;而在远郊的崇明三岛,则宜保留“县乡制”[7]。

在“新城”和区中心驻地(老城厢)加速推进“街道社区”体制;“新市镇”在郊域发展中具有重要意义,要加速改制进程,可以比照小城市(县级市)的体制模式合理设定内部行政体制。

[郊区特大型镇区划体制的困惑与思考:浦东新区川沙新镇与金山区枫泾镇的研究]在对上海市郊区研究中,应用行政区—社区理论体系理论对浦东新区川沙新镇与金山区枫泾镇的相关研究很具有典型性。

◆浦东新区川沙新镇的研究[8]。上海市浦东新区自2004年开始了“区镇联动”体制的探索,于同年9月首先成立了陆家嘴、金桥、张江、外高桥四大功能区域党工委、管委会,统筹协调以四大开发园区为核心的“陆家嘴、张江、金桥、外高桥”四大功能区域的经济与社会发展,2005年9月又相继成立了川沙功能区域和三林世博功能区域。由此,原浦东新区六大功能区域全覆盖的区划格局初具雏形[9]。

其中,川沙功能区域以川沙新镇为依托,在“区镇联动”的基础上,撤销原川沙镇和原机场镇,整建制合并,建立川沙新镇,同时将其划分为七个社区,成为“区镇合一”体制和“社区共治”的先行探索者[10]。

对于川沙功能区域来讲,如何通过在功能区域(新镇)下设社区委员会,来摸索、探寻一种新的“功能区域—社区”管理体制以及运作模式,由“社区共治”最终演进为“社区自治”,形成浦东特色、川沙特点的行政区—社区治理模式,有必要深入系统地开展研究。抓住浦东新区综合配套改革“先行先试”的机遇,率先在川沙进行基层政区—社区体制改革,重点是“社区”体制的创新,对于川沙自身的发展,以及引领未来上海郊区基层行政区—社区管理体制改革都具有重要意义。

课题组针对上述重点展开了调查,对川沙功能区域(新镇)—社区新体制的现状特点与运行状态进行了评析。与浦东新区其他五个功能区域相比,川沙功能区域的体制有其独特之处，主要表现在四个方面：一是功能区依托的中心城镇。川沙新镇是浦东的一个历史悠久、文化内涵丰富、曾经是县府驻地、具有相当规模的小城市。在浦东新区管委会成立之前，川沙作为县府驻地已经有80多年的历史，具有旺盛的人气、浓厚的人文积淀和良好的城镇发展基础。二是功能定位区别于其他功能区。依托浦东机场国际空港的优势，重点发展物流、文化、旅游、会展、现代农业为主体的产业；依托川沙老镇的文化底蕴，建设环境优美、生活方便的居住区。三是区镇合署办公。由川沙镇和机场镇合并的川沙新镇与川沙功能区域党工委、管委会合署办公，实现了功能区域统筹管理与镇域统筹管理的高度合一，具有高度融合、高度精简的特点，实现了"三大空间"的整合、联动，从根本上解决了多个行政主体各自为政、多重管理的矛盾。四是"管理架构高度扁平化"。在功能区域（新镇）与村（居委）之间建立了七个社区，形成以"管理架构高度扁平化"为特点的"功能区域（新镇）—社区—居（村）委会"组织架构。与此同时，川沙功能区域还在七个社区建立了社区党委和社区委员会，这是一种不同于街道和乡镇体制的全新的基层社区管理体制。图13-7为浦东郊区农村。

图13-7

从层次与幅度来看，川沙新镇的行政区范围经过两次重大的撤并，政区幅度逐渐扩大，面积达139.83平方千米，扩大了6.8倍。从层级来看，虽然增加了一个"社区委员会"管理层次，但由于"新镇"的规模太大，增加这级层次是完全必要的；而且由于"社区委员会"的性质定位于"社区共治平台"，因此对于新镇来说，不能简单地理解为层级的增加。

川沙功能区域"行政区—社区"新体制具有明显的阶段性与过渡性特征。社区"共治"→自治的目标不可能一步到位，需要考虑现实情况，分步实施。总体来看，川沙"功能区域—社区"新体制的探索已经迈出了关键性的重要一步。新格局已经建立，"共商共治"机制开始形成，"社区委员会"角色 "桥梁、纽带"定位比较准确，民选的"社区委员会委员"和"代表"的积极性得到了较好发挥，新体制为实现基层的有效治理和社区的共治奠定了重要的组织基础。

调查中，我们发现，新体制运行中需要解决以下问题，主要是：资金投入不足，居民人口结构的异质性、复杂性和分布的差异性与社区工作的不适应性矛盾凸显，社区委员会的运作机制有待进一步落实，"共治"的外部环境有待改善，功能区域—社区—居（村）三个层级之间的关系、职责分工还需要进一步明晰等。在调查的基础上，课题组提出了有针对性的改革建议。

◆金山区枫泾镇的研究。大约在10年之前，我应邀参加金山区的城市规划及建制镇规划成果评审。当时，我主要是从金山区空间规划的整体性，各乡镇的功能定位、合理规模及与行政区划体制的关联进行了发言与评价，并对金山区"新城"规划提出了尖锐的质疑，尤其是将行政中心由朱泾镇迁入"新城"持强烈的反对态度。想不到的是，时隔五年金山区政府再次邀请我对新的"金山区区域总体规划修编"发表意见。这也正是我关心金山规划修编的缘故，至今我仍坚信金山区行政中心不应该选址在石化厂附近。

记得当时金山区规划局派车来接我。在从上海市中心开往金山区政府要近两个小时，一路上我与金山师傅聊天，了解石化厂对周边环境有没有影响，我一提这个话题，师傅就原原本本地直说了石化厂对周边居民环境的影响，有两个事例至今记忆犹新：一是周边村庄居民青年征兵不合格，二是种植的芝麻只开花不结芝麻。了解到这一重要社情后，我在当天下午的专家发言中当场列举了这两个来自第一手访问资料的生动实例，再次强调行政中心选址对区域空间发展规划的重要性，指出金山区行政中心选址存在的问题以及这些问题对金山区经济社会，乃至金山人民生活水平低于郊区各区的重要影响和关键因素。当然，面对现实，一时难以再调整行政中心的布局，那样将是又一次劳民伤财！

正是在这次评审会上，我觉得金山区应该立足于金山区实际，有新的认识和思考。

金山区面临着发展定位、功能结构和体制性困惑，发展活力不足。石化布局带来的长期传统思维与行政中心长期的“钟摆式”搬迁，加上新城选址不当，是金山发展相对缓慢的重要原因；上海南翼门户，长江三角洲交通节点，金山石化的产业规模和集聚的人才，文化名镇，品牌农业和土地资源，都是金山区的后发优势。由此，我提出了门户城区、文化名区、产业兴区、经济强区的金山新目标思路；金山区应该推行行政中心与经济中心分离的双心、双核驱动模式。在产业战略上服务石化，跳出石化，突出发展现代物流、商务商贸、加工制造、精细农业和农产品深加工、特色文化休闲旅游业；在空间战略上实施双核（石化、物流，商务—商贸）驱动，双城（金卫新城、枫泾）互动，做强枫泾（携手朱泾，做活枫泾）的思路。

我在发言中强调，金山区的发展需要从枫泾突破，枫泾活则金山活，枫泾发展关系金山全局。就枫泾自身来看，需要重塑价值观、挖掘价值内涵、实现价值目标；在现有体制下，特别要强调创新枫泾大市镇模式；需要政策扶持，举全区之力。

正是这次会议发言，金山区主要领导提出，希望就枫泾镇的发展规划与管理体制进行立项研究。确实，枫泾镇发展战略是一个非常值得研究的课题，其作为上海位处市域边界的小城市（镇）有不少独特之处。随即落实了相关课题[11]。

经过几天的现场调研、参观座谈，加深了对枫泾镇的认识。我们深刻感觉到，枫泾作为一个古镇、名镇，若其地位与一般乡镇地位等同，实际上是低估了枫泾在金山区，乃至整个上海市域南大门的价值和地位。我们应该挖掘枫泾的这种价值地位，通过正确、有效和有力的路径以及相关的政策，去实现它的价值。

◆发现“界”价值。枫泾镇最具特色和优势的潜在价值是什么？研究认为，“界”的区位价值是枫泾镇首要的优势与潜在价值。古代，枫泾是吴越边界名镇，至今保留有明显界碑。江浙两省边界居民的长期交往，形成了独特的“界文化”，以及由此产生了“界经济”优势，它体现在三个方面：一是地理区位优势，枫泾通过水陆交通往来便捷地联系着与其相连的周边广大区域，这种通达的便捷性是其他城镇难以相比的；二是门户价值优势，它是枫泾“界”文化优势的最重要表现，并且在一定程度上具有不可替代性；三是活力优势，它是“界”这个空间特质优势的重要体现，在封闭的行政区经济运行下，“界”是一种障碍，但在市场经济条件下，“界”却是一种充满活力的现实资源。从目前来看，无论是规划之中，或是在许多领导的思想上，并未充分认识，或者并没有取得广泛的共识，也就是说低估了枫泾的“界”这个潜在的优势价值资源，而把“石化新城”看作“独大”，尽管在新修编的规划报告中提出金山区规划“一主（金山新城）一辅（枫泾）”空间战略，但仍然低估了枫泾的“界”优势价值（图 13-8）。

我们的研究报告自上而下地将枫泾镇放在三个层次的区域背景上进行了逻辑分析。第一，在国务院已经批复的长江三角洲区域规划中将处在发展轴带上、具有“门户作用”的，包

(a) (b) (c)

图 13-8

括枫泾在内的城市(镇)作为重要节点,这对于枫泾来讲是一副极其重要的催化剂,是一股强大的驱动力;第二,从上海层面来看,“十二五”期间城市空间经济布局将积极推进“重点郊移”战略,这对枫泾来说是一个极好的、最直接的利好刺激;第三,从金山区层面来看,有必要在全区积极进行经济发展的空间错位整合,而基于其潜在的价值观,枫泾当是首选之地。总之,枫泾镇的发展价值不应该被低估,它有条件赋予其新的历史使命,担当起新时期的发展重任。

研究报告还借鉴江苏“花桥”模式、浙江“龙港”模式的经验,美国明尼苏达州东部圣保罗和明尼阿波利斯及其附近的连绵区这一典型的双城都市区组织的案例,说明其成功的一个要秘就是充分发挥“界”的门户作用,找准定位,扎住机遇,谋求发展,以及行政中心与经济中心分离发展的组织体制模式的经验。

◆**总体战略取向。**2010 年 7 月 25 日,我们提交了“新时期枫泾试行‘大市镇’创新模式研究”报告。在报告的“价值实现”部分提出了总体思路与战略取向。

一条主线:“界”主线,突出“界”优势,恢复“界”活力,做足“界”文章。要优化“界”环境,挖掘“界”文化,做实“界”交通,发展“界”经济,创新“界”体制,给足“界”政策。

四大功能:全国文化名镇,长江三角洲交通节点城镇,上海南翼门户城镇,金山区经济中心城镇。

两大重点:“界”战略+“大市镇”(经济新城)战略及其融合。要适度扩大镇域范围,推进跨界合作,提升能级。“界”经济发展的重点:物流仓储业,商务商贸业(面向苏浙赣,吸引中小企业入驻),文化旅游休闲业,房地产业,名特优农副产品加工业。

报告对枫泾大市镇模式推进的必要性进行了分析,对多种创新方案进行了比较,提出了实施的建设性意见。

这是我首次对一个重要的边界市镇进行的一项比较深入、颇具创新理念的研究成果。如果翻开中国的省区市县图,你会发现中国有无数这样的边界市镇,它们和枫泾一样,在历史上曾经一度辉煌过,时光流逝,这些城镇有的发展了,更多的是衰落了,一个十分重要的原因就是因为地处“边界”,其中有的由于交通地理区位的人为边缘化而衰落,但大多是由于“行政区经济”的负面运行规律所制约。打破行政分割,推进跨界合作,共谋合作发展,恢复历史时期的繁荣完全是必要,也是可能的。从这个角度来看,枫泾研究的思路和成果具有普遍意义。

[上海郊区村级区划研究——嘉定区中心村的调查][12] 中华人民共和国成立以来,嘉定村镇的区划基本沿着“乡(镇)”和“村”两个层面进行:“乡(镇)”体制沿着“乡”→“人民公

社”→“乡改镇”→“镇合并”(中心城区镇改街道)的脉络演替;“村”体制在中华人民共和国成立之后则主要沿着“行政村”→“生产大队”→“恢复行政村”→“行政村合并”和“村改居”的演替轨迹进行,并基本稳定在乡镇和村两级层次。而随着城乡一体化建设进程的加快、乡镇和村两级行政体制改革的推进,镇、村两级规模均有了较大扩展。

◆**嘉定的村镇体系。**目前,嘉定区基本形成“新城”→“中心镇”(行政镇)→“集镇”→“中心村”(行政村)→“自然村”(村民小组)五级村镇规模结构体系。

随着嘉定区工业化、城市化进程的加快,农村地区产业结构、土地利用结构和就业结构发生重大变化,形成三类性质的村级体制:一是中心城区、镇区和工业区的村建制;二是城区与镇区周边的村建制;三是农区的村建制。

第一类的“村”农田已经完全消失(例如安亭镇塔庙村),农民已经脱离了农业劳动,村民的收入完全依靠非农产业,其居住形态已经完全集中,形成新型社区,村级经济基础较好,收入较高,生活方式正在向“市民”过渡。

第二类的“村”界于第一类与第三类的“村”之间,具有城乡结合部的过渡性质。各“村”尚有少量耕地,统一规划集中居住点较多,行政村与居住地分离现象突出,“空心村”现象比较严重。

第三类的“村”位处基本农田集中区(例如华亭、徐行、外冈等),农业生产和农业劳动在全区,乃至全市仍占有重要地位,其居住形态仍然以散居方式广泛分布在农村,村级经济薄弱,农民收入较低,但实际从事农业劳动的人数很少,依靠农业收入的比重较低,“空心村”现象也较普遍。

◆**村级经济社会发展与区划调整问题分析。**嘉定是上海郊区经济实力较强的区,镇村级经济基础相对较好,但存在着产业支撑能力不足、外来人口大量导入、社会管理压力加大、建设用地快速增长、后备用地面临短缺、空间发展不平衡等问题,村级行政区划调整的难度较大。图 13-9 为嘉定区的村庄边界划分。江桥镇的沈副书记说:村级区划调整比10 年前难度要大多了。一方面,村民的维权意识增强了,工作难做;另一方面,村级经济发展不平衡,差距拉大了,富村居民不愿意合并。“有许多小的自然村完全可以合并,但撤不了。一些无地的“村”改为居委会要花九牛二虎之力,资产量化、分配问题很难解决,不敢动。镇与镇合并农民没有意见,村与村合并,难啊!

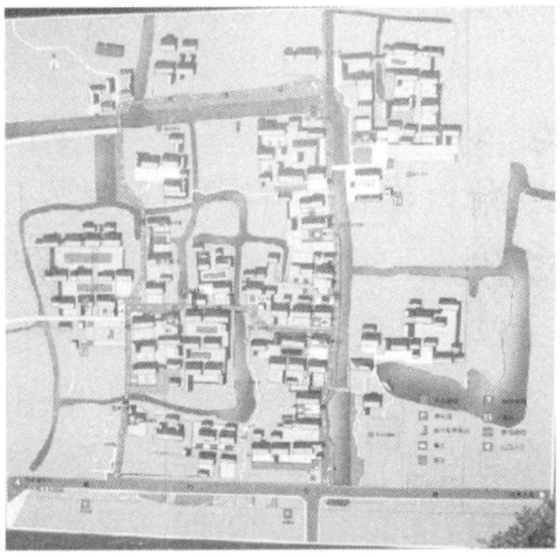

图 13-9

究其根源,主要是村民的利益分配问题,在中心村建设过程中,如何对村民的集体资产和集体收益进行量化和分配,保护每个村民的利益不受损失?集体资产问题解决不好,就是“绊脚石”,解决好了,就是区划调整和中心村建设的“助推器”。

◆**模式选择与方案比选**[13]**。**根据 2006 年 3 月 2 日上海市城市规划管理局《关于市域“1966”城镇体系规划有关耕作情况的汇报》文件精神,可以将嘉定区“中心村”归结为两大类、四种模式。具体如下:

第一类:城区、工业区与规划区的“中心村”。推行耕地征用,村落拆迁,向城区和镇区(新市镇)集聚,实行城镇管社区模式,条件成熟时及时推行“村”转“居”;耕地征用,村落拆迁，向集镇集聚，实行镇（新市镇）管社区模式，条件成熟时及时推行"村"转"居"。

第二类：基本农田建设区的"中心村"。在镇区（新市镇）和集镇周边的基本农田区，有必要将具备条件的行政村和自然村撤并，向镇区（新市镇）和集镇集聚，实行镇管农村社区模式，保留"村"建制；在远离镇区（新市镇）和集镇的基本农田区，按照适度规模、合理布局、方便生产、方便生活的原则，选择位置适中、具有特色、规模较大的自然村或行政村，规划建设"中心村"，在平等协商、互惠互利、尊重意愿的前提下进行行政村合并。

课题组对嘉定区中心村的数量与规模进行了预测（2010 年、2050 年），然后提出了四种不同依据（上海城镇体系规划、中心地理论的中心地模型、服务设施的最低门槛和农业人口承担的基本农田数量）的方案设想。经过比选，我们认为，应当吸取各类方案的优点，从嘉定区的实际情况出发，因地制宜，选择不同的"中心村"推进模式，规划"中心村"的数量与布局。

嘉定城区（含南翔）：嘉定新城主城区不设中心村，在南翔镇规划设立浏翔一个中心村，在新丰、朱家等自然村保留几个基本农田作业点。

嘉定工业区（北区）：不设中心村，随着土地的非农置换，村民向城区集中。在工业区外围圈层基本农田集中地带，保留若干作业点。

在过渡区域（安亭、江桥、马陆、黄渡）和基本农田集中区（徐行、华亭、外冈），因地制宜，差别化设置中心村。

研究论证报告还对未来嘉定区的管理架构与行政村体系进行了构思，提出了多种方案，并进行了比较。

第四节　大浦东怎么办？

浦东，是 20 世纪 90 年代以来各方关注、世人瞩目的区域，浦东开发开放也正是中国行政区划研究中心成立之际。中心成立之后一直积极投入浦东新区的课题研究。从 1991 年获得上海市科学技术委员会支持的"上海市浦东地区行政区划研究"项目开始，至 2009 年南汇区划入浦东新区，承接上海市决策咨询委员会和市委研究室的"新浦东新格局行政体制改革设想"的研究，几乎没有间断过对浦东新区的研究，涉及行政区划战略、街道和乡镇区划调整、开发区体制、城市管理、社区建设、郊区社区、功能区域、外商投资等方方面面，达 10 余项[14]。但最重要的是行政区划和社区建设。其中，最具影响力的是 2009 年进入大浦东时期"关于新浦东新格局行政体制改革设想的研究报告"研究[15]（图 13-10）。

图 13-10

［"功能区域"时代终结］　浦东，从一个以渔业和盐业为主的小村落一跃而为闻名世界的新区，从行政建制角度来看，经历了川沙（20 世纪 80 年代初）→浦东（90 年代开发开放）→大浦东（南汇划入）三个时代。经济的高速发展、人口的急剧增长、城市的急速扩张，使浦东的政区版图不断调整外扩，乡镇、街道调整十分频繁，政区体制矛盾不断增加，最突出的是"层级"与"幅度、规模"的碰撞，尤其是南汇划入后的大浦东时代，而争论最多的是关于"功能区域"的体制问题。

所谓的功能区域是 2005 年国务院批准上海浦东新区进行综合配套改革试点的一项行

政体制改革实践，这是针对开发区存在的“孤岛效益”和“城乡分割”问题，着眼于推进政府职能转变和“(开发)区镇联动发展”的一种全新体制，是一种兼有行政区和非行政区的双重属性的区域管理体制。2004 年起先后在陆家嘴、金桥、张江、外高桥四大功能区域设立党工委、管委会，统筹区镇经济与社会发展；2005 年 9 月又相继成立了川沙功能区域和三林世博功能区域，实现了浦东新区“功能区域”管理的全覆盖。经过四年左右的运行，矛盾凸显，引起质疑。尤其是张江、金桥、外高桥几个开发区反响强烈。实际上，这一矛盾的背后折射出开发区与乡镇之间利益的矛盾，大型开发区从乡镇获得了土地、劳动力等基础资源，乡镇还为开发区提供了社会管理服务，为开发区的建设发展做出了巨大贡献，但却没有从开发区获得足够的利益补偿，因此乡镇有意见，希望与开发区“联动发展”，设立“功能区域”党工委、管委会是一项重要的体制性举措；但站在开发区立场，“功能区域”的设立使其多了一个“婆婆”，多了一层政府干扰，降低了工作效率，不符合市场发展与管理的规律，与“扁平化”管理背道而驰。在运行过程中，乡镇政府多了一个层级，某些权力受到削弱，自然也很不高兴。无论是开发区或是乡镇对“功能区域”都颇有微词，在发展中、在规划建设过程中都碍手碍脚，导致骂声一片。2009 年先后撤销了“功能区域”党工委和管委会，恢复了区直辖街镇体制。然而南汇划入，“大浦东”管理空间明显过大，层级与幅度的矛盾如何解决？一时间引起了新区政府，以至上海市高层，以及基层政府、专家学者的广泛关注，并寻求尽快解决的课题(图 13-11、图 13-12)。

图 13-11

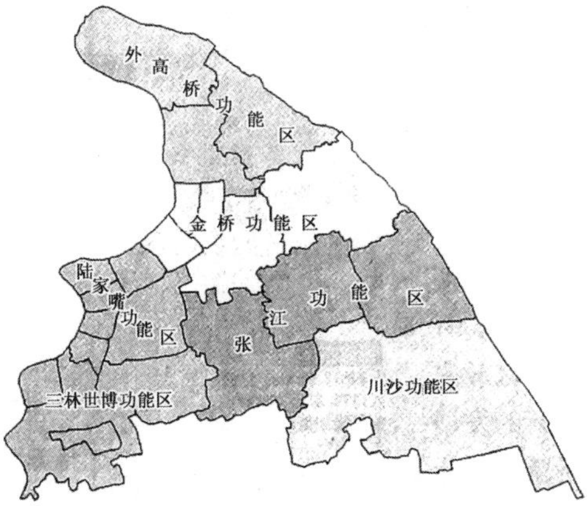

图 13-12

[绘就大浦东蓝图，呈现“三大”模式] 2009 年 4 月，我们受命于开展这一重大而棘手问题的研究，经过课题组不足两个月的日夜努力奋斗，5 月中旬交出了“满意的答卷”。2009 年 11 月，一家新闻媒体报道了“大浦东”地区行政体制改革的来龙去脉和我们关于新体制改革设想的核心观点。新浪等许多家网站转载了这一报道。《时代周报》的原文如下：

大浦东蓝图绘就　三大模式或呈现

《时代周报》，2009-11-05

大浦东“功能区域”时代终结的新闻近来不绝于耳。

5 月 6 日，上海市政府公布了国务院同意将南汇区并入浦东新区的消息。9 月 2 日晚，浦东新区区委宣布对新浦东 19 个委办局党组(党委)书记的任命决定。但上海市民关注的“大浦东”之后具体行政区划设置的方案仍"待字闺中"。

今年6月，被上海市委书记俞正声称为"冷班子"的六人调研组进驻浦东，其中，新区行政体制改革就是重要命题之一。

华东师范大学终身教授、中国行政区划研究中心主任刘君德作为六人"冷班子"背后参与行政体制改革研究的专家组的主要成员，他表示："目前开发区、新区、功能区、开发公司等与街镇复杂的关系一定会理顺，撤'功能区'已经基本成为共识。基于新浦东'大区制'的现状，在短时期内推行新的'大街区''大市镇''大开发区'三者并存的模式，也许是一条出路，可以先行先试。"

一个审批流程要一个月。

据川沙新镇一位镇政府工作人员反映，2005年成立功能区之前，镇政府就三个层级，科员只要向科长和副镇长、镇长负责，但功能区成立之后，科员之上多了八个层级，"往往一个待审批的报告走流程就要一个月，严重影响了办事效率"。

2003年，刘君德正巧在川沙进行社区研究，"当时的浦东已经全世界闻名，但大家只知道陆家嘴，没人知道川沙，为什么浦东开发那么多年，川沙始终没有发展"？在刘君德眼里，川沙甚至还不如他的老家苏北的一个县城。"原因就在于浦东发展过程中严重的二元结构、城乡差距，而中央授予浦东综合配套改革试验区中重要的一点就是要求解决城乡二元结构问题。"

用什么办法来解决这个问题，是摆在时任浦东区区长的张学兵面前首要思考的问题。

"应该说，功能区域的产生有其特殊背景，现在招致骂声一片，事实上并不公平，当时为何就没人反对呢?"刘君德为此打抱不平。

当时的情况是，四个国家级开发区普遍存在土地空间有限、引进外资来也没地方安置，而乡镇又不归开发区管，要地也没对象。更大的背景是，陆家嘴、外高桥、张江、金桥、三林等区域已经具备各自明显的功能布局，规划部门也是按照六大块来做具体规划的。刘君德指出，"在中国，转型的'行政区经济'运行时期，城市规划区如果不与行政区协调整合，事情往往很难统筹，难办。"而今，俞正声为大浦东下一步的行政区划变动定下了基调："要结合政府机构改革，进一步转变政府职能，积极探索适应大区域特点、体现扁平化特征的新型行政管理体制。"

呈现三大模式。

不难发现，浦东六大功能区域存在三种形式，一种是以陆家嘴、三林为主的城市街区模式；一种是以川沙新镇为主的"区镇合一"模式；还有一种就是以张江为主的开发区模式。

据刘君德观察，目前矛盾最大的就是开发区。"开发区的功能区域应该撤销，开发区的主体应该是开发区管委会，由管委会来统筹整个区域的联动发展，现在有了功能区，等于多了一个婆婆，国家级开发区的级别原本就比功能区要高，但现实是功能区的书记在管开发区管委会的主任。"

所以，按照刘君德的方案，未来"大浦东"行政区划或将呈现三个"大"：

一是大街区，如成立陆家嘴街区管委会，刘君德个人比较倾向于叫"陆家嘴行政分署"，作为新区政府的派出机构，这是名正言顺的。刘君德认为这类"大街区"在城市化程度高的地区可以实行，如陆家嘴、三林地区，撤销街道(办事处)，像目前的川沙新镇一样实行"社区共治"。

二是大开发区管委会，推行开发区管乡镇，规划、建设功能可以由开发区来管，乡镇只负责社会管理职能。目前看来适用于张江、金桥、外高桥和临港。

三是大市镇模式。如同现在的川沙新镇，但因为"大浦东"功能的重新划分，刘君德认为可能部分乡镇会面临重新的调整。比如，在浦东机场区域(包括原南汇的祝桥等)建立一个与川沙新镇平级的新镇，同样实行"社区共治"。

"但原则是成熟一个发展一个，而不是像2004年、2005年那样搞一刀切。"刘君德透露。"冷班子"成员在这一点上已经达成了共识，而对具体的时间表，刘君德坦言不好说："现在，稳定是第一位的，先把区级机构理顺，再者，专家层面的工作也只能做到这个程度，接下去具体的实施框架和操作方案，还有待政府层面来决断。"

应该说，目前浦东的“大区制”已经是既成的事实，在很多学者看来，虽不符合国际潮流，但在中国特定时期、特殊地区（如浦东），在强势政府的背景下，适度扩大地盘，并尽可能地使权力空间、规划空间、行政空间适度统一是有利于城市—区域规划、建设和管理的，对发展是有利的。正如刘君德提出的“行政区经济”理论所分析的，转型期的中国，行政区划（权力空间）对区域经济、城市规划发展存在刚性约束。

作为一种妥协，刘君德指出在“大街区”“大市镇”之下撤销街道和小乡镇可以通过加强社区、推行“共治”，以及通过按照人口规模设立若干服务中心的办法来解决“大与小”的矛盾。

因此，目前川沙新镇管理体制中的“区镇合一、镇管社区”模式或将被进一步推广。

这是大浦东形成之后首项市领导和专家学者关注的重大课题。课题首先对浦东新区的行政体制进行了梳理，指出浦东发展经历了三个阶段：川沙时代→浦东时代→大浦东（新浦东）时代；接着对南汇划入浦东之后的政区格局与基本特点进行了描述，突出新辖区的南北差异，多中心、放射状形态，以及开发区属性的城市型管理体制。在分析新浦东政区的矛盾时，首次提出了政区空间的“大”与“小”这一带有普遍性的基本矛盾，即新区发展要求扩大政区规模（对规划开发土地空间的迫切需求）和未来社会治理结构要求相对划小政区，以方便管理这两者之间的矛盾，即“大”与“小”的矛盾。如何处理好政区调整改革中的“大”与“小”的关系，是绘就新浦东行政体制改革蓝图的关键和难点。其目的是优化空间结构，促进开发建设，提升管理效率。

研究成果的第二个特点是注重理论分析和国外经验的借鉴。运用中国特色的“行政区经济”理论和“行政区—社区体系”理论思想，以及扁平化与层次幅度关系理论，作为行政体制改革的依据十分贴切。在中国，城市—区域经济运行的主体是“政府”，解决区域分割、空间约束的矛盾需要适时调整行政区划。前面提及的“功能区域”党工委、管委会体制之所以行不通，是因为党工委、管委会难以行使基层政府的权力，不具有行政的权威性，因而不可能协调开发区与乡镇之间的利益矛盾，何况对于开发区和乡镇来说，多了一个不伦不类的“婆婆”，双方都难以接受，而且与行政体制改革的“扁平化”方向相悖！

多年来，包括浦东新区在内，我国的城市和乡村已经形成了行政区—社区体系的纵向管理层级结构，即城市的街—居制和乡村的镇（乡）—村制。这是两个相互关联、不同性质的层级，但在实际运行中，行政区（政府）体制已经过度嵌入社区自治结构之中，居、村的行政化倾向十分严重。如何形成相对清晰的行政区—社区边界，实现政社良性合作与互动，确保社会稳定，是未来基层社区结构发展的基本方向。在选择性介绍纽约、东京、巴黎三个国际化都市的行政管理体制模式，借鉴西方国家大城市行政管理体制经验时，主要是突出层级扁平化的结构和政府职能转变的“小政府”行政体制的做法。

第三是根据南汇划入、新浦东空间更大（中国最大的行政建制区）的实际情况，强调在构思与实施大浦东区域战略、规划建设，以及行政体制方案时要特别注意因地制宜，稳步推进，逐步融合。

[为何实行“三大”模式，如何推进？] 研究报告的总体思路是，层级合理扁平，职能相互分离，基层面向民众，目标平稳过渡。行政体制方案的总体结构见图 13-13。

在浦东新区政府规模不变的情况下，未来浦东将形成城区和郊区两类行政区—社区管理系统，即在城区形成新区政府→大街区办事处（区派出机关）→社区（共治）的一级政府、三级管理架构；在郊区形成新区政府→大市镇（新镇）政府→社区（共治）的两级政府、三级管理架构；在开发区，实行与周边乡镇联合的“大开发区”管委会制。

“大街区”是区政府的派出机关，主要职能是行使城区的社会管理、公共服务和执行区政府交办的事务。大街区可以由 3—4 个街道合并而成，平均规模在 30 万—40 万户籍人口(50 万—60 万人常住人口)，平均下辖 10—20 个社区委员会。

“大市(新)镇”政府。由两个或以上的镇合并而成，为直辖市郊区基层政府、区片经济中心，具有相对的独立性和综合职能，规模较大，为郊区的重要经济增长点。其地位相当于县级市，基于直辖市下不能设市，用“新镇”作为通名。一般规模在 20 万户籍人口、35 万常住人口，其中镇区户籍人口为 10 万—15 万人、常住人口为 25 万—30 万人。

“大开发区”管委会作为过渡性管理体制，将随着开发建设功能的逐步实现、政企最终分离，管委会体制发生分异，分别向大街区和大市镇方向演变。开发区的“大”，一是权力要大，地位要高，保证运行畅通；二是给予足够地域空间，保证规划发展；三是根据四大开发区不同的战略定位、开发区性质等确定相应的等级，以管委会为平台，在更高层次上把上海市的同类开发区协调整合起来，统筹实施国家战略。

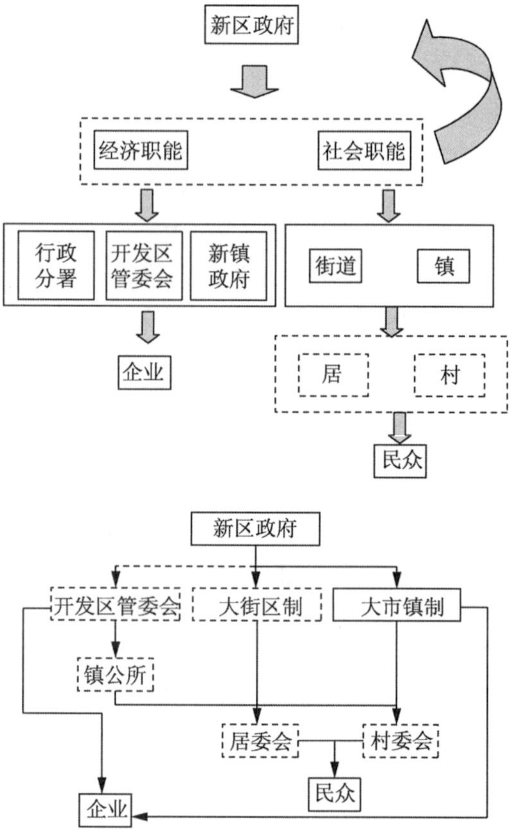

图 13-13

新浦东为什么选择大街区、大市镇模式？一是符合大浦东的区域整体功能定位与规划布局和组团式、多中心发展的规划格局，有利于规划的实施；二是不打破原有区划界限，实行街、镇的整建制调整，具有可操作性；三是符合现有的《中华人民共和国宪法》《中华人民共和国地方各级人民代表大会和地方各级人民政府组织法》法律框架；四是可以大大减少基层行政区个数，节约行政资源，减少分散的“小而全”建设模式的内耗。

从理论上来看，大街区、大市镇、大开发区符合中国行政区经济运行时期大都市区行政区—社区纵向结构演变规律。

从现实情况来看，新浦东范围广、人口多、差异大，街镇数量多达 38 个，规模“不大不小”。从基层政府发展经济、壮大实力、集聚人口和增强区域辐射力的要求来看，现有的镇、街规模“不大”，需要适当扩大；从基层推进社区化角度来看，规模又“不小”，需要适当划小。因此，从上海市的行政空间结构改革要求和浦东的实际情况来看，在基层政府、准政府推进“大市镇”和“大街区”模式是必要的。

大街区、大市镇模式下如何解决基层社会—社区管理范围过大的矛盾？唯一的途径是适当划小社区，即在继续推进和完善镇管社区、街管社区体制模式内，根据街区和镇区的不同情况合理调整社区委员会的规模。

2001 年，浦东新区的系列成果荣获上海市决策咨询研究成果一等奖（图 13-14、图 13-15）。

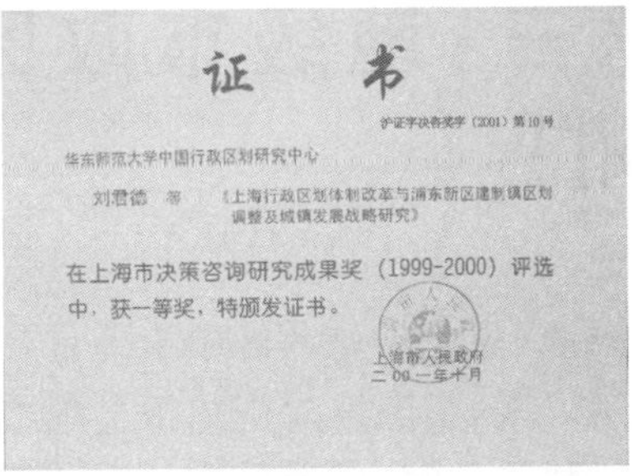

图 13-14

图 13-15

注释

① 2001 年 5 月 18 日—20 日，我应邀参加了广州市城市现代化指标体系研讨会，向会议提交了《上海创建国际化大都市》的论文，并发言。广东省规划局、中国城市发展研究会的《市长》内刊，均刊载了我的发言稿。上海市政府研究室主任等专程参加了会议。

② 刘君德：《我国特大城市内部行政区划体制改革的思考：一篇未发表的研究报告》，载《中国方域：行政区划与地名》，2000 年第 2 期。相近的内容以课题组名义收录于靳尔刚主编的《中国城市化走向研究》首篇论文（第 1-31 页）。

③ 刘君德：《中国直辖市制度辨析与思考》，载《江汉论坛》，2006 年第 6 期，《新华文摘》全文进行了转载（2006 年第 20 期）。

④ 刘君德、马祖琦、熊竞：《中央直辖市政区空间组织与制度模式探析：理论构架、比较分析及实证研究》，东南大学出版社，2012 年。

⑤ 参见刘君德、马祖琦、熊竞著《中央直辖市政区空间组织与制度模式探析：理论构架、比较分析及实证研究》，其对中国目前的四大直辖市做了比较详细的分析（第 123-159 页）。

⑥ 参见刘君德、马祖琦、熊竞：《中央直辖市政区空间组织与制度模式探析：理论架构、比较分析及实证研究》，东南大学出版社，2012 年，第 241-246 页。

⑦ 参见刘君德、马祖琦、熊竞：《中央直辖市政区空间组织与制度模式探析：理论架构、比较分析及实证研究》，东南大学出版社，2012 年，第 248-249 页。

⑧ 参加课题研究的有马祖琦、胡德、马海龙等。参见区委第五调研组，从区域分割走向区镇合一——关于浦东川沙地区功能整合方案的研究报告，分报告之三，2005 年 11 月 4 日。

⑨ 2009 年前后，浦东新区管理体制有所调整，功能区域体制被开发区体制取代。——本书作者。

⑩ 区委第五调研组，从区域分割走向区镇合一——关于浦东川沙地区功能整合方案的研究报告，分报告之三，2005 年 11 月 4 日。

⑪ 周克瑜参加了课题研究和执笔。

⑫ 与马祖琦合作研究的成果。

⑬ 详见刘君德、马祖琦、熊竞：《中央直辖市政区空间组织与制度模式探析：理论构架、比较分析及实证研究》，东南大学出版社，2012 年，第 302-327 页。

⑭ 浦东新区行政区划的系列研究成果在刘君德、马祖琦、熊竞著《中央直辖市政区空间组织与制度模式探析：理论架构、比较分析及实证研究》中有专章论述。参见该书第 259-302 页。

⑮ 陈占彪、胡德、熊竞参加了研究。

第十四章　实践成果之三：地级市政区研究（泰州与常州）

地级市是我国政区体制中变化相对频繁的层级，也是省域政区中十分重要而又颇具争议的一个层级。20 世纪 90 年代推进市管县体制以来，我国地级市数量呈现增多趋势。增设地级市可以使其拥有更多权力、资源用于调节利益分配、增强行政效率、发展地方经济。但问题在于，地级市内部经济要素扩张冲动与自身行政区划刚性约束，使得中心城市与周边县市争夺经济利益的矛盾不断产生，这一体制的负面作用日渐突出。地级市政区研究不仅涉及理顺其内部的空间格局与体制，而且直接关系到省与县两个层级关系及未来中国政区的走向，因而具有重要意义。

第一节　江苏省“三泰”地区研究

所谓三泰，是指江苏省苏中地区沿江的泰州、泰兴和泰县[①]。以泰州为核心的“三泰”地区行政区划问题非常复杂，几乎可以写一部行政区划史书（图 14-1）。

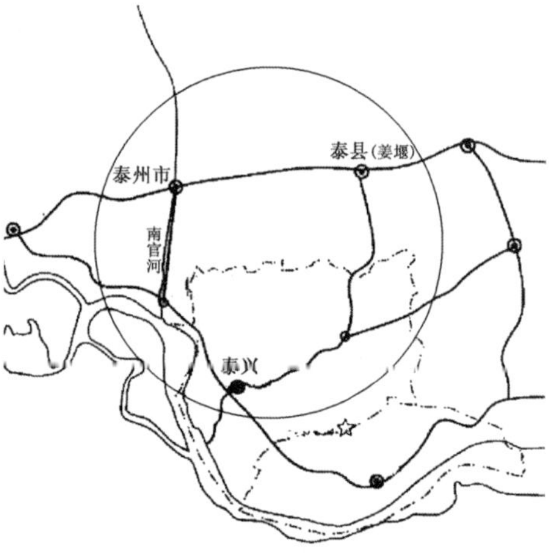

图 14-1

［部、省支持下的棘手项目］　我是地地道道的“三泰”人[②]，自然关注家乡的行政区划问题。1990 年 5 月 1 日，中国行政区划研究中心成立后，民政部和江苏省首个重大项目——“江苏省苏锡常地区行政区划战略研究”开始筹划。与此同时，泰州的行政区划问题也列入了考察内容[③]。1990 年 11 月，江苏省人民政府办公厅专门发文（苏政办函〔1990〕96 号）给无锡、苏州、常州、扬州四市人民政府，要求“认真配合，提供协助”，苏锡常地区的项目调查研究中涵盖了“三泰”地区。作为“三泰”人，我深知“三泰”地区的行政区划问题远比苏锡常地区复杂、敏感得多，开展这一课题难度极大。但由于江苏省民政厅的恳切要求，也出于对家乡区划研究的一种责任感，课题组克服困难，排除干扰，在部、省支持下，完成了任务，于 1991 年 5 月提交了研究报告。1996 年，“三泰”问题终于彻底解决。

首先，看看“三泰”地区的区划演进过程。史前时期的“三泰”为江海交汇地，随着江海沙洲的发育、江海岸线的东移，陆地得以形成。如果以西汉武帝元狩六年（公元前 117 年）已设置海陵县算起[④]，至南唐烈祖昇元元年（公元 937 年）置泰州，前后经历了 1 000 多年。唐代的海陵，是全国比较富庶的县份之一。泰州始置时，辖海陵、泰兴、盐城、兴化 4 县。宋代，泰州为“上州”；北宋太平兴国三年（公元 978 年）以后，泰州辖域渐渐缩小，地位下降。清乾隆三十三年（公元 1768 年），分泰州东北境设置东台县后，泰州虽仍称“州”，但地盘只相当于一个县。

1949 年 1 月 21 日，泰县全境解放。次日，便以原泰县城厢的 6 个镇设置泰州市，一度为苏北和泰州地区的行政中心。同年 5 月，第一行政区改称苏北泰州行政区，辖泰州市及泰兴、靖江、泰县、海安、如皋、东台、台北 7 个县。1950 年，扬州、泰州两个行政区合并为泰州专区，曾辖扬州、泰州 2 市及泰县、泰兴、靖江、江都、高邮、宝应、兴化、六合、仪征 9 县。1953 年，更名为扬州专区，驻地扬州市。1958 年，撤销泰州市、泰县，合并设立泰州县。1962 年，恢复泰州市和泰县。三年自然灾害时期，国家规定城市农村人口不得超过全市总人口的 20%，泰州遂于 1964 年将寺巷、鲍徐等 10 个公社的全部，以及郊区、泰东、泰西 3 个公社的一部份地区划归泰县，泰州市只剩"弹丸"之地。

以上简单描述可见，泰州建市后行政区划变动频仍，其行政地位逐渐下降，由地级、县级直至乡镇级。这对于曾经是历史上苏中中部、里下河地区的区域经济中心城市来说是一个严重的打击！更为严重的是城区空间过于狭小。至 1984 年年底，全市总面积只有 37.92 平方千米，为全国 10 个最小的城市之一；建成区密度高达 12 312 人/平方千米，也是全国人口密度最大的城市之一，也可以说是 1949 年后全国保留"切块"城市模式时间最长的县级市之一。可想而知，在改革开放初期依靠招商引资来推进地方经济大发展的时代，政区空间如此局促的"小泰州"是怎样的一种状态和心情!？行政区地位的降格和城市空间过于狭小，是泰州市急需解决的两大突出矛盾。

为什么"三泰"地区区划研究是个十分敏感、难度很大的课题？主要有以下两个原因：

一是泰州"升格"阻力太大，因素复杂，难以实现。从国家层面来看，行政升格意味着政府机构的扩大、人员编制的增多、行政成本的增加、政府负担的加重，因而较难以实现，也会引起国内其他地区的仿效、攀比，组织人事部门一般不太赞同。从地方层面来看，是现有所属政区——扬州的强烈反对。泰州升格意味着"三泰"地区的"独立"，扬州的地盘因此相应缩小，在政区（土地）空间作为第一开发资源的年代，其空间资源优势将会有所削弱，这是地方政府难以接受的，必然会采取各种明的、暗的手段加以阻止。从"三泰"内部来看，也有许多杂音，反对的声浪也不小。最激烈的要数泰兴。因为在"三泰"之中，泰兴的人口最多，经济实力最强，历史上曾经为一等县，目前归属扬州，距离相对较远。如果划归泰州，则"担忧"其经济地位在"三泰"之中会有所下滑，且其沿江港口部分乡镇将会被分割出去，影响更大。

二是"小泰州"干部、群众"抗争"多年无果。这里，我特别要介绍一位坚持数十年为泰州区划问题奔走、辛劳一生的泰州本土干部程思瑞同志，他的职务是泰州市经济研究中心主任。他执笔拟写的 4.2 万字的《十年磨一剑》，详细记录了泰州干部群众强烈要求提升泰州地位、调整行政区划的呼声，以及各方力量为之呼吁、论证、公关，最终实现愿望的艰辛过程。

1984 年实行"市管县"体制后，江苏省设立 13 个地级市，推行"市管县"体制，泰州成为扬州的辖市，行政地位进一步相对下降，而且也制约了周围地区的经济发展。这一现象很快引起学术界、政府机关，乃至普通百姓的广泛关注，前往泰州进行调查论证的专家、领导不断，各方纷纷呼吁、建议对泰州的行政区划做合理调整。"小泰州"更是渴望升格，完善市管县领导体制，优化城市布局，促进自身和区域经济共同发展[5]。

围绕泰州的行政区划问题，各方先后为之谋划。泰州的干部群众更是想不通，为什么经济落后于泰州的淮阴（清江）、盐城能够设地级市，而泰州不能设？原因是担忧扬州、泰州两市变为上下级关系后制约泰州的发展。为此，泰州人以各种方式诉求、"抗争"，先后长达 10

年之久！在改革开放大潮推进地方经济的高速发展中，由于行政区划体制的原因，泰州人为地失去了发展的机遇。如今想来，仍是一件令人十分遗憾的事情！

我们担忧，泰州的干部群众、各方面的专家学者以及上级的一些部门和老同志，努力数十年未果的"三泰"区划问题，中国行政区划研究中心接手能够解决吗？

[精心的调研，科学的结论] 《十年磨一剑》记载，1990 年 11 月 26 日，他（程思瑞）从市政府收到江苏省人民政府办公厅苏政办函〔1990〕96 号之后：

这封函……明确地传达了一个重要的信息："三泰"地区行政区划问题，民政部和省政府已开始列入议事日程……具体承担此项研究课题的是华东师范大学地理系……市人大副主任石林与我同去上海进行联络……1990 年 12 月 5 日，华师大（华东师范大学）地理系刘君德主任接待了我们。……原来民政部在这里建了一个咨询机构——中国行政区划研究中心，刘君德兼任这个研究中心的主任。……在我们到来之前，泰兴的同志已去访问过他们。

刘教授是泰兴宣堡人，与我们同去的孔祥济是同乡……第二天听我们介绍的有刘君德教授、李天任处长、金鼎馨高工、罗祖德副教授、丁金宏博士、翟胜福和张亚群讲师……会上，我着重介绍了泰州的地理位置与概况、建置沿革、专家学者有关泰州行政区划问题的论述和经济发展方面的问题。……泰州城市空间过小……城市经济发展受到制约；……港城分离、政区分割，沿江岸线不能充分利用，港口发展也受到限制；实行"市管县"体制后……对所辖市、县是"刮"的多、支持的少。最后，介绍了各方面对行政区划调整的几种设想，供他们参考。

时任复旦大学经济研究中心副主任的王战同志应邀参加了会议，就泰州的区划问题作了发言，认为解决泰州的行政区划问题有紧迫性。他赞成"三泰"建市，在扬州与南通之间增加一个城市实体。

不久，我们收到了中国行政区划研究中心寄来的调查考察计划大纲和资料收集要求。提纲所列的内容涉及 8 个方面 57 个条目……中国行政区划研究中心的这次调查，看来已经不是纯学术性的研究，很可能是决策前的论证。

为此，我们组成了"临时工作班子"。在各有关部门的大力支持下，这次收集的资料是相当充分的，除满足提纲所需要的内容外，档案馆还提供了中华人民共和国成立以来历次行政区划调整批准文件的复印件，规划办突击整理编印了不同时期泰州市行政区的地图册。

华师大（华东师范大学）调查组一行四人，由省民政厅区划处夏如山处长陪同，于 1991 年 5 月 27 日来泰，在泰州活动了四天，听汇报，参观市容，考察工厂，并与市各有关部门的负责人、老同志和市级领导分别举行了四次座谈，广泛地了解了情况，听取了意见。1991 年 6 月 1 日离泰，继续去泰兴、泰县调查。1991 年 10 月 30 日，调查组完成了三泰地区行政区划的调查研究报告……为了尽早地了解他们调查研究后的结论意见，在他们起草报告的过程中，我们曾两次去华师大（华东师范大学）访问，接待是客气的，但对调查报告的内容只字不肯透露，他们一再声称中国行政区划研究中心有严格的保密制度，这次调查的结论只向民政部和江苏省政府报告（图 14-2、图 14-3）。

图 14-2

图 14-3

如何在复杂矛盾中寻求科学结论，是课题组必须思考回答的问题，对于新成立的区划中心的研究人员来说是一次挑战与考验。为此，我们付出了艰辛劳动。1991 年 10 月底，完成了论证报告（初稿），充分听取了江苏省民政厅夏如山处长等对报告，尤其是调整方案的设想的意见，经修改，提出了“加快苏中地区经济发展的重要一步——合理调整‘三泰’地区行政区划”的报告[⑥]（图 14-4）。

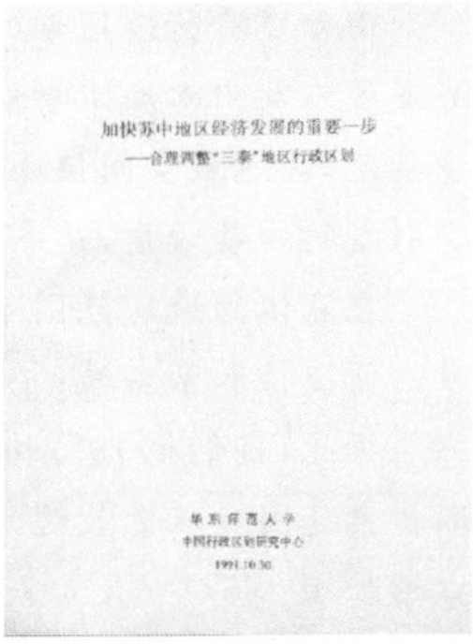

图 14-4

研究报告分两大部分，第一部分的标题是“**扬泰分治，势在必行**”。报告认为，江苏省沿江地区是全省精华所在，也是近中期全省国土开发与整治的重要地区。目前，沿江地区南岸产业密集带已初具规模，北岸产业带相对薄弱，随着今后苏北沿江地区交通运输条件的改善，尤其是宁通铁路与一级公路的建设以及沿江港口的进一步开发，必将大大加快西起六合、东至南通的宁通铁路与干线公路沿线地区及港口地区产业密集带的建设与形成。“三泰”地区地理位置正处在这一产业密集带的中部地段，以区内的泰州、口岸（高港）、姜堰为开发“据点”，形成三泰地区内部泰州至姜堰、口岸（高港）的产业密集带，并作为上述沿江北岸地区产业带的重要组成部分。同时，利用现有基础，充分发挥区内其他中心城镇的集聚规模优势，在口岸（高港）至泰兴、姜堰至黄桥之间形成两条产业副带。届时，“三泰”地区的经济实力与地位将大大提高，并极大地改善苏北沿江扬州至南通之间经济的薄弱状况，这对提高整个苏北沿江产业带的总体实力有举足轻重的作用。

报告认为，苏北地区的开发战略应采取由沿江地带向北梯级推进、纵向深入的空间模式。在这一空间开发模式中，苏南沿江产业密集带是向北梯级推进的后方基地，包括“三泰”地区在内的苏中沿江地带则成为向北梯级推进的前沿阵地，具有重要的战略地位。而位于沿江地带东、中、西部的三个经济中心城市南通、泰州、扬州，理应成为向北纵向深入的三个扩散极，分别通过南通港、高港港、扬州港经通榆运河、南官河、京杭运河以及逐步完善的公路网和今后将建成的苏北铁路和宁通铁路伸入到苏北广大腹地，产生不同程度的空间扩散效应。从全面加快开发苏北的角度来看，重点发展这三个中心城市作为向北纵向深入扩散的“据点”完全必要。在加快开发苏北的过程中，三者都具有相应的战略地位，各自起不同的战略作用，从这一意义来看，把泰州建成苏北沿江地区的一个二级经济中心十分必要。

报告认为，现行行政区划体制已严重制约“三泰”地区经济发展和泰州城市功能的发挥；现行体制造成港城分离，既影响港口发展，也不利于“三泰”地区经济发展。理顺“三泰”地区的行政区划体制，扬泰（即扬州、泰州）分治也势在必行。扬州市与泰州市是两个客观存在又相对独立的中心城市，各有自己的地域关联与影响范围。前者属宁镇扬城镇网络与体系，主要通过京杭大运河对里下河西部地区有较强的吸引与辐射作用，后者属通泰盐城镇网络与体系，主要通过南官河对里下河东部地区具有较强的吸引与辐射作用。二者之间的自然、经济上的内在联系不甚紧密。实行扬泰分治，对于进一步完善扬州市“市带县”的合理性，对促进“三泰”地区经济发展都有着积极的作用，符合马克思主义关于生产关系与生产力发展相适应的基本原理。从行政管理角度来看，鉴于现有扬州市与“三泰”之间这个特定区域内市带县体制下产生的种种市县间矛盾，实际上已给行政和管理带来了许多困难，并常常导致行政上对经济的一些不合理干预。因此，及早实行扬泰分治，对于提高行政管理效率、促进行政管理的规范化与科学化必将十分有利。

研究报告第二部分的标题是“**区划调整，不宜再缓**”，主要是研究“三泰”地区的区域内部在行政区划体制方面所涉及的相互关系如何加以理顺的问题。

报告认为，解决“三泰”地区内部的行政区划体制问题要以高屋建瓴的客观指导思想指导实践。泰州作为一个中心城市的地位与功能是客观存在的，而中心城市和经济区是相辅相成的，一个以泰州为中心的经济区也是客观存在的，其区域范围受中心城市的辐射力与辐射范围，区域内部的传统经济联系与密切程度以及各种潜在的自然、社会经济关联等因素直接影响。为确保泰州作为区域经济中心的形成，在行政区划上应有必要的保证。

由于现有行政区划的束缚，泰州市作为一个中心城市空间载体过小、城市环境局限，并已经给城市经济发展以及中心城市功能发挥带来了深刻影响。随着将来泰州作为苏北沿江二级经济中心城市地位的逐步确定，其地域空间狭小、环境容量有限的矛盾将更加尖锐。因此合理扩大泰州市域范围，解决其辖域过小引发的一些矛盾，是一个非常现实而又迫切的问题。

在具体的地域范围上，报告认为应考虑以下原则：①符合城市发展的空间指向；②港城结合；③地域联系的便捷性和紧密性；④保持乡级行政区划的完整性。

据此，我们把1952年和1962年泰州曾明确管辖过的，以及泰州以南口泰公路沿线的12个乡镇作为基本扩大范围。从更长远角度来看，泰州北面及南面的部分乡镇也应划归泰州市管辖。这样，将使泰州市人口增加49.86万人，达75.37万人，面积增加560平方千米，达694.5平方千米的规模，基本满足泰州市发展以及将来作为二级经济中心城市的发展要求。

关于"三泰"地区行政区划的调整，当时我们提出的建议方案为：一是扬泰分治，暂先恢复行署，而后考虑泰州市升格；二是泰州市扩大辖区(郊区)范围，实行港城结合；三是泰兴建市。在具体实施上，估计要分两步走，第一步先解决泰州市扩大辖区范围，实现港城结合以及泰兴设市问题，第二步解决扬泰分治后的行政体制管理模式问题。

◆**小插曲：得罪家乡父母官。**1992年3月初，我去北京向民政部汇报工作。民政部区划地名司充分肯定了我们在苏锡常和"三泰"地区的研究成果。正当我们满怀信心等待消息时，1992年的9月份，突然传来"经国务院批准，泰兴撤县建市"的消息，顿感失望。原拟"先解决泰州问题、后批泰兴建市"的意图，未能实现。

在《十年磨一剑》中记录了这样一段文字。

10月28日，刘君德来信说："本月初得知泰兴建市，心中实在不安。第一，'三泰'问题未同时解决，泰兴单方面设市为以后问题的解决大大增加了难度；第二，对'三泰'地区(应当说是苏中地区)的整体利益(实际上也是对江苏全省的利益)不利，尤其是对泰州的发展不利；第三，对泰兴的高港、口岸地区发展也不利，因为港城分家，港口失去城市依托，而泰兴另辟沿江开发区，其投资重点也不在高港；第四，大部分专家学者和相当多数的领导都认为扬泰分治、港城一体，是解决'三泰'地区行政区划的合理方案，为什么不能得到正常贯彻实施?! 那么还要专家进行科学论证干什么?!"

行政区划调整毕竟不是纯学术性的问题，决策者不下决心，专家自然就"无能为力"了。难怪刘教授(即刘君德教授)要说："对目前的结果，只能表示深感遗憾。"

1993年元月26日，刘君德教授来信说，去年11月初在京开会时，他又给崔乃夫部长写了一封信，提出了新的建议，部里虽然同意他的看法，但表示"要尊重省领导的意见"。1993年6月底，刘教授为泰州问题又专程去南京，与民政厅的有关部门交换了意见，并于7月1日向省委书记和省长写了信。他还在继续做促进的工作。刘教授来信说："从各方面的情况来看，都是认为泰州问题要解决的，关键还是省主要领导下决心的事。"要解决泰州的行政区划问题，关键在省委，阻力在扬州。

在推进解决泰州区划问题的过程中，一件事让我难以忘却：时任泰兴县领导对我"失望"了。泰兴县第一把手曾经两次来上海找我，千方百计打听消息，想得到我们的论证材料，都被我婉言推脱，我只能回答："我们的报告只能送民政部和省民政厅"，"这是民政部对研究中心规定的保密纪律"。泰州市也没有从我这里得到什么报告或资料。为此，我得罪了家乡父母官。时过一二十年，我的家里人、家乡人还说起这件事。我只能一笑了之。坚持"实事求是，公正论证"是我作为一位科学工作者的基本信条，也是做人的基本原则。

《十年磨一剑》一书中记录了这样一个事实：

在中国行政区划研究中心对"三泰"地区进行调查研究期间，泰兴县政府办公室于1991年7月14日印发了一篇题为《对高港地区行政区划之管见》的文章。文章说："高港地区自古以来一直归泰兴县管辖"，"高港港与泰兴经济发展和人民生活息息相关"，"高港港在泰兴境内发展还是比较迅速的"。他们针对一些专家学者和高港港务管理局先后发表港口必须要有城市为依托、泰州与高港必须港城相结合的意见，阐述了四点看法和建议：

一、影响泰州经济发展的因素不在于没有港口。他们认为，为了充分发挥高港对泰州经济发展的促进作用，同时也为泰州充分运用港口使其更好地为泰州经济发展服务，可以通过以下办法解决：(1)拓宽浚深高港至泰州的航道(即南官河)。国家已决定开挖泰州引江河……可以通航1 000吨以下运输船只。(2)在高港北边设立开发区，为港口腹地县、市提供土地等条件，投资建筑仓库、中转站场，甚至办厂，并在政策上给予优惠。

二、制约高港港口发展的主要原因是港口行政管理体制多变。文章说：港口建设是非常费钱的，单靠所依托的政府不行，以“三泰”各家之实力，均无力提供港口建设的全部或大部分资金，必须一方面依靠腹地县、市的支持，另一方面稳定港口行政管理体制，进入国家港口建设计划的“笼子”。

三、泰州市如升格，则高港更不宜划入市区管辖。其理由是，如将高港划入市区，关系更为不顺，其市区经济实力更不能与泰兴匹配。

四、待条件成熟时可以“高港”作为主要依托城市之名。鉴于高港目前港口设施尚未达到预定要求，港区市政建设较差，建议待条件成熟时，以港口命名，改“泰兴市”为“高港市”，泰兴镇仍为全市政治、经济中心。

可是，高港、口岸地区的人民却是另外一种呼声。

大概在1986年，泰州市委和政协曾经收到一封由口岸建工厂邹叙铭、杨洛生、潘兆生代笔的《口岸镇广大人民书》，责问：“口岸镇为什么不划属泰州市?!”他们在信中写道：(1)从历史渊源关系来看，公元九三七年以前，泰州称海陵，口岸称柴墟，一直属海陵县；公元一一三一年，柴墟镇直属泰州，泰兴县其他地方属扬州；一九五二年以后，国民经济大发展时期，口岸曾划属泰州市。“口岸划属泰州是古已有之，现在为什么不可以重新划属泰州呢?”(2)从经济、交通来看，口岸距泰兴城21千米，距泰州城南也是21千米。泰兴县有过船、口岸两个港口，而这么大的泰州工业区没有一个港口能行吗？泰州与口岸除公路相联系外，还有南官河直通高港码头。据不完全统计，高港每年进出口吞吐量中，泰兴县的不及泰州的五分之一。泰兴县的物资主要由过船港出江。由此可证，口岸、高港是泰州市的南大门，是泰州与上海等大工业区相通的唯一大港，“泰兴县有什么理由要与泰州争夺口岸、高港?”(3)从口岸人民的感情分析，泰兴一直将口岸当成抱来的儿子，对口岸的市政建设、码头建设、经济管理，从不重视，好像口岸是晚娘养的。泰兴县一直提心吊胆，深怕有朝一日口岸仍属泰州。而过去口岸属泰州之时，泰州市对口岸人民留下了深情厚谊。口岸广大人民群众早就希望口岸划属泰州市。

同年四五月间，吴元康市长转来了另一封人民来信，写信人是泰州弹力衫厂一位叫姜华的青年工人。他为了了解民意，曾自发地多次自费去高港、口岸进行调查，先后访问的人数不下百余人，其中有干部、工人、店员，也有一般居民。他得出的结论是，高港、口岸地区70%以上的人都希望该地区能归属泰州市。

1994年，泰兴县口岸地区的省、市、县三级人民代表姚恒才、李宝如、张寅生等七人，联名上书省和中央有关部门，再次反映了当地人民群众的呼声，认为，“口岸的繁荣，高港的开放，泰州实力的增强，对国家，对江苏，对苏北，对扬州、泰兴，都是一件好事，因此迫切希望各级政府部门从大局出发，抓住机遇，大胆决策，这是历史的要求，发展经济的需要，广大人民的愿望。”⑦在我25年行政区划研究生涯中，像泰州干部群众这样执着、持之以恒地强烈要求行政区划变革是非常罕见的。

[迟到的批复，满意的实施] 在我所了解的情况来看，泰州的区划问题，除了个别的县(泰兴)之外，反对的声音几乎没有，包括学界、政府各职能部门、政协等。为什么迟迟不解决？恐怕主要出于三点。一是区划调整的高度敏感性，涉及方方面面的利益重组，领导难以拍板定案；二是江苏省在1982年推行“市管县”体制时，在一定程度上考虑欠周，对苏中地区的城市—区域空间格局以及省内行政区与经济区的关系没有做充分论证，或者存在某种分歧，尤其是没有进入高层决策层；三是泰州自身的问题——城市规模过小，而这又是1949年

中华人民共和国成立后泰州行政等级逐渐下降、辖域空间过小造成的。另外，泰兴通过各种手段，千方百计争取到先行设市，给泰州升格、调整区划增添了阻力，也是不争的事实[⑧]。

经过泰州人长期的申诉，以及许多专家学者的大量科学论证、相关领导和部门的工作，自下而上，直至中央政府各级部门都逐渐认识到泰州区划调整的必要性以及紧迫性。这其中，外部力量的积极推动起到了十分重要的作用。

据陈思瑞的《十年磨一剑》资料，自1991年至1995年，江苏省开放办领导小组与省委党校、省政协主席和委员等都在积极活动、上书省委和全国人大奔走呼吁，职能部门——省民政厅积极配合，至“1995年，人民代表和政协委员的呼声更为强烈”。

在这种情况下（包括“小泰州”以春兰为代表的经济发展的良好势头），江苏省委最高领导认为，解决泰州行政区划问题的时机已经成熟。

1996年2月，江苏省委终于做出了决策，调整泰州的行政区划，并进入实施阶段；7月19日，国务院批复同意“三泰”地区的区划调整，主要内容如下：

一、同意调整扬州市行政区划。撤销县级泰州市，设立地级泰州市，将扬州市代管的泰兴、姜堰、靖江、兴化4个市划归泰州市代管。

二、泰州市设立海陵区，以原县级泰州市的行政区域为海陵区的行政区域，区人民政府驻人民路1号（按：应为人民路一号楼，系原报告有误。人民路1号在一号楼之东，是磁电机厂的门牌号）。

三、泰州市人民政府驻海陵区府前路26号。

四、调整后的扬州市辖广陵、郊区2个区和邗江、宝应2个县，代管仪征、江都、高邮3个县级市。

上述行政区划调整和机构设置均应本着“小政府、大社会”和“精简、效能”的原则，在不增加编制规模的情况下进行，所需费用由你省自行解决。

1996年8月2日，江苏省委、省政府召开行政区划调整会议，宣布国务院的批复，决定立即贯彻实施，并对有关工作做了部署。

在筹建领导小组领导下，经过近3个月的紧张运作，1996年11月1日举行了隆重的揭牌仪式，一个新的地级泰州市宣告正式成立了。

我时刻关注着泰州的动向，1996年的8月的某一天，我偶然从《解放日报》上看到了泰州和宿迁升为地级市的消息：“最近，国务院正式批准江苏省部分地区行政区划调整方案，决定将扬州市一分为二。新组建地级泰州市，下辖泰兴、姜堰、靖江、兴化4个县级市和由原泰州改设的海陵区。”当时的兴奋之情难以言表。泰州的区划调整真是“十年磨一剑”，我是参与者，也是见证人之一。

1992年8月15日，民政部人事教育司、区划地名司、中国行政区划研究会联合作出《江苏省“三泰”地区行政区划研究视同鉴定意见》。该意见指出，“报告对‘三泰’地区目前行政区划存在的问题及其症结做了全面辩证的分析，从战略高度提出了若干调整方案，经过对比和论证，向决策部门推荐了一个可行的近期实施方案，即港城一体，扬泰分治方案。为民政部门解决这一地区的行政区划矛盾做决策提供了科学依据。”[⑨]

升格后的26年来，泰州人奋发图强，急起直追，经济高速发展，城市颇有特色，作为家乡人，深感欣慰。实践证明，扬泰分治、泰州升格为地级市的决定是正确的。

[项目的典型意义]

◆区域性中心城市等级的重要性。行政等级是行政区划最重要、最基本的要素之一，是地方政府的一个无形、有形的“资源”，必然是区划调整改革中最敏感的问题。无论是从历史上还是从改革开放以来的大量实例都证明，要慎重对待行政中心地位的升降调整。改革开放以来，为适应生产力空间布局和行政区空间布局规划的需要，不少城市由县级升格为地级，相当部分是合理的，但也存在人为因素为地方争地位和利益而盲目升格的现象，比如南方的某个省由于地级市过多带来的规划建设管理的不经济问题；本书例举的泰州降格、池州撤销、南平—建阳地区行政中心钟摆式搬迁等，都从反面证明，随意将一个地级政区或中心城市降格、搬迁带来的对地方经济发展、城市建设、社会稳定等的破坏性的严重影响，无论是上级政府部门还是专家学者都要吸取这个经验教训，要谨慎行事、科学论证。

◆重视省内经济区与行政区关系的研究。地级政区研究的一个十分重要的经验就是要重视省内经济区与行政区关系的研究。历史上，泰州与南通、扬州三个城市同为苏中沿江地带的三个中心城市，我在初中上地理课时就知晓“通泰扬”。南通工业发达，泰州商业繁荣，扬州则为文化古城，三个城市各有特色。泰州通过南官河，经口岸、高港（也是我的第二故乡）与苏北里下河东部地区的经济—社会联系十分紧密；扬州则通过京杭大运河与里下河西部地区紧密联系，泰州和扬州为苏北里下河地区入江的东、西两个重要门户，有其不同的吸引范围，是两个独立的城市和经济区域。将泰州地区解体，合并于扬州地区，实际上是将以泰州为中心的里下河西部地区历史上形成的经济区解体，不符合苏中地区的经济发展规律，极不利于这一地区经济—社会的发展。处于行政区经济运行时期的中国，地级政区与省内经济区有着极大的关联性，尊重历史的、自然的经济规律，尽可能地使地级政区与省内经济区相一致，这是“三泰”地区行政区划研究的一个重要经验。

第二节　江苏省常州系列之一：省民政厅支持下的政区战略研究

[常州的问题一半在区划]　翻开江苏省或全国的城市排名，常州，这个历史上及中华人民共和国成立后与无锡、苏州齐名的城市，即“苏锡常”大都市区的核心之一的城市却渐渐落伍了。20 世纪 80 年代中期，我们在苏锡常地区调研时就开始关注这一现象。计划经济时代的常州是全国性著名工业（制造业）城市。1990 年以后，常州在苏锡常都市圈中的地位逐渐下滑，当地政府和百姓都十分关注。2003 年，在江苏省民政厅建议、常州市民政局支持下，我们开展了“常州市行政区划战略研究”，2004 年提交了研究报告，基本弄清了常州落伍与行政区划体制的关系[10]（图 14-5）。

图 14-5

前面我们提到，20 世纪 80 年代，苏锡常三市一个共同的亟待解决的行政区划问题是三个地级市的市县同城、郊县包围中心城区的所谓蛋黄—蛋白现象，以及由此引发的郊县快速发展、中心城区发展受阻的奇特现象。随着吴县市、锡山市先后撤销并入苏州、无锡两市，两市逐渐解困，走上正常发展轨道，唯独常州—武进依旧分治，且矛盾加剧，常州苦不堪言，发展空间严重受阻，可以说，凡是去过常州的专家无不为这一状态担忧，并强烈呼吁解决区划体制的矛盾（图 14-6）。

图 14-6

由此我认为，常州的问题一半是行政区划。这是基于常州在苏锡常地区整体发展中逐步落伍的根本性原因而说的。长期以来，常州与武进很难坐在一起共商区域发展大计，很难统筹协调，好的规划、好的战略构思难以在常州—武进地区实施。其实，我的这种认识也来自上级政府及地方政府官员们。行政区划对常州发展带来的负面影响集中表现在以下方面：

第一是产业空间布局紊乱，碎片化现象严重。在“行政区经济”运行规律以及“苏南模式”的惯性作用下，常州乡镇经济形成“各自为政、都办园区”的格局，严重影响着常州市形成和发展具有创新能力的成熟产业集群，并且直接导致“企业规模小、布局散乱、专业化合作水平低”的碎片化现象。企业效益不高，竞争力不强。

第二是城市公共基础设施的大规模重复建设。如天然气供气规划的矛盾。原常州总体规划方案中确定在市区沪宁高速路北边的青龙镇建立一个一级天然气常州门站，为全市供气，但是武进区却在洛阳镇建了一个东尖门站，给本区中南部供气，总体规划无法实现统一，只能实行相对独立的供气格局，造成管道资源浪费；公共交通自成体系，不能互联互通，给居民的出行带来很大麻烦，城区的道路构架凌乱，制约了城乡公交一体化发展的进程。

第三是城市社会公共服务供给的非均衡和资源的浪费。

第四，更为重要的是东西两翼主轴，尤其是东翼的空间区位优势资源无法整合和高效利用。古代常州，东西向的京杭大运河与周边地区组成了密集的水运网络，构成了水运交通与产业发展的主轴；近现代，贯穿常州东西的沪宁铁路线，以及沪宁高速与大运河轴线的重合形成苏锡常地区，乃至整个苏南与上海链接的高效经济发展轴带。在常州，东西两翼因行政区划的刚性约束，其发展严重受阻，使常州空间战略选择的失误所造成的损失难以估量。

此外，不合理的产业布局带来了生态环境的恶化和排污系统规划的矛盾。在沿江开发、水利建设、环境治理等方面，由于行政区划的分割，与周边地、市的矛盾也很多，协调的难度很大。

针对以上存在的问题，全面审视常州乃至我国大城市在全面推进现代化特大城市建设的进程中，进行行政区划体制改革和战略研究具有现实的必要性和紧迫性。

［常武地区的区划演进］ 课题组在审视常州市行政区划的历史资料之后，将其政区演进过程归纳为两个性质不同的发展阶段：1949 年之前的“府制”确立与发展阶段；1949 年之后的“市制”确立与变革阶段。

府制时期：281 年西晋设毗陵郡，常州为郡治所始，常州地区政治中心地位极少改变，其城市性质和空间结构具有较好的稳定性和历史继承性。

市制时期：1949 年 4 月 23 日常州解放，常州城区从武进县析出独立设市，常州行政区划体制步入“市制”阶段。中华人民共和国成立后，常州市行政区划体制复杂多变，可以划分三个阶段。

中华人民共和国成立初期至 1982 年为建立常州“传统市制(切块设市)”阶段。中华人民共和国成立初期(1949—1952 年)，根据巩固新生政权的政治原则，江苏省被划分为苏南、苏北两个行政公署，苏南公署下设苏州、常州两个专区。根据传统“切块设市”的模式，析武进县城建立了常州市的建制，常州市和武进县同城而治，同属于常州专区管辖。

1953 年，全国大规模有计划的经济建设全面展开，苏南、苏北两个行政公署合并，恢复成立江苏省。苏锡常地区的行政区划进行了一次大的调整：撤销了原苏南行政公署的常州专区，设立了苏州、无锡、常州三个省辖市（地级市）和苏州、镇江两个地区，原常州专区所辖的武进、金坛、溧阳三县划归镇江地区，实行地区领导县、市、地区并存体制。这一体制一直延续到20世纪80年代初期推行市管县体制之前。

1983年，率先推行“市管县”体制，常州进入“当代市制”发展阶段，即整县改市，城乡合治—市管县（市、区）体制阶段。从常州与武进的关系分析，这一阶段可又分为以下几个演变时期：

一是市县同城、常（州）武（进）分治。1983年1月18日，江苏省率先在全省范围内全面实行城乡合治的“市管县”体制，原来的七个地区全部与市合并，此时，苏南撤销了苏州地区和镇江地区，原属镇江地区的武进、金坛、溧阳三个县划归常州市领导，从而基本确立了常州相对稳定的行政区域范围。但此时苏锡常三市都处于市县同城的状态。武进县政府驻地在常州市区。

二是撤县设市、撤乡建镇。随着苏南城乡经济的快速发展，尤其是县域经济的突飞猛进，城市化迅速推进，苏锡常所属的县（除无锡、吴县、武进三个市县同城的县之外）纷纷撤县建市、撤乡改镇。常州地域1990年、1993年先后撤销溧阳县、金坛县，设立溧阳市、金坛市；武进县在完成县驻地搬迁至湖塘后，也于1995年撤县建市，由江苏省直辖、常州市代管，实由常州市管辖。随后，武进、金坛、溧阳三市对乡镇进行了较大规模的区划调整与合并，1999年常州全市由117个乡镇减少为63个乡镇，减少46%，为乡镇经济的规模化发展和中心镇的建设扫清了政区体制障碍。

三是市县（市）同城、市市分治。常州市从武进县析出时，常州—武进县就进入市县同城、一地两府的分治状态，为了缓和市县之间发展的矛盾和平衡区级政区空间资源、合理管理城区，常州市与武进县（市）之间、常州市区内部进行过多次局部行政区划的调整与变动。常州主城区的范围逐步扩大，但常州—武进市县之间区划空间的微调，并未从根本上解决同城的矛盾。1993年武进县驻地由常州市区迁至湖塘镇（其与常州城区相隔只有7千米，实为一个城区），1995年武进撤县建市、市政府进驻湖塘后，全面形成常州—武进“同城分治”格局，两市在规划、建设、管理中的矛盾不断加剧，尤其不利于常州地级市中心城区的规划发展。

四是撤市改区、扩张城区。多年的实践证明，市市并列、同城的行政区划体制，在中国现行的“行政区经济”运行时期，会引发大量难以解决的冲突，无锡、苏州如此，常州也同样如此。因此，在2001年国家解决了苏州、无锡两市的“市市并列、同城分治”问题之后，常州与武进的区划体制矛盾问题就被提到议事日程上来了。2002年4月3日，国务院批准，撤销县级武进市，设立常州市武进区。同时，对常州市城区的行政区划进行了较大的调整。一是缩小武进区范围，政策“五不变”。在武进区实行了特殊的“市辖区”过渡政策[11]。二是郊区更名新北区，范围扩大。三是钟楼与天宁两区范围扩大，各划入原常州市郊区的邻近乡镇。

与此同时，又对常州市局部城区进行了整建制镇合并和镇改街道的区划调整。2003年，常州全市共辖5区、2市、24个街道办事处、64个镇。至此，一个特大型城市的都市区政区新格局在常州基本形成。

我们研究了常州、武进地区区划演变轨迹与规律。在政区制度上，从府制到市制，区域空间越来越小，城区空间拓展迅速；在政区模式上，从合治（常州府与武进、阳湖两县同驻一地，实行合治、共治）到分治（中华人民共和国成立后）；在政区性质上，从地域型政区到都市型政区，常州已经是个市域面积较大、城区人口比重较高的广域性质的都市型政区；在政区规模上，通过街镇撤并，从小到大。根据我们对常州中心城市(郊域—武进)小城镇建设用地的遥感影像信息解译的结论，2003 年比 1986 年扩展了 2.3 倍！小城镇建成区当年新增面积平均以 5.3%的速度增长，个别镇高达 20%以上。伴随着城镇化、非农化进程的加速，原有乡的体制和规模已经不适应需要，适时推进乡改镇及合并乡镇十分必要。

[区划矛盾，事出有因] 在苏锡常三个地级市之中，中心城市与近郊县市矛盾的程度呈现由东向西加深的特点。苏州—吴县→无锡—无锡县(锡山市)→常州—武进的相互矛盾逐渐加深，问题最多、最难以解决的算是常州与武进。我们在多年研究常州规划—区划课题中，深知个中缘由。

第一是历史文化原因。常州—武进是一个有着 2 500 多年历史的江南古城，但从历史长河来看，县建制早于市建制。市从县的胎腹中脱胎而来。西晋武帝太康二年(公元 281 年)划出丹徒、曲阿置武进县(隶属于毗陵郡)起，武进县名有 1736 年历史；而常州自隋文帝开皇元年(公元 581 年)废郡置州，以州统县，在常熟置常州，常州地名比武进名晚了 300 多年。直到中华人民共和国成立后，才从武进县城切块设置常州市。可以说先有武进，后有常州，常州市是从武进县析出设置的。这一历史演进过程一方面充分说明，武进—常州是地缘相邻、人缘相亲、经济互联不可分割的统一整体，你中有我，我中有你，难以割舍。另一方面，从文化上来看，常州合并或“蚕食”武进，武进人难以接受是有其深刻的历史文化原因的。

第二是经济实力原因。常州与武进几乎处于同一发展水平。2001 年，常州原市区与武进原市域相比，从经济总量来看，武进为 260.64 亿元，常州为 225.88 亿元，武进要大于常州；从人均经济水平来看，常州为 25 417 元，武进为 21 811 元，常州稍高于武进。但作为县(市)级排名，武进位处全国前列，并一度为全国第一。经济实力雄厚的武进腰杆很硬，自然不服常州管辖。

第三是城市规模原因。在新北区设置之前，武进市面积达 1 584 平方千米，年末人口为 119.07 万人，而常州只有 280 平方千米，年末人口为 89.48 万人，常州的地域空间规模要比武进小得多。在许多武进人眼里，中心城区、老城厢本来就是武进的。乃至有些人认为，常州应该并入武进，而不是相反。

第四是干部原因(官本位、高收入)。依靠乡镇工业发展起来的武进经济，其体制的灵活性，市场经济意识与发展经济的胆识，加上比较灵活的分配机制，使在武进工作的干部工资要高于常州。长期的官本位和较高的收入，成为区划调整合并的巨大阻力。作为行政官员每个人的切身利益，自然要为维护“既得利益”而抗争。

以上因素的综合叠加，形成强大阻力和势力阻止区划调整，甚至发展到谈区划色变的非常敏感的程度。而伴随着苏州—吴中、无锡—锡山区划的调整，武进区划调整乃大势所趋。随着常州经济实力的壮大和城市规划建设管理的发展与进步，加上 20 世纪以来乡镇企业的逐渐衰退，尤其是常州东翼几个乡镇区划体制对常州发展的严重制约，以至这种制约形成了强大的社会舆论，区划调整的呼声高涨，加上干部观念的转变，2015 年的常州—武进地区的区划调整就水到渠成了。

[都市区建设的全局思路] 课题构思的重点是设计一个远期理想的常州市行政区划层次结构体系和具有现实可操作性的行政区划结构体系；形成“两大板块”“三个重点”“四类地区”政区改革的具体方案。建立适应常州市经济社会可持续发展、产业合理布局、城市体系规划和总体规划要求，符合我国政治、经济体制改革方向和行政区划发展演变规律的、科学

的、相对稳定的常州都市区行政区划体制。

两大板块：东部的广域中心城区，西部的两个县级市域。

三个重点：城区的区划调整，乡镇的区划调整和开发区的区划体制。

四类地区：迅速拓展的中心城区，大规模开发的新北区，向南推进的武进地区，相对独立的金坛、溧阳二市。

分期推进：近期为以城区为主、结合部为重的新体制实践(开发区、中心镇)；中期为以南北为主、完善西部的新模式推广；远期建立两级层次为主、规模适当、扇形结构形态的常州大都市区政区体系，实行两大板块分治的省管市县分等制，省辖常州市形成市—街区(市镇)—社区纵向结构体系完整、规模合理的大都市区政区结构体系。

为此，我们设想了三个建制区的政区调整规划方案：混合式大区制模式调整规划、放射状模式"大区制"调整规划、城乡分治型"小区制"设想调整规划，并进行了比较分析。这项常州行政区划的战略性、基础性、前瞻性研究成果，为以后的一系列常州项目的研究奠定了良好的基础。

第三节　江苏省常州系列之二：极具影响力的东西两翼规划研究

对一个城市或区域发展具有战略意义的增长轴线，我们称之为空间战略轴线。轴线的建设发展必须依托交通主要干道，也就是说，战略增长轴线是在交通线上发展起来的。在苏锡常，甚至于整个苏南，依托大运河→沪宁铁路干线发育了一系列大大小小的城市，其经济的重心基本都集聚在这条主轴线上，城市的产业呈现东西向延伸的形态，形成长江三角洲，乃至世界著名的大都市带。唯独常州打破了这一自然—经济空间发展规律，从 20 世纪 80 年代起，人为地打破了这一规律，推进南北轴向发展空间战略。这又是为什么？向北发展对常州发展带来哪些影响？如何根据常州的实践情况科学选择战略轴线？又怎样落地？受常州市规划局的委托，2006 年和 2007 年先后完成了"常州城市东西两翼发展规划"[12]和"常州市中心城区外围片区概念性规划"[13]。我们将规划与区划紧密结合，从理论与实践两个方面，破解了上述问题(图 14-7 至图 14-9)。

图 14-7

图 14-8

[常州发展空间轴向的规律]　梳理常州城市形态的历次演变，除唐代主要受政治体制影响外，主要是受经济要素影响并叠加了原来的政治中心的结果，整体上保持着沿运河两侧延展的格局。一直到现代工业不断发展的 20 世纪 80 年代，基本未变。这其中的原因，主要在于两个方面：一是水系格局的自然因素。常州处于江南水网地区，水运发达。隋唐时期，

(a) (b)

图 14-9

京杭大运河的开通更为常州的内联外引开拓了广阔的天地。除了官方漕运外，还有相当运量的民间营运、商业活动，这成为沿岸城镇兴起的源泉。京杭大运河成为历史上常州最重要的经济走廊和发展轴线。二是长江三角洲大区域格局和区域联系通道对常州发展的巨大作用，这个作用更具有决定性的意义。正是这样，常州城在历史长河中才逐渐沿运河拓展形成了东西向定心纺锤型的城市形态[14]，推进了常州地区以东西轴向为基本格局的快速发展，这种城市空间发展的轴线形态极具生命力，是一个亘古未变的自然—经济规律。

［常州发展空间轴向的转变］ 从 20 世纪 80 年代始，常州开始人为地改变城市东西发展的传统。出于改善常州的城市形态，减少因行政区划所受限制，以及响应江苏省委、省政府提出的沿江开发战略等原因，1983 年、1990 年、1996 年常州的三次城市总体规划，无一不将东西方向的城市拓展摆在次要的位置，而将重点放在南北，尤其强调向北拓展。城市空间发展方向从 1983 年的“控制东、西，合理发展南、北”，到 1990 年的“控制东西、发展南北、重点向北、开发江边”，再到 1996 年的“完善东西、发展南北、重点向北、开发江边”，历时 10 余年，常州的城市空间发展政策一直重点强调北翼，而忽视了东西。

在重视城市规划的年代里，常州三次城市空间发展战略直接造成了两方面的结果。方面造就了北翼的迅速发展，城市形态的迅速改观；另一方面，造成历史上一直作为常州发展主轴的东西两翼的发展受到了较大的阻碍，并在城市格局中日益被边缘化。从而在短短不到 20 年的时间里，在 21 世纪初，保持了千余年的常州城市空间形态首次发生了重大逆转，东西方向完全被翼化，南北方向则迅速演变成新的城市主体。而且，这样的城市发展格局在不断要求强化北翼的战略背景下有愈行愈远之势。

改革开放以来的中国，在地方政府与规划师的权力博弈中，政府意志被施加于城市内部空间结构的发展过程，对常州战略轴线选择产生了重大影响。基于常州市域行政区划的空间格局——武进区对常州市 U 形的围合，逼迫常州市规划放弃东西轴向发展的自然规律，而选择了南北轴向发展的空间模式。

然而近 20 年来，常州城市的发展速度却相对滞缓，历来保持在江苏省内第一集团军的地位也开始摇摇欲坠，周边原先较之落后的城市却开始展露扶摇直上之势，直逼常州。改革开放之前，苏锡常三个城市之间的发展表现为较强的均质性。1990 年三市市区的国内生产总值(GDP)分别为 47.1 亿元、59.7 亿元和 39.5 亿元，差距甚微；2004 年，苏州、无锡突破 1 300 亿元，而常州仅为 831 亿元，被抛出江苏省“第一集团城市”之外。从市域整体经济实力来看,2004 年,常州的 GDP 为 1 100 亿元,不足无锡的 1/2、苏州的 1/3。在长江三角洲 16 个城市之中,常州滑落至第四层次;在江苏省内的经济地位也有所下滑,尽管后期有所回升。

在这样的情势下,人们不禁开始质疑 20 余年来的经济发展模式和空间发展战略的合理性。

[具有空间战略意义的重大发现] 常州落伍固然有其相对的经济区位条件、交通格局、上海超级大城市的依托等外在因素的影响,但空间发展主轴选择的失误才是常州落伍的根本内因。这是我们在该项课题研究中的一个重大发现。常州应该反思向北发展的轴向空间选择。尽管"北向发展"有两个重要背景。一是江苏省大力推进沿江开发,常州想借机"以港兴市"。其实,常州的长江岸线资源并不具备做大做强常州港口的优势和条件,"向北发展""以港兴市"的发展战略并非明智之举。二是武进对常州的包裹限制了常州发展的空间供给,自武进北部几个乡镇划入市区之后,常州城市发展的空间转向北部。

常州城区长期被武进包围之中。武进不仅限制了常州城市发展的空间供给,而且占据了常州城市发展的主导战略方向(尤其是东和南)。这一格局不但迫使常州失去了都市区向南拓展的先机,而且失去了对戚墅堰优势空间区位的充分整合和利用。由此,我们可以得出这样的结论:在长江三角洲的所有中心城市中,常州是因行政区划制约而付出代价最大、影响最深的城市之一。

[常州的出路何在?] 常州市的空间拓展模式可以有四种选择:①四翼同步发展,即东西南北四个方向组团式均衡发展,这在常州市城市规划中曾经被确立过;②南北主轴发展,东西次轴发展,这是目前确立的常州市空间拓展模式;③东西翼主轴发展,南北翼次轴发展,这是常州历史时期顺应自然—经济规律的空间拓展特点;④东翼和南翼为发展主轴,北翼和西翼为发展次轴。研究认为,东西两翼(重点是东翼)是常州空间拓展亘古不变的城市战略主轴。基于以下理由:

一是,常州与周边城市的经济联系主要是沿运河与沪宁线东西走向的长江三角洲城市经济带,常州经济的发展必须顺应区域内部的经济社会的空间轴线大流向;二是当前常州城市内部经济主要集中于以运河为主轴线,北至龙湖塘,西至钟楼,南至湖塘、牛塘,东至横林、横山桥和洛阳的东西偏南走向的纺锤形区域;三是两翼地区作为常州中心城市的东西大门,沪宁高速公路和沿江高速公路相互交汇,工业经济基础较好,是常州市承接上海都市圈和南京都市圈辐射的门户,也是长江三角洲区域经济社会流的主要通道。

[空间定位与空间组织] 基于课题组对东西两翼规划战略研究成果对于常州发展主轴问题的重要发现和理论与实证的深入剖析,在完成东西两翼项目之后,随即开展了"常州市中心城区外围片区概念性规划"项目。这个项目的基本思想是基于常州"多中心增长"的实际情况和未来常州都市区发展的空间演进趋势进行深化研究与规划的,重在规划思想与空间定位的落地。对于常州都市区空间规划的落实,乃至成败具有"决定性"意义。这一项目非常重要的要求就是面对常州市郊行政分割的格局,如何以新的治理观探索新的治理模式,以促进形成常州市区近郊的整体发展活力。课题组投入大量人力,收集资料,深入调查,听取各方面的意见,精心分析策划,得出郊区"七大片区"的功能定位,提出了相应的区划调整与行政体制改革的设想方案,最终形成"一城两轴,两区两体,三市两镇"的空间定位与组织体制创新(图 14-10)。

◆一城两轴。"一城"是指一个中心城市——常州;"两轴"是指东西发展轴和南北发展轴，两轴交汇于市中心，构成常州市区的发展框架。

◆两区两体。“两区”是指城区[含武进区的湖塘及东西两翼的戚(墅堰)—横(山桥)—遥(观)功能区和钟(楼)—邹(区)功能区]和郊区(武进)，互动发展，相得益彰；“两体”是指东翼的横(林)—洛(阳)共同体和西翼的奔(牛)—罗(溪)共同体。

关于两个功能区：在东西两翼组建两个功能区，设立功能区委员会，东翼包括戚墅堰区和武进区的横林、横山桥、遥观镇，西翼包括钟楼区和武进区的邹区。成员由市、区、镇领导组成，下设办公室，协调主城区与外围乡镇在规划发展中跨界的重大问题。

关于两个共同体：基于乡镇合并的阻力较大，在维护现有的政区体制下，为加强合作与协调而设立的组织，以充分发挥区位集聚优势，推进整体联动发展，实现共赢。在东翼设立横—洛共同体，西翼设立奔—罗共同体。

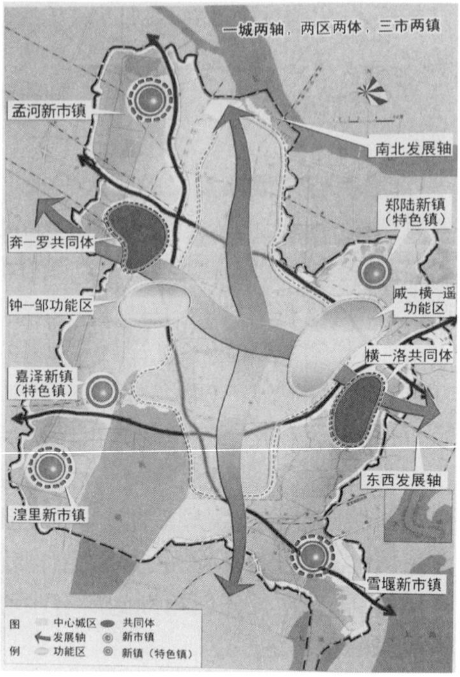

图 14-10

◆三市两镇。“三市”指三个新市镇(孟河、湟里、雪堰)；“两镇”是指嘉泽和郑陆两个特色镇。

孟河、湟里、雪堰三个新市镇是郊区的三个区域性中心，规模较大，经济基础较好，集聚力较强，是常州都市区郊区的新兴城镇，推进城乡一体化的重要基点，也是具有持久发展潜力的特色镇，应规划建设成为区域性社会服务中心，带动周边乡镇发展。其行政地位应略高于一般乡镇。嘉泽、郑陆两个特色镇的规模略小于新市镇，应充分发挥其专业特色优势，加速发展。

[区划与规划有机融合的样本] 怎样选择规划空间的战略轴线，是关乎一个城市、区域持久发展的重大问题。除了考虑水陆交通、核心经济区(工业区)的基础等重要因素之外，人们往往忽略了政区空间这一极其重要的因素，甚至是决定性因素。区划与规划“融合”思考、积极谋划能够较好地规划和推进这个问题的解决。本课题提供了这样一个样本。但要注意的是，行政区划是一个刚性的空间约束，不可能，也不应该随意进行调整，必须兼顾行政区双方的利益，寻求能够实现双赢和可持续发展、双方都能接受、可以实现的方案，这就是区划与规划“有机融合”的方案。行政区划专家参与城市—区域规划有助于实现这种“有机融合”。

第四节　江苏省常州系列之三：基于“五位一体”的常州市域空间规划研究

[新课题的背景] 2010 年的秋季，我在天津。9 月中旬的某一天，接到常州市规划局顾局长的来电。电话里说，党的十八大之后，市领导十分关注常州的规划和区划问题，规划局想请我们做研究论证，并希望我考虑一下课题的名称。要求十分急迫，希望我去常州商议一

图 14-11

下此事。同年 9 月 19 日我乘坐高铁赶往常州，20 日常州市规划局局长介绍了常州的城市规划情况与行政区划的问题。随即商讨课题立项事宜（图 14-11）。我事先考虑了一个题目——“基于‘六位一体’空间的常州市城域（城区）行政区划调整与体制改革方案研究”，所谓六位一体是指经济、社会、政治、文化、生态“五位一体”的融合发展，加上和“政区空间”的契合。从指导思想上是贯彻实施党的十八大精神，从常州的实际情况出发，通过规划和区划研究的真正融合，实现行政区划调整的科学化、法制化、稳定化的要求，从根本上解决常州长期以来武进区划格局对常州整体发展，尤其是空间战略的刚性制约。在与规划局取得共识后，立即着手拟定研究计划，组织研究力量，安排调研与收集资料的工作，并与老搭档——苏州科技大学城乡一体化研究院、建筑与城市规划学院的老师商议具体事宜，尽快落实安排。

新课题的一个显著特点是，领导高度重视，迫切要求解决规划发展中的区划体制问题；从规划角度来看，“五位一体”空间规划如何与“政区空间”调整规划相协调、配合，真正解决规划、发展中行政区划体制的困扰问题，是一个实实在在的挑战。

［全力以赴调研基础上的深入剖析］ 课题组主要成员都多次参加过常州项目的研究，对常州市情相当熟悉，但与前几次项目相比，要求更高，更加深入，方案论证要求更加具体，说服力更强，资料分析更加严谨、翔实。为此，规划局要求常州市规划设计研究院全力配合课题组的工作，提供方便，并派常州市规划设计研究院的同志随同调研。课题组多次深入调研，召开了多次大型座谈会，听取了方方面面的意见和建议，获取了大量第一手新资料。

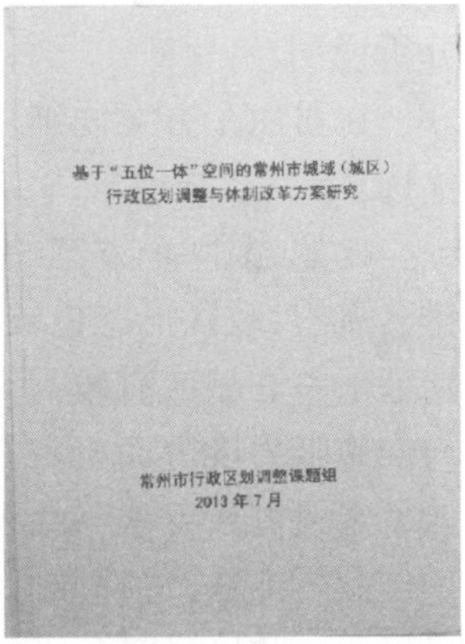

图 14-12

经过调查，在吸收以往成果的基础上，进一步对常州—武进地区的行政区划体制问题进行了全面、系统的总结和深入剖析。2013 年 7 月，向常州市提交了研究报告[15]，包括总报告、专题研究报告，以及报告的简要稿（图 14-12）。与以往研究成果相比较，最突出的一点就是，对常州市区划与规划的关系及其影响、区划与经济发展的关系及其影响、区划与生态环境建设的关系及其影响、区划与文化的关系及其影响、区划与社区建设的关系及其影响、区划与战略轴向发展空间定位的关系及其影响等问题，都做了详细的研究和剖析，提供了可供决策选择的多个区划调整改革方案。

以下摘录了报告的部分内容：

关于政区空间矛盾阻碍了常州的发展步伐，一针见血地提出了常州由于行政区划问题对城市和经济、社会、文化、生态发展的严重影响。报告指出，拼合的常州架空了顶层设计，形成了典型的合成谬误；“螺蛳壳里做道场”使城市中心区功能升级受阻；战略性资源在低发展平台上长期耗散；建设效率与效益的低下影响到城市的竞争力；原本狭小的城市腹地亦难以充分发挥潜力；长期离心的发展消磨着城市的向心力和凝聚力。这些问题表现在经济、社会、文化、生态，以及基础设施建设、产业投资和空间产出效益等方方面面。

研究报告的结论是，“优化的政区空间是常州发展雄心得以实现的前提”。报告认为，在社会经济发展跨入新一轮转型时期，常州再不能这样戴着脚镣跳舞而再一次痛失发展机遇，而要以前所未有的胆识和勇气着力打造一种有秩序的政区空间结构，使经济、政治、文化、社会、生态五大建设系列在空间上得到有效的安排，确保常州能够壮志得酬，实现新一轮的辉煌。报告指出，创新政区空间与“五位一体”空间融合的战略，将极大地影响，甚至决定常州大都市区建设发展的成败；进一步推进中心城域(区)行政区划体制的深层次改革，消解体制羁绊，释放区划的正能量，将极大地激励常州的跃迁式发展。常州政区空间组织调整与体制改革还是建设苏南现代化示范区一道绕不过的“坎”。

[权力+空间=生产力:理论新高度] 报告的第二个特点是在理论上进行了一定深度的剖析。首次在行政区划研究报告中提出了“权力+空间=生产力”的观点，为什么行政区划那么重要？为什么要用“行政区经济”理论诠释中国的区域经济、区域政治、区域社会、区域文化和区域生态等特殊现象？“行政区经济”创新理论背后的本质又是什么？在常州行政区划调整改革论证报告中进行了理论分析，应该说是一次尝试，从一个侧面反映了此次课题研究的理论高度。此外，本次论证还尝试采用定量方法对四个区划方案进行了评估排序，取得了较好效果。

[政区调整方案及其评估] 这是本项目必须认真回答，对于地方政府来说可以操作实施的政区调整改革方案。课题组经过认真研究、反复琢磨，提出了六个方案。对每个方案的空间组织结构模式(同心圆状、放射状和放射状兼有同心圆状三种模式)、具体调整方案、调整后的区划格局与命名、行政中心设置、调整后的政区概况，以及优缺点都进行了分析说明。

在对六个方案详细分析的基础上，采用定性与定量结合的方法进行了方案的比选与优选。

比如，在六个方案的定性分析结果中，方案3的面积、经济总量、五位一体三项重要指标排名靠前，政区形态也较好，因而具有一定优势；但总体来看，方案6最优，其政区功能清晰，保证了中心城区有较为充足发展空间的同时不易造成城市的无序蔓延，在五位一体匹配度与实施阻力度方面也占有明显的优势。

定量分析方法与结果如下：

分析方法：选择政区空间形态完美度、政区规模均衡度(镇街道数量倍差、面积倍差、人口倍差)、政区经济公平度(GDP倍差、人均GDP倍差)、实施阻力度、五位一体匹配度等指标，对所列六个方案按照以下公式进行计算：

$$M_i = \sum W_j M_{ij}$$

式中，M_i 为 i 方案的总得分值；W_j 为第 j 因素的权重，每类因素的权重为0.2；M_{ij} 为第 i 方案 j 因素的得分值，采用赋值方式，根据因素在三个方案中由最好到最差的排序，分别赋值6分、5分、4分、3分、2分、1分。

在空间形态方面，方案1较规则，方案6次之，方案3再次，方案2较差；在实施阻力方面，方案6最小，方案2与方案5次之，方案4难度最大；在五位一体匹配程度上，方案6在保持老城区完整的同时在一定程度上控制了老城区的发展空间，为最佳，方案 3 次之。

方案比较如表 14-1、表 14-2 所示。

表 14-1　六个方案比较

	形态完美度	规模均衡度			经济发展公平度		五位一体匹配度	实施阻力度
		镇街道数量	面积	人口	GDP	人均 GDP		
方案 1	第一	4.3	6.3	5.0	4.9	1.6	第六	第四
方案 2	第六	1.7	4.7	2.4	2.3	1.5	第五	第三
方案 3	第三	1.9	3.7	2.7	1.6	1.5	第二	第五
方案 4	第四	2.1	4.3	2.1	2.2	1.5	第三	第六
方案 5	第五	1.7	5.5	2.4	2.3	1.6	第四	第二
方案 6	第二	3.5	6.3	4.9	4.4	1.5	第一	第一

表 14-2　六个方案赋值比较

	形态完美度	规模均衡度				经济发展公平度			五位一体匹配度	实施阻力度	总分
		镇街道数量	面积	人口	总分	GDP	人均 GDP	总分			
方案 1	6	2	2	2	2.0	2	5	3.5	1	3	3.10
方案 2	1	6	4	5	5.0	4	6	5.0	2	4	3.40
方案 3	4	5	6	4	5.0	6	6	6.0	5	2	4.40
方案 4	3	4	5	6	5.0	5	6	5.5	4	1	3.70
方案 5	2	6	3	5	4.7	4	5	4.5	3	5	3.84
方案 6	5	3	2	3	2.7	3	6	4.5	6	6	4.84

注：每类因素权重均为 0.2；总分最高分为 6 分。

比较结果：两个优选的方案。

综合六个方案的比较，方案 6 综合分最高，得分为 4.84 分；方案 3 次之，在总分 6 分中得分 4.4 分。

结论：无论是定性还是定量分析，方案 6 最优，方案 3 次之。区划调整后，将有利于推进"五位一体"统筹发展，有利于提高方案实施的可操作性，有利于政区空间和规划空间的融合，有利于东西轴线的发展，有利于经济社会的发展，有利于形成各区特色、发挥各区活力。

2015 年，国务院批准常州市行政区划再次调整的方案[16]。这次调整是进一步强化常州中心城市、拓展城市未来发展空间的重大举措，也是再次协调常州—武进政区空间利益关系的结果，对于常州—武进地区一定时期内的区划稳定将起到积极作用(图 14-13)。

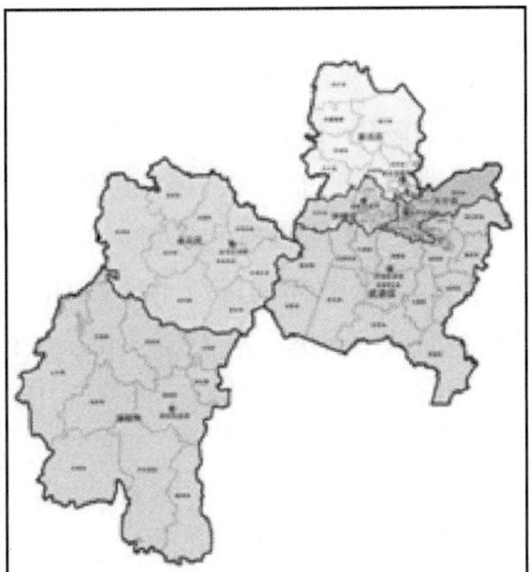

图 14-13

注释

① 泰县，1994 年撤县设市更名为姜堰市，2012 年改设姜堰区。

② 小时候，我大概 10 岁之前在宣堡乡(镇)郭寨村生活学习，10—15 岁(高小至初中)是在口岸镇生活学习的。宣堡一直隶属于泰兴，而口岸相当长一段时期隶属于泰州。由于我初中毕业后去扬州读书，户口是从口岸镇迁出的，因此，1996 年泰州升格为地级市，口岸镇划入泰州，设高港区，泰州市就把我划为高港区籍人士了；但在泰兴名人录中仍然有我的名字。

③ 1990 年 9 月 20 日，我在南京与江苏省民政厅区划处处长夏如山同志，就苏锡常和"三泰"地区的行政区划研究工作安排问题进行了讨论，取得了共识，确定研究的核心内容包括五个方面：1. 苏锡常的城市群体问题；2. "三泰"的行政体制格局问题；3. 市管县和地级、县级市之间的关系问题；4. 市与所在地的县的关系和市的郊区大小问题；5. 县级市设置模式及其市区体制问题。——"关于苏锡常和"三泰"地区行政区划研究工作安排问题的情况汇报"，夏如山、刘君德，1990 年 9 月 20 日。

④ 海陵以其地高阜而又傍海得名，何时设县，史无确切记载。古之海陵(泰州)与金陵(南京)、广陵(扬州)、兰陵(常州)齐名华夏，饮誉神州。这里江海交会，气势磅礴。泰州地处江苏省中部、长江沿岸，为长江三角洲经济区 16 个中心城市之一，有凤凰城的美誉、"水陆要津，咽喉据郡"之称。具有 2 100 多年的历史，秦称海阳，汉称海陵，州建南唐，文昌北宋，兼融吴楚越之韵，汇聚江淮海之风。千百年来，风调雨顺，安定祥和，被誉为祥瑞福地、祥泰之州。随着黄海的海岸线逐渐东移，海陵县幅员不断增加，未免管理不便。因此，五代时先后在海陵县境域之中设置了兴化、泰兴、如皋等县，海陵县保存了中心部分，南北边境被"瓜分"了。五代时，即南唐昇元元年(公元 937 年)置泰州，其级别高于县，泰州设置后不到 20 年就管辖海陵、兴化、泰兴、如皋、盐城五县。

⑤ 南京师范大学、南京大学、北京大学、东南大学、上海空军政治学院、扬州商业专科学校等校的一些学者参与了许多研究，发表了论文。

⑥ 这份报告由金鼎馨、周克瑜主要执笔完成。基于敏感、保密因素报告印数很少，在 20 份左右，主要是送交民政部区划地名司和江苏省民政厅。1993 年 6 月，我陪加拿大蒙特利尔大学东亚研究所主任等专家去考察时，给了陈思瑞同志一份报告的复印件。

⑦ 陈思瑞，《十年磨一剑》(未刊稿)第 82 页。

⑧ 陈思瑞的《十年磨一剑》中有一段这样的文字："李强同志交给我两份信件的复印件，都是关于泰兴县改市的事，一份是全国人大常委会副委员长陈丕显 1991 年 7 月 3 日写给民政部部长崔乃夫的，一份是陈丕显 1991 年 2 月 27 日写给国务院秘书长陈俊生的。"人们不难看出，这两封信对泰兴顺利设市所起的关键作用。

⑨ 课题主要完成人：刘君德、金鼎馨、周克瑜。《视同鉴定意见》原件由华东师范大学档案馆复制存档。

⑩ 参加该项目的有袁中金、陶希东、史卫东、黄明华等。

⑪ 过渡政策包括：武进区现职四套班子领导干部保持不变(个别领导交流除外)；财政分成比例保持不变(省级以上有新规定除外)；行政管理体制除规划、国土实行统一管理外，其他保持不变；现有分配政策和社会保障体制保持不变；划出的七个乡镇区域内企业资产权属不变。

⑫ 参加该项目的有袁中金、刘泽勤、石超艺、胡德、贺曲夫、刘焱、刘露、马海龙、涂志华、卢道典、李小剑。

⑬ 课题组成员有袁中金、刘泽勤、侯爱敏、陈慧玉、曾万涛、胡德、贺曲夫、刘焱、刘露、马海龙、刘宁、涂志华、卢道典、王蕾、郭毅、兰宇静、牛建会、宋丹萍、周一晴、田敏敏、丁小兰、洪钦、王之伟、顾姗姗、陈思思。

⑭ 参见刘君德、袁中金、顾春平、胡德：《分权与当代中国都市区空间规划的理论与实践：常州市案例研究》，东南大学出版社，2011 年，第 169-218 页。

⑮ 最后提交的报告题目更改为"常州政区空间优化研究"。对于上述六个方案的综合比较结果，我个人认为有一点必须加以说明，尽管报告选择了第六方案(金坛市改设区)为最优方案，这是基于常州市域现有政区空间格局的基础与现状，充分考虑常州市中心城区未来空间扩展的需要，预留足够的政区空

间。这与近几年来，全国大量地级市区划调整，采取近郊市县改设区的路径，以扩大中心城区版图是一脉相承的。我们很难评价这种做法的是非，它需要历史检验；但防止简单的“政区城市化”（行政城市化）或“人为城市化”，严格控制市县改设区的非农土地开发和盲目扩张城区版图，尊重城市化发展的自然规律则是城市政府必须遵循的，国家也有必要制定相关法律法规加以控制和监督。就常州的现实情况来看，在原有的城域（城区）范围内选择最佳的区划调整方案也未尝不可。这是我不得不说的后话。——本书作者。

⑯ 2015 年，撤销常州市武进区和戚墅堰区，设立新的武进区，以原武进区（不含奔牛镇、郑陆镇、邹区镇）和戚墅堰区的行政区域为新设立的武进区的行政区域，武进区人民政府驻湖塘镇延政中大道 28 号。撤销县级金坛市，设立常州市金坛区，以原金坛市的行政区域为金坛区的行政区域，金坛区人民政府驻西城街道华阳南路 88 号。将原武进区的奔牛镇划归常州市新北区管辖，将原武进区的郑陆镇划归常州市天宁区管辖，将原武进区的邹区镇划归常州市钟楼区管辖。在撤销戚墅堰区的同时，经江苏省政府批准，将戚墅堰经济开发区更名为江苏常州经济开发区。——常州市百度百科。

第十五章　实践成果之四：都市区（圈）政区体制研究（苏锡常与徐州）

早在中国行政区划研究中心成立之初，我就领衔从行政区划视角开展中国首个都市区项目的研究——“江苏省苏锡常地区行政区划战略研究”。20世纪90年代后期，我赴美国、加拿大访问，持续关注发达国家的都市区体制。21世纪初又参加了徐州都市区规划的研究，在我的博士生论文中，都市区选题占有不小的比重。随着城市化的快速推进，以特大城市、大城市为核心的都市区（带）、城市群在国家战略中日益显现其极其重要的地位。关于政区的跨界体制问题越来越引起政府高层和学者的关注。本章将通过苏锡常和徐州都市区（圈）规划案例的介绍，展现我们从行政区划角度研究都市区体制的过程及一些有趣的故事，从中可以了解我们的基本观点。

第一节　都市区研究总览（行政都市区概念）

［基于行政区的都市区类型划分］　关于都市区的概念，传统的规划和地理界学者大多沿袭西方的“都市区”概念内涵，关注的是功能区域规划等问题，并没有充分考虑行政地域的因素。功能地域体现着城市人口居住、就业、交通、购物、医疗、教育、文化、游憩等基本功能和经济联系、城乡相互作用的地域范围。而都市区的行政地域是随着城市建制的设立而划定的，是地方城市政府行政管理的都市区空间地域，作为一个地方政治—行政—法律的概念，可以称它为行政性都市区。长期以来，规划界、地理界的学者对于这种类型的都市区研究较少，成果不多。而政治—社会学界由于较少介入都市区这一特定地域空间的研究，因而鲜有关于都市区视角的地方政治（区域政治）问题的研究成果。

在中国的政治体制背景下，建立行政性都市区的概念极为必要。这是因为在中国，行政区建制对于地方城市规划建设和区域经济社会发展具有极其重要的影响，特别是在转轨时期，城市和区域的竞争，实质是城市型政府和地域型政府权力—利益的摩擦。因此，研究中国的都市区、城市群或者是都市圈（带）发展与规划问题，一定要重视对中国城市行政区划的研究，理解行政区与都市区发展之间的相互作用以及行政区划体制对于都市区发展与规划的刚性制约。

［具有中国特色的行政性都市区类型划分］　我国的都市区（圈）是具有中国特色的行政性都市区，可以将都市区大致划分为两大类型：一是单一的行政都市区或界内都市区；二是跨界都市区，即多中心的非行政都市区，或称复合都市区、自然都市区。

◆单一都市区。是指一个都市区属于一个行政区域。最典型的单一型都市区如深圳、广东东莞和浙江湖州、海南海口等未实行市管市体制的单一型地级市。从广义的都市区概念来看，中国绝大多数的单一都市区都实行了市管县（市）体制。按照胡序威、周一星划分都市区的标准，少数中心城市的集聚规模小、辐射能力弱，或是地级市的划界欠规则、欠合理，实行市管县体制的地级市，目前尚不能称之为都市区，或者是尚处于发育—成长阶段的都市区，如江苏省的宿迁市。2012年，市域人口为164万人，城镇从业人口只有9万多人，占5.5%；市域土地总面积为2 108平方千米，建成区面积只有70平方千米，占3.5%[①]。人口集聚规模小，城市化水平低，经济总量少，经济集聚与辐射能力弱；而周边小城市的城市化水平也较低，目前尚不能称之为都市区。行政性都市区一般是单个行政主体的都市区。中国绝大多数都市区都是行政性、单中心、单一型都市区。这类都市区多以一个大中城市为中心，形成一个完整的政区等级系统，城市的行政地域和功能地域基本统一。

按其规模大小可分为单一型超大型都市区、大都市区和单一型中小型都市区。

单一型超大都市区是指中央直辖市（即上海、北京、天津、重庆），其规模巨大，在直辖市下不设市，实行市辖区（县）制度，市区实行市—区—街道“两级政府、三级管理”体制，郊区实行市—区（县）—镇（乡）“三级政府、三级管理”体制。

大都市区包括50万人以上的省会城市、副省级市和中心城市的非农业人口集聚规模在80万人以上的地级市，总计约50多个。其中有27个50万人以上的省会城市，25个80万人左右的非省会地级市。这些城市规模较大、经济比较发达[非农产业占国内生产总值(GDP)的比值一般在80%以上]，目前绝大多数仍实行市管县（市）体制，但从狭义的都市区概念来看，核心城市周边的县级市大多已经改设为区。

中心城市的非农业人口集聚规模在50万至80万人之间的地级市为中型都市区，约38个，同样实行市管市体制；中心城市非农业人口50万人以下、20万人以上的地级市和部分县级市为小型都市区。县级市实行市—镇（乡）两级管理体制，法律规定为省直属、地级市代管。

单一型都市区归属于一个统一的行政实体，城市政府对辖区内实行的统一管理，能够运用行政的力量，调动市内的行政、土地等资源，有效地对都市区空间进行规划、建设和管理。

◆跨界都市区。或称之为复合都市区、双中心或多中心并列的都市区。顾名思义，跨界都市区是指跨越一个或一个以上同级行政区的都市区。按照行政等级高低可以分为跨省（市）都市区和跨地县都市区两类。北京—天津两个跨直辖市的都市区实为超级跨直辖市的都市区；跨省际都市区如徐州都市区跨越江苏、山东、安徽三省，南京都市区跨越江苏、安徽两省等；跨地级都市区如广（州）佛（山）都市区，原海口—琼山都市区、原苏州—吴县都市区等。此类都市区在中国数量相对较少，主要分布在经济发达的沿海地区，近10年来有减少的趋势。跨地县市级都市区如江阴—张家港—靖江都市区等。

在实行市管市体制、经济发达地区的大型、中型、小型跨界都市区，此类都市区内存在多个行政区主体，没有行政上的隶属关系，区内政府之间（主要是地级市与县级市之间）的利益矛盾往往比较突出，都市区内的发展与规划的协调难度较大，难以在都市区内实行统一规划、建设和管理。

从上面两类行政地域都市区的划分中，我们可以看出，都市区有规模大小、行政等级高低之分，也可以相互重叠。如京—津—冀超大型都市区是由北京、天津两个大都市区和河北省廊坊、保定等市组成，北京、天津是两个各自独立的狭义都市区；江阴—张家港—靖江都市区是由三个小型都市区组成，而且跨越了三个地级行政区（无锡、苏州和泰州）。

应当指出，跨界—并列型都市区最大的特点是在都市区内各城市之间不存在相互行政隶属的关系，但自然和人文环境相类同，相互之间存在着密切的经济、社会、文化等各种联系。然而，这种紧密地联系在“行政区经济”运行时期，利益摩擦不断增加，行政分割、各自为政、盲目竞争、重复建设现象十分严重，都市区内并列的行政区划成为都市区发展“看不见的墙”，严重阻隔了经济联系，削弱了都市区的整体竞争力。这正是研究中国特色都市区问题的一个重要内容，也是区别于国外都市区的一个十分重要的方面。因为在西方国家的政治制度和较为完善的市场经济体制环境下，类似中国的“行政区经济”现象表现很弱。由此，我们认为，从行政区划的视角对中国的都市区进行科学划分和深入研究，具有十分重要的理论与实际意义。

［权力视角的都市区分类］ 从集权与分权的角度来看，单一都市区（单中心都市区）属于集权型都市区，在一个都市区内只有一个领头的地方政府，上下级政府之间是集权—分权关系。在市管县（市）体制盛行时期，都市区的集权性特征表现相当突出。集权型都市区在初创时期，往往利用其权力使人、财、物资源向中心城市集中，这对于加速中心城市发展十分有利，然而却不利于县域经济的发展。

与行政集权的都市区相对应的是跨界分权型都市区，即在一个功能性都市区内拥有两个或两个以上的同级政府，各行政主体之间相对独立，处于分权、分治状态。很明显，此类都市区人、财、物资源分散，各个行政区之间盲目竞争、相互封锁、自成体系、产业同构、重复建设等“行政区经济”分割现象十分突出，难以开展统一的都市区规划。这种都市区体制虽然可能在一段时期内经济发展较快（尤其是中心城区周边的县级市），但从整体、长远来看可能是“弊大于利”。

第二节　江苏省苏锡常地区行政区划战略研究

［项目：民政部高度重视的我国首项区域性行政区划战略研究］ 1990 年 5 月，在中国行政区划研究中心正式成立之后，民政部和江苏省民政厅支持下的首个重大项目——“江苏省苏锡常地区行政区划战略研究”正式启动（图 15-1）。

图 15-1

这一项目的背景主要是三个方面：一是国家高层领导人高度关注行政区划的战略研究。时任国务院总理的李鹏同志“在审定民政部机构改革方案时明确指出，‘对行政区划这个大问题，民政部要从战略上去考虑，要高度重视这一工作’”[②]；二是民政部部长崔乃夫对行政区划研究工作的高度重视，他指出要“推动我国行政区划工作逐步走向科学化、理论化、规范化的轨道”[③]；三是改革开放以来江苏省苏锡常地区存在行政区划体制性的尖锐矛盾，急需通过科学论证，寻求解决的途径。因此，中国行政区划研究中心成立后的主要任务之一就是强化行政区划理论与实践结合、偏重于应用的研究，而首先要从战略高度看待各地区存在的种种行政区划问题。

“江苏省苏锡常地区行政区划战略研究”是一个十分敏感的课题，民政部区划地名司和江苏省民政厅精心策划，安排落实了这项重要的研究项目。1990 年 4 月初，民政部区划地名司与江苏省民政厅进行了磋商。同年 7 月，中国行政区划研究中心向民政部和江苏省民政厅提出了“江苏省苏锡常地区行政区划战略研究”的开题报告，很快得到批准。同年 9 月，我与江苏省民政厅区划处就落实情况向民政部区划地名司、江苏省民政厅和华东师范大学作了书面汇报，共同制定了“苏锡常地区行政区划研究工作计划”。同年 11 月，江苏省人民政府办公厅发文至无锡、苏州、常州、扬州市政府，要求支持此项课题研究(图 15-2 至图 15-4)。

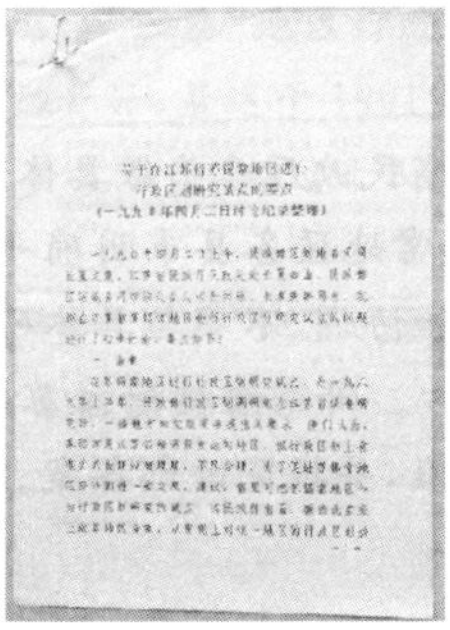

图 15-2

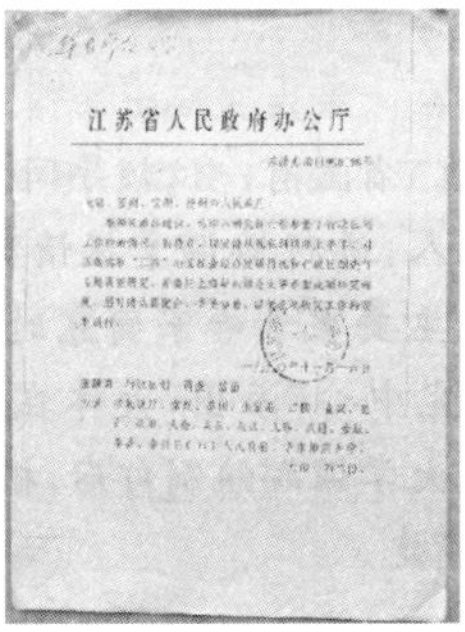

图 15-3

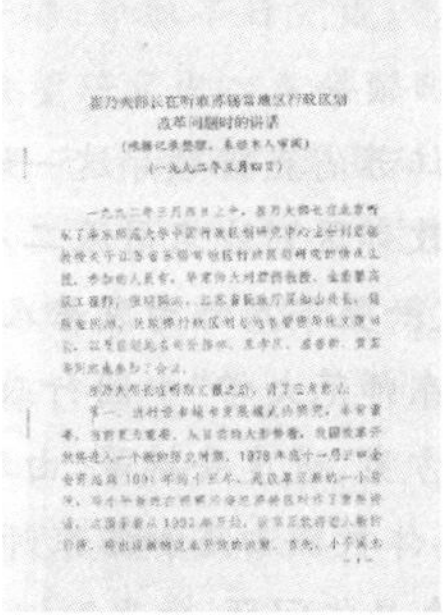

图 15-4

关于在江苏省苏锡常地区进行行政区划研究试点的要点

(一九九〇年四月二日讨论记录整理)

1990 年 4 月 2 日上午，民政部区划地名司司长张文范、江苏省民政厅民政处处长夏如山、民政部区划地名司审核处副处长孙伟林和朱孝庆等同志，就拟在江苏省苏锡常地区进行行政区划研究试点的问题进行了初步讨论。要点如下：

一、由来

在苏锡常地区进行行政区划研究试点，是 1989 年上半年，民政部行政区划调研组在江苏省调查研究时，一些地方的党政领导提出的要求。他们认为，苏锡常是江苏省经济最发达的地区，但行政区划上有些关系长期没有理顺。为促进苏锡常地区经济的进一步发展，建议省里可把苏锡常地区作为行政区划研究的试点，请民政部出面，邀请北京或上海等地的专家，从宏观上对这一地区的行政区划进行研究，通盘考虑，合理布局，提出科学、合理解决现有矛盾的办法。调研组对这个建议非常重视，在南京考察期间，即向江苏省有关领导作了汇报，得到了支持，回北京后，调研组又专对此事起草了报告。崔乃夫部长、张德江副部长很重视，都作了批示，同意在苏锡常地区进行行政区划的研究。在此基础上，区划地名司做了一些具体的研究和论证，并确定邀请上海华东师范大学组织部分专家进行这一课题研究，华东师范大学接受了邀请。

二、研究目的

江苏省苏锡常地区是我国经济最发达的地区之一。工农业总产值已超千亿元，占全省的一半以上，人均收入近千元。该地区人口约 2 000 万人左右，占全省的三分之一，人口密度约为每平方千米 800 人左右，城镇化水平为 30.1%，无论人口密度还是城镇化水平，都是全国最高的。

但是，该地区的行政区划有一些长期没有解决的问题，随着经济的发展，这些矛盾日益突出，如城和郊的关系问题、市和县的关系问题、市和市的关系问题等。对这一城市密集地区在行政区划上反映的矛盾进行统盘研究，并根据条件，逐步解决这些问题，将会更有利于该省地区经济和社会的发展。同时，也可以为其他地区行政区划的合理设置提供经验，对全国有一定指导意义。

三、研究课题

从总体上看，主要是研究苏锡常地区的城乡关系，研究该地区城乡行政区划的合理设置。在这个总的

6. 提交成果、汇报

五、组织领导与课题组组成

六、经费预算

七、工作方法与协议事项

1. 注意保密，资料不公开，成果不发表

2. 工作方式以小型座谈会为主，不开大会

3. 定性与定量相结合，野外调查与室内分析相结合

4. 课题组组成精干，多学科结合

5. 充分依靠各地党政部门

6. 各地政府提供调查的方便

中国行政区划研究中心

1990 年 9 月

江苏省人民政府办公厅

苏政办函〔1990〕96 号

无锡、苏州、常州、扬州市人民政府：

根据民政部建议，为深入研究探讨新形势下行政区划工作的新情况、新特点，现安排从现在到明年上半年，对苏锡常和“三泰”地区社会经济发展情况和行政区划进行专题调查研究，并委托上海华东师范大学承担此项研究课题。届时请认真配合，提供协助，以便此项研究工作顺利进行。

江苏省人民政府办公厅（章）

一九九〇年十一月十六日

“江苏省苏锡常地区行政区划战略研究”着重探讨苏锡常地区行政区划体制模式，针对该地区存在的行政区划体制问题，提出可供领导决策实施的参考方案。

［调研：全面细致深入而神秘］ 课题组[4]在做了充分准备的基础上，于 1990 年 12 月 8 日至 1991 年 2 月 1 日，在苏锡常地区连续开展了近两个月的大规模、认真细致而“神秘”的调查，内容涉及自然条件与资源、行政区划、人口、经济、城镇和各类地图 6 大方面、62 项具体内容，行程遍及苏锡常地区 12 个县市、近 50 个乡镇，收集了各种资料近 400 份，召开了各种类型、不同层次的座谈会上百次[5]（图 15-5）。

(a)

(b)

图 15-5

与我们以往的课题相比，第一个显著的特点是高层领导非常关注，专门发文至各地县(市)，要求密切配合，并派人随同考察。江苏省民政厅民政处处长夏如山同志全程陪同调研，民政部区划地名司也一度派人参与考察；县市直至乡镇考察都是主要领导出面接待，各职能部门充分准备提供调查提纲所要求的资料图件。第二个特点是调查内容面很广，几乎涉及各级政府所有的职能部门。这是因为行政区划体制问题作为上层建筑，不仅关注经济问题，而且涉及历史、文化、生态环境、人事管理、机构设置等方方面面，必须进行综合科学分析，权衡利弊得失，最后慎重制定区划改革调整的方案，为相关部门决策提供科学依据。第三个特点就是调查研究比较神秘。由于行政区划体制与空间格局的改变涉及各行政区利益的调整，以及相关机构、人事的变动，十分敏感，尤其是行政性较强的苏锡常地区，在改革开放初中期，区域之间的竞争性十分强烈，相互之间争地盘、抢项目、挖人才等现象十分严重。如果公开宣布进行行政区划改革调研，有可能出现拉关系、走后门，甚至于提供虚假数据资料，干扰课题组的正常调查工作。为此，江苏省民政厅在发文各地县时，只字未提"行政区划"调研，而是强调开展社会经济调查。从而使本项课题的调查显得相当神秘。而在各地调研时，课题组成员只是简单说明来意，对于涉及区划调整问题，大家都守口如瓶，不发表任何意见。

[分析：数据整理→编绘系列地图] 考察结束后，课题组立刻着手整理资料，思考报告提纲，但最为繁重的工作是对各市县大量的统计资料进行整理、计算、分析，绘制出空间分布地图。在缺少计算机的时代，这项工作基本靠手工进行。好在课题组内有一位绘图好手——张亚群同志，他负责完成了"苏锡常地区行政区划研究图集"(苏锡常地区行政区划研究成果之三)的编制工作，图多达近百幅(图15-6)。内容涵盖苏锡常地区行政区划的历史演变、不同时期的经济增长幅度、人口—社会发展的空间变化、产业结构、乡办和村办工业结构、就业结构、财政收入与支出、教育卫生与科技水平、对外出口、引进外资、社会商品零售、文化与图书阅读、旅游、人均水平各项指标等几乎所有的经济社会数据的空间分布图。

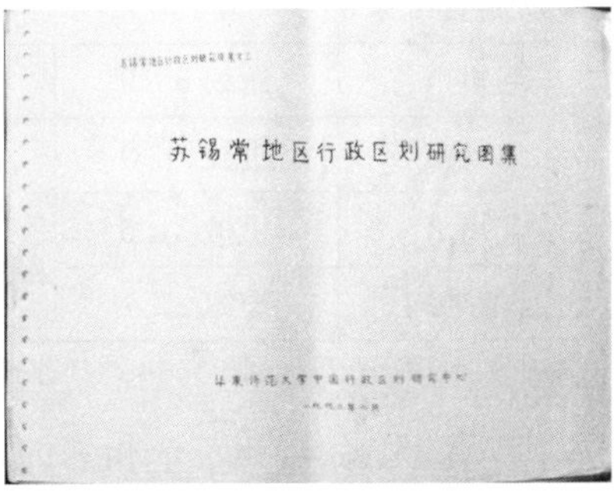

图 15-6

[评估：分工不清、合作不力的省内经济区] 两个月的连续调研考察，课题组掌握了苏锡常地区的大量资料，对该地区的经济社会发展情况有了比较深入的了解，基本摸清了该地区行政区划的"家底"。在此基础上写成《建国以来苏锡常地区行政区划体系的发展过程和现状分析》专文[⑥]，全文分为五个部分。在详细梳理行政区划演变过程的基础上，从区划的层次与幅度、城乡划分和城乡联系、行政中心设置与隶属关系变更三个方面总结了中华人民共和国成立以来苏锡常地区行政区划变化的过程与规律。

应该说，无论是从自然地理环境或是人文地理环境，以及区域经济结构与网络联系来看，苏锡常地区都是一个完整的经济地理单元、一个相对独立的经济区。以至于1985年，国务院同时批准了三市的对外开放，并命名为"苏锡常经济开放区"；1991年，又同时开辟为"苏锡常火炬带"。然而，苏锡常这个自古以来不可分割的"整体"，在改革开放以来，却出现了越来越明显的"碎片化"分离现象。具体表现在以下方面：

◆**经济结构呈现广泛的趋同性。**以下三张统计分析表很能说明问题(表15-1至表15-3)：

表 15-1　苏锡常地区主要工业部门的产值占工业总产值比重的位次(1989 年)　(%)

地区	第 1 位	第 2 位	第 3 位	第 4 位	第 5 位
苏州市	纺织 30.5	机械 29.1	化学 14.9	冶金 11.6	建材 6.2
无锡市	机械 36.1	纺织 21.4	化学 14.9	冶金 11.3	建材 5.5
常州市	机械 37.5	纺织 21.4	化学 16.2	冶金 8.2	建材 4.9
三市平均	机械 33.3	纺织 25.4	化学 15.2	冶金 11.0	建材 5.7

资料来源:中国行政区划研究中心“江苏省苏锡常地区行政区划战略研究”专题报告,1992 年 2 月。

表 15-2　苏锡常中心城市市区工业产值占工业总产值比重的位次(1989 年)　(%)

中心城区	第 1 位	第 2 位	第 3 位	第 4 位	第 5 位
苏州城区	机械 47.3	纺织 17.1	化学 14.4	冶金 5.7	食品 3.2
无锡城区	机械 45.8	纺织 22.5	化学 14.2	冶金 6.2	食品 3.4
常州城区	机械 42.5	纺织 24.0	化学 15.3	冶金 6.8	食品 3.0
市区平均	机械 45.3	纺织 21.2	化学 14.5	冶金 6.2	食品 3.2

资料来源:中国行政区划研究中心“江苏省苏锡常地区行政区划战略研究”专题报告,1992 年 2 月。

表 15-3　苏锡常三市所属县(市)的工业产值占工业总产值比重的位次(1989 年)　(%)

所属县市	第 1 位	第 2 位	第 3 位	第 4 位	第 5 位
苏州市	纺织 35.9	机械 21.7	化学 15.0	冶金 13.9	建材 7.5
无锡市	机械 28.9	纺织 20.6	化学 15.4	冶金 15.2	建材 8.7
常州市	机械 31.6	纺织 18.3	化学 17.2	冶金 12.1	建材 7.7
县市平均	纺织 28.1	机械 25.6	化学 15.5	冶金 14.0	建材 7.9

资料来源:中国行政区划研究中心“江苏省苏锡常地区行政区划战略研究”专题报告,1992 年 2 月。

苏州、无锡、常州三个相邻的中心城市工业结构如此雷同的现象极为少有,明显显示原本各有特色、合作分工、相互关联的三个城市,在改革开放的初期阶段,出现“相互独立”的倾向,演变为三个同质、同构、相似的“经济细胞”。

◆产业同构导致的负面影响。客观地讲,基于其自然地理环境和人文地理环境的共性以及历史的基础原因,加上三市同处于工业化中期阶段,苏锡常地区产业同构有其必然性和合理性的一面。但这种同构现象所带来的负面影响是十分严重的。

第一,跨界基础设施建设受阻,合作分工、区域协调受到挑战,主要表现在,三市之间在沿江港口设施建设方面配合不力。当时张家港被江苏省指定为苏锡常三家“共同开发”,但由于行政区划上归属苏州市,而苏州与张家港相距较远(103 千米),苏州的进出货物一般仍由铁路承担,因而对港口建设不感兴趣,只得依靠张家港这个县级市的自身力量建设。利税分流体制实施后,港口还贷困难,货源不足,港口资源闲置浪费严重。邻近张家港的无锡、常州两市(均为 57 千米)大量货物需要从张家港进出,但由于无锡、常州二市行政上过问不了张家港的事,有力也使不上。无锡市只得选择其所属的江阴港作为开发建设对象;常州市虽然长江岸线很短(20 千米),港口条件很差,但为了自身发展的需要,不得不硬着头皮上马建设得胜港。从而形成在相距较短的长江岸线连续多个港口的“多架马车”格局,既严重影响了港口的经济效益，又严重浪费了长江岸线这个不可再生的宝贵资源。

公路建设被三市分割、标准不统一等现象也较普遍。

更为严重的是太湖流域的防洪泄洪工程建设受行政区划的分割干扰。不仅是在江浙沪两省一市之间的边界分割，而且在苏锡常内部，相互分割现象也很明显。大量湖滨、水道被盲目围垦造田或被封堵，防洪泄洪能力显著下降，埋下重大隐患。

第二，各自为政，产业自成体系，低水平重复。苏锡常地区的产业同构化现象除了自然地理、人文地理的基础性因素影响之外，还与中华人民共和国成立后的工业化过程的相似性有关。中华人民共和国成立以来，三市的工业化进程是在相互模仿和追赶中发展的，过程相似，产业雷同，自成体系。20 世纪 80 年代中期，国家指定无锡市为我国南方电子工业基地之一，但实际上在"七五"期间，苏州、无锡、常州三个市都一跃而上，谁都不想落下，结果导致产业的低水平重复，投资存在巨大浪费。在苏锡常地区还上演过"蚕茧战""生丝战""彩电战""电扇战"等闹剧，甚至影响到外贸领域。

第三，三大中心城市的职能结构同构化、职能分工矛盾突出。苏锡常三市相邻间距为 40—50 千米，城市人口都在 50 万人以上，这种近邻性的大城市群为中国少有、世界罕见。理论上说，城市规模越大，所产生的经济扩散效应越强，在密集的"城市场"中城市的空间相互作用机会越加频繁，极易形成网络型都市圈或"经济联系区"。近代历史上，苏锡常三市即遵循了这一规律，形成分工合作的"经济联系区"。然而，在改革开放以后，苏锡常地区出现产业同构、相互分离的现象。这种现象十分不利于三个城市形成各有特色、分工合作的中心城市的成长。尽管有各方面都在呼吁苏锡常三个城市要搞好横向联合，打破行政封锁，搞活大中企业；当时也成立了半官方的"苏锡常经济协调研究会"，但也只是研究而已。当地政府部门和经济研究机构都坦诚，三市之间"封闭多、渗透少，竞争多、合作少，摩擦多、协调少，上层建筑的形式接触多、经济实体的内容少"。

由此可见，苏锡常三个中心城市已经由历史上→改革开放之前的分工合作、有序发展的有机组合的经济区域走向了各自发展、同构化竞争的新阶段。一个统一的区域经济体已经逐步分离为三个独立的"行政—经济区"单元。苏锡常三市分离现象加剧，区域合作的难度加大，三市之间的竞争远大于合作，都市圈经济名存实亡。

◆**评估结论。**在"苏锡常地区经济分工合作与行政区划的关系"专题研究⑦中，给出了如下评估：

一是，苏锡常地区是江苏省的一个"分工不清、合作不力的省内一级经济区"。

二是，苏锡常地区也是一个同质同构的"经济细胞"。从表面上看来，苏锡常是一个密不可分的"整体"，但并非是珠联璧合的有机体，其相对的独立性远远超出相互的关联性。

三是，苏锡常地区是一个不合作的邻居。

在苏锡常，行政区经济的负面影响——"区域分割"表现得淋漓尽致！

正是因为苏锡常地区存在的这种严重的"区域分割"和"空间无需蔓延"等突出问题，所以在江苏省建设厅组织开展的"苏锡常都市区规划"中特别强调了区域协调的重要性、迫切性。

1999 年，《江苏省城镇体系规划（2001—2020 年）》编制中首次提出了构建南京都市圈、苏锡常都市圈和徐州都市圈的设想；2000 年 7 月，江苏省第三次城市工作会议做出了建设三大都市圈的战略决策，提出跨越行政区划界限，以经济分工与协作为基础，以交通为纽带，形成以特大城市为中心的都市圈，通过强化南京、苏锡常、徐州三个都市圈的功能，带动全省城镇快速发展；2002 年初，国务院批复了《江苏省城镇体系规划(2001—2020 年)》，明确指出“全省城镇发展要以南京、徐州和苏锡常三个都市圈为战略重点，逐步使人口和产业向各级城镇合理集聚。力争到 2020 年，初步形成各类城镇布局合理、功能明确、结构完善、发展协调的城镇体系”[⑧]。

2000—2001 年，江苏省建设厅组织开展了三大都市圈规划的调查与编制工作。我应邀带领中国行政区划研究中心的部分博士、博士后参与了徐州都市圈的调查研究和规划文本部分编制工作。并于 2002 年年底在南京主持了三大都市圈规划成果的评审会。

其中，“苏锡常都市圈规划”主要是“针对苏锡常都市圈多核心、高度城市化的地域特点和发展中存在的问题，以‘协调’为重点，着重突出都市圈内城市和区域发展中的协调目标和要求。规划以苏锡常为核心优化区域城镇空间布局，促进城镇布局网络化；在尊重苏锡常各方利益的基础上，通过跨区域基础设施、大型骨干工程的建设和城乡空间开发与保护的引导，整合苏锡常都市圈的整体实力和竞争能力”[⑨]。

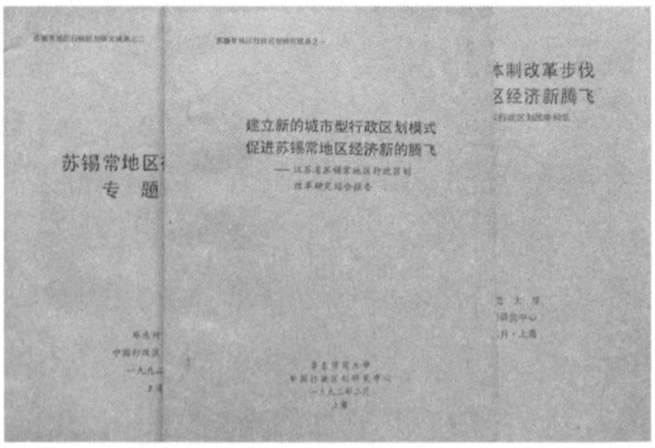

图 15-7

[区域中心城市的演变逻辑：无锡→苏州] 课题组对苏锡常地区的行政区划进行了全面客观的分析评价(图 15-7)。

◆关于市领导县体制。调查肯定了市领导县体制的三个方面的成效：一是克服了地市并存、同驻一地相互制约的弊端，沟通了被地市分治所阻隔的城乡经济联系；二是有利于充分发挥城乡两个方面的优势，实现优势互补、相互支援；三是有利于城乡统一规划与建设，为公共服务设施和重大项目的市县共建提供了可能。调查认为，市领导县体制作为 20 世纪 80 年代经济体制改革和政治体制改革的产物，强烈地冲击了长期以来城乡经济社会分割的状态，对促进市辖区域的经济发展起到了积极作用。

同时认为，这一体制在运行过程中，也暴露出不少新的问题和新的矛盾，表现在以下四个方面：

——普遍存在市县矛盾，部分地区市县关系相当紧张。各县市普遍反映，由于地市合并，市本身有了市区这块经济利益，大市对市区和县市有亲疏之分，市辖县不是市带县，而是“市吃县”“市卡县”“市刮县”“市挤县”“市压县”。市与县各自有自身的利益，两个权益主体间的关系难以理顺。

——在市县横向经济联合上，市县经济水平差距较小，产业结构雷同，互补性小，分工少，联合比重低，竞争远大于合作[⑩]。

——市领导县增加了一级政权管理层次，不利于政府机构的高效运转。地区改市，使地区政区由虚变实，县市本来可以与省直接沟通解决问题的事，现在要通过中间层次的市一级，降低了办事效率，编制、机构有所增加，行政成本提高[⑪]。

——在一定程度上削弱了对农村工作的指导。“过去地区工作重点在农村，干部面向县乡，成天在下面转。而‘市’有本身的实体，事情多，牵制了领导的大部分精力，容易忽视县的一块。重城市轻农村，重工业轻农业，重市区企业轻县乡企业的倾向不同程度地存在着”，

“‘大市’领导忽视了县区别于市辖区的特有的独立性、自主性，不了解县的工作的复杂性，缺少有针对性的指导意见”。这一现象在直接推行市管县体制的地区（如无锡市、常州市）要比通过地市合并方式推行市管县体制的地区（如苏州市）更为严重。

◆**关于市县同城问题。**苏州市与吴县、无锡市与无锡县、常州市与武进县历史上长期为“城乡合治”的统一行政区域，直到中华人民共和国成立之初，推行“市县分治”，“市”才分别从“县”析出独立为城市建制，形成三市、三县区划格局。中心城市与其“郊域”环绕的县都为独立行政单元的利益实体。这种县包围市、形如蛋白包围蛋黄的政区空间格局，必然产生基础设施建设、经济社会发展、城市规划建设管理等在空间和利益上的摩擦、矛盾，在改革开放商品经济发展的大潮中，必然导致矛盾冲突的加剧，表现在以下四个方面：

——市县各自所属企业布局的交叉、相互干扰，无法进行统一规划建设。而且由于县域乡镇工业的发展带来的环境污染直接威胁着水厂的安全供水等。

——市县政府机构和事业单位同驻一城，由此引发的经济社会发展、规划建设管理的摩擦不断，冲突加剧。连一些长期在县属企业、事业单位工作的职工的户口都进不了城。

——市县发展自成体系，重复建设严重，难以形成区域优势。常州、无锡表现尤为突出。

——市县分治，城乡分割，市缺少发展空间，县失去自身的行政、经济、文化中心，各自发展都受到空间的极大制约。中心城市受制于郊县包围、绑架，缺少土地空间使产业无法合理布局，城市环境恶化，外资难以进入，旧城改造无法进行；郊县在自成体系和囿于中心城区对县的有形、无形的“挤压”，在自身版图内另建自己的“中心”。如武进县在湖塘镇、吴县在新区、无锡县在金城湾，纷纷投入巨资建设自己的新中心，导致城区规模的盲目扩张、土地资源的严重浪费，自成体系的基础设施使市区与郊区规划脱节、失控。甚至出现村庄为城区包围，形成“都市里的村庄”现象，为日后城市的建设、改造带来严重的后遗症。

◆**关于撤县设市模式。**苏锡常地区经济发达，一度设市城市只有三个地级市，明显偏少。1983 年，全国撤县设市模式在大规模推进，苏锡常地区的 12 个县，有 6 个县相继撤县设市，即常熟市、张家港市、江阴市、宜兴市、昆山市和溧阳市[12]。各市普遍认为，撤县设市有利于当地的经济发展，具有以下明显优点：

——提高了知名度，有利于外引内联、发展经济。外商普遍认为，市在基础设施、信息、公共服务等方面条件比较优越，更愿意与市合作；在对内的横向合作方面，市比县也更为开放，如市可以在特区开设窗口等，因而有利于外引内联，促进经济发展。

——打破了市县分设模式的城乡分割，人为割断城乡经济有机联系的局面，有利于城乡经济协调发展，推进城乡经济一体化。

——促进了城镇建设。撤县设市后普遍重视城市规划建设，城市发展空间回旋余地大，提高了规划的弹性，有利于科学地规划、建设城市。

——解决了长期存在的“市县同城”矛盾。

——与市县分设相比较，精简了机构，节约了行政开支。据苏锡常地区撤县设市的调查估算，可以减少四套班子的机构人员约 2 000 人，年节约行政开支约 400 万元[13]。

——有利于行政区划的相对稳定，传统的县格局和专名得以传承。

但撤县设市模式也存在以下弊端：

——混淆了建制市与城市概念的区别。

——导致城市空间无序发展，农业土地资源萎缩，不利于农业可持续发展。

三市竞争中节节取胜。

这也说明，在中国，行政中心与地方经济中心的高度相关性。一个城市一旦被确立为一个行政区域的行政中心，它必然会发展成为该区域的最大经济中心城市。

◆**关于各市县内部的行政区划问题。**包括地级市内部市辖区、城区与郊区，以及街镇区划形态格局与规模；县级市和县内部的区划体制问题，主要是乡镇规模与中心镇布点以及县市政府驻地的行政区划体制等。以上问题在苏锡常研究报告中都进行了详细的剖析[15]。

［区划战略研究的理性分析］

是什么原因导致苏锡常地区不能形成分工有致、合作紧凑的经济共同体？“苏锡常地区经济分工合作与行政区划的关系”专题研究报告做了科学剖析，并给出了图解。

◆**“官本位”的空间投影。**“边界”和“等级”是行政区划本质内涵的两个基本要素。政府实行的岗位责任制导致政府行为的“官本位”特征，而这一“官本位”特征必然投影于行政区划这个空间实体。“为官一任，造福一方”“不在其位，不谋其政”，官本位＋行政区边界约束→苏锡常三个中心城市难以形成合作的经济共同体。

◆**政府习惯于用行政手段管理经济，使企业在政府与市场之间无所适从。**20 世纪 90 年代的苏锡常地区地方政府管理企业通过纵向和横向两个渠道（图 15-8）。

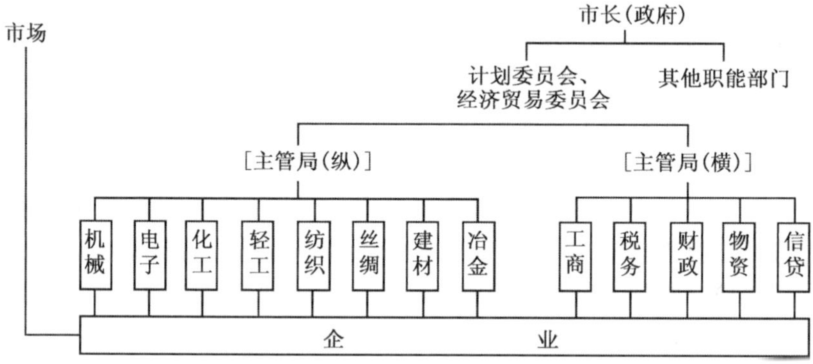

图 15-8

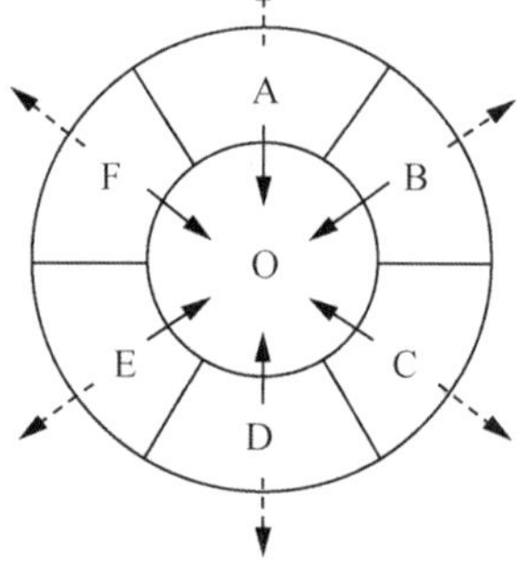

图 15-9

当前主要问题是政府过多地用行政手段干预企业，限制了企业与市场的时空联系，使企业在市长与市场之间左右为难；在省对县市实行财政包干、计划单列，而这些县市又归地级市领导的情况下，省与市在行政管理与经济管理上出现错位，产生好事抢着管、难事推着管、都管都不管的现象，往往使企业无所适从，甚至于造成企业与市场的空间不整合。

图 15-9 显示，设某行政区 O 下设 A、B、C、D、E、F 六个子区域，在主管职能部门这只有形手的指挥下，各区都只向上级政府 O 开一扇门作为主要经济联系渠道，而 A、B、C、D、E、F 六个子区域之间却被行政区划这堵摸不着的墙隔离开，在苏锡常地区，正门都开向省会南京，同时开向经济中心城市上海，以及本省的苏中、苏北和外省市；而处于同一个经济区单元的苏锡常三市之间则交往甚少，被行政区划界线分割为“不连通套间”。从表面上看，似乎是行政区阻隔了区域经济的横向联合，但起根本性作用的乃是行政—经济体

制，我把它称为“行政—经济区”(1991 年)。经济体制改革是推进地区经济分工合作的根本性举措。

◆与上海的“斜向经济协作”“袭夺”了三市之间的横向经济联合。我们可以把行政区域之间的经济联系分为纵向(A1—A2，A2—A3，A1—A3)、横向(B1—B2，B2—B3，B1—B3)和斜向(A1—B2，A1—B3，A2—B3)三类(图 15-10)。纵向指同一行政区内不同层级子区域之间的经济联系；横向指同一层次行政区之间的经济联系；斜向则是指不同行政区中不同层次之间的经济联系。苏锡常邻近大上海，其区域内的各市、县(市)、乡(镇)政区与上海之间的斜向经济联系可以说密如蛛网，这在一定程度上削弱、袭夺了苏锡常地区内部的纵向和横向经济联系。之所以与上海产生紧密的“斜向”经济联系，主要是上海与苏锡常地区之间巨大的经济“落差效应”。这种“落差”主要表现在产品和技术的扩散而非资本的流动。上海与苏锡常地区经济落差梯度显著，距离感大大减弱，因而经济联系紧密，这种“斜向经济协作”必然“袭夺”苏锡常三市之间的横向经济联合。

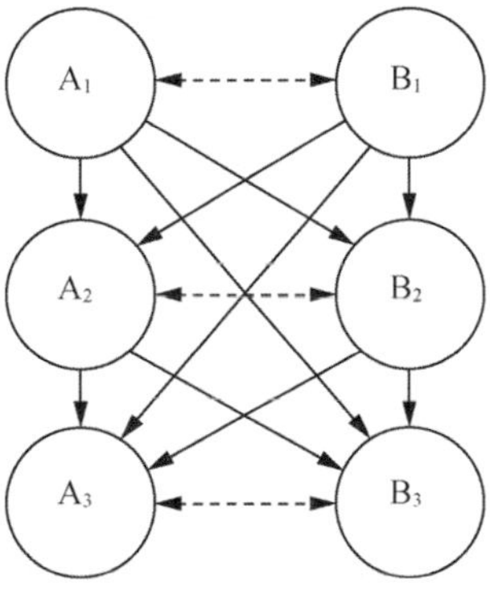

图 15-10

◆市管县的范围与中心城市的实际经济势力范围存在一定错位，对外经济联系渠道不畅。无锡市是当年江苏省第二大中心城市，辖两市一县(无锡县)及市辖区；苏州市辖有常熟、张家港、昆山、太仓、吴江和吴县六个县市；常州辖武进、金坛、溧阳三个县市。三个中心城市之中，政区空间与中心城市的辐射、作用空间明显不一致，苏州明显占有优势；且存在县市归属划分不甚合理的情况，在一定程度上也影响了区域之间的经济联系。

怎样加强苏锡常地区经济的合作分工与经济联系？本专题报告提出了如下建议：

第一，改革政府的经济职能和管理方式，让企业自主经营、自主联合。

第二，协助企业建立跨地区的行业协会、企业集团等合作组织，促进良性竞争和广泛合作。可以落实“苏锡常经济管理体制与行政区划配套改革试验区”和推进改革，理顺政府与市场的关系，形成新型区域分工合作关系(图 15-11)。同时要加强法制建设，确保企业经营的合法性。用市场这只“看不见的手”推倒行政区划的“围墙”。

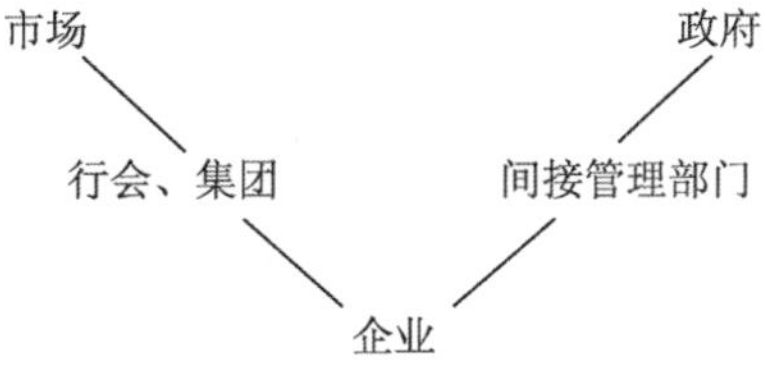

图 15-11

第三，引导和深化“斜向经济联合”，促进苏锡常地区的“梯级开发”，充分利用“落差效应”，从三个层次积极推进：一是利用上海产业结构调整和浦东开发开放的契机，主动对接，合理吸纳产业转移和积极调整自身的产业结构；二是充分利用区域内的“落差”，发展境内斜向联合，开发西部山丘地区，促进区域均衡发展；三是加快省内南北通道建设，向苏中、苏北腹地辐射。

第四，依据区内经济条件和发展的差异，以市场为导向，确立苏锡常三市相对稳定的经济分工。

[开拓性重大成果：荣获首届全国高等学校人文社会科学研究优秀成果奖一等奖] 江苏省苏锡常地区行政区划战略研究成果十分丰富，包括一份 8 万字的“苏锡常地区行政区划改革综合研究报告”，8 个专题研究报告达 25 万字，及各类经济社会条件分析图、行政区划图、城镇体系图、生产力布局图和行政区划调整方案图等近百幅；附有“苏锡常地区经济社会发展与行

政区划研究统计”“苏锡常地区行政区划文献目录”和大量实拍照片。时过25年，今天我们再来看看这些研究成果，其理性分析的深度和所提出的建议，仍然很有理论与实践价值。

◆构建苏锡常行政区划调整改革战略思路。集中反映在由我主要执笔的综合研究报告“建立新的城市型行政区划模式　促进苏锡常地区经济新的腾飞——江苏省苏锡常地区行政区划改革研究综合报告”之中，主要内容包括三大部分。

第一部分：苏锡常地区现行行政区划体制与经济发展严重不相适应。报告从四个方面剖析了这种不适应性。

第二部分：组建区域性苏锡常地区城市联合委员会，实行省管市分等制新模式。

第三部分：建立苏锡常地区行政区划与管理体制综合改革试验区，推进城市行政区划改革。报告勾画了行政区划改革试验区的主要内容，涉及行政区划层级结构系统、省管市分等、设市城市城郊比、县级市设置标准、行政区划法规、机构设置、行政管理等方面。

1992年3月，崔乃夫部长在听取苏锡常地区行政区划改革问题汇报后的讲话中，强调了三点：一是进行设市城市发展模式的研究非常重要，苏锡常的发展能否与浦东开发这一大形势相适应，能否搭上这班车，是一个需要研究的重大课题。二是“我赞同搞一个试验区，进行行政区划改革试验”。三是“目前争地级市、县级市很厉害，核心是一个待遇问题”。“干部待遇决定于财政收入，历史上的分等就是由人口、财赋来决定的，不同等级的县长所支配的钱是不同的”，“我的思想（想法）：要有自我抑制，没有抑制的机构膨胀非常厉害”，“行政区划改革研究是一个大题目，华东师范大学的同志做了大量工作，要按经济、社会发展规律去进行改革，使行政区划工作适应经济发展的需要，还需要做大量工作”[16]。

◆艰难的实施过程。苏锡常课题提交之后，江苏省积极推进该区域的行政区划调整与改革。首先是按照撤县设市标准先后将区内的多个发达的县改设市。但中心城市的区划改革受阻。基于当时的区情和外部环境，在“以经济建设为中心”的指导思想下，加上各种复杂的“关系”，使得位处苏锡常三个中心城市周边的郊区县，采取措施搬迁行政中心，以其雄厚的经济实力（发达的乡镇企业和富余而廉价的土地空间吸引外资等），纷纷摆脱中心城市的“束缚”，独立设市，分别是吴县市、锡山市和武进市，这一体制进一步强化了中心城区与“郊域”的矛盾，加大了后续改革的难度。以至于历经一二十年，这个老大难问题始终难以彻底解决，在常州市表现更为突出。这三个县级市包围地级市的奇特状态，一直到21世纪初以来才逐步得以缓解。苏锡常地区中心城区的区划调整，可以说是全国区划调整最为艰难的地区之一，也是耗费财力、人力和大量精力最多的地区之一。

◆成果评价及意义。本项研究首次对中国大都市区的行政区划调整改革问题进行了系统、深入的研究，是一项开拓性成果。民政部领导和专家们给予了高度评价。1995年12月，该项成果获得首届全国高等学校人文社会科学研究优秀成果奖一等奖。我很荣幸前往北京人民大会堂参加了颁奖仪式（图15-12）。

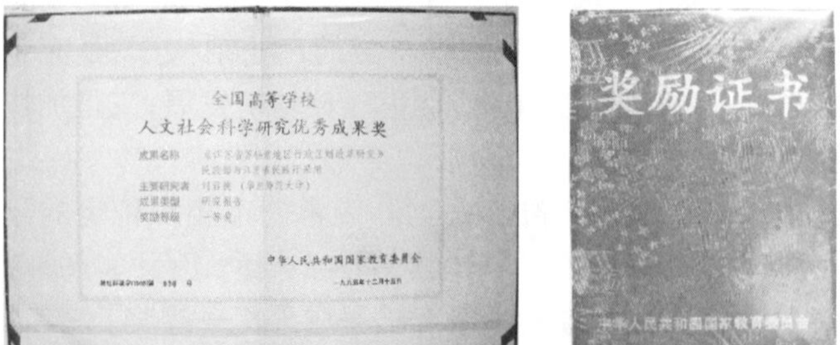

(a)　　(b)

图 15-12

本书用较多笔墨介绍了苏锡常地区的行政区划战略研究课题，主要是基于以下几点原因：第一，它是中华人民共和国成立以来首项由主管行政区划的国家机关——民政部和江苏省民政厅委托高校开展的行政区划研究课题，具有政府背景和实际操作意义。第二，课题组投入的精力和参与的专业人员之多，考察的时间之长、内容之广前人少有。由于调查深入，资料丰实，研究的基础扎实，所提的建议具有很强的针对性，提交的报告内容十分丰富而全面，这在以往的行政区划研究中十分罕见。第三，课题组十分重视对行政区划问题的理性分析，与随后系统的行政区经济理论研究相辅相成、相得益彰。以至于，虽然此项研究成果已经距今二十五六年之久，但仍然具有很强的参考价值，更何况，本段文字的许多资料为首次发表。

第三节　徐州都市区(圈)跨省体制研究

［一项跨四省都市圈项目］　21世纪初，江苏省建设厅开始推进苏锡常、南京和徐州的三大都市圈规划工作，这是一项极有意义、颇有特色、颇有影响的规划工作。基于江苏省域的特殊地理空间与历史地理环境，全省的中心城市空间分布及其体系格局与一般省区相比非常不同。分布不够规则，缺少全省性几何经济中心城市。江苏省会——南京位处省域非几何中心，偏西南处，与安徽省交界；徐州(图15-13)是苏北地区，也是淮海地区最大的经济中心城市、全国交通枢纽之一，地理位置十分险要，一向为兵家必争之地。但亦非苏北几何中心，偏处省域西北偶，与安徽、山东等省邻近；而苏南的苏锡常三市，位处大上海与省会南京之间，是个多中心的大都市圈。在占省域面积比重较大的苏中和苏北的里下河地区却缺少规模较大的中心城市。

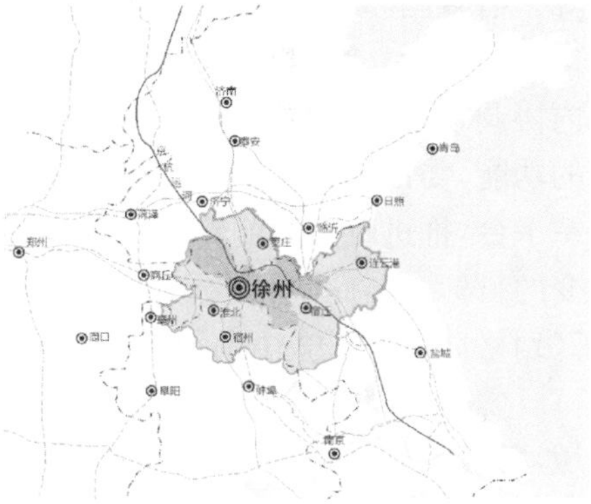

图15-13

面对如此特殊的三大都市圈的地理空间格局，如何通过协调、整合都市圈内部的关系，做大做强都市区规模，使之在全省，乃至邻近的省区发挥更大的集聚和辐射作用，不仅具有重要的现实发展意义，而且极具理论研究价值。有鉴于此，江苏省建设厅积极推进了三大都市区的规划工作。江苏省建设厅组织了省内的精兵强将，于2001年先后开始了苏锡常、徐州、南京的三大都市区规划，我有幸被邀请参与徐州都市圈规划的专题调查研究与论证。2002年3月17日，正式开始徐州都市圈规划。我发现，从规划工作的一开始，我的理念与江苏省建设厅领导的观点惊人地相似。课题成功的关键在于跨省的合作能否取得成功，或者有所突破，在某些方面取得共识。这是课题组织者的愿望，也是课题承担者努力的目标。

［跨省调研的艰难］　由于这是一个跨省都市区，涉及江苏省内的徐州、连云港、宿迁三个地级市的全部市域，安徽省的宿州市和淮北市，山东省的枣庄市和济宁市的微山县，河南省商丘市的永城市，合计4个省的8个地级市、26个县市和20个市辖区，面积达48 042平方千米，3 100多万人(2000年)。地域广大，经济相对落后，为我国东部沿海地区的经济低谷区。跨越四省，情况复杂，存在省际边界纠纷⑰，调研和规划的难度可想而知。

2002年3月18日，开始徐州、宿迁等地的调查，遗憾的是第二天我突然生病，只得回沪。陈占彪博士后和陶希东、马祖琦等一行随同总课题组全程参与了安徽、山东相关地区的调查。由于有“淮海经济区”协作办的基础与组织活动，调研总体上还较顺利，安徽相关地区积极配合，但在山东某市遭遇阻力，缓拒提供所需资料和图件，相关的介绍也草草了事。

2002年3月31日，在徐州召开了一次淮海经济区的学术会议，吴良庸院士和我等三人被指名在会上发言。我围绕跨界问题发表了看法，得到参会的江苏省建设厅领导和专家们认可。同年8月12日，课题组在南京进行了交流讨论。随后加紧编写课题报告，顺利完成并按时提交成果⑱。

［基本观点的重大突破：从行政区经济走向跨省都市圈经济］ 徐州都市圈跨越四个省，行政区经济运行下的大中“诸侯”特征表现十分突出。报告对徐州都市圈的行政组织体制矛盾进行了详细的分析，依据“行政区经济”五大表现，参照苏锡常都市圈行政区划战略研究的思路和方法进行了深入揭露，包括省际之间的离心倾向，内部产业结构的同构、过度竞争；生产要素的流动受阻；公共服务设施建设难以相通；城市体系规划无法统筹；区域环境无法统一治理；省际政策差异造成的分割与落差，经济“低谷区”的面貌难以从根本上加以改变；等等。借鉴国际经验，针对徐州都市圈的实际情况，提出了徐州都市圈组织体制和管理模式的构想——设立都市圈准政府组织，可以称之为徐州都市圈联盟。执行三个层次的职能，即市内协调→省内协调→跨省协调，关键是省际之间的协调。建议通过提升“淮海经济区”组织的功能，委以重任以实现改革目标。借鉴现有的“市长论坛”“顾问智囊团”“行业协会”等组织平台，推进政府职能转变，最终实现从分割的大大小小的“诸侯”经济向跨省都市圈经济转变的目标。与此同时，要调整不合理的行政区划，包括市内、省内和省际之间若干不合理的区划格局。对于微山湖地区的敏感问题也应该寻求解决的途径。

实际上，我在多年之前就已经关注徐淮地区的行政组织体制问题。1998年，《中国方域：行政区划与地名》第6期发表了我的论文《论行政区划改革与区域可持续发展》。文章指出如下观点：

行政区与自然区、经济区是三个不同性质，而又紧密关联的地理区域概念。——行政区和经济区如基本耦合，则可称为行政—经济区，如不耦合，可称为非行政—经济区(即跨行政区区域的经济区)。一般情况下，如果行政区、经济区与自然区三者吻合或基本吻合，则有利于在这类行政—经济—自然区域内进行科学合理的区域规划，使区内的人口、资源、环境与经济、社会得以协调、可持续发展。反之，行政区与自然—经济区不相一致，则不利于按行政区进行科学合理的区域规划，难以使行政区内人口、资源、环境与社会、经济的发展相协调，区域可持续发展的目标也难以实现。

在许多省区的接壤地带就存在这样的矛盾。苏鲁豫皖接壤地(淮海地区)就是典型例子。

苏鲁豫皖接壤地区位处淮河流域东北，是中国重要的农业和能源基地，地跨4个省的9个地区(市)53个县(市)，面积达7.73万平方千米，人口为4 700万人。这里是中华民族的发祥地之一，但自12世纪末(1194年)至黄河夺淮入海之后，生产条件恶化，水旱灾害频繁。中华人民共和国成立后，区域经济虽有较大发展，但总体来看，除徐州、连云港、日照、枣庄、济宁、淮北、商丘等地级中心城市外，广大农村经济落后。在环境生态方面，存在许多问题，一是洪涝灾害十分频繁，沂、沭、泗河流域洪涝灾害面积、受灾人口和直接经济损失不断增加。二是区内水资源缺乏，旱灾十分严重。梁济运河两侧和南四湖地区因水源不足，水稻面积比20世纪70年代减少一半。三是水土流失，河湖水库淤积，风沙灾害、土壤盐碱化等自然灾害加剧。四是由于工业发展和能源基地建设，带来的大气和水环境污染、矿区地面塌陷等环境生态问题也日趋严重。特别是水体污染十分严重，并呈恶化趋势。据1994年调查，淮河流域约50%的河段已失去使用价值，同年7月的大面积污染曾形成长达70千米的污染带，使下游洪泽湖地区百万人饮水发生困难。此外，在苏鲁接壤的南四湖还长期存在边界纠纷问题，成为影响该地区社会安定的一个重要因素。产生上述问题的原因有很多，除自然条件和经济因素外，我认为，人为的、管理的因素是主要原因。如不从根本上解决本区域内的体制问题，就很难全面解决上述一系列矛盾，实现该区域的可持续发展。

早在1947年，中国著名地理学家胡焕庸(下文简称胡氏)就提出过设立徐淮省的主张，1989年全国首届行政区划学术研讨会上，胡氏又进一步阐明了建省的观点。我以为，在苏鲁豫皖接壤地区以徐州为中心组建徐淮省有重大的现实意义。通过理顺这一地区的行政区划体制，从而可以：(1)统一规划和协调淮河流域东北部的煤炭和水资源开发。特别是科学规划水资源的综合开发利用，从根本上解决或减轻上下游水资源纠纷的矛盾。(2)统一规划、建设和管理区域内的水利工程，改变区内的农业生产条件，减少水旱灾害，促进农业生产的大发展。(3)统一规划与治理区域内的水土流失和环境污染，从根本上改善区域内生态环境。(4)统一规划开发新水源，增加供水，合理用水，改善区域内供水不足问题，保证工农业生产和人民生活用水的需要。(5)以徐州市为中心，以现有区域内的地级市为基点，统一规划与建设区域内的城镇体系和以铁路为主干、以公路为重点、以港口和中心城市为依托的交通运输网络，根据比较优势，合理调整产业结构，形成具有特色、区内外联系密切、开放的经济区。(6)统一规划、合理利用海岸线资源，合理布局港口，实行分工协作，提高港口利用效益。(7)从根本上解决苏鲁接壤的南四湖地区的边界纠纷和海岛争议问题，促进区内的安定团结。总之，科学合理地调整行政区划，理顺不合理的行政区划体制，是解决区域内人口、资源、环境与社会经济发展的矛盾，实行区域可持续发展的一项重大举措。对于苏鲁豫皖接壤地区来说，行政区划改革具有决定性意义。除苏鲁豫皖接壤地区外，中国尚有类似的许多地区。如陕南与四川，江浙两省交界的太湖流域，晋冀豫接壤地区，陕甘宁接壤地区等也都存在同样性质的问题，也需要理顺体制，采取必要措施，以促进跨界区域的可持续发展。

时过近20年，我依然坚持上述观点。设置淮海省是上策；当前，设立徐州都市圈合作联盟这样的组织也是重要选项。

◆庄重的评审。2003年1月18日，一个大雪天，我应邀参加在南京召开的“江苏都市圈规划研究”成果评审会，本来这次会议由建设部一位同志主持，因当天南京的雪下得太大，机场封闭，飞机中途被迫返回北京。江苏省建设厅领导要我代理主持了评审会。专家们一致认为，江苏省建设厅组织编制的南京、徐州、苏锡常三大都市圈规划是高质量、开放型、开创性的重大成果。作为一个省级主管部门，主动破除诸侯割据，开展跨省区的都市圈规划研究，寻求与邻省合作推进都市圈发展，本身就是一件跨省合作的大好事。南京、徐州是两个特大型经济中心城市，辐射功能很强，有利于邻省边缘相对落后地区的发展，如能打破行政区划的分割，共建都市圈，共谋发展，是一件双赢、三赢的好事。它体现了开放的态度、开创的思路和合作的愿望。

[省域的刚性，实施遇阻] 南京都市圈规划、徐州都市圈规划和苏锡常都市圈规划三项成果得到建设部和专家们的高度评价。然而，这样一个高水平、前瞻性、跨越行政区分割、国家主管部门支持的重要研究成果，却从一开始就受到巨大阻力，虽然南京都市圈、徐州都市圈的邻近地区、跨省地市非常愿意合作，支持推进都市圈规划与建设，但囿于上级领导的反对或不表态，也难以有实际行动参与与支持。

实际上，三大都市圈的情况有所区别。南京都市圈与邻近的安徽省滁州、马鞍山地区的经济联系、社会交往更为密切，已经完全在南京市辐射范围之内，两个地区渴望南京都市圈发展壮大，滁州、马鞍山两市融入南京都市圈理所当然，顺应了市场经济发展的自然规律。然而，从安徽省内自身经济利益来看，并不希望两市融入南京(图15-14)。

2013年，安徽省撤消了巢湖地级市，对巢湖、合肥、滁州三市的行政区划格局做了重大

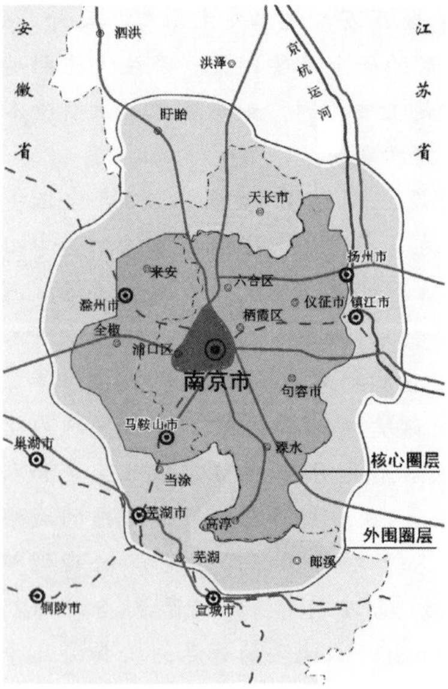

图 15-14

调整。表面看，似乎有利于巢湖的生态环境保护，实质上是为了壮大安徽省会城市合肥。从安徽省的情况来看，有利于省会合肥向南发展，使其成为临江城市和上海经济区（长江三角洲）的核心城市之一。

安徽省此次行政区划的调整，在客观上削弱了南京都市圈向西的辐射力，以及与滁州、马鞍山的融合发展。南京都市圈规划，强烈受到以合肥为中心的安徽省行政区划的分割“干扰”，至少近期在西翼无法实施规划。就徐州都市圈规划来看，涉及安徽、山东、河南三省。对于西向的安徽省来说，由于苏皖两省经济的巨大落差，安徽一方的淮北、宿州等对徐州都市圈规划建设总体上持支持态度，协商比较容易，但向北合作、协商，基于山东省有关地区的冷遇，推进相当困难，难以有实体性合作成效。

而江苏省内的苏锡常三市之间同样是夜长梦多，互不相让。一个都市圈三驾马车、三个中心，实际上也是明争暗斗、难以相融，只能在省级政府的强烈干预下，推进跨界的基础设施建设和环境保护。总之，江苏省三大都市圈规划实践的案例说明，在中国转型期，行政区经济运行是基本定律，各地方政府从自身利益出发，如果没有上级政府的强烈干预，那么各自为政、区域分割的局面难以改变，跨界的合作难以成功。这就是当今中国省区发展的现实，三大都市圈规划如此，正在推进的长江流域经济带更是如此。

《中国经营报》刊登了《巢湖三分南京合肥竞争白热化》的文章（杨晶晶、冯雅男，2011-08-27），从中可见一斑，有兴趣的读者不妨找来一读。

注释

① 参见中国城市发展研究会编：《中国城市年鉴(2013)》，中国城市年鉴社，2013 年。

② 参见张德江：《坚持相对稳定原则搞好行政区划工作》（该文是张德江在全国行政区划研讨会上的讲话），载中国行政区划研究会编《中国行政区划研究》，中国社会科学出版社，1991 年，第 19 页。

③ 参见中国行政区划研究会编：《中国行政区划研究》，中国社会科学出版社，1991 年，序言。

④ 课题组组长为刘君德，顾问为严重敏教授，成员有罗祖德、金鼎馨、周克瑜、丁金宏、张亚群、张明、翟胜福、黄明达。

⑤ 参见中国行政区划研究中心简报（内部）：中国行政区划研究中心 1990 年工作情况，第 2-3 页。

⑥ 专文主要由张明执笔，载“苏锡常地区行政区划研究专题报告”之一第 1-30 页，1992 年 2 月。

⑦ 丁金宏、罗祖德执笔的专题报告之二，即“苏锡常地区经济分工合作与行政区划的关系”，载中国行政区划研究中心“苏锡常地区行政区划研究专题报告”第 31-46 页，1992 年。

⑧ 江苏省建设厅、江苏省城市规划设计研究院编制的“江苏都市圈规划研究”主报告第 1 页，2003 年 10 月。

⑨ 同上资料，第 23 页。

⑩ 以无锡市为例，1989 年，无锡县企业与无锡市区联合的比重为 28%，而江阴市、宜兴市与无锡市区联合企业的比重分别只有 4.2%和 5%。——引自“苏锡常地区行政区划研究专题报告”第 19 页。

⑪ 1986 年江阴化工厂报批一个外资项目，先后盖了 800 多个公章，拖了半年时间；无锡市市管县后，行政

机关由 65 个增加到 75 个，人员编制从 1982 年末的 6 520 人上升到 1989 年的 7 677 人。——引自“苏锡常地区行政区划研究专题报告”第 20 页。

⑫ 此后，苏锡常地区的吴县、无锡县、武进县、太仓县、吴江县、金坛县先后撤县设市。

⑬ 引自“苏锡常地区行政区划研究专题报告”第 24 页。

⑭ 苏州市下属昆山、太仓、吴县、吴江、常熟、张家港六个县市，连同市区在内，总面积为 6 267 平方千米，几乎与上海相近，人口为 639 万人；无锡市面积为 4 627 平方千米，人口为 466 万人；常州市面积为 4 180 平方千米，人口为 360 万人(1990 年)。

⑮ 详见“苏锡常地区行政区划研究专题报告”第 27-30 页。

⑯ 崔乃夫部长在听取苏锡常地区行政区划改革问题时的讲话(油印稿，根据记录整理，未经本人审阅)，1992 年 3 月 4 日。

⑰ 主要表现为江苏与山东边界的微山湖地区，在水利、湖田、水产等方面的矛盾相当突出。

⑱ 课题报告由我确定思路与提纲，陶希东主要执笔，修改后向江苏省建设厅提交了 20 万字的文字报告“徐州都市圈组织体制与发展政策研究”成果及简要本。基于这次项目的参与，我确定陶希东的博士论文选题为《跨省都市圈的行政区经济分析及其整合机制研究——以徐州都市圈为例》。由于有坚实的课题基础，陶希东的博士论文顺利按期完成，并通过答辩。

第四编　钟情社区（1999—2015 年）

第十六章　社区研究总览

在 20 世纪中期以前，人们对“社区”的认识还比较模糊，普通民众甚至还不知晓“社区”这个名词。21 世纪初，中国大地掀起社区建设热潮，我顺理成章地从政区领域向社区延伸。我是怎么介入社区研究的，是偶然，还是必然？是什么让我对社区产生浓厚的兴趣？我为社区做了什么？从本章可以了解一个大概。

第一节　缘起：从发现曹家渡现象谈起

［30 年前好奇的发现］　曹家渡，这个原本没有高楼大厦、保留原生态风格，甚至有点土，但繁荣的商业街区，我在 20 世纪 50 年代中期起就熟悉它了。因为它是距华东师范大学最近的商业街区之一（另一个就是中山公园），走过去 10—20 分钟的时辰。周末我常去那里溜达，有时候在街上还会遇上几个说家乡话的人，倍感亲切。1959 年，我留校工作之后，有空或需要买些用品也会跑曹家渡，因为那里是平民大众的商业街区，东西比较便宜。商圈里有一家回族面馆。记得有一次，夫人在附近（忻康里菜场）一家熟食店买了一点猪头肉，拎着在公交车站等车回华师大二村，乘公交车没有来的空隙，顺便去公交站旁的一家清真馆看看，被一位女顾客看到，她忽然一边大声嚷嚷“快点出去”，一边指着猪头肉，夫人吓坏了，赶紧跑了出来，乘坐公交车回家。这件事我们一直没有忘记。

20 世纪 90 年代中期，大约 6 月的某一天，我乘坐从普陀区东新路开往南市区十六铺的 16 路无轨电车，当经过曹家渡时（我有好久没有去曹家渡了），在车上发现曹家渡变样了，一种奇特的现象引起了我的注意：车行的右侧（普陀区）建起了豪华的第一百货沪西商厦（今），左侧（静安区）原有传统的 2—3 层商住楼被夷为平地，正前方的三角地商业中心地块（三区交汇点）也行将拆除，再向前看的长宁路右侧（长宁区）成片破旧的“下只角”原住民居住区则依然如旧、丝毫没有动静（图 16-1、图 16-2）。放眼望去，昔日繁华、喧闹的曹家渡已经不在。心中疑惑多多，引起强烈思索。于是我下车折返，进入第一百货沪西商厦三楼，拿起身边的相机记录下了这一景观。图 16-3、图 16-4 显示静安区一侧曹家渡的大规模拆迁景象和待拆迁的繁华商业“三角地（五角场）”（1997-06）[1]。

图 16-1

图 16-2

图 16-3

图 16-4

我思考的中心问题是，为什么一个完整商业社区的“三角地”，旧城改造、形态建设如此不合拍？这种现象发生在静安、普陀、长宁三区交界处的曹家渡，其背后实质是什么？三个独立、平级的二级行政区，分割瓦解了一个历史悠久、自然形成的商业功能社区会带来哪些后果和影响？中心城区的行政区与商业社区是什么样的关系？这种现象带有普遍性吗？为什么这种现象在转型期出现？

我决定将曹家渡作为研究对象，纳入硕士论文的选题，由一位研究生进行系统研究。论文的题目定为《社区的行政分割及其整合研究——以上海市曹家渡为例》。我发现的“曹家渡现象”迅速在学术界、一些政府部门传开。随后，上海市社会科学界联合会为我专列了一个上海市的“九五”重点课题，1998 年 6 月完成了研究。

什么是曹家渡现象？我的解读是，所谓曹家渡现象是指由于行政区划对传统社区的分割所导致的社区经济发展受阻，城市的统一规划、建设无法推进，管理难以协调，城区形态建设紊乱的一种现象。

[三个时代不同的命运]

◆中华人民共和国成立前的曹家渡。此时的曹家渡是依托苏州河渡口自由市场经济发育、发展的曹家渡。历史上的曹家渡为上海县西郊的一个乡村——“明初曹氏家族在今曹家弄北、万航渡路西、江苏北路东形成曹家宅村落。隆庆、万历年间，曹氏于吴淞江南北两岸、三官堂及长生庵间建渡亭，设义渡，名曹家渡。直至清初，渡口仍由曹氏掌管。由于上海与嘉定、宝山的水陆交通多取此道，曹家渡逐渐闻名”。上海开埠前，四周乡村农副产品集于该地沿江一带，相继开设店埠。清同治初年，公共租界工部局越界筑路，两路交汇形成三角地带，习称三角场。曹家渡镇由此向北、向东延伸；19 世纪末，客籍居民增多，置地经营，设厂开店，沿江码头掀起，并渐与曹家渡镇融合发展；20 世纪以来，工部局再次越界筑路，增建码头，五条马路交汇于椭圆形三角地带，习称“五角场”；20 世纪后期在曹家渡渡口兴建三官堂桥，船渡被废，沿江（苏州河）发展迅速，商业中心移至五角场。20 世纪 30 年代，特别是抗日战争时期大批难民涌入，人口激增，建有不少板房简屋区。此时的曹家渡分为东、中、西三市，其规模之大已经超越邻近的许多镇市（如法华、周家桥等），工商业十分发达；其中以五角场为中心的东市最为繁荣，成为曹家渡地区的核心地带。

高密度集聚的复杂社会“下层”人口是曹家渡社区的基本特征。抗日战争爆发，大批难民涌入位处租界边缘的曹家渡，使之人口激增，且层次低下，劳动力丰富、低廉。据对长宁区华阳路街道属于曹家渡部分地区的调查发现，1994 年，人口达 53 815 人，人口密度高达 82 792 人/平方千米！据某日纱厂工人籍贯统计，52.6%来自苏北，26.8%来自苏南，11.3%来自安徽，其余来自浙江、山东、河南、湖北、湖南、广东、广西等地。他们保留了原地的宗教、文化、语言、生活习俗，实为都市里的乡民。在曹家渡，苏北话比上海话更为广泛。以至于我逛曹家渡犹如到了家乡的泰州兴化和盐城的里下河地区。难怪，上海人都把此类地区称为“下只角”（“角”字读音 goo[弱声]）②。

优越的地理区位和廉价的劳动力，驱使曹家渡地区的工商业迅速发展，繁荣的工商业是曹家渡社区的最主要特征。表 16-1 给出了中华人民共和国成立之前曹家渡地区的部分主要工厂及其分布。从表中可见，轻纺工业占有主要地位，大多分布与吴淞江岸边；散布于居民区的小型企业和家庭作坊多达百余家；商业发达，商品齐全，价格低廉，生意兴隆，是沪上有名的工商业集聚地（表 16-1）。

表 16-1　中华人民共和国成立前曹家渡地区部分工厂情况

原厂名	今厂名	建厂年份	所属区	其他
公大四厂	上海第一毛纺厂	1906	静安区	日资
公大三厂	上海绢纺厂	1907	普陀区	日资
奇异灯泡厂	上海灯泡厂	1918	普陀区	美资
裕民毛纺厂	—	1935	普陀区	日资
宜丰化工厂	—	—	普陀区	—
日华三四厂	—	1918	普陀区	—
大沪铁厂	—	—	普陀区	—
恒兴泰榨油厂	—	—	普陀区	—
安乐棉毛纺织公司	—	1931	长宁区	—

资料来源：刘君德指导，何建红硕士论文《社区的行政分割及其整合研究——以上海市曹家渡为例》(1998 年)第 12 页。

从政区空间与功能性社区空间关系来看，曹家渡的分割现象大致起始于 1937 年。明清时期的曹家渡，归属松江府上海县的高昌乡，后为法华乡；民国十六年(1927 年)，上海设立特别市(1930 年改称市)，“不入省、县行政范围”“直隶中央政府”，拥有市、乡 30 个(后全部改为区)，曹家渡属法华乡，后改为法华区。1937 年 11 月，上海沦陷。伪政权多次调整区划，上海将周围县区合并，成立扩大了的上海特别市，曹家渡地区被分割为沪西区和特别区(租界)，但在市场经济规律作用下，行政区划基本没有对经济社会发展产生“阻隔”“约束”作用，曹家渡依旧一片繁荣景象，工商业十分兴盛。

以上可见，旧时的曹家渡，由一个乡村社区演变为城市以商业为主，兼有工业功能的社区，从一个行政社区演变为功能性的非行政社区，即使是后来出现的行政分割状态，其工商业的繁荣发展并未受到影响；相反，依托其优越的地理区位，在市场力的作用下，规模迅速壮大成为沪西经济中心之一。曹家渡已经成为上海中心城区一个完整的工商业功能社区。中国传统的自上而下的行政力量对曹家渡非行政社区的形成和发展没有产生重要影响。

◆计划经济时代的曹家渡。计划经济时期，曹家渡成为重点规划建设的城市副中心。中华人民共和国成立后，在计划经济时期，曹家渡迈入有序整治、规划发展的新阶段。此时的曹家渡，在行政区划上分属于静安、长宁、普陀三区，基本延续了中华人民共和国成立前的区划格局。从功能上看依旧延续着旧时的基本特征。这里，人口密集，工薪阶层的劳动大众依然是社区人口结构的主体，以苏北话为主的语言环境未变，2—3 层砖木结构的街区、住区形态未变。居民的文化素养较低，收入较低。据我们调查，小辛庄居委会的 572 户、1 767 位居民之中，仅有 2 人进入大学。曹家渡，依然是上海中心城区的“下只角”。

从 20 世纪 50 年代初开始对曹家渡地区陆续进行全面改造，调整商业，迁出部分工厂，合并、扩建部分工厂，改善交通、水电基础设施，拆除危棚简屋，修缮居民住宅，改善居住环境等。直至 20 世纪 80 年代，曹家渡依然保持着与徐家汇齐名、沪西地区商业重镇的地位，在原渡口附近的吴淞江(苏州河)上，先后架起两座大桥，公交发达，交通大为改善，曹家渡繁华依旧，商业更见兴隆。1986 年，曹家渡地区有大小商场、商店百余家，行业门类齐全，商店的密集程度很高。沪上人家无人不晓曹家渡商业的繁荣，商品的低廉吸引了不少外地来沪人员来此经商购物。在上海市城市总体规划中曹家渡和徐家汇同为规划的沪西两个城市副中心。

应当指出的是，中华人民共和国成立后的曹家渡功能社区，被三区行政分割的格局并没有明显影响曹家渡地区的发展，相反，更见繁荣，没有影响这一功能社区的整体性形态结构。也就是说，曹家渡在中华人民共和国成立后、改革开放之前，并没有受到行政区划的影响。

◆改革开放后的曹家渡。改革开放以来，曹家渡成为被边缘化的商业社区。曹家渡社区的巨变或质变，甚至是“退变”发生在改革开放后。回顾上海的城市纵向行政体制改革发展过程，20 世纪 80 年代，即自中共十一届三中全会至 1988 年，上海市的城市行政管理体制改革开始推进，市级权力逐步下放至区，区级政府的事权有所扩大；1988 年以后，进一步分权于区，从而形成市与区的“两级政府、两级管理”新格局，区级政府在财政税收、规划建设、资金融通、国有资产管理、外资项目和土地审批等方面享有更大的自主权；1995 年，又进一步强化了街道办事处的行政管理，从而形成“两级政府、三级管理”的格局。这一重大的纵向行政体制改革，极大地调动了区级政府的积极性，促进了区级经济的大发展，加速了城市建设改造的进程。但同时带来负面影响，主要是区级政区之间的经济社会发展不平衡加剧、差距拉大，直接影响了居民生活质量，使得一部分人不能公平地享受改革开放带来的“红利”。与此同时，市级统筹调控能力有所下降。

在这一背景下，在上海市中心城区，行政区划与经济社会发展、与城市规划建设管理的矛盾凸显。作为三区交界的曹家渡就是明显受影响的商业功能社区之一。曹家渡，对于静安区来说，其商业中心的功能并不重要，将被改造为大型居住区；长宁区的规划建设重点自然选择中山公园作为商业中心建设的重点，无暇兼顾曹家渡；而对于普陀区来说，商业建设则显得十分重要，因为它是长寿路商业街的自然延伸。三区的各自为政，对曹家渡地区采取不同的规划战略和功能定位，使得原有曹家渡繁华的商业中心失去昔日的光环。在中国转型期特殊的国情和上海的市情下，三区的行政分割，必然导致曹家渡功能社区的“退变”，如果市级政府对这种现象不做干预，曹家渡商业—居住社区的失落不可避免。

事实上，从 20 世纪的 90 年代开始，曹家渡在上海经济社会高速发展、城市形态建设迅速推进的大背景下，不仅其发展十分缓慢，而且规划建设管理的矛盾十分突出，静安、长宁、普陀三驾马车无法形成共识、无法协调，受其直接影响的不仅是这一地区的平民百姓，也使上海中心城区这一黄金地段难以充分发挥其最大的效能，不能不说是一种极大的资源浪费！

一个历史上好端端的曹家渡，渐渐失宠了，落伍了，被边缘化了。许多新生代的上海人，恐怕已经淡忘了！曹家渡的“退变”非自然因素，非市场因素，亦非经济地理区位因素，而是行政区划这一地地道道的行政权力＋空间的政区地理因素，即人为因素所致，我想，这在世界各国并不多见吧。

如今的曹家渡功能不清，城市副中心的地位早已退出，“三角地”连地铁都不通，房价相对下跌，原住民也早已各奔东西，散落郊区。昔日完整的商业功能社区为三驾马车的行政社区所替代。商业发展的滞后，整体规划的混乱，社区建设的分割，基础设施建设的不同步，以及环境卫生、社会治安管理问题等相继出现，管理难度加大，问题增多(图 16-5)。

城市導報

CHENG SHI DAO BAO

1099 期

国内外公开发行

行政区划显弊端

三家难奏同心曲

图 16-5

昔日，曾经与徐家汇同等地位的曹家渡，在市域中已经不占重要地位。

我很难判断上海的曹家渡现象是城市发展的一种进步还是退步?!

［曹家渡何去何从?］ 未来的曹家渡怎么走？有没有必要或可能重振曹家渡的昔日雄风？怎样解决出现的新问题？这有待科学工作者继续深入观察、研究、探索。我的思路大致有以下三个方面：

◆**思路之一。**非行政区划手段的放手发展。即不改变现有的区划格局，进一步转变政府职能，减少三区对曹家渡地区的行政干预，顺应市场经济和城市发展的规律，让其自由发展，三区政府只是联合执法，加强城市管理，包括经济、社会、城市形态、环境、治安等。这是其一。但实际上这条路走不通。各区依然会加强对所属曹家渡的管辖，采取对区发展有利的定位与发展对策。

◆**思路之二。**行政区划手段的整合发展。依据本书在“致力政区”一编中对上海行政区划改革的“小区制”模式，将曹家渡地区的相关街道组合单独设置一个行政区，实现曹家渡社区的统一规划、建设与管理，这是一个理想的模式，如能实现，将极大地有利于曹家渡地区的整合和发展，这对于住地百姓来说是个利好，长期存在的“下只角”问题将彻底解决，同时具有城市地域文化意义。这个思路虽然在目前的大区制背景下难以实现，但仍可探索大区制模式下曹家渡社区行政整合的可行性，将曹家渡归属于静安区或长宁区或普陀区。

◆**思路之三。**推进跨界治理理念下的合作发展。在上海市发展和改革委员会的支持和参与下，三区政府成立曹家渡区域协调委员会，建立“曹家渡”共同体。这是发达国家普遍采取的一种成熟的跨界发展模式。从现实情况出发，统一谋划曹家渡社区的规划、建设、管理，共谋、合作发展，协调相关事宜。在推进合作发展中，既要充分发挥三区政府的引领作用，更要充分发挥市场机制的调节作用，还要充分动员社会的力量积极参与曹家渡地区的合作发展(图 16-6)。

［曹家渡现象启示］ 曹家渡现象给人们的启示：

——启示之一：曹家渡现象的背后是中国转型期“行政区经济”的运行规律的作用。

——启示之二：中国特定的政治经济体制下，城市基层行政区与社区的关系极为密切，

图 16-6

一旦传统(自然形成发展)的某种功能社区被行政区分割,社区的发展与规划建设以及管理必将受到明显的影响。

——启示之三:许多大中城市都存在着“曹家渡现象”,解决这种现象存在的问题需要从城市的整体利益出发,尊重历史、尊重民意、充分协商、因地制宜,从体制与机制上进行创新,寻求最佳的整合路径。

曹家渡,是 20 年前我研究行政区和社区过程中的一个发现,可以说也是我地理人生中的一个重要发现。曹家渡现象已经成为我为研究生教学、在各种场合演讲与作报告的经典案例之一。为此,我发表了相关论文,把它写进了专著;先后有 30 多位博士生、50 多位硕士生(包括中国行政区划研究中心的硕士生)、多位博士后接受了曹家渡现象这一经典案例的现场教学;有来自加拿大、美国、英国、日本、澳大利亚等国及我国港台地区的许多专家参观考察过曹家渡,均认同我的发现。

20 年过去了,人们对曹家渡已经逐渐淡忘,值得庆幸的是留下了静安区的曹家渡街道实体性地域名称,保持了地名文化。但很多人不知道,它已经与历史上吴淞江边的曹家渡渡口无关。

我无数次去过曹家渡,对它有一种特殊的地域情感!这也许是我介入、参与社区研究的一个诱发性及偶然性因素吧。

[浦东新区的一次即席发言] 我是一个半路出家的“社区”研究者,自从介入社区,就喜欢上了这个领域,与“社区”结下情缘。第一次参与和谈论社区是一个偶然的场合。大约在 20 世纪 90 年代中期,浦东新区社会发展局开了一个座谈会,专题讨论浦东的社区发展与规划问题,我被应邀参加。这是我第一次接触社区。参会的大多是上海著名的社会学者,也有政府研究部门的学者型官员。我在听取许多社会学者的发言之后做了即席发言,内容集中在两个方面:一是我对社区概念的理解;二是建议从基层政区与社区关系的整体性角度开展社区规划研究。按照我当时的理解,中国的社区与西方许多国家的社区不同,行政力量是社区发展的基本因素;在基层,中国的社区基本是行政社区,当然也有非行政社区,但如同曹家渡一样,它并不受到关注。当时我说,所谓行政社区是政府延伸的基层组织——包括街道办事处和居委会,但主要是居委会;所谓非行政社区是没有行政组织实体机构,跨越行政管理空间单元,但被人们认可的基层社会空间单元。

我列举了两个典型例子。一个是我居住的“社区”——华师大一村。当时华师大一村分设两个居委会(亦曾设置三个居委会),即华师大一村第一居委会和华师大一村第二居委会,这两个居委会都是“行政社区”,由居委会组织对居民进行有效的管理;而“华师大一村”则是一个单位的“社区”,没有基层行政组织,但大家都认同“华师大一村”,我把它称为自然社区,或“非行政社区”。

另一个例子是与华东师范大学相连的曹杨新村街道。20 世纪 50 年代初(1951 年),上海市选择城区边缘的中山北路北、曹杨路西地区,沪西工业区附近规划建设了全市第一个大型工人住宅新村——具有江南水乡景色的曹杨新村。1952 年,曹杨一村竣工,面积为 13.3 公顷,48 幢,167 个单元,1 002 户,建筑面积为 32.4 平方米。首批入住多为劳模。1953—1957 年新增 2—6 村，有“两万户”入住，设立了曹杨新村街道办事处。此后规模不断扩大，1958—1977 年又建成 7—9 村，并在其西北侧新建许多新村，至 20 世纪 90 年代初，曹杨新村地区人口超过 10 万人。为此，1996 年 7 月，从曹杨新村街道析出部分新村，新组建曹安路街道办事处。我认为，曹杨新村属于自然社区，这个自然社区分属于曹杨新村街道和曹安路街道两个行政社区。

我在会上提出，研究中国的社区发展和规划建设必须着眼于“行政社区”；同时根据我多年研究行政区划的习惯性思路，自然地想到，中国的城市管理系统是一个自上而下的行政—社区体系。社区建设与管理应该纳入行政区—社区体系框架进行整体性研究。

我的即席发言引起了许多与会专家与政府官员的赞同，并因此应邀参与了“浦东新区社区发展规划”课题研究，1995 年形成了“浦东新区行政区—社区体系及其发展研究”[③]专题报告，在浦东产生一定影响，行政区—社区理论思想被民政部门采纳。从此，激发了我持续关注社区、研究社区的热情，走上了社区研究之路。

［社区研究的三个背景］ 我研究社区还有三个重要背景：第一，政府推进社区建设热潮。20 世纪 80 年代中期，中国的改革由农村转向城市，城市的改革对城市社会福利、居委会的便民利民服务提出了新要求，时任民政部部长的崔乃夫提出在城市社会的落脚点——居委会开展社区服务，并在全国许多城市开展了社区建设实验，取得成效。随着形势的发展，社区建设在社会发展和社会稳定中的重大意义日益被人们所认识。1999 年，中共中央办公厅和国务院办公厅转发了《民政部关于在全国推进城市社区建设的意见》。2006 年 5 月，发表了《国务院关于加强和改进社区服务工作的意见》。

在中央政府的大力推动下，全国各专业工作者积极响应，纷纷介入研究，我就是在这一大背景下参与社区建设研究的。

当时，还有一个人缘的背景因素，就是时任民政部基层政权和社区建设司的张明亮司长，原是区划地名司的司长，我们交往多年，他对我、对中国行政区划研究中心十分关心与支持，赴基层政权和社区建设司任职后又及时鼓励与支持我投入社区建设的研究。

第二，基于行政区划研究的深化与延伸。城市的基层行政区（街道办事处）是城市行政区划研究的重要内容。我在研究中发现，中国基层政区与国家定位的社区建设的落脚点，实际上是一个重叠的概念。基层行政区与社区相互关联，不可分割。尽管行政区与社区是两个性质完全不同的领域，行政区是政府，属政治学范畴，社区是社会，为社会学范围，但在中国，两者很难区分，很难厘清这两个层级的性质。这是我在 1995 年前后提出的建立大城市纵向的行政区—社区结构系统的观点，并以浦东新区为对象开展了这一思路的理论与实证研究。从这一角度来看，我介入社区研究具有必然性。

第三，从学科来看，从其性质来看，应归属于社会地理学的范围。在中国，社区研究是人文地理学的新兴领域。介入社区研究，有利于丰富和发展中国特色的社会地理学，乃至可以独立成为人文地理学的新兴分支科学：社区地理学。

第二节　建制：中国城市社区建设研究中心创建

［多方支持，酝酿设立社区研究机构］ 我深知组织建设是推进社区建设研究不可缺的重要平台。1998 年，我向时任校党委书记的陆炳炎同志汇报，建议在华东师范大学成立中

国社区建设研究中心，并请他担任第一把手，他欣然同意。当年9月15日，张明亮司长来沪考察上海社区建设，邀我参加市民政局座谈会；9月17日下午，我邀请他来华东师范大学调研考察并座谈，在书记接见过程中，我提出设立机构的设想，得到支持。上海市民政局的多位领导也明确表态，积极支持在华东师范大学成立社区建设研究机构。1998年11月下旬，陆炳炎书记主持召开了中国城市社区建设工作会议，我在会上作了“中国城市社区建设研究中心筹备情况与工作设想”的报告，得到了大家的认可。中共上海市委组织部部长周鹤龄听取了大会汇报。

［水到渠成，“中国城市社区建设研究中心”宣告成立］ 1999年元月13日，“中国城市社区建设研究中心”（下文简称社区中心）挂牌成立（图16-7）。会上宣布了领导班子成员，明确社区中心挂靠在中国行政区划研究中心，由华东师范大学党委书记陆炳炎同志担任社区中心主任（图16-8），民政部基层政权和社区建设司司长张明亮同志任名誉主任，设副主任、主任助理、秘书长等若干位[4]。社区中心的性质是在校党委领导下，在民政部基层政权和社区建设司直接支持与指导下的跨院系（所）、跨学科的校一级学术研究组织；是一个以校内专家为核心，广泛吸收校外党政部门和专家积极指导与参与的开放式研究机构；其宗旨是，充分发挥我校多学科综合优势，以城市社区建设为重点，通过社区研究和开展专业培训、咨询服务为推进上海和中国城市社区建设服务。出席社区中心成立大会的，有来自民政部、教育部、江苏省民政厅、南京市玄武区、石家庄市长安区的领导；上海市委组织部、宣传部、办公厅，上海市民政局、市政委员会，普陀区、黄浦区、虹口区区政府，浦东新区城区党工委的领导、顾问；复旦大学、北京大学、南开大学、北京市社会科学院、上海社会科学院等单位的专家；以及长风、潍坊街道的来宾。

图16-7

图16-8

［社区研究概述］ 社区中心成立之后，我们充分利用与民政部的业缘与人缘关系这一有利条件，在民政部基层政权和社区建设司的强有力支持下，成功举办了民政系统的首期在职社区干部培训，扩大了华东师范大学社区建设研究的影响力，展示了社区领域研究的实力。继而，大量的社区研究项目接踵而至。据不完全统计，从1999年举办首届社区干部培训班至2011年，我主持的社区研究项目达20多项，其中国家社会科学项目、上海社会科学重大项目3项，为中国城市社区建设做出了贡献，在实践中形成了具有中国特色的社区理论思想。

第三节　社区培训：一期“黄埔”及其扩散效应

［“黄埔”一期］ 社区中心成立之后，积极举办了多期各类在职社区干部培训，其中最重要的是1999年9月1日—11日，与国家民政部基层政权和社区建设司合办的全国性“社区规划高级研修班”。来自北京、天津、重庆和上海四个直辖市，以及全国城市社区建设先进单位（沈阳市、青岛市、海口市、杭州市、南京市、石家庄市、合肥市、本溪市、漯河市等）的代表，

共35位学员参加了培训；分三个阶段，安排了18次讲座，涉及社区组织体制、社区党建、社区参与、社区规划、社区教育、社区工作者素质等有关社区建设的重大核心问题的内容。邀请沪上著名学者进行了专题授课，还为学员下发了两本书和社区规划讲稿或详细提纲以及参考资料；培训结束，以“学习报告”形式对每位学员进行了考核和问卷调查，颁发了培训证书。许多学员说，这个号称“黄埔一期”的研修班办得很成功，“是20多年体会最深的一次学习”；有95%的学员认为研修班办得很成功，许多学员建议要“经常组织”“市、区主要领导应该参加培训”“全国可分片举办这样的研修班”（图16-9、图16-10）。

图16-9

图16-10

［扩散效应］　“黄埔”一期的培训，起到了显著的扩散作用。2000年下半年起，社区中心应各地要求，先后举办了20多次不同层级和规模的培训班。更多的则是我被邀请为各地举办的培训班讲课。通过各类培训和报告传播了我们独特的中国社区建设的理论思想，为培养各种类型的社区干部做出了贡献；同时，扩大了社区中心的影响，也提高了我在社区研究领域的知名度。图16-11为梅陇三村社区的“绿主妇”活动。

图16-11

注释

① 图16-1、图16-2发表于《上海城市规划》1998年第4期。

② 一般老上海人理解的“上只角”，是指租界地区，如静安、黄浦、卢湾等，而“下只角”是当年“滚地龙”和“棚户区”密集的闸北、普陀等地。——本书作者。

③ 张玉枝参与了本课题的研究，合作发表了相关论文——《上海市浦东新区行政区—社区体系及其发展研究（上）》（《城乡建设》1995年第9期、《上海市浦东新区行政区—社区体系及其发展研究（下）》（《城乡建设》1995年第10期）；论文收录于刘君德主编的《中国行政区划的理论与实践》（华东师范大学出版社1996年出版）

④ 组织领导构架（校内）：主任为陆炳炎，副主任为刘君德、顾俊、倪俊、许红珍，主任助理为叶忠海，秘书长为王大奔，副秘书长为蔡忠，顾问组组长为吴铎。专家委员会成员：丁金宏、丁钢、王祥荣、叶忠海、宁越敏、吴志华、杨凯、周克瑜、徐长乐、唐海燕、童世骏、曾刚、蔡孟裔。

第十七章　社区项目研究实践与理论探索

也许是我对社区的独到看法，也许是首期培训班的扩散效应，抑或是中国城市社区建设研究中心挂牌成立的品牌效应，1999年之后，在城市社区建设大规模掀起的高潮中，大批社区研究项目接踵而至。我研究社区涉猎了哪些方面，有什么特点，与社会学者研究社有什么区别？对推进具有中国特色的城市社区建设有什么意义，在课题研究实践中有哪些理论建树？通过本章典型项目的介绍，相信读者能有所体悟。

第一节　实践探索之一：上海社区实证项目

[首个社区项目：浦东新区行政区—社区体系研究]　1995年开展的"浦东新区行政区—社区体系及其发展研究"，是浦东新区社会发展局根据我在座谈会上的发言，要求我设立和承担的课题。它开启了行政社区的完整概念，首次提出了建立行政区—社区体系的思想，奠定了关于大城市基层行政社区的核心观点。在一定程度上是我们对社区研究的原创性思想，并以"行政区—社区"体系为核心，与我的学生们共同推进了这一理论思想的发展[①]。在课题完成之后，又作为上海市的重大软科学课题进一步扩展了《上海市浦东新区城区—社区发展规划》(1997年)[②]。规划内容较完整地表述了"行政区—社区"体系的理论与浦东实证分析的研究成果。这个项目对于我介入社区领域研究后的学术思想发展具有奠基性意义。

图 17-1

[校长领衔的项目：上海市社区经济研究]　1995年夏，时任华东师范大学校长的张瑞琨教授等领导安排我以及潘世伟、罗国政、许红珍等校、处领导共同主持了上海经济研究中心的重大经济、社会、科技决策咨询研究项目——"上海社区经济及其管理问题研究"[③](图17-1)，领导的重视和介入，彰显了学校对社区研究的关注。课题组由多学科专家组成，但参与调查研究和执笔的主要是我的博士生。我们经过密集的调查访问和资料分析，于1995年11月按时完成。

什么是社区经济？当时有不少人理解为"城区经济""街道经济"或"区街经济"。我们的研究认为，从理论上来看，所谓社区经济，是社区中生产要素及其社会资源重新组合产生或实现新的价值的运动过程；是我国社会主义初级阶段，市场经济体制尚未完全建立，政府职能尚未转换，生产力水平不高的情况下产生的；是与城区基层行政组织的职能变化和实际利益紧密关联的一种微观都市经济。从理论上来讲，社区经济≠区街经济。从上海的实际情况来看，城市社区经济主要是指隶属于城区街道办事处的"微行政区经济"，也称"街道社区经济"或"城市基层行政社区经济"。

报告对上海的街道缘起与发展过程进行了系统梳理，指出了在新的时期街道经济发展出现的新矛盾，提出了在新形势下如何重新认识和合理定位社区经济、未来上海的社区经济怎么走等核心问题的观点。一是社区经济是"隙缝"经济，是社会主义初级阶段特定背景下产生的，有其必要性与必然性；二是城市社区经济发展在安置就业、发展公益事业、加强社区服务、改善居民生活环境以及稳定干部等方面发挥了积极作用；三是新时期的街道社区经济应定位在服务类的产业；四是在上海等特大城市的中心城区，市级经济、区级经济与街道经济已经构成了一个相互关联、难以分割的中国特有的行政区—社区经济体系；五是街道经济具有明显的过渡性特征。从长远来看，街道社区经济没有存在的必要，条件成熟时，应取消街道社区经济，使之融入开放的、市场化的城市经济大系统。

本课题研究体现了地理学与经济学、政治学、社会学、人口学等多学科的交叉融合，使我们对社区和社区经济的概念，上海市街道行政社区的经济状况、存在问题以及发展取向等有了较为深刻的认识。"社区"是多学科共同研究的对象。与一般社区经济研究项目成果不同的是，我们比较重视街道社区经济的空间分析，绘制了若干社区经济分布及分析图，从中可以清晰地了解上海市中心城区社区经济发展明显的差异性和分布规律，这对大中城市，尤其是特大型综合性城市来说是十分重要的(图 17-2)。

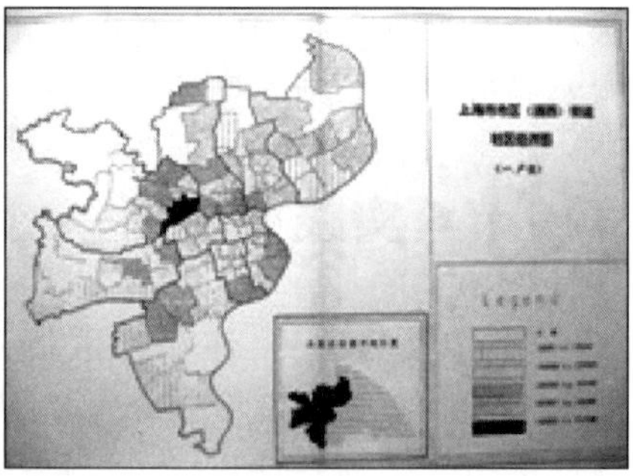

图 17-2

进入 21 世纪，街道经济的弊端日益显现。政府内部和学术界越来越多的人主张取消街道社区经济。在新的时期、新的背景下，街道经济将逐步分化，并通过整顿、重组，走向规范的市场经济，使之融入城市经济大系统之中。令我欣慰的是，经过 10 多年运转，随着城市政府职能转变的逐步深化，上海的街道经济被取消，融入城市经济的大系统之中，街道的功能又重新回归社区服务与管理。

[书记挂帅的项目：黄浦区文明城区创建研究] 1996 年 10 月，中共十四届六中全会通过了《中共中央关于加强社会主义精神文明建设若干重要问题的决议》，由此，全国各大城市在多年创建文明社区建设的基础上，纷纷开展文明城市(城区)的创建活动。在这一背景下，1998 年，中国城市社区建设研究中心与黄浦区精神文明建设委员会共同申报了上海市社会科学"九五"规划重点课题，获批准立项。项目以黄浦区为例开展大城市文明城区建设的理论与实证研究[④]。在广泛深入调研的基础上顺利完成课题报告，并于 1999 年出版《大城市文明城区建设的理论和实践》[⑤]专著(图 17-3)。

图 17-3

本课题首先深入分析了黄浦区创建文明城区的资源基础，包括：在上海市的中心区位和中心地位，大流动、高密度、老龄化的城区人口，高含金量的土地利用，金融贸易为主的发达经济，丰富、特色显著的人文历史资源，三大板块有机组合的空间分异等。接着，有针对性地提出了黄浦区文明城区创建的目标体系和评估体系以及一系列的体制机制保障措施。研究成果系统总结了黄浦区的文明社区—文明城区建设经验，对该区的文明城区建设深层次推进有重要价值；同时也是特大城市文明城区创建的理论概括和方法探讨，对全国大城市的同类型城区创建文明城区有一定参考意义。

课题成果的一个重要创新在于，发现和总结了特大城市城区的“文明链”系统。首次提出了大城市整体推进精神文明建设的一种经验模式，即“三条文明链”。所谓三条文明链是指：一是文明家庭—文明楼栋—文明小区—文明社区链；二是文明岗位—文明班组—文明单位—文明行业链；三是文明科室—文明机关链。报告强调了文明城区创建必须有整体思考与设计，形成上下串联、纵横交叉的“文明链”。报告认为文明城区创建的基础在社区居委会，而关键在街道行政社区。

本课题是我们与政府主管部门的一次成功的深层次合作，提高了研究成果的质量和实际应用价值。课题的研究还为后来申报国家社会科学基金项目“大中城市文明城区创建与区级行政管理体制改革研究”打下基础。

[市民政局交办的项目：瑞金二路街道居委会调整论证] 在20世纪与21世纪之交的时期，民政部门在推进城市社区建设中一个非常重要的改革内容就是居委会合并，更名为社区居委会。各地民政部门纷纷效仿“撤二建一”模式，一阵风吹得十分猛烈。作为特大型城市的上海，基本单元到底规模多大为好？市民政局把这项任务交给了中国城市社区建设研究中心，并决定在卢湾区的瑞金街道试点推进。中国城市社区建设研究中心承担了这一任务。在卢湾区民政局的支持下，“卢湾区瑞金二路街道居委会区划调整研究”项目迅速落实。2000年1月中旬开始了非常仔细和认真的调研[⑥]，查阅了历史资料，并通过观察、测量、访谈，获取大量第一手资料，很快完成了20 000字的调查报告，及相关附图和附表。可以说，这是上海市首次开展的以居委会为单元，最基层、最翔实、最深入的一项研究工作。根据我们研究的结论，市民政局以瑞金二路为基地进行了居委会区划调整改革的试点，获得成功。随后在全市范围内进行了大规模的社区居委会的区划调整。我们的研究成果为这一全市性重大决策提供了直接的科学依据。

本次项目成果的调整设计方案与其他所有成果的不同之处如下：第一，在理论上的突破，注重自然社区与行政社区的空间关系，认为居委会的区划调整实质是行政社区与自然社区耦合的过程，保持与自然社区的空间整合是区划调整的一项重要原则，确定合理规模和空间范围以及居委会命名是居委会区划调整的关键，还要注意选择好办公地点(居委会管理中心)，与物业管理的关系等问题。第二，在实践上打破传统按照户数规模确定区划的做法，以居住区的连续性为主要依据，注意保持居住区社区管理的完整性。第三，在区划调整方案设计中将城市道路分割程度作为划分范围的一个重要依据，划分了三个等级道路对社区分割的程度，通过实际测量，将瑞金二路街道划分为八个片区，每个片区设置2—3个居委会，全街道原有居委会30个，经过调整减少为14个，平均规模在2 000户左右，但因地制宜，宜大则大，宜小则小。大于2 000户的居委会有8个，其中2 500户以上的有5个，最大的达3 331户；1 000户以下的有3个，最小的居委会(长乐居委会)为614户。

可喜的是，我们的研究成果被上海市民政局采纳和实施，在很短的时间内，全市即完成了社区居委会的调整工作。

[郊区社区体制创新项目：浦东新区的实践] 中国的社区研究基本上是按照农村和城市(镇)两个系列展开的，把“郊区”作为一个实体空间对象，对其进行社区系列研究的成果并不多见，随着城市化的推进，大中城市迅速发展，邻近的郊域县市改设区的不断增加，“郊区”社区的研究越来越重要。21世纪初以来，我在浦东新区介入了较多的郊区行政区—社区研

究。这是因为浦东是国家和民众、学者们最为关注的改革开放新区，发展快，郊区体制与空间问题多而复杂，经济社会发展环境和城市形态变化迅速，改革推进力度较大、要求高，区划和社区研究需要紧紧跟上并应适度超前的缘故；也由于我和浦东新区的经济社会发展部门、民政部门人脉关系密切，相互信任，许多行政区—社区改革问题的观点相近有关(图 17-4)。“十一五”期间，我被聘为浦东新区的咨询专家，浦东课题更多了。从基层行政区来看，影响较大、采纳较多的是街道和乡镇合并方案的研究与论证；从社区来看，影响较大的主要是“浦东新区郊区社区建设规划研究”[7]和“川沙新镇功能区—社区体制研究”。

图 17-4

关于浦东新区郊区的社区体制改革问题的相关研究成果，我已经在《当代中国城市—区域权力·空间·制度研究丛书》的两本专著，即《中央直辖市政区空间组织与制度模式探析：理论构架、比较分析及实证研究》《中国大城市基层行政社区组织重构：以上海市为例的实证研究》中进行了详细分析和专题介绍，本书的“致力政区”编对浦东新区“功能区域”时代的终结中已有专门论述。

我的博士后黄忠怀同志参与了浦东新区郊区社区规划项目研究的全过程，并以此作为出站报告的主题内容。他的出站报告《空间重构与社会再造：城市化背景下特大城市郊区社区发展研究》，对这个主要问题进行了全面深入的理论与实证研究。

有鉴于此，此处将不再展开分析。以下将介绍一则在浦东课题研究中的插曲，也算是一个有趣的故事吧。

◆质疑川沙落伍。提起浦东新区郊区，不能不说到川沙。而提起川沙，现代许多人恐怕第一印象是邻近川沙、不久刚开业的迪士尼乐园；而年长一些的人都知道它曾经是上海郊区一个不错的县。历史上川沙曾是上海的海防要地，“川沙文化”是浦东文化的发祥地。一度经济繁荣，毛巾等轻纺工业、城郊农业特色显著。1993 年，撤销川沙县，全域归并浦东新区。20 多年来，以陆家嘴、张江、金桥、外高桥为中心，充满生机的新浦东，经济欣欣向荣，城市高楼林立，车水马龙，人群穿流，全球为之赞美！而川沙却渐渐被人们所遗忘。

川沙落伍了!?

2000 年前，我和中国行政区划研究中心的师生、博士后在承担“浦东新区城镇发展战略研究”和“浦东新区建置镇行政区划调整规划”两个重要项目时，带领课题组人员赴川沙考察。在川沙住过几天，访问调查了浦东新区农发局等单位，与川沙镇以及许多居委会，乃至原住民进行了访问座谈，获取了第一手资料；在没有官员的陪同下，了解了许多真实情况。印象最深的是一次以原住民为主的社区居委会座谈会。几位中老年妇女的发言令人搪塞，她说：“我们原来的家住在川沙镇边，每家有点地可以种种，卖点菜，生活安稳。被政府征用后，安排住进动迁房，每月只发给我们几百元的补贴，看一次病就花的差不多了，怎么活啊”，“浦东陆家嘴建设的这么好，大把大把花钱，川沙县被撤销之后，我们这里没有人管了”！强烈希望我们向上级呼吁，解决他们的困难。事后我向新区民政局的一位老处长询问此事，她说这是川沙县撤销建制后，早期的拆迁遗留问题。我又问她这类困难的人有多少？回答说，几千、万把人。我住在川沙期间，早晨漫步在老镇，观察城镇形态，走走看看，苦苦思索川沙的问题，为何川沙在改革开放中落伍？求解答案。看外表，川沙甚至远不如我的老家——江苏泰兴(改革开放之前,我的姐夫在川沙一家毛巾厂上班,我曾多次去过川沙),顿时感到特别难受。改革开放这么多年,浦东建设的如此之好,可作为浦东发源地的川沙为什么面貌依旧,人心涣散?同为浦东人,却享受不到浦东改革开放的成果?很不公平啊!

我在寻找答案,并寻找机会向有关部门呼吁!

一个重要的原因是川沙县撤销之后,浦东的行政中心转移至花木,川沙随之相对衰落,走了一大批政府的人,缺少投资建设项目,人气没了;新区管委会忙着在陆家嘴、在几个开发区搞建设,拉投资,整环境,理体制。川沙不是重点,顾不上了。川沙的衰落是行政中心转移的必然,也是政府的疏漏。它验证了行政区经济的一个重要理论:在中国,行政中心与经济中心的高度一致性,一旦失去行政中心的地位,必将导致经济地位的相对衰落!

图 17-5

川沙是浦东的重要组成部分,新区政府有责任重振川沙,建设川沙,让川沙人民与浦东共享改革开放的红利!

2000 年,在完成《浦东新区建置镇行政区划调整规划》项目,向区委、区政府汇报项目成果过程中,我向时任浦东新区的第一把手汇报了这个现象,得到认同。2001 年,新的区委班子在召开"十一五"规划专家座谈会上,我又一次大声疾呼川沙的问题,新任书记再次认同,并着手改变川沙现状。在新区"十一五"规划中强调了均衡发展,加快落实发展川沙(图 17-5 为川沙社区服务中心)。也可能因此,我被聘为浦东新区"十一五"经济社会发展规划的咨询专家。

川沙的问题虽然解决的晚了一些,但被这届政府提上议事日程,重视解决它,我仍感欣慰!

[社区规划项目:普陀区真如镇] 社区需要规划吗?我的答案是肯定的。通过规划可以改善社区的基础设施条件和居民的生活环境,推进和规范社区发展;居民可以看到美好生活家园的美景,更加热爱社区,增强归属感和社区的参与度;也使基层政府的社区建设工作更有针对性,更加有序推进社区发展。在转型发展时期,社区建设规划尤为必要。

我把综合性社区规划划分为两大类:一类是新兴社区规划,即在一张白纸(一块土地)上可以任意规划建设的新型社区;另一类就是对现有社区进行改造提升的规划。从城市社区功能考虑,则划分为商业社区、工业社区、居住社区、交通枢纽性社区、港口社区、旅游休闲度假社区等等;从行政区与社区的关系角度,可以划分为行政社区和非行政社区等等。应该针对不同功能的社区有重点地开展社区规划,形成各有特色的社区。

由我主持的社区规划主要有两项:一是"普陀区真如镇社区规划"(1999 年)[8];二是上面提到的"浦东新区郊区社区建设规划研究"(2005 年)。两者都属于综合性社区规划。

真如是上海市普陀区西部的一个历史悠久、早已完全城市化、与城区融合、街道性质、长期保留的建制镇[9]。其邻近华东师范大学校园,从我居住的华师大三村走路过去大约 20 分钟的路程,在我家 16 层北阳台的楼上可以清楚地看到真如寺塔,和曹家渡一样,是我过去常去的地方之一,每当冬季想吃羊肉,就会去真如,尤其是它有名的"白切羊肉"。

由于其位处城区边缘地带,21 世纪初,这里镇上人、城区人、外来人三分天下,居住空间形态各异,经济与社会发展情况比较复杂。我们在真如镇社区规划中发现了这三类人群的分布规律，强调了以下规划思想：一是规划的全局观，从普陀区的整体战略来看真如的定位；二是规划的人文观，既要注重社区的硬件设施的改善，更应注重社区的人文发展，尤其是三类人群的融合、互动以及强调通过社区教育培训来提高各类人群的素质；三是规划的可持续发展观；四是落实规划目标的体制与机制，强调要关注社区体制的改革，构建新的镇管社区体制，如在镇下设立“社区工作站”，给居委会自治留足空间等。此外，在真如镇社区规划中，我们还特别强调了“创建学习化社区”行动规划的必要性和现实意义（图 17-6）。

图 17-6

我们的规划成果得到了真如镇政府的认可。由于真如与学校地理的邻近性，通过规划，与镇上的一些领导、部门建立了良好的互动关系，为他们开办了社区干部培训班，和他们一起发表论文，推介真如镇设立社区工作站的经验[10]，介绍外地分管社区建设的领导参观真如镇社区等。

真如是我们首次开展的社区综合性规划，一个重要的体验是，社区规划与城市规划同属于规划，都是地方城市政府一项重要的工作任务，都是对特定实体空间发展（包括物质与精神、硬件和软件等）进行规定和引导的过程，也都是行政性决策与实施的连续过程。但城市规划与社区规划的内容和运作机制等方面又存在很大差异[11]。

第一，城市规划脱胎于建筑学科，更多的是技术感生性，它必须依据具体的规划技术手段实现城市空间的合理布局和环境的改善，实现城市的可持续发展；而社区规划缘起于社区发展的客观需要，强调人的精神空间的改善，注重更多的是城市社会效益，属于人文感生性，它能弥补城市规划对人文精神在具体的社会空间关系方面体现不足的缺陷。第二，城市规划是一种基于宏观经济社会战略背景框架，服务于城市—区域发展的规划，一般要纳入城市政府乃至于中央政府的重要议程，极具鲜明的行政性、宏观性导向特征；而社区规划则更多地关注城市基层社会人群的切身利益，通过规划改善和提高居民的生活质量，诸如居住、工作环境，社区生活、教育、医疗、健身、文化、物业管理等服务，以及居民的精神需求满足等方方面面，具有极其鲜明的社会性、微观性特征。第三，从运作机制和规划过程与操作实施来看，城市规划制定的主体是政府，是一种自上而下的政府职能运作和实施行为，规划一旦获批就具有法律约束力和极强的权威性，其实施过程十分严格；而目前社区规划的制定和实施尚没有一个明晰的制度化机制，规划过程更多的是一种自上而下与自下而上相互融合的过程，规划内容在一定程度上是民意的综合反映，是居民对“社区家园”建设发展的要求。

因此，从社区规划的特点和性质来看，社区规划内容不仅要体现城市规划发展的目标要求，更要反映民意，侧重社区发展与服务，注重实效，尤其要强调广大社区居民的共同参与，规划的过程实际是在专家参与与指导下基层政府与居民的互动过程。从这个要求出发，我们所做的“真如镇社区规划”以及我所看到的国内学者或基层政府所做的社区规划都存在诸多不足之处，政府意志多，居民参与严重不足，实施的措施不能落实，以至于使大多数的社区规划成为基层政府的一个“摆设”和“形象”。我在英国访问过的社区——诺丁汉市郊的宾汉社区规划的组织，规划的内容、方法及其过程等值得我们推崇、借鉴[12]。

第二节　实践探索之二：政区与社区结合的基金项目

图 17-7

[上海市社会科学重大项目："新世纪上海市社区发展研究"（项目号为 01ASH001）]　2002 年，我联合上海市民政局申报上海市社会科学重大课题——“新世纪上海市社区发展研究”获得成功[13]，课题于 2008 年初全部完成，包括“综合报告”“专题报告”和“案例报告”三大部分，共 25 万字（图 17-7）。参与的人员较多，涉及的内容较广，且有相当的深度；有较强的理论创新性和实践指导性，许多新的观点在这份报告中得到体现。这些报告是我们对上海社区研究最为全面、综合的成果，也是学者与政府部门成功合作的重要成果。

项目研究的目的和意义。社区制度源于西方，是市场经济和市民社会的产物。21 世纪是中国实现现代化，上海建设国际化大都市、实现与国际接轨的时期，如何在中国特定的政治体制背景下，借鉴国际经验，根据上海的特点，因地制宜构建适应上海国际化大都市发展需要的新型社区体制，如何确定上海在新时期社区发展的方向和基本思路，是本课题研究的目标。课题成果丰富了中国特色、上海特点的社区发展理论，对上海未来社区建设、规划、决策提供了方向性思路。

主要内容观点如下：

总结了上海社区建设的基本经验是：实施“3＋1”模式[14]，推进网格化管理，按照网格规划、均衡配置社区事务受理中心、警务中心、社区卫生服务中心等社会公共产品；确定社区公共设施的服务半径控制在步行 10—15 分钟等；出台了一系列重要文件和政策，率先推行社会工作者的专业化、职业化，提出了社区、社工、社团“三社”互动，即“以社区为工作平台、以社工为队伍抓手、以社团为组织载体”的工作思路，以及发挥“上海市社区发展研究会”在推进上海社区建设的理论和实践方面的积极作用等。

我们在项目调查中发现了上海在社区建设中仍然存在的八大问题：市级社区建设的管理缺乏统筹协调，多头管理、各自为政、资源浪费现象比较严重；街居性质混淆，职责不清，关系不顺，长期存在的“越位”和“缺位”现象未能解决；街道财力空间分异明显，社区建设投入不平衡，部分居民难以公平分享发展的成果；郊区社区建设未得到足够重视，整体推进缓慢，在一定程度上影响城乡一体化进程；社会中介组织、社团组织的发展缓慢，工作不到位，专业化的社会工作机构培育意识不强，影响社会参与；单位社区属地化、社会化的实质性融合程度不高，与街道社区之间的矛盾时有发生；党员在社区的“主体地位”意识不强，有威望、有爱心、有能力的社区精英缺失；社区建设中的“大拆大建”严重，基层创新动力不足，个性化、人文化社区消失等。

研究认为，第一，我国城市社区建设的方向与终极目标应当涵盖两个方面的内容。一是不断提高社区服务水平，满足居民生活质量日益提高的需要；二是实现真正的社区“依法自治”。对照这两个基本目标，目前上海社区建设的水平距离这个要求仍有很大差距。

第二，中国社区自治的发展可以划分为三个阶段，即初期、中期和成熟阶段。初期依靠自上而下行政性推动社区建设，中期自上而下与自下而上双向推进社区发展，政府与社会“共治”社区是重要标志，成熟阶段实现社区“依法自治”。上海和全国许多城市一样，目前仍处于初期的“行政化”向社区共治发展的过渡阶段。社区体制改革还没有实现重大突破。

第三，上海市区要构建新的“两级政府、三级管理”框架，即推行市政府—街区政府—社区自治三级管理体系。要改革市级政府，转变政府职能，建立高效的服务性责任政府；虚化现有区级政府，先弱化，后撤销；重建基层街区政府，调整街区规模，推行“共治”结构；实行社区自治，全面落实居委会组织条例。

第四，上海新一轮社区建设要以改善民生为重点，以建设美好家园为目标，首先解决好“薄弱社区”的问题。要结合旧城改造、房地产开发、城乡结合部整治、生态环境建设、城市管理等规划、建设的要求，实行公共财政统筹，加大对“薄弱社区”的投入，把“薄弱社区”居民的生活质量改善程度、居民对社区的认同感、幸福感纳入和谐社区建设的重要考核指标。从民生的需求出发提高社区服务质量，建设美好的社区家园。

第五，重视和加强“新上海人”的服务工作，采取积极措施逐步把他们纳入全市社区服务体系，这是城市政府的责任，是上海实现社会公平、公正的善举。

第六，基层行政社区规模的基本要素是面积、人口、形态、文化和管理、服务中心分布。比较理想的行政社区的规模大致是，在人口密度2.5万人/平方千米基础上的2平方千米的面积规模和5万人的人口规模，社区形态规则，管理、服务中心位于社区的中心位置。目前，上海街道行政社区规模偏大。

第七，特大型城市社区的空间分布十分复杂而有规律，类型多、差异大。社会要采取“差异化”战略，建设特色社区。

第八，要重视加强郊区社区建设，在郊区构筑形态、业态、生态、心态与文态“五态合一”的多元社区样态。逐步形成建设乡镇—集镇—中心村—自然村社区网络体系，尤其要高度重视具有自然社区性质的“集镇社区”建设，推进“集镇社区”的特色发展。

第九，社区“共同体”要靠一大批有威望、有爱心、有能力的“社区精英（领袖）”带领和推进。共产党员是人民群众的先进代表，“社区精英（领袖）”主要应从社区党员中产生。要加强和提高党员在社区中的“主体地位”意识，通过党员在社区居民中的威望、表现、行为、公德、公共意识以及积极参与带领广大群众努力实现社区发展的目标。

第十，积极推进社区“素质工程”，大力提高居民的素质和“自我管理、自我服务、自我教育、自我监督”的“四自”意识。要重视加强对社区内的“新上海人”进行文化、诚信、守法教育，帮助他们解决困难，学习职业技能，让他们爱上海、爱社区，逐步融入社区、融入上海。

课题组在研究过程中，及时向上海市哲学社会科学规划办公室通报研究进展，提出积极建议，有的建议被作为内部简报提交市有关部门和领导参考。

［国家社会科学基金项目之一：“我国城乡结合部行政管理体制综合研究”（项目号为97BZZ007）］[15]　项目研究使我们对大城市边缘区—社区空间的特殊地带有了比较深刻的认识。通过大量调查，发现上海市的城乡结合部社区管理存在许多体制性矛盾，主要表现在开发区的土地征用与开发，乡镇的“一地两府”分割管理，外来人口高密度集聚带来的大量社

会与管理，农民转市民过程中出现的就业与收入及社会保障，跨行政社区的管理以及基层政权建设等重大问题。从管理体制创新的视角来看，较早地提出了镇(乡)管社区、街道管村、街道与镇(乡)并存等多种体制模式以及合理调整城乡结合部基层行政区划的建议。课题研究为上海市及大城市郊域乡镇和郊区社区行政体制改革起到了咨询作用。

[国家社会科学基金项目之二:"大中城市文明城区创建与区级行政管理体制改革研究"(项目号为 01BZZ014)][16] 本课题是在贯彻中共十四届六中全会通过的《中共中央关于加强社会主义精神文明建设若干重要问题的决议》的精神，是在完成"上海市黄浦区文明城区创建"项目基础上申报的，旨在进一步强化大都市文明城区的理论研究，和扩大该领域研究成果的影响。2003 年，我还应上海市哲学社会科学规划办公室的要求，承担了"上海城市精神文明建设研究"的课题。研究认为，文明城区创建与提高城市现代化水平和区级行政管理体制改革有密切关联。精神层面＋现代化＋政区空间制度改革，是文明城市建设的基本要素，政区是文明城区建设空间的落实，政区制度是推进文明建设的重要保障。同时认为，文明城区创建在"两级政府、三级管理"体制改革进程中被赋予了新的内涵。课题的主要创新之处为:科学界定了城区政区的规模，目前规模偏大，宜适度缩小;在大框架下，根据各类城市的特点，因地制宜地推进"两级政府、三级管理"体制改革;适度弱化城区区级政府的经济和规划职能，加强市级统筹;借鉴国际成熟经验，试行服务区与行政区分离的模式(如教育)。报告还提出了双向(自上而下、自下而上)推进文明城区建设、建立文明测评体系的建议。

[国家社会科学基金项目之三:"大中城市基层行政社区空间结构分析与组织制度创新——以沪常(州)为例"(项目号为 05BZZ013)][17] 以行政社区理论为主线，与上海实证进行有机结合，系统论述了中国基层行政社区模式的重构问题，总结了中国特色基层行政社区的逻辑演绎过程与规律，是我 2013 年著、东南大学出版社出版的《中国大城市基层行政社区组织重构:以上海市为例的实证研究》的内容基础(图 17-8)。

图 17-8

第三节 社区理论探索:行政区—社区体系

[具有中国特色的社区定义] 1933 年，费孝通等燕京大学的一批青年学生在翻译美国社会学家帕克的社会学论文时，第一次将 Community 一词通过融合原文中"社群性"(社)和"地域性"(区)两个意义译为"社区"，从而使社区成为中国社会学的通用术语。早期的社会学者极力推动社区概念的中国化，通过实地调研，将中国社会的各种关系、问题的探讨浓缩在社区这一基本分析单位中展开。改革开放以来，随着社会学的重建以及中国社会的转型，社区研究热度一度升温，其概念定义也丰富多样。

我们之所以对国内的社区定义又冠以"中国特色"，主要基于以下缘由，即这一时期，政府的关注是推动中国社区研究和社区实践的重要动力，并促进了社区在实践与概念之间的相互磨合、相互完善。2000 年，中央办公厅在转发《民政部关于在全国推进城市社区建设的意见》文件中，从官方的角度对社区概念做了一个界定，即"社区是指聚居在一定地域范围内的人们所组成的社会生活共同体”。中国的社区定义叠加了官方这样的概念范式，与西方国家基本上属于纯学术范畴的概念演绎相比，显然是一种中国特色。

［社区的空间属性认知］ 我们认为，社区的空间属性是多维的。也就是说，对于一个特定的社区而言，其空间内涵是一种多维的空间关系表达。除了传统意义上的地理空间外，还包括承载社区居民个人社会关系的社会空间。同时在中国，由于基层社区的行政性特质，还客观存在着一个组织空间。因此从社区的空间属性角度出发，社区实质上是地理空间、社会空间和组织空间的一种复合体。

同时，我们还认为，对社区多维空间属性的本质把握应该有一个共性的核心，这个核心从理论上推理是一种目标逻辑上的“交集”或共同归属，而具体的表现就是各类社区空间的“地域属性”界定。我们的逻辑要点是，无论上述哪类社区空间属性的界定，最后都将聚焦到对“地域属性”问题的审视，并且最后也都可以归结到对“地域属性”问题的表达上（尽管表达的特点甚至结论都存在差异）。因此，对社区的上述三重空间属性的理解，我们可以分别做如下较为简约的概括：

一是，社区的地理空间是对社区的一种形态空间层面上和意义上的属性表达，其特点是，其相应地理空间要素的地域属性界定，由于形态要素的存在是有形的、可测的并且相对固化的，因此变得相对简单和明确，如地域范围、边界、地理区位等形态要素。

二是，社区的社会空间则是对社区中居住人群个人社会关系形态和认同的地域空间属性含义的表达，最大特点是在其对应的社会空间范畴内空间要素的地域属性界定上存在一定的模糊性、不确定性。

三是，社区的组织空间是对中国基层社区中各类组织要素及其关系的地域空间属性表达，可以理解为对具有中国特色的基层社区行政性特质的一种映射。因此，最突出的特点就是在其对应的组织空间范畴内的空间要素的地域属性界定上通常都相当明确，但却带有较强的行政化色彩，甚至有时具有某种强制性。

研究认为，在社区多维空间属性表征背后，三重空间属性相互之间存在逻辑关联。其一，基于社区外部环境条件变化和制度变迁基础上，通过对不同空间属性差异化演化过程及表现形式的异质性特点分析，可以做出一种趋势性或方向性的逻辑判断；其二，基于对不同空间属性是否存在空间冲突可能性的判断基础上，就社区上述三重空间关系整合的必要性以及如何整合展开系统分析。

多年来，对社区空间属性多维的挖掘，是我们在社区研究领域上一直致力的一个基本方向和秉持的一个重要研究逻辑以及研究风格，并始终贯穿于整个社区研究过程。从最初中国“行政区—社区”体系[18]概念的提出，到理论观点的逐步完善并经过局部性实践的有效性检验，再到最后“行政区—社区”组织体系理论框架的初步建构，在很大程度上也可以说是我们上述研究逻辑和研究风格的一种延伸、深化和升华。

［行政社区·行政区—社区体系］ 从理论上来理解，行政区与社区在内涵上的本质差异是显而易见的，表现在形成机制、功能目的、管理组织等方面。行政区设立的目的是为了实现国家行政管理、治理和建设国家，其形成是自上而下的，以行政命令为手段，以管理为主要目的；而社区则是聚居在一定地域的人群的生活共同体，其形成是自下而上的，以社区的归属感为纽带，以提供社区服务、提高居民生活水平为首要目的。行政区划有严格的管理幅度和层次，各级行政区内有明确的行政管理组织，行政管理有着严格的法制观念，而社区管

理则强调公共参与，实质是群众性自治组织。

但在中国国情背景下，由于政府在社区建设中的主导作用，中国的社区被赋予了明显的行政化特性，并在很大程度上被纳入地方政府的纵向行政管理体系。尤其在基层行政区和社区层面上，两者表现出较为明显的共性特征。而基层行政区（如街道）也基本可以被视同一种法定的社区，我们将其冠名为“行政社区”，并早在 1995 年我们进行上海浦东新区社区研究过程中，正式作为一个概念工具被提出和运用。此后，“行政社区”概念及与此相关的“行政区—社区”体系观点，被有关政府部门所接纳，且国内一些学者在社区研究中被引用至今。

◆行政社区与非行政社区的关系。按逻辑推断，与“行政社区”的存在相对应的自然是“非行政社区”（亦称自然社区），诸如商业社区、工业社区、大学社区、交通社区、城中村社区、新型居住社区、旧式里弄社区、国际化社区等等。两者的根本区别在于是否存在正式制度的认定，即政府在国家法律法规框架下对社区进行行政界定。从这个意义上来理解，我们提出了“行政社区”概念，并把我国的社区类型主要分为“行政社区”与“非行政社区”两大类。从社区类型演绎角度来看，这种分类角度和研究视野具有创新性。

在中国国情下，行政社区与非行政社区一般不能随意相互代替。如以非行政社区完全代替行政社区，有可能影响基层政权建设，而如果以行政社区完全代替非行政社区，又可能损害居民的某些权益，不利于有效地提供各种社区服务。甚至由于行政区对社区服务的不恰当分割而造成公共设施和社会资源的浪费。因此，一个合理的行政区—社区体系内部必须有明确的服务分工，同时还要特别重视社区服务的区域性、经济性。

如果以居住区非行政社区作为代表，则我国行政社区与非行政社区的关系如表 17-1 所示。

表 17-1　行政社区—居住区非行政社区关系框架图

行政社区	非行政社区
区（县）级社区	
| ······················	················大型居住社区
街道（乡镇）社区 （基层行政社区）	
| ······················	················中小型居住社区
居委会、村委会社区	
| ······················	················自然村社区

资料来源：刘君德，周克瑜. 中国行政区划的理论与实践[M]. 上海：华东师范大学出版社，1996：259.

表 17-1 大致反映了目前我国大城市地区行政社区与居住区非行政社区体系的现状及其相互关系。其中区级社区、街道（乡镇）社区的地域范围分别与市辖区、城市街道办事处所辖范围或与乡镇范围相吻合，即行政社区。街道（乡镇）社区又被称为城市基层行政社区。居委会和村委会是居民和村民的自治性群众组织，但在实际工作中接受街道或乡、镇的领导，执行街道、镇的指令，承担着大量繁杂的行政工作，因而也被视同行政社区。如果把居委会、村委会社区看成非行政社区，则可将其作为微型居住区社区与大型居住区社区、中小型

居住区（或集镇社区）及自然村社区共同构成了居住区非行政社区体系。在这个体系内部并无隶属关系，只有规模大小之分。

在我国，由于对非行政社区的管理也通常以自上而下的行政手段进行，因此，各类社区均被纳入所在的基层行政区的管理之中，逐步弱化了各类非行政社区的个性，使得行政社区尤其是基层行政社区的作用更为突出。

◆“行政区—社区”体系及其逻辑内涵的理论诠释。行政社区概念提出的目的和作用并不仅仅是对概念内涵本身的描述界定或简单的社区分类逻辑；如果把它作为一种概念工具运用更能彰显其创新逻辑的价值体现。我们基于行政社区概念基础上提出的中国“行政区—社区”体系理论观点，即行政社区概念工具的实际运用。

首先，有必要先就其概念性内涵及结构组成有一基本认识。一个相对完整的行政区—社区体系由层次结构体系、社区服务提供和管理体系、地域整合分布体系三个方面组成[19]。

其次，对行政区—社区体系观点逻辑内涵的理论可以做两点诠释。一是为现阶段我国社区研究一种新范式的构建提供了重要的逻辑基础以及思路引导；二是和现阶段我国社区组织管理的“共治”逻辑一脉相承，对社区管理实践有重要的指导意义[20]。

◆行政区—社区体系的核心观点。行政区—社区体系的核心观点是揭示了我国的社区变迁在从“单位制”向“社区制”转轨过程中，并不可能一步到位实现“社区制”以“自治”为目标的终极模式。在体制转型的较长一段时期内，行政区—社区体系仍将是一种主要的存在形式。但这个体系存在的行政性主导体制结构弊端必须进行改革，在国家—社会—市场三者之间形成合理边界的基础上，形成相对清晰的行政区—社区边界，为合作提供平台，实现我国政（区）社（区）相对分开、良性合作与互动，即推行“共治”模式。

［**社区构成新因素**］ 传统的社区基本结构认知一般由人群、组织、空间、文化和认同五个方面相互关联的要素所组成。在中国大中小城市快速发展中，要关注影响城市社区结构的新因素，主要表现为新市民、原住民的动拆迁与安置以及规划因素这三个方面。

◆新市民。所谓新市民，简言之是指较长时期在城市工作与生活，但未取得所在城市户籍、不能或部分享受城市社会保障与服务、从事非农产业的居民。通常也可以理解为城市常住人口中的非户籍人口。新市民为城市发展带来活力，同时也是社区建设的新挑战，城市政府应及早谋划、采取措施，让新市民逐步融入城市社区。

◆原住民的动拆迁与安置。中心城区动拆迁改变了城市形象，同时也对城市社区建设带来极大影响。改革开放以来，城市的拆迁规模之大、影响之广前所未有。大量“原住民”被迁往市郊带来许多社会问题。从社区角度来看，城市的功能、居住空间形态、社群结构发生质的变化，是中心城区和郊域社区规划、建设、管理的新因素。当前的主要问题是强制性搬迁、不尊重居民的意愿，破坏中心城区的原生态、不注意保护，迁入地社区设施不足、居民生活交通不便等。贯彻落实“以人为本”理念，认真倾听居民意见，调动搬迁中的某些积极因素，统筹谋划迁出与迁入地社区发展与安排，是缓解动迁矛盾的重要举措。

◆规划因素。“规划”是政府的一种意志表现。城市社区的空间布局、社区规模和社区的社会结构以及社区的外部环境与物质条件的改善等等，无一不受规划的影响与制约。对于城市居民来说，通过规划、建设，改善社区居住生活条件，提高生活质量应该是重要目标。由于在开发商、政府与居民的利益的三驾马车中，居民处于弱势，利益受损害的事件时有发生，因此高度关注、重视规划中的社区因素将有利于城区居民社区生活品质的提高作为城市规划的一个重要原则。

注释

① 在我的指导下,依据"行政区—社区"的主体结构思想,先后多名硕士生、博士生完成相关的硕士和博士论文,有的已经出版。如程玉申的《中国城市社区发展研究》(华东师范大学出版社 2002 年出版),张玉枝的《转型中的社区发展——政府与社会分析视角》(上海社会科学院出版社 2003 年出版),张俊芳的《中国城市社区的组织与管理》(东南大学出版社 2004 年出版)等。

② 张玉枝等参加了本课题的研究。

③ 参与研究的有华东师范大学地理系、经济系、房地产系、人口所、法政系等单位的学者和博士生,由程玉申主笔、我修改定稿。

④ 该项目由华东师范大学原党委书记陆炳炎教授挂帅,由我主持,参加的有中国城市社区建设研究中心的赵修义教授、丁金宏教授、吴志华教授,主管部门的负责人以及我的学生张玉枝、方晓、陈湘满、黄丽、卢为民等多位博士。

⑤ 上海市社会科学"九五"规划重点课题——《大城市文明城区建设的理论和实践》,百家出版社 1999 年出版。

⑥ 张玉枝和部分研究生等参加研究,并主要执笔。

⑦ 黄忠怀、陈占彪博士后和马祖琦、陶希东、史卫东、冯汝芳、张开琳、王娟、丁爱芳等参加了本课题的研究。

⑧ 汪宇明、叶忠海教授及张玉枝、刘均宇等参与了规划课题。

⑨ 2014 年改为真如镇街道。

⑩ 参见刘君德、严志农:《真如镇建立社区工作站的实践与启示》,载《社会福利》,2001 年第 1 期。

⑪ 参见刘君德、靳润成、张俊芳编著:《中国社区地理》,科学出版社,2004 年,第 308-319 页。

⑫ 参见刘君德等著:《中国大城市基层行政社区组织重构:以上海为例的实证研究》,东南大学出版社,2013 年,第 11-19 页。

⑬ 课题组长为刘君德、马伊里,成员为陶志良、陈占彪、王小陵、马祖琦、殷为华、黄忠怀、胡德、冯汝芳、丁爱芳、马海龙;综合报告执笔为刘君德、马祖琦;专题报告执笔为刘君德、马祖琦、陈占彪、胡德、殷为华、黄忠怀;案例报告执笔为殷为华、马祖琦、冯汝芳、丁爱芳、马海龙。

⑭ "3+1"的"1"指社区(街道)党工委吸纳驻区单位、职能部门派出机构和居民区党组织负责人代表作为兼职委员,推进区域化党建工作。"3"是指在街道层面普遍设立社区事务受理中心、社区文化活动中心和社区卫生服务中心。

⑮ 宋迎昌、陈湘满、张玉枝等参加了本课题的研究。

⑯ 刘君德、马祖琦主要执笔完成了研究报告。

⑰ 刘君德主持,周克瑜参加研究,并主要执笔总报告。

⑱ 参见刘君德主编、周克瑜副主编:《中国行政区划的理论与实践》,华东师范大学出版社,1996 年,第 256 页。

⑲ 参见刘君德主编、周克瑜编著:《中国行政区划的理论与实践》,华东师范大学出版社,1996 年,第 260-261 页。

⑳ 参见刘君德等著:《中国大城市基层行政社区组织重构:以上海为例的实证研究》,东南大学出版社,2013 年,第 40-41 页。

第十八章　社区思想传播

大变革中的中国，是人文地理学理论创新的黄金时期，参与实践，深入思考，善于总结与提升，以至于创新具有中国特色的理论思想，成为我的主要目标。为了更好地探索与传播行政区—社区理论思想，我积极参与学术研讨会、报告会，借助于报刊、杂志等新闻媒体，阐明观点，发表论文，逐渐得到了同行特别是社会和政府的认同。

第一节　社区思想传播之一：报刊、论文

［学术论文］ 据初步统计，在1997—2002年，我在《人文地理》《杭州师范大学学报（社科版）》等刊物发表了25篇社区论文（含合作），也有一些论文发表于论文集。内容涉及中国城市社区发展的方方面面，重点关注社区的组织体制问题。

［《中国社会报》］ 21世纪前后，这是中国举国上下推进社区建设的高潮时期。我除了承接政府部门研究项目和国家社会科学基金项目，为一批研究生、博士生、博士后以及各类社区培训班讲授社区课程，积极培养社区领域的高层次人才之外，还经常参加城市政府和民政部门组织的参观考察活动，接受一些报社采访，撰写约稿文章。其中，《中国社会报》是我社区文章发表较多的一个报纸。此外，当年上海市老市长徐匡迪支持的内部刊物《立功竞赛》，也邀约发表了我的不少短文（图18-1）。

图 18-1

第二节　社区思想传播之二：学术研讨

世纪之交，在中央政府的推动下，全国各大城市政府掀起社区建设热潮，纷纷举办社区建设研讨会，主要集中在几个城市的社区建设实验区。我应邀到许多城市的社区建设实验区参与研讨，主要是南京、武汉、杭州、北京、上海、宁波等大城市。

［南京市鼓楼区、玄武区与白下区］ 南京市是中国城市社区建设实验开展最早、政府推进力度大、理念先进、提供经验较多的城市之一。各市辖区之间形成了一种竞争的态势。我应邀先后参加了鼓楼区、玄武区和白下区的社区研讨会，并作为主要专家在大会发言。

◆鼓楼区。 1999年元月9日—10日，民政部在南京市鼓楼区召开了“全国城市社区建设理论研讨会暨鼓楼经验论证会”。我在会上作了题为“新时期，新问题，新思路——中国城市社区建设与管理若干问题的思考”（图18-2）的发言，引起强烈反响，带去的打印资料被新闻媒体一抢而光。原因是我在发言中列举了在新的时期中国城市社区建设中所出现的目标

不明、社政不分、模式单一、条块分割、重形轻质、重经轻社、投入不足、理论薄弱八大问题，也许是首次对中国城市社区建设中的问题如此全面、直率的评价吧。我的发言获得与会者的共鸣。我认为，当前社区建设的主要内容应当包括：社区的显性（硬件）与隐性（软件）环境建设、服务设施建设、组织建设、干部队伍建设和理论建设；文明社区应该成为中国城市社区建设的目标。同时，针对存在的问题提出了“构建城市纵向管理新模式——行政区—社区体系”“加强社区管理，实现基层政权建设与社会主义民主政治建设的有机结合”“按照规模经济、方便管理的原则，科学划定街区和社区（居委会）的合理规模”“建立市级社区建设管理机构，协调条块关系，实现社区的统一规划、建设与管理”“有针对性地培训社区工作管理干部，逐步推行社区专业工作队伍的职业化制度”“针对不同城市的特点、内部的功能分工特色，因地制宜、分类指导”“依托街区、居委会，开发社区的社会化资源”“建立社区服务的市场化机制和财力支撑体系，完善配套政策，确保社区建设的落到实处”“选择不同类型的社区，进行社区管理体制改革试点，建设城市社区样板”“加强社区的理论与应用研究”“充分发挥民政部门的作用，明确其在社区建设中的功能”等许多思路，得到了民政部领导和专家的一致赞赏（图 18-3）。

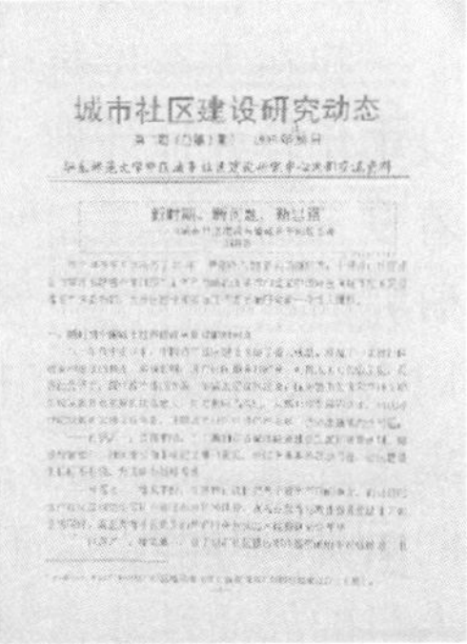
城市社区建设研究动态

图 18-2

(a)　　(b)

图 18-3

南京鼓楼会议的一个重要收获，也是鼓楼社区建设的重要经验是，城区地方政府第一次响亮地喊出了“税源经济是全区事业的生命线，社区建设是城区工作永恒主题”的工作思路和口号，它伴随大城市城区工作和社区建设的深入而深入人心。

南京鼓楼会议还将我对“鼓楼模式”的即席点评发言录音整理出文字摘要发表，如《中国社会报》《新华日报》《南京日报》《申江服务导报》《扬子晚报》等都做了报道。

◆玄武区。时隔半年，1999 年 6 月底，江苏省民政厅、江苏省哲学社会科学界联合会、南京市社会科学界联合会和南京市玄武区联合召开了“社区服务与社区发展国际研讨会”。民政部杨衍银副部长到会并讲话。杨部长指出，“区与街道、部门与街道在管理职责、权限范围、利益分配等方面的关系仍需理顺”，他要求“尽快理顺社区管理体制，按照‘市、区两级政府，市、区、街三级管理，市、区、街、居委会’四级落实的要求，逐步建立起责权统一、条块结合、以块为主的城市基层社区管理新体制”①。中宣部、江苏省政府领导，北京大学著名社会学家陆学艺教授，南京大学、江苏省社会科学院、台湾中国文化大学专家出席并讲话。

我在大会发言中，首先对玄武区的社区建设成就进行了充分评估，认为玄武区在社区建设中比较好地处理了“上与下”“表与质”“物与人”的关系，创造了社区建设新的经验。紧接着发言的重点转向“大城市边缘区社区管理”问题，这是我当时正在承担国家社会科学项目研究的重要体会。发言中强调指出，大城市边缘区是一个城乡交融的过渡地带，是土地利用、人口结构和流动性、城市形态和社会变迁的剧烈地带，是中心城区旧城改造人口外移的集聚区域，兼有城乡二元的特征，是一个特殊的环状地域综合体。“不同职业、不同籍贯、不同语言、不同收入、不同价值观、不同需求、不同生活方式、不同心理文化的人群在此共存。”人口的异质性非常突出，社会管理十分复杂，问题较多，管理难度较大，是一个充满矛盾的特殊空间。同时认为，边缘区也是一个充满活力的地域空间。这里是企事业的扩展区、仓储业的发展区、房地产开发的重点区、城市对外交通的门户与窗口，是城市发展新的生长空间。在边缘区，存在着不少共性的问题，如土地支离破碎、道路水系紊乱、排水不畅、垃圾成堆、违章搭建严重、环境卫生恶化、治安形势严峻等。在城市社区景观和精神文明建设方面与中心城区形成强烈反差。

是什么原因造成边缘区的上述问题？除了城市经济社会发展的自然规律之外，从体制机制角度分析，“制度性整合十分薄弱是重要因素”“一地两府”“一地多主”“规划与区划两张皮”“政策多元、多变”“有法不依、执法不严”等都是重要原因。

我开出的药方是，调整区划、理顺体制，因地制宜、创新模式，统一规划、综合整治，激发内部活力、统一执法。从长期来看，持之以恒加强边缘区社区的制度化、认同性整合十分重要。城市政府要十分重视边缘区的社区建设，以特殊的思维、特殊的举措推进这一特殊空间的社区建设。

◆**白下区**。过了两年，2002 年的 10 月，南京市白下区又举办社区研讨会。会上白下区和南京师范大学社工系介绍的街道社区管理体制实践方案引起了大家的兴趣。白下区委将社区建设作为实现城区工作方式转变的战略主题来抓，围绕“社区硬件设施标准化、社区工作者队伍专业化、社区民主自治规范化、社区服务市场化”的要求，大力推进社区建设向纵深发展，探索新型街道社区的管理体制，设立街道党工委，虚化街道，推进直选，建立社区建设评估体系等。

我认为这是一个非常务实的前沿性实践成果，并在发言中指出，街道体制改革有两种不同的指向性，即政府化和自治化。白下区选择了自治化之路，对于当前普遍存在的来自于街道的直接阻力进行了大胆、富有成效的改革实践，我非常赞成。我认为，基于中国的政治体制，目前还缺少自治的“土壤环境”，缺少坚定的社区自治“领袖”，街道自治化之路还很艰难。但实践证明，推行街道社区化是必要的，也是可能的。当务之急是推进区级政府职能转变，回归大城市的两级政府、两级体制。我在会上建议，自治化的街道社区，规模不宜过大，2 万人的基层自治社区规模比较合适；同时指出，自治化、人文化、生态化、信息化、学习化、个性化是中国城市社区发展的大趋势，转型期的社区体制改革要积极稳妥，处理好社区上下两层级（社区与区政府、社区与居委会）的关系，即层次与幅度的关系，调动上下两个积极性，自下而上、自上而下双向推进社区体制改革；要防止社区体制改革中的形象工程、政绩工程、表面工程，实实在在推进社区体制改革，居民的满意度是最重要的考核指标。

[武汉市江汉区] 2000年9月17日—18日，应邀赴武汉市江汉区参加民政部与武汉市联合举办的全国社区建设研讨会，并向大会提交了论文。内容为“中国特色城市社区建设与管理若干问题思考”，在听取介绍、参观社区之后发表了感想，指出“江汉模式”为中国城市社区建设模式创造了新的经验，将新型社区组织体制构建与政府职能转换相结合，实行城市政府行政调控机制与社区自治机制相结合的模式，符合中国现阶段国情、武汉市情的一个可行的社区管理模式。同时，提出了进一步推进社区建设的几点思考。我的发言内容整理成论文收录于《社会转型与社区发展——社区建设研讨会论文集》之中。

[北京市西城区] 时隔一个月，我又参加了北京市西城区举办的社区建设理论研讨会。时任西城区民政局局长是我们“黄浦一期”培训班的学员，倍感亲切，会议中交流较多，他访问过日本东京，对东京的基层管理单元颇有认知。我在发言中指出，中国城市社区建设进入一个新的阶段，其标志是政府发动→创新模式、积极实验，理论界纷纷介入社区研究→逐步认识到市民是评价城市社区建设好坏的根本标准的观点。我在会上提出了几点看法：一是明确具有中国特色社区建设的层级定位，街道为行政社区，居委会是自治社区，要积极推进跨界合作社区（非行政社区）。破围墙，搞好跨域社区规划，克服曹家渡现象的弊端。二是作为行政社区，其目标是，巩固和加强基层政权建设，推进“草根民主（费孝通）”。三是努力解决基层社区政社不分的问题，在社区依法自治上狠下功夫。四是依法自治需要有大环境支撑（政治体制改革、市场经济发育、物质条件改善、精神文明建设、全民素质提高、法律法规完善）。五是推进自治要转变居民观念，要有维护自身利益、积极参与管理的自治意识。六是多种途径、多种模式、不拘一格推进社区自治（如沈阳、南京、武汉、北京、深圳、上海等）。七是因地制宜推进社区组织制度创新（街道层面的改革是关键），强化两头、弱化中间（街道），将基层政府落到街区，最终形成大城市行政区—社区体系。八是在实践中培育、发现“不走”的本土“小巷总理（社区领袖）”。会上介绍了台湾台中市郊枫树社区的典型案例。

[民政部主办的城市社区建设学术研讨会] 2000年12月1日，民政部基层政权和社区建设司主持举办了一次层次较高、规模较大的社区研讨会。民政部及各省市民政厅领导、民政部咨询委员会委员、全国著名专家百余人参加了研讨。我在大会上谈了两点体会，提出了当前社区建设的几个值得思考的问题。与会者进一步认识了社区建设在社会稳定、政权建设、民主政治建设及城市化发展和管理中难以替代的特殊重要作用。在的新形势下，社区理论工作者迎来学术研究的春天，理论工作者要为社区建设决策和社区人才培养做出贡献。这次会议之后，我将社区研究定为人文地理学的新方向，招收硕士生、博士生，以及博士后，积极培养该领域的高层次人才。

我在这次发言中强调，既要充分肯定中国城市社区建设的成就，也要看到不足，要解决社区建设中过于行政化的倾向、形式主义、多头管理、重硬轻软等突出问题；中国的城市社区建设目前尚处于行政推动阶段，要逐步向半行政、半自治→依法自治阶段发展，但这还有一个漫长的过程；社区姓社，要在党的领导下实现自我管理、自我服务、自我教育、自我监督。政府要让渡空间，依托社会，推进改革。社区建设不能一窝风、一刀切、赶时髦，要踏踏实实、一步一个脚印去做；要因地制宜，建设个性化、有特色的社区。当前，培养大批的社区领袖人物非常迫切，这是理论工作者当仁不让的重要职责。《中国社会报》刊登了我的发言摘要（图18-4、图18-5）。

Forum 论坛

新年展望：社区建设研究什么(一)

把握自治终极目标和社区差异性

居民参与：社区建设的核心问题

社区建设理论研究的几个重点

图 18-4

图 18-5

［宁波市江东区］ 2001 年 7 月 5 日—7 日，宁波市委宣传部举办“社区文化研讨会”与社区干部培训班。我和浙江大学的程玉申博士（我的学生）应邀出席（图 18-6）。会上，我作了推进社区文化建设的报告。报告强调要“形成人文社区建设的驱动力与良性机制，确保社区的良性、持久发展”的观点。政府担当着社区人文建设的主线，提供人、财、物方面的支持与发动，发挥干部党员在社区内的表率作用；单位同样可以提供社区文化力所能及的物质、资金的支持。但人文社区建设的主体应该是居民群众。

(a)

宁波日报

学苑周刊

关于社区和社区文化

(b)

图 18-6

怎样建设人文社区？我认为，一抓根本：大力推进社区自治。二抓特色：不同社区的社区精神，如划船社区的“划船精神”②。三抓重点：重点社区、重点人物、重点事件、特色活动，如寻根活动。四抓教育：大力提高居民的人文素质，这是社区建设及持续发展的关键。五抓协调：挖掘社区内的文化资源，协调各种关系，调动各方参与的积极性。六抓队伍：培育社区“领袖”。七抓规划与设施建设：图书阅览室、文化活动室、咖啡聊天室等。总之，要研究社区文化的需求与供给，努力实现社区文化的供给与需求关系的统一。

我在宁波参观考察之后，强烈感受到宁波市的社区建设已经上升到一个新的层次，即社区建设由治表为主转向表本兼治、由物质建设转向精神文明建设方向的发展新阶段。尤其是江东区的百丈街街道，明确提出，以关爱人、服务人、教育人、凝聚人为核心内容的“人文社区建设工程”，抓住了社区建设的本质——社区自治，确立以人为本的理念在街居领导阶层中已经逐步树立，并付诸社区建设的行动，这是难能可贵的。

我为会议拟写的社区文化论文被收录于《社区文化与城市发展——社区建设研讨会论

文集》文集之中[③]。

第三节 社区思想传播之三：报告与讲座

21世纪初，在社区建设热潮中，我作为中国城市社区建设的主要负责人，被许多城市、许多单位邀请演讲、报告，上到省厅、下至居委会，在许多城市、街道、居委会都留下我的足迹。比较有代表性的是中国社会科学院在宁波举办的社区建设干部高级研修班，复旦大学网络学院和昆山市的演讲。上海宜川中学的一次报告也很有针对性。

［中国社会科学院在宁波举办的社区建设干部高级研修班的报告］ 2002年5月27日，在宁波，为中国社会科学院社区建设干部高级研修班做了一次演讲，题目是“中国城市社区建设若干问题之我见”，重点涉及五个方面的内容：认清中国城市社区建设的形势；把握中国城市社区发展的基本特点；了解我国城市社区建设存在的误区；提高社区理论水平和实际工作能力；借鉴国内外经验，推进社区管理体制改革，认识社区发展的本质内涵，在社区自治上狠下功夫。此次演讲长达三小时，来自全国各地的社区工作者近80人听课。演讲之后，主持人和许多学员走上讲台给予热情鼓励，纷纷反映“您讲得真好”，并认同我报告中的观点。

［江苏省昆山市：市政府组织的大型报告］

◆昆山情结：地缘和人缘。昆山市是我长期关注、观察的县级市。早在大学读书期间，我就参加陈吉余先生主持的长江三角洲水资源调查，昆山就是我负责的。那时候，昆山还是一个地地道道的农业县，县域地势低洼，水网密布，县城不大，乡镇繁荣。在公路欠发达的时代，昆山小火轮串联着一个个名镇，一派江南水乡风光，十分诱人。毕业留校之后，1964年我又跟随严重敏先生赴苏锡地区进行小城镇调查，我乘坐小火轮调查了苏锡地区的每个城镇，昆山自然在内，我很迷恋具有特色的江南水乡城镇，周庄便是其中之一。

1990年，中国行政区划研究中心成立之后，我带队对苏锡常地区开展大规模的行政区划体制调查研究，亲眼目睹昆山的巨变，感受到改革开放的春风为昆山带来的这种巨变。甚至于我曾怀疑，这是昆山吗？昆山形态变了，是一个规模不小、著名的城市了；昆山经济有了大发展，其经济实力多年排名全国第一，甚至超过了许多地级市；昆山人变了，说普通话的人多了，而且不少人还带有一口台湾腔。昆山的变化远远超过曾经属于江苏，后来划给上海的任何一个郊县(区)[④]。

其实，昆山的巨变有一种必然性，同时也有某种偶然性。从大的方面来讲，首先是改革开放的春风吹遍昆山大地，没有改革开放则一切免谈发展。其次，地缘优势独特，成就了昆山发展。昆山处于江苏省东缘、上海市西侧，具有苏沪交界的特殊地缘。还有，昆山人的胆识和求快发展的欲望构成了昆山人缘优势的重要内容。20世纪80年代初，当上海发展观念偏于保守、江苏经济发展无暇顾及一个位处省域边缘县的时候，一批欲从大山里搬出、寻找新的发展落脚点的不起眼企业，却在上海与江苏夹缝中生存的昆山落地生根、开花结果。后来，一批来自我国台湾地区、韩国、新加坡的中小企业也看中昆山这个特殊的地理区位，投资设厂，昆山积极给予特殊政策。当然，邻近上海的“星期六工程师”对推进昆山的发展也起了不小的作用。

图 18-7

在此次苏锡常行政区划调研中，我认识了时任昆山市民政局局长的朱洪才⑤，他成为我最好的朋友。1991 年，国家教委通过校研究生院给我打电话，推荐给我一位加拿大博士（中文名马昂主）以教育部高级访问学者的身份来我手下进修，我答应了。他的博士论文做的是昆山的案例，希望继续跟踪研究昆山。为此，我又把他推荐至昆山的朋友朱洪才，期间得到朱洪才的不少帮助。后来，我与来自加拿大、美国、日本，我国台湾、香港地区的许多专家、学者，包括我的学生，去昆山参观考察，都得到了朋友的热情相助。图 18-7 为与朱洪才、马昂主合影于昆山市淀山湖镇。

我见证了昆山的发展，在改革开放大环境下，地缘区位＋人缘＋领导胆识（机遇）成就了昆山发展，我为昆山人骄傲。

我与昆山结下了不解之缘！也因为这种地缘、人脉关系，我多次被昆山邀请座谈，作学术报告，发表演讲。比较重要的有两次，一次是为全市国土规划干部作报告，另一次就是为昆山市社区干部培训班讲课。

◆社区演讲：认同一句话。2003 年 3 月中旬，昆山市举办了社区干部培训班，我应邀为之讲课。昆山市副市长主持了此次会议。演讲的内容是“城市社区组织与管理体制创新”，我在演讲中强调组织管理体制是当前社区建设的头等任务，中国在转型中出现的许多新的社会问题，都迫切需要加强基层政权建设，推进社区管理体制改革。报告列举了大量生动事例，介绍了国外一些比较先进的社区组织体制模式与经验，对照中国情况进行了评述，提出了城市和乡村社区管理体制改革的新思路。

演讲结束，这位副市长说：今天你的讲课很生动，有句话我会记住。我问哪句话，市长说“中国有钱的人钱太多，没有钱的人人太多”，这句话非常生动地刻画了中国当今的社会问题——贫富差距，并且还在继续扩大！社区是社会的细胞，如何让全体百姓能够公平享受改革开放的成果是本届政府的一个重大责任。一位地方政府的官员能有这样的感受，我感觉我的演讲成功了。

［上海市宜川中学：专为中学生作的社区报告］ 2002 年 4 月 5 日，我应邀为普陀区宜川中学的高中生作了一个“认清社区形势，投身社区建设”的报告。报告向中学生介绍了社区建设的相关知识和国家的政策，重点讲解了社区建设与中学生的关系，回答了“中学生下社区做什么”的问题。内容主要包括：一是学习，接受社区教育，发现社区内无私奉献的典型，弘扬社区精神；二是宣传，向社区居民宣传社区知识，讲解社区意义；三是参与，关注社区的各种事务，参与社区的各项活动，自觉融入社区；四是调查，在老师的指导下开展社区调查研究，如社区的邻里关系、社区组织问题、社区老年人问题、社区环境问题、社区服务需求问题、社区的社会问题（如下岗待业）、社区服务问题、社区精神文明建设问题等。中学生参与社区建设和活动，对于加强中学生的素质教育、融入社会、社会工作能力的培养等都有不可替代的意义。我还建议将学生的社区参与列入高中生的考核内容。

［复旦大学：行政区—社区理论指导下的总结性报告］ 2009 年 9 月 25 日，复旦大学网络学院邀请我为其举办的社区建设高级研修班讲课，我将此次讲课作为以前许多“社区讲

座、报告”的总结性报告，我设定的题目为“大城市发展中行政区—社区体制问题的实践与理论——上海的三个案例研究”。为此，我做了认真准备，力求将我的理论思想与社区的实际问题紧密联系起来。提纲摘要如下，这是我多年研究社区的一次总结性演讲。

大城市发展中行政区—社区体制问题的实践与理论
——上海的三个案例研究(讲授提纲)
(2009 年 9 月 20 日于复旦大学)

导言

当代中国处于“行政区经济”运行时期，行政区—社区体制及其空间格局对城市—区域发展、规划建设管理，乃至社会稳定等关系密切。在大城市发展中要高度重视行政区—社区纵向体系与横向规模结构体系的改革。本报告以上海市的三个实例为对象，剖析行政区划、社区与城市规划建设管理的关系，以及如何科学划分特大城市内部的行政区与社区，在此基础上探索具有中国特色的相关理论问题。

三个案例：中心城区的曹家渡、浦东新区、虹桥枢纽地区

一、概念与意义

(1) 三个基本概念

社区：特定地域具有认同和归属感的人群组成的社会生活共同体，是人类社会活动积聚的地域空间。我按照社区与行政区域的空间关系把社区划分为行政社区与非行政社区(自然社区)两大类型。

行政区：地方行政区域的划分，也是地方政府行政权力的空间划分。

行政社区：行政空间与社区空间的耦合，一般属于基层行政区或准行政区，是社区的一种主要类型。

(2) 实践中发现“行政区经济”现象，提出“行政区经济”概念

从安徽皖南山区考察到苏锡常及泰州行政区划调研，发现“行政区经济”现象，总结“行政区经济”运行规律。

(3) 概念相互关系

——行政区经济运行时期，凸显行政区的层次、幅度、功能与社区的高度关联性。

——大城市管理纵向结构体系格局为行政区—社区体系。

——基层行政区(街道)与行政社区的同一性。

(4) 研究意义：实践意义：“行政区划调整好了，就是解放生产力”(国务院副总理)。在某种环境下，区划调整可以产生巨大的发展能量(如浦东)。理论意义：建立具有中国特色的城市—区域科学发展理论思想。

二、案例一：曹家渡—老城区改造规划建设中的行政区与功能社区

(1) 我是如何发现曹家渡现象的？

(2) 什么是“曹家渡现象”？

转型期的行政区分割所引起的城市功能社区“形态杂乱”“建设错位”“管理不顺”“各自为政”“发展滞后”等的特殊现象。

(3) 政区功能变化催生“曹家渡现象”。改革开放以来行政区经济功能的强化，20 世纪 90 年代中期“两级政府、三级管理”体制的运行，静安、普陀、长宁三区对曹家渡功能定位的分歧，规划的错误导向，统一协调机构的缺失等，催生“曹家渡现象”。实质是利益与政绩的驱动、政府权力的分割。

(4) 曹家渡的未来：分割难以消除，整合难以实现，集聚中心位移，地位相对衰落。怎么办？政区一统难以实现；对策：改革区级职能，三区协同治理，

(5)“曹家渡现象”小结：行政区经济运行时期，在城区内部政区分割的情况下，“曹家渡现象”产生具有必然性。区级全能政府与规划导向是“曹家渡现象”产生的主要原因；大城市城区旧城改造、规划建设中，要重视和关注行政区、社区空间的科学划分问题；适时调整行政区划，科学规划城市功能社区，对于防止

教授的敬业精神、专业素养、高尚品德，几乎影响了我的一生。集体的大学生活，宿舍的小环境，是一种向上的竞争环境和正能量。大学阶段对我的影响是具有决定意义的。

图 19-1

◆单位制运行下的工作生活时期。我大学毕业后留校工作、结婚生子(图 19-1)，直到改革开放将近 20 年的时光都居住在华师大二村，是在单位社区度过的。在单位制下似乎谈不上“社区”，一切按计划供给住房、吃饭和拿低廉的工资，大家共享生活品的供给，过着群体的单位制生活，小孩的入托、入幼、入学也都在大学发展的计划安排之中。学校有一个庞大的后勤系统，一位副校长专管后勤。那时候从居委会、居民小组到居民的组织系统十分严密。在单位制运行下，人的个性化需求被单位制的同质化供给所掩盖。教工居民不用考虑社区参与。除了家庭之外，共处一户、群居的邻里关系算是一种简单的社区关系吧。在厨房里偶尔说说话、寒暄几句、问长问短等，几乎是一种“原始的”社区社会交往。

◆改革开放以来商品房社区的生活时期。改革开放后，人们的商品经济意识增强，产生了追求物质生活质量的愿望，扩大私有财产、私房居住空间自然成为大家的一种需求。清一色的教工社会开始分化了，收入及其相应的住房差距拉大了，居住环境多元化了。单位社区开始走向商品房社区。我在商品房社区居住时间较长的是在华师大二村和三村，以及达安城社区。在商品房社区生活，我明显地感觉到社区与个人的紧密关联、社区人与社区组织之间的互动关系，由于我比较积极参与居民关注的社区内的重大事件，渐渐产生了一种社区人的责任感。社区组织认识了我、了解了我，我也与社区居民、业委会，以及居委会、党支部，乃至于物业结下了亲密关系。在社区参与实践中我深深体会到居民的共同“利益”能把社区人凝聚在一起，形成一股社区力量，共同建设美好的社区家园。越来越多的社区人关注社区的环境、安全、服务与管理水平。一旦发生事关社区的公共问题，大家会聚集在一起商讨对策，寻求解决的办法，维护社区人的权益。我在华师大二村和达安城社区参与的维权活动，就是维护社区人集体利益的行动，是缓解社区社会矛盾、建设和谐社会最有效的一把钥匙。在参与行动中感觉到社区之存在和社区组织制度的重要性。

第二节　社区：生活变迁与维权参与

[社区生活变迁轨迹]　我的人生所经历的不同时代、不同类型[即使在一个学校也经历了校园学生社区→校园单位社区→单位与社会共治社区→社会化(商品房)社区的生活过程]的社区生活，大大丰富了社区内容，感受到不同社区类型之间在形态空间、人文空间、人际关系、社区认同和归属感的许多差异及其共性。改革开放之后，又在我国的港台地区及美国、加拿大、英国、澳大利亚等国的社区短暂生活或访问过，感受到它们与中国大陆地区城市社区的巨大差异。我把它们看成社区社会生活的人文—地理空间差异，各有其特色和诱惑，有着不同的认知；我对这些社区都有着某种眷念和亲近感。

简单地说，我们的社区生活变迁主要有以下特点与规律：一是社区体制经历了单位社区向社会化社区的演变过程。国家政治变革左右着社区性质，体现了时代特征。二是社区物质条件的不断改善,社区生活质量的提高。我从20世纪60年代末人均室内居住空间4.5平方米,提高到2015年的人均60平方米,它反映了改革开放后国家经济的快速增长、知识分子居住生活环境不断提高的实际情况,我的户口簿记录了在校园社区生活变迁的过程(图19-2)。三是从农村社区向城市社区的空间位移。这种位移与环境、机遇、个人因素相关联,与国家的经济社会发展、城市化的快速推进一脉相承。四是我能够在海内外社区短暂生活,得益于改革开放,得益于学术交流。

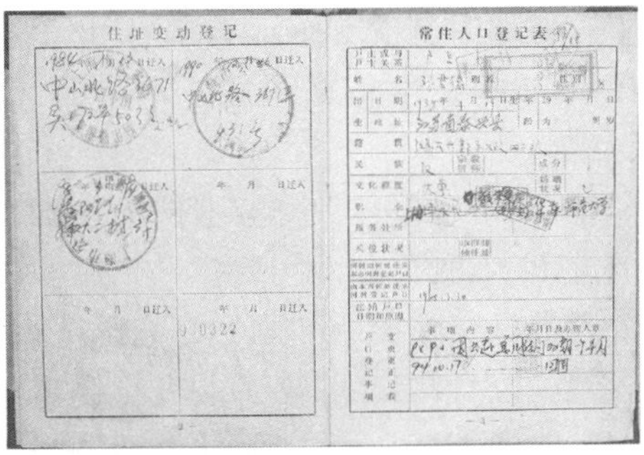

图19-2

[三段社区生活点滴] 我在社区生活的变迁中,留下了许多烙印。不同阶段有不同的体验,比如,乡村社区的情结和强烈的归属感;学生时代城镇—城市里的校园集体生活中社区的同质性和封闭性;社会化社区时代的开放、包容、多元的社区生活,密切的邻里关系,社区大事件的集体参与和维护。在数十年的社区生活长河中,发生过许许多多生动有趣的故事。

◆校园社区:大学群居生活。

——学生之家。1952年7月,我初中毕业,被分配到扬州师范学校,便开始了校园集体生活,那时我15岁。我是一个守规矩、听话、努力学习、要求上进的学生。1955年毕业后,又有幸被选送参加高考,最后录取到华东师范大学地理系,直到1959年毕业留校,整整7年,我是在学生社区的集体生活中度过的。学生宿舍就是我的家,每个宿舍都通过民选产生一位室长,他就是我们学生社区的领袖,每个宿舍都是一个自治的"小家"、一个地地道道的群居生活的小社区。人际关系就是同学之间的关系。淳朴、单一,社区生活的共性远大于个性。我是新入党的党员,在宿舍,处处注意自己的举止言行,平时比较严谨,晚饭后散步是主要爱好。我在华东师范大学所犯的一个"重大错误"就是在晚饭后和一个同学散步,在大礼堂门口看到一张"救救教育事业"的大字报,随手签下了大名,为此我在学生时代付出了沉重代价。1989年的"六四事件"我的研究生中有人要上街,被我阻止在家中,通过聊天、讨论专业问题,避免了可能发生、后果严重的"冲动",这是我吸取了年轻时的教训啊!

——集体宿舍。大学毕业,我被留校,并被安排住进单身教工楼,但还是在学校校园里,我称之为"校园社区"。还是过着集体生活,还是在食堂用餐,只是从学生宿舍搬到单身教工楼,从多人居减少到两人居住。"社区"是校园的一部分。单身教工楼成为大学校园里青年教师的特殊群体,以现在的名词来看,是一种"楼宇社区"吧。

——邻里生活。结婚成家后,我被分配到一套三户合住的一间不足9平方米的朝北小房。在那个年代算是很幸运了。小孩出生后,居住面积增加到21平方米。从1960年算起至1984年7月,整整23年,我们三户人家11口人,共居在一个大套房,共用一只马桶,一个浴缸,一个不大、没有煤气的厨房,要靠烧煤球炉烧水做饭,公共空间实在局促。

改革开放后,高校教师生活条件不断提高,我才从华师大二村搬入一村,再到华师大三村。住房面积迅速扩大,开始走出校园,融入社会,自购商品房成为居住环境改善的主要方式。

今天回忆起在华东师范大学那个烧煤球炉群居生活的时代,生活不便的窘态,常遇尴尬事。但那时倒没有感觉不幸福，知识分子文人相轻，爱面子，大家客客气气，相互谦让，相安无事，没有产生什么矛盾。不错的邻里关系，某种亲近感，点点滴滴的故事，仍然留在脑海中。

——校园里难忘的一件事。我在回忆这段群居生活的时候，有一件事让我难以忘怀。老大出生，我分到两间房(21 平方米)之后，把母亲接来同住，帮助带孩子。一天清晨，我和夫人带母亲在美丽如画的华东师范大学校园散步，大约 6 点多钟，我们在图书馆丽娃河畔，看到一位身体瘦弱、熟悉的身影慢骑着自行车迎面而来，就自然地让开，想不到他在我们面前突然停下车来，我一眼认出他是我们的党委书记常溪萍[②]，就叫了一声"常书记好！"当时我们真有些唐突，不知如何是好。常书记问我："你是哪个系的？这位是您的母亲吗，从哪里来啊？"我说："地理系的，从乡下来。"常书记说："好，带你妈妈好好看看师大(华东师范大学)校园，多提提意见啊。"顿时我们非常激动，兴奋不已。一位全国知名大学的党委书记如此平易近人，亲切和蔼。我曾经听过常溪萍书记的讲话、报告，声音洪亮，很吸引人。老师们公认，常溪萍书记是一位具有很高政策水平、党性修养和领导才能的领导。平时，他经常骑着自行车在校园里转来转去，深入第一线发现和解决问题。眼前的一幕，让我深深感受到在华东师范大学学习与工作的温暖，感受到党的"深入群众"的优良传统。遗憾的是这样一位好书记，在"文化大革命"之中遭受迫害含冤去世，华东师范大学的同辈教授们、老师们谈起常溪萍，无不为华东师范大学失去了一位好领导而惋惜。

◆**商品房社区。**进入商品房社区阶段，社区的归属和认同感增强；城市政府在社区服务硬件设施的投入大幅度增加，社区服务明显改善，但居委会的性质越来越行政化。以短暂居住的天津南开区富力城为例，那有一种浓浓的异乡社区情。

天津市南开区的富力城天越园，是一座大规模拆迁的老城厢中，完全新建的一个花园式、高档的大型社区，近 20 栋高楼耸立在一个大花园之中(图 19-3)。我常常对人说，这个社区等于先造好了一个大花园，然后将一栋栋高楼如同搭积木似的朝花园里安插，再由长廊、小道把各栋大楼串联起来建成的。

(a)

(b)

图 19-3

我们在这个小区里曾经连续生活过半年多，还有幸参加过一次天越园居委会的选举(图 19-4)。我们与这里的居委会结下友谊，至今仍保持着高密度的交往；与富力城小区里的许多大爷、大妈交上了朋友，遇到左邻右舍更是问长问短，关心之至。在这个小区生活，我们感受到了世间的温暖;这段时间,老伴的身体逐渐好转并发生质的变化(小区的关心+中西结合的治疗),我们有一种自发的、朦胧的、发自内心的归属和认同,在这里,品味了南方城市已经消失,而天津仍存留的某些特殊习俗文化。

(a)

(b)

图 19-4

去西马路菜场买菜,几乎听不到外乡人的声音,清一色的天津话——"嘛呢?!"我们是外乡人,社区干部对我们有一种特殊的关照,正月十五,让我们去参加活动,居委会干部会亲自送上一碗汤圆;还会到家里来问长问短,拉拉家常,倍感亲切。

平时我很留意观察我们所居住的天越园社区和周边尚未改造的原住民居住的回民区的社会现象。每天都要去那里买菜、买馒头,下午去买晚报,或是晚饭后散步去那里看看夜市等,观察体验到许多天津本土的社会现象。

与上海相比,除了纬度、气候环境的巨大差异对生活带来的某些不适应(冬季的室内外温差过大、春秋的日温差较大,以及严重的雾霾等)之外,主要是人文环境、人际关系和城市文化的差异。天津的地理区位、城市发展与上海有诸多共同之处,同为滨江临海城市,历史上近代同为开放口岸,又同为中央直辖市,尽管两个城市的经济水平目前不在同一等级。从社区视角来看,彰显了天津社区人明显的个性。

最明显的特点是天津的社区人(也可以说是北方人)讲情义,明显区别于南方城市人的讲利益(这句话是我与一位来自天津市南开中学、考入华东理工大学三年级学生交谈中随口说的,我觉得很到位)。作为社区居民,我认为这是北方城市社区人与南方城市社区人的明显区别。我在我的天津的学生身上、医生身上、社区居委会干部身上,以及在与不同社区与各类人群的交往中都有这种感受。居委会的工作更加具有责任心,更加到位,与居民群众的联系更加紧密,居委会干部家访处理问题、调解纠纷,甚至与居民闲聊都是常见的事。为居民服务、排忧解难是当地许多居委会干部的职责理念。从这一点观察来看,天津的社区味似乎更浓一些。

从单位社区走向社会化的商品房社区,我的直接感受有两点:一是居住环境和社区人群结构的变化,居民们在自己生活的家园关注社区事务了,社区的认同感和归属感增强了;二是社区参与发生质的变化:相互交往多了,参与社区活动的多了,最重要的是居民开始维护自己的利益了。

［华师大二村的维权］ 我先后参与了两次社区维权，在参与实践中感受到种种“酸甜苦辣”。华师大二村曾经是我居住生活过的大学社区。我的第一次维权就是在华师大二村。这个社区只有320户，常住人口为1 289人(2009年)，是个有近60年历史、很有特色、典型的大学社区。小区环境不错——安静、安全、没有高层；周边交通十分方便；从华东师范大学后门入校上班不足200米。这里居住着华东师范大学的教职员工，即使在改革开放之后，社会已经分化、单位明显弱化的2000年，社区里华东师范大学的教职工仍占90%以上，其中老年人占1/4以上，达到28%，有著名的院士、老教授及教职工。

2000年夏，上海市一场居委会合并的浪潮打破了原本平静的小区。

这年上半年，依据民政部的通知精神和沈阳等社区建设的经验，上海市启动了居委会的撤并工作，为此，在年初，上海市民政局委托华东师范大学中国社区建设研究中心先行在卢湾区(全国社区建设实验区)的瑞金街道开展居委会区划调整的调查研究，我们很快完成了调查研究报告③。我们建议上海市居委会适度合并，扩大规模，提高效能，平均规模以2 000户为宜。上海市民政局采纳了我们的建议，在全市范围内推进居委会撤并。

在这一背景下，华师大二村所属的长风街道办事处考虑到华师大二村的规模偏小，研究决定将华师大二村合并到长风三村，并张贴布告，由此引发了华师大二村的一场风波。2000年7月，我从日本访问回到华师大二村。许多教授业主知道我在研究社区，与民政部门比较熟悉，得知我回来后，纷纷向我反映情况，希望我能向上级反映教授们的诉求：要求恢复华师大二村居委会。为此，我和业主委员会主任及部分教授及时向长风街道办事处的领导反映了大家的诉求；同时，将这一情况向上海市民政局的分管领导进行了反映。强调指出，社区适当合并是必要的，但不能整齐划一；华师大二村的老教授多、侨眷多，有的已经90多岁，撤并将带来许多教授、老人生活的不便；同时认为，华师大二村是一个高知集聚、有特色的单位小区，居民的需求和生活习惯与邻近的长风三村有很大不同，比如，教授们要求宁静、安全的生活环境，许多人在家要工作，而长风三村的居民们则可能喜欢热闹，时常敲锣打鼓。两种不同需求的人群难以相互认同，硬性划为一个社区居委会会产生许多矛盾。在听取我的意见之后，上海市民政局分管领导当即表示，“居委合并2 000多户规模是个平均数，宜大则大，宜小则小，不能一刀切。”在上级领导的干预下，长风街道办事处经过深入调查，终于同意华师大二村居民的诉求，决定恢复居委会。时过三个月，华师大二村居委会的牌子重新竖立在小区。

这是我第一次代表社区居民与街道办事处的一次合理的“抗争”(图19-5)。我们成功了！如今，这件事已经过去了十六七年，当我2016年9月重新搬回华师大三村居住的时候，一些新老居委会干部还提起这件事，新任居委会主任说：“你就是刘老师啊，你帮助华师大二村居民恢复建制的事传播很广，很多人都知道了。”我顿感欣慰！

图19-5

［达安城小区的维权］

◆**超高楼围合中的高层住宅——达安城。**达安城，是一个位于静安区苏州河畔、新闸路南侧、近石门二路、归属于石门二路街道管辖的居民小区，有 4 栋 28 层的高楼，但居住有 500 多户人家。这里是 1998 年拆除石库门建筑建造的外销商品房小区，设有达安城居委会（图 19-6 为从达安城小区家中眺望浦东和上海自然博物馆）。

2007 年下半年起，我在达安城小区生活。这里地理位置优越，南京西路近在咫尺，交通方便，楼下就是社区医院，附近菜场很多，加上老伴的家原来就在附近的北京西路成都路口，于是决定卖掉华师大二村的“奖励房”，以可以接受的价格购买了这个小区的 2 号楼 10 层的一套三居室房。搬来之后，我们很快体验到在中心城区生活的便捷，感受到这个规模不大、管理不错的小区的种种优点，并很快和党支部、物业，以及电梯阿姨、门卫等熟悉。住在这里，出门参加一些市里的会议、远道出行、接待客人、学生聚会、讨论问题、找饭店吃饭、购物等都方便多了。每当夜晚，我都会欣赏南北高架来往穿梭车流的那种动感，以及浦东陆家嘴及外滩交相辉映、五颜六色、十分诱人的霓虹灯光；白天从 10 楼看下去更是一片片老式的石库门房屋。这里是 20 世纪 30—40 年代的老屋啊，这种原生态的上海市中心大型住区的风貌，我特别喜欢（图 19-6）。每当学生、国内外友人来拜访，我都会介绍这一切。搬来初期，达安城小区的物业服务、管理也还不错，准备长住。然而，仅仅过了 3 年光景，达安城小区就开始不安宁了，周边石库门老屋大规模的动拆迁即将开始。

(a)　　　　(b)

图 19-6

◆为何参与维权？静安区规划局一纸公告打乱了小区平静的生活，这里被规划为生态商务旅游休闲区，乍一听很好啊！可是，对于达安城小区居民来说却是晴天霹雳！大片的石库门房屋要全部拆除，万余名原住民要大规模搬迁，大拆大建开始了。在许多居民不知情的情况下，所谓东八块（其土地使用背景有一段演变过程的复杂故事）[4]之一的 60 号地块开始了连续 6 年轰轰烈烈的施工建设，就地挖深几十米，有时整夜施工，24 小时不得安宁。达安城小区居民中老年人的比重很高，施工带来的彻夜难眠的烦恼无人过问。那时候，我正在写作，《中国大城市基层行政社区组织重构：以上海市为例的实证研究》专著已经与出版社签订了合同。工地拆房时有超过 100 分贝穿心的噪音，这样的环境根本无法生活，更谈不上写作了，无奈只能带上电脑躲到天津。

我作为一位党员，实在看不下去，刚开始，按组织程序找居委会书记反映，但等了一两个月毫无音讯，想到了在政府机关工作的学生，以写信的方式希望能够关注，也石沉大海。我理解我的学生，这是一个棘手的问题、一个烫手的山芋，非本部门管辖，谁都会绕着走。一位学法学的博士、教授提醒我：“刘老师，没有用的”“凡是针对地方政府的问题都没有用”。我失望了。

在通过正常组织渠道不能解决，而且是无动于衷、不理不睬的情况下，我作为一位党员，经过剧烈的思想斗争，决定参与维护居民利益的活动。在部分业委会领导、成员的参与下，小区里的几位维权积极分子聚集开会，开展民主讨论，一时引起大家的关注和广泛支持。

◆**小区问题何在？**我认为，达安城小区的问题主要集中在以下几个方面：

首先是这一地区的功能定位。将原本一个大型石库门住宅区（涉及三分之一的街道范围）转换为商务—休闲区，平民百姓根本无法过问，那完全是城市政府的事。但作为规划，涉及重大的功能性变更必须听取公众的意见，还要充分考虑大规模拆迁的代价（经济成本和社会成本）问题。小区居民无法看到这方面的论证报告，也无从评论这一宏观性决策。但从拆迁来看，搬迁之难度，居民搬迁所引起的一系列社会问题，则有所耳闻。我曾访问过调研过浦江镇，发现不少问题。将大批老城区的原住民“赶往郊区”，让大批新上海人涌入，将成片石库门建筑房屋推倒，新建一大批高楼大厦，石库门不见了，说上海话的人没有了，这还是上海吗?！这难道就是国际化的上海大都市吗?！

其次是新的规划区域功能演变过程及与达安城小区的关系。新规划的地块俗称“东八块”，影响达安城小区的是其中的60号地块（图19-7）。

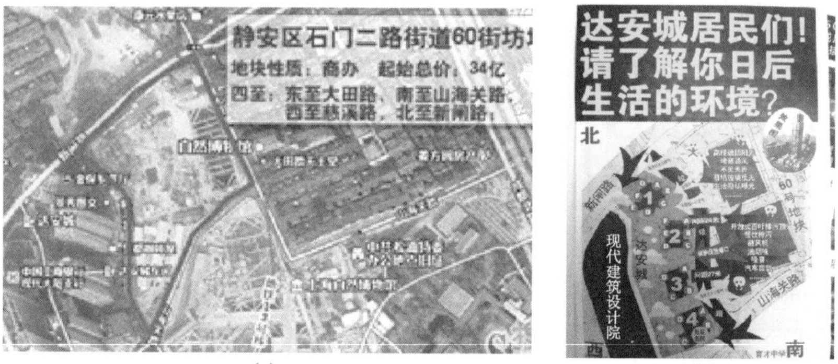

(a) (b)

图 19-7

从图19-7立体影像图上可以看出，达安城小区与60号地块及周边的空间关系。非常明显，达安城小区被包围了。左边就是60号地块，250米的超高楼将高高耸立，明显掩盖着达安城小区，右边为已建的上海现代建筑设计院大厦，南边则是规划中的高层写字楼，很明显，达安城小区本来四面无阻、可以远眺四方，忽然被超高层建筑所包围。这样的规划合理吗？符合“以人为本”的理念吗？达安城小区居民会没有意见吗？我想，任何一位规划师如果有一点区域观念，有一点“城市让生活更美好”的思想，怎么可能在仅相距20多米的居住区旁规划设计一座超高层大楼？最基本的一条是规划师缺少规划的“区域整体空间观”，对东至成都路南北高架，南至北京西路，北至苏州河畔，西至石门二路，包括达安城小区在内的空间范围进行整体性规划，统筹确定围合区域内的功能定位和布局，怎么能抛开达安城小区呢？围合区域内的小区居民，应该是这一地块整体规划首要考虑的因素。理由很简单，达安城小区建造在先，现代建筑设计院、60号地块规划在后！这样的规划说是对小区没有影响，恐怕没有人信服。

最后是 60 号地块规划设计的问题。我从网上查阅,“2013 年 5 月 17 日,上海市规划和国土资源管理局发布 2013 年第 93 号土地出让公告,其中包括静安区石门二路街道 60 号街坊 1 幅商办地块,该地块东至大田路,南至山海关路,西至慈溪路,北至新闸路,出让面积为 17 937.7 平方米,容积率为 7.58,起始总价为 34 亿元,起始楼板价为 25 006 元/平方米,为商办用地”。“搜房网记者在《静安区 60 号街坊地块建设项目环境影响评价公示》了解到,该地块拟由静安土地管理中心与上海地产(集团)有限公司联合投资建设一栋大型现代化办公商务综合楼”,“根据设计方案,这一区域将建设一幢 250 米高的建筑,集办公及商业配套、休闲娱乐、餐饮酒店等功能为一体,建成后成为静安区的又一标志性建筑”。

站在达安城小区居民的角度来看,60 号地块规划设计存在以下问题:

第一,整体规划设计距离达安城小区太近。它与达安城小区分界只有一条宽约 20 米的小马路——慈溪路,主体建筑距离达安城小区 2 号楼只有 24 米,无论是建造过程中或是建成经营后都会对达安城小区带来环境影响。

第二,60 号地块商办综合体的设计和内部布局没有考虑对达安城小区带来的影响,250 米的高楼严重压过小区 1 号、2 号楼。更为可恶的是其辅楼的排烟系统全部对着达安城小区。设计师似乎没有来过现场,如此大体量的规划设计没有充分考虑对小区的影响实在不应该,因为 60 号地块不是一张白纸,而是位处高密集的居民区(图 19-8、图 19-9)。

图 19-8

图 19-9

第三,没有进行项目环评公示(至少是绝大部分小区居民没有看到),更谈不上征求小区居民的意见,小区居民被严重忽悠了。

第四,建筑体量太大,容积率过高、超标。上海市相关法律规定,中心城区的“商业办公用地,最高等级地区的容积率标准是小于或者等于 4”,“经过论证之后可以适当超过上述控制要求”⑤。而邻近居住小区的 60 号地块的容积率达到 7.58。如此高的容积率实在不可思议。

第五,超高楼施工建设中的问题。在连续五六年的施工过程中,不遵守施工规则、扰民问题经常受到小区居民的投诉,许多老人怨声载道,申诉无果,居委会不管,党支部无奈。

第六,实际造成的危害。由于长期的深挖、“水泥森林”的施工、基础土质的松软、大体量建筑的沉压力等,使得达安城小区建筑设施受到明显影响,甚至出现大楼稍有倾斜,地面和墙壁开裂,电梯、管道等基础设施受到不同程度的影响,存在着安全隐患。小区许多人担惊受怕。

针对上述问题,小区居民进行了多年的合法抗争。多次上访、写信申诉、张贴标语,但都没有结果。基层政府的态度总是回避、推诿,很少与居民面对面对话,听取居民的合理诉求,而是要企业赔付了事。企业更是雇佣工地农民工撕掉抗议标语。

2013 年开始,我参加了达安城小区合法维权的过程,这是我第二次,也是真正的参加维权。但几年下来,筋疲力尽,换来的是基层政府的冷眼与工地马拉松式的所谓对话和“慰问”。

以下是我参加维权准备的发言稿：

达安城小区维权发言提要

（2014-12-27）

一、两大问题

（1）规划体量过大，违法造楼，建筑密度和容积率超标

60号地块由一个大型居住区变为如此大体量的商务区，对达安城小区的影响是直接的、必然的。这个耗资数十亿元的大体量项目，使原本十分安宁祥和的小区，突然变得不安宁。因为这里将集聚大量产业、人口以及随之而来的物流、车流量，变得不安宁了！连同小区的西侧、未来的南侧都将被高层包围，小区居住环境质量将下降。

大体量的长期施工建设已经对小区建筑、物业、私产产生重大影响，有目共睹；精神的伤害十分巨大，深有感受！

房屋是不动产，不可移动，一旦建成，其影响是长期的、永久性的！意味着居民受影响是终身的！

如此庞然大物，你们征求过居民意见吗？长期的精神伤害有哪位领导来看望过吗，说过一声道歉的话吗？

（2）设计极不合理，尤其是裙楼危害极大

裙楼的功能：饭店、商店。锅炉、排放口、车库进入口均布置在慈溪路一侧至山海关路，这里是医院、学校和居民区（达安城2号、3号楼），不是一张白纸，有的地方相距只有20—30米！有这样布局的吗？设计的极不合理，加剧了对达安城小区的危害！

谁相信对环境没有影响？为什么不向居民公布相关数据？我怀疑设计人员根本没有来过现场。我不知道环评是怎么出笼的，专家是怎么通过评审的。

二、两个原因

（1）将成片居住区转换为商务功能区，片面追求GDP（国内生产总值）的产物。

（2）传统长官意志、官僚作风的产物。

三、两点希望

（1）认真学习领会和贯彻习近平总书记的讲话。他说，民主“不是装饰品，不是用来摆设的，而是用来解决人民要解决的问题的”。希望政府领导和公务人员能够领会习近平总书记讲话的深刻含义，落实“以人为本”理念，履行职责，解决达安城小区的问题。

（2）城区建设改造不能漠视、侵犯居民的利益而谋求开发商和政府利益的最大化，以牺牲小区居民利益为代价追求规划设计的所谓美化、优化。

四、两个态度

（1）支持维权代表提出的解决达安城小区问题的合理合法诉求。

（2）我作为一位58年党龄的普通党员，将继续尽力为党的利益、人民群众的利益伸张正义。

由于60号地块建设，达安城小区的住房房价大打折扣，与周边的小区对比相对下降，此种损失只能由老百姓承担了。

回顾我参与达安城小区维权的过程，我作为一位老党员，深感遗憾，也无能为力为百姓争得合法的利益，眼看着百姓的利益受损，心中很不是滋味。我搬走了，维权还在继续，预期结果可能是开发商的有限赔付。

◆留下的困惑与思考。这场维权，虽然没有取得成功（也许最终是半成功），但我参与了，尽力了，做了一位党员应该做的事。在此过程中，小区里许多老党员、老干部也参与了。我从他（她）们身上学到了许多优秀的品德与人格素养。这场达安城小区维权的经历与过程

有以下发自内心的困惑与思考：

第一，在转型时期地方政府以GDP论英雄的时代，大城市中心城区大规模旧城改造的“普遍性”引发了城市社区居民维权的“必然性”。

第二，基层政府面对维权的推诿与不作为现象具有一定普遍性。原因在于政府利益与社区居民利益的矛盾与碰撞。社区居民的利益在一定程度上与政府规划的利益获得存在着难以协调的矛盾，政府对居民维权的推诿与不作为在所难免，也是一种必然。

第三，在现有行政体制下，城市社区居民维权取胜机会渺茫。当居民利益与政府利益发生碰撞，社区党支部、居委会很难依据《中华人民共和国宪法》《中华人民共和国地方各级人民代表大会和地方各级人民政府组织法》的规定站在居民一方维护其利益。

第四，众多居民维权折射老城区社区改造规划的重要性，以及在规划中切实贯彻“以人为本”基本理念的必要性。规划的落实需要有一批公正、敢于坚持科学观、实事求是、不受或少受政府干预的规划专家。

第五，社区居民参与维权，反映了居民对自身利益维护的法制意识的增强，同时折射推进基层民主自治和转变“官民关系”的紧迫性。

第六，社区维权的起因，基本都是在城市更新、旧城改造、规划拆迁、职能转型过程中，居民与政府、开发商之间的利益矛盾，也就是因居民利益受损而引发的。作为人民的地方政府，应该在项目推进和合同签订过程中，委托百姓认可的第三方组织或高校、科研机构，以科学的评估标准，量化评估小区和居民利益受损的程度，合情合理规范赔偿数额，并张榜公示。我相信这将大大缓解政府与居民利益的矛盾，从源头上减少社会不安定的因素。

◆给达安城小区业委会的几点建议。2016年9月，我们把达安城小区的房子处理了，一家人带着某种遗憾、依依不舍地离开了有一定人情味、得到许多居民关心、相处融洽的达安城小区。我期望达安城小区居民长期抗争维权的合理合法诉求能够得到一定满足。真心期望达安城小区居民们生活得更美好。

一年之前，在居民的广泛支持下，达安城小区业委会成员进行了充实。我曾经写过一封信，针对达安城小区业委会管理提出了一份建议。这份建议没有公开张贴。把它放进书里既是内心的一种期盼，也是我对如何做好社区业委会工作的一种观点。

达安城小区业委会充实后的几点建议

在部分热心公益、维权积极分子的艰苦努力下，在原业委会成员的支持和广大居民群众的积极参与下，达安城小区业委会终于充实健全了，作为小区的居民感到由衷高兴。衷心期望充实后的业委会能够继续不辞辛苦，行使职责，带领、团结小区居民在维护居民利益上取得积极成果。

业委会是居民选举产生的真正意义上的社区自治组织，担负有维护居民利益、监督物业管理、确保社区安全、建设和谐幸福家园的重任；同时，作为社区居民自己的组织，每个居民都有责任积极参与，提出建议。

当前，达安城小区业委会如何凝聚社区共识，是一个十分重要的基础性问题，这既是基于达安城小区目前的现状（问题），也是为了充实的业委会今后长远的工作。我认为，带领居民继续积极维权，为多年深受其害的广大居民争取最大的利益和检查、督促、推进达安城小区物业管理水平是两个重要抓手，也是业委会的主要工作。这两项工作涉及居民的实际利益，共同的“利益”就会凝聚社区群众，形成社区的力量，团结大家，最大限度地实现居民的利益目标。

为此，特提出以下建议：

(1) 总体建议

——明确业委会职责,实行合理分工,张榜公布;

——召开居民座谈会,深入调查研究,广泛听取意见,了解居民的实际情况和需求,摸清小区问题,对各类问题进行归类,分清轻重缓急,以明确当前工作的重点;

——组织业委会班子、楼组长、公益积极分子参观学习上海同类小区业委会工作的经验,从达安城小区实际情况出发,制定业委会工作规划,提出目标方向;

——进一步壮大和深化业委会组织,设立顾问组(咨询委员),团结和调动小区各类能人、积极分子、志愿者,支持、参与小区业委会工作,建议建立能人档案;

——发动居民,群策群力,积极参与维权和监督物业管理,反映小区存在的问题,集思广益,提出合理化建议;

——开辟业委会专栏,通过专栏与广大居民及时沟通信息,不定期向居民群众张榜公布相关情况;

——建章立制,针对达安城小区物业管理存在的问题,特别是居民反映强烈的问题,建立规章制度,条件成熟时可订立社区公约(或居民公约),争做文明达安人;

——适时与居委会、党支部沟通,反映居民反映强烈的问题和合法诉求,取得政府支持,切实解决小区存在的实际问题。

(2) 维权建议

——大力依靠积极分子,广泛动员居民参与,重点是内行、能人,召开居民大会,沟通相关情况,并张榜公布;

——运用维权手段,通过合法渠道,依法依规最大限度争取居民利益;

——召开居民座谈会,听取各种意见、建议,为制定合理分配赔偿方案提供科学依据;

——推促居委会、党支部积极与政府沟通,要求区、街有关部门深入基层听取居民意见;

——结合达安城小区未来环境改善设想,探索与酒店、写字楼合作规划区域环境及整治问题,如将部分小车停入写字楼地下车库,为小区居民设立菜场等;

——继续带领居民向上海市有关部门申诉,要求整治和改善达安城小区环境,要求静安区政府关注、关心达安城小区居民的安全、环境和健康,采取切实有效措施,改善环境质量,促使达安城小区房产不再贬值,合理升值,保障居民切身利益不受损害。

(3) 物业监督管理建议

——召开座谈会,听取居民对物业管理的意见,请物业参加,群策群力,提出改进建议,推进达安城小区物业管理有所进步;

——加强对物业财务的监督,聘请专人(内行)不定期专项监督、查阅、核对物业账目,张榜公布;

——从达安城小区实际出发,针对存在问题,吸取先进小区经验,规划设计好小区布局,改进管理体制;

——重点解决小区安全隐患,如房屋倾斜、裂缝,路不平,电梯质量差,小车停放过多,行人不便,大门随便出入等问题;

——敦促物业尽快制定环境管理规章制度,解决环境脏乱差问题,人员落实到位,加强对业委会的考核监督;

——配合居委会共同建设好文明小区,见缝插针,加强绿化,改善居住环境;同时注重改善小区的软环境,弘扬文明从自我做起的风尚。

2号楼10楼某业主
2015年8月26日

第三节　社区:人生的归属

[社区养老:我的人生归属]　写本书的时候,我已经年近八十,“人生八十古来稀”,我应

该考虑我的养老问题了。其实，多年之前，我和老伴已经在策划、选择我们的养老模式。为此，我们参观了上海的一些比较著名的养老社区。我深感养老事业的重要性和紧迫性。有专家说，中国的老龄化拥有两个世界第一：一是老龄人口数量世界第一；二是老龄化速度世界第一。的确，世界上还没有任何一个国家，老化得像中国这么迅速⑥。上海的老年化程度又居全国前列，2014 年已经达到 28.8%⑦。在发放老年交通卡之后，我常常乘坐公交车，发现车厢里的老年人占有不少比例，常常是一个站上来几个人全持有老年卡，一些上班族和少数司机也颇有微词，我非常理解。怎样解决如此庞大的老年群体的养老问题？政府着急，社会关注，企业家也纷纷介入。我们作为养老群体的一员，自然在关注、思考、筹划自己的人生归属。

我曾经在带领学校各学院老教授协会分会负责人前往松江，参观泰康之家·申园社区时说过，我们这一代人是处于政治—经济—社会大变革时期，经历过风风雨雨，改革开放才得以重生，大家都尽力报效祖国，在科研、教学岗位尽职尽力，做出贡献。现在，我们都老了，子孙们比我们好得多，应该找一个适合自己养老的人生归属，享受晚年的幸福生活（图 19-10）。

图 19-10

社会是一个非常复杂的多元化人类群体。知识分子是一个以个体知识劳动为主的特殊群体，每个人的需求都不会相同，家庭状况也有很大差异。社会上已经兴办的形式多样的养老机构，大多只是简单解决老年人的吃饭、照料服务的问题，远远不能满足中国当今社会分化发展，复杂人群的不同需求。

[养老方式选择的认知] 中国的养老方式（模式）五花八门，无法归类。我查阅了网上资料，有许多归类的方法。一般认为，在目前广大的农村地区，家庭养老、土地养老、社会保险养老三种模式是基本的养老保障方式。而城镇和城市社区养老模式则十分复杂，各地都在尝试，大致有机构养老、居家养老、社区养老、乡村养老、以房养老、异地养老、租房入院养老、基地养老、旅游养老、合居养老、钟点托老、招租养老、货币化养老、互助养老等。这些也都是国外有过，甚至流行的养老方式。其中，目前最主要的有居家养老、养老院养老、以房养老、日托养老等方式。

从中国城市现实的家庭—社区—社会状况来看，我认同以社区居家养老为重点的多模式养老是中国养老发展的基本方向。我思考的养老问题首先是，在中国社会大分化的时代，如何实现老年人的公平养老，保障老人的养老设施和基本公共服务的提供，并实现公平？

中国经济在高速发展的同时，一个十分严峻的问题是发展差距的拉大，我说过，“中国有钱的人钱太多，没有钱的人人太多”，这是当前中国社会的现实。尽管党和国家十分重视并努力解决这个大难题，攻坚克难，让全民奔小康。但现实是，无论是在乡村或是城市，大量的弱势群体家庭的老人面临着现实的养老问题。而在这一代贫困家庭中有很多人（60 后、70 后）是无私贡献了自己的青春，上山下乡、支援边疆，失去教育、进城、求职的机会，因而导致贫困的。拿上海来说，这样的人超过 100 万人！

我认为，要善待这批为国家做出无私贡献的老人，城市政府要制定一个特殊的政策，让他们度过一个幸福、祥和的晚年，真正获得改革开放给人民大众带来的红利！

我关注的第二个养老问题是，在重视养老硬件设施投入、建设的同时，更应该关注养老的社会心理健康问题。我参观考察过不少养老院、公寓、养老社区，绝大多数都把目光放在硬件设施建设上，有很多高档的养老社区、养老公寓与国外的养老设施没有什么区别，可以说是一流的了，但我以为，这远远不够，老人除了生活照料、医疗保健、饮食服务等之外，非常重要的是精神慰藉、个性化的人文需求服务。尤其缺少能够与长者心灵沟通、真诚交流、素质较高的社会—心理师高层次服务人员：社区工作者，以及社区工作者参与的养老服务。

解决这一问题，需要有一个过程，需要有一个诚信、关爱的社会大环境。不仅是要更多地培养具备这方面服务技能的人员，比如兴办更多的家政服务学校，培养具有这一技能和素质的服务师；推进社区的社会—心理知识和诚信社会的教育也是非常重要的。有专家说，老龄事业发展需要体现全生命周期的协调发展和积极的老龄化理念，我赞同这个认识。在这一方面，要好好学习借鉴中国香港地区“长老关怀”的经验。

[理想中的人生社区归属] 我理想中的人生归属其实很简单。人生是短暂的，活得有意义就行，人生的归属为苍天安排注定，我不是有神论者，但事实如此。追求一个晚年的幸福生活是每个老年人的愿望。早作思考、选择、安排，尽可能地实现自己的愿望，至少可以缓解可能产生的自身烦恼、家庭儿女的担忧，乃至政府、社会的操心。

◆需考虑的因素。选择养老（人生归属）的方式需要考虑许多因素：一是家庭环境与条件，主要是指家庭的结构、经济条件、居住环境、生活状况等。与子女生活在一起和不在一起居住大不一样，身边有没有亲人照料直接关系着养老方式的选择。生活、居住环境，经济收入水平是必须考虑的基础性因素，在经济—社会分化十分严重的当今社会，养老模式的等级层次——养老设施、服务项目的提供与水平相差很大，不具备一定的经济条件和实力，很难实现高水平养老的愿望。二是个人因素，包括夫妻二人的晚年生活追求、身体状态、兴趣爱好、生活习性、人群交往、知识文化素养、理念，甚至于职业等，都会影响养老方式的选择。三是对晚年人生养老的观念问题。

在中国，在城市和乡村，尤其是乡村，“养儿防老，积谷防饥”旧的观念根深蒂固，与当今社会的养老观念格格不入，必须破除。我就碰到过这样的矛盾。我的母亲在90岁时在老家老屋门前摔了一跤，股骨骨折，泰兴市医院的手术治疗十分成功，治好之后，回老家由小弟照料。开始尚可，随着时间的推移，家庭照料远不能解决母亲的烦恼，请人照料也很难找到合适的。我当时非常主张将她送进县里一家较好的养老院，一是有专人照料；二是治疗方便；三是老年人在一起可以说说话；四是在县城中心地段，看望方便；五是减轻小弟的负担。经济上我可以全额承担。可是，我的主张遭到兄弟姐妹和左邻右舍以及亲友们的一致反对。无奈，只能将母亲留在家中由我的小弟照料，说实在的，一个90多岁的老人长期躺在床上，春夏秋冬，四季如一日的细心照料谈何容易？小弟尽力了！但遗憾的是96岁高龄的老母亲离开了我们。我想，如果当初住进养老院，相信可能会更长寿。我觉得，破除旧的观念习俗，仍是当今城乡养老的一大障碍。

◆以老养老，老有奉献。随着科技的进步，医疗健康事业的发展，人类生活质量的提高，世界人均寿命在延长。何为老年人？60岁？65岁？需要重新定位。世界卫生组织对老年人年龄划分提出了新的标准：44岁以下为青年人，45—59岁为中年人，60—74岁为准老年人，75—89岁为老年人，90岁以上为长寿老人。国家规定的退休年龄一般在60岁，其实，在这些退休的人群中，绝大部分都可以继续工作，发挥余热。我是70岁退休的，退休之后照样工作，做项目，作报告、讲课，并没有明显地感觉到自己老了，现在年已80岁，依然可以做些力所能及、自己喜欢的事情。中国如此庞大的退休队伍，我认为，不能只组织做做广场操、跳跳舞、唱唱歌之类，在他们身上蕴藏着巨大的可开发、可对社会继续做出贡献的潜在资源和能量。把这些人组织起来，动员其中的一部分参与养老事业，以老养老，让准老年人照料老年人，既为老年事业做贡献，实现自身的价值，又为自身的养老提供方便环境，岂不是一个一举两得的善事，一个可行的养老举措，一个符合中国现实状况、可以开拓的养老模式。

2006年，我在英国访问，期间去爱尔兰爱丁堡游览，住在一个独居老人家里，这座家庭旅馆地下、地上各一层，两间客房位处地下一层，主人屋在地上一层，一个自动升降的扶梯非常显目地安装在楼梯旁，走廊里的墙壁上挂满了许多镜框照片，门窗外有一个下沉式花园。主人年已80岁，做事利索，反应敏捷，把这个家庭旅馆管理得井井有条、干净明亮，令人感慨。在早晨用餐时我们和她聊了起来，她说她的先生晚年残疾，为他安装了一个自动扶梯，有一个女儿在本市工作，常来看望；经营这个家庭旅店是一种乐趣，反正闲着无事，不在乎挣钱，客人来住可以说说话，也不寂寞，动动手为客人服务对身体有益，也是一种社会奉献（图19-11）。

(a)

(b)

图 19-11

我们能从这个案例中得到一些启示吗？

◆理想的人生归属。我是一个有理想、不偷闲、喜欢做事的人，只要脑子还好使，手脚还灵活，我总会不停地做自己喜欢的事。老有所乐，老也要受到尊重，活得尊严，这是我的信条，是我理想的晚年人生的精神愿景。

我是一位地理工作者，是一个喜欢大自然，喜欢旅游、考察、欣赏各地的自然和人文景观，并善于思考的人。我的个性，我的儿时生活环境和情节，不时在脑海中浮现。如今我老了，仍非常怀念我的故乡，我的亲人，儿时的蓝天白云，那里的土地，那里的水，那里的白果树，家乡安静的环境和可口健康的菜。因此，我理想中的人生归属，首选应该是乡村，一种田园式养老。乘我身体尚健，我会在自己家的土地上种菜，在小河边钓鱼，有一把二胡在兴致高的时候拉拉，自娱自乐；在家里，有一张专门的方桌，放上画纸，偶尔拿起画笔涂涂画画，抑或写写毛笔字。当然，也会与一些友人一起拉拉家常、谈论国事、议论社会上的故事。然后，慢慢地老去，走完人生。

◆**现实的考量。**然而，我的理想归属与现实有很大距离。第一，老伴愿意吗？她喜欢吗？一个城里人要在乡村养老有着一系列问题，诸如医疗条件、照料服务、商业购物、朋友交流、生活习性、语言文化等等，都存在不少障碍。夏天，农村的苍蝇蚊虫都难以对付。第二，如今的乡村已经不是儿时的乡村，尽管道路交通方便了，房屋变新了，银杏树长大了，医疗条件也改善了；但生态环境也变了，我十分怀念的那口井消失了，唯一的大河污染了，最为重要的是人气也不足了！第三，许多制度上的制约，如异地医疗保险，城市的养老服务、补贴等等，一时还很难解决；第四，城里的窝，家产、坛坛罐罐很多，怎样处理？从现实考虑，我理想的乡村养老是一条走不通的路。

回归现实，第一要考虑老伴因素，这是最重要的。老伴，老来相伴，这是人之道德，天经地义。我们选择养老方式必须遵循这一基本原则，要与老伴共商共决，兼顾夫妻的共同愿景。第二是考虑现有的居住环境是否适合养老？应该说，我们现有的居住环境不错，空间较大，写作、交友、书画之类都能摆得开，居家保姆也不成问题。第三要考虑健康状况，及周边（社区）能否提供非常方便的医疗服务。在这方面老伴有比较强烈的需求。从这一点来看目前还显得不足。第四是子女因素。对于我们来说，一个现实的问题是子女都不在身边，相距较远，无法照料父母。第五就是涉及个人生活习性等细节问题了。

◆**游离于养老社区与居家—社区养老之间。**两年前，我和学生一起聚餐时，一位学生给我提供了一则信息：一个号称世界级标准的医养活力社区在北京落成，它就是"泰康之家"，并在上海、苏州、广州、三亚、武汉等地全面布局。上海的泰康之家·申园就坐落在松江大学城边，这引起了我的兴趣。在一位副总经理和学生的陪同下前往参观。我被现场的人性化、个性化的介绍，以及交流中的理念所打动和折服。我想，这也许是目前中国最好的养老社区了，也许是我们的选项。没过几天，便办理了"等候入住"手续。2016 年，申园落成，首批居民入园试住了。但这类高档养老社区，除了费用高昂之外，我觉得也有某些不足。比如，居住空间狭小，居室的个性化设计欠缺，在提供个性化的软件服务方面与我设想的要求尚有距离。

写到这里，我回忆起 1994 年和老伴在美国休斯敦儿子家小住时，一个周末去休斯敦市中心区休闲旅游购物的情景。在市中心大公园的草坪上，看到许多老人在晒太阳聊天，一些年轻人穿着婚纱拍照，公园旁的一座公寓就是养老院，紧挨着养老院的是一个大型的"销品茂"，吃喝玩乐、购物、溜冰等等极为方便，我当时非常羡慕。把一个城市最好的位置、最美的空间、最繁华、方便生活、购物休闲的地段，给了老年人养老；在这里老年人受到尊重，活得有尊严，真是让我感慨万千啊。我心想，中国什么时候能在城市最美、最繁华的中心城区建造老年公寓，这不仅是我，恐怕是每个人老年生活的梦想。

我搬回华师大三村名师华苑居住之后，更多地渴望有一个能够充分利用家庭的空间资源和环境优势，不脱离家庭居住，能提供优质放心的医疗服务、家政服务的高层次的社区居家养老模式。这种模式对我有吸引力的另一个重要因素是，舍不得我的书房——那别具一格、学生们和许多友人都喜爱的阁楼，我在这个书房里工作了多年，中国行政区划研究中心成立之后，这里是我的办公室（图 19-12）。这里有我喜欢的书，用过的电脑，我写自传大量保存的原始材料、日记、文件，以及一些纪念品。

基于以上多种因素，我的人生归属——养老，仍游离于医养结合的大型公寓式"养老社区"与高档次社区居家养老模式之间。

(a)

(b)

图 19-12

上海市政府高度重视和规划落实养老事业。一则令老人们兴奋的信息是，“十三五”期间，将积极推行以长者照护之家为代表的社区嵌入式小微机构。这种小微机构，实行机构、社区和居家的互联互通。通过“点”上增加康复护理和医养结合功能，“面”上推送上门居家护理，通过购买服务、委托管理以及统一调度，打通体制内外居家养老服务。通过专项规划社区设施的落地和辐射效应的发挥，居民的大部分养老需求将能够实现，也使得全社会的资源利用更加高效公平。我期待着这一模式的成功。

注释

① 来源：东方网—《外滩画报》(2005 年 2 月 7 日)之《上海不同收入市民的区域分化》。

② 常溪萍(1917—1968 年)，山东莱阳莱西东王屋庄人。1937 年 9 月，参加组织中华民族解放先锋队，任先锋队区队部负责人。1938 年 3 月，加入中国共产党。同年 8 月，任黄县县委组织部长。1941 年 1 月以后，历任胶东区委秘书长、南海专员公署专员、西海专员公署专员。1947 年 8 月，土地改革复查运动开始，他说服父亲献出土地，带动了全村土地改革的顺利进行，被胶东《大众报》报道，被西海群众赞为“模范专员”。1949 年 3 月，任胶东区党委秘书长。1954 年 6 月，任华东师范大学党委书记兼副校长。此后 10 年间，他发扬党的优良传统，认真贯彻党的教育方针和知识分子政策，坚持教育改革，把以大夏、光华两所私立大学为基础建立起来的华东师范大学建设成为学科齐全、教学科研相结合的社会主义新型大学，“党风、校风、学风”名扬上海，教育质量名列前茅。1964 年 11 月至 1965 年 6 月，任北京大学社会主义教育工作队党委副书记。他坚持原则，使工作队的工作健康发展，得到中央肯定。“文化大革命”中因此受到残酷迫害。1968 年 5 月含冤去世。1978 年 4 月 26 日，经中共中央批准，上海市委为其平反昭雪。——引自百度百科“常溪萍”。

③ 我主持了这项课题，张玉枝参加了项目研究，并主要执笔研究报告。

④ 所谓东八块，是“2002 年 5 月，上海市政府将位于静安东部北京路石门路附近的一大片‘旧区’的土地分割为 8 块(8 个连绵的旧街坊)，以‘免土地出让金的旧区改造模式’，与当时的‘上海首富’周正毅签订了 8 块国有土地的 8 个出让合同。当时，周正毅曾表示，打算将‘东八块’改建为‘规模比古北新区还大的’高档住宅、商业区”。“地块范围东至成都北路(南北高架)、南至北京西路、西至石门二路、北至新闸路，总面积为 17.64 万平方米。”地理位置十分优越。“石门二路街道 60 号街坊地块正是曾经因‘上海首富’周正毅而著名的静安‘东八块’的一个‘局部’，而‘东八块’曾被上海的房地产业内‘誉’为‘上海最后一块黄金地’”，“然而，周正毅虽然成功拿下了‘东八块’，但由于在土地转让和居民拆迁安置上的诸多纠纷，最终引发连环诉讼和举报。2003 年，周正毅被逮捕。上海市政府将‘东八块’收回。之后，静安区提出

了新的建设规划，原‘东八块’区域内靠南面的 3 个街坊被规划为公共绿地——现今已建成的静安雕塑公园一期的地块，来自 56 号、57 号两个街坊，而静安雕塑公园二期地块即争议仍旧延绵至今的 58 号街坊”。60 号街坊地块，紧贴着上海自然博物馆（上海科技分馆）、达安城小区、现代建筑设计院大厦、育才中学初中部。“东八块”的项目将全部定位为商业办公、酒店、休闲旅游中心。——本书作者根据 2013 年 5—8 月新华网、澎湃网等相关报道整理而成。

⑤ 摘引自 http://chinaup.info/wpcontent/uploads/2011/05/0508450410.pdf.

⑥ 根据国家统计局《2014 年国民经济和社会发展统计公报》，2014 年中国 13.67 亿人口中，60 岁及以上的老人为 2.12 亿人，占总人口的比例为 15.5%；65 岁及以上人口数为 1.37 亿人，占比为 10.0%。国际上通常的看法是，当一个国家或地区 60 岁以上老年人口占人口总数的 10%，或 65 岁以上老年人口占人口总数的 7%，就意味着这个国家或地区的人口处于老龄化社会。按照这个标准来看，中国已经进入老龄化的门槛，处于老龄化逐步加深的阶段。

⑦ 据中新网报道[上海 6 月 27 日电（记者 姜煜）]上海市老龄科学研究中心、上海市民政科学研究中心主任殷志刚，27 日在“智能+养老高峰论坛”上表示，2010—2015 年是上海人口老龄化快速发展阶段，而 2025—2050 年上海将进入高龄人口急剧增长阶段。“上海市老年人口和老龄事业监测统计调查制度”统计，截至 2014 年 12 月 31 日，上海市户籍人口为 1 438.69 万人，60 岁及以上老年人口为 413.98 万人，占总人口的 28.8%，也就是说每 3 人中就有 1 个 60 岁及以上老人。上海市民政局副局长蒋蕊说，上海已经进入了“深度老龄化阶段”。据官方信息，2016 年 4 月，上海的养老机构已经达到 610 家。另预计到 2020 年，上海的户籍老年人口将超过 530 万人，老龄化程度将达到 36%。养老将成为“十三五”期间上海着力解决的民生问题。

第五编　余论·感悟

第二十章　地名·农场与兵团体制改革·工具书编纂

行政区划研究是个复杂的系统，除了第三编重点论述的政区空间实体调整之外，还涉及政区的名称，以及在特殊政治体制背景下生长和发展的非正规行政区的农场、兵团体制问题，这些重要的与政区相关的内容和地理工具书的编纂，一并在本章介绍。读者可以全面了解我在政区领域的研究成果，相信这也是有趣的内容。

第一节　地名：山东省原苍山县更名与上海市地名研究

[苍山更名兰陵的论证]

◆**副县长来访。**2009 年 6 月初，在北京一家旅游规划设计部门工作的华东师范大学校友范业正同志带着山东省苍山县一位副县长来到我达安城小区的家，并带来了苍山县的一堆历史资料。副县长在说明来意之后，且十分恳切地希望我组织中国行政区划研究中心的同志，开展苍山县县名更名为兰陵的论证工作，且要求非常迫切。

地名更名是一项社会影响很大，且十分严谨的科学论证工作。虽然我们曾经承担了大量的行政区划课题，但极少涉及专门的地名研究，因此缺少这方面的直接经验。我在初阅资料、经过思考之后，决定与中国人民大学清史研究所的华林甫教授合作，他是与我合作过的博士后。电话交流后，我们决定由中国行政区划研究中心与中国人民大学清史研究所合作共同承担这一项目。同时邀请我培养的博士、上海财经大学公共管理学院副教授马祖琦同志参与，他是山东临沂人，苍山县就归属临沂市管辖，他比较熟悉地方情况。2009 年 6 月下旬即与苍山县签订了课题委托协议书，7 月 11 日启程赴苍山县调研，先后与苍山县史志办、规划局、民政局等单位，围绕苍山县的政区、地名更名历史演变，文化发展过程与特色，经济社会发展，城市规划建设等情况，及其与“兰陵”的经济文化联系进行座谈。重点参观考察了鄫国故城、荀子墓、萧望之墓、抱犊崮、文峰山等名胜古迹，以及兰陵镇、兰陵酒厂等单位，还访问了当地乡民。座谈、考察过程中，可以感受到当地政府和相关单位的重视，以及基层百姓对地名更名的关注(图 20-1)。

(a)　　(b)

图 20-1

◆**为何支持更名？**2010 年 1 月，我们完成了苍山县县名更名为兰陵县的论证报告及相关附图[①]。应该说，这是一份开拓性的研究论证报告，苍山县领导及有关部门十分满意。

报告的逻辑思路为：

(1) 地名更名研究论证的现实意义。苍山县域经济社会发展、功能定位及其对县专名更名的客观要求，强调了苍山县历史文化悠久；作为兰陵文化的发源地，兰陵内涵有待挖掘，作为后发区域，对外形象亟须改善。

(2) 从全国县名专名更名的实践分析中总结经验，对专名更名背后的文化、经济意义及效果进行判断。

(3) 报告的核心部分：苍山县专名更名恢复兰陵县论证，从县境沿革与县名来历、兰陵县政区与地名的历史变迁以及兰陵文化内涵解析等方面，进行了全面系统的复原与科学论证，这是最有说服力的苍山更名兰陵的史证。

(4) 苍山县专名更名的指导思想与四项原则：尊重史实，传承文脉，着眼未来；依据法规，科学分析，审慎论证；顺应民意，凝聚人心，重塑信心；文化助推，品牌战略，加快发展。

(5) 指出了苍山县专名的现实缺陷，对更名恢复为兰陵县的必要性与可行性进行了详细分析；同时指出更名为兰陵县所面临的现实阻碍，提出了多种专名更名的方案建议。

报告的特点：一是以突出历史沿革为重点内容，系统梳理苍山县政区地名演绎的过程与规律，充分发挥历史地理专家在课题论证中的作用；二是与此相关的大量历史地图的验证。可以说这是地方政府最为满意之处，他们看了这份报告赞不绝口，认为这是一份“最有说服力的论证报告”。

报告给出的结论是，苍山县更名恢复为兰陵县，在理论上是可行的，在实践上是能够推进的，在经济上是能够承受的，在法律法规上是有先例的。具体理由如下：

——苍山县更名为兰陵县是尊重历史的必然。兰陵是中国古代的名邑，“兰”为圣王之香，陵为高地，有“圣地”寓意。春秋时，鲁国在此设次室邑，战国时，楚灭鲁之后，以鲁国原次室邑[②]置兰陵县，春申君任命荀子为兰陵令。兰陵县是山东全省历史上最早的一个县。秦汉、魏晋、南朝宋、北魏东魏，兰陵县因袭未改。北齐时，兰陵县被省，隋唐时期，兰陵县建置不稳定，最终被废。1943 年 3 月，中共鲁南区委成立兰陵县办事处。1944 年 8 月，正式建立兰陵县。1953 年 8 月，兰陵县撤销，原辖区划归山东省苍山、峄县二县。以治所来划分，兰陵可分成两类，第一类是治所在今兰陵镇的兰陵县，累计存在的时间在 830 年以上；而第二类治所在今枣庄市境内(含峄城、台儿庄)的兰陵县，存在的时间全部加起来也不足 100 年。治所在今兰陵镇的兰陵县设置于先秦，是今山东全省最早的县，是所有兰陵地名的源头。

——苍山县名存在重名、同音问题，与《地名管理条例》相悖。如福建省福州市有个“仓山区”，虽写法不同，但由于形似、同音，极易引起混淆和误解，不符合《地名管理条例》第 4 条第 3 款规定：“全国范围内的县、市以上名称，一个县、市内的乡、镇名称，一个城镇内的街道名称，一个乡内的村庄名称，不应重名，并避免同音。”又如，“苍山”与云南省大理“苍山”重名，两者完全同音、同形，极易混淆。

——苍山县名对应的地理实体缺乏知名度，专名名不副实。苍山县名所对应的县域内的地理实体——“苍山”只是一座海拔仅仅 180 米的丘陵，并非名山大川。

——苍山县名未能全面体现当地丰富的自然人文景观特征，“兰陵”专名有其独到的优势和寓意。现苍山县域是兰陵文化的发源地与核心区，有着深厚的历史积淀。兰陵文化包括灿烂的思想文化、醇香的美酒文化、繁盛的氏族文化、璀璨的名人文化、具有奉献精神的运河文化和红色的革命文化，无论从文化内涵的丰富度、历史的厚重感还是蕴涵寓意的深刻性来看，都应当把“兰陵”作为首选。

——苍山县名影响远不及“兰陵”深远，后者更具有品牌优势。苍山县设置于1947年，因1933年“苍山暴动”而得名，而“苍山暴动”仅是土地革命后期我北方党组织在王明“左”倾冒险主义指导下发动的一次小规模武装战争，没有建立根据地，知晓者寥寥无几。“兰陵”二字亮丽明快，充满生机与活力，在古代是尊贵的象征，蕴涵着高雅的气质，苍山县名更名为兰陵，品牌优势十分突出。

——苍山县名更名具有较好的民意基础，公众意愿较强烈。早在1953年撤销兰陵县时，就有人建议使用兰陵县名称作为合并后的县治名称，遗憾的是并未被采纳。近年来，研究兰陵历史文化的国内外专家学者纷纷建言更名，当地群众对“兰陵”称谓颇有认同感。2007年5月，苍山县民政局曾就“苍山县”更名恢复“兰陵县”进行了一次较小规模的民意问卷调查，共发放问卷1 000份，收回996份。被调查对象的职业分布广泛，具有较强的代表性，有农民、干部、公务员、工人、个体户、下岗职工、教师、工程师、学生、医护人员、警察等。结果表明，89.8%的被调查者对更名设想持赞成态度。这表明更名恢复为“兰陵县”的设想具有较强的民意基础。

报告还对兰陵县行政中心的选择提出了建议。

◆**努力获批。**我们的论证报告完成之后，随即建议县里按照地名更名程序上报。2013年11月，中国地名学会在北京召开了最后一次专家论证会，一致通过了论证，赞成苍山县更名为兰陵县，课题主要执笔人华林甫教授参加了论证会。民政部同意，并上报国务院，批准了苍山县更名为兰陵县。苍山县更名兰陵县，是尊重历史、顺应民意的结果，对于弘扬兰陵历史文化、进一步展示县级文化底蕴必将起到积极的促进作用。新的兰陵县将会积极推介“华夏古县、文化兰陵”品牌，不断提升县域综合经济实力。实际上，早在2006年8月，苍山县的有识之士，就通过县政协汇集社会各界和广大群众的意见，提出了“关于将苍山更名为兰陵县的建议案”。可谓是8年磨一剑，终于成功。

[上海地名研究项目:政区地名保护] 我曾经担任过上海市地名学研究会的两任会长。身为地名学研究会会长，在上海市地名管理办公室和上海市民政局的大力支持下，参与和组织了许多上海地名的学术活动、大量的基层地名更名论证，也承担了一些重要课题。恰巧这段时间，来自复旦大学历史地理研究中心的一名博士后的研究方向被确定为城市地名。2005年3月，我领衔完成“上海郊区乡镇政区地名文化保护研究”[③]。研究认为，上海市乡镇政区专名内容十分丰富，历史相当久远，类型比较复杂，分布颇有规律，特色非常显著。项目完成后，上海市民政局和上海市地名管理办公室组织专家进行了评审，民政部区划地名司分管地名的领导专程参加了会议。

专家的评审结果如下：本项课题最重要的创新之处在于运用定量方法对现实乡镇政区专名进行了科学排序，得到专家们的一致认可。在研究报告的基础上，上海市民政局、市地名管理办公室上报市政府，上海市乡镇地名保护名录获得批准。2010年，该项目获得民政部一等奖。

◆**地名更名系列论证。**在我担任上海市地名学研究会会长期间及以后，参与了上海市几乎所有的地名专家座谈会、建制镇和街道更名的论证活动。比较重要的列举如下：

——1998 年 8 月 4 日，上海市人大上海市地名管理条例座谈会。

——2009 年 7 月 27 日，上海政区地名保护论证会议。

——2009 年 8 月 6 日、9 月 10 日，青浦地名志评议会。

——2010 年 4 月 24 日，浦东新区临港新城地名更名论证会。

——2011 年 2 月 24 日，上海市海岛地名普查地理实体名称标准化处理专家座谈会。我的发言强了调四点：一是各海岛的类型(沙、礁、岛等)、功能定位的准确性；二是遵循全国海岛地名标准的一致性和规范性；三是资料尽量简化处理，即可操作性；四是文字描述的通俗性。

——2011 年 12 月 16 日，主持静安区地名文化保护规划评审会，并就地名保护的基本概念、理论认识、实际应用以及如何体现地名文化特色，如苏河地名文化、名人地名文化、商业地名文化、社区地名文化等问题提出了建议。

——2012 年 7 月 26 日，参加浦东新区“前滩”规划的地名论证会，发表了地名规划的原则性意见与建议，强调“前滩”地名的自然地理属性及与“后滩”的对应及历史文化渊源。

——2013 年 11 月 25 日，参加崇明县陈家镇更名为“东滩镇”论证会。专家会议建议更名理由：促进东滩地区一体化开发建设和发展，实现东滩地区社会和行政管理全覆盖，提高东滩地区的知名度和影响力以推进项目建设，符合地名的指向性要求，有利于保护自然集镇地名。

◆上海海域无居民海岛名录编制。2005 年 7 月，上海市地名学研究会委托开展“上海市海域无居民海岛命名更名研究”。按照国家地名管理部门的统一要求，规范了上海市属海岛命名更名，提出了开发利用方向，编制了上海海域无居民海岛名录等。

第二节　农场、兵团体制改革与工具书编纂

[农场、兵团体制的改革]　兵团和农场，是在中国特殊年代、特殊环境下生长、发展的产物。经历数十年的运转，如今已是中国大地上一个重要而颇具生机的政治—经济—社会—文化—生态环境合一的空间实体，是一个特殊人群的生产—生活空间。在特殊的管理体制和特殊的地理环境下，形成了特殊的地域综合体。从行政区划体制视角研究它，具有一定的理论与实践价值。非常有幸，我有机会介入兵团和农场研究，并承担过相关项目。

◆初识新疆。新疆，祖国大西北辽阔的国土，那里特殊的地理景观、风土人情对于一位地理工作者来说都有着强烈的诱惑力。我去新疆最早是中国行政区划研究中心成立之后，应邀参加新疆设市预测与规划、新疆维吾尔自治区城市体系规划两次评审会。1994 年 8 月的“新疆维吾尔自治区设市预测与规划”评审会过后，我考察了天山天池、吐鲁番盆地、市博物馆、坎儿井、葡萄沟、火焰山等，对新疆地域的宽旷，夏季炎热干旱的气候，干旱地区的地形地貌，稀少的植被，城市的风貌，独特的盆地型绿洲、火焰山，民族风情等与内地、沿海迥然不同的自然与人文景观有了非常直接而深刻的认知。至今还保留了一些照片。

◆兵团体制研究。仔细看看新疆维吾尔自治区的地图，会发现在这块祖国边疆的地图上分布着星星点点新疆建设兵团的师团驻地，有的师团驻地如今已经是一个名正言顺的建制市了，实行师市合一体制④，特殊的兵团体制正在与地方体制融合。

2000 年 10 月，我有幸承担了建设兵团课题的研究。这要感谢我的一位朋友陈海波同志(下文简称海波)，他在企业界、文化界名气不小，事业有成。我已经记不清哪一年份与他交往，但肯定是他在华东师范大学硕士课程班认识并开始交往的，当时我给他们上“区域经济”课，他给我的印象是好学、聪明、悟性好、求上进、为人好。后来才知晓他是南

汇十大杰出青年。硕士课程班结束后，我们一直保持着联系，更多的是他对我的帮助，对我们一家人的关心。1998 年 9 月 29 日，海波邀请我们夫妇俩赴江西省景德镇考察瓷业。他的朋友很多，新疆生产建设兵团农七师有他的朋友，在他的推荐下，农七师邀请我去访问。记得 2000 年 10 月，在海波的陪同下，我前往位处奎屯市的农七师进行考察调研。那是我想去的地方，除了对兵团、农场体制感兴趣之外，还有一个因素是我的同班老同学张柏江在伊犁师范学院奎屯校区工作，时任地理系主任、教授（图 20-2 至图 20-6）。

(a)　　(b)

图 20-2

图 20-3

图 20-4

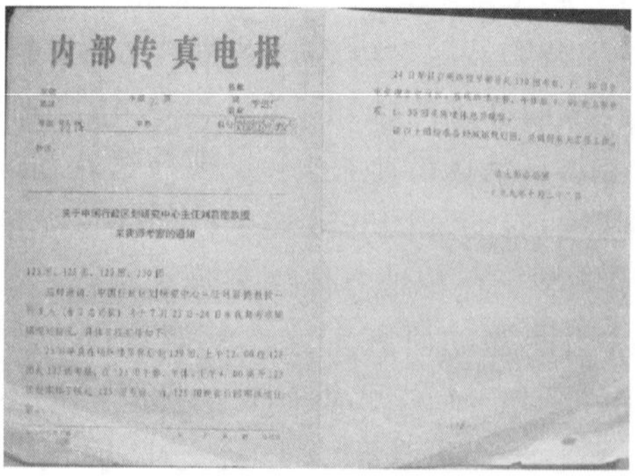

内部传真电报

图 20-5

图 20-6

就这样，我们踏上了赴新疆的征程[5]。上海至乌鲁木齐的飞机到达后，已经有人在机场迎接，从乌鲁木齐至奎屯还有近 250 千米的路程。炎热的夏季，汽车在戈壁滩上疾驰，外面气温在 40 度以上，柏油路面已经融化，司机十分辛苦。记得车行至一半距离，大家下车休息，司机打开西瓜，几个人吃了起来，当时的照片一直珍藏至今。

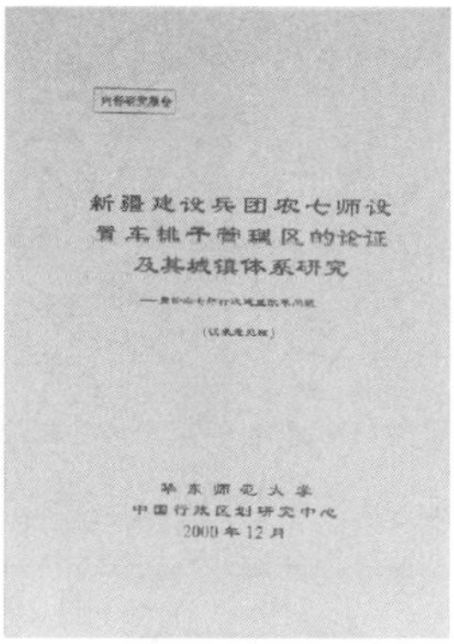

图 20-7

到达奎屯之后，随即开始了工作，农七师的政委及相关职能部门详细向我介绍了兵团体制及当年艰苦创业、经济社会发展、城镇建设的情况。我非常关注兵团体制与地方政府之间的关系，如何协调兵地之间发展的矛盾，尤其是在干旱地区水资源开发利用中的矛盾。在参观奎屯市、农七师 123 团之后，我建议设立一项课题，做些研究(图 20-7)。兵团领导很快同意了我的建议。不久我便完成了研究报告。

2013 年 11 月，上海市援疆指挥部成立了喀什地区专家咨询组，我被推举为咨询专家之一。在推进实施“一带一路”倡议过程中，2015 年完成了课题[6]，继续为新疆做贡献。

[上海农场体制研究] 与新疆生产建设兵团“兵地合一”的体制不同，内地的大批农场则主要是在毛泽东时代安排城市青年上山下乡开发荒地的产物。上海市土地空间有限，知识青年人数多，除了在崇明三岛、南汇、奉贤海滩开发建设了一批农场之外，还在安徽的黄山地区、苏北大丰等地开辟了许多飞地式农场。随着大批“知青返城”，改革开放以来区域土地利用规划建设管理新格局的形成、变化，传统农场体制越来越不适应新时期发展的需要，与地方产生许多矛盾，属地化已经成为一种趋势。在这一背景下，2002 年，上海市民政局委托我们对南汇农场体制问题进行调查研究和属地化的科学论证。同年 9 月 29 日，我们赴南汇农场调查，当年便完成了论证报告，提出了属地化的具体方案。与新疆建设兵团体制不同的是，上海的农场已经实现了企业化，与上海市的经济、社会、生活紧密相联系，其独立性远不如兵团，属地化的难度较小，调查报告给出了积极建议。很快，经上海市政府批准，顺利实现了属地化。

[《中华人民共和国地名词典·上海市》的编纂] 从 20 世纪 90 年代初，我协助李春芬先生参与大型地名工具书的编纂工作开始，直至退休之后，辞书工作没有间断过，先后任《中华人民共和国地名词典·上海市》副主编之一(李春芬先生为主编)、《上海地名志》主编之一、《辞海:地理分册(中国地理)》分科主编、《大辞海(中国地理卷)》主编等，花费了不少精力，但也积累了一定经验。这些大型工具书是国家新闻重要的基础性文化工程，中国地名委员会、教育部、国家新闻出版广电总局，以及上海市政府都十分重视，投入巨资推进该项工作。我担任上述职务，完全是在恩师李春芬先生的极力推荐、前辈老教授的支持下开展的。先是 1983 年 6 月，接受上海市规划局、高等教育局、新闻出版局和地名管理办公室委托，我协助李春芬教授编纂并主持《中华人民共和国地名词典·上海市》，与褚绍唐先生同任词典编纂委员会副主任委员，兼副主编。我主持召开相关会议，推进编纂工作，1987 年该词典全部完成编纂，并通过谭其骧先生等参加的审议，1989 年 10 月商务印书馆正式出版发行。该词典收词 2 300 多条，40 余万字(图 20-8 至图 20-10)。

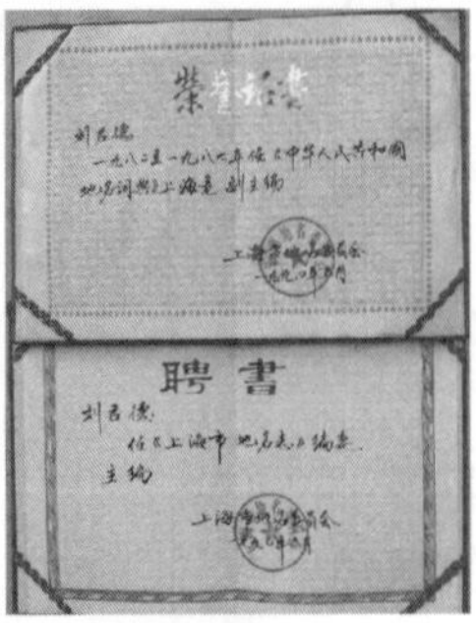

图 20-8

图 20-9

(a)　(b)

图 20-10

中国工具书的编纂特点是“政府支持，集体参与，分工负责”，一般都要耗费较长时间，精雕细刻，是一项“慢工活”，参与的大都是老专家。我有幸较早参与了此项工作[⑦]。

多年来，我在编纂过程中发现不少有趣的故事，略举一例——沪苏边界的争议。

《中华人民共和国地名词典·上海市》编撰过程中发生过一个故事：涉及崇明岛永隆沙、新隆沙（黄瓜沙）归属问题，上海与江苏产生严重分歧。1985 年 5 月 15 日，讨论上海地名词典的词条释文，与陈征琳（上海地名管理办公室主任，主编之一）等商议崇明岛黄瓜沙、永隆沙与江苏，枫泾车站与浙江嘉善的边界矛盾问题。上海市人民政府办公厅至市规划委员会（沪府办〔1987〕92 号文）《关于“中华人民共和国地名词典”中“上海市”市条审核意见的通知》：“经市政府领导审核，同意‘上海市’市条内容。市以下条目由市地名词典编纂委员会负责审核”，“关于崇明县北侧的黄瓜沙与永隆沙两地条目涉及的行政区划问题，国务院办公厅《关于抓紧进行南水北调东线第一期工程有关工作的通知》（〔83〕国办函字 29 号文）已明确规定：‘江苏、上海之间以江苏现在的陆地为界’”。鉴于江苏省对此问题有争议，同意你委的处理意见，即上海市和江苏省双方都不宜收入；如江苏省已考虑收入，则上海市也应收入并加以必要的说明。

一九八七年六月十一日

（为此，上海市地名管理办公室以词典上海编辑组的名义于一九八七年十一月九日，致函商务印书馆表明了立场）

我参与了上海市条的执笔、修改与定稿。其实，此类问题，全国许多省市区都会碰到。作为出版社一方理应持中立立场。

［《辞海：地理分册（中国地理）》/《大辞海（中国地理卷）》的编纂］　我较早介入了《辞海》编纂工作，任“中国地理”分科主编。在《辞海》基础上，国家出版总局又推进了《大辞海》编纂工作，我被委任为“中国地理卷”主编，完成了两项编纂任务。

◆**《辞海：地理分册（中国地理）》的编纂。**1984年，我首次承担《辞海：地理分册（中国地理）》主编。那时候，我的行政工作繁忙，加上上海辞书出版社的"中国地理"编辑经验比较丰富、工作认真负责，大多数工作主要是编辑完成的，我做的工作不多。

◆**《大辞海（中国地理卷）》的编纂。**

——三进人民大会堂。2009年，我受聘为《大辞海（中国地理卷）》主编（图20-11）。在上海举行了分科主编会议，让我真正了解了《大辞海》的背景。不久我接到通知，于当年12月8日赴人民大会堂参加《辞海》（第六版）出版总结表彰大会。这是我第三次进人民大会堂了。第一次是1995年参加首届哲学人文社会科学领奖大会，那是因为我主持的"江苏省苏锡常地区行政区划战略研究"获得全国高等学校人文社会科学研究优秀成果奖一等奖；第二次是2000年，环境保护部主持的山东生态省建设规划评审会在人民大会堂山东厅召开，我作为专家出席了评审会。第三次就是2009年，在开会之前，国务院副总理、中央各部委领导人合影的一幕给我留下了深刻印象。《大辞海》的编纂工作是重要的文化工程，国家对此高度重视，我深感身上的担子沉甸甸的。

图 20-11

——投入精力，精心编纂。《大辞海（中国地理卷）》的学科性强，与混合编排的《辞海》有所不同。鉴于当时基础较为薄弱，我召开了多次座谈会、研讨会，亲自拟写总提纲，找新人、高手写词条。再加上编辑是一位非地理专业的新手，我为此付出了许多精力。新的提纲体现了学科性与辞书特色的良好结合，突出了重点——政区地理，完善了自然地理，充实了经济地理、文化地理等最新条目。2013年的一个炎热的夏天，整整一个月，逐条审稿，提出修改意见，按期是在当年的第三季度完成交稿，2014年顺利出版。《大辞海》总字数达80万字。虽然由于总体设计的原因，本该独立出版的"历史地理"不伦不类地并入"中国地理卷"，但总体上看，《大辞海（中国地理卷）》结构完整、内容丰富、重点突出、受读者欢迎。我如释负重，终于完成了这项国家的重大文化工程。

◆**编纂体验。**《辞海》可以说是包罗万象，涉及所有的学科，中国地理是其中的一个重要基础性学科。作为分科主编，如何把好关，严谨审阅稿件，是主编的责任。我的体会是首先把好条目关，包括条目的科学结构。在规定的条目总量之中，力求比例结构的科学化。中国地理包括自然地理和人文—经济地理以及区域地理三大类，这三类词条都要涵盖。从读者需要来看，区域地理所占比重应该最大，而政区地理又是其中的重点。至于条目的释文，重点把握两个字，一是"准"，二是"精"。每条内容的表达要准确，反映稳定的地理内容，忌用具体数据；《辞海》是向普通读者传授知识的工具书，要便于查阅，每条内容的释文必须做到非常精炼，哪怕多一个字、一个标点符号，都应该删除。

注释

① 我拟写了报告提纲，由华林甫、马祖琦执笔初稿，华林甫通稿完成了报告。我主要负责"方案"的构思与相关文字的审定。

② "次室"之名，见于[汉]王符《潜夫论》卷七、[西晋]司马彪《续汉书·郡国志》等记载。《太平寰宇记》卷二十三沂州承县下引《十三州志》："兰陵，故鲁之次室邑，其后楚取之，改为兰陵县，汉因之。"[元]于钦《齐

乘》卷四："次室邑，后为楚地，改曰兰陵，春申君封荀卿为兰陵令。城南有荀卿墓，城北有萧望之墓。"

③ 该项目与石超艺博士后的研究方向紧密结合，由其主要执笔完成。我执笔写了最后一章"政策措施"。上海市民政局陶志良处长全程参与了研究，市地名管理办公室给予了后续支持。

④ 如石河子市(1976 年 1 月成立，农八师师部)，后效仿石河子模式建立了五家渠市(2004 年 1 月 19 日成立，农六师师部)、图木舒克市(2004 年 1 月 19 日成立，农三师师部)、阿拉尔市(2004 年 1 月 19 日成立，农一师师部)、北屯市(2011 年 11 月 28 日成立，农十师师部)、铁门关市(2012 年 12 月 30 日成立，农二师师部)、双河市(2014 年 2 月 26 日成立，农五师师部驻地博乐市)、可克达拉市(2015 年 3 月 18 日成立，农四师师部驻地伊宁市)、昆玉市(2016 年 1 月 20 日成立，农十四师师部驻地和田市)。

⑤ 同行和参加课题的有我的博士生林涛、李丽雅和黄明华。

⑥ 胡德参与并主要执笔。

⑦ 参与《中华人民共和国地名词典》《上海地名志》《辞海》等编纂工作的老前辈有李春芬教授、褚绍唐教授、王先铸教授、张天麟教授、洪建新副教授等。李春芬教授是中华人民共和国地名词典编委会委员、上海卷的首任主编、地名工具书的开拓者。

第二十一章　新学科建设与相关概念探索

地理学是一门古老的基础性科学，也是一门能够为国家政治、经济、社会、文化、生态建设发展服务的，一个具有强大生命力的现代科学。在我的地理人生中已经感受和品尝到地理科学为国家建设服务的甜头。人类在进步，科技在发展，地理科学要跟上时代的脉搏，科学的理论总结与提升是关键。这是我们这代地理工作者义不容辞的使命。

第一节　探索之一：区域地理学科新方向

［**探索背景**］　地理学是研究地球表面各种自然—人文、经济现象的地域空间差异及其规律，进而服务于社会实践的一门科学。在当代社会，我们已经很难把地理学研究的领域完全表达清楚，即什么是，什么不是？

我是在中国这个世界大国、文明古国，自然环境复杂、人文环境多元的复杂系统的环境中，在开放的全球化时代背景下从事地理科学研究和教学工作的。经历了中国政治、经济、社会的大变革时期，在指导思想、服务对象、基本思路、内容等方方面面，无不打上时代的烙印。政治—经济—社会环境及其变革，在一定程度上规制了中国人文—经济地理科学的发展方向。

由于我们这代人没有或很少接受过西方的（经典的）地理理论思想的教育、传播，因而，研究中国的地理问题总会从中国的国情出发、联系中国的实际来研究分析，从实践中总结出相应的理论、观点，进而指导解决中国的地理问题。我认为，这是我们这代人，或是当代具有中国特色的人文—经济地理学的一个重要背景，以及在这个特殊背景下诞生的新观点、新理论，即具有中国特色的地理学理论思想。从地理学发展的历史长河来看，这是难能可贵的一个时期，它不失为中国地理学发展中的宝贵财富。

回顾我的地理人生，一个具有成就感的是自己在中国的地理实践中，探索了区域人文—经济地理学的新兴学科领域，主要涉及山区、政区和社区，也涉及人才领域。

［**山区地理学：区域地理学的分支学科**］　山区，泛指多山的地区，包括山地、丘陵以及比较崎岖的高原地区。中国山区面积占全国总面积的三分之二以上。无论是从自然地理环境、生态保护与建设、资源开发利用以及社会、文化发展，还是生产与生活，都离开不了山区。山区与平原相互对应、相互交融，共同形成区域地理的实体单元。山区与平原相比有其独特的地理环境结构和人文—经济、社会发展的特点与规律。我认为，从地理学的对象和任务来看，山区是一个特定的区域、独特的研究对象，是区域地理学的分支学科——山区地理学（图 21-1 为山区考察方法论）。

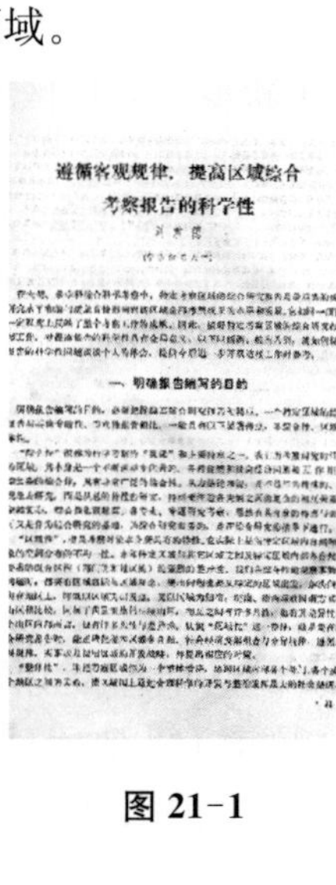
遵循客观规律，提高区域综合
考察报告的科学性

一、明确报告编写的目的

图 21-1

山区地理学是区域地理学的分支学科，它与平原地理、高原地理、湖泊地理、河口海岸地理、三角洲地理、区域海洋地理学相呼应与关联，有其共性与差异性。一方面，山区地理学具有区域地理学的共性特征，即强调山区自然现象与人文现象（事物）的综合性和差异性，差异性即表现为区域性。综合性和区域性是地理研究中的两个基本原则，同样也是区域地理及其分支学科——山区地理学中应该坚持的两个基本原则。另一方面，山区地理学特定的研究对象是“山区”，而不是“平原”或其他。具体来说，山区地理学是研究山区的自然和人文现象的相互作用及其联系与过程，即山区的人地关系与演进发展过程及其规律的一门科学。垂直地带规律是山区地理学理论研究的核心内容。

我在研究南方山区过程中体会到山区是个综合的区域地理概念，应该从综合和区域两个紧密联系的视角去认识中国亚热带山区自然状况与人文经济社会的内在联系与相互作用。要把握山区自然演进和山区经济社会发展的客观规律，弄清各种自然要素和政治经济社会因素之间的相互作用与影响，哪些是正面的，哪些又是负面的，从而进一步研究解决山区问题的方向性措施与相关的政策措施。在南方山区综合考察中，我十分重视山区的人文—经济地理现象的分析与思考，包括区域政治（行政区划）人文经济的空间分析，进而在综合分析与区域分析的过程中找到导致山区贫困的本质性原因——人为的政策因素是山区生态恶化、生活贫困的主要原因。这是我所在的三分队得以脱颖而出、有所突破的重要因素。

山区与平原地带一个显著的不同是，山区的自然地理与经济地理特征，除了纬度地带性的影响之外，极大地受制于它的垂直地带性影响，山地状况（地质地貌、山地气候、植被以及山体高度、坡度等）往往是山区的自然地理和经济地理格局形成的决定性因素。地理学者既要关注一个山区地理环境的整体性分析，又要重视并深入研究其内部的区域差异，即将一个较大范围的山区划分为若干个小的山区，从中发现不同山区的地理环境结构的差异。这种差异对不同山区的人文经济社会造成巨大影响，进而产生不同的地理问题等。

我将山区作为区域地理学分支的设想，受制于恩师——李春芬先生（下文简称李先生）学术思想的影响。李先生是中国著名地理学家、区域地理学的奠基人。

李先生对区域地理学的学术贡献主要体现在以下方面：一是提出了以地理环境结构的整体性与差异性为核心的区域地理学系统理论思想；二是指出了综合性和区域性是地理学的本质特征，是“贯穿始终的一根基线”[①]；三是强调区域地理研究要以问题为中心，要面向实际，要分析揭示区域内部“构成要素的内在联系性”[①]；四是指出了区域地理学的新的发展前景是“人地关系”的区域研究，从而使“区域地理焕发青春，增添生命力，从静态走向动态，迈出新步”[①]。山区地理学的概念是在李先生这些学术思想影响下，在实践基础上，经过思考提炼而成的。

［政区地理学：人文地理学的分支学科］

◆政治地理学的分支。政区地理学属于人文地理学传统的三个相对独立的分支学科之一——政治地理学范畴[②]。中国的人文地理学发展受制于政治的变革和经济社会发展的影响这一大背景，总体上来看发展缓慢，国家建设和发展的需要是中国人文地理学发展的动力。改革开放之后，经济地理学获得畸形发展，其次是人口地理、城市地理、旅游地理和历史地理，而政治地理学和文化地理学则很少有人问津，有的只限于历史视角的研究，几乎没有触及现实问题，谈不上为现实服务。

我的地理人生同样经历了这个过程，在经济地理领域一面从事大学本科的中国经济地理（侧重工业地理）教学，一面参与和主持农业地理领域的研究（江西农业地理调查与编著出版）。20世纪80年代，我在皖南山区考察期间发现了行政区划问题，深感这一问题的重要性和未来前景，行政区划成为我的所爱，于是，在考察结束之后，义无反顾投身了行政区划领域的研究，实际上进入了人文地理学的三大分支学科之一——政治地理学的一个崭新领域的研究。这是在大量实践基础上提炼出来的概念和理论新思想。

◆政区概念的权威表述。关于行政区划的基本概念，《中国大百科全书》(第二版)“行政区划”条目是这样表述的，所谓行政区划是“国家实施分级管理的区域划分制度。即国家根据统治阶级和行政管理的需要，遵循一定的法律规定或原则(自然地理条件、政治、经济、民族、历史、国防等)，所实施的行政区域划分制度。作为上层建筑的行政区划，在人类历史上经历从无到有、从不完善到逐步完善的过程，并随着社会的变更而变化和发展。一般来说，古代的行政区划，原则较为简单，形式较为单一；近现代的行政区划，原则和形式都趋于多样化。它既不同于国家形成之前按氏族进行划分的部落制度，也不同于国家形成之初按血缘划分的分封制度。它的出现标志着国家进入地域统治。它是一个国家的大政，关系到国家的政权建设、行政效率、经济发展、民族团结、人民生活、环境整治和国土合理开发利用等一系列问题”，“当今世界除极少数地狭人少的国家外，几乎所有国家都将本国分级划分为若干区域，并建立相应的各级行政机关，依法实施行政管理。鉴于国情不同、政体差异，世界各国行政区划没有一国是与他国相同的。按历史发展进程和政治体制选择的不同，主要有美英型行政区划、法德俄型行政区划两大模式”。[③]这个表述参考了我们编著的《中国行政区划的理论与实践》《中外行政区划比较研究》等著作中的行政区划概念[④]。

◆人文地理学独立分支学科的确立。经过多年的课题实践和理论研究探索，论文和专著的陆续出版，行政区划内容的大大丰富，形成了政区地理学的理论框架。在《中国行政区划的理论与实践》中，首次提出了“政区地理学”的研究对象和科学性质，认为“政区地理学是研究国家空间结构体系(行政区划)安排的一门科学。其基本矛盾关系为，在国家领土(包括领海)范围内，政权建设、社会经济发展等与空间行政结构体系之间的矛盾，即为政区地理学研究的特有矛盾”。政区地理学有别于政治学者、经济学者、社会学者、历史学者的行政区划研究，具有地理学综合性和区域性两大基本特征，强调行政区的自然、人文、经济、社会、生态环境等地理条件的分析及其影响政区的多因素的相互作用，以及行政区划的空间差异，地理环境在行政区划形成、发展演进过程中的作用。政区地理学属于人文地理学的范畴，是政治地理学的分支科学[⑤]。1999 年，作为《中国人文地理丛书》的重要组成部分——《中国政区地理》专著出版，进一步完整地阐述了“政区地理”作为人文地理学独立分支科学的基本概念与原理。该书出版后，一些大学开设了政区地理课程，招收了政区地理方向的研究生、博士生和博士后，培养了政区地理高层次人才，标志着人文地理新兴分支学科的基本确立(图 21-2)。

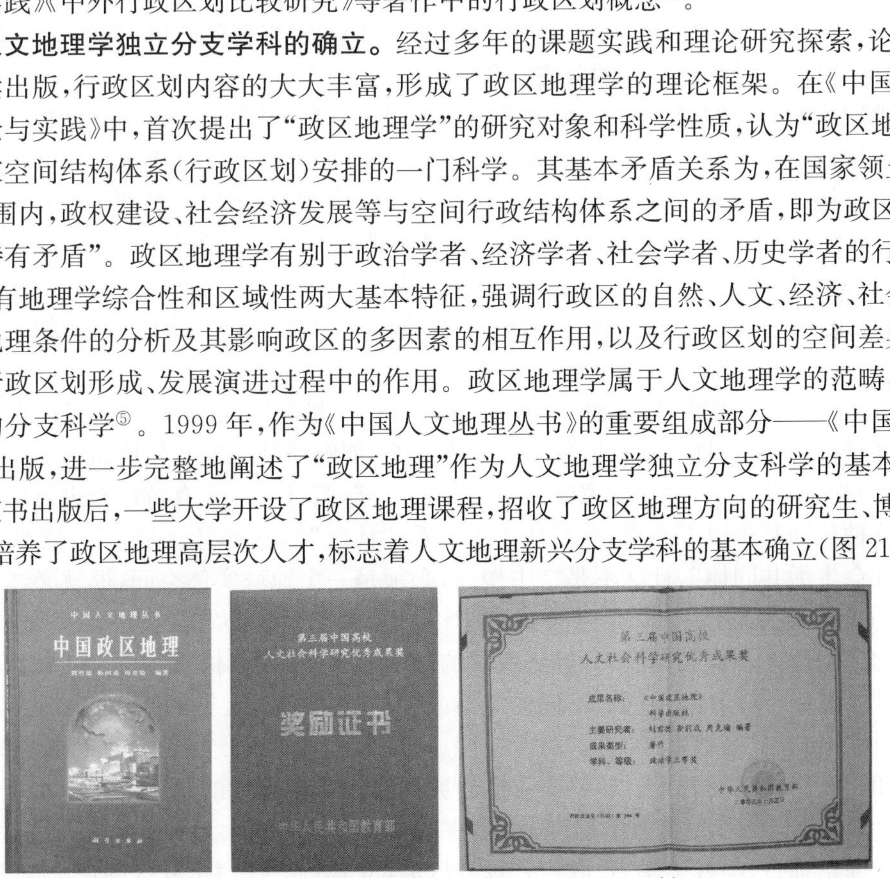

(a) (b) (c)

图 21-2

[**行政区经济学:新兴区域政治—经济学**]　我们在实践中提炼出来的行政区经济理论思想,在解决行政区域内大量行政区划实际问题(如与规划、建设与管理的矛盾)中起到了理论性指导作用,并产生了广泛影响。从学科来看,行政区经济属于中国特色,是典型的跨学科性质的新兴边缘学科。第一,它属于区域科学,研究特定层级和区域的行政权力与其管辖空间的政治、经济、社会、文化、生态环境等综合性的与行政体制紧密相关的问题。第二,它与政治学、行政学紧密关联。政治性、行政性是行政区经济的一个重要特征,它要深入研究地方政治(行政区划)与经济、社会、文化、生态环境发展、演进的相互关系,尤其是体制与空间结合的一种"制约""束缚"(负面作用)或"推进"(正能量)之间的相互关联作用。因而又属于地方政治学、区域行政学研究的重要内容。第三,它与经济学紧密关联。研究的是地方经济发展与行政建制的空间投影——行政区划的关系及其相互作用,通过推进行政区划的改革、调整,解决区域经济发展与规划、建设、管理中的空间制度矛盾。从这一视角来思考,行政区经济又与区域经济学密切关联,但有别于区域经济学。

以上三个方面的叠加、融合,形成了一个独特的学科——行政区经济学,也可以称之为区域政治—经济学。研究的是区域政治与经济的关联、矛盾,以及解决这一问题的理论思想体系与方法。

行政区经济理论提出之后,针对少数学者在概念、理论运用中的某些偏差,我与马祖琦在《江汉论坛》杂志发表了最新的专文——《中国行政区经济理论的哲学思考》[6],该文章进一步挖掘了行政区经济理论的丰富哲学思想,进一步全面阐述了行政区经济学的理论内涵。

[**社区地理学:社会地理学的分支学科**]

◆地理学的微观领域。在中国,地理学者中关注社区问题的较少,我是地理工作者中介入社区领域研究最早的学者之一,主要是基于行政区划体系研究的延伸。城市基层行政区划的研究直接涉及街道办事处和居委会层级。行政区划与社区原本是两个性质不同的学科领域,政区是政治地理学范畴,社区是社会地理学研究的内容。在中国,这是很难分清的问题。从法律角度来看,街道办事处是城市区级政府的派出机构,是一个半行政的实体管理层级;居委会虽然是党领导下的群众自治组织,但现阶段也是一个基层半行政组织。从地理学视角来看,社区属于微观的社会地理学范畴。

20 世纪 90 年代中期,当我和一批社会学者坐在一起探讨社区问题的时候,本能地从地理学角度进行思考,地理学在社区领域应该做什么,能够做什么?我们所做的能否有别于社会学家?我的实践证明,地理学家完全能够介入研究,而且可以是有特色地进行卓有成效的研究。这种认知基于以下几点:一是从微观来看,"社区"概念本身就是"以一定地域为根基的人类社会生活共同体",社区不是空中楼阁,必须是一个地域实体空间,那就必然属于地理学研究的范畴,它是微观性质的社会地理学;二是,研究社区的宏观和中观背景是国家(政府)与社会,是政治—社会体制,是经济发展的基础,是城市或乡村,是依托不同地理环境、不同政治社会体制、不同经济基础、不同的城市或乡村环境下的人类的生产、生活及其人际关系的差异性,包括社区社群的结构、组织制度、社区经济和文化、生态环境,以及社区人对社区认同和归属感的空间差异。这些丰富的研究内容都是地理学的研究范畴。

21 世纪开始,我承担了政府部门,尤其是基层政府部门的大量社区研究项目,举办了各类社区干部培训班,与社会学者、政府管理社区的部门交流、探讨了社区的理论与实际问题,从地理学角度审视社区建设中存在的问题,取得了重要成果。比如,我们在研究城市与乡村结合部时，发现这里是大城市城市和乡村交融的过渡地带，是一个充满活力和矛盾的地域空间，是一个原因复杂、制度性整治薄弱的社会空间。这一特殊的空间存在着特殊的社区社会问题，即都市里的村庄、土地所有制的复杂、居住人群的多元、脏乱差的环境、管理体制的单一性与不适应性等。要从根本上解决这一特殊地域空间的社区社会问题，在于体制创新、空间整治、发展经济、加强法制、群众参与。再比如，面对大浦东地区的东西南北空间地理环境的差异，中心城区、城镇区域、开发区三种不同类型地理区域的社区建设，如何因地制宜地采取不同的管理模式和对策，就是地理工作者与社会学家研究社区问题的重要差别。

◆社会地理学的分支学科。社区地理学特定的研究对象是城市居住社区和农村聚落社区，以及各种类型的功能性社区。从与行政区的关系来看，主要是研究基层行政社区。在城市是社区居委会，在乡村是村委会。非行政社区(跨行政区的社区)也在研究之列。社区地理学是研究城市和农村社区的地理区位、发生发展、空间分布、地域结构及其演变过程，揭示其空间特征及其成因，预测其发展趋势的一门新兴的人文地理学科。与社区地理学关系密切的主要是人类学、社会学、政治学、人口学、规划学、管理学、城市科学、农村聚落学，以及人文地理学的诸多分支学科。它与自然地理环境也有密切关联。从社区地理学的本质内涵来看，它属于人文社会科学，社区的发生、发展、演进受制于社会经济规律，也受到许多地理因素的深刻影响，社区地理学是具有交叉学科性质的微观社会地理学，简称社区地理学。

学术专著:《中国社区地理》。在《中国人文地理丛书》编委会和科学出版社的大力支持下，我们主编的中国首部社区地理专著——《中国社区地理》[7]问世。我、靳润成、张俊芳借鉴国内外多学科社区研究的成果，以及我们开展项目研究的成果，运用地理学分析方法，比较完整地构建了中国社区地理理论与实践的科学体系框架。它与先前出版的《中国政区地理》形成姐妹篇。

《中国社区地理》专著的出版，为培养社区方向的高层次人才提供了一本最全面的教材，推进了人文地理新专业方向的设置，为繁荣人文地理学的新兴学科做出了贡献(图 21-3)。

图 21-3

［人才地理学:地理学与人才学的交叉学科］

◆基础研究。人才，是人类财富中最宝贵的财富，对于一个国家、区域或城市来说，是具有决定意义的宝贵财富。在中国，无论是古代，或是近现代及当代，都十分重视人才的研究。地学介入人才的研究，数丁文江研究的时间较早(1923 年发表《历史人物与地理的关系》论文[8])、影响较广。

中华人民共和国成立以来，在相当长一段时期内忽视人才的科学研究。改革开放以来，人才的研究又逐步兴起，大批研究成果问世，人才学迅速崛起，形成独立的科学。其中不乏有关于人才的地理学研究成果，人才学的相关专著也随之问世[9]。1988 年，当我结束南方山区综合科学考察之后，基于对山区问题的深度认识，我联手从事成人教育、对人才学颇有建树，又同为地理系毕业的叶忠海教授，合作开展国家自然科学基金项目，即“我国东南部丘陵山区人才开发与教育改革综合研究”；联合招收“人才开发与区域研究”方向的硕士生，开拓了人才地理学新方向[10](图 21-4)。

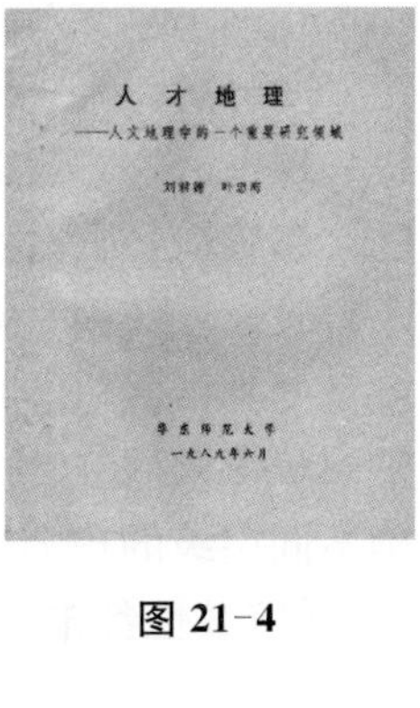

图 21-4

◆**地理学与人才学的交叉学科。** 人才地理学是侧重于研究人才现象的空间差异及其形成和发展的空间规律，简言之，是研究人才现象空间分异规律的一门科学，属于人文地理学与人才学交叉或分支、边缘学科。它与地理学的关系如图 21-5 所示。

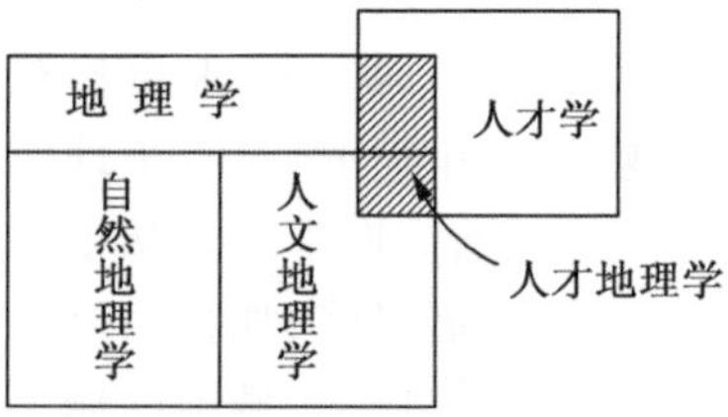

图 21-5

人才的形成和发展与地理环境（包括人文、社会、自然、经济地理环境）有着密切、广泛的联系，人才的空间分布有其客观存在的规律，人才的开发应因地制宜，人才的规划预测也应该有空间观念，这些重大的理论与实践的人才问题，都表明人才的地理学研究的重要性和必要性，也说明人才地理是一个独特的研究领域，内容十分丰富，这个领域非其他学科所能承担，是一个独立的学科。中国作为一个地理环境复杂、历史悠久的大国，人才的地理学研究更为重要和迫切；历史的和现实的、理论的和实践的状况，都表明目前已经具备建立独立学科的基础。

人才地理学主要研究以下问题：人才与地理环境的相互作用、人才数量及其空间分布规律、人才结构及其地域差异、人才迁移、人才区划与规划的研究等。

人才地理学具有很强的历史性、社会性、地理学综合性和区域性的特质。其研究需要借助相关的社会科学和自然科学成果。从我们研究人才地理的实践经验来看，哲学、政治经济学、科学社会主义是人才地理学研究的重要理论基础；人才学是人才地理学研究的专业基础学科；教育学、经济学、社会学、文化学、管理学是人才地理学的借助学科；历史地理、文化地理、社会地理、政治与政区地理、军事地理、经济地理、人口地理、行为与感应地理等人文地理的分支学科与区域地理学是人才地理学的姐妹学科。

上述山区地理、政区地理、行政区经济、社区地理和人才地理学是我这几十年地理科学实践中，从新学科建设角度提炼出来的学科学术概念，也可以说是我对中国地理学的一种新的认知。尽管这种认知还需大量实践的进一步检验，需要更多学者（尤其年轻学者）参与进一步深入研究，以丰富新地理学科的理论内容。可喜的是在《中国大百科全书》（第三版）这一国家重大文化工程修订中已经将“行政区经济”和“政区地理学”正式列入新增条目。我为这两个新增条目拟写了释文（范今朝参与了“政区地理学”条目的拟写），每条 4 500 字。这说明“行政区经济学”和“政区地理学”已经为学界和公众认同，具有重要的意义。

第二节　探索之二：中国行政性都市区概念系统

[概念背景]　20 世纪的 90 年代末，我介入了都市区的研究，承接了苏锡常、徐州、海口—琼山、常州等都市区（圈）项目，同时通过访问美国、加拿大等国，获取国外大都市区治理的许多资料，研究发现，中国传统的地理和规划界的学者，并没有从中国的国情出发充分考虑行政地域的因素来界定都市区的空间概念。我在实践中感觉需要从中国国情出发，构建自身的都市区概念系统。这就是本书第十五章阐述的中国行政性都市区概念体系的由来。进一步深入研究，在行政性都市区概念体系之中，还应该在行政性都市区规划体系结构中明确不同层级的规划概念，从而形成都市区规划层级体系。

[行政性都市区规划的层级体系]　我认为，一个完整的行政性都市区规划应该由高层、

中层和基层三个层级的规划所组成，这三个相互衔接的规划构成完整的都市区规划体系。其中，第一层级包括大都市带规划（跨地级市的区域规划）、都市区域的城镇体系规划；第二层级为行政性都市区规划本身，主要由主城区（城域）和郊域片区规划组成；第三层级为基层规划，包括中心市镇、一般乡镇、街道—社区规划。

都市区规划体系是一个行政性都市区内部的规划系统，建立和完善都市区规划体系有利于都市区有序地实施规划和建设，上下对接，层层落实，进而实现都市区的可持续发展目标。要逐步规范都市区规划的内容结构与规划指标，充分发挥地方政府在都市区规划中的决定性作用，坚持可持续、集聚、节约发展的原则，有效地防止都市区的无序盲目发展；同时注意在都市区规划中强调个性化、特色化、差异化、人文化的规划思想。

建立与都市区规划层级相对应的概念系统对于统一规范都市区规划有重要意义。这种概念系统自上而下包括“区域”→“市域”→“都市域”（包括“城域”和“郊域”）→“县域”→“乡镇域”五个层面。

——区域层次：是打破行政地域界线，按照一定的经济区域、以多个大中城市为核心的城市区域（城市群）。包含多个市域的都市区，可称为区域城市或大都市圈（带）。

——市域层次：是单个大中城市的行政管辖区域，在实行“市管县（市）”体制时期，一般为地级市以上的城市区域。包括中心城区（城域）及其所属的郊域和县域。

——都市域层次：指单个的行政性都市区的市域，即包括中心城区（城域）及其所属的近郊（“郊域”）。如常州都市区即属于此种情况，其范围不包括金坛、溧阳两市，划定比较科学合理。都市域主要由“城域”与“郊域”组成。国外市场化国家的都市区域，既有单中心结构的都市域，也有双中心乃至多中心都市域。

——县域层次：县是中国最基本的、传统的、独立的行政区域单元，有数千年发展史，空间界线和行政中心以及行政管理长期比较稳定，已经形成了比较稳定的城镇体系空间格局，不易也不应该轻易打破这种格局。在区域、市域层次中，县域是极其重要的组成单元。都市域层次也有可能涉及部分近郊县域，尤其是直辖市、省会城市及副省级市。

——乡镇域层次：为都市区最基层的行政单元，在推进都市区的城乡一体化进程中具有基层节点的意义。

上述区域、市域、都市域、县域和乡镇域五个层级之间相互关联、相互支撑形成纵横交错的网络系统，协同推进都市区的发展，提升都市区的地位。

中国国土广大，自然和人文情况不同，都市区类型复杂，其规模、发育和集聚程度、经济—社会发展水平、经济—社会结构、人口—经济密度、中心城市的辐射能力、城际空间关系、城乡关系与空间结构、基础设施条件，乃至民族—文化、人文体制环境等差异都较大。都市区规划应因地制宜，从各地的实际情况出发，科学合理建立都市区规划体系，量力建设，稳步推进都市区规划的实施。

注释

① 参见李春芬：《区域地理：问题和展望》，载李春芬《李春芬地理文选》，浙江教育出版社，1993 年，第 148-162 页。

② 政治地理学是“地理学家运用与空间观点相联系的技术和理论进行政治研究的科学”，是“跨越时空分析阶级或群体矛盾冲突的科学”。政治地理学研究远早于经济地理学和社会地理学，广泛涉及国家、生存

空间、地缘政治，以及国家的边界、首都、领土、管辖区域、选举、城市冲突等许多政治领域的地理问题。依据研究的资料信息特征，政治地理学被划分为教学与研究、国际与全球、国内与城市三个相互独立的领域。20 世纪 80 年代以来，更多地关注政治社会问题：国家与社会、民族主义、地方（权力）和空间等。参见[英]约翰斯顿主编：《人文地理学词典》，柴彦威等译，商务印书馆，2004 年，第 518-521 页（“政治地理学”条目）。

③ 参见《中国大百科全书》（第二版）（科学出版社）第 25 卷 237 页“行政区划”条目。该条目推荐了刘君德、冯春萍、华林甫、范今朝的《中外行政区划比较研究》（华东师范大学出版社 2002 年出版）专著。

④ 参见刘君德主编、周克瑜副主编：《中国行政区划的理论与实践》，华东师范大学出版社，1996 年，第 3-6 页。刘君德、冯春萍、华林甫、范今朝编著：《中外行政区划比较研究》，华东师范大学出版社，2002 年，第 1-8 页、第 15-37 页。

⑤ 参见刘君德主编、周克瑜副主编：《中国行政区划的理论与实践》，华东师范大学出版社，1996 年，第 7-10 页。

⑥ 刘君德、马祖琦：《中国行政区经济理论的哲学思考》，载《江汉论坛》，2016 年第 8 期首篇。

⑦ 刘君德、靳润成、张俊芳编著：《中国社区地理》，科学出版社，2004 年。我当时的博士生陶希东为本书编写做出了巨大努力。

⑧ 丁文江：《历史人物与地里的关系》，载《科学》，1923 年第 8 卷第 1 期。

⑨ 如梅介人等：《人才・环境・选择》，中国地质大学出版社，1988 年；周玉纯、郝诚之：《实用人才学》，内蒙古人民出版社，1986；王通讯：《人才学教程》，河南人民出版社，1986 年。

⑩ 刘君德、叶忠海：《中国人才开发的空间研究》，载《华东师范大学学报（社会科学版）》，1991 年第 1 期。刘君德、叶忠海：《人才学的重要领域——人才的地理学》，载《高教与人才研究》，1989 年第 3 期。

第二十二章　交流考察之一：中国大陆和港澳台地区

学术交流是促进学术思想繁荣、推进学科发展的重要平台，受政治—教育体制的影响，我们这个年龄层次，在改革开放之前几乎没有开展什么学术交流活动；改革开放之后，学术交流也是逐步推进的，受研究方向的变化，以及诸多因素(包括语言)的影响，我的学术思想的交流内容涉及山区、政区和社区等领域，行政区经济理论和行政区划是国内外学者关注和交流的重点。国内交流涉及中国大陆和香港、台湾地区。

第一节　大陆的重要考察活动

[**随同民政部的考察**]　我作为中国行政区划研究中心主任，有机会多次随同民政部领导赴许多省市区进行考察调研活动。这些活动让我们能够了解不同类型省区行政区划的最新情况、问题，聆听有关地区城市与区域发展中的区划改革诉求，对中国行政区划研究中心开展相关课题的实证和理论研究有积极意义。

◆山东省蓬莱县。1990 年 5 月，中国行政区划研究中心刚成立，民政部就在山东省蓬莱县召开全国行政区划工作会议，我们应邀参加了会议。来自全国各地的民政领导、部分专家及山东省相关领导 120 多人出席了这次盛会。这次会议的重要性有两点：一是领会开展行政区划战略研究的意义和精神；二是统一设市预测与规划工作的要求与方法。此次会议之后，中国行政区划研究中心立即开展了江苏省苏锡常地区行政区划战略研究，在完成该项任务之后，1993 年开展了海南省设市预测与规划工作。

◆广东省番禺市。1992 年 7 月，我参加了民政部在广东省番禺市召开的"全国经济特区和沿海对外开放地带行政区划研讨会"。会议旨在总结交流沿海地带特别是经济特区、经济技术开发区行政区划工作的经验，探讨行政区划如何贯彻落实中共中央 2 号文件和 4 号文件精神，处理好沿海地带对外开放和经济发展过程中亟待解决的行政区划问题，为沿海、沿江地区的经济建设提供行政区划改革的模式。会议还进一步明确了行政区划调整改革的重点(沿海、沿江、沿边开发开放地区)，以及研究的重点(长江三角洲、珠江三角洲等)，强调了保持行政区划稳定的重要性(图 22-1)。

图 22-1

◆广东省顺德市。1995 年 8 月，民政部支持的"国际都市化研讨会"在广东省顺德市召开，来自 10 个国家的百余人参加大会。我被推为首席专家在大会发言，指出改革开放以来在中国特有的"行政区经济"运行下，珠江三角洲、长江三角洲等大都市区内部的行政分割现象十分严重，要积极探索都市区组织管理的新体制。同时认为，中国各地的自然环境、历史文化和经济社会发展水平差异较大，城市行政区划制度改革应该因地制宜，多模式实践、试行。建议在城市密集的大都市区，借鉴西方国家比较成熟的跨界组织体制的经验，建立跨界的联合组织，珠江三角洲先行先试。

◆辽宁省瓦房店市葫芦岛。1997 年 10 月，我和博士后武伟随民政部区划地名司浦善新等同志赴辽宁省瓦房店市葫芦岛考察镇(乡)、村级行政区划，由武伟主要执笔完成了调研报告，发表于《民政政策理论研究》1998 年第 1 期和《中国方域：行政区划与地名》第 2 期。这是民政部门较早开展的村级行政区划系统研究，对于全国村级区划调整具有借鉴意义。

[随同中共浦东新区党委的调研] 我在浦东新区做过许多项目。“十一五”期间，围绕浦东新区推行的“功能区域”行政区划体制问题，存在着去留的分歧。为此，区委决定组织相关部门人员赴一些城市进行调研，我被邀请作为唯一专家随同参加了这次学习、调查活动。

第四直辖市
——区划改革新突破
三峡建设
——重庆

图 22-2

◆直辖市重庆。重庆是中国第四个直辖市，记得在 1997 年 6 月 18 日挂牌之际，我还在《中国社会报》头版写过文章赞赏[①](图 22-2)。但时隔多年，重庆的区划体制究竟怎样？很想去看看、听听。2005 年 5 月中旬，重庆市机构编制委员会办公室、市发展和改革委员会、市规划局、市民政局等单位参加了座谈。当时的黄奇帆副市长参加并接见。我做了即席发言，肯定了重庆行政区划体制改革的成绩，提出了大家关心的一些问题。

重庆是中国最大的直辖市，也是最穷的直辖市，它管辖着几千万人口的大农村。我们很关心这一特殊的体制、特殊的市情，如何管理？在听取介绍之后，我的体会是四个字：“放权”“有序”。第一是上级政府向下级适度放权，充分调动各级政府的积极性；第二是制定明确、规范的法规，依规管理。

重庆的区划先后经过两次大的调整。1997 年 12 月开始，撤销万县市、涪陵市和黔江地区，设立万州移民开发区和黔江开发区，分别代管部分有移民任务的区县和少数民族自治县；撤销原万县、涪陵的 5 个市辖区，设立万州区、涪陵区，使区县级行政单位减为 40 个。2000 年 7 月开始，撤销万州移民开发区和黔江开发区，实现直辖市对 40 个区县的直管，基本解决了行政管理中的突出矛盾和问题。1997 年、2000 年、2003 年三次市级机构改革，构建了党政机关及各类机关新的组织体系：减少了层级，显现低行政成本、高行政效率的优势。现有区县党政机构平均为 34 个，乡镇党政机构平均为 4 个左右。接着转变政府职能：完善市场体制，简政放权，重心下移等。据重庆市机构编制委员会办公室提供的数据测算，重庆市财政供养人口与总人口的比例为 1∶52，西部地区平均水平为 1∶22，全国平均为 1∶35；实现了行政资源与行政体系的一体化，使行政资源与经济资源的“两张皮”变为“一张皮”；实现了大城市带动大农村。基层的居委会规模也做了合理调整，由 2 780 个调整为 1 912 个，减少了 31.2%。

2015 年 6 月，我在西安为西部 10 省区民政工作干部培训班作报告时，又专门对重庆的区划体制做了点评。一是区划体制改革的力度大，很及时；二是在现有的区划法规内运作。我认为，重庆的区划格局应相对稳定，着眼于转变政府职能，进一步强化市场推进力度，为经济社会发展提供政区空间保障。

◆计划单列市——宁波。2005 年 5 月 20 日，访问第二站宁波。首先参观了城市规划展览馆、三江口防护工程，然后举行座谈。着重了解副省级市(较大的市享有立法权，其他地级市没有；计划单列市)管理事权、经济管理权限以及副中心城市、中小城镇建设管理问题，有关方面做了认真介绍。强调计划单列后如何处理好市与省的关系十分重要，各地做法不同。如税收，大连、青岛从 2002 年起上交省财政 2 亿元，以后根据省财政增长比例增加额度；深圳、厦门自 1993 年起，省属企业下放给市，地方税收积极向省做贡献，深圳每年为 10 亿元。宁波实行省属企业下放和税收定额并行的模式。

◆天津市滨海新区。我已经多次去过滨海新区，对其行政区划体制问题比较熟悉，加上我的一位天津的博士生的论文选题就是《区域一体化进程中的改革与创新——兼论天津滨海新区功能区与行政区联动体制机制》[2]，研究得比较全面，总体上感觉，天津滨海新区的行政区划体制改革既比较积极，又相当稳健，一门式行政审批是一个创举(图 22-3)。在浦东新区创新的"功能区域"体制，运行几年后遭到众多质疑，但在滨海新区却普遍叫好，运转正常。也许这是一种过渡性质的体制吧，一定阶段后需要转换；抑或是从实际情况出发，因地制宜吧。

图 22-3

此外，在全国大规模开展设市预测与规划前后，我还随同民政部访问了新疆、内蒙古、广西和湖北等省区，走马观花考察了许多城市和大型建设工程，是一次难得的国情与经济社会发展、重大工程建设与行政区划体制关系的考察，受益匪浅。

第二节　中国香港、澳门地区的交流考察

[中国香港]　从 1987 年开始，我先后七次应邀访问香港中文大学、香港浸会大学、香港大学，并作学术演讲，参加学术研讨会，发表论文。交流访问之余，总会在香港的大街小巷溜达，拿着相机，品尝香港的特质、个性，尤其是社区和人文精神，随手拍摄些照片。

图 22-4

香港的学术交流，是从李春芬先生(下文简称李先生)推荐赴香港中文大学访问开始的。那是在 1989 年，在李先生的推荐下，我和梅安新教授应邀赴香港中文大学崇基书院地理系进行了为期一周的访问。时任教务长的杨汝万教授热情地接待了我们。我向学生作了一场关于中国内地人口问题的报告，与同学互动热烈，与内地的报告会相比有一种耳目一新的感觉。期间还组织参观访问了香港房屋署，相关人员向我们介绍了香港住家屋的规划发展情况，其中我对沙田新市镇、屯门新市镇发展规划印象极深(图 22-4)。

1989 年之后，至 2008 年，又先后受邀 5 次赴港，分别在香港中文大学、香港浸会大学和香港大学参加重要学时研讨活动(表 22-1)。

表 22-1　香港学术活动简表

年份	邀请单位	性质、内容	备注
1989 年 4 月	香港中文大学地理系	访问学者，报告：中国内地人口问题	组织参观
1991 年 12 月	香港地理学会、香港中文大学香港亚太研究所	"中国大陆城市与区域发展：面向 21 世纪"研讨会，提交论文《初评浦东开发与上海及长江三角洲区域经济发展》	论文出版
1998 年 8 月	香港中文大学	"21 世纪的中国与世界"国际地理学术会议，提交论文《二十一世纪中国大陆区域可持续发展的行政区划改革思考》	论文出版
2000 年 5 月	香港中文大学地理系与联合书院	"香港及珠三角的资源管理、都市化及管治"国际研讨会，宣读论文《中国大陆行政区划改革问题》	论文出版
2006 年 5 月	香港浸会大学地理系、香港中文大学行政学系	课题研讨，报告："中国转型期行政区经济与行政区划改革报告：行政区经济理论与行政区划改革"	论文出版；胡德、贺曲夫参加
2008 年 6 月	香港大学城市规划及环境管理研究中心	"区域合作与基建发展"研讨会，宣读论文《中国大陆行政区经济运行下的大区域合作发展机制研究——兼谈泛珠三角区域合作的十大关系》	英文发表

资料来源：作者整理。

◆香港中文大学。1991 年 12 月，香港中文大学召开了"中国大陆城市与区域发展：面向 21 世纪"学术研讨会，我向大会提交了《初评浦东开发与上海及长江三角洲区域经济发展》的论文并作了报告。该论文论述了浦东开发与上海及长江三角洲的关系，提出了如何以浦东开发开放为契机，推进上海和长江三角洲发展的若干见解，如组建长江三角洲区域经济共同体的建议等。

1998 年 8 月，在香港召开了以"21 世纪的中国与世界"为主题的国际地理学术研讨会，我在大会宣读了论文《二十一世纪中国大陆区域可持续发展的行政区划改革思考》。该论文收集于杨汝万等主编的《迈向二十一世纪的中国：城乡与区域发展》之中（香港中文大学香港亚太研究所，1999 年）。2000 年 5 月，又应邀参加了香港中文大学地理系与联合书院举办的"香港及珠三角的资源管理、都市化及管治"国际研讨会，并作了发言（图 22-5）。

图 22-5

◆香港浸会大学。我们的"行政区经济"理论思想，在香港得到传播。2006 年，以香港浸会大学为首，联合澳大利亚悉尼科技大学、香港中文大学等高校，就我报告的"中国行政区经济理论行政区划改革问题"进行了较深入的探讨。

◆香港大学。2008 年 6 月，香港大学城市规划及环境管理研究中心举办"区域合作与基建发展"研讨会，我作为大会主发言人之一参加了会议。我提交的论文为《中国大陆行政区经济运行下的大区域合作发展机制研究——兼谈泛珠三角区域合作的十大关系》(*Regional Cooperation in China's Administrative Region Economy: It's Links with Pan-Pearl River Delta*

Development)，并和与会专家探讨了行政区经济运行时期的"大区域"合作的机制。

该论文提出了泛珠三角区域合作发展中的十大关系思考。

该论文的英文版收录于由安东尼·G. O. 严(Anthony G. O. Yen)和许江(Jiang Xu)编的《中国泛珠三角区域合作与发展》(*China's Pan-Pearl Delta Regional Cooperation and Development*)(香港大学出版社出版，第 63-71 页)(图 22-6、图 22-7)。

图 22-6

图 22-7

◆香港社区认知。香港的社区发展过程比较复杂，在英国殖民主义统治初期，社区处于无人管理状态，第二次世界大战后，香港成为大量难民和移民的集聚地，港英政府借助于海外教会组织开展了一些救济工作，为香港的非政府组织、福利组织发育打下基础。1947 年，成立了港英政府支持的群众团体——香港社区服务联会，依靠海外有限的资助提供救济服务，职能单一。为应对新移民的大量增加，减轻港英政府负担，1949 年，在"华民政务司"的社会服务部下设社区发展组机构，推动各区成立"街坊福利会"，开展社区服务。20 世纪 60 年代后期，经过市民抗争，港英政府开始重视社区服务工作，在街坊内设立社区中心、福利大厦和社区会堂，在各区设立青少年、家庭、康复和老年服务机构；70 年代初，成立了咨询性质的三级组织，即地区委员会(30 万—50 万人)—分区委员会(5 万人)—互助委员会(楼宇)，由区域知名人士、社区领袖组成，以加强与居民的沟通。1968 年，成立社区发展委员会，推广以"屋"作为单元的睦邻计划，解决社区存在的问题。20 世纪 70 年代后期，港英政府广泛吸纳社区工作者进入政治体系内，积极推进社会服务与管理。1997 年香港回归后，延续与完善社区管理体制，形成政府与非政府组织、居民(业委会)共同参与的多元社会化与社区管理格局，为稳定和发展香港社会发挥了重要作用。

——庞大的社工队伍。有数千个各类社会组织，广泛分布于各级政府、非政府组织和基层社区，包括政府、非政府的服务机构，各类中心、社会团体、民间组织，福利大厦、社区会堂，形成了完整的社会服务体系，为香港人提供多元、周到、高质量的服务。也因此，在香港，社会工作者受到全社会的广泛尊重。

我在香港生活过的社区，没有看到或听说有类似中国内地、台湾地区或国外许多国家在基层设立的行政性组织机构，如居委会等。业委会是香港社区居民的自治组织和合法利益的代表，维护居民的权利。以业委会主导，专业化、职业化社工持之以恒的多元服务，也许是香港社区发展的最为重要的经验，是一种值得借鉴的模式。

——规划有序的新市镇社区建设。香港人口的过快增长与高度集聚，山地地形地貌的居住生存环境，形成了市区过高的人口居住密度。为了解决这种矛盾，港英政府从 20 世纪 30 年代起，策划在郊区规划建设新市镇。1978 年，我第一次去香港就参观访问过沙田，以后又去过屯门、元朗、将军澳等新市镇。如今在香港郊区，已经形成了世界上最庞大的新市镇组群之一，成功疏散了中心城区 300 多万人口，占香港总人口的近一半。新市镇社区是学界、规划界公认的最成功建设的市镇社区，积累了成熟的经验。

——社区的维权。居民的利益应该受到尊重，更不可侵犯，这是香港特区政府及其基层管理单元——区议会—社区，处理政府公共利益与社区居民利益矛盾的基本原则，也是我在香港的社会观察中得出的体验。无论是在中心城区、郊域大型居住社区，或是市郊结合部及乡村的原住民社区，都看到过维权抗议的大标语。2013 年，我在香港居住了半个月，在美孚新村，我的亲戚向我介绍了维权的情况（图 22-8、图 22-9）：几年前，香港特区政府规划在小区边缘的一块绿地建造一座大楼，引起了居民的不满，新闻媒体介入、曝光，在居民的抗议声中，大楼迟迟未能建设。

图 22-8

图 22-9

［中国澳门］ 澳门由澳门半岛和周边的氹仔岛、路环岛组成，地域面积狭小，约为 25 平方千米，人口 44 万。在澳门特区政府下设有市政厅和海岛市政厅，分别管理市政。2008 年夏，我去澳门做过 6 小时的徒步考察，印象极深，这里是一个中西文化交融、传统与现代共生、十分悠闲惬意的国际化的“大社区”（图 22-10）。

注重保存传统文化、“街坊会”自治管理是澳门社区的特色。

旧有城市形态和文化传统，一大片传统特色的旧城区被完好地保留了下来，成为澳门独具特色的宝贵财富。如今，这一特色使澳门成为内地、香港和世人旅游休闲娱乐的好去处（图 22-11、图 22-12）。

图 22-10

图 22-11

图 22-12

在澳门，我们可以感受到城市形态依旧，小街小巷遍布，居民区的服务设施十分完善、方便适用，百姓生活悠闲，传统文化习俗浓厚，邻里融洽，社会和谐，以人为本理念在澳门得到了比较完美的体现。我在这里写下近 4 000 字的日记，是我所有日记中最翔实的。

与香港一样，澳门也没有类似居委会的组织，但群众性社团组织相当发达，在社区发展中起关键作用，1966 年诞生的“街坊会”担当了社区建设管理的重要角色。初期的“街坊会”是居民自发组成的互助性自治组织，平日里防火，台风来时防风，天旱时为居民义务送水，并为保护居民与黑恶势力、葡澳当局抗争。如今，“街坊会”已经成为社会公益活动和公共服务的组织者。“街坊会”设理事会，由居民选举产生，义务工作，经费来自会费和社会捐赠，澳门特区政府给予一定补助用于开展活动。每个“街坊会”设一个秘书和一个杂工，并会发给他们工资。居民们对“街坊会”有很强的信任感，代表民意参政议政，成为澳门特区政府与居民沟通的桥梁。

第三节　中国台湾地区的交流考察

1999 年和 2000 年年底，我先后两次应邀赴台湾多所大学进行访问和开展学术交流活动。第一次访问，多少有一种神秘感。由于首次赴台，台湾的许多大学都争相邀请我去作报告、开展座谈，活动安排相当紧凑，我也是马不停蹄，在家准备的内容基本都用上了(表 22-2)。第二次访问，为东海大学(台中市)聘请我做客座教授，时间较充裕(四周)，重点内容集中在我研究的领域——行政区划和社区，台湾学者对我的“行政区经济”理论比较感兴趣，交流讨论较多。时任东海大学社会科学院院长的王振寰教授还专门陪同参观访问了台湾的“模范社区——台中市枫树社区”，收获匪浅，记忆深刻。

表 22-2　首次访台交流日程安排(1999 年 2 月 25 日—3 月 9 日)

日期	内容	说明
1999 年 2 月 25 日	经香港飞台北中正国际机场(现台湾桃园国际机场)，去台中东海大学	见学务长王振寰教授
1999 年 2 月 26 日	上午访问南屯区枫树社区，下午参观台中工业区	王振寰教授陪同
1999 年 2 月 27 日	双休日赴高雄参观市容市貌	住高雄旅社
1999 年 2 月 28 日	继续参观高雄(从公园中鸟瞰城市与港口)	回到东海大学
1999 年 3 月 1 日	东海大学社会科学院演讲：“上海社区的发展”	陈介玄教授主持
1999 年 3 月 2 日	台湾师范大学演讲：“中国大陆人口分布与区域经济发展”	胡兆量教授抵达
1999 年 3 月 3 日	台湾大学演讲：“长江三角洲地区区域经济差异变动及其整合：行政区经济的一个案例”	台湾师范大学地理座谈
1999 年 3 月 4 日	参观台湾大学人口研究中心，台湾复兴广播电台采访	姜兰虹教授接待
1999 年 3 月 5 日	台湾中国文化大学演讲：“中国大陆贫困地区的人口与可持续发展——以甘肃省为例”	参观台北“故宫博物院”
1999 年 3 月 6 日	台湾师范大学贾先生陪同参观基隆、宜兰	姜道章夫妇接待
1999 年 3 月 7 日	自由活动	—
1999 年 3 月 8 日	台湾大学城乡研究所演讲：“中国市制改革”	王文楷教授主持
1999 年 3 月 9 日	林唯圣先生开车送机场，经香港返回上海	—

［**首次访台：密集的演讲**］ 近半月的访问，打开了两岸学时交流的大门，建立了密切的联系，体验了两岸学者的中国情结，也了解了海峡两岸之间的差异。我们访问后不久，两岸同行之间的学术交流越来越紧密。

◆**东海大学。**1999 年 3 月，我在东海大学演讲的“上海社区的发展”内容，被台南市一所大学发表，由该校牵头联手多所高校，以及台北市一个区的民政部门、社区组织，乃至社区群众，在台北市开了一次很有意义并具有特色的社区发展研讨会，特邀请我参加并作发言，引起了台湾学者的广泛兴趣和好奇(图 22-13)。这次活动，我感受最深的是多学科(政治学、社会学、经济学、文化学、历史学、城市科学、建筑规划学者等)参与社区研讨会，从不同学科探讨社区问题。台北的社区群众也积极参加了活动。回到上海，在多种场合介绍了台湾社区发展的经验。

图 22-13

◆**台湾师范大学。**1999 年 3 月 2 日，我在坐落于台北县(今新北市)的台湾师范大学演讲的内容为“中国大陆人口分布与区域经济发展”，这是台湾学者和学生感兴趣和关注的问题，演讲中与学生交流互动较多。

◆**台湾大学。**1999 年 3 月 3 日，台湾大学人口研究中心和地理系合邀我赴该中心进行访问，并借地理系演讲厅发表演讲(图 22-14)，内容为“长江三角洲地区区域经济差异变动及其整合：行政区经济的一个案例”。姜兰虹教授主持了演讲会。当日早餐，我被安排去永和市吃永和豆浆。永和市是台北县的一个县辖市，位处淡水河南边。在回台湾大学的途中，我发现淡水河的两侧防洪堤高度不同，特别是北侧的防洪堤要远高于属于台北县的南侧防洪堤。我在讲授“行政区经济”理论(以长江三角洲区域经济的差异及其变动为例)时，特别点出了台湾的行政区经济现象，即刚刚观察到的淡水河的防洪堤现象，引起台湾大学师生的很大兴趣。回到上海之后，将该演讲稿整理成论文发表在《浙江学刊》。

(a)

(b)

图 22-14

◆**台湾中国文化大学。**在台湾中国文化大学地理系的演讲内容为"中国大陆贫困地区的人口与可持续发展——以甘肃省为例",从地理视角介绍了中国大陆(重点是甘肃省)贫困的分布、与人口及自然地理环境的关系,中国政府的扶贫政策及脱贫措施。演讲结束之后,学生们提了许多疑惑的问题,我都一一如实作了解答。演讲后,校董事会董事长请我吃饭,派专人陪同参观了台湾中国文化大学校史和阳明山风景区。

◆**台湾大学城乡研究所。**这是一个座谈式的演讲,内容为"中国市制改革",系统介绍了大陆的城市制度的演进与当今市制模式。城乡研究所的师生十分关注大陆的城市制度,诸如"市管县"体制、"整县改设市"模式等,有许多难以理解的问题,我都一一作了回答,同时也指出大陆城市制度存在的缺陷,相信对台湾学者研究大陆的城市—区域问题有所帮助。

◆**台湾政治大学。**在台北期间,应台湾政治大学社会科学院院长的邀请,赴该院进行了一次深入的座谈,主题是中国的区域开发。参加座谈会的人员层次较高、年龄较大,后来得知,有许多是台湾大学毕业、在当局工作退休的老"同志"。他们原本来自大陆,十分关心大陆的发展,尤其是对西部大开发、长江三峡等重大工程项目,提出了许多尖锐且深刻的问题,如对长江三峡持何观点等。我如实谈了我的观点,得到了许多人的赞同(图22-15至图22-18)。

图 22-15

图 22-16

图 22-17

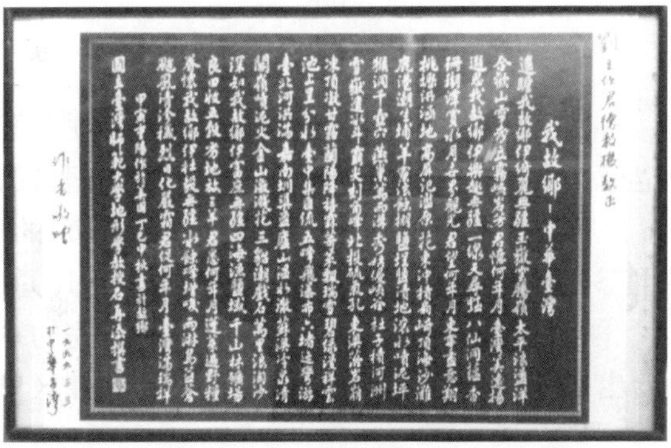

图 22-18

[二次访台:东海大学客座教授] 2000年的12月中旬,我又一次踏上了去台湾的征程,应东海大学社会科学院的邀请担任一个月的客座教授。期间,我为社会科学院的师生作

报告、演讲，主要内容包括："上海城市社区的发展""大陆的城市制度"和"长江三角洲——中国行政区经济的案例分析"。另外，还参观考察了新竹工业园区。

东海大学将我其中的三次演讲后与师生的提问对话录音稿全部公开发表在网上[③]。

［社区观察］

◆参观访问台中"模范社区"。 1999 年的 2 月，王振寰教授陪同我访问了台中市近郊的一个乡村社区——枫树社区，这是台湾一个有名的乡村社区。原打算在枫树社区参观 2 个小时，然而社区的感染力使我足足仔细考察了 4 个小时！在我参观考察过的许许多多的社区之中，枫树社区是最难忘的之一。我至今仍珍藏着社区妈妈们送给我的珍贵礼物——一块利用社区回锅油自制的肥皂和"社区领袖"——江老师（江妈妈）写给我的一封信。

枫树社区是台湾省台中市南屯区的一个村，旧称"下枫树脚"，位处台中市、县交界处，坐落在枫树溪旁，因村中有一棵四人怀抱的大枫树而得名。枫树社区有 270 多年村史，面积为 0.910 3 平方千米，33 邻，1 905 户，6 215 人（2011 年 10 月）。1993 年创立"枫树社区发展协会"。2003 年重组成立"台中市枫树脚文化协会"。

在社区主人——江风英的带领下，我们走进社区，放眼望去，一座座闽南风格的农舍与农田、小溪、沟渠相间，干净整洁，与大陆的闽南农村并无两样。路口、村头、巷尾、塘边、农舍屋檐下，处处是花草。还有不少用废轮胎做成的盆景。新插的秧苗物长势很好，但却不用一粒化肥，完全是靠社区居民自做的人造有机堆肥。2016 年 10 月，王振寰教授再次来沪交流时，带来了枫树社区的最新肥皂，如今它已成为社区商业化礼品（图 22-19）。

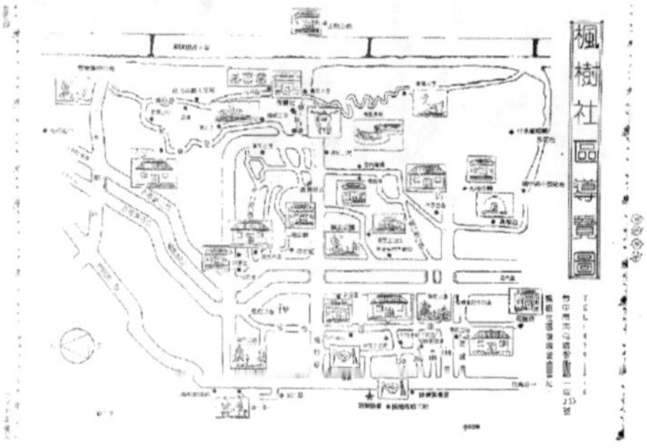

(a)

(b)

图 22-19

街上、村里的下脚油流到哪里去了呢？我在土制肥皂中找到了答案。原来这块土制肥皂就是收集街乡的回锅油，由社区妈妈们自己造的。

人们很难想象在一个大都市（台中市）的边缘（城乡结合部），有如此干净、整洁、美丽的生态型乡村社区。主人告诉我们，就在 10 多年之前，枫树社区还是个典型的又脏又乱，游民、陋习很多的乡村，"巷弄里总有捡不完的垃圾、扫不完的狗大便，河川肮脏恶臭，公园里还会出现令妇女胆战心惊的游民……"，"社区里的孩子，都被冠上'这是住在赌博村、流氓村的孩子'"。

是谁转变了村的面貌，是什么力量推进了村的发展？我从村民异口同声中得出结论：就是这位江风英老师，村民们亲切地称她为"江妈妈"。

江风英是一位大学生，毕业后随丈夫从丰原市（原台中县政府驻地，为县辖市）来到枫树社区，在这里安家。初期她在乡村小学任教，是两个孩子的妈妈。出于母亲的天性，从来到枫树社区的第一天起，她就把社区当作自己的家，把学生当作自己的孩子。当她发现枫树社区的环境需要大力改造，小学生放学后的校外业余教育也需要有人关心时，在丈夫的支持下，毅然辞去教师公职，在台湾倡导"社区营造"的大环境下，干起了"社工"，一干就是 20 年！

江风英走村串户，深入民众，调查研究，针对社区环境脏乱差的问题，倾注了几乎全部的精力，她说服"地主"让闲置的土地再利用，动员共建社区"有机农场"，在她的带领下，原本保守的社区妈妈们，渐渐打开心房，动手改造家园。功夫不负有心人，经过两三年的努力，终于把这个昔日环境恶劣、社会混浊、民心四散的都市—乡村结合部打造成全台湾一个有名的"模范社区"。

那块土制的肥皂是江妈妈动员乡亲们收集回锅油，通过关系请一位化学工程师指导帮助制成的[④]；田里的有机肥是江妈妈鼓励社区的"环保局长"陈老先生带领社区妈妈们动手将村里的菜叶、野草、厨余有机物质堆制而成的；社区村头巷尾、河畔路边的花草是江妈妈带领大家整治环境，精心设计种出来的；村舍墙壁上那些美丽的儿童画是江妈妈利用学生课余时间组织村里的小学生画成的；村头社区小公园和一座凉亭也是江妈妈带领大家将一个垃圾场清理改造而成的……

江风英还十分注重保护乡土文化。村里保存了大大小小的土地庙有 10 多个，稻田旁的土角厝几十年了仍保存完好。林家古厝已经有百余年历史，后辈要发展产业想拆掉建厂房，被江妈妈说服保留了下来。还有陈家、江家、叶家等古厝都被保留了下来。图 22-20 为与社区妈妈们的合影，图 22-21 为与一位台湾老兵的合影。

图 22-20

图 22-21

我参观完枫树社区，久久不能平静，打心里敬佩这位为社区无私奉献的江老师——江妈妈。

◆**枫树社区体验。**体验之一：一位社区"领袖"人物可以决定一个社区建设的成败。正是这位社区领袖、灵魂人物推进、塑造了枫树社区，"再造"了枫树社区和枫树人！

体验之二：台湾在基层保留了传统的里邻制度，相当于大陆当今的村和村民小组。"里"是台湾的基层行政社区，是上情下达的落脚点，是推进"社区营造"的基层行政单元；而以江风英为首的"社区发展协会"则是地地道道的民间社区组织团体。如何将自上而下的行政性社区建设与自下而上的社区自治相融合，枫树社区为我们找到了答案，那就是社区"共治"，推进了社区的持续发展。

［**走进“九二一”大地震现场**］

◆“九二一”大地震现场考察。在我访问台湾回来半年之后，1999 年 9 月 21 日凌晨，南投县日月潭地区发生了 20 世纪末台湾最大的地震[5]。听到这一消息十分震惊，随即与东海大学教授联系，询问和问候，好在并无大碍。事后得知，此次地震震级为里氏 7.6 级，地震深度 8 千米，震中位于南投县的集集镇（北纬 23.87 度，东经 120.78 度），在地表造成了长达 105 千米的断裂带，许多地段被夷为平地。地震死亡 2 321 人，受伤 8 000 余人，受灾人口为 250 万人。

1999 年 12 月，当我再次踏上台湾土地，我的第一个愿望就是想去地震灾区看看。当年 12 月 23 日中午，在王振寰教授的陪同下，赴地震河西区现场进行了考察，虽然已经事隔 3 个月，但依然保存了震后原貌——断层仍在，倒塌的房屋还在，震中区磁场感应仍然十分强力。这是我一生中唯一一次深入地震震中地区进行考察。特别是在震中地区感受磁场的那一时刻，既害怕，又激动。害怕的是感受地震一刹那之可怕，大自然的力量坚不可摧啊，无力抗拒，只能听天由命！激动的是，我在台湾“九二一”大地震的震中地区感受到这一刹那。

我在南方丘陵山区考察了五六年，没有经历过这种场景，立即抓起相机拍了大量照片（图 22-22、图 22-23）。当我走进倒塌的房屋里，立刻身不由己，整个人随磁场线斜着走动，立马走出了房屋。在倒塌的房屋外面，还有几位志愿者在为灾区募捐（推销地震书籍、画册），我随即买了两本画册（2 000 多台币），表达了一点捐赠之意。

(a)　　(b)

图 22-22

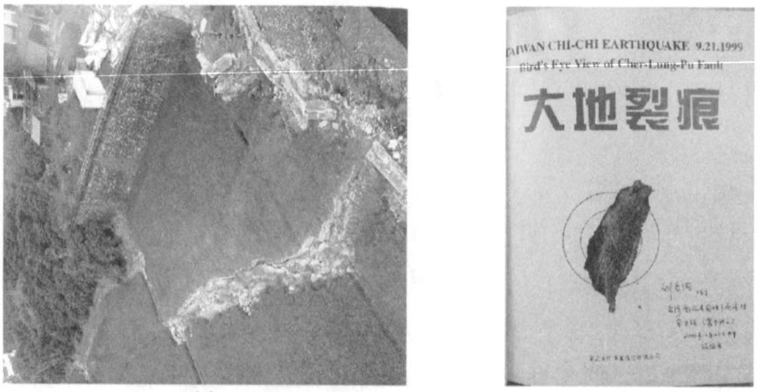

(a)　　(b)

图 22-23

2004年台湾“九二一”地震5周年之际，在被震毁的台中县雾峰乡光复中学原址设立了“九二一”地震教育园区，以“表达追思和祈福，总结重建之路，让宝岛成为永续安居的家园”，增强民众地震防灾观念和应变措施，并将此次地震编入了教材。

台湾基督长老教会在灾后重建中发挥了积极作用。1999年11月，长老教会在重灾区南投、台中县市的17个社区设立重建关怀工作站，开展灾后重建工作，长期深入灾区社区做关怀工作，与受灾居民共建新家园。

[访台归来] 两次访台，应该说非常成功，收获很大。第一次访台回到上海，3月下旬就为校共青团作了4小时的访台报告。以大量照片和事实、经历向年轻人介绍了台湾的真实情况，那时候两岸交往不多，许多人对台湾还知之甚少(图22-24)。

图22-24

第二次访台回来之后，围绕我研究的领域——行政区划和社区问题，进行了资料整理，在《中国方域：行政区划与地名》杂志连续发表了三篇论文⑥，在新出版的论著《中外行政区划比较研究》(华东师范大学出版社2002年出版)一书中运用收集到的新资料拟写了第10章“台湾地区当代行政区划”。

注释

①《第四直辖市》,《中国社会报》访谈(刘君德)1997年3月18日。

② 刘焱,《区域一体化进程中的改革与创新——兼论天津滨海新区功能区与行政区联动体制机制》,2008年博士学位论文,指导教师为刘君德。

③ 刘君德教授—东海大学社会学系(即社会科学院)演讲访问实录之一,百度文库 http://wenku.baidu.com/link.

④ 2015年末,原东海大学、现台湾政治大学王振寰教授来访,专门送给我一块由曾经帮助枫树社区村民做土制肥皂的工程师生产的精致的肥皂,现在已经作为当地的礼品了。

⑤ 台湾岛由于位于欧亚大陆板块和菲律宾海板块的交界处,属于太平洋“火环”的一部分,地震频繁。

⑥ 刘君德:《历史变迁过程与现状特征:当代台湾地区行政区划研究之一》,载《中国方域:行政区划与地名》,2002年第1期。刘君德:《地域型政区发展与模式分析:当代台湾地区行政区划研究之二》,载《中国方域:行政区划与地名》,2002年第2期。刘君德:《城市型政区的发展与模式:当代台湾地区行政区划研究之三》,载《中国方域:行政区划与地名》,2002年第3期。

第二十三章　交流考察之二：美国、加拿大、日本、澳大利亚、英国

1994年至2006年，我先后访问了美国、加拿大、日本、澳大利亚和英国，开展了学术交流、访问考察，或是项目合作，与我国的港澳台地区比较，完全是另一种感受。虽然每个国家的访问、考察内容与重点不同，但交流、研讨大多与我研究的政区—社区有关，我观察这些国家，留意的也都是与政区、社区相关的问题。

第一节　美国·加拿大·日本

［**美国**］　我第一次出国访问的国家是美国。1994年9月，应美国阿克伦大学马润潮教授（下文简称马教授）邀请，赴该校地理系访问了三周，期间进行了广泛的学术交流。我是继1983年，李春芬先生首次赴该校访问讲学之后，我校地理系第二个被马教授邀请的访问者。访问期间，马教授陪同我参观了五大湖地区美国汽车工业的发源地底特律和一个位处州边境的钢铁工业发源地、如今成为夕阳工业衰落的工业城镇——扬斯敦。

◆底特律的萧条。底特律，美国五大湖区的重要港口，密歇根州最大的城市，一个古老的工业城市，1815年就已设市，1994年的市区人口不足百万人，但如果包括周边6个县的大都市区，人口则达550万人。20世纪初，H. 福特在此开创了汽车制造业，工业迅速发展，1950年市区人口达185万人，此后因城市的拥挤和环境的污染，大批有钱人和白人移居郊外，城里人口减少，且逐渐为黑人居住为主，成为美国黑人比重最高的大城市。1994年9月中旬，在马教授陪同参观时，我已经明显感觉到这个城市在渐渐衰落，连绵的高楼大厦有许多已经少见人影，马路上的汽车不多，甚至不及一些中小城市。环境污染、工业的不景气是主要原因。

◆扬斯敦的衰落。留给我印象最深的是那个钢铁工业城市扬斯敦市（Youngstown）。在一个天气不太好的上午，马教授驱车前往阿克伦东部、位处俄亥俄州与宾夕法尼亚州交界处的扬斯敦市。我们先在这个城市的大街小巷转了一圈，然后选择几个点（主马路、大型商店、小街巷、学校等）停下车观看，但马教授没有让下车，只是打开窗口，向我介绍这个城市从兴盛到衰败的经过。

马教授说：扬斯敦，是美国俄亥俄州东北部的一个已经衰败的夕阳重工业城市，现在人口不到10万人，200多年前（1802年）利用附近的铁矿和木炭发展了炼铁业，后因附近一个大煤田（阿勒格尼煤田）的开发，利用焦炭和铁矿石大规模发展了钢铁工业，成为美国四大钢铁城市之一。后来又相应发展了其他工业，如机械、火车、汽车、飞机零件、水泥、造纸等。还建了一所大学——扬斯敦州立大学（1908年）。当时的扬斯敦曾和匹兹堡齐名，一度相当辉煌。可以说19世纪末到20世纪初的扬斯敦是美国中西部的一颗明星城市。然而，在20世纪后期，随着中西部的重工业带逐渐变成经济萧条的铁锈地带，扬斯敦和诸多重工业城市一样，进入了衰败期。环境恶化、污染严重、投资减少、教育落后、工厂倒闭、居民失业，这让扬

斯敦这个以产业工人为主的城市陷入困境。据资料记载，扬斯敦铁皮铁管厂倒闭的时候，5万名工人一下子变成了无业游民。在30多年的时间里，扬斯敦的人口下降了一半以上，损失了数以万计的就业岗位。城市的经济衰败，导致了社会的大动荡。几年间，这个工业城市渐渐堕落成为一个“鬼城”。

我们在扬斯敦市中心区考察过程中几乎没有见到市民，只是在一条街的近郊看到一位黑人，我注意到一位黑人站在那里正在看着我们，马教授把车停在路边，在车子里指着黑人站的方向说，我们不能下车，这里很不安全。令人难受的是，一个城市一旦沦落为“鬼城”，就像癌症一样难以逆转。大量的失业人口需要政府救助，企业的破产和迁离使得政府的税收进一步缩水；而失业人口带来的社会治安问题又让更多的工厂和企业离去，而它们离去后又给城市带来了更多的下岗工人。

我当时听了之后提了一个问题：这样的城市今后怎么办？马教授说，美国是资本主义制度，城市的衰落受市场经济的影响极大，衰落是一种自然现象，只有产业升级、转型，慢慢恢复。我当时曾开玩笑说：“从中国调2万名川兵进来，准能把这个城市救活！”时过20多年，这虽是一句开玩笑的话，但反映了两种政治制度可能带来的不同结果。

初次去美国阿克伦大学访问收获不小，不仅了解了美国的行政区划体制，及其与中国的本质性差异，收获最大的是通过考察美国的城市，了解了美国国家强大、经济发达、现代、繁荣、人民普遍比较富裕的另一面——城市的衰退现象。看到了破旧的城市和大量失业的民众，这是我没有思想准备的。它促使我思考，为什么美国会出现这种现象？中国会不会出现这种情况？如果出现该怎么办？地理学家能为此做些什么？

首次访美，还在休斯敦我二儿子家生活过短暂时间，参观了休斯敦的城市建设和宇航中心等(图23-1、图23-2)。

图 23-1

图 23-2

◆与马教授的合作研究。回国后不久，1995年，我参加了马润朝教授和南京大学崔功豪教授主持、美国亨利·鲁斯基金会资助的中美合作研究项目“中国基层城市化研究”。1996年8月，我们提前提交了研究报告：“中国基层城市化：海南省澄迈县老城镇和永发镇的案例研究”①。

◆一次都市区访谈。1994年9月，我第一次访问美国时，在夫人的妹妹家——旧金山市小住，有机会重点考察了美国西海岸的大城市旧金山，对美国旧金山湾区都市区的治理体系结构有了较深的认识。“治理”在21世纪初还是一个非常时髦的名词。我一位在世界银行工作的学生张明，当时他正在加利福尼亚大学伯克利分校攻读博士学位，他建议我访问旧金山湾区政府协会。一天上午，我在张明的陪同下与旧金山湾区政府协会的一位负责人进行了比较深入的访谈，他非常详细地介绍了旧金山湾区政府协会的组织体制情况和主要功能（图23-3）。

图23-3

这次访问，令我大开眼界，我们在研究中国行政区划的过程中所发现的大量跨区域政府间难以解决的管理矛盾，在美国找到了较好的解决思路。美国大都市区治理提供了丰富的实践经验，我为此兴奋不已。随后，张明帮我找了许多资料，回国后我立即组织硕士生和博士生学习讨论，要求每位研究生写一篇文章，介绍国外大都市区治理的经验和对中国大都市区行政区划体制改革的启迪，推荐至《中国方域：行政区划与地名》杂志上发表。2001年，《中国方域：行政区划与地名》连续发表了我们的一组文章。与此同时，在我指导的博士论文选题中连续多年选择了大都市区治理与其相关的命题。在此后承担的城市规划、行政区划课题中（上海市域、徐州都市区、常州市域、广东省域等）都强调了跨界和区域治理理念的重要性，从各地实际情况出发提出了区域合作治理组织的建议。

◆**美国的社区生活。**2000年夏，我在得克萨斯州休斯敦郊区一个新型社区——我二儿子的家中小住过一段时间。该社区名叫Crestwater，距离休斯敦大约有45分钟的车程，由一座水上运动场改造而成。它坐落在美丽的河畔，一幢幢别墅与树木、草坪、社区儿童公园、河流相互交织，布局有序，时有天鹅飞来，环境优雅、安静，是个理想的生态型居住小区。这是地处亚热带，与上海的纬度相当，夏天比较闷热（图23-4、图23-5）。

图23-4

图23-5

Crestwater社区规模不算大，大约有150户人家，居住在这里的多为中上层白领，年轻人居多。在路上碰到行人都会相互打招呼，小孩也可以随便去邻居家一起玩耍；遇到节日，大家会聚集到社区公园或公共场所相互问候，拉拉家常，十分温馨。社区由社区理事会负责管理，每10户推举1位业主担任社区理事。社区理事对所有的住户情况都十分了解，尤其是知晓各类能人，如建筑师、律师、医生等，一旦小区内的居民有需要可以寻求帮助。在这里几乎看不到政府的影子，社区所有事情都由居民共商解决。

美国的社区由实行自治的城市政府管辖，地方政府无权干预社区事务，社区不是地方政府的下属行政部门。社区的最高权力机构是社区董事（理事）会，社区内部事务由居民自我管理。社区是独立于地方政府的公民自治实体，董事（理事）会的实际功能几乎等同于美国地方行政部门的基层单位。社区与政府的关系是互动关系。

在这里短暂的生活中有两件事给我留下了极为深刻的印象。一件是我的亲家帮带小孩时发生的。一次亲家母把小孙子换下的尿布放在后门外晾晒，被河对岸的一户居民看到了。第二天在我们家门口收到社区委员会一个通知，内容大意是，我们家后门晾晒的东西（小孩尿布）有损小区的景观，希望拿回去。这点"小事""私事"居然有居民如此认真地"管闲事""干预"，简直难以想象。

另一件是我们亲眼目睹的。夏日的一天清晨，大约六点多，我和老伴早早起床，在门口向外观望，偶然看见一对年轻夫妇牵着一条小狗走来，当走到我家的草坪时，小狗突然在草坪上拉大便，随后我们看到的一幕是，主人从包里拿出几张纸，迅速地捡走了地上的狗便。而此时小区马路上没有一个行人！

美国短暂的社区生活给了我以下感受：

感受之一：在这里我真正体会到社区是生活的家园——社会的基层组织细胞单元。社区的本质理念和目标到底是什么？是自治！居民享有足够的话语权、管理权，社区的真正主人是全体社区居民。这是我在休斯敦感受到的。

感受之二：优良的居住环境是吸引居民居住的原因。人员的素质和修养是实现社区自治与建设和谐社区、管好社区的根本。

感受之三：在社区里每一个社区成员在生活方式、价值理念、个人利益等方方面面虽有很多差异，但也有许多相同之处，这是社区同质性的表现，社区居民有责任维护社区利益的一致性；共同的价值观和责任感可以解决社区内的矛盾冲突。

［加拿大］

◆开启合作项目。与加拿大的学术交流主要是通过合作课题展开的。1991 年的元月，校研究生院和外办转来国家教育委员会《关于商请安排加拿大高级进修生事》的信函，希望我接受不列颠哥伦比亚大学地理系马昂主（Andrew M. Marton）博士进修地理学，为期一年（1991 年 9 月—1992 年 8 月），期间马昂主享受高级进修生奖学金待遇。研究的课题为"中国苏南昆山地区城乡联系及经济发展"。此后我安排了专人与马昂主联系，为他提供方便的条件，使其顺利完成研修。

由于马昂主博士的牵线搭桥，加上我与上海理工大学系统科学与系统工程研究所一位所长的关系，我们与加拿大蒙特利尔大学交通运输研究中心建立了专业联系，双方希望开展交通与城市领域的合作研究。1993 年 5 月下旬至 6 月上旬，我接待了加拿大蒙特利尔大学交通运输研究中心专家访问团一行，并随同安排参观苏州工业园区，考察了吴江（黎里）、昆山、太仓、常熟（碧溪）、张家港（港区镇）、无锡、江阴、泰州、常州、南京的交通部门和典型企业。随行的专家们对此次考察十分满意。1993 年 6 月 13 日，在南京总结、落实了中加合作项目计划及具体安排，确定合作课题为"长江三角洲交通网络建设与区域经济发展研究"。1994 年开始执行合作计划。随即我派出一位老师、两位博士生前往蒙特利尔大学进行为期半年的学习研究。1994 年 6 月中下旬，我在一位博士生的陪同下，访问了蒙特利尔大学。

访问期间，我们与蒙特利尔大学交通运输研究中心、魁北克省交通部官员、蒙特利尔市城市联合委员会公共交通中心进行了交流、座谈，了解了加拿大的港口群管理体制，对蒙特利尔城市共同体体制有了较深入的了解；还参观了蒙特利尔市地下城和一个滨海旅游城市。1997 年，完成合作项目任务；1998 年，又开始第二期项目“上海市大都市现代化交通体系研究”(1998—2002 年)的合作研究。

◆访问蒙特利尔。蒙特利尔，位处圣劳伦斯河与渥太华和交汇处的蒙特利尔岛，加拿大魁北克省最大的城市，它给我的印象首先是城市的现代·优雅·浪漫。

1608 年，法国探险家塞缪尔到北美洲寻找新殖民地时，发现了这块“上帝的礼物”——加拿大东部的魁北克省，随后，法国人从本土大量移居，魁北克也因此成为法国之外世界上最大的法裔聚居区。地理位置得天独厚的蒙特利尔，逐渐发展成为一个浪漫、奢华的国际大城市，被称为“小巴黎”。站在位处北面的皇家山公园悬崖边的一个瞭望台，面向南方，山、河、港、城尽收眼底，我曾两次登皇家山顶，欣赏这个美丽城市的风光。

蒙特利尔是个开放的多元社会的城市，居民几乎来自世界上所有的国家，居住社区类型复杂多元，具有大分散、小集中的特点，除法国人、英语区之外，尚有爱尔兰、意大利、犹太、希腊、阿拉伯、亚洲、拉丁美洲、海地和葡萄牙等社区。

蒙特利尔还是北美大陆唯一实行设计引导经济策略的城市。20 世纪的 80 年代中期，设计就被确定为该市经济发展的战略行业部门，地区经济发展的支柱行业之一。通过研究网络发现，这里集聚着各个学科和领域的设计师，设计的各种品牌成为推动蒙特利尔市经济持续发展的直接动力。

一天，我行走在盖伊(GUY)大街，拐弯时发现了白求恩雕塑像，这座不算高大的雕塑像，时不时还有白鸽在其周边飞翔。我兴奋不已，随即拿起相机拍下了这座不算高大宏伟，但象征中加友谊，被两国人民共同敬仰的白求恩雕塑像(图 23-6)。

图 23-6

我两次去蒙特利尔，一有空，就会漫步在大街小巷，仔细观赏这个美丽城市的建筑和人文景观，居住区也是关注的重点之一。我突然发现，无论是市中心，还是近郊，居住区的房屋进门都不设在一楼，而是通过楼梯走到半层楼高处进入自家的门，地下室的上半段是露在地上的。这引起我很大的好奇，想想上海在淮海路、在过去的法属租界区也存有少量的这样的居家设计。为何蒙特利尔几乎家家如此，尤其是旧式居住区。经过思考，查看地理与气候资料，得到了求解。原来，蒙特利尔位处北纬 46 度以上，处于高纬度地区，每年有 4—5 个月的冬季，一月份日平均气温为－10.4 摄氏度，平均最低温度达到－14.9 摄氏度；降水丰富，年降雨量约为 1 000 毫米，高于同纬度更北的莫斯科，每年冬天降雪量达 2.14 米。政府每年都要耗费 5 000 多万加元清扫积雪。为了防止冬天的积雪影响居住生活，每家每户不得不将门槛提高半层楼，以防积雪影响居住生活。也因为如此，蒙特利尔市在北面的皇家山脉(Mont-Royal)与南面的圣劳伦斯河之间建有庞大的地下城，相当于全市 80%的办公区域和 35%的商业空间，可以容纳 50 万人进入到相互连接的 60 座大厦，大大方便了市民冬季的购物和社会文化活动。

蒙特利尔给我直接的印象是它的城市个性，是这个城市的与众不同之处。

◆**圣劳伦斯河大桥的故事。**圣劳伦斯河是美国和加拿大的界河，与五大湖构成世界上最大的淡水水系，全长 3 260 千米，流域面积约为 30 万平方千米。它始于安大略湖口的京士顿，流经蒙特利尔市、魁北克市，在加斯佩地区注入大西洋的圣劳伦斯湾。圣劳伦斯河不仅是连接美、加两国的国际航道，而且通过远洋航线可与西欧和世界各地连接，具有重要的经济意义。河流两岸集中了魁北克省 80%的人口和几乎所有的工业，亦谓之加拿大的母亲河。

一个周末的清晨，孔特教授开着他的一辆双人座的旧车带我和张明外出考察，小车沿着圣劳伦斯河北岸向西北方向进发，一路欣赏河岸的风光——蓝蓝的天、清清的流水、时宽时窄的河床，两岸不时有码头、小城镇、工厂与绿色的树木以及公路上密集穿梭的集装箱车进入视线，美丽、繁忙、有序。一路上，孔特教授为我们讲述这条河的航运史，时不时在码头、工业、村庄、城镇边稍停休息，讲述魁北克的历史和多元文化，以及那里的人民。车行大概一个多小时，在一座大桥旁停了下来，著名的魁北克大桥(1966—1970 年，在魁北克大桥的旁边，兴造了一座新的斜拉桥，称“新魁北克大桥”，后改名为 Pierre-Laporte Bridge)进入视野，孔特教授为我们讲授了这座桥的故事(图 23-7、图 23-8)。

图 23-7

(a) (b)

图 23-8

19 世纪末，加拿大人想在圣劳伦斯河上建造一座大桥，在选定桥址后，发现桥址两岸恰好是印第安人的坟墓，一共 86 座。为了建桥，加拿大人迁走了这些坟墓。20 世纪初，魁北克铁路桥梁公司请了当时最有名的桥梁建筑师(美国人)设计建造。

魁北克大桥是当时世界上此类大桥中最大的一座，美国设计师库帕曾称他的设计是“最佳、最省的”。库帕自我陶醉于他的设计，忘乎所以地把大桥的长度由原来的 500 米加到了 600 米，于是发生了一场悲剧。正当投资修建这座大桥的人士开始考虑如何为大桥剪彩时，人们忽然听到一阵震耳欲聋的巨响——大桥的整个金属结构垮了:19 000 吨钢材和 86 位建桥工人落入水中,只有 11 人生还。由于库帕的过分自信而忽略了对桥梁重量的精确计算,导致了这场悲剧。

为了吸取建桥的经验教训,不忘历史,加拿大决定以垮塌的桥梁钢筋制造各种纪念品。今天,所有毕业于加拿大各大学的工程师们都带有一个铁指环,它时刻提醒工程师们,要具有高度的责任感去设计安全、牢固和有用的结构。

这一血的教训,生动的案例,带给我们什么启示呢?我陷入深思之中,久不平静。

［日本］

◆广岛大学交流。1997 年 8 月 1 日至 15 日,应日本广岛大学综合研究部的邀请赴日访问。在广岛大学开展学术交流,作报告,参观广岛市及原子弹爆炸地,参加广场纪念大会等;8 日,乘坐新干线前往东京,沿途考察了大阪、京都。在东京,住在我的侄子家。在侄子的陪同下考察了东京都厅政府大厦、市政中心、金融中心和街道、社区等,还择机去了横滨;对东京都厅政府大厦和《生活都市东京构想》印象特别深刻[②]。

◆广岛考察。

——三个地域概念。广岛县、广岛市和广岛城是三个不同的地域概念。广岛县是位于日本本州西端中国地方,面向濑户内海的一个县,是日本的一级行政区划之一,辖 12 市、15 郡、69 町、6 村;广岛市 1889 年建市,是日本广岛县的县厅所在地,自 16 世纪时毛利氏入府以来就是日本中国地方的最大城市;广岛城是位于日本广岛县广岛市的古城堡,是日本国家指定的历史遗迹。

广岛市的面积为 714 平方千米,人口约有 112 万人。1980 年成为日本 10 个“政令指定城市”之一。1945 年 8 月 6 日,美国在广岛投下了人类第一颗原子弹,40 多万人口的广岛瞬间毁灭。战后,日本政府致力于广岛的复兴和重建。1949 年 8 月,日本公布了全国第一个特别法律《广岛和平纪念城市建设法》,广岛得到快速重建和发展。

在广岛市,许多著名制造业的总公司、总部多设于此,工业、商业、娱乐和行政协调平衡,有“万能型的都市”之称。以广岛市为中心形成了广岛都市圈。

图 23-9

广岛大学位于日本广岛县东广岛市,是日本一流国立大学。在村上教授的主持下,我在综合研究部作了一次学术演讲,内容主要是中国的行政区划体制问题,与综合研究部的全体教师和留学生等展开了深入讨论,现场解答了许多问题(图 23-9)。

——广岛原爆集会。原爆圆顶是一座建筑物遗址。它位于日本本州岛南部的广岛市中心、元安川河畔。1945 年 8 月 6 日,第二次世界大战日本投降前夕美军以原子弹轰炸广岛,将大部分爆炸中心附近的建筑物移平时,该建筑勉强屹立没有倾倒。今日的原爆圆顶被作为该起事件的纪念物而获得保存,属广岛和平纪念公园的一部分。1996 年,联合国教科文组织将此纪念碑作为文化遗产,列入《世界遗产名录》。每年的 8 月 6 日,广岛市市长都会在此发表和平宣言,以纪念广岛原子弹爆炸事件。1997 年的 8 月 6 日,我有幸参加了庄重的纪念仪式。

◆东京考察。东京，在日本一级行政区、都道府县中是唯一的“都”，为日本的首都、亚洲第一大城市，与美国纽约、英国伦敦并列为“三大世界级城市”。它是由 23 个特别区及 26 个市、5 个町、8 个村构成的广域自治体，人口约为 1 329 万人，是世界人口最稠密的大都市。

1997 年 8 月 8 日，我们踏上了去东京的行程，新干线沿途经过大阪、京都，稍作停留观光，与当晚抵达。在东京重点考察了行政文化中心、中央商务区；还利用 JR(日本铁路公司)线周游券免费去了几乎与东京连为一体的日本第三大城市——横滨，登上了日本最高的建筑——里程碑大厦，俯瞰世界大港和京滨工业区，走进华人集聚的中华街。

第二天，在我侄子的陪同下参观了考察日本的行政中心——东京都厅政府大厦，这是一个 1990 年新建的东京都行政中心，占地面积为 42 910 平方米，建筑物占地面积为 27 500 平方米，建筑面积达 381 000 平方米，层高 243 米，51 层，在此工作的职员达 13 300 人。

东京都厅政府大厦的主要功能是，形成高效管理的都政管理中心，为都民提供文化交流、居民观光的场所，作为国际大都市新的象征，推进东京的国际化。底楼为交流广场，连接两个本厅舍和都议会议事堂；第 45 层(202 米)为展览厅，我们乘坐的电梯 55 秒即到达了，该展览厅规模很大，布置简朴，宽敞，没有看到警察。内容相当丰富，分南北两个展厅，主要展示东京发展史、经济状况和城市规划。这里，每天向国内外公众开放，1991—1997 年已经有 1 500 万人来此参观游览，平均每年有 200 多万人。

我们在此参观了 3—4 个小时，在 45 层参观过程中发现了一本《生活都市东京构想》，随手翻阅起来，非常兴奋。在中国国内这也许会是一本规划的保密文件，而在东京却公开向公众展示，我索取了简要本，此时，我已经无心思参观别处了。“生活都市”这四个字深深吸引着我。随即又花费 940 日元购买了《生活都市东京构想》的详细本，厚达 343 页(图 23-10)。

(a) (b)

图 23-10

《生活都市东京构想》的主要内容涉及高龄少子化社会结构的社会问题、安心养老、社会参与，安全、安心，灾害防治，地域安全，循环型社会的形成(废弃物利用、水资源循环利用)，人口过密和混杂的消解、职业与居住地距离的缩小、生活圈的构筑，以及其他公共服务设施建设的完善、21 世纪产业的振兴，相关政策，实现市民生活的多样化与交流、人口与经济的稳定增长、“都政”的改革、地域福祉的推进、地域推进的空间方向等。

1997 年(平成九年)编制出版的《生活都市东京构想》给了我们很大的启示，它回答了一个重要问题，即一个城市最大的目标就是让城市人民生活的更美好，一个市长所应该做的就是规划、落实、推进、实现美好的"生活都市"目标。我忽然联想到国内大城市的许多问题，即我们的城市为何而建、为谁而建，城市化、都市区的发展为了谁，我们的城市规划、都市圈规划又为了谁，一个城市的市长代表谁的利益，为谁服务、对谁负责，什么是好的城市规划，怎样评判一个城市，一系列值得深思、求解的重大问题。

◆日本印象。8月的夏季，天气炎热，从上海飞往福冈的航班上俯瞰日本的国土，有一种特殊的感觉。这个国家国土狭小，山丘不少，人口密度很大，却绿色葱郁，自然环境十分优美。短短的半个月行程与交流，日本给我留下了不少印象：高效率、高节奏、守纪律、重礼仪，并且有很强的国土意识、防灾意识。我去过美国、加拿大、英国、澳大利亚及欧洲的一些国家，都没有感觉到像日本人那样的防灾意识。也许这是日本国民的综合素质所在，更是日本民族生存在狭小空间、资源贫瘠的"地理压力"意识所在。

◆规范的行政区划制度。在访问日本的过程中，我留意了解与收集日本的行政区划体制情况，思考日本的行政区划特点和东京都大都市区的行政体制，从中挖掘可以借鉴的点滴经验。回国后，根据我所了解到的情况和资料，对日本的行政区划体制进行了整理分析，向中国行政区划研究中心和西欧北美地理研究所的全体博士、硕士做了一个访日报告，其内容经过整理以论文形式发表在《中国方域：行政区划与地名》(1998年第1期、第2期)。

日本在明治维新之后，顺应政体的变化，推进国内的行政区划体制改革，取得成效。随后行政区划体制则走向基本稳定，以局部微调为主。尊重民意、利益协调是日本基层行政区划调整中坚持的重要原则。比如，我在广岛看到，马自达汽车生产工厂早已为广岛市区所包围，至今拒绝加入广岛市，这是尊重民意和保持工厂企业成本稳定的结果，并未采取行政手段强制变更或搬迁。

第二节　澳大利亚·英国

[澳大利亚]　2003年的8月，我和老伴去澳大利亚探亲旅游，在伍伦贡(Wollongong)这个城市生活了三周。对南半球这个古老的大陆有了一个直观的认知。2010年，悉尼科技大学中国问题研究中心又与我合作开展了一项澳大利亚国家自然科学基金项目"中国的城市扩张与行政区划研究"。利用项目的机会，我与澳大利亚专家深入探讨了中国城市化过程中的行政区划体制问题，并在合作过程中加深了对这个古老大陆的了解。

◆澳洲印象。

——地广人稀，富饶的南半球大陆。澳大利亚(Australia)一词，原意为"南方的大陆"，全称为澳大利亚联邦(The Commonwealth of Australia)，下设有四个州(State)和两个领地(Territory)[③]。其国土面积为769万平方千米，人口为2 413万人(2016年)，人口密度为3.13人/平方千米，四面环海，是世界上唯一一个国土覆盖一整个大陆(澳洲大陆)、地广人稀、富饶、独特的南半球大陆；一个平坦、干燥的大陆，70%的国土属于干旱或半干旱地带，沙漠和半沙漠却只占全国面积的35%。能作畜牧及耕种的土地只有26万平方千米，多分布在东南沿海地带。

——老人的天堂，"养懒人"之国。澳大利亚和许多其他英联邦国家一样，是个高福利国家，无拘无束是澳大利亚人的最好概括。我们常常看到穿笔挺西装的白领人士或丽人和朋友、同事聚在一起，坐在大街门前的台阶上吃简餐，而在东京或中国香港这是难以想象的。这也许与多元文化的移民国家有关，与其国家的富有、经济的发达和高税收政策有关。

一天，在伍伦贡，我们乘社区的公共巴士——20路去伍纶贡市中心区的商业中心区游玩、采购，这里实际上是一个大型的“销品茂”(图23-11)。各类不同人群的需求在这里都能得到满足，购物极为方便；这里甚至还有老年人的休闲场所。这次随意的游逛、观察，验证了澳大利亚是一个名副其实的“老年王国”：公共汽车上100%是老年人；在我们住家对面的网球场打球的100%是老年人；百货公司和超市里95%是老年人；图书馆里90%是老年人；咖啡店里95%是老年人；街上行走的95%以上也是老年人。

图 23-11

公共汽车司机看见老年人在路边等车会自动停车，让老年人上车；70岁以上老人乘坐公共汽车只要一澳元。

这里的海洋、沙滩，蓝天、白云，茂密的植被，冬温夏凉的半干旱、半湿润的气候，特别是国家对老年人的高福利待遇，使这里成为名副其实的老年人的天堂。

从另一个侧面来看，我又明显地感觉到澳洲人的悠闲生活和工作节奏，与美国、加拿大，以及欧洲的许多国家都有所不同。澳大利亚的种种慢节奏，直接影响了工作、学习和生活，以及与之关联的服务业。有人说，澳大利亚是个“养懒人的国家”，我有某种同感(图23-12、图23-13)。

图 23-12

图 23-13

◆滨海钢铁工业城。伍伦贡毗邻大西洋，是一个非常美丽的城市。在这个城市中心高高竖立着一座大烟囱，这是一个钢铁工业城市的象征。但与国内所有的钢铁工业城市不同的是，这里的海洋、天空依旧是蓝色的，要仔细观察，才会发现天空有一片淡淡的灰白色“云彩”——微颗粒烟尘。

巨型钢铁厂选址在海边，方便运输，方便排污，远离居住区，没有对居民产生大的影响，唯一有影响的是其大量废渣的堆积，天长日久产生了一定的危害。地方政府和企业都意识到这个大问题，早在若干年前就投巨资，将这个矿渣山改造成为环境优美的大公园。一天，大儿子专门开车去公园和附近的使馆区溜达，根本想不到这里原来是一座人工堆积的矿渣山。

◆**首都选址的故事。**2003 年 8 月 21 日，大儿子驱车去看看澳大利亚的首都——堪培拉。途中他讲述了堪培拉作为澳大利亚首都有趣的故事。

原来，1901 年，澳大利亚联邦政府成立后，为定都问题，悉尼和墨尔本两大城市争执不下。1901—1927 年，墨尔本为澳大利亚的临时首都，联邦议会、很多政府机构均设在墨尔本。19 世纪中叶，墨尔本是一个比悉尼更繁华的大都市，后来随着悉尼的地理区位和交通优势，发展更为迅速，超过墨尔本，悉尼市民十分希望悉尼成为澳大利亚的首都。两个城市争执了八九年，为解决这场争端，联邦政府不得不采取折中办法，于 1911 年，通过决议，在两个城市之间，选一个风调雨顺、有山有水的地方建立新首都，从而结束了争论。"堪培拉成为澳大利亚的首都"是这个国家统一过程中权力纷争的结果，是出于政治的原因。

1911 年 1 月 1 日，堪培拉及其附近地区被宣布为澳大利亚首都领地（Australian Capital Territory）。随后，进行了首都的规划设计全球招标比赛，在收到的 137 个设计中，最后由美国建筑师沃尔特·伯里·格里芬（Walter Burley Griffin）胜出。设计师最初描绘的堪培拉街道图是他和他的妻子（也是一位建筑师）共同画在一块棉布上的，据说这份珍贵的原作至今还依旧保留在澳大利亚国家档案馆。

随着澳大利亚联邦政府的办公地点从墨尔本迁往堪培拉，堪培拉成为澳洲的政治中心。国家图书馆、博物馆、美术馆，军队总部及主要军事教育机构邓特伦皇家军事学院和澳大利亚国防学院都设在堪培拉。首都的规划规模为 8 万人、2 400 平方千米，但现在已经超过 32 万人。这个城市几乎没有市中心，美丽、宽旷、整洁、开阔、山水城绿和谐、庄重、清静，显示了政治首都的特质与风格。

但我考察后对澳大利亚首都的区位选择有些疑义：(1)不在澳大利亚的几何中心（澳大利亚的自然地理特点决定了首都选址不可能在国土的几何中心）；(2)如今交通仍不方便，不太方便管理国家；(3)远离经济中心城市，经济联系受影响，对政治控制也不利；(4)远离国民，显得高高在上；(5)城乡差距明显，郊区显得落后；(6)产业过于单一，家属的就业安排难以解决。

◆**与悉尼科技大学的合作项目。**

——项目背景。大约在 2010 年，我收到澳大利亚悉尼科技大学中国问题研究中心卡洛琳教授的邮函，建议与我合作申报澳大利亚国家自然科学基金项目，主题为"中国城市化与行政区划"。我同意共同申报。此后我将简历和多年来研究的项目和成果（专著、论文等）提供给她，历经繁琐认真的专家评审，一路过关斩将，2011 年传来好消息，申报成功了。我非常高兴，这是一次真正的合作。因为研究的是中国的问题，所以需要到中国进行调查考察。在三年的合作研究过程中，中澳双方经过多次研讨、交流，组织赴上海、江苏、浙江、重庆等地考察调研，派送青年教师去悉尼科技大学合作研修、写论文、共同举办国际学术研讨会等，进展十分顺利。在双方的共同努力下，以 2015 年 9 月在华东师范大学召开的国际学术论坛为标志，圆满完成了课题任务。

——书面采访。在项目进行期间，我接受了卡洛琳教授的书面采访。她向我提出了五个有趣的问题：

Q：Your interests in geography and your scholarship are broad in scope-you have published consequential papers on many topics. How did you become interested in dedicating your career to developing understandings of xingzhengquhua (行政区划) and xingzhengqujingji (行政区经济)?

(问：您对于地理学的兴趣和研究范围十分广博，也针对诸多议题发表了许多重要文章。请您谈谈，在您的学术生涯中，是如何对“行政区划”和“行政区经济”感兴趣，您对这两个概念是如何理解的呢?)

Q: The concept of xingzhengquhua (行政区划) is especially important in your research. What is the origin of xingzhengquhua as a concept? What is the origin of xingzhengquhua as a practice, as in tiaozheng xingzhengquhua(调整行政区划)? Why is xingzhengquhua especially important for research in China?

(问：我注意到，“行政区划”这个概念在您的研究中特别重要。因此，我想请教您：“行政区划”作为一个概念，它的缘由为何? “行政区划”作为一种实践，在“调整行政区划”中，它的缘由为何? 为何“行政区划”对于研究中国特别重要?)

Q: Your research has distinctively evolved to examine the dynamics of xingzhengquhua as an understanding of the relationship between territory and economy. How did you evolve the idea of xingzhengqujingji (行政区经济)? Please tell our readers how you understand xingzhengqujingji (行政区经济)?

(问：您研究的独特之处，在于逐渐发展出检视“行政区划”动态机制的方法，并以此作为一种理解地域和经济关系的方式。对此，我们好奇的是，您是如何逐步发展出“行政区经济”的概念呢? 我们想请您跟读者分享您是如何理解“行政区经济”的?)

Q: Your research observes how economic development tends to generate developmental contradictions. How does thinking through perspectives of xingzhengquhua (行政区划) assist in understanding developmental contradictions? Please give us some examples of common and important contradictions. What conditions should be adjusted to resolve the contradictions?

(问：您的研究主要考察区域经济发展如何引起发展的冲突和矛盾。透过“行政区划”的观点思考，如何能够帮助您理解发展矛盾呢? 请您给我们一些例子，说明这些常见且重要的矛盾，以及怎样解决这些矛盾?)

Q: You have been involved in many projects over the years, including trials of government policies in different provinces. What projects do you consider the most interesting? What are some of your creative solutions to challenging problems?

(问：多年来，您参与过不少项目，包括许多省份里头的政府政策试验。就您看来，您参与的项目里，哪些让您最感兴趣? 在这些充满挑战性的问题里，有哪些解决方案在您看来最具创见?)

2013年4月7日，我以书面形式(约一万字)回答了全部问题。这次专访，扩大了行政区经济理论思想以及中国行政区划研究中心在海外的影响。

◆行政区经济国际论坛。2015年9月19日—20日，由华东师范大学中国行政区划研究中心与悉尼科技大学中国问题研究中心合作举办的国际学术研讨会在华东师范大学成功举办，主题为“中国行政区经济与行政区划”。应邀出席研讨会的有来自民政部区划地名司和天津市、北京市、上海市、河南省新乡市的党政领导，中国人民大学、中国社会科学院、华东师范大学、天津师范大学、上海大学、上海财经大学、华东理工大学、浙江大学、山东大学、天津行政学院、湘潭大学、湘潭科技大学、苏州科技大学、集美大学、杭州师范大学等相关专业的专家，以及悉尼科技大学、悉尼大学、美国华盛顿大学、瑞士苏黎世联邦理工学院、香港浸会大学、香港中文大学、上海纽约大学、台湾大学等海外学者，近60人围绕行政区经济与行政区划的理论与实践问题深入探讨(图23-14)。

图23-14

2016年11月初，从悉尼传来好消息，我们合作申请的第二项课题“中国的城市治理”项目获批。相信它会和第一项合作项目一样取得圆满，并有新的突破。

图 23-15

［**英国**］ 2006年7月7日，我应英国诺丁汉大学中国问题研究中心负责人马昂主教授的邀请前往访问了三周，考察了许多地方，是我与国外学者交流访问印象最深、实践收获最大的一次（图23-15）。主要内容集中在城市与区域、小城镇和乡村的发展与行政区—社区体制问题。

◆**大伦敦都市区体制。**我到达伦敦的第一天，首先参观考察的是英国议会，然后沿泰晤士河畔欣赏两岸都市社区的更新→大教堂→伦敦金融中心→中心城区市场改造，居民如何与政府讨价还价，形成半匹房形态→西伦敦火车站→旧港区更新为新兴金融服务区→号称20世纪60年代世界唯一成功的都市更新社区（芭比肯）结束了第一天的活动。第二天重点参观英国的“权力中枢”：市政府大楼→白金汉宫。沿着白金汉宫门前的大道（当年的马车道）向前行走，转向南，穿过美丽的圣詹姆斯公园去唐宁街——英国首相办公的地方。附近就是著名的特拉法尔加广场——伦敦的一个政治文化广场。两天的考察，让我感受到伦敦的庄重、繁华、古老、现代和在都市更新中显现的城市活力。

在英国，我非常关注大伦敦的都市区体制。依据《1997年郡长辖区法案》，大伦敦被定义为“郡”级单位。大伦敦议会被解体，但保留了不同定义规则的次区域划分制度。狭义的伦敦通常是指伦敦金融城和威斯敏斯特自治市（City of Westminster）这两个部分。至今仍保持着自中世纪起就划分的界限；伦敦的二级市镇政府都归属中央政府管理。

大伦敦的行政区划体制经历了一个复杂的演进过程。这是一个“地方主义”与“集权主义”政治斗争、协调各方利益、调整空间格局、统一规划建设市政公共基础设施的过程，一个复杂矛盾妥协、法制完善的过程。

伦敦都市区的跨界组织体制没有像美国、加拿大、澳大利亚等许多国家那样，简单地推行双层政府的模式，而是从解决都市区的问题出发，适时研究制定适合自身发展需要的行政体制，值得我们借鉴。

我在伦敦短暂的访问期间，特别注意到两个问题：一是大伦敦都市区内地方政府之间是否存在行政区划的“空间约束”，产生矛盾怎么办？二是伦敦城的体制似乎亘古未变，为什么？

关于第一个问题，有了较明确的答案。英国议会规定，伦敦的33个地方区政府虽然在各自的行政范围内有决定权，但是必须符合伦敦市长制定的“伦敦规划”。规划制定了38个适宜大规模开发住宅和商业的地区，以及10个位于交通枢纽附近、能够支持高密度开发的“集约地区”。这是一个提高城市中心区密度、减少交通需求的城市发展思路。如果地方政府的决定与“伦敦规划”相悖，会被提交到大伦敦市政府，并有可能会被进一步提交到中央政府的内政大臣召开听证会，做出最终决定。在这一过程中，英国遗产委员会、建筑与建成环境委员会、民用航空局等一些独立机构，都会对计划发表意见。

关于第二个问题，大伦敦的行政区划体制一直在演变发展之中，但伦敦城的区划格局和其城市核心的地位始终没有大的变化，保持在 2.6 平方千米范围和建制。原来，早在中世纪时期，伦敦市就是今日伦敦城的范围，不包括附近的威斯敏斯特村落（今日之威斯敏斯特市），亘古未变[④]。"伦敦"的概念包含了伦敦和威斯敏斯特（Westminster）两个市。

这与我国当今大都市内部的行政区划调整改革的某种随意性形成了鲜明对照。中国存在着城市在区划调整改革中忽略历史文化因素的问题，尤其是任意将中心城区宰割、瓜分，割断历史人脉的现象屡禁不止。伦敦城保留其独立行政建制的经验值得借鉴。

2013 年在常州市做中心城区的行政区划调整战略研究时，在常州宾馆电梯里与一位时任规划局常务副局长说过几句话："常州行政区划调整战略的基本思路是'中部（中心城区）保护发展，东西两翼整合发展，北部提升发展，南部优化发展'。"由于某种原因，这一科学的思路未能实施。时隔不久，苏州中心城区进行了区划调整，将中心城区的原金阊、沧浪、平江三区整合为一个姑苏区，不由拍手称赞，这是一步好棋（尽管我对吴江市改设区不太认同）。在老城区的区划调整中充分考虑了历史文化因素，克服了老城厢的分割弊端，有利于保护中心城区的历史文化，在保护中求得中心城区的都市更新和发展。

◆诺丁汉的市与县。地方政府是本次考察交流活动的另一个重点。为此先后访问了诺丁汉市政府和英格兰中部地区的东部发展署。一天下午，我们步行去诺丁汉市政府，请外办主任介绍诺丁汉市的成立与发展情况。

诺丁汉是英格兰中部地区最大的城市，也可以称得上是首府城市，已有 1 000 年的历史。古城堡→英格兰的皇家要地→多次内战（1642 年）→近代英格兰的工业城市，发展到今天一个重要的现代工业城市，市区的总人口为 28 万人，诺丁汉县的人口为 68 万人，而中心城市的就业人口圈（通勤圈）达到 73 万人。主要原因如下：

第一，采取了与其他城市不同的战略。一是重点发展城市中心，在市区发展大型购物中心，以诺丁汉大学为首，扩大规模，根据市场需求适度调整专业。现有 5 万名大学生，而全市人口也只有 28 万人。诺丁汉为英国几何中心的地理区位，交通发达，注重生态环境建设，注重加强对外交流与合作。诺丁汉市政府的作用主要体现在：利用政府的权力制定相关政策，推动创业；加强土地的计划与调控。

第二，重视行政区划体制改革。在诺丁汉地区，原来实行的是县管市体制，市的发展受县的制约。在市民的抗争下，1998 年实现市独立，与县并列[⑤]。市的升格，调动了市的积极性，使中心城区做大做强，有利于诺丁汉地区的发展。现状是，县之下划分 5 个区，为双层政府结构；市之下划分 8 个社区、27 个小区，实行一级政府、三级管理，社区、小区（居住区）只负责环境卫生等社会事务，基本是一级政府垂直管理。

如何处理市与县的关系，新体制下市与县有没有矛盾，如何处理？在我的追问下，这位外办主任如实地谈了以下新出现的问题：

第一，市区现有面积太小，发展受到制约，但要扩大很难。因为县反对，市区的劳动党也反对（可见，英国的政党在地方经济发展以及行政区划体制变更中起着十分重要的作用！由于诺丁汉县市分属两个政党，加剧了市县分治）。

第二，市县矛盾还表现在：对土地房地产、住区建设、学生上学（诺丁汉县的学校好于市区，市民把孩子送到县里读书）、交通规划（市里提出建轻轨交通，遭到县的反对）等方面，需要市县协商解决。

另据马昂主介绍，诺丁汉市县之间还有不少矛盾。比如，在诺丁汉就有两个足球队，两

镇的 MIT 建设的方向目标明确，符合实际，具体，可行，措施有力，效果显著，不搞花架子，不贪大求洋。

三是，镇和本地居民形成互动。“集镇”建设能够持续得到社区居民的支持。公众的广泛参与，极大地调动了民众的积极性。图 23-18 为与朱洪才在马昂主家后院，主人正在为我们烧烤。

图 23-18

注释

① 宁越敏教授参加了该项目的研究。

② 期间，中国行政区划研究中心的张玉枝同志被派往广岛大学研修，她陪同参加了许多活动。

③ 四个州为南澳大利亚州(SA)(首府阿德莱德)、塔斯马尼亚州(TAS)(首府霍巴特)、维多利亚州(VIC)(首府墨尔本)、西澳大利亚州(WA)(首府珀斯)；两个领地是澳大利亚首都领地(ACT)(首府堪培拉)和北领地(NT)(首府达尔文)。州各自有自己的州政府，有州长(Premier)，有州总督(State Governor)，但领地没有这些职位，领地自组政府的权力源于联邦的授权，领地的最高行政负责人是行政长官(Chief Administrator)。州和领地的立法权有很大分别，州在某些领域可以自行立法，而联邦不能干预。

④ 伦敦市的居住人口在 10 000 人以下，但受雇专业人口达到 340 000 人，主要都受雇于金融业，上下班交通十分拥挤。

⑤ 在诺丁汉实行的是市与县并列体制。市区发展较快，客观受县域影响较大，要求独立设市，市议会与县议会长期争论不下，双方均上书英国议会和政府。最后，由中央政府首相布莱尔裁决：同意市升格。市县分治体制保证了中心城市的发展。

第二十四章　我的学生

在我的地理人生中特别要写一写我的学生们。我的教学科研工作与学生们不可分割，无论是政区还是社区，我的博士生、硕士生，以及多位合作博士后，都是课题研究的主力军，他(她)们为完成数十个项目付出了辛劳，也在课题实践中得到锻炼、成长。正是导师与一批没有框框、年富力强的硕士生、博士生以及博士后的互动、切磋，才促进了中国行政区划研究中心学术思想的发展与繁荣。更重要的是，在师生互动中增进了友谊，这是难能可贵的。作为一位教师，当我们老了更会感受到它的珍贵。

第一节　学生培养

[概述]　多年来，中国行政区划研究中心培养了一批富有特色、高层次人才，广泛分布在各地政府机关和高校科研机构等，发挥积极作用。有许多人在我们开创的领域辛勤研究，做出成绩，令人欣慰。

在培养高层次人才中，我注意吸纳非地理专业的硕士、博士毕业的人才，涉及历史、中文、经济、法律、管理等多个学科。对他们进行行政区经济、政区地理、社区地理的专业教学，让他们参与实践，指导他们的毕业论文，使他们成为有特色的跨学科人才。作为行政区划—行政社区的种子在全国许多岗位生根发芽，传播相关理论知识，推进新兴学科发展，发挥作用，扩大影响。其中，不少人将地理科学原理与相关学科融合、嫁接、创新，积极探索新的方向，运用行政区划理论研究中国的城市与区域问题。

改革开放以来，先后培养了 33 位博士生、25 位硕士生(不含与几位教授合作培养的硕士生)，有 8 位博士后顺利出站，广泛分布在高校、科研部门、政府机关等，至今保持着密切联系，见图 24-1 和图 24-2。

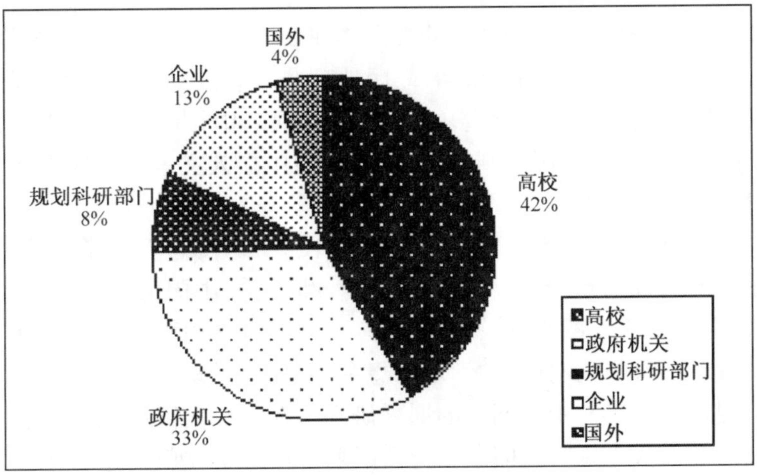

图 24-1

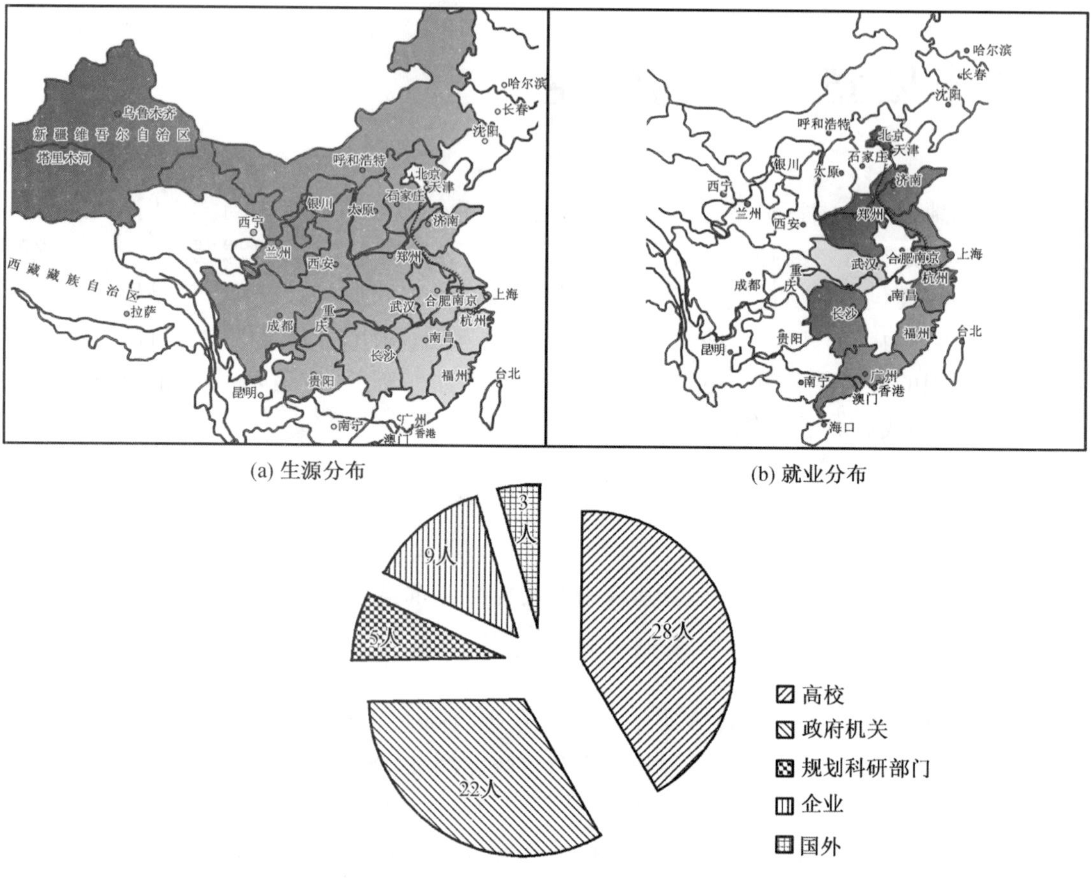

(a) 生源分布 (b) 就业分布

(c) 就业结构

图 24-2

［**注重专业特色和实践参与**］ 1990 年 9 月，我被国务院学位委员会批准为区域地理学博士生导师，此时正直中国行政区划研究中心成立不久，我依托自身的学科优势与特长，开辟了区域地理新方向——行政区划，招收了一批博士生、硕士生，积极培养该领域的高层次人才。同时，根据发展需要，适时增添新的方向。在 20 多年中(连同先前招收的硕士生)先后招收了工业地理、区域开发与国土整治、政区地理和行政区经济、社区地理以及区域人才开发(合作)五个方向的博士生、硕士生。在 8 位博士后之中，有 5 位从事政区地理方向的研究，工业地理、都市区组织和社区体制方向各 1 位，为中国人文—经济地理新学科建设做出许多努力(图 24-3)。

“实践是检验真理的唯一标准。”我作为中华人民共和国成立后培养的高校教师，从中国的国情出发，研究新时代的政治、经济、社会、文化、生态等，中国的城市—区域地理问题，理应是我的第一要务。几十年的教学—科研工作，风风雨雨，摸索→实践→思索→再实践→总结、提升→创新，渐渐形成了我独特的学术思想和风格，以及培养人才的方式。我最重要的体会就是大量承接、深度参与中国问题的课题研究。在课题实践中探索具有中国特色的地理科学理论，指导与解决地理实践问题。行政区划方向的确立就是来自于南方山区综合科学考察实践，行政区经济理论思想就是在大量实践基础上，从区域地理视角，深思熟虑后提

(a)　　　　　　　　　　(b)

图 24-3

炼出来的理论。数十年来，我在课题实践中发现和发展了新兴学科，培养了新型人才。

我在科研实践中尝到了甜头，也让硕士生、博士生和博士后广泛参与课题实践。我认为这是中国特色地理科学人才培养的最重要、最佳的手段和方式。多年来，我让每一位硕士生、博士生以及博士后参与课题实践，让他(她)们在真刀真枪地参与和完成课题任务中学习、体验新的理论，锻炼和提升实际的地理工作能力。一批高层次人才脱颖而出。

在高层次人才培养过程中，我坚持因人而宜、不拘一格。根据学生不同的专业基础、特长，选择重点教学内容，采取不同的培养方式，确定学位论文选题。

[典型案例]

◆一位走向世界的人口学家：本科生曾毅。曾毅是华东师范大学地理系七八届(1928年)本科生。我为他们讲授中国经济地理。他的专业特长(数学)、学习毅力和为人品德引起了我的关注。我为他专门开了“小灶”。除了学好课堂知识之外，鼓励他学好“计量地理”，建议他运用数学工具对自己的家乡——江西省彭泽县的棉量结构问题进行研究。记得在二年级的暑假，曾毅回到家乡开展了彭泽县的棉量结构调查，收集了不少资料，写出了一篇习作，文章写得不错。巧合的是，此时，《解放日报》正好需要收集材料报道暑期实践活动的典型，我把曾毅推荐给他们，很快，《解放日报》登载了曾毅的事迹。这件事显示了曾毅的独立工作能力和潜力，也为后来的出国打下“政治基础”。1982 年 10 月，我被任命为地理系代系主任(李春芬先生为名誉系主任)，分管科研和学生工作，继续关注曾毅的成长。这年的暑假，教育部要在全国重点高校选送一些本科生出国培养。学校要求各系报送三个名单。我报的三个名单都是经过下乡或工作考验、比较成熟、年龄稍大的学生。为此，分管副校长还责疑过这份名单，被我据理力争坚持了下来。其中就有曾毅。经过三个月的英语培训，通过了教育部的要求，此时正值教育部要选送出国的名单，地理系党总支和我费了很大周折，我甚至差点和分管副校长吵架，学校终于同意推荐曾毅出国。此后又经过一些周折，1982 年的 10 月，曾毅终于被教育部选送位于比利时的联合国专门为第三世界培养人才的大学深造[1]。出国后的曾毅不辜负母校、老师的期望，他以惊人的毅力刻苦攻读，在短时间内脱颖而出，成为第三世界年轻人的佼佼者。1987 年，曾毅从普林斯顿大学博士后出站，成为世界著名的家庭人口学家，并于该年回国，进入北京大学人口研究所工作。

《人民日报》(海外版)1987年5月22日报道了曾毅对世界人口学研究的杰出贡献。

获取“汤姆斯奖”的第一位中国人

数理人口学历来是西方人的殿堂。如今在这个西方的世袭领地中闯入了一位中国人。一九八七年五月一日,芝加哥美国人口学年会礼堂座无虚席。当评审委员会主席宣布本届人口学会“汤姆斯奖”授予一位中国学者时,千余名与会者爆发出长时间的热烈掌声。向这位来自世界第一人口大国的第一位获奖者致意和祝贺。他,就是正在美国普林斯顿大学从事博士后研究的曾毅。

汤姆斯奖是美国人口学界博士前或博士后论文的最高荣誉,每年评选1—2名。曾毅是本届第一获奖人。美国人口学会高度评价曾毅在家庭人口学、尤其是传统人口学方法在发展中国家的推广应用上所做出的杰出贡献。他的获奖论文《中国家庭结构的变迁》运用“多状况——增减生命表”方法,突破了西方学者在应用此方法时只限于西方“核心家庭”的局限,引入亚洲等发展中国家普遍存在的“三代直系家庭”,通过计算机模拟,清晰地勾画出了中国生育率、死亡率的急剧变迁和婚姻状况的演变对未来中国家庭结构的影响,从而为研究发展中国家家庭、人口结构开拓了新的领域和方法。曾毅方法获得国际人口学界的高度重视。普林斯顿大学著名人口学家曼肯教授正与曾毅合作,运用他的方法和计算机软件进行美国黑人与白人家庭的比较研究。此外,比利时、(中国)台湾和韩国也正在或将要运用曾毅方法从事有关国家和地区的家庭研究。现年35岁的曾毅,原是上海华东师范大学地理系78届毕业生。1982年10月赴比利时深造,1986年5月获得布鲁塞尔自由大学人口学博士学位。之后,来到世界第一流的人口研究机构——普林斯顿人口研究室从事博士后研究。

曾毅的成就引起美国和世界人口学界的高度重视,许多好心的友人为他提供资助,想为他继续留在美国从事一段时间的工作和研究,但他都一一谢绝了。他已经于今年8月回国。他深知,只有东方的那片故土才是他的基地,是他施展才华的归属。

◆第一位吃螃蟹的博士生:舒庆。舒庆是我的第一位博士生,跟随我参加了海南省的行政区划预测与规划工作的实践,执笔拟写了海口—琼山的调研报告,对行政区经济的理论概念有很强的悟性。我将他的博士论文选题定为“中国行政区经济与行政区划研究”,这是前人从未做个的一个具有开拓性、风险性的命题,需要有实践的基础,需要借助多学科的知识,需要有一定勇气和探索精神。舒庆具备了,他做到了。他攻克一个个难题,于1994年初完成了博士论文。吴传均院士等一批著名地理学家对他的论文给予了高度评价;由李春芬、严重敏、崔功豪、王浣尘、姚锡棠等多学科专家组成的答辩委员会给出的评价是:“论文独辟蹊径,选择行政区经济这一在中国表现得最为突出、影响极为深刻的区域经济类型作为研究对象,展开系统深入的研究,不仅选题颇具新意,而且填补了区域研究领域的空白,是一篇开拓性的研究成果,反映了作者对我国现实经济发展及学科研究前沿具有敏锐的观察力。”论文“与传统相比有很大突破,对指导我国区域地理学科建设有重要意义”。《中国行政区经济与行政区划研究》专著于1995年出版。2014年9月,我专程赴新乡与舒庆(时任中共河南省新乡市委书记)探讨行政区经济理论的新认知,形成共识(图24-4)。

图24-4

◆以特殊方式培养的博士生:张俊芳。张俊芳是以特殊方式培养的博士生,中国首位远程答辩的博士生。

天津师范大学张俊芳教授(时任天津市河西区副区长,后升任教育委员会副主任、天津市副市长,现天津市人大常委会副主任)以优异成绩考取我的博士生,鉴于她扎实的人文地理专业基础、国外留学多年的熟练英语和很强的独立研究能力,并考虑到她工作的实际情况,委托天津师范大学完成公共课程的学习,规定阅读博上生课程的参考书,重点指导好"社区"方向的博士论文。

在三年攻读博士学位的过程中,张俊芳表示:"由于我政务繁忙,看书只能在晚上和周末,读博的艰辛可想而知。整整三年,1 000 多个夜晚,我办公室的灯光总要亮到深夜,我总是最后一个离开政府大楼的人,总是在大多数人进入梦乡后,才驱车驶过夜幕中的城市,回到家中……","不管多忙,读书是我永远的乐趣,学习是我一生的追求"[2]。像这样渴望学习的同志,完全可以采取独特方式,"放手"培养。

2003 年,正当张俊芳完成博士论文准备答辩之时,中国大地发生"非典",她不能来上海,我们不能去天津,能否准时答辩令人担忧。经过多种方案的思考,在学校和天津师范大学的大力支持下,决定采用"远程答辩"方式进行。在双方信息化办公室的通力合作、调试、演示,历时 20 多天的准备,于 2003 年 5 月初成功地进行了别开生面的"远程答辩",开创了全国先河。答辩委员会对论文一致给予了高度评价。其生动的答辩情景至今难以忘怀。这是我不拘一格培养人才的典型范例(图 24-5)。

(a) (b)

图 24-5

◆**第一位出站的博士后:靳润成。**靳润成为复旦大学历史地理研究所推荐的历史地理学博士,是我招收的第一位博士后,也是我国首位行政区划专业方向的博士后。进站后,确定他的研究方向为城市型行政区划,要求他在行政区划史的基础上向现当代行政区划延伸发展。我让他参加了我主持的海南等行政区划项目的实践,借助于历史地理学博士的功底,探索了中国城市型政区的发展规律,还研究了行政区经济现象的历史原因,对丰富中国行政区划和行政区经济的内容有所贡献。1996 年年底,他通过专家答辩顺利出站,为我国首位区域地理学博士后(图 24-6)。

◆**自研为主的博士后:华林甫。**华林甫同样为复旦大学历史地理研究所推荐的。基于他专一的学习精神和家中丰富图书资料的良好学习环境,我在确定他的研究方向后,特例同意他主要在家中研究。他专心研究,在两年期间,大量成果问世,在政区地名领域有相当的见树,迅速成长为学术骨干,晋升为教授。2009 年 7 月,我们还一起赴山东省苍山县做更名兰陵项目的调查研究(图 24-7)。

报　1996年12月2日　星期一　·3·

我首位区域地理学博士后出站

专家们认为，新润成的出站论文，一定程度上

填补了我国行政区划理论领域的空白

图 24-6

图 24-7

◆首批区划研究方向的硕士生：马春笋、严玲。第一位行政区划方向的硕士生——马春笋(国务院秘书三局副巡视员)和严玲(中国传媒大学教授)是我招收的第一届行政区划方向的硕士生，同样相当出色。他们的硕士论文——马春笋的《中国市县分等的理论分析与实证研究》、严玲的《上海市市辖区行政区划体制研究》都相当出色，均被收录于我主编的《中国行政区划的理论与实践》专著之中。

◆跨学科培养的博士生、博士后：李建勇、陈占彪、韩可胜。他们来自法学、社会学、文学专业，已经工作多年，实践经验丰富，具有很强的自研能力。他们的跨学科学习与研究如鱼得水，选择的博士论文大多与自身的工作性质和专业基础相关。他们的博士论文和博士后研究极其具有显明的跨学种特色。

◆在世界银行工作的张明。张明是我专门从地理系本科生中挑选、留在中国行政区划研究中心工作的教师。由于他是本科生，留校颇费周折，校长说：你已经招收博士生了，为什么还要留本科生？我说：我赏识他的学习动力和潜力，特别是英语水平，以及他的品德，"怕他飞了"。留校后，他一边工作，一边攻读在职硕士学位。多年来他始终跟随我走南闯北，参加"苏锡常""三泰"等重要课题实践，承担专题研究；跟随加拿大研修博士马昂主赴昆山考察，参加中加合作课题等。在实际工作中，他领会我的学术思想，提高研究能力。一次，他申请赴美国多所著名大学攻读博士。以他超过常人的英语水平和对中国国情的认知能力，被8所大学同时录取。当我第一次赴美国访问，在旧金山加利福尼亚大学伯克利分校，他的导师见面时对我说：张明是我招收博士生中唯一没有硕士学位的中国留学生，就是因为他的英语水平超过常人，专业也非常优秀。在获得博士学位之后，他又以优异成绩考进竞争极为激烈的世界银行。如今，他已是世界银行南亚区的负责人。张明是我不拘一格选拔培养人才的又一个典型案例。图 24-8 为在世界银行门前我与张明的合影，图 24-9 为我背着张明的女儿。

［培养研究生的经验］　在培养研究生期间，校部和研究生院几次要我介绍培养的经验。在我 1995 年的日记本中记录了 4 月 22 日一篇《走向社会，积极探索开拓研究生培养的新路子》的发言稿(提纲)。

［教学成果］　我在华东师范大学工作的 48 年中，尤其是在改革开放之后，主要精力是培养硕士生、博士生以及博士后高层次人才。1998 年，我获得了上海市人民政府教育

委员会颁发的“上海市教学成果一等奖证书”，成果的内容是“《区域地理学》新方向的创建与高层次人才培养”(图 24-10)。

图 24-8

图 24-9

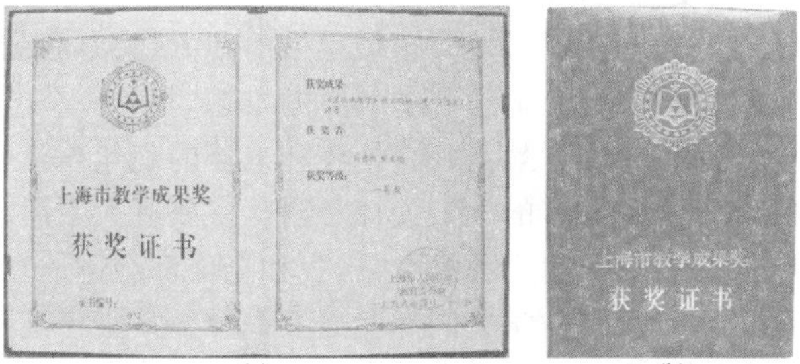

(a) (b)

图 24-10

第二节 我与学生们

[我的学生们] 我在华东师范大学的学习、工作、成长和生活，离不开母校的环境，离不开一批知名教授、恩师的培育和厚爱，也离不开我心爱的学生们。我与他(她)们结下了深厚的友谊。在我退休之后，仍与许多学生保持密集交往。

工作时期，我真心、用心培养他们，期望他们在各自的岗位上发光发热，在学术水平上有所超越。尽管各人的机遇、岗位、地区、个性的差异，加上中国业已形成的复杂关系网，毕业之后学生们地位、经济收入的分化等存在差异，但对于我来说，都是一视同仁的。每个学生只要自己努力了，用心了就好。

每个学生或博士后，在华东师范大学的 3 年或 2 年，我为他们讲课，赴野外、现场调查，开座谈会，讨论课题，切磋学术问题，鼓励他们创新，有的还一起参加国内外的学术会议，还有的有机会被选派到国外学习深造。这批硕士生、博士生和博士后，我都能三言两语地讲出他们的一些故事，包括做学问、做人，他们的所长，进入我门下的某些过程，甚至于周折，他们的经济条件、个性特点、论文的选题、答辩过程，等等，都能说出一个大概。

——当由于家庭经济困难难以攻读计划外博士时，我会了解情况，力所能及地争取计划内名额帮助解决。

——当录取过程中怀疑考分有误时，我会了解真相，追查原因，立即责成有关部门予以纠正。

——当研究生、博士后(尤其是在职博士生和跨专业博士生)因特殊情况，提出合理要求，我总是设法在力所能及的范围内为其创造更好的学习环境，并争取学校有关部门的支持，解决难题，因人施教。

——当我发现硕士生、博士生、博士后中的某些特长，我会发挥其所长，让其参与某些课题研究，合理分工，并根据其所长指导、确定毕业论文或博士后研究方向的选题。同时又使论文选题成为我主攻方向的系列研究之一。

作为一位指导教师，为人师表，在专业素养和为人的道德品质上都是十分重要的，平时，我反复强调“学好专业”“学会做人”；自身力做学生的楷模，虽然我做的还不够。

在我退休之后，我去江苏、浙江、北京、天津、山东、湖南、河南、福建多次，与那里的学生们接触、交流情况，一起用餐，十分亲切，他(她)们都会关心我和老伴的身体状况，问长问短，我们深受感动，并且都会记在心中。

上海，是我的学生分布最集中的地方，关心我的人自然更多，接触交流的机会更多。当我遇到难以解决、迫切希望解决的难题，我的一个电话、一条短信或微信求助，就会有人上门拜访、询问情况、尽力相助，使我和老伴的晚年生活、工作十分舒心、称心。我们的子女都不在身边，有如此多的学生关怀、照料，实属莫大幸运。

多年以来，每逢我的生日，我和老伴都会邀请在读的硕士生、博士生来家里坐坐，在食堂或饭店一起用餐，学生们都会送上一个生日蛋糕或一束鲜花。生日成了我们师生交流的一个重要的、不间断的平台。有时外地的学生也会赶来，送上祝福。近几年，我一般都会在生日聚会上宣布上一年我最高兴的事，以及今年我要做的几件重要的事，与我的学生们分享快乐(图 24-11)。

(a) (b)

图 24-11

[**学术研讨会发言实录**③] 2015 年 9 月，结合学术活动，同学们自组织进行了一次规模较大的聚会，来自全国各地的学生共 50 多人参会，我在会上为大家作了题为“关于中国行政区经济理论的核心要义与新的认知：兼论行政区划改革”，总结了我学术发展的过程和新的认知，勉励大家在这一领域继续开创，做出新的成就。有不少学生也在会上谈了在行政区划和行政区经济理论与实践方面的体会。我倍感欣慰。在我的学术思想座谈会上，许多人畅所欲言，畅谈在老师的培养下各自的成长与成就，畅谈行政区经济理论的深刻体会。我为我的学生们的成长、成就高兴，为学生们的祝福感谢。

◆**王德忠在学术研讨会开幕式上的发言。**再次回到母校，特别是再次见到很多老师、很多同学，感受很深，感慨很多。20 多年前，我开始接触和学习行政区划和行政区经济的理论。现在回过头来看，那时的一些往事还历历在目，行政区经济的概念是刘君德导师提出来的，也记得是他在对皖南山区等地进行大量的实地调研以后再提炼升华的。经过多年的不懈努力，目前行政区经济已经形成了比较完整的理论架构。这个理论深刻地揭示了我国区域经济发展中的特殊现象和内在机理，系统地回答了区域经济和行政区划的许多重大问题，具有创新的意义和实践的价值。所以，这可以说是对跨学科理论研究的一大贡献，对推动我们多方面的实践工作起到了十分积极的作用(图 24-12)。

当前，我国经济发展进入新常态，对于上海来说，也正处于创新驱动发展、经济转型升级的关键时期。在新的形势下，行政区经济形成、发展的条件和内涵发生了深刻的变化，市场经济体制已经基本形成，政府职能转变正在向纵深推进，等等。但是，行政区经济的现象和问题依然存在，这仍是我们要突破的一大课题。在新的形势下，深化行政区经济和行政区划理论研究，更加紧迫、更加具有现实指导意义；在新的形势下，我们要紧密结合改革发展的实际，继续研究、提出与时俱进、务实管用的新思路和新对策，特别是要结合我国新常态，对于上海来说，要结合创新驱动发展，结合科创中心建设和自贸区试验区建设的实际，提出一些针对性的对策措施。

图 24-12

◆**张俊芳在座谈会上的发言。**刚才舒庆把从刘（君德）先生这里学到的理论和政府管理的经验结合得非常紧密（舒庆在此次会上的发言见本书第 96-98 页），所以是如鱼得水，运用得得心应手，展示了他在管理工作中学者的风范，我觉得在当今中国是非常缺少的，值得珍惜。相比较我很惭愧，虽然是刘先生的学生，但是自己沉陷于忙碌的行政事务管理，今天这个机会、这一天是重温学术研究，它又回到自己的脑海和思想中，所以受益很深。我讲三层意思。第一层意思：我是 2001 年考进华东师范大学成为刘先生的博士生的，当时已经 44 岁，一直不甘心，一直想圆自己一个读书的梦想。我的工作生涯非常简单，16 年在高校教书，到现在 15 年从事政府管理工作，3 年在天津市人大常委会工作。当时就是想去一个心中向往的地方，追随一位名师，寻一所教育部所属的重点高校来完成自己博士阶段的学习，就这么选择了上海、华东师范大学、刘先生，来做刘先生的学生了。在跟刘先生学的这几年，我是在天津河西区当副区长，分管民政工作，有很多实践工作中的思考。在刘先生的指导下，我凭借高校科研工作的背景、结合政府工作的实践，能把很多理论的东西和实践很好地结合在一起，能知其然更知其所以然。在刘先生身边的这几年，我觉得收获非常大，无论是做学问还是为人，我都从刘先生和师母身上学到了很多，对我后来怎么为官、怎么为人影响很大。所以我特别想说，非常感谢刘先生，这是我想说的第一层意思。第二层意思：我想对学兄学姐学弟学妹们说，我们作为刘先生的学生，能够从刘先生这面旗帜之下学到非常多，然后又把它运用到工作实践中，我觉得非常荣幸。可能在刘先生这些学生中，到目前为止我可能做官做得最高，但是学问可能我做得最差，所以我很惭愧，需要向大家学习。根据我自己的工作经历、我自己的体会，我就希望同门在各自的岗位上，做好从政的、从教的这两个最有影响力的工作。第三层意思：我们搞地理专业，就像刘先生做的行政区划和行政区经济，这个学科的四大特质使得搞地理的非常适合做行政工作。一是整体性思维的构建，都从宏观、中观、微观三个尺度的思维方式，综合性思考问题，多要素分析问题，这个在政府工作中也是非常需要的；二是实践性、实证性和重视调研的工作习惯；三是善于团队合作，包容性的胸怀；四是能吃苦，能够忍耐各种艰苦的局面和环境。

◆**靳润成在座谈会上的发言。**我是 1994 年追随刘（君德）先生的，当时复旦大学博士学位刚拿到。刘先生一是继承了中国知识分子经世致用的光荣传统，二是在做学问时废寝忘食。这两点深深地征服了我。我是谭其骧先生最后一个博士生，做历史地理的，喜欢考据，来了之后不大适应，但是行政区经济理论迅速地征服了我。在不到两年的时间里，我发表了七八篇文章，完全是行政区经济的理论给我插上了翅膀。说实在的，真是服了，做了多少年

规律而已。

今天,我们已不断认识到,行政区经济理论可能就是这样一个我们在现实中发现、认识、总结出来的真正具有中国特色的区域政治经济理论。它的提出,是建立于发现、解决、阐释真正的“中国问题”的深刻现实土壤,是区别于西方现代经济学理论疏离于我国真实经济运行轨迹的分析把握,从而把我国丰厚的行政区划历史经验、独特的行政区经济运行轨迹和普遍的西方现代经济学分析工具紧密结合起来,初步形成了具有“很中国味”的“中国学派”特征。

——行政区经济理论,从现象中来,到本质中去。早年,刘君德教授在南方山区综合科学考察中,他敏锐地发现了“行政区经济”现象。而这个“现象”,他不是凭空想来的,而是从现实的观察中得来,是他对皖南山区、浙西山区和福建闽江上游等特定区域经济社会纷繁复杂的现实中经过仔细观察分析得来的,是有一个从纷繁复杂的“现象”观察不断深入到规律性的“本质”体认这样一个过程。这从他“行政—经济区”到“行政区经济”再到“行政区—社区体系”又到“权力+空间”的新认知,可以得到充分的验证。而没有对“行政区划”这个我国所特有的“区域尺度”的准确把握,就很难由这个“学术入口”进入到“行政区经济”的堂奥。

——行政区经济理论,从问题中来,到实际中去。从实际观察中发现行政区经济现象到抽象概括出“行政区经济”理论之后,刘君德教授并不是把理论放在温室里培植、呵护、养育,而是不断地将它们放在复杂的社会实践中去,不断地检验、完善和扩展,使行政区经济理论在解决实际问题的过程中得到进一步的考验、锤炼与发展。他对海南、广东两省行政区划战略与规划编制的研究,对江苏苏锡常、“三泰”地区和武进—常州地区以及徐州都市区(圈)跨层级、跨区域的区划与体制的思路把握,对上海直辖市高层与基层政区、城域与郊域区划与体制的宏观分析与微观研究,都是直接从问题出发,把理论运用到实际中去,通过解决问题,不断完善和提升理论。

——行政区经济理论,从多元中来,到跨界中去。行政区划研究,从历史沿革到历史地理研究,主要属历史学科,但行政区经济理论研究,还涉及地理学、经济学、政治学、社会学、管理学、规划学等诸多社会与人文学科,融古今中外,跨中学西学;从行政区经济理论分析来看,则基于其解决现实的种种矛盾与问题,因而特别着眼于问题的分析、思路的确定、方案的擘画与操作的可行性。因而无论从学术研究本身还是着眼于现实问题的解决,都体现了从多元性视觉出发,必须进行跨界地观察、分析、研究,不仅是学科、研究的跨界,问题、领域的跨界,而且是时空、思想的跨界。特定的学术入口,广阔的学术腹地,特定的问题意识,综合的系统方案,从而使行政区经济理论具有了很开阔的开放气质和创新使命。

总之,刘君德教授提出的行政区经济理论思想与行政区—社区理论体系,从我国行政区划与行政组织关系耦合的特定视角,对解读中国这个大变动时代具有独特意义。以此为视角,在某种程度上,对“世界大同,天下一家”的“地球村”未来所可能提出“很中国味”的现实框架方案,也引人遐思,值得期待。

◆**卢为民说。**我是1998年到刘君德先生(下文简称先生)门下读博士的。那时候先生已经是华东师范大学最知名的人文地理学教授,也是全国著名的城市与区域研究专家,尤其在行政区划研究方面更是独树一帜。当时,先生在华东师范大学建立了全国首个中国行政区划研究中心(民政部挂牌),在先生的带领下,出了一系列高水平研究成果,在全国乃至国际上都有很大影响。我正是在此背景下慕名来报考先生的博士的。

其实，我硕士期间学的地理信息系统(GIS)专业，偏技术，但是我本人则更喜欢人文地理学，尤其是城市地理学。很希望能在先生的大旗下汲取更多营养，得以更好成长。

按照当时读研究生不成文的规定，导师就是“老板”，“老板”研究什么，学生必须跟着研究什么；“老板”有什么课题，弟子必须做同样的课题。否则，就是不务正业，就是对导师的不尊重，甚至毕业都成问题。但是，我当时已经在高校工作，并承担本科生房地产课程的教学任务。为了能使博士研究内容与自己的教学工作结合起来，在拿到录取通知书的第一天，我就怀着忐忑不安的心情给先生打电话，问能否在中国行政区划研究中心做房地产方向的博士论文。我知道我的要求比较过分，十有八九会被导师拒绝的，甚至弄不好还会挨骂。但是让我没想到的是，电话那边，先生十分爽快地答应了我的请求，同意我做房地产方向的博士论文。我喜不自禁，心想，自己真的碰到了一位好导师。

更让我感动的是，为了让我做好博士论文，提升房地产研究水平，先生还亲自把我带到当时沪上最著名的房地产专家——东方房地产学院院长张永岳教授(下文简称张教授)的办公室，提出让张教授做我的副导师。由于先生在学术界和学校崇高的威望，张教授尽管工作十分繁忙，但还是愉快地接受了这项任务。

这样，在读博期间，我幸运地接受了两位最著名导师的指导。这种跨专业的联合培养模式，使我的学习和博士论文受益良多，也增加了我创新的灵感。我的博士论文提出的构建“大都市共同居住圈”的思想，就是基于先生的行政区经济理论，以及行政区—社区理论，同时也得益于张教授的房地产经营管理思想。2016 年，上海市委通过，并即将上报国务院的上海新一轮城市总体规划中，提出要构建“社区生活圈”，这与 15 年前我提出的“大都市共同居住圈”有很多共通之处。不仅如此，在我以后的房地产管理和城市规划管理实践中，先生的思想依然是我重要的行动指南，不断指引着我健康前行。

如果说先生宽广的胸怀从战略上影响了我一生事业发展的话，先生在生活上的体贴和关怀更像一缕阳光，一直温暖着我的心。记得刚读博士那几年，我身体很差，经常犯胃病，人也消瘦得厉害。先生和师母见状，十分心疼，不仅给我提供各种养胃良方，而且尽可能地在生活上给我以关怀。每次去先生家，师母吴老师都像母亲一样，问寒问暖，给我做可口的饭菜，让我吃饱再走。这让我一个远离家乡的游子，在先生这儿找到了归属感和亲切感。再后来，从博士毕业找工作，以及办理工作调动等方面，先生都不遗余力地给予帮助。即便现在，先生还是会像关心自己的孩子一样，通过各种方式继续给我以关怀。有时我在想，一个人一生会遇到很多老师，但真正能给你以重大影响的，可能就是那少数几位。先生就是那少数几位对我影响最大的人之一。师恩如山，永志难忘。

◆陶希东说。我于 2001 年 7 月从西北师范大学硕士毕业，同年 9 月考入华东师范大学中国行政区划研究中心跟随刘君德先生(下文简称刘老师)，度过了三年的博士求学阶段，2004 年博士顺利毕业。在我工作 12 年后的今天，回忆三年博士求学生涯，既有几份淡淡的忧伤(连续上学 21 年，真正体会到高学历的来之不易)，更有许多记忆犹新、历历在目的温暖画面，因为我有一个与绝大多数高校导师不太一样的导师及师母。刘老师和师母最大的特点就是“教书和育人相结合、学习与生活相结合，把学生当自己子女一样的教育、关爱和疼爱”，培养合格的人。在我的记忆中，只要我们在学校期间碰上的各类节日中，刘老师和师母几乎次次邀请我们去家里吃水果、吃饭、讨论，让来自外地的我在刘老师身边感受到了家的温暖和呵护，为我顺利地度过每个学习难关提供了强有力的精神支持。这令我终身难忘、终身感恩!

◆**马祖琦说。**回想与导师交往的10多年时间,在导师刘君德教授的指导下学习和工作,我是抱着深深的感恩之情的,这要从一些不经意的小细节说起。对于我而言,却是一件大事。

2001年,我报考刘君德教授(下文简称刘老师)行政区划方向的博士生。记得当时抱着惴惴不安的心情给他写信,询问报考事宜,并没有在意能否得到回复。不过很快,就收到了刘老师的回信。内容简洁而热情洋溢——"欢迎你报考我的博士生",同时附上了两本参考书目的信息。短短几行字,让我倍感温暖。

在成绩公布和入学录取阶段,发生了一件意想不到的事情。考试之后两周,我打电话向刘老师打听成绩。答复说,大家专业课的平均成绩只差零点几分,接下来就看英语成绩了。我听了很高兴,因为英语是我的强项,正常的话我应该会有不错的成绩。但是,再隔几天,当我询问英语成绩的时候,刘老师说话的语气明显有些失望。他顿了顿说:你的英语成绩也不错,50多分,已经过了学校分数线,但是在几个报考同学当中是最后一名,别人英语比你还高几分。一瞬间,我的情绪一落千丈,我不知所措,勉强地说:让老师失望了。又追加了一句:请您再次确认成绩。当然,这只是随口说说罢了,我并没有真正想要也不敢去怀疑成绩。英语成绩不及格,十有八九是自己出现了问题。虽然英语基础良好,考试感觉也不错,但是残酷的成绩结果摆在那里,谁能够保证自己没有填错答题卡,没有发挥失常呢?

没有想到,经过两天的心理煎熬,奇迹出现了!我突然接到了刘老师的博士生胡伟的电话,说我的成绩有误,已经订正。一下子,我的成绩提高了近20分,从而顺利地获得了公费统招生的资格。原来,刘老师和师母吴老师专门跑到华东师范大学研究生院查询我的考试成绩,发现了成绩统计错误,扭转了我的命运……

在校期间,刘老师不仅仅从学习上关心我,也从生活上给予我帮助和资助。记得入学不久后的一天晚上,刘老师提着师母准备好的水果来到我宿舍嘘寒问暖,我很意外,也很感动。2004年博士毕业之后,我到上海财经大学工作,仍然与刘老师保持着密切联系,以校外人员的身份继续参与了他承担的一系列课题。虽然名义上是我们协助刘老师完成课题,但是我也明白,这是非常宝贵的研究机会。刘老师经常叫上我们几个师兄弟,到家里一起讨论课题思路。正是刘老师的关心和培养,我才能得以有机会继续聆听刘老师的教导,感受他思想的火花。协助刘老师完成课题,最终我也会从中受益。

可以说,这么多年来,我对刘老师的感激之情是不言而喻的。每次想到刘老师和师母当年帮助我认真查询成绩的事情,我都激动不已。如果没有刘老师当年的细心和关怀,如今的我又将怎样?刘老师做事认真,胸怀宽广,痴迷于学术研究,甚至在退休之后,还致力于城市制度系列丛书的出版和写作,这可是一个苦差事。他精力充沛,孜孜不倦,生活规律,退而不休,每年都要做出几件大事。我时常以此作为参照,反思自己的不足。

看到刘君德教授和师母吴其宝女士相濡以沫,我非常羡慕,也满怀感恩。如今,两位老师精神矍铄,生活幸福。在此,借刘老师自传出版之际,衷心祝愿二老:健康长寿!

◆**范今朝说。**我于2000—2004年在刘君德先生(下文简称先生)门下攻读在职博士学位。2004年我在自己的博士毕业论文的"后记"里记述了以下的话:"导师刘君德先生学养深厚、见识高远,道德、学识自不待我言;他严格而不失宽厚,有原则又讲究灵活,对我的状况和处境给予了充分的理解,并在他力所能及的范围内,帮助我,也督促我完成了一些论著的写作和课题的研究，而其中的一些成果，就成为我今天这篇论文的重要组成部分；因此，如果不是这些督促，我的博士论文，可能至今还遥遥无期。在论文初稿大致完成，而体系、框架等尚略嫌杂乱、中心和主旨还时有游离的关键时刻，又是导师及时指点迷津，使全文得以围绕中心，删繁就简，深入下去；同时又无私惠赠最新研究成果，以为论文参考。可以说，没有数年来导师的谆谆教诲和悉心帮助，我是不会走到今天的。师母吴其宝女士仁厚细心，对我呵护关心备至，鼓励支持有加，也使我惶愧之余，有了进取的勇气。”

毕业之后，先生仍不断鼓励我在学术上继续进取，并一直关注我的学术发展。他多次组织有关行政区划改革方面的丛书的编纂，并热情邀请我参加有关书籍的撰写工作。以“行政区经济”理论的提出为代表，包括其他涉及行政区划改革的、对理论与现实问题的深入与广泛研究的诸多成果，以及在这一研究过程中所培养的政区地理与行政区划研究领域的专业人才，构成了先生在政区地理学领域巨大的学术贡献，可以说是新时期中国现代政区地理学的奠基者之一。在这段小文的最后，学生特撰小诗一首，略表感激之意：

“区域地理”三十年，南方山区启新篇。

九州方域谋擘画，廿载“中心”重学研。

“行政经济”理论成，政区、社区学术先。

“地理人生”八秩庆，教泽无尽福寿绵。（二零一六年十二月十八日）

◆储胜金说。在我攻读硕士学位的第三年，导师蒋长瑜先生去加拿大做访问学者，把我托付给他的好友刘君德教授（下文简称刘先生）。刘先生是我的第二导师。

刘先生给我们研究生开中国经济地理讲座。他的课，最大的特点是理论与实践联系得紧，这得益于他率队进行南方山区综合科学考察的丰富经历和深入思考，对不同地理区域不同人地关系的深度理解。我对经济、地理、环境、人口之间相互联系的认识得以深化，来自于刘先生生动的课堂研讨，来自于他一个个鲜活的案例。

刘先生指导的毕业论文，给予我许多高屋建瓴的方向性意见，使我顺利完成答辩，并获得优秀论文的荣誉。在我临毕业前的两个月，刘先生让我加入研究团队，参与泰州行政区划调整前期研究。这次实地调研，让我耳濡目染刘先生作为一个地理学家在研究政区地理现实问题时扎实的专业功底和综合的研究方法，一个行政区划研究专家与不同调研对象研讨敏感问题的把控能力。研究报告得到了民政部领导的高度肯定，为后来1996年“扬泰分治”的顺利实施奠定了学理基础。

蒙刘先生推荐，1991年我硕士毕业后进入江苏省民政厅，从事行政区划研究和管理工作。20世纪90年代正是中国城市化发展的起飞阶段，城市型行政区快速扩张，也给行政区划的稳定性带来冲击。我参与了江苏省内撤县设市、撤乡设镇和城市市辖区的扩大和调整等相关工作。期间又有幸参与了刘先生主持的武进乡镇行政区划调整的前期研究。这个研究得到了武进和江苏省民政厅的一致好评，成为后来武进大规模推进乡镇合并的主要依据。这次研究感受颇深的是刘先生对相邻乡镇之间经济、社会、地理、人文联系的定性分析和定量研究，细致深入，科学性强，因此制定的乡镇合并方案切实可行。

2013年，刘先生邀请我参加镇江市行政区划研究。刘先生对镇江有些领导意欲将丹阳撤市设区的想法，从经济联系、语言文化、群众心理等角度进行了严谨的论证，指出了不可行性。我在课题组的内部讨论中提出的一些思考与建议，刘先生给予了充分理解与采纳。刘先生之所以有今天这样崇高的学术地位，与他刚正不阿又从善如流的情怀是分不开的。

刘先生完善了中国行政区划研究的理论体系，创造性地提出了“行政区经济”的学术概念，为中国行政区划改革提出了许多优秀的顶层设计思想，对国家长治久安的贡献十分巨大。他后来进入到城市政区内部，研究社区地理，也取得了丰硕的成果，为我国城市社区建设做出了卓越的理论贡献。

2016年春，刘先生学术思想研讨会在上海召开，我因为公务在身未赶往。然而，内心涌动着多年来对刘先生言传与身教的感悟，便铺开纸笺，边忆边写，拟制了一首小诗：

三泰俊才长眼量，负笈沪上锋颖扬。

经天纬地勘南北，传道授业育栋梁。

区划改革谋国策，社区建设有锦囊。

妻慧子贤松鹤寿，春来又著新华章。

刘先生热爱教育事业，桃李满天下。能在年逾古稀后仍保持学术之树常青，令人折服。刘先生在学术之路上身体力行，坚持不辍，也鼓励督促着我不断前行。

谨以此文，记下刘先生对我学术人生影响的几个片段。

注释

① 另两位，后来一位进入英国深造，攻读博士学位，回国后不久，受到重用，晋升为教授、副校长、校长，现任上海纽约大学校长；另一位选送美国留学，攻读遥感专业，毕业后在美国工作。

② 摘自张俊芳博士论文《中国城市社区的组织与管理》后记，2004年东南大学出版社出版。

③ 胡德根据录音整理。张俊芳：2003级在职博士生，原天津市副市长，现天津市人大常委会副主任。靳润成：首位博士后，原天津市教育委员会主任，天津师范大学教授，博士生导师。王德忠：1997级博士，上海市人民政府研究室主任。武伟：第三届博士后，上海市口岸服务办公室副主任。

④ 曾毅：华东师范大学地理系1978级本科生，北京大学和杜克大学教授、博士生导师，世界著名人口学家。华林甫：第五届博士后，中国人民大学清史研究所教授、博士生导师。袁中金：2006届博士生，苏州科技大学教授，苏州城乡一体化改革发展研究院常务副院长。陈占彪：第六届博士后，上海市民政局精神文明建设委员会办公室常务副主任、研究员。卢为民：2001届博士生，上海市土地交易事务中心常务副主任、高级经济师。范今朝：2004级博士生，浙江大学地球科学学院副教授。陶希东：2004级博士生，上海社会科学院研究员。马祖琦：2004级博士生，上海财经大学公共经济与管理学院副教授。储胜金：1991级硕士生，中共江苏省委城市研究室城乡建设处处长。

第二十五章　地理人生轨迹与感悟

在结束本书写作的时候，我需要对我的地理人生做一个回顾和小结，谈一点感想，从中寻找一些规律性、对后人有益的东西。本章试图从我的地理人生经历中寻找我们这个时代，中国人文—经济地理学者演进的过程与特点，总结出一些共性，比较出个中的差异，以及这种共性和差异与中国人文—经济地理学发展的关联。

第一节　轨迹：多维的时空

［**时空轨迹点滴**］　我的人生经历了多维时空。从横向的空间来看，有学习空间、工作过程及联系空间、国内外交流考察空间、生活空间，以及旅游空间等，一生中与各种地理环境（包括自然和人文）亲密接触，十分丰富多彩。人老了回味这些空间，进而感悟这些空间，也是晚年的一种乐趣。

我的学习空间是一个从出生地进乡村私塾，到小学，入初中，进师范，到华东师范大学的学习地点的空间位移过程，是一个从乡村到城镇、城市再到特大城市的学习空间转移和扩大的过程。这是我人生中地理时空轨迹的基础。大学本科毕业后留校工作，至2007年退休，在位工作了整整48年，学术研究的空间逐步扩大，涉及全国各省区和世界的一些国家。以工作、项目、随政府考察参观、会议等各种名义考察过全国许多地方，以及中国的香港、澳门和台湾地区等，那时候是工作，现在回味起来是一种享受，享受大自然景观，感悟多元人文。我的人生真是丰富多彩，美妙无穷。

比如，1963年的苏南小城镇考察：在公路不发达的情况下，我拿着学校开具的介绍信，奔赴数十个城镇，乘坐小火轮在苏南水网地区穿梭，马不停蹄，调查访问了二三十个小城镇；手工绘制出苏锡地区城镇工业、手工业分布图。连我自己都不知道是什么动力在驱使，当时根本没有想过。

比如，1973年7月的东北荒地考察：为了开展江西省的荒地调查工作，当得知中国科学院地理研究所正在北大荒、大兴安岭地区开展荒地资源考察时，我和李天任同志前往东北黑龙江省大兴安岭、嫩江进行了为期半个月的学习考察，为江西农业地理调查编写项目的顺利进行打下了考察方法的基础，也提供了有益的经验。我们在大兴安岭、加格达奇，在大庆、海拉尔，在北大荒被开垦的土地上，领略北国风光，庆幸祖国拥有广阔、潜在的土地资源，那种朴素的感情，现在的年轻人恐怕不一定有这种感觉。可怎么也不会想到，在“文化大革命”后期，我们撰写的报告成为“四人帮”“批林批孔”的重要材料，我们被污蔑为企图“偷越国境”，真是天大的笑料！

比如，1974年10月我参加了中国科学院在宁夏召开的全国农业地理会议，并作大会交流发言。被上海的“四人帮”爪牙发现，勒令大会收回我的发言稿；但我还是坚持参加了会后的考察活动，我和大家一起参观考察了宁夏经济、文化和城市建设的精华，自治区向我们展示了大西北的“塞上江南”风貌。我们感受了到自治区政府、宁夏人民的好客热情。可一回到学校，校园里满地的“打倒中国地理教研组”的大幅标语，可以想象那是什么滋味？

又比如，1975 年 9 月，为计划出版《简明中国地理》(外文版)中级读物，在中国外文出版发行事业局的支持下，我和中国自然地理老师陈永文同志历时两个多月进行考察，除在北京去中央各部门、中国科学院、高校收集资料外，还奔赴大寨、延安等许多“政治名城”和城市现场考察和收集资料，让我们从地理视角感受中国、认知中国。尽管因政治大变革、大动荡的原因，被取消出版计划，但这次考察调研活动不仅是一次政治洗礼(赴大寨、延安，穿吕梁山，西渡黄河)，也让我们亲眼目睹了大西北恶劣的自然环境，感受到成都平原“天府之国”之富足、长江三峡之惊险，体验了祖国自然地理环境的多样、复杂，这让我受益匪浅。在今天可能难以理解的是这样的活动怎么需要两个多月。

1977 年 11 月，我和李天任同志带领教师们在江西进行调查研究，历时数年，几乎跑遍了全省，90%以上的县都留下了我们的足迹。有许多值得回味的故事。

再比如，1982 年 7 月的西藏招生考察：这是我一生之中最难忘的一次考察，在翻阅 5 300 米的高山过程中，经受了严重的高原反应，此时我才知晓，我的肺活量只能允许在 5 000 米以上呆两小时。随着年龄的增长，适宜登高的限度逐渐降低，现在只能承受 2 000 米以下的高度。今天，我庆幸 40 多岁时能有机会去了西藏。那种特殊的感受，没有去过西藏的人是感受不到的！

作为一位地理工作者，在年轻时，有机会多迈开自己的双腿，走向大自然，走进社会，对于地理工作、地理事业都是十分重要的。在同龄人中，我是一位地理幸运儿。我之所以能够比较从容地应对各种地理问题，与我有机会考察各种类型的地理情况、思考不同地区的地理问题有一定关联。

[三个时间阶段] 人生短暂，从事地理科学工作的时间有限，作为一位地理工作者如何在有限的地理生命期内，学习(认知)地理→实践地理(研究与应用)→发展地理(运用与思考)→创新地理学，是一个值得回味和思考的问题。对于每一个地理科学工作者个体来说，所处的时代不同，机会的差别，客观上使个体的地理专业领域、工作地区、工作性质、工作岗位等产生很大差异；从主观上来看，所追求的不同的人生目标，不同的个性、特长，以至于不同的智慧、能力和思考方式，等等，其地理人生都会有不同，甚至有一种“天壤之别”之感。回顾总结这种不同的地理人生，我觉得是一种乐趣。人们可以从每个人的地理经历中总结出不同的地理人生演进特点或个性；在此基础上，又可以总结出各类地理人群地理人生的共性，这种共性可以看作地理人生演进之规律。我认为这是一门学问，为此我暂且把它称为一门新的、有趣的“地理人生学”。

我的“地理人生”从纵向来看，可以大致分为三个阶段，即地理学的学习认知→地理学的实践与服务→地理学实践的思考(创新)与总结。

◆**学习认知阶段。**主要是大学本科的地理教育时期。地理学家、老前辈向我们这代地理学子无私地传授了丰富的地理知识，地理科学理论与研究方法；通过有限的野外实习，激发地理兴趣，学习基本的地理观察门路。我们能够亲自接受国内一流地理学家群的传授和教诲实在是一种幸运。然而，时代在发展，知识无止境，地理科学也在与时俱进，地理学的认知是持久的、终身的、与时俱进的过程。老一辈地理科学知识不仅需要传承，更需要创新发展。

◆**实践应用阶段。**对于每一位地理工作者来说，地理学的实践与应用是地理人生中经历时间最长、最主要的阶段，也是最为辉煌或贡献最大、付出最多的阶段。基于每个地理工作者不同的外部环境、机遇和内生特质，其差异性就显得非常突出了。从我的经历来看，起始于改革开放后、20 世纪 70 年代末，至 2007 年我退休，共 26 年。

——这是我心情舒畅、努力工作、展现宏图的 26 年。因为我解脱了没完没了的政治运动和“右倾”帽子的枷锁，是因为对地理科学的热爱，是一种地理潜力和能力的释放。

——这是我和我的团队承担国家基金和地方政府项目最为集中、科研成果最多、贡献较大的 26 年。1980 年至 2005 年，共完成各类基金项目 10 余项，完成民政部和上海市及江苏、海南等省市政府的决策咨询、委托项目 60 余项。我和我的同事，尤其是我的一批硕士生、博士生以及博士后一起共展智慧，为国家和地方做出贡献。

——这是我与我的学生们开拓新兴领域，潜心专研，创新“行政区经济”“行政区—社区”理论，并使这一理论得到一定社会认可的 26 年。这是以新的理论思想创建政区地理学、社区地理学等新兴学科的过程。

——这是我培养新兴学科领域高层次人才数量最多的 26 年。有来自复旦大学历史地理研究所、中国科学院地理研究所、本校非地理专业等 8 位优秀的博士生进入我的门下从事博士后研究，在我门下攻读博士和硕士的研究生均顺利获得博士、硕士学位，我还接受了多位进修教师，以及海外留学进修生。

——这是我从助教（1959 年 8 月至 1978 年 12 月）到讲师（1978 年 12 月至 1986 年 1 月）、副教授（1986 年 1 月至 1988 年 6 月）、教授（1988 年 7 月）再到区域地理学博士生导师（1991 年国务院学位委员会公室批准）的地理专业人生顺当发展的 26 年。

◆总结升华阶段。这个阶段从年龄上来看，已经进入老年时期；从事业上来看，已经或将退休，但有不少是退而不休，我工作到 70 岁才退休。从我的经历和体验来看，地理科学工作者的黄金时期在 50—70 岁，二三十年的光景，是地理人生的成熟时期，在地理学术思想上有一定建树，实践经验比较丰富，能够比较熟练地运用地理科学理论解决实践中的问题，并更加注重在地理实践基础上的理论总结与升华。与其他学科相比较，地理学家的成熟年龄相对要晚。

2007 年的 4 月底我退休了，除了更多地关注健康和家人之外，还可以做自己想做的事。这 10 年来，主要做了两方面的工作：一是地方政府信任委托的重要咨询课题[①]；二是组织大型丛书的编纂出版。经过两年的策划，我与资深策划编辑徐步政为首的东南大学出版社城市工作室合作，申请“十二五”国家重点图书出版规划项目——《当代中国城市—区域权力·空间·制度研究丛书》获批。自 2010 年至 2015 年底，由我主编的全套丛书共 20 分册，近 700 万字，全部按期出版（图 25-1）。这是一部从权力·空间·制度视角比较全面系

图 25-1

统研究中国当代城市—区域问题的大型、综合性学术丛书。该丛书充分展现了中国行政区划研究中心多年潜心研究的重要成果。2015 年 9 月在母校召开的“中国行政区经济与行政区划国际学术研讨会”是我地理学术思想——行政区划的理论与实践——的系统展示，同时标志着我人生大转型的开始：享受老年人生！

第二节　感悟：环境(时代)与个人

“时代”导演了人生之路。我在 62 年(1955—2016 年)的地理人生中，经历了毛泽东计划经济和邓小平的改革开放向市场经济转型的两个时代。国家的体制、教育制度、时代的烙印强烈影响着每个地理工作者人生的发展。

我是一个有信仰、思想单纯、不会转弯抹角、不说假话的人，我讨厌欺负弱者、老实人，甚至为他们鸣不平。这是我做人的准则，也是我积极参与社区维权、伸张正义的动力。

有时我在想，为什么在我们的同龄人之中、同学之中，有些同样认真读书比我智商高的人，没有我那么幸运或发展得那么顺当？一个普遍不争的事实是，在一个讲究出身(家庭成分)的阶级社会里，家庭出身往往影响了一个人的一生。我非常幸运，出身于“上中农”。虽不属“贫下中农”，那是依靠对象，但也不属于剥削阶级。我想，如果我是“富农”，恐怕就不可能跨入大学之门，因为我在扬州师范学校毕业，就难以被选送参加高考；而如果我出生在“贫下中农”，同样也难以跨入大学之门，因为我的家庭经济能力不可能供养我读高中，同样也就没有我后来的事业与家庭。

[计划经济时期的国家性、政治性和非选择性]　我从戴红领巾开始，就一心跟着党走，渴望早日加入中国共产党，因为在人民心中，在一些进步的学生当中，中国共产党是非常崇高的。党的利益、国家利益高于一切是天经地义的。计划经济时期的小学、中学、大学，读什么专业，乃至工作、职业等一切，基本无个人选择权限。国家性、政治性和非选择性是我地理人生道路最基本的外部环境特征。

所谓国家性，也可以称之为组织性。就是说我们这代人从读书到工作等都是为了国家，计划经济时期的学习安排、专业选择、工作职业等，甚至生老病死，都是由国家统一计划安排的。这种制度性安排不可抗拒，必须无条件服从和遵守。在那个时代并没有感觉有何不妥。我从初中毕业开始就由国家统一安排了，保送进入扬州师范学校，进入华东师范大学地理系，毕业留校工作，选择什么专业，研究什么方向，无处不表现为国家性的基本特征。

政治性则是国家性的必然。中国政治—经济体制的发展演变，“决定”了中国人文社会科学的演进过程及其学科建设的方向。党的政治路线渗透到人文社会科学专业的骨髓之中。在毛泽东时代，中国的“地理科学”被严重政治化了。“文化大革命”时期，人文地理学与人文社会科学一样被取消；在相当长一段时期内，经济地理学被全盘“苏化”，此后又以毛泽东思想“武装”中国经济地理学。在教学、科研工作中无不打上政治的烙印。

在计划经济时期，个人选择的空间十分有限，绝对服从几乎已经成为一种定律。在这种政治环境下，我们全年级两个小班 60 位学生之中，恐怕只有不足 10 位学生是志愿报考华东师范大学地理系的。即使如此，全班几乎没有学生要求退学。随着时间的推移，了解了这个专业之后，特别是受华东师范大学地理系教授们一流水准教学的熏陶之后，大家逐渐喜爱上了这个专业。

[转型期的"半计划"性→开放性] 粉碎"四人帮"后,从胡耀邦到邓小平,改革开放的春风吹遍大地。在华东师范大学以施平书记为首的新党委领导下,我在地理系得到重用,先后被任命为副系主任→代系主任,又被任命为中国科学院、国家计划委员会南方丘陵山区考察队第三分队队长,最后走上行政区划研究之路。我把这个时期称为"半计划"性,也就是说,在征得本人同意情况下的一种行政性安排。随着改革开放的深入发展,逐步走向自选择性(自愿性)。

山区考察可以说是"半计划"性与专业性的良好结合,我喜欢跑野外,热爱大自然,放弃了行政职务,全身心投入山区考察,干劲十足。进入行政区划领域的研究,完全是一种偶然性与国家需要的契合。一封给中央领导的信及时得到回复,激发了我从事行政区划研究的冲动和热情,从此走上了政区研究之路。政区研究延伸的必然性与我对社区情趣的结合推助了社区的介入与研究。

[名师学识的影响] 从 1955 年跨入华东师范大学校门算起,至今 60 多年的光阴,75%的时光是在我的大学母校——华东师范大学度过的。华东师范大学地理系的众多名师给了我知识的源泉,为我创造了极好的学习和工作环境,让我踏上工作岗位之后能够充分展示我的地理才智。名师高深的学术、严谨的教风、高尚的品德、创新的精神,影响、感染了我,让我在地理科学教育人生道路上跨过了一道道"门槛"。我的学术成长之路与我的一批资深老师的熏陶,以及对我的厚爱是分不开的。我耿直的个性不适合走行政之路。我庆幸选择了一个我喜欢的专业领域——政区、社区实践之路,这是一条中国人文—经济地理学的开拓发展之路。从中国行政区划研究中心成立算起,我辛勤耕耘了 26 年,做了应该做、喜欢做的事。

从传统的地理科学来看,这是一个较大的跨度,我冲破了传统学科的某些"枷锁",在政区地理学这条路上向前迈进了一步。能迈出这"一步",除了宽松的学术大环境之外,有两个重要的基本条件:一个是自身准确的判断、决策的勇气和实现的意志;另一个就是同行长辈、名人的支持。李春芬先生、胡焕庸先生、严重敏先生等在关键时刻给予了支持;前中国地理学会理事长吴传均院士写给我的鼓励信,我至今仍珍藏着。值得我们永远学习和传承的是老一辈的"地理精神"和地理学的一个"核心"和两个"基本点"。所谓地理精神是一种接地气的精神,是求理求新的精神,是吃苦耐劳的精神;一个核心是指牢牢把握"人与地"的关系,两个基本点是地理思维的"综合性"和"区域性"。尽管现代科技已经广泛运用于现代地理科学,但这是我作为一位地理工作者最基本的体验(图 25-2)。

图 25-2

[家庭的影响] 我的成长与我自身的努力分不开。无论是在家庭或是同学中,我的智商并不算高,但我一直勤奋、努力实践、善于观察与思考,再加上与时俱进、敢想敢说,这是我小有成就的秘诀。但我深深体会到家庭的因素极为重要。我之所以有今天,首先要感谢的是我的祖父和父母,父母的养育之恩,倾力供养读书,望子成龙,给了我读大学、留在城市工作、成家立业的根基;祖父的高大形象,在村里的威望,正派、正直、自律自我、帮助弱者等高尚品德深深感染了我。

其次要感谢的是我的夫人。我的一生，从走上工作岗位，到1960年结婚、成家立业，直至退休，没有愧对这个波澜壮阔的时代、母校，没有愧对子女，没有愧对学生，对于长辈我也尽力了。唯一愧对的就是我的夫人吴其宝女士，她是我的同班同学，是我的知己、好的贤内助，是家中一个不可缺少的肩膀、家庭的核心。

她出生于上海一个经济条件不算差的家庭，为人善良，身上具备国人传统的美德，尽管身体瘦弱，在做好自身工作的同时，仍尽力相夫教子。在三年大饥荒的年代，我们共同吃华师大二村教工食堂三分钱的卷心菜叶子酱油汤，抚育两个孩子渡过难关，可以说同甘共苦，从无怨言。

她默默无闻，全身心支持我的事业，她对工作也很认真负责、敬业，被推举为上海市普陀区人大代表。

她对祖国忠诚，爱国爱家，父母亲、哥哥、妹妹早期都去了香港，事业发展得不错。1978年改革开放，母亲病重，批准她赴港探亲，期未满即归。当她返沪几天后，妹妹打来电话，告知她最敬爱的母亲去世了，她趴在桌上大哭了一场(图25-3)。

图25-3

她掌握着家中的经济大权，合理安排收入分配，从我们结婚开始，就没有间断过每个月往乡下寄钱养育我的父母，尤其是我的母亲。1960年，我的月收入为48元，夫人收入为45元，每月寄回乡下从3元钱开始，伴随着工资的增长，不断增加到每月1 500元，直到母亲96岁仙逝，数十年从未间断。我也从未过问过。连宣堡镇邮局的邮递员都说，在整个村上，甚至镇上都没有！左邻右舍无人不晓。她的大度无私，赢得了我的父母、祖父、6个兄弟姐妹，及老家亲友的高度信任，让我专心从事我喜爱的事业。

她关心我的每一个硕士生、博士生和博士后，能叫得上许多人的名字，说出一些当年的故事；连博士生留校、人才引进，有关生活安排上的琐碎事，她也没有少出力。难怪在几乎所有的硕士生、博士生毕业论文答辩中都会写上感谢师母的话语。如今我们已经年过八十古稀，时常有学生打电话问候我，总是要带上对她的问候，这让我十分宽慰。

这里，我还要特别提及老伴的妹妹吴女士一家，数十年如一日地给予我们一家的关怀、帮助，三年自然灾害时期帮我们渡过难关，儿子出国留学倾力相助，连我的老师出国访问，同学、学生出国途径香港地区，她都给予了热情关照。

她一家的热情、无私的相助，让我们一家感激不尽(图25-4)。

图25-4

回顾我的地理人生，没有惊天动地，在波澜壮阔的时代，虽有过小波折，但总体上还是顺利的、幸运的；我为“地理”努力了，实现了自己的梦想，为此我很知足。真心期望年轻一代的地理学子为中国地理科学做出贡献，哪怕是点滴成就。

注释

① 比较重要的有:《新浦东新格局行政体制改革设想》(2009年)(中共上海市委研究室、上海市决策咨询委员会委托项目)、《基于"五位一体"空间的常州市城域(城区)行政区划调整与改革方案研究》(2013年)(常州市人民政府规划局委托项目)、《基于新型城镇化规划的广东省行政区划战略调整研究》(2013年)(广东省建设厅、中国城市规划设计研究院深圳分院委托项目)。

附录一：事件年谱

1937—1955 年

1937 年 4 月 19 日，在江苏省泰兴县宣堡镇郭寨村出生。为种田世家，排行老二，上有姐姐，下有弟妹四人。祖父刘缉曾(小名奇章)，父亲刘庚元，母亲陈园珍。

1943—1947 年，江苏省泰兴县宣堡镇郭寨村私塾读书。

1947 年 8 月—1949 年 7 月，江苏省泰兴县口岸小学插班学习，至毕业。

1949 年 8 月—1952 年 7 月，江苏省泰兴柴墟初级中学(后改名为临江初级中学、口岸初级中学、江苏省口岸中学)学习至毕业，加入少先队。

1952 年 8 月，保送入江苏省扬州师范学校学习。

1954 年，加入中国新民主主义青年团。

1955 年 2 月，选送参加高考，7 月毕业。

1955—1959 年

1955 年 8 月，华东师范大学地理系学习。

1956 年 10 月，加入中国共产党。

1959 年 7 月，华东师范大学毕业。

1959 年 8 月，留校工作，在经济地理教研室任助教。

1959—1975 年

1960 年，任年级政治辅导员，教工团支部书记。

1960 年 8 月，与吴其宝女士结为夫妇。

1961 年暑期，赴苏中扬州专区开展经济地理野外调查，看望恩师张沛庆。

1963 年，随导师严重敏教授赴苏州、无锡开展小城镇调研。其后下乡参加社会主义教育运动(嘉定县马陆公社)，1964 年 3 月回校。

1964 年上半年，在北京大学地理系经济地理专业进修“工业地理学”，师从魏心镇先生，协助编写《工业地理学》(讲义初稿)。

1965 年 11 月，上海市崇明县汲浜公社溆西大队“四清”(清思想、清政治、清组织和清经济)工作队，任副组长。

1966 年 7 月 25 日，返校参加“文化大革命”。

1969 年 5 月至 1970 年 4 月，抽调至上海市教育局教材编写组，任初中《地理》和高中《农业基础知识》教材组组长。

1970 年 5 月，回系工作，7 月恢复招生，工农兵学员进校，任“外国地理”专业排排长。

1970 年 10 月、11 月，1971 年 11 月，带领学员赴江西上饶、浙江长兴煤山、四明山—余姚(大岚→梁弄)接受教育，开展现场教学，推进教学改革。

1972 年 1 月 20 日，下到上海绒毯三厂开展教育革命。12 月初，赴湖州菱湖中学、湖州市第二中学教育实习。

1972 年 8 月，恢复中国地理教研组(下文简称“中地组”)，任副组长，主持教研组工作。

1973 年 1—3 月，左脚骨折在家休养，编写教材，备课。

1973 年 7 月 20 日—8 月 20 日，校党委批准，去东北大兴安岭、北大荒学习中国科学院荒地考察经验，与李天任同行；8 月，“中地组”受到全校表扬；11 月，全校开展批判“智育第一”，“中地组”在列。

1974 年 2 月，下放上海市奉贤五七干校劳动，全国开展“批林批孔”运动，“中地组”被点名批判；10 月，赴银川参加《中国农业地理》编写工作会议，大会发言介绍经验。在上海市人民政府教育委员会罗毅所谓的“中地组”“反攻倒算”的压力下，大会撤回发言稿，回校接受批判。随后，“中地组”被撤销。

1974 年 9 月，上海人民出版社出版《青年自学丛书》之《简明中国地理》（与陈永文合作）。1977 年高桥满（日）翻译，日本龙溪书店翻译出版，书名为《中国的自然和产业》。

1975 年 3 月 16—26 日，赴兰州中国科学院治沙研究工作座谈会。

1975 年 10 月，“四人帮”倒台，在全校揭发批判大会上声讨“四人帮”的罪行；赴外校巡回作报告。

1976—1983 年

1976 年 6 月，参与上海警备区《兵要地志》编纂工作。

1976 年 9 月 22 日至 12 月 1 日，接受中国外文出版发行事业局的任务，改编出版《简明中国地理》（外文版），赴北京中央各部委，以及山西昔阳大寨、陕西吴堡—延安—西安、四川成都—重庆、湖南长沙等地收集资料、调研，历时两个月零八天。陈永文同行。

1977 年 10 月中旬，参加在苏州《中国农业地理》协作会议。与江西省农业委员会郭亚平商讨《江西农业地理》编写工作计划。

1977 年 11 月至 1998 年元月中旬，带领《江西农业地理》编写组赴吉安地区、赣中地区、抚州地区调查。

1978 年 3 月，恢复职称评定，12 月晋升为讲师。

1978 年 4 月至 6 月上旬、9 月下旬、11 月下旬，分赴江西赣州地区、九江地区及鹰潭、萍乡、景德镇调研。

1980 年 1 月中旬，全系党员大会：中共地理系总支介绍地理系批林批孔、批邓（中地组）的经过情况。

1980 年 3 月，任地理系副系主任，分管科研和研究生、学科建设等工作；6 月初，欢送系主任李春芬先生赴美国阿克伦大学访问。

1981 年，受聘上海财经学院“中国生产力布局”课程兼职教师。

1981 年，校党委书记施平主政，推进学校体制改革。时兼任华东师范大学校务委员会委员。校务委员会下设教学委员会、科研委员会、行政后勤委员会、学术委员会。李春芬先生任自然科学学术委员会主任委员、研究生部主任。

1981 年 3 月底，推进经济地理研究生班工作，两年制，首期招收 10 人。

1981 年 12 月 30 日，国务院批准我校为首批博士和硕士学位授权单位。陈吉余教授为自然地理学专业导师，李春芬教授为区域地理学专业导师。

1982 年 4 月 15 日，区域地理学、自然地理学为我校有权授予博士学位的第一批重点学科。

1982 年 7 月，赴西藏宣传招生，张亚群同往。

1982 年 10 月 5 日，任命李春芳教授为地理系名誉系主任，刘君德为地理系代主任（华师〔82〕人干字第 41 号），分管科研、研究生、师资、出国进修等，同时抓全面工作。

1982 年 11 月底至 12 月初，参加由中国国土经济学会和中国地理学会于在南京召开的全国国土经济学术讨论会，会议代表共 200 多人；被推为大会秘书长。

1982 年，《江西农业地理》由江西人民出版社出版。

1983 年元月，校干部大会总结体制改革经验：党委领导以校长为首的校务委员会负责制，制定了《60 条》，地理系成立系务委员会。

1983 年元月中旬，全系教职工大会，布置嘉兴地区国土规划工作，下旬带队到湖州、嘉兴调研；4 月、5 月，赴长兴、德清、菱湖等地考察；年内提交了研究成果。

1983 年 5 月初，国家计划委员会人事教育局批准在我系举办国土培训班，首期 48 人。

1983 年 6 月，赴合肥参加中共中央宣传部出版局《中国地理》丛书会议，华东师范大学负责编写《中国国土开发与整治》(陈永文、刘君德、李天任，上海科技出版社)、《上海市地理》(严重敏等，人民出版社)，陈吉余等主编，邓力群讲话。同月，接受上海市规划局、高等教育局、出版局和地名管理办公室委托，协助李春芬教授编纂并主持《中华人民共和国地名词典・上海市》，任词典编纂委员会副主任委员，兼副主编。

1983 年 3 月，筹备组织南方山区综合科学考察队三分队；7 月，正式组队；9 月初，安徽省政府杨副省长主持欢迎南方山区综合科学考察；9 月中旬，科研处召开南方山区工作会议，任命我为三分队队长，李天任、冯志坚为副队长，严钦尚、程潞、严重敏等教授为分队学术顾问；10 月初，召开成立大会；10 月中旬，赴皖南、浙江、福建预查。

1979—1984 年，连续多年获校先进工作者称号。

1984 年

1 月初，国土规划培训班开班，国家计划委员会国土局局长、袁运开校长到会讲话。

3 月底，教育部批准地理系举办全国人文地理学助教进修班。

4 月，带队开展皖南深渡区试点。

6 月，辞去地理系代系主任职务，专任南方山区综合科学考察队三分队队长。

10 月至 12 月初，赴徽州地区、宣城地区、杭州市及其郊县——淳安考察。

11 月中旬，考察发现池州地区的行政区划体制问题，上书胡耀邦、赵紫阳。以华师科〔84〕106 号函，提出《关于安徽省贵池县经济体制问题的情况与建议》。安徽省黄璜书记、王郁昭省长批示。

1985 年

1 月 10 日，向淳安县四套班子汇报考察成果，县政府根据录音稿整理成书面材料下发全县组织学习。9 月中旬，浙江省淳安县科学技术委员会作出《关于"充分利用山水优势，加速发展淳安经济的综合研究报告"的评价》。

5 月、10 月，讨论上海地名词典的词条释文，涉及崇明黄瓜沙、永隆沙与江苏，枫泾车站与浙江嘉善的边界矛盾待解决。

7 月，应邀访问香港中文大学，梅安新同行。

10 月下旬，在屯溪召开"皖南山区综合科学考察成果汇报评议会"，通过专家评审。11 月初，浙江省开化试点考察。

11 月下旬，国家教育委员会博士后流动站管理协调委员会批准我校地理学为首批博士后流动站建站单位之一，专业：自然地理学，人文地理学。

1986 年

1 月，晋升为副教授。

8 月下旬，赴福建省建溪流域考察，历时 70 天。同年，完成浙西考察报告。开始参与主持中国东部亚热带地区工业专题研究，任副组长。

12 月中旬，市规划局召开上海地名词典工作会议，提出崇明两沙与江苏省的不同意见处理建议，向市委汇报，建议报中国地名委员会。

本年度上海人民出版社出版刘君德、陈永文编著的《新编中国地理》，参与编纂《上海市地图集》，与严重敏教授合作招收首批人文地理硕士生("工业布局"方向)。

1987 年

1 月下旬，上书赵紫阳总理《关于闽江水口电站配套工程外福铁路线太平至莪洋段尤溪设站问题的情况反映》书面报告。国家计划委员会和福建省铁路分局帮助尤溪县解决了公路改线和建设闽江大桥所需要的资金问题。

2 月，向福建省计划委员会等有关部门提交《关于福建省建阳地区行政区划及闽江委员会体制问题的情况与建议》。

5 月，开展“永嘉县国土规划”调查，1989 年完成，1990 年华东师范大学出版社出版《永嘉县国土规划》。

8 月，与程潞教授合招人文地理学“国土整治”方向硕士生 4 位；参加全国经济地理学术讨论会，《江西农业地理》专著获中国科学院科技进步一等奖(合作)；月底，在浙江富阳召开“浙西山区综合科学考察成果汇报评议会”，通过评审。

12 月中旬，参加国务院上海经济区在江西省赣州市召开的“上海经济区丘陵山区综合开发治理交流会”，大会发言引起强烈反响。

年内分赴浙江、广东、北京等地开展亚热带地区工业专题考察 80 天；《安徽省南部丘陵山区国土开发与整治研究》由华东师范大学出版社出版。

1988 年

7 月，晋升为教授，为研究生和国土规划干部培训班讲授“工业布局”。

4 月，访问香港中文大学地理系。

6 月，主编《浙江省西部丘陵山区国土开发与整治研究》，华东师范大学出版社出版。

7 月，协助李春芬教授申报教育部博士点基金“美国农业空间结构的战后变化与我国农业商品基地的选建”获批。合作者：刘君德、蒋长瑜等。蒋长瑜教授出版了专著。

9 月，招收人文地理学“人才开发与区域研究”方向的硕士生(与叶忠海合作)。

10 月，申报国家自然科学基金项目“中国东南部丘陵山区人才开发与教育改革综合研究”获批。11 月中旬至 12 月，赴福建省福州、崇安、南平、漳州、南靖调研。

10 月 10 日，《解放日报》刊登《他为山区倾注心血——记华东师大刘君德教授》报道文章。

12 月上旬，赴山东蓬莱出席全国行政区划工作暨学术研讨会会议，提交《关于我国行政区划体制问题的初步探讨》等论文。张德江副部长出席会议并讲话。随同参加的有金鼎馨。

陈永文、刘君德、李天任编著的《中国国土资源及区域开发》，获华东地区科技出版社优秀科技图书二等奖；严重敏、刘君德《关于城乡结合部若干问题探讨》，获上海市城市经济学会一等奖，中国城市经济学会、中国城市社会经济发展研究会优秀成果奖(1991 年)。

1989 年

8 月，李春芬主编，褚绍唐、刘君德副主编《中华人民共和国地名词典 · 上海市》，商务印书馆出版。

11 月，赴福建山区考察人才与教育问题；完成南方山区综合科学考察工业专题研究；出版系列成果。

12 月初，民政部在江苏省昆山市召开“中国行政区划研究会暨首届行政区划学术研讨会”，张文范司长主持会议，张德江副部长到会讲话，胡焕庸、谭其骧、宋家泰等老前辈参加会议并发言；我被推为大会常务副秘书长，作总结发言。

1990 年

5 月 30 日，中国行政区划研究中心在华东师范大学挂牌成立，任主任。聘请胡焕庸、谭其骧、李春芬、吴传钧教授和张文范司长担任学术顾问。

5 月，主持普陀区政府和科学技术委员会项目“上海市普陀区九十年代经济社会发展走向与‘八五’计划研究”，1991 年通过评审，成果纳入区政府规划。

8 月，经国务院学位委员会审核通过刘君德为华东师范大学区域地理学博士生导师。

10 月，落实民政部和江苏省民政厅“江苏省苏锡常地区行政区划战略研究”项目，组织为期两个月的

5月底，召开浦东新区行政区划调整汇报会，周禹鹏书记听取了中国行政区划研究中心研究成果的汇报。

8月上旬，访问日本广岛大学，考察东京、横滨等地，对《生活都市东京构想》印象深刻。

10月，随民政部区划地名司赴辽宁省瓦房店市葫芦岛考察镇(乡)、村级行政区划，12月完成“辽宁省瓦房店市并村情况调研报告”，由武伟主笔。承接“澄迈县土地利用规划地理信息系统(CMLIS)开发与应用研究”，当年完成，主要参与完成者为林涛。

10月中旬，《辞海》特约编审会。受聘为《中国地理》分科主编。

11月，开展上海市民政局项目“上海市行政区划战略研究”。

申报国家社会科学基金项目“大城市城郊结合部行政管理体制综合研究”中标；完成上海市社会科学界联合会重点项目“上海市市区社区的行政分割及其整合对策”等课题。

1998年

1月，国家自然科学基金项目“我国国民经济分级调控空间组织模式可行性方案研究”启动。

4月21日，参加上海市教学成果奖颁奖大会，“《区域地理学》新方向的创建与高层次人才培养”获一等奖。

5月，获校奖励房，从华师大一村431号搬到华师大二村3号。

6月，《中国行政区划的理论与实践》获上海市哲学社会科学优秀成果二等奖(著作类)；中加合作项目“上海市大都市现代化交通体系研究”(1998—2002年)启动。

7月，主持上海市地名学会会员大会。

8月，参加上海市人大、上海市地名管理条例座谈会。

8月12日—15日，出席香港中文大学“21世纪的中国与世界”国际地理学术会议，提交论文《二十一世纪中国大陆区域可持续发展的行政区划改革思考》。

9月，《中国改革报》发表《关于加强跨界环境管理的两点建议——从《中国改革报》(时代周刊)“吴桥19万群众盘盼喝清水”的报道谈起》；不久，《解放日报》刊载。

9月中旬，张明亮司长开展上海社区建设座谈会，期间邀请来校调研座谈。

9月下旬，民政部区划地名司讨论新的设市标准条例，北京市、天津市民政局进行调研、座谈。

10月，虹口区社区建设研讨会，被聘为区社区建设顾问；参加江苏省哲学社会科学办公室在苏州主持召开的“21世纪长江三角洲”学术研讨会，作即席发言。

11月，参加上海社会科学院“社区资源与志愿者国际学术研讨会”，作大会发言，谈发现曹家渡现象。

11月下旬，参加华东师范大学“中国城市社区建设工作会议”，作“中国城市社区建设研究中心筹备情况与工作设想”的报告，校党委书记陆炳炎主持，市委组织部部长周鹤龄听取汇报；中国城市社区建设研究中心挂牌成立，挂靠中国行政区划研究中心，陆炳炎任主任，刘君德任常务副主任；民革中央主席周铁农来沪调研座谈社区建设问题。

12月16日，海南省民政厅区划处处长吉家松来沪，讨论海南省儋州市行政区划课题论证报告。

1999年

1月，参加南京市鼓楼区“社区规划与挑战”社区建设理论研讨会，多吉才让部长讲话，我的发言内容“新时期，新问题，新思路——中国城市社区建设与管理若干问题的思考”引起反响。

2月，参加《中国方域：行政区划与地名》主办，番禺市协办的“中国市制回顾与发展学术研讨会”，作重点发言。

2月25日，赴中国台湾地区，访问台湾大学、东海大学、台湾师范大学、台湾中国文化大学、彰化师范大学等高校，连续作了6场大型学术报告、座谈；考察工业园区、台中市郊枫树模范社区和台北、台中、高雄、彰化、台南等多个城市。

3 月 11 日，上海《城市导报》头版报道“曹家渡现象”，标题为《行政区划显弊端，三家难奏同心曲》。

7 月下旬，与程海波等赴新疆建设兵团农七师考察调研城镇规划。

7 月底，返沪参加上海社会科学院等单位举办的“中国城市未来：面向 21 世纪的研究议程”国际学术研讨会，提交学术论文《中国市制的发展与改革》。

9 月，民政部基层政权和社区建设司、华东师范大学中国社区建设研究中心合作举办的“社区规划高级研修班”开班，市相关部门领导、著名专家讲课。

10 月，主办的真如镇社区建设干部培训班开班。

10 月，完成民政部、上海市民政局课题“创建国际化大都市的行政区划思考——以上海市为例”；11 月，中国科学院吴传均院士等专家组通过课题的评审。2000 年，民政部办公厅提供该课题的采纳证明。

10 月下旬，参加泰州市经济发展高层论坛。

12 月中旬，开展浦东新区乡镇行政区划调整规划。

12 月底，香港中文大学教务长杨汝万教授来校作学术报告——“中国现代化与跨世纪发展”，李春芬先生参与接待。

2000 年

1 月，刘君德、汪宇明著《制度与创新——中国城市制度的发展与改革新论》，东南大学出版社出版。

1 月下旬，开展全市居委会区划调整改革的试点项目“卢湾区瑞金二路街道居委会区划调整研究”。

2 月上旬，随民政部赴广州、番禺调研行政区划问题。

2 月下旬，重大咨询项目“浦东新区建制镇行政区划调整规划与实施方案”汇报，“所提方案被新区采纳”；为校团委人才学院作访台报告，演讲 4 小时。

2—3 月，在校领导支持、社科处组织下，由我牵头组织中国行政区划研究中心、中国城市社区建设研究中心、人口研究所、社会学系、成人教育学院等单位教授专家联合申报教育部“普通高等学校人文社会科学研究基地”——华东师范大学中国城市社区建设研究中心。作为“综合”类申报，未获批准，原因是无学科对口单位。

3 月下旬，开展南汇县乡镇区划调整研究，6 月提交报告。

4 月上旬，教育部基金项目“中国大都市区公共行政组织与管理模式研究”通过鉴定。

4 月中旬，上海市政府发展研究中心重大经济社会决策咨询研究项目“面向 21 世纪的上海城市管理”申报获批，9 月完成并提交研究报告。

6 月 18 日—24 日，赴加拿大蒙特利尔大学交通运输研究中心访问，随后再次访问美国阿克伦大学，并参观考察了华盛顿、纽约等地。

9 月下旬，赴香港中文大学参加“香港及珠三角的、资源管理、都市化及管治”国际研讨会，宣读论文。

10 月，参加北京市西城区社区建设理论研讨会、上海市建设委员会关于“苏州河流域管理”的座谈会。

10 月底，开展浦东机场课题研究(浦东新区规土局)。

12 月，参加民政部城市社区建设学术研讨会。

12 月 15 日到 2001 年 1 月 12 日，被聘为台湾东海大学社会科学学院客座教授，讲授“中国大陆城市社区发展问题”“中国大陆城市制度的发展与改革”“中国行政区经济的案例研究：长三角区域经济差异变动及其整合”等；参观“九二一”大地震现场等。

2001 年

2 月，国家社会科学基金项目“我国城乡结合部行政管理体制综合研究”通过评审，结项。

3 月，申报上海市重大决策咨询课题“洋山深水港管理与营运体制研究”获批，9 月完成。

4 月，浦东新区政府重大决策咨询研究项目“关于提高浦东新区现代化管理水平的研究”签约。

5 月，民政部区划地名司靳尔刚司长来访；参加广州市“城市现代化指标体系研讨会”，作大会发言；参加“浙江省社区建设经验交流与理论研讨会”，作主发言。

8月，参加海峡两岸地理学会(华东师范大学)、南京市白下区社区建设经验交流会。

9月，“上海行政区划体制改革与浦东新区建制镇区划调整及城镇发展战略研究”获上海市决策咨询研究一等奖。

12月，参加《中国方域：行政区划与地名》杂志社主办的温州龙港体制专家论谈会。中国城市规划年会在杭州召开，大会主发言之一——“行政区划与城市规划”，分组会上发言——“社区规划”。

2002年

3月，《人文地理》杂志第2期刊登刘君德教授英文介绍。

4月，“洋山深水港管理与营运体制研究”重大课题获上海市发展研究中心A级评价。

6月24日，参加昆山市城市社区建设学术报告，副市长主持。

7月初，参加海口市区划调整项目论证，获海南省副省长接见；20日，完成“关于海南省调整海口市行政区划方案的论证报告”，方案获国务院批复；民政部项目“中国城市化进程中的行政区划体制改革与创新研究”立项。

8月，完成上海市哲学社会科学规划办公室项目“上海城市精神探析”，由马祖琦主笔。

9月，参加上海辞书出版社《大辞海》工作会议。

12月，建设部、中国城市规划设计研究院在广东省东莞市虎门镇召开“城市化与行政区划”学术研讨会，带领全体博士后、博士生参会，并作大会发言。

主编《中国行政区经济与改革丛书》，由华东师范大学出版社出版。其中《中外行政区划比较研究》由刘君德与冯春萍、华林甫、范今朝合作完成。

2003年

1月，入选华东师范大学首批终身教授。

2月，主持蚌埠区划调整课题调研与论证。

4月，完成上海市南汇、奉贤两区市属农场属地化方案的论证报告。

6月下旬，参加上海海港综合经济区课题工作会，赴奉贤调研，袁中金、林拓参加。

7月上旬，承担上海市人民政府发展研究中心课题“上海城市副中心发展格局问题研究”。

7月28日，完成民政部招标课题，提交“中国城市化进程中的行政区划体制改革与创新研究”报告。

8月7日，致信回良玉副总理，提交《关于加快我国行政区划体制改革的建议》，国家信访局以信复字〔2003〕1289号文回复：“我局已印报中央领导同志参阅。”

8月，参与上海市民政局编制上海市行政区划调整规划。

9月，承担常州市民政局“常州市行政区划战略研究”课题。

10月，完成上海市政府信息化办公室(2002年)招标课题“江浙沪三地信息化领域合作前景研究”；在北京人民大会堂参加“安徽省生态建设总体规划纲要”论证会，《安徽日报》摘要刊登发言内容。

11月，参加江浙沪三省市哲学社会科学规划办公室在杭州召开的“长江三角洲区域合作与发展”学术研讨会，作大会发言。

2004年

3月，国家社会科学基金项目“大中城市文明城区创建与区级行政管理体制改革研究”结项。

3月，承担海南省行政区划调整规划项目，2005年完成规划报告，通过验收。

4月，校长办公会议决定，成立城市与区域经济学系，由西欧北美地理研究所、中国行政区划研究中心和长江流域发展研究院及部分地理学系整合而成。

7月，完成江苏省民政厅支持的常州市民政局项目“常州市行政区划战略研究”报告及附图。

9 月，曹沛霖(复旦大学)、刘君德(华东师范大学)、胡怡建(上海财经大学)等拟写的《新形势下中央与地方关系的合理构建》获上海市第七届哲学社会科学优秀成果奖(内部)。

10 月，“洋山深水港区管理与营运体制研究”获第五届上海市决策咨询三等奖。

10 月 31 日，《解放日报》思想者栏目全文刊登了我的演讲——《转型期行政区经济透视——刘君德教授在华东师范大学的演讲》。

11 月中旬，参加民政部区划地名司武汉座谈会，评审“湖北省行政区划规划”成果；为中国浦东干部学院编写《社会管理与社区建设》教材，讲授中国行政区—社区的理论与实践。

2005 年

1 月，新校区路名命名研究(林拓参与)。

1 月中旬，参加上海市发展和改革委员会“经济社会发展与改革研究”座谈会，发言题目为“上海发展改革中的瓶颈、短腿、差距及相关分析与建议”。

2 月下旬，参加上海市委研究室专题讨论会，主题为“上海区县功能划片问题”。

3 月中旬，参与讨论民政部主编的《中国政区大典》“区划沿革”条目的讨论。

3 月下旬，参与民政部专家座谈会，李学举部长及副部长主持。

3 月底，讨论上海市民政局项目“上海郊区乡镇政区地名文化保护研究”(石超艺参加)。

4 月 21 日，《时代信报》刊登《增设直辖猜想应当降温，行政区划未必带来繁荣》。

5 月中下旬，随同中共浦东新区区委栾国梁副书记赴重庆学习考察座谈，黄奇帆副市长接见；代表考察团作即席发言。

5 月下旬，江苏省民政厅张副厅长主持召开行政区划改革座谈会，发表了 7 点意见；为安徽省行政区划规划文稿提出 40 条书面建议与意见。

7 月中旬，主持上海市地名学研究会项目“上海市海域无居民海岛命名更名研究”。

9 月，为安徽省高级中学地理教师进修班讲课“城市化进程中的行政区划改革”。

9 月 17 日，带领全体硕士生、博士生赴吴江考察松陵、同里、黎里、平望、芦墟、盛泽、震泽七大镇。

2006 年

1 月中旬，被上海市民政局聘为“上海市民政局专家咨询委员会成员”。

1 月下旬，访问绍兴。

2 月下旬，参与“浦东新区川沙功能区——社区模式的创新与实践”课题调研；参加泰州市城市总体规划论证会。

3 月 6 日，参加上海市民政工作会议。

3 月 20 日，参加徐汇区政府社区建设座谈会。

3 月下旬，民政部窦副部长来沪调研行政区划与社区建设，作主要发言。

3 月底，参加“常州城市东西两翼发展规划研究”座谈会并听取意见。

4—6 月，赴川沙华夏社区调研，与居委会座谈。

4 月 21 日，参加沈阳建筑大学、科技部“国家小城镇评价指标体系”验收会。

5 月 2 日—4 日，访问香港浸会大学，作学术报告。

5 月 8 日，香港中文大学演讲。

5 月 18 日，上海市海岛地名课题结题。

7 月，上海市委项目——新江湾城社区体制改革试点课题开题，开展调研、座谈会。

7 月 7 日，赴英国访问，26 日回沪；28 日，浦东新区编办座谈行政体制改革问题。

8 月上旬，进行嘉定村镇规划项目调研；参加上海市民政局适度规模研究座谈。

10 月底，民政部基层政权和社区建设司座谈关于基层政治体制改革(上海)。

12 月，上海市社区发展研究会第二届会员代表大会，当选为理事。

12 月下旬，常州片区规划课题汇报会。

2007 年

1 月，参加《经济地理》编委会暨学术报告会(长沙)，题目为“中国行政区经济的理论与实践”。

3 月，参加民政部咨询专家座谈会，内容：和谐民政；浦东川沙新镇华夏、黄楼社区关于“镇管社区”的座谈。

4 月 6 日，带领长风街道全体干部参观访问潍坊街道。

5 月初，办理退休手续。

5 月中旬，参加宝山区规划局地名座谈会。

5 月下旬，“上海政区地名”课题提交评审。

6 月 12 日，华东师范大学校刊发表《“人文素养”的三个层面，访终身教授刘君德先生》。

6 月 23 日—24 日，陪同美国专家卡洛琳教授参观考察曹家渡，商量合作事宜。

11 月 16 日，评审上海市社会科学重大项目：复旦大学周振鹤“中国行政区划史”。

11 月 30 日，参加中国现代城市研究中心学术委员会会议。

12 月下旬，访问厦门集美大学。

2008 年

1 月，参加厦门生态市规划评审会。

1 月底，校岗位设置领导小组审定，被聘用为正高二级专业技术岗位。

3 月，参加上海市地名学研究会理事会、市民政工作、市地名学研究会年会等会议。

6 月上旬，参加香港大学城市规划及环境管理研究中心“区域合作与基建发展研讨会”国际学术会议，宣读论文《中国大陆行政区经济运行下的大区域合作发展机制研究——兼谈泛珠三角区域合作的十大关系》。论文收录于香港大学学术论文集，中英文出版。

7 月下旬，考察澳门。

9 月，主持浦东生态城区建设规划评审会。

9 月下旬，受聘为海南大学三亚学院顾问教授，参加开学典礼，作学术报告“行政区划与城市规划、社区建设关系的个案研究——以上海曹家渡、海口—琼山地区为例”。

11 月初，主持《当代中国城市—区域：权力 · 制度 · 空间研究丛书》工作会议(常熟)；教育部人文社会科学项目“我国县下辖市(镇级市)研究”结题，免于鉴定。

2009 年

2 月，上海市地名学研究会第四次代表大会，理事换届，作第三届理事会工作报告。

4 月，承接上海市决策咨询委员会和市委研究室关于大浦东行政体制改革的研究课题，5 月提交“关于新浦东、新格局行政体制改革设想的研究报告”成果，报市委。

5 月，参加《辞海》主编扩大会议(锦江小礼堂)。

6 月，参加“嘉定区安亭与黄渡两镇行政区划调整”论证会。

6 月下旬，与华林甫共同和苍山县签订“关于山东省苍山县拟更名为‘兰陵县’论证”课题委托协议书，7 月赴苍山县调研，2010 年 1 月提交研究报告，马祖琦参加了研究。

8 月，参加上海市民政局“关于崇明县长兴乡撤乡建镇方案”“关于在虹桥枢纽设立新街道和撤销龙柏街道的建议方案”“关于虹口区部分街道行政区划调整的方案”等论证会。

10 月，参加《地理教学》杂志 50 周年纪念会。

12 月 8 日，参加中宣部、新闻出版总署在北京人民大会堂举办的“《辞海》(第六版)总结大会”，李长春、刘云山、刘延东、陈至立、袁贵仁、曹建民等领导接见。

11 月，完成浦东新区重大课题“浦东新区城市管理体制创新研究”，提交研究报告。

2010 年

1 月，完成苍山县县名更名为兰陵县的论证报告，完成人：刘君德、华林甫、马祖琦。

2 月 15 日，母亲仙逝，享年 96 岁。

3 月，上海市社会科学界联合会成立 60 周年大会，颁发资深社会科学专家荣誉证书。

4 月，参加上海市城市规划设计研究院“城市规划视角下的城市管理”研讨会、纪念浦东开发开放 20 周年暨浦东社会发展研究成果发布会、临港新城地名更名会等。

5 月，参加上海市发展和改革委员会“十二五改革专题讨论会”。

6 月，参加徐汇区滨江地区三个街道（龙华、斜土路、枫林）区划调整论证会、“金山区区域总体规划修编”专家研讨会等。

7 月底，马海龙驱车，与老伴环京津贫困带之行，8 月 6 日回到天津。

8 月，参加“崇明生态岛生态规划”评审会。

9 月 7 日，参加上海市委俞正声书记关于推进上海改革的座谈会，发言内容：新时期上海市“两级政府、三级管理”体制改革深化建议——兼谈行政区划改革问题。

11 月初，上海市发展和改革委员会“新时期上海市行政区划改革研究”课题签约；参加上海市城市规划设计研究院“基于城市规划视角下的城市管理研究专家研讨会”，作主题发言。

2011 年

1 月上旬，审阅《大辞海（中国地理卷）》；4 月中旬在达安城小区家中商讨词条结构，8 月中下旬审阅全部词条，整理成书面意见反馈给上海辞书出版社编辑部，修改后于年底提交出版。

3 月下旬，向上海市发展和改革委员会提交“上海市行政区划体制改革前瞻性研究”报告。

5 月初，在泰州主持召开《当代中国城市—区域权力 · 空间 · 制度研究丛书》作者工作会议，检查交流丛书编写工作。

7 月，《分权与当代中国都市区空间规划的理论与实践：常州市案例研究》由东南大学出版社出版，作者：刘君德、袁中金、顾春平、胡德。

8 月 6 日，参加浦东新区行政区划工作专家座谈会。

8 月中旬，参加浦东新区人民政府“浦东新区部分行政区划（祝桥镇、六灶镇）调整座谈会”。

8 月底，上海市第二次全国地名普查试点（浦东新区）成果验收会。

12 月中旬，主持静安区地名文化保护规划评审会。

2012 年

6 月 9 日，参加《大辞海》《辞海》主编扩大会议。

8 月上旬，参加浦东新区行政区划改革专家座谈会。

8 月中旬，浦东新区部分镇行政区划调整座谈会；“社区”书稿交付东南大学出版社。

8 月下旬，撰写《关于推进中国行政区划研究中心改革发展的设想》，向校党委、民政部汇报。

9 月中旬，澳大利亚悉尼科技大学中国问题研究中心卡洛琳教授来沪，实施澳大利亚自然科学基金项目合作的考察调研计划，与上海市城市规划设计研究院、市民政局等相关单位座谈，考察苏州、常州、吴江。

9 月下旬，参加李春芬先生诞辰 100 周年纪念大会，陈吉余先生致纪念辞。

9 月底，与马祖琦、熊竞合著的《中央直辖市政区空间组织与制度模式探析：理论构架、比较分析及实证研究》，由东南大学出版社出版。

10 月中下旬，携老伴赴河南省巩义市、荥阳市参观考察。

11月中旬，向民政部汇报中国行政区划研究中心改革设想，戴均良副部长接见。

12月，上海辞书出版社出版《大辞海（中国地理卷）》。

12月下旬，受聘为上海市规划委员会专家委员。

2013年

1月9日，承担常州规划局新课题“基于‘五位一体’的常州市城域（城区）行政区划调整与改革方案研究”，首次提出“权力＋空间＝生产力”的见解。

6月上旬，执行中澳合作项目第二次考察计划，考察浙江省桐庐县、义乌市和温州市的乐清市、龙港镇、敖江镇，与温州市委研究室座谈。

7月，承接中国城市规划设计研究院深圳分院项目“基于新型城镇化的广东省行政区划战略研究”，年底提交研究报告；承接江苏省城市规划设计研究院“行政区经济影响下镇江都市区空间优化对策研究”课题，年底完成。

8月底，参加上海市规划和国土资源管理局“上海市城市总体规划实施机制与政策研究”专家咨询会。

10月初，接待民政部区划地名司规划处处长燕艸来访，就全国行政区划的形势与任务进行座谈。

11月上旬，参加新疆喀什地区特聘专家聘任仪式暨课题发布会。

2014年

1月，参加上海辞书出版社《大辞海》分科主编会议。

3月，《江汉论坛》杂志第3期头篇发表《论中国建制市的多模式发展与渐进式转换战略》。

9月初，赴京向民政部区划地名司司长汇报中心工作，提交《关于推进华东师范大学中国行政区划研究中心改革发展的设想与建议》；回校后向校领导汇报。

9月中旬，主持普陀区“真如镇撤销镇建制设立街道办事处”和“长征镇万里地区新建街道办事处”的专家论证会。

10月，民政部区划地名司在杭州举办“贯彻新型城镇化要求，优化行政区划设置专题培训班”，应邀主讲“中国行政区经济的实践与理论”。

2015年

1月底，参加民政部“设市设区标准”专家座谈会。

4月，主持闵行区从浦江镇析出浦锦街道、松江区九亭镇析出九里亭街道以及方松街道撤一建二方案的专家论证会。

5月，刘君德、范今朝著的《中国市制的历史演变与当代改革》由东南大学出版社出版。

6月初，应陕西省民政厅邀请，为西部10省区民政工作会议作学术报告“刚性约束→合作治理：基于行政区经济理论的中国西部省区政区的改革与发展”。

7月，完成“喀什行政区—社区体制改革研究”课题，胡德执笔。

8月，主编《中国行政区经济与行政区划：理论与实践》，由东南大学出版社出版，林拓参与。

9月18日—20日，主办华东师范大学“中国行政区经济与行政区划”国际研讨会，作主旨演讲“中国行政区经济的核心要义与新的认知”，来自海内外的大学、科研单位，民政部区划地名司、天津和新乡市领导共50多人参会。

2016年

1月，接受《江汉论坛》记者采访，发表访谈录《博雅君子，怀才抱德——刘君德教授与中国行政区划研究访谈录》。

4月，华东师范大学城市发展研究院学术演讲“街区制：基于行政区—社区理论的解读与思考”，会后组织参观静安区 60 号地块街坊(成片石库门老小区),并作现场讲解。

8 月,《江汉论坛》头篇发表与马祖琦合作的论文——《中国行政区经济理论的哲学思考》。

9 月,搬回华东师大三村居住;为城市与区域科学学院新生(本科生、硕士生、博士生)作“我的地理人生”报告。

2017 年

1 月,完成《我的地理人生:涉足山区・致力政区・钟情社区》书稿,提交东南大学出版社-城市工作室。

附录二:学术成果

一、著作

1. 刘君德、陈永文主编,上海师范大学《简明中国地理》编写组编:简明中国地理[M],青年自学丛书,上海:上海人民出版社,1974年[该书由(日)高桥满翻译、(日)加藤祐三解说,于1976年11月由日本龙溪书舍全文翻译出版,书名《中国的自然和产业——简明中国地理》]。

2. 刘君德、郭亚平、李天任等主编,《江西农业地理》编写组编:江西农业地理[M],南昌:江西人民出版社,1982年。

3. 刘君德译著、(日)山鹿诚次著:城市调查法[M],华东师范大学地理系地理译文选(打印稿),1982年[《城市调查法》是著名城市地理学家(日)山鹿诚次教授所著,该书1963年问世,至1977年再版14次。译稿刊登于《上海城市经济研究》(1984—1986年)]。

4. 刘君德、陈永文编著:新编中国地理[M],上海:上海人民出版社,1986年。

5. 刘君德、李天任、冯志坚主编,中国科学院南方山区综合科学考察队第三分队编:安徽省南部丘陵山区国土开发与整治研究[M],上海:华东师范大学出版社,1987年。

6. 刘君德、李天任、冯志坚主编,中国科学院南方山区综合科学考察队第三分队编:浙江省西部丘陵山区国土开发与整治研究[M],上海:华东师范大学出版社,1989年。

7. 李春芬主编,褚绍唐、刘君德副主编:中华人民共和国地名词典·上海市[M],北京:商务印书馆,1989年。

8. 李天任、刘君德、冯志坚主编:福建省建溪流域国土开发与整治研究[M],上海:华东师范大学出版社,1989年。

9. 陈永文、刘君德、李天任编著:中国国土资源及区域开发[M],上海:上海科学技术出版社,1989年。

10. 郭文卿、刘君德等:中国亚热带东部地区工业发展条件与方向[M],北京:科学出版社,1990年。

11. 潘明友、汤建中主编,刘君德等副主编:永嘉县国土规划[M],上海:华东师范大学出版社,1990年。

12. 张文范、刘君德、郑麦主编:中国行政区划文献目录[M],上海:华东师范大学出版社,1992年。

13. 张文范主编、刘君德等副主编:中国省制[M],北京:中国大百科全书出版社,1995年。

14. 刘君德主编、周克瑜副主编:中国行政区划的理论与实践[M],上海:华东师范大学出版社,1986年。

15. 陈征琳、邹逸麟、刘君德主编:上海地名词典[M],上海:上海社会科学院出版社,1998年。

16. 刘君德、靳润成、周克瑜编著:中国政区地理[M],北京:科学出版社,1999年。

17. 陆炳炎、刘君德主编:大城市文明城区建设的理论和实践[M],上海:百家出版社,1999年。

18. 刘君德、汪宇明著:制度与创新:中国城市制度的发展与改革新论[M],南京:东南大学出版社,2000年。

19. 刘君德、冯春萍、华林甫、范今朝编著:中外行政区划比较研究[M],上海:华东师范大学出版社,2002年。

20. 刘君德、靳润成、张俊芳编著:中国社区地理[M],北京:科学出版社,2003年。

21. 刘君德、袁中金、顾春平、胡德著:分权与当代中国都市区空间规划的理论与实践:常州市案例研究[M],南京:东南大学出版社,2011年。

22. 刘君德、马祖琦、熊竞著：中央直辖市政区空间组织与制度模式探析：理论构架、比较分析及实证研究[M]，南京：东南大学出版社，2012 年。

23. 刘君德主编：大辞海(中国地理卷)[M]，上海：上海辞书出版社，2012 年。

24. 刘君德等著：中国大城市基层行政社区组织重构：以上海市为例的实证研究[M]，南京：东南大学出版社，2013 年。

25. 刘君德、范今朝著：中国市制的历史演变与当代改革[M]，南京：东南大学出版社，2015 年。

26. 刘君德、林拓主编：中国行政区经济与行政区划：理论与实践[M]，南京：东南大学出版社，2015 年。

二、论文

1. 严重敏、刘君德、孙大文、卢奇达：试论苏锡地区农业发展与中小城镇的关系[J]，载《地理学报》，1964 年第 3 期。

2. 刘君德：关于商品粮基地若干问题的探讨[J]，载《经济地理》，1981 年第 1 期。

3. 刘君德：影响工业区位的因素和中国工业区位的演变[J]，载《地理教学》，1981 年第 1 期。

4. 刘君德：试论江西省人口的演变及其发展趋势[M]，收入《人口研究论文集》(胡焕庸等著)，上海：华东师范大学出版社，1981 年(第 61-65 页)。

5. 刘君德：再论江西省人口问题[M]，收入《人口研究论文集(第二辑)》(胡焕庸等著)，上海：华东师范大学出版社，1983 年(第 131-148 页)。

6. 刘君德：谈工业布局中的环境保护问题[J]，载《地理教学》，1983 年第 2 期。

7. 刘君德、金鼎馨：进一步发挥湖州市区域经济优势的初步研究[J]，载《工业・城镇布局与区域规划研究》，1984 年第 12 期。

8. 刘君德：立足经济区，多途径解决上海的建材供应问题[J]，载《城市经济研究》(上海)，1987 年第 5 期。

9. 刘君德：试论山区的开发治理与经济振兴——以上海经济区为例[J]，载《华东师范大学学报(自然科学版)》，1989 年第 3 期。

10. 刘君德、叶忠海：人才地理——人才学的一个重要研究领域[J]，载《高教与人才》，1989 年第 5 期。

11. 严重敏、刘君德：关于城乡结合部若干问题的探讨[J]，载《城市经济研究》(上海)，1989 年第 12 期。

12. 刘君德、李天任：论皖南山区的开发治理与经济振兴[M]，收于《南方山区综合开发利用研究》(中国自然资源研究会编)，北京：科学出版社，1989 年(第 88-95 页)。

13. 刘君德：遵循客观规律，提高区域综合科学考察报告的科学性[M]，收于《中国亚热带东部丘陵山区综合科学考察方法研究》(中国科学院南方山区综合科学考察队编)，北京：科学出版社，1989 年(第 11-18 页)。

14. 刘君德、周克瑜：试论沿海山区乡镇工业发展与小城镇的关系[J]，载《城市经济研究》(上海)，1990 年第 2 期。

15. 刘君德、叶忠海：中国人才开发的空间研究[J]，载《华东师范大学学报(社会科学版)》，1991 年第 1 期。

16. 刘君德：谈谈我国的行政区划[J]，载《地理教学》，1991 年第 4 期。

17. 刘君德：关于我国行政区划体制改革的初步探讨[M]，收于《中国行政区划研究》(中国行政区划研究会编)，北京：中国社会出版社，1991 年。

18. 刘君德、程玉申、陈忠祥、王明：安徽省皖南行政区划体制的调查与思考[M]，收于《中国行政区划研究》(中国行政区划研究会编)，北京：中国社会出版社，1991 年。

19. 刘君德、黄明达：关于我国城乡划分标准与行政区划体制问题[M]，收于《中国城镇化区域比较研究论文集》(王嗣均主编)，杭州：杭州大学出版社，1992 年。

20. 刘君德:中国行政区划的演变[J],载《科学》,1992年第3期。
21. 刘君德:中国行政区划的改革[J],载《科学》,1992年第4期。
22. 刘君德、张永康:上海市浦东新区行政区划研究[J],载《科学》,1993年第1期。
23. 刘君德 舒庆:上海经济技术开发区行政区划与行政管理体制初探[J],载《人口·资源与环境》,1993年第3期。
24. 刘君德:初评上海浦东开发与上海及长江三角洲区域经济发展[M],收于《中国城市与区域发展:展望21世纪》(杨汝万编),香港:香港中文大学香港亚太研究所,1993年。
25. 刘君德、舒庆:论行政区划、行政管理体制与区域经济发展战略[J],载《经济地理》,1993年第1期。
26. 刘君德、吴亚荣、舒庆:海口地区市县利益冲突及行政区划体制探索[J],载《战略与管理》,1994年第3期。
27. 舒庆、刘君德:一种奇异的区域经济现象——行政区经济[J],载《战略与管理》,1994年第5期。
28. 舒庆、刘君德:中国行政区经济运行机制剖析[J],载《战略与管理》,1994年第6期。
29. 刘君德:世纪之交:中国城市化发展与城市型政区改革新思路[J],载《中国方域:行政区划与地名》,1995年第1期。
30. 刘君德、王德忠:多伦多大都市政府形成发展及其借鉴意义[J],载《中国方域:行政区划与地名》,1995年第2期。
31. 刘君德、张玉枝:国外大都市区行政组织与管理的理论与实践——公共经济学的分析[J],载《城市规划汇刊》,1995年第5期。
32. 刘君德:中国市镇制度的发展与设市模式[J],载《地理教学》,1995年第5期。
33. 王俞:加强行政区划研究——访华东师大中国行政区划研究中心主任刘君德教授[J],载《社科规划通讯》(“人物专访”),1995年第1期。
34. “学者专递”:刘君德谈赣皖增速为何超过沪鲁?关键是寻找均衡点[N],载《人民日报》(华东版),1995年12月12日。
35. 刘君德:上海浦东新区行政区—社区体系及其发展研究[J],载《城乡建设》,1995年第9-10期。
36. 刘君德、王德忠:中国城市群区行政组织和管理体制改革探讨[J],载《战略与管理》,1996年第1期。
37. 刘君德、王德忠:中国都市区行政区划改革若干问题探讨[J],载《浙江学刊》,1996年第2期。
38. 刘君德、彭再德:美国旧金山大都市区政府的发展[J],载《中国方域:行政区划与地名》,1996年第2期。
39. 刘君德:中国行政区划的发展与改革思路[J],载《中学地理教学参考》,1996年第4期。
40. 刘君德、靳润成:试论上海特别市形成初期的行政区划问题[J],载《中国方域:行政区划与地名》,1996年第5期。
41. 刘君德、舒庆:中国区域经济的新视角——行政区经济[J],载《改革与战略》,1996年第5期。
42. 刘君德、张玉枝:石狮设市模式剖析——关于我国设市体制改革和完善的思考[J],载《经济地理》,1996年第4期。
43. 刘君德:行政区划与可持续发展[N],载《中国科学报》,1997年1月10日。
44. 刘君德、王德忠:外资利用状况评价预警分析——以浦东新区为例[J],载《经济地理》,1997年第1期。
45. 刘君德、张玉枝:社区分化—整合运动一般规律探讨[J],载《人文地理》,1997年第2期。
46. 刘君德、张玉枝:论浦东新区的社区分化—整合运动的特征及其发展趋势[J],载《人文地理》,1997年第4期。
47. 刘君德、宋迎昌:“九七”回归:沪港经济的竞争与合作[J],载《地理学报》,1997年增刊。
48. 刘君德、彭再德、徐前勇:上海郊区乡村—城市转型与协调发展[J],载《城市规划》,1997年第5期。

49. Liu Junde, Peng Zaide: Rurai-urban transition and urban growth in Shanghai[J], in Asian Geographer, 1996 Issue 1-2.

50. 刘君德、武伟、浦善新、陈德彧、季力加：辽宁省瓦房店市村级行政区划调整的调查报告[J]，载《民政政策理论研究》，1998 年第 1 期；载《中国方域：行政区划与地名》，1998 年第 3 期。

51. 刘君德：日本的行政区划改革及其经验借鉴[J]，载《中国方域：行政区划与地名》，1998 年第 1 期。

52. 刘君德：日本的城市型政区[J]，载《中国方域：行政区划与地名》，1998 年第 2 期。

53. 刘君德：21 世纪中国直辖市政区改革的战略思考[J]，载《浙江学刊》，1998 年第 3 期。

54. 刘君德、宋迎昌、刘宇辉：论制度创新与可持续发展——上海市城乡结合部的管理体制探索[J]，载《城市规划汇刊》，1998 年第 4 期。

55. 刘君德、何建红：社区的行政分割及其整合研究——以上海市曹家渡为例[J]，载《上海城市规划》，1998 年第 4 期。

56. 刘君德：关于加强跨界环境管理的两点建议——从《中国改革报》(时代周刊)“吴桥 19 万群众盘盼喝清水”的报道谈起[N]，载《中国改革报》，1998 年 9 月；《解放日报》，10 月 20 日再次刊登。

57. 刘君德：论行政区划改革与区域可持续发展[J]，载《中国方域：行政区划与地名》，1998 年第 6 期。

58. 刘君德、张玉枝：上海城乡结合部社区管理的考察与研究[J]，载《上海城市规划》，1999 年第 2 期。

59. 刘君德：中国市制的几大问题及其对策[J]，载《中国方域：行政区划与地名》，1999 年第 2 期。

60. 刘君德、宋迎昌、方晓：上海城市边缘型开发区的管理体制改革探讨[J]，载《华东师范大学学报(哲学社会科学版)》，1999 年第 2 期。

61. 刘君德：以立功竞赛为抓手，扎扎实实推进上海城区社区建设——从上海市社区建设的倾向性问题谈起[J]，载《立功竞赛》，1999 年第 3 期。

62. 刘君德：访台中市枫树社区之观感[J]，载《立功竞赛》，1999 年第 5 期。

63. 刘君德、张玉枝：从街道经济走向社区经济[J]，载《立功竞赛》，1999 年第 6 期。

64. 刘君德：长江三角洲地区空间经济的制度性矛盾与整合研究——中国“行政区经济”的案例分析[J]，载《杭州师范学院学报(社会科学版)》，2000 年第 1 期。

65. 刘君德：上海行政区划的特征与问题分析[J]，载《上海城市规划》，2000 年第 2 期。

66. 刘君德：我国特大城市内部行政区划体制改革的思考：一篇未发表的研究报告[J]，载《中国方域：行政区划与地名》，2000 年第 2 期。

67. 刘君德：西部大开发的重大意义与新观念、新思路、新举措[J]，载《世界地理研究》，2000 年第 2 期。

68. 刘君德：新时期中国城市社区建设的新趋势——兼谈上海社区建设的重点[J]，载《立功竞赛》，2000 年第 2 期。

69. 刘君德：中国市制的发展与改革[M]，收于《21 世纪中国城市发展》(刘国光主编)，北京：红旗出版社，2000 年。

70. 戴均良、刘君德、汪宇明：市辖市：中国城市型政区设置的法律挑战与出路选择——由广州、佛山市行政区划体制考察所引发的思考[J]，载《中国方域：行政区划与地名》，2000 年第 3 期。

71. 陈湘满、刘君德、张玉枝：论我国城市边缘区行政管理体制的区域整合[J]，载《经济地理》，2000 年第 3 期。

72. 刘君德、张玉枝、刘均宇：大城市边缘区社区的分化与整合：上海真如镇个案研究[J]，载《城市规划》，2000 年第 4 期。

73. 卢为民、刘君德：行政区划—房地产管理中不容忽视的因素[J]，载《中国方域：行政区划与地名》，2000 年第 4 期。

74. 刘君德、严志农：真如镇建立社区工作站的实践与启示[J]，载《民政论坛(中国民政学院学报)》，2001 年第 1 期。

75. 卢为民、刘君德：面向 21 世纪的上海城市管理制度创新[J]，载《城市问题》，2001 年第 1 期。

76. 刘君德：上海建设现代化国际大都市的指标体系研究[J]，载《规划与观察》，2001年第2期。

77. 刘君德等：创建国际化大都市的行政区划思考[M]，收于《中国城市化走向研究》（靳尔刚主编），上海：上海科学普及出版社，2001年。

78. 刘君德：长江三角洲区域可持续发展的障碍与对策（提纲）[M]，收于《21世纪初长江三角洲区域发展战略研究》（朱敏彦等主编），上海：上海人民出版社，2001年。

79. 刘君德：中国城市社区组织制度的创新与思考[J]，载《杭州师范学院学报（人文社会科学报）》，2001年第3期。

80. 刘君德：中国的城市社区自治怎么走？——上海潍坊街道社区居委会民主建设实践的启示[J]，载《杭州师范学院学报（人文社会科学报）》，2001年第4期。

81. 刘君德：中国现行城市基层社区组织制度的特点及其问题分析[J]，载《城市街居通讯》，2001年第4期。

82. 刘君德：中国基层社区组织制度创新的基本思路[J]，载《城市街居通讯》，2001年第5期。

83. 卢为民、刘君德、黄丽：世界大都市组织与管理的新模式、新思维和新趋势[J]，载《城市问题》，2001年第6期。

84. 刘君德：上海建设现代化国际大都市的总体构想与指标体系研究[J]，载《市长参考》，2001年第6期。

85. 刘君德：加拿大蒙特利尔城市共同体的组织与功能[J]，载《上海城市规划》，2002年第1期。

86. 刘君德：把握自治终极目标和社区差异性[N]，载《中国社会报（社区建设周刊），》2002年1月4日。

87. 刘君德：历史变迁过程与现状特征：当代台湾地区行政区划研究之一[J]，载《中国方域：行政区划与地名》，2002年第1期。

88. 刘君德：地域型政区发展与模式分析：当代台湾地区行政区划研究之二[J]，载《中国方域：行政区划与地名》，2002年第2期。

89. 刘君德：城市型政区的发展与模式：当代台湾地区行政区划研究之三[J]，载《中国方域：行政区划与地名》，2002年第3期。

90. 林拓、刘君德：开发区与乡镇行政体制关系问题研究[J]，载《经济地理》，2002年第2期。

91. 刘君德：城市规划・行政区划・社区建设[J]，载《城市规划》，2002年第2期。

92. 刘君德：上海城市社区的发展与规划研究[J]，载《城市规划》，2002年第3期。

93. 刘君德：上海行政区划的发展与改革思路[J]，载《上海房地》，2002年第2期。

94. 刘君德：创新制度，加强管理：促进"都市村庄"健康发展[N]，载《中国社会报（社区建设周刊）》，2002年7月19日。

95. 刘君德、张俊芳、马祖琦：大城市政府职能转变中的区级政区功能定位研究[J]，载《杭州师范大学学报（社会科学版）》，2002年第5期。

96. 刘君德：论社区文化与社区发展——兼谈社区文化建设中的误区及对策[M]，收于《社区文化与城市发展》（陈民宪主编），北京：北京出版社，2003年。

97. 刘君德、马祖琦：上海城市精神的立体解读[J]，载《上海城市管理》，2003年第3期。

98. 刘君德、马祖琦：都市区概念辨析与行政地域都市区类型的划分[J]，载《中国方域：行政区划与地名》，2003年第4期。

99. 刘君德、陈占彪：长江三角洲行政区划体制改革思考[J]，载《探索与争鸣》，2003年第6期。

100. 刘君德：新时期中国城市型政区改革的思路[J]，载《中国行政管理》，2003年第7期。

101. 秦学、刘君德："行政区经济"现象在我国旅游业中的表现及其负面影响[J]，载《学术研究》，2003年第12期。

102. 靳润成、张俊芳、刘君德：新城市主义社区规划与设计的几大法则[J]，载《经济地理》，2004年第

3 期。

103. 刘君德：中国转型期凸现的“行政区经济”现象分析[J]，载《理论前沿》，2004 年第 10 期。

104. 刘君德：转型期行政区经济透视——华东师范大学的演讲[N]，载《解放日报》(思想者栏目)，2004 年 10 月 31 日。

105. 刘君德：理性认识和推进“强县扩权”[J]，载《决策咨询》，2004 年第 7 期(中国人民大学复印报刊资料转载)。

106. 袁中金、刘君德、侯爱敏：中国中心镇镇区人口规模研究[J]，载《城市规划》，2004 年第 6 期。

107. 刘君德：增设直辖猜想应当降温，行政区划未必带来繁荣[N]，载《时代信报》，2005 年 4 月 21 日。

108. 刘君德：县下辖市：尝试一种新的政区制度[J]，载《决策》，2005 年第 4 期。

109. 刘君德：学习贯彻十六届五中全会精神推进我国行政区划体制改革健康发展[J]，载《经济地理》，2006 年第 1 期。

110. 刘君德：中国直辖市制度辨析与思考[J]，载《江汉论坛》，2006 年第 5 期(《新华文摘》2006 年第 10 期全文转载)。

111. 刘君德、贺曲夫、胡德：论“强县扩权”与政区体制改革[J]，载《杭州师范学院学报》，2006 年第 6 期。

112. 胡德、刘君德：政区等级、权力与区域经济关系——中国政府权力的空间过程及其影响[J]，载《中国行政管理》，2007 年第 6 期。

113. 刘君德：中国特色城市社区发展理论与实践[J]，载《上海市容》，2007 年第 6 期。

114. 刘君德、熊竞：网格化对社区建设的组织意义与空间关系[J]，载《上海城市管理》，2009 年第 3 期。

115. 马祖琦、刘君德：浦东新区“功能区域”的管理体制与运行机制[J]，载《城市问题》，2009 年第 6 期。

116. Liu Junde：Regional Cooperation in China's Administrative Region Economy：Its Links with Pan-Pearl River Delta Development[Z]，2010：55-58.

117. 马祖琦、熊竞、刘君德：大城市中心城区区级管理体制改革研究[J]，载《探索与争鸣》，2011 年增刊 1。

118. 刘君德：论中国建制市的多模式发展与渐进式转换战略[J]，载《江汉论坛》，2014 年第 3 期。

119. 刘君德、张卫东：博雅君子　怀才抱德——刘君德教授与中国行政区划研究访谈录[J]，载《江汉论坛》，2016 年第 1 期。

120. 刘君德、马祖琦：中国行政区经济理论的哲学思考[J]，载《江汉论坛》，2016 年第 8 期。

121. 刘君德：中国行政区划研究中心发展纪实[M]，收于《人脉》(吴铎主编)，上海：华东师范大学出版社，2016 年。

三、内部论文与译著

1. 刘君德、李天任：江西省国土资源开发利用与建设规划问题初探[Z]，收于《国土开发与整治》(华东师范大学地理系编)专辑(一)，1982 年(第 34 页)。

2. 刘君德：从土地资源利用看江西人口的适度规模和合理分布[Z]，收于《国土开发与整治》(华东师范大学地理系编)专辑(一)，1982 年(第 48 页)。

3. (日)北村贞太郎著，刘君德译，季增民校：土地资源利用调整的基本观点[Z]，收于《国土开发与整治》(华东师范大学地理系编)专辑(一)，1982 年(第 223 页)。

4. (日)杉山道雄著，刘君德译：以色列农工一体社会的结构和性质[Z]，载中国科学院自然资源综合考察委员会内部期刊，1982 年第 2 期。

四、获奖

1. 刘君德等：江西农业地理，获中国科学院科技进步一等奖(集体)，1987 年。

2. 刘君德译:城市调查法[连载《城市经济研究》(上海)],获上海市城市经济学会三等奖。

3. 刘君德等:中国亚热带东部丘陵山区自然资源合理利用与治理,获中国科学院科技进步一等奖(集体)、国家三等奖(集体),1991 年。

4. 严重敏、刘君德:关于城乡结合部若干问题初探,获上海市城市经济学会一等奖,1991 年。

5. 陈永文、刘君德、李天任:中国国土资源及区域开发,获华东地区科技出版社优秀科技图书二等奖,1991 年。

6. 刘君德、郑麦:中国行政区划文献目录,获中国索引学会优秀成果奖,1994 年。

7. 刘君德等:江苏省苏锡常地区行政区划改革研究,获全国高等学校人文社会科学研究优秀成果奖一等奖,1995 年。

8. 刘君德、周克瑜:中国行政区划的理论与实践,获上海市哲学社会科学优秀成果著作二等奖,1998 年。

9. 刘君德:《区域地理学》新方向的创建与高层次人才培养,获上海市教学成果一等奖,1998 年。

10. 刘君德等:上海行政区划体制改革与浦东新区建制镇区划调整及城镇发展战略研究,获上海市决策咨询一等奖,2001 年。

11. 刘君德、靳润成、周克瑜:中国政区地理,获全国高等学校人文社会科学优秀著作三等奖,2003 年。

12. 刘君德等:洋山深水港管理与营运体制研究,获第五届上海市决策咨询三等奖,2004 年。

荣誉称号:上海市优秀教育工作者(1993 年)。

附录三：科研项目

表一　主持的基金项目和国家项目

项目名称	项目来源	完成时间
《江西农业地理》	农业部、中国科学院	1981年
安徽省南部丘陵山区国土开发与整治研究	国家计划委员会、中国科学院	1984年
浙江省西部丘陵山区国土开发与整治研究	国家计划委员会、中国科学院	1985年
中国亚热带九省区工业发展条件与方向	国家计划委员会、中国科学院	1988年
中国东南部山区人才开发与教育改革研究	国家自然科学基金	1991年
我国国民经济分级调控空间组织模式可行性方案研究	国家自然科学基金	2000年
市场经济条件下中国行政区与经济区关系研究	国家社会科学基金	1995年
大城市城郊结合部行政管理体制综合研究	国家社会科学基金	2001年
大中城市文明城区创建与区级行政管理体制改革研究	国家社会科学基金	2003年
大中城市街道行政社区空间结构分析与组织制度创新	国家社会科学基金	2011年
中国大都市区公共行政组织与管理模式研究	教育部基金	2000年
我国县下辖市（镇级市）研究	教育部人文社会科学基金	2008年
上海市浦东地区行政区划研究	上海市科学技术委员会	1992年
大城市文明城区建设的理论与实践	上海市社会科学基金重点	1999年
上海城市精神研究	上海市社会科学基金	2002年
长江三角洲区域发展协调机制创新（分专题）	上海市社会科学基金重点	2003年
新世纪上海社区发展研究	上海市社会科学基金重点	2008年

表二　主持或参与主持的政府部门委托和决策咨询项目

项目名称	项目来源	完成时间
永嘉县国土规划	永嘉县政府	1989年
上海市普陀区九十年代经济社会发展走向与“八五”计划研究	上海市普陀区政府和科学技术委员会	1991年
江苏省苏锡常地区行政区划战略研究	民政部、江苏省民政厅	1992年
江苏省“三泰”地区行政区划研究	民政部、江苏省民政厅	1992年
上海市曹家渡地区的行政分割及其整合研究	上海市社会科学界联合会	1993年
海南省设市预测与规划	海南省人民政府	1993年
大海口地区市县利益冲突与行政区划调整研究	琼山市人民政府	1993年

续表一

姓名	中文论文题名	专业	学位级别	学位授予日期
李丽雅	《我国大城市地区现代都市农业与农村可持续发展研究：以上海为例》	人文地理学	理学博士	2006 年
史卫东	《省制以来统县政区发展研究》	人文地理学	理学博士	2006 年
贺曲夫	《我国县辖政区的发展与改革研究》	人文地理学	理学博士	2007 年
胡德	《政府权力的空间过程及其影响：基于行政区划视角的中国区域经济考察》	人文地理学	理学博士	2007 年
刘焱	《区域一体化进程中的改革与创新：兼论天津滨海新区功能区与行政区联动体制机制》	人文地理学	理学博士	2008 年
马海龙	《行政区经济运行时期的区域治理：以京津冀为例》	人文地理学	理学博士	2008 年
韩可胜	《CBD 的经济结构与政府管理模式研究：国际经验与上海陆家嘴的实践》	人文地理学	理学博士	2008 年
曾万涛	《长株潭联市制结构研究》	人文地理学	理学博士	2009 年
熊竞	《我国特大城市郊区（域）行政区划体制研究：以上海为例》	人文地理学	理学博士	2009 年

表二　博士后出站统计表

姓名	研究题目	出站时间	博士专业与单位
靳润成	1927—1936：中国城市型政区的确立及其初步发展探究	1996 年 11 月	历史地理，复旦大学历史地理研究所
宋迎昌	中外大都市区的组织与管理体制研究	1998 年 7 月	城市地理，中国科学院地理研究所
武伟	我国大城市工业迁移的机制、模式及政策研究	1998 年 7 月	工业地理，中国科学院地理研究所
林拓	乡镇区划调整与浦东城镇发展	2001 年 4 月	历史地理，复旦大学历史地理研究所
华林甫	中国政区通名改革研究	2002 年 5 月	历史地理，复旦大学历史地理研究所
陈占彪	中国区域政治经济的理论与实践	2003 年 7 月	中文，华东师范大学中文系
黄忠怀	空间重构与社会再造：城市化背景下特大城市郊区社区发展研究	2005 年 8 月	历史地理，复旦大学历史地理研究所
石超艺	上海市地名文化保护与地名管理研究	2007 年 7 月	历史地理，复旦大学历史地理研究所

后记

在结束《我的地理人生:涉足山区·致力政区·钟情社区》写作的时刻,回忆起2016年发生在我家的一场风波,仍让我难以忘却:考虑到我两个优秀的孙子(其中大孙子连续拿了初中部奥林匹克数学竞赛冠军和高中部化学竞赛世界金牌)即将高中毕业,需要一笔钱进私立大学,也为了我们的养老,我们决定把静安区达安城小区的房子处理掉。2016年元月,也就是春节之前,我将这套房子挂牌上海市区一家著名的房产门店代为办理。在中介的"积极"推介下,我们步步"入围",在很短的时间内陷入了大房未处理掉、买进小房的漩涡,6月中旬面临高额"违约金"的为难境地;而且上海市明确规定,在有两套住房的情况下,不能购买第三套住房。整整半年,我们经历着一生之中从未受过的煎熬,犹如一场噩梦。写书,怎么有心思?无奈只好暂停。

在为难之际,是我的许多学生和亲朋好友上门、电话安慰,帮助排忧解难。当得知全过程,明白完全是"中介"的误导之后,他们纷纷帮忙出点子,与中介严正交涉,向上海市行政主管部门反映情况,向这家房产公司高层申诉,并协助咨询律师,等等;特别是当新闻媒体知道后,在关键时刻介入,报道了事件经过。短时间迅速平息了这场风波,让我们渡过了难关,免受了损失。这才让我安下心来,回归正常写作,直到全部完成书稿。

第一,我们要真诚感谢原本不相识的两位新闻媒体的朋友,他们是《求是》杂志《小康》栏目记者金朝晖、《中国青年报》记者王烨捷。他们慷慨正义的声音,让两位陷入漩涡的老人瞬间解困,使我能够很快投入我喜欢的工作当中,完成这部书稿。

图片

第二,要感谢我的许多学生——韩可胜、陈先毅、陈占彪、马祖琦、郭毅、李建勇、卢为民、胡德、熊竞和宋丹萍,他们事业有成,工作十分繁忙,仍抽出时间看望、陪伴、交涉,向有关部门反映情况,最后得以圆满解决,结束这场噩梦。他们是我们精神的支撑力量,尤其是在我们的子女不在身边的情况下。左图为2016年9月我们从静安区达安城小区搬回华师大三村居住时在达安城小区2号楼前的留影。

第三,要感谢许多亲朋好友对我们各方面的关心和支持。当得知我们位于上海市中心的房子已经处理好,并安心投入写作时,和我们一起分享快乐的时刻,我们有一种"家人"的亲切感。

这是我在完成写作之后应该说的话。